浙江工业大学重点教材建设项目资助

浙江省本科高校2019年省级三类一流课程"中国古代文学"项目资助

先秦两汉
文学经典
导　　读

方坚铭　　项鸿强　主编

ZHEJIANG UNIVERSITY PRESS
浙江大学出版社

图书在版编目（CIP）数据

先秦两汉文学经典导读 / 方坚铭，项鸿强主编. --
杭州：浙江大学出版社，2022.5
ISBN 978-7-308-22023-1

Ⅰ.①先… Ⅱ.①方… ②项… Ⅲ.①中国文学—古
典文学—文学欣赏—先秦时代②中国文学—古典文学
—文学欣赏—汉代 Ⅳ.①I206.2

中国版本图书馆CIP数据核字（2021）第249945号

先秦两汉文学经典导读

方坚铭　项鸿强　主编

责任编辑	吕倩岚
责任校对	蔡　帆
封面设计	项梦怡
出版发行	浙江大学出版社
	（杭州天目山路148号　邮政编码：310007）
	（网址：http://www.zjupress.com）
排　　版	浙江时代出版服务有限公司
印　　刷	广东虎彩云印刷有限公司绍兴分公司
开　　本	710mm×1000mm　1/16
印　　张	25.25
字　　数	467千
版 印 次	2022年5月第1版　2022年5月第1次印刷
书　　号	ISBN 978-7-308-22023-1
定　　价	88.00元

内容简介

　　本书分先秦文学和两汉文学两部分，依据诗赋等各个文体，精选每个时期的文学经典，进行解读。无论是从编选主旨还是编选体例来看，这都是一部与众不同的作品选，可与已出版的游国恩、章培恒、袁行霈、袁世硕等学者编的文学史教材配合使用。

　　本书在宏通的文学史观下进行文学品鉴，精选篇目，将先秦两汉最有代表性的作品选出来，力图展示先秦两汉文学宏大壮丽的历史篇章和发展脉络。每篇作品主要由出处、正文、注释、阅读指要、阅读资料、思考题6个部分组成。希望能助力学生拓展阅读面，深入认识理解原作，提高传统文化水平和人文素养。

　　本书选编的作品，一般选自上海古籍出版社、中华书局等出版的重要典籍。这些名家整理的典籍自身有版本依据，又后出转精，研读者可自去查阅。

编写说明

先秦两汉文化，是中国文化的根基；先秦两汉文学，是中国文学的源泉。

先秦，是指中国历史上第一个统一的封建王朝秦朝建立之前的整个上古时代，这整个时代的文学也就被统称为"先秦文学"。

先秦文学是古代文学发展的第一个阶段，诗歌、散文是这一时期的主要文学样式。

诗歌主要包括《诗经》和以屈原作品为代表的《楚辞》。西周的诗歌总集《诗经》，以现实主义精神、比兴的艺术手法开创了中国文学的优良传统。战国后期，诗歌出现了个人独立创作，产生了第一个伟大的诗人屈原，形成了浪漫主义文学传统。

殷商和西周时代的甲骨卜辞、铜器铭文、《周易》中的卦爻之辞，以及《尚书》中的某些文诰，是散文的萌芽。《左传》、《国语》、《战国策》等叙事散文（史家之文）和诸子的说理散文（诸子之文）如《论语》、《孟子》、《老子》、《庄子》、《墨子》、《荀子》、《韩非子》等，达到先秦散文的最高成就。先秦散文本是不同体裁的实用文，但由于其中一部分写得相当活泼，很有文采，所以被后世当作文学作品传播。

秦代由于实行文化专制政策，加之统治时间短暂，所以流传下来的作品屈指可数，形成了"秦世不文"的局面。

汉代是我国历史上最强大的封建王朝之一，对我国乃至世界历史都有深刻的影响。至汉代文学始大放异彩，于散文、赋、诗歌方面均取得重大成就，产生深远影响。

两汉是文学体裁发生重大变革的时代，许多重要的文学样式都在这个阶段孕育产生，形成了丰富多彩的文学景观。

两汉文学中成就最高的是散文，散文中成就最高的是史传散文。司马迁《史记》创立纪传体史书体例，开辟了纪传文学的新纪元。《汉书》继承《史记》体例，是我国第一部纪传体断代史。其次是政论散文，以贾谊、晁错为代表。

赋是汉代文学最具代表性的样式，它介于诗歌和散文之间，韵散兼行，是汉代的一种新兴文体。枚乘《七发》标志着新体赋的正式形成，司马相如《子虚》、《上林》赋代表着汉赋的最高成就。西汉后期赋的代表作家是扬雄。班固《两都赋》、张衡《二京赋》是东汉新体赋的两篇力作。同时，张衡《归田赋》突破旧的传统，开创了抒情小赋的先河。

汉代产生了新的诗歌样式——五言诗。这种诗体西汉时期多见于歌谣和乐府诗，文人五言诗在东汉开始大量出现，班固、张衡、秦嘉、蔡邕等人对五言诗的发展起了积极作用。东汉的五言诗已经成熟，叙事诗出现了《孔雀东南飞》这样的长篇巨制，五言抒情诗则有《古诗十九首》这样的典范，它是文人五言诗成熟的显著标志，乐府诗也有许多五言名篇。

先秦两汉文学是中国文学发展长河的源头，为我国文学发展奠定丰厚而坚实的基石，是我国文学发展光辉而良好的开端。

因此，加强对先秦两汉文学经典的学习，对于提高文学素养，是至关重要的。至今为止，已有不少先秦两汉文学作品选，如朱东润所编的《历代文学作品选》中的先秦两汉文学部分，即相当精良而影响深远；余冠英编选的《诗经选》、《汉魏六朝诗选》，对这些作品进行注析，大多配以白话翻译，颇受大家推许；还有《先秦诗鉴赏辞典》等分体裁的鉴赏辞典。但是笔者在教学过程中，还是发现了不少问题，即缺少一册囊括大部分经典作品、简明扼要、方便学生查阅和精读的教材。较之已有的选编本而言，本书并不是简单的重复，而是具有自己的编选特色。

一是系统性、完整性。

先秦文学包括原始歌谣、上古神话，诗歌有《诗经》、《楚辞》，史传散文有《尚书》、《春秋》、《左传》、《战国策》，诸子散文有《老子》、《论语》、《孟子》、《庄子》、《韩非子》、《孙子兵法》等。

秦汉文学呈现辞赋、诗歌、散文三足鼎立的局面：汉代辞赋有《子虚》、《上林》、《七发》、《甘泉》等代表作，汉代诗歌以汉乐府民歌和《古诗十九首》为主体，秦汉散文可析为政论散文和史传散文两大构件。秦代有李斯的政论散文、《吕氏春秋》，汉有贾谊、晁错、王充、王符等的政论散文，董仲舒的经学散文，还有专题政论散文《盐铁论》，此外邹阳、杨恽、司马迁的书信体散文，也多与政治有涉。史传散文代表作是《史记》与《汉书》。

本教材选篇择文，是在文学品鉴意识和宏通的史观相结合基础上展开的，抓住各种文体特点，精选篇目。从先秦到两汉，将最有代表性的作品选出来，力图展示先秦两汉文学宏大壮丽的历史篇章和发展脉络。

二是结合教学实践。每篇作品主要由出处、正文、注释、阅读指要、阅读资料、思考题6个部分构成。阅读指要，一般包括两部分内容，简略地介绍文学史知识，并对作品本身予以介绍，包括背景、艺术特点、历史地位等方面。注释尽量简明扼要，对已有的注释疏忽之处，尤加以详尽解释。阅读资料，推荐有关的优秀书目文章，以拓宽学生的阅读面，使之对原作有更深入的认识。思考题，设置题目，引导学生展开研讨式主题研究，促进学习的深化。提倡多元化的理解，为学生提供文本解读的多种可能性；使学生了解作品、作者、读者之间的复杂关系。

三是文学史视野。本书并不仅仅是作品的选编，还隐含着宏通的文学史视野。原先笔者参编过《中国文学简史》，即颇注意这个角度。肖瑞峰在该书序言中说："本书既然以'简史'为名，自必试图采取'纳须弥于芥子'的做法，浓缩中国文学的精华，在有限的空间中，嵌入最大容量的文学珠玑。基于这一写作意图，行文必然追求简明扼要。我们的设想是，从'通古今之变'的角度，考察并梳理中国文学的历史流程，用尽可能明晰的线索和尽可能晓畅的语言加以显现，并结合对代表作家的评析和典型作品的解读，描述其发展的阶段性特征，使得教材使用者一卷在手，不仅能获得对中国文学发展历程的基本认知，丰富自己的文学史知识，而且对文学史学和文学史观也能形成一定的概念，从而完善自己的知识结构，充实自己的文化底蕴，提升自己的综合素质。"同样，本教材是文学史教材很好的辅助，也可以从"通古今之变"的角度，以作品为依据，考察并梳理中国文学的历史流程。

当然，由于笔者学力所限，编选难免有不尽如人意的地方，恳请海内外爱好者和专家不吝批评指正！

方坚铭

2020年庚子书于科西嘉斋

目　录

第一编　先秦文学

一、原始歌谣

二、上古神话

三、诗经

四、先秦史传散文

五、先秦诸子

六、楚 辞

第二编 秦汉文学

一、秦及两汉散文（政论散文等）

二、两汉辞赋

三、两汉史传散文

四、东汉文人诗和古诗十九首

五、两汉乐府诗

第一编　先秦文学

一、原始歌谣

以下三篇选自沈德潜《古诗源》。

弹歌 [1]

断竹，续竹 [2]；飞土，逐宍 [3]。

【注释】

[1] 弹（dàn）：一种用弹（tán）力发射弹丸的古老武器，即后人所说的弹弓。
[2] 指以绳索连接竹片两端，制成弓的形状。
[3] 宍（ròu）：古"肉"字。

蜡辞 [1]

土反其宅 [2]，水归其壑，昆虫毋作 [3]，草木归其泽 [4]！

【注释】

[1] 蜡（zhà）：通"腊"，古代一种祭礼的名称。蜡辞：在腊月里祭祀百神，祈
　　求来年丰收的祭辞。
[2] 宅：指原来的地方。
[3] 作：兴起。
[4] 草木：指危害庄稼的稗草、荆榛等植物。泽：沼泽地。

候人歌

候人兮猗[1]！

【注释】

[1]猗：助词，犹"兮"，相当于"啊"，用于句末，表示语气。

【阅读指要】

上古歌谣零散保存在先秦两汉的典籍之中，后代集中辑本有清代沈德潜《古诗源》，今人逯钦立《先秦汉魏晋南北朝诗》。后者收录最为详尽，但并不完全可信，有些传说为尧舜时期歌谣如《击壤歌》、《康衢谣》、《卿云歌》、《尧戒》、《南风歌》等是后人伪托。

再现劳动过程的，有《弹歌》，载东汉赵晔《吴越春秋》卷九《勾践阴谋外传》，相传作于黄帝时代。书载越王勾践问弓弹之理于楚国射箭能手陈音，陈音引《弹歌》以答之。《文心雕龙·章句》第三十四："二言肇于黄世，竹弹之谣是也。"

这是一首二言诗，仅有8字，写的是原始人制作弓箭并进行狩猎的场景，显得粗犷而纯朴，可以感受到原始人造作工具的自豪感、追逐猎物的勇猛劲、为生存而角逐的旺盛的生命力。刘勰《文心雕龙·通变》："黄歌断竹，质之至也。"

征服自然愿望的，有《礼记·郊特牲》中的《蜡辞》。这首短歌相传为伊耆氏时代的作品。伊耆氏，一说即神农，一说为帝尧。从这首短歌命令的口吻看，实际是对自然的"咒语"。

原始人类生存条件恶劣，形成了原始巫术观念，他们用强有力的韵语，既向自然祈祷，又表达自己驾驭自然、改造自然的强烈的意愿。

思恋之歌，有仅一句之歌，曰"候人兮猗"，后人称之为《候人歌》。《吕氏春秋》卷六《音初篇》载："禹行功，见涂山之女，禹未之遇而巡省南土。涂山氏之女乃令其妾待禹于涂山之阳，女乃作歌，歌曰'候人兮猗'，实始作为南音。周公及召公取风焉，以为周南、召南。"二字为句，语气词拖长尾音，取得了独特的抒情效果。《吕氏春秋》说"实始作为南音"。它既是产生于我国南方的最古老的情诗，为《诗经》的《周南》、《召南》取风，同时也开启了诗歌以抒情为传统的先河。

《周易》中的古歌

选自高亨《周易古经》。

屯如，邅如[1]；乘马，班如[2]；匪寇，婚媾[3]。女子贞不字，十年乃字[4]。（《屯·六二》）

得敌[5]，或鼓，或罢，或泣，或歌。（《中孚·六三》）

女承筐，无实[6]；士刲羊，无血[7]。无攸利。（《归妹·上六》）

丰其屋，蔀其家[8]，窥其户，阒其无人，三岁不觌[9]。（《丰·上六》）

【注释】

[1] 屯如：犹屯然，形容乘马而来者多。邅：转。邅如：即邅然，形容乘马而来者转行。

[2] 班：通"般"。班如：回旋之貌。

[3] 匪：通"非"。

[4] 字：许嫁。

[5] 得敌：虏获敌人。

[6] 承筐：指手奉筐筥等礼器，欲盛放萍藻等祭品。

[7] 刲：刺杀。刲羊：指刺杀羊，获得羊血充实鼎俎中。无实、无血：指夫妇祭祀之礼未成。

[8] 丰：丰大。蔀（bù）：搭棚用的席，此处用如动词，障蔽。

[9] 窥：视。阒（qū）：寂静无声。觌（dí）：见。

【阅读指要】

《周易》是周人的一部占筮书，也是上古时代一部具有辩证思想的哲学著作，成书于殷周之际。全书分卦象和卦爻辞两个部分。卦象由阴阳六爻符号组成，卦爻辞则是附在卦象后面用来说明卦象寓意的文字。书中除了专为卦象创制的部分外，还采用了固有的民歌谣谚，颇具文学色彩，是迄今最早见于书面的歌谣作品，借此可了解《诗经》之前的诗歌雏形。

《周易》中保留了不少古歌。20世纪五六十年代，高亨系统地研究了《周易》古歌。认为《周易》卦爻辞在先秦文献中称为"繇"，而"繇"当读为"谣"，"因筮书之卦爻辞及卜书之兆辞，大抵为简短之韵语，有似歌谣，故谓之谣"。为周易卦爻辞之为歌谣正名，还明确地运用《诗经》赋比兴分析系统对《周易》古歌进行研究。

其中反映上古婚姻制度的，有《屯·六二》，写一群男子骑在马上，迂回绕道而来，原以为是为抢劫而来的敌寇，等到走近才知道是来求婚事（郭沫若《中国古代社会研究》）。这是原始社会中后期对偶婚，尤其是抢婚习俗的遗留。二言诗，虽短，但写得曲折形象，音韵和谐。

与战争相关的，描写战争结束之后胜利归来情景的，有《中孚·六三》。二言诗，音节顿挫，寥寥十字，写出了一个动人的情景。

写愉快劳动生活的，有《归妹·上六》的一首牧歌，二三言各半，写牧场上男女在剪羊毛（郭沫若《中国古代社会研究》）。可能是边劳动边互相戏谑所唱，轻快、生动，有情有景。

【阅读资料】

沈德潜：《古诗源》，北京：中华书局，1963年。

逯钦立：《先秦汉魏晋南北朝诗》，北京：中华书局，1998年。

沈德潜：《古诗源》，北京：中华书局，1963年。

阮元校刻：《十三经注疏·周易正义》，北京：中华书局，1980年。

高亨：《周易古经》，清华大学出版社，2010年。

郭沫若：《〈周易〉时代的社会生活》，载《中国古代社会研究》，石家庄：河北教育出版社，2000年，第32—86页。

骆玉明等：《先秦诗鉴赏辞典》，上海：上海辞书出版社，1998年。

黄玉顺：《撩开诗神面纱的一角：郭沫若对〈周易〉古诗的天才觉察》，《郭沫若学刊》1995年第2期，第12—18页。

黄玉顺：《〈易经〉古歌的发现和开掘》，《文学遗产》1993年第5期，第4—10页。

傅道彬：《〈周易〉爻辞诗歌的整体结构分析》，《江汉论坛》1988第10期，第49—54页。

姚小鸥、杨晓丽：《〈周易〉古歌研究方法辨析》，《北方论丛》2012年05期，第1—5页。

朱婷婷：《〈周易〉古歌研究》，北京师范大学博士论文，2007年。

【思考题】

1.弓箭的发明是人类摆脱蒙昧时代的重要标志，由《弹歌》入手，探讨中国弓箭是如何起源的。

2.综述《周易》中古歌的研究进展，并讨论《周易》古歌的相关问题。

3.古诗中有不少伪托之作，请找资料辨析这些作品的真伪。

二、上古神话

《山海经》数则

选自袁珂《山海经校注》。

夸父逐日

夸父与日逐走，入日 [1]。渴，欲得饮，饮于河渭 [2]，河渭不足，北饮大泽 [3]。未至，道渴而死。弃其杖，化为邓林 [4]。（《海外北经》）

大荒之中，有山名曰成都载天。有人珥两黄蛇，把两黄蛇，名曰夸父。后土生信 [5]，信生夸父。夸父不量力，欲追日景，逮之于禺谷 [6]。将饮河而不足也，将走大泽，未至，死于此。（《大荒北经》）

【注释】

[1] 入日：太阳入于地平线下。
[2] 河：黄河。渭：渭水，在今陕西省境内。
[3] 大泽：大湖，据说在雁门山北，纵横有几千里。
[4] 邓林：地名，在今大别山附近。毕沅考证，邓、桃音近，"邓林"即"桃林"。
[5] 后土：共工氏之子句龙。
[6] 逮：到，及。禺谷：即虞渊，日落处。

精卫填海

发鸠之山 [1]，其上多柘木 [2]。有鸟焉，其状如乌，文首，白喙，赤足，名曰精卫，其鸣自詨 [3]。是炎帝之少女，名曰女娃。女娃游于东海，溺而不返，故为精卫。常衔西山之木石，以堙于东海 [4]。（《北山经》）

[1] 发鸠之山：发鸠山也叫发苞山、鹿谷山，是太行山的支脉，在今山西省境内。
[2] 柘（zhè）木：柘树，桑树的一种。
[3] 詨（xiào）：呼叫。此句言此鸟之鸣乃自呼其名为"精卫"。
[4] 堙：填，堵塞之意。

鲧禹治水

洪水滔天，鲧窃帝之息壤以堙洪水，不待帝命[1]。帝令祝融杀鲧于羽郊[2]。鲧复生禹[3]，帝乃命禹卒布土以定九州[4]。（《海内经》）

【注释】

[1] 鲧（gǔn）：人名，禹的父亲。帝：天帝。袁珂认为："此帝自应是黄帝。滔天洪水正是身为上帝之黄帝降以惩罚下民者。"息壤：一种神土，传说这种土能够生长不息，至于无穷，所以能堵塞洪水，故名。息，生长。堙（yīn）：堵塞。
[2] 祝融：火神。羽郊：羽山的近郊。
[3] 复：通"腹"。传说鲧死三年，尸体不腐，鲧腹三年后自动裂开，禹乃降生。
[4] 布土：即以息壤堙洪水。反映了大禹治水的原初面貌是以堙法为主，后来演变为疏法为主。

刑天舞干戚

刑天与天帝争神[1]，帝断其首，葬之常羊之山[2]。乃刑天以乳为目，以脐为口，操干戚以舞[3]。（《海外西经》）

【注释】

[1] 天帝：袁珂先生认为是黄帝。
[2] 葬：埋。常羊之山：常羊山传为炎帝降生之处，可知刑天传说与炎帝传说有联系。袁珂认为刑天为炎帝之臣，奋起与黄帝斗争。
[3] 操：手持，拿着。干：盾。戚：斧。

炎帝、黄帝、蚩尤之间的战争

蚩尤作兵，伐黄帝[1]，黄帝乃令应龙攻之冀州之野[2]。应龙蓄水。蚩尤请风伯雨师，纵大风雨。黄帝乃下天女曰'魃'[3]。雨止，遂杀蚩尤。魃不得复上，所居不雨。[4]（《大荒北经》）

【注释】

[1] 蚩尤：神农之臣。袁珂云："黄炎斗争、炎帝兵败，蚩尤奋起以与炎帝复仇也。"
[2] 冀州：古九州之一，约在今河北、山西两省地及河南、辽宁的部分地方。
[3] 魃（bá）：旱神。郝懿行云："秃无发，所居之处，天不雨也。"
[4] 所居不雨：郭璞注："旱气在也。"

女尸化䔄草

又东二百里，曰姑瑶之山[1]，帝女死焉。其名曰女尸，化为䔄草[2]，其叶胥成[3]，其华黄，其实如菟丘[4]，服之媚于人[5]。（《中山经》）

【注释】

[1] 瑶：郭璞云："音遥；或无之山字。"
[2] 䔄：郭璞云："亦音遥。"
[3] 郭璞云："言叶相重也。"
[4] 郭璞云："菟丘，菟丝也。"
[5] 郭璞云："为人所爱也，一名荒夫草。"

【阅读指要】

神话是反映上古人们对世界起源、自然现象和社会生活的原始理解，并通过超自然的幻想形式来表现的故事和传说，是人类第一批集体的口头作品。因其在理解自然、反映生活、寄托理想中不自觉地采用了离奇、夸张、拟人化的表现方式，极富幻想色彩，对后代具有浪漫主义的文学创作有着直接的影响。中国远古神话多以片段的形式保存于后代各种书籍中，譬如《山海经》、《楚辞·天问》、《淮南子》等等。其中《山海经》的神话学价值最高，是我国古代保存神话资料最多的著作，可以说是我国古代神话的一座宝库。《山海经》作者不详，现存十八卷，《汉书·艺文志》作十三卷，盖未记《荒经》以下五卷。《山海经》之名始见于《史记·大宛列传》。刘歆《山海经叙录》及《论衡》、《吴越春秋》皆云禹、益作。其中内容大多原为口头传说，大概战国时记录成文，秦汉时又有增补，并非出自一时一人之手。该书内容离奇博杂，山川、道里、民族、祭祀、神话、传说、植物、矿产、巫医、药物等等，无所不包。《汉书·艺文志》著录于"数术·形法类"，视为神秘巫术之书；隋唐以后一直归为地理书；清代《四库全书总目》称之为"小说之最古者"，鲁迅先生仍认为是"古之巫书"。就神话而言，《山海经》较为集中地记载了海内外山川神祇异物，记载了不少异形之人和异禀之人，是一部自成系统的著作。

《夸父逐日》。茅盾认为夸父不仅是人名，也是一个部族的名称（《中国神话研究ABC》）。《山海经·海外北经》还记载着一个"博父国"，王孝廉认为"博父"即"夸父"，其国中的人都是巨人（《中原民族的神话与信仰——中国的神话世界（下编）》）。中国古代素有太阳神崇拜。"三星堆和金沙祭祀坑出土的大量文物，都是古蜀先民祭祀'日出入'活动的遗存，也是中国古代太阳神崇拜最为典型的实物见证，具有重要意义。"（《三星堆文化的太阳神崇拜》）而夸父有逐日之举，其动机极有可能是探索太阳奥秘。夸父追日体现了原始人了解太阳奥秘的强烈愿望。

《精卫填海》。炎帝的小女儿女娃不幸淹死了，化为精卫鸟，区区一只小鸟，却要衔着微木细石去填平浩瀚的大海，在悬殊对比中显出精卫虽力量甚微而具有不屈的意志力，具有悲剧的崇高美。东晋陶渊明高度赞扬精卫的反抗精神："精卫衔微木，将以填沧海。"

《鲧禹治水》。鲧盗"息壤"而被杀，可谓悲剧英雄。屈原《离骚》："鲧婞直以亡身兮，终然夭乎羽之野。"鲧死不瞑目，破腹生禹，大禹最终治水成功。鲧禹治水是著名的神话经典。这次大洪水暴发的原因是共工之乱，乃人祸。这次洪水到舜的末年，赖鲧、禹才得以治平。

《刑天舞干戚》。袁珂《山海经校注》认为："刑天，炎帝之臣；刑天之神话，乃黄帝与炎帝斗争神话之一部分，状其斗志靡懈，死犹未已也。……则刑天者，亦犹蚩尤夸父，奋起而为炎帝复仇，以与黄帝抗争者也。"刑天常被后人称颂为不屈的英雄。东晋陶渊明《读山海经》诗云："刑天舞干戚，猛志固常在。"即咏此事，借寓抱负。

《炎帝、黄帝、蚩尤之间的战争》。原始社会各部族之间常发生战争，各国神话都有记载，如著名的《荷马史诗》所载的特洛伊战争。中国的这类战争神话反映了原始社会晚期部族之间的矛盾。这类神话以男性英雄为中心，表明产生于父系氏族社会之后。

根据一些文史学家的分析，我们中国人的远祖，大体可分为西北的"华夏集团"、东方的"东夷集团"和南方的"苗蛮集团"。华夏集团由黄帝和炎帝两大部落组成，起于陕甘地区，主要活动在黄河流域。据先秦文献记载，炎、黄二族曾联合在涿鹿打败东夷族的蚩尤，奠定了黄河中下游部落大联盟的基础。其后，三大集团在斗争中相互交融，逐步形成了我们今天的中华民族。

炎帝、黄帝的斗争在其后裔中仍有继续，《淮南子·天文训》中的神话"共工怒触不周之山"，反映了共工族（属炎帝后裔）和颛顼族（属黄帝后裔）之间的激烈斗争。

《女尸化䓤草》。女尸化䓤草是瑶姬神话的基础。袁珂述云："《文选·高唐赋》注引《襄阳耆旧传》云：'赤帝（炎帝）女曰瑶姬，未行而卒，葬于巫山之阳，故曰巫山之女。楚怀王游于高唐，昼寝，梦见与神遇，王因幸之。遂为置观于巫山之南，号为朝云。后至襄王时，复游高唐。'此瑶姬神话之概略也。《别赋》注引《高唐赋》（今本无）记瑶姬之言云：'我帝之季女，名曰瑶姬，未行而亡，封于巫山之台，精魂为草，实曰灵芝。'乃与此经所记之女尸化为䓤草契合焉，知瑶姬神话乃䓤草神话之演变也。"

这是一个神话文学化的范例。这个女尸化䓤草的神话后为庄子所用，《逍遥游》借之创造了藐姑射之山神人的意象，宣扬道家逍遥无为的思想。这些都是神话文学化的结果。

《淮南子》二则

选自何宁《淮南子集释》。

女娲补天又治水 [1]

往古之时，四极废 [2]，九州裂 [3]，天不兼覆，地不周载 [4]。火爁焱而不灭 [5]，水浩洋而不息。猛兽食颛民 [6]，鸷鸟攫老弱 [7]。于是女娲炼五色石以补苍天，断鳌足以立四极 [8]，杀黑龙以济冀州 [9]，积芦灰以止淫水 [10]。苍天补，四极正，淫水涸，冀州平 [11]，狡虫死 [12]，颛民生。（《淮南子·览冥训》）

【注释】

[1] 女娲：女神名，在天地开辟之时捏黄土造人。

[2] 四极：天的四边，远古时人认为天的四边都有柱子支撑着。废：坏。

[3] 裂：崩裂。

[4] 这两句意为天不能完整地笼罩大地，地不能周全地承受万物。兼：合拢。覆：覆盖。

[5] 爁焱（lǎn yàn）：大火燃烧的样子。焱，火花。

[6] 颛（zhuān）：善良。

[7] 攫（jué）：用爪抓取。

[8] 鳌（áo）：大龟。

[9] 黑龙：传说中水精。冀州：古九州之一，这里泛指中原地带。

[10] 淫水：泛滥的洪水。此句指用芦草拌石灰修筑堤坝，堵挡洪水。

[11] 平：平定、安定。

[12] 狡虫：凶猛的害虫。

夷羿射日 [1]

  逮至尧之时，十日并出，焦禾稼，杀草木，而民无所食。猰貐、凿齿、九婴、大风、封豨、修蛇 [2]，皆为民害。尧乃使羿诛凿齿于畴华之野 [3]，杀九婴于凶水之上 [4]，缴大风于青丘 [5] 之泽，上射十日而下杀猰貐，断修蛇于洞庭 [6]，禽封豨于桑林 [7]。万民皆喜，置尧以为天子。（《淮南子·本经训》）

【注释】

[1] 夷羿：尧时神箭手，由帝俊派到人间解救人类苦难，曾射掉九个太阳。

[2] 猰貐（yà yǔ）：一种怪兽，跑得快，能吃人，叫声如婴儿啼哭，状如龙首，或谓似狸。凿齿：一种野兽，齿长三尺，形状像凿子，露在下巴外面。九婴：传说中的一种九头怪兽，能喷水吐火。大风：传说中的一种大猛禽，据说飞时伴有能毁坏住房的狂风。封豨（xī）：大野猪。修蛇：长大的蟒蛇。

[3] 畴华：水泽名，在南方。

[4] 凶水：水名，在北方。

[5] 青丘：大泽名，在东方。

[6] 洞庭：即洞庭湖。

[7] 禽：即擒。桑林：地名，商汤祷雨处。

【阅读提要】

《淮南子》是西汉的一部大作，由淮南王刘安群臣或门客集体编成，以道家思想为主体，可视为汉初黄老思想的延续。

该书比较完整地记录和保存了中国四大神话：后羿射日、嫦娥奔月、女娲补天、共工触山。其中，女娲补天和共工触山这两则神话首见于《淮南子》。

《女娲补天又治水》。此篇写人类始祖女娲既造人类，又再生人类，一生功绩巨大。这个神话产生于原始社会早期的母系氏族时代。女娲所克服的这一次水灾，应是人类出现以来的第一次大洪水。袁珂认为女娲是第一个治水英雄。

《夷羿射日》。奉帝尧之命，夷羿先后完成了为民除害的七件大事。夷羿不仅有神勇无比的射箭本领和勇敢坚毅的斗争精神，还有明确的为民除害的崇高目标，实不愧为古代杰出英雄神。

需要区分一下两个"羿"。羿本来有两个：一个是帝尧时代"射十日"的神性的羿，也称夷羿；另一个是夏朝太康时代人性的羿，又叫后羿，相传是夏王朝东夷族有穷氏的首领，善于射箭。两者在屈原时代就已经相混，但其实并不是同一人。神话里的羿，据说是帝俊派到大地上来帮助解除各种危难的。"帝俊赐羿彤弓素矰（红色的弓和白色的箭），以扶下国，羿是始去恤下地之百艰。"（《山海经·海内经》）"古者羿作弓。"（《墨子·非儒》）

【阅读资料】

郭璞、毕沅注：《山海经注》，上海：上海古籍出版社，1989年。

袁珂注：《山海经校注》，上海：上海古籍出版社，1980年。

司马迁：《史记·五帝本纪》，北京：中华书局，1982年。

袁珂：《中国古代神话》，上海：商务印书馆，1950年。

袁珂：《中国神话传说：从盘古到秦始皇》，北京：世界图书出版公司，2012年。

袁珂编著：《中国神话传说词典》，上海：上海辞书出版社，1985年。

袁珂选译：《神话选译百题》，上海：上海古籍出版社，1980年。

刘文典撰，冯逸、乔华点校：《淮南鸿烈集解》，北京：中华书局，1989年。

郭璞注，蒋应镐绘图：《山海经》（十八卷），明万历刊本。

陶渊明《读山海经》其十：精卫衔微木，将以填沧海。刑天舞干戚，猛志固常在。同物既无虑，化去不复悔。徒设在昔心，良晨讵可待！

【思考题】

1. 了解《山海经》地理范围的各种讨论，《山海经》一书的性质，《山海经》的历史和神话学价值。

2. 瑶姬神话是如何演变的？

3. 一些学者认为，红山文化出土的牛河梁女神像或与女娲有关，如何看待史前考古发现和神话传说的关系？

4. "后羿射日"的说法对吗？"后"是什么意思？如何区分两个羿？

5. 根据《左传·昭公十七年》，东夷人均崇拜鸟，少昊时代对鸟的崇拜达到登峰造极的程度，百鸟之王少昊之国是鸟崇拜最典型的氏族部落。良渚文化、河姆渡文化也存在鸟崇拜现象，对此兴趣的同学可考察先民鸟崇拜现象。

三、诗经

选自程俊英《诗经译注》。以下所选除一二首为雅诗,其他皆风诗。

周南·关雎

关关雎鸠^[1],在河之洲^[2]。窈窕淑女^[3],君子好逑^[4]。
参差荇菜^[5],左右流之^[6]。窈窕淑女,寤寐求之^[7]。
求之不得,寤寐思服^[8]。悠哉悠哉^[9],辗转反侧^[10]。
参差荇菜,左右采之。窈窕淑女,琴瑟友之^[11]。
参差荇菜,左右芼之^[12]。窈窕淑女,钟鼓乐之^[13]。

【注释】

[1] 关关:拟声词,雌雄二鸟相互应和的叫声。雎鸠:水鸟,一般认为是鱼鹰。

[2] 洲:水中的陆地。

[3] 窈(yǎo):深邃,喻女子心灵美。窕(tiǎo):幽美,喻女子仪表美。窈窕:娴静美好的样子。淑:善,好。

[4] 好逑(hǎo qiú):好的配偶。逑,"仇"的假借字,匹配。

[5] 参差:长短不齐貌。荇(xìng)菜:浅水植物,叶片形似睡莲,嫩叶可供食用。

[6] 左右流之:时而向左、时而向右地择取荇菜。流,义同"求",这里指摘取。之,指荇菜。

[7] 寤(wù):睡醒。寐:睡着。

[8] 思:语助词。服:思念、牵挂。思服:思念。

[9] 悠:忧思的样子。

[10] 辗(zhǎn):古字作展,半转。反侧:翻来覆去。

[11] 琴瑟友之:弹琴鼓瑟来亲近她。友,用作动词,此处有亲近之意。

[12] 芼(mào):择取,挑选。

[13] 钟鼓乐之:用钟奏乐来使她快乐。乐,使动用法,使……快乐。

周南·芣苢 [1]

采采芣苢 [2]，薄言采之 [3]。采采芣苢，薄言有之 [4]。

采采芣苢，薄言掇之 [5]。采采芣苢，薄言捋之 [6]。

采采芣苢，薄言袺之 [7]。采采芣苢，薄言襭之 [8]。

【注释】

[1] 芣苢（fú yǐ）：车前草，其穗状花序结籽特别多。古人相信它的种子可治不孕。

[2] 采采：采而又采。

[3] 薄言：发语词，无义。

[4] 有：获取。

[5] 掇（duō）：拾取，伸长了手去采。

[6] 捋（luō）：顺着茎滑动成把地采取。

[7] 袺（jié）：一手提着衣襟兜着。

[8] 襭（xié）：把衣襟扎在衣带上，再把东西往衣里面塞裹。

周南·卷耳

采采卷耳 [1]，不盈顷筐 [2]。嗟我怀人，寘彼周行 [3]。

陟彼崔嵬 [4]，我马虺隤 [5]。我姑酌彼金罍 [6]，维以不永怀 [7]。

陟彼高冈 [8]，我马玄黄 [9]。我姑酌彼兕觥 [10]，维以不永伤 [11]。

陟彼砠矣 [12]，我马瘏矣 [13]。我仆痡矣 [14]，云何吁矣。

【注释】

[1] 采采：犹言采了又采，马瑞辰《毛诗传笺通释》认为是状野草"盛多之貌"。
　　卷耳：菊科植物，又称"苍耳"。

[2] 顷筐：斜口筐子，后高前低。

[3] 寘：安排，放置。

[4] 陟：《尔雅·释诂》："陟，升也。"表示由低处向高处走。崔嵬：本指有石的土山，泛指高山。

[5] 虺隤：疲极致病貌。

[6] 金罍：饰金的大型酒器。

[7] 永怀：长久思念。

[8] 高冈：高的山脊。

[9] 玄黄：马病貌。王引之《经义述闻·毛诗上》："虺隤叠韵字，玄黄双声字，皆谓病貌也。"

[10] 兕觥：状如兕角的酒器。兕，《说文解字》："如野牛而青，象形。"

[11] 永伤：长久哀伤。

[12] 砠：有土的石山。

[13] 瘏：疲劳致病。

[14] 痡：疲劳，疲倦。

周南·桃夭

桃之夭夭 [1]，灼灼其华 [2]。之子于归 [3]，宜其室家 [4]。
桃之夭夭，有蕡其实 [5]。之子于归，宜其家室 [6]。
桃之夭夭，其叶蓁蓁 [7]。之子于归，宜其家人。

【注释】

[1] 夭夭：美盛貌。

[2] 灼灼：鲜明貌。华：同"花"。

[3] 之子：这个姑娘。于：去，往。归：古代把丈夫家看作女子的归宿，故称。

[4] 宜：和顺、亲善。

[5] 有蕡（fén）：即蕡蕡。有，用于形容词之前的语助词，和叠词的作用相似。蕡，肥大。实：果实，即桃。

[6] 家室：即室家，倒文叶韵。

[7] 蓁蓁：叶子茂盛的样子。

召南·野有死麕

野有死麕 [1]，白茅包之 [2]。有女怀春 [3]，吉士诱之 [4]。
林有朴樕 [5]，野有死鹿。白茅纯束 [6]，有女如玉。

舒而脱脱兮 [7]，无感我帨兮 [8]，无使尨也吠 [9]。

【注释】

[1] 麕（jūn）：同"麇（jūn）"，獐子，比鹿小，无角。

[2] 白茅：草名，属禾本科，在农历三四月间开白花。包：古音 bǒu。

[3] 怀春：思春，男女情欲萌动。

[4] 吉士：男子的美称。

[5] 朴樕（sù）：小木，灌木。

[6] 纯束：捆扎，包裹。"纯"，"稇（kǔn）"的假借。

[7] 舒：舒缓。脱脱（duì）：舒缓的样子。

[8] 无：毋。感（hàn）：通"撼"，动。帨（shuì）：佩巾，围裙。

[9] 尨（máng）：多毛的狗。

【阅读指要】

《诗经》是我国第一部诗歌总集。先秦时期一般称为"诗"或"诗三百"。《史记·孔子世家》云："三百五篇，孔子皆弦歌之。"说明《诗经》为配乐歌唱的乐歌总集。由于儒家的推崇，到了汉代，诗被尊为"经"，于是，后世便都称之为《诗经》。

《周南·关雎》。《关雎》是《风》之始，也是《诗经》的首篇。属国风中的"周南"，当是西周时代周南地区（今洛阳以南直至湖北）的诗歌。汉、宋以来研读《诗经》的学者，多数认为"君子"指周文王，"淑女"指太姒，诗的主题是歌颂"后妃之德"，因此，此诗具有彰显"正始之道，王化之基"的重要地位。《毛诗序》："《关雎》，后妃之德也，《风》之始也，所以风天下而正夫妇也。……是以《关雎》乐得淑女以配君子，忧在进贤不淫其色，哀窈窕，思贤才，而无伤善之心焉。是《关雎》之义也。"

五四之后，现代人多将之看成是一首爱情诗。

从内容来看，这是一首贵族青年的恋歌，抒写了一位青年男子对采荇女子的思慕和追求。其诗巧用兴法，引情发端，引譬连类。关雎鸟起兴，比兴兼备。朱熹《诗集传》："（雎鸠）状类凫鹥，今江淮间有之。生有定偶，而不相乱；偶常并游，而不相狎。"闻一多《诗经通义》："鸠之为鸟，性至谨悫，而尤笃于伉俪之情，说者谓其一亦即忧思不食，憔悴而死。"

在声调上，也与诗的情调配合得很紧密。清方玉润《诗经原始》："下三章皆从对面着笔，历想其劳苦之状，强自宽而不能宽。末乃极意摹写，有急管繁弦之意。后世杜甫'今夜鄜州月'一首脱胎于此。"

孔子说："《关雎》乐而不淫，哀而不伤。"全诗"发乎情，止于礼义"，合乎儒家的审美观念。

清方玉润《诗经原始》："《小序》以为'后妃之德'，《集传》又谓'宫人之咏大（太）姒、文王'，皆无确证。诗中亦无一语及宫闱，况文王、大（太）姒耶？窃谓风者，皆采自民间者也，若君妃，则以颂体为宜。"

《周南·芣苢》。《周南·芣苢》一诗描写妇女采摘芣苢的劳动情状。这首诗其实并非仅仅是一首"劳者歌其事"、"直赋其事"的作品，也反映了一种古老的采芣苢习俗。芣苢，即车前草，一种野生的草本植物，多子。《毛传》："芣苢，车前，宜怀妊焉。"《诗序》："芣苢，后妃之美。和平则妇人乐有子矣。"可见"宜怀妊"、"乐有子"乃是芣苢的实质。古籍中凡是提到芣苢的，都说它有"宜子"的功用，即食之能受胎生子。近人闻一多先生进一步以古声韵考证了"芣苢"实与"胚胎"同音，乃是"胚胎"的本意，具有双关的含义。采芣苢正是一种生殖崇拜的仪式和习俗。该诗唱出了原始女性对于生殖的那种心灵与官能的狂热，反映了母性的欲望，而与性欲不同。（参见闻一多《匡斋尺牍》）

这是一首典型的连章体民歌，全诗用了六个含义相近而稍有变化的动词，内容单纯而不单调，格调明快而不浮华，形式整齐而不板滞。清方玉润《诗经原始》："读者试平心静所涵咏此诗，恍听田家妇女，三三五五，于平原旷野，风和日丽中，群歌互答，余音袅袅，若远若近，忽断互续，不知情之何以移，而神之何以旷。""此诗之妙，在其无所指实而愈佳也。夫佳诗不必尽皆征实，自鸣天机，一片好音，尤足令人低回无限。"

《周南·卷耳》。《毛诗序》认为是歌咏"后妃之志"。清人方玉润认为《卷耳》是"妇人念夫行役而悯其劳苦之作"。高亨《诗经今注》提到："作者似乎是个在外服役的小官吏，叙写他坐着车子，走着艰阻的山路，怀念着家中的妻子。"诗歌第一章是以思念征夫的妇女口吻来写，后三章则是以思家念归的羁旅男子的口吻来写，形成两种场面，颇具特色。当然也有学者对此提出疑义，譬如日本学者青木正儿和中国学者孙作云提出《卷耳》是由两首残简的诗合为一诗，这是值得进一步思考的问题。

《周南·桃夭》。描写美满婚姻生活的诗。这是一首祝贺新婚的短诗。以艳丽的桃花起兴，祝福新娘家庭和睦，生活幸福。桃树在此诗中既是起兴之物，同时也具有一定的比喻作用。此诗堪称汉族婚礼上的经典民歌，值得在现代婚礼上恢复。

《召南·野有死麕》。写丛林中一个猎人既获得了死獐和死鹿，又遇一怀春之女，诱之而得成功。起兴自然，比喻美妙。末章充满了原始的野性美。

邶风·燕燕

燕燕于飞，差池其羽[1]。之子于归，远送于野[2]。瞻望弗及[3]，泣涕如雨。

燕燕于飞，颉之颃之[4]。之子于归，远于将之[5]。瞻望弗及，伫立以泣[6]。

燕燕于飞，下上其音。之子于归，远送于南[7]。瞻望弗及，实劳我心[8]。

仲氏任只，其心塞渊[9]。终温且惠，淑慎其身[10]。先君之思，以勖寡人[11]。

【注释】

[1] 燕燕：即燕子。于：语助词。飞：偕飞。差池（cī chí）：义同"参差"，不齐貌。

[2] 之子：这个人。归：归宗。野：郊外。

[3] 瞻：往前看；弗：不能。

[4] 颉颃（xié háng）：鸟飞上下貌。《毛传》："飞而上曰颉，飞而下曰颃。"

[5] 将（jiāng）：送。

[6] 伫：久立。

[7] 南：陈国在卫国之南。

[8] 劳：指思念之劳心。

[9] 仲氏：此指戴妫。兄弟或姐妹中排行第二者为仲。任：信任。只：语助词。塞（sè）：诚实。渊：深厚。

[10] 终……且……：既……又……。惠：和顺。淑：善良。慎：谨慎。

[11] 先君：已故的国君。先君之思：思念先君，此是戴妫临别嘱咐。勖（xù）：勉励。寡人：寡德之人，国君、诸侯夫人对自己的谦称，此是庄姜自谓。

邶风·静女

静女其姝[1]，俟我于城隅[2]。爱而不见[3]，搔首踟蹰[4]。

静女其娈[5]，贻我彤管[6]。彤管有炜[7]，说怿女美[8]。

自牧归荑[9]，洵美且异[10]。匪女之为美[11]，美人之贻。

【注释】

[1] 静：闲雅安详。姝（shū）：美好。

[2] 城隅：城角隐蔽处。

[3] 爱：同"薆"，隐藏。见：通"现"，出现。

[4] 踟蹰（chí chú）：徘徊不定。

[5] 娈（luán）：年轻美丽。

[6] 贻：赠。彤管：红色的管状植物，或为红色箫笛一类的管乐器。

[7] 有炜：形容红润美丽。"有"为形容词的词头，不是"有无"的"有"。

[8] 说：通"悦"。怿：喜爱。

[9] 牧：放牧牛羊之地。归：通"馈"，赠。荑：初生的茅草。

[10] 洵：实在，诚然。

[11] 匪：通"非"，不，不是。女：通"汝"，指"荑"。

邶风·击鼓

击鼓其镗，踊跃用兵[1]。土国城漕[2]，我独南行。

从孙子仲，平陈与宋[3]。不我以归，忧心有忡[4]。

爰居爰处，爰丧其马[5]。于以求之，于林之下。

死生契阔，与子成说。执子之手，与子偕老。

于嗟阔兮，不我活兮。于嗟洵兮，不我信兮。

【注释】

[1] 镗：钟鼓之声。踊跃：气氛热烈、高涨，欢欣鼓舞貌。

[2] 土：土功；国：国都，谓于国都服筑城等劳役。

[3] 子仲：公孙文仲，字子仲，邶国将领。平陈与宋：救陈以调和陈宋关系。

[4] 忡：忧也。

[5] 爰（yuán）：哪里。丧：丧失，此处言跑失。

邶风·柏舟

泛彼柏舟[1]，亦泛其流[2]。耿耿不寐[3]，如有隐忧[4]。微我无酒[5]，以敖以游[6]。

我心匪鉴，不可以茹[7]。亦有兄弟，不可以据[8]。薄言往愬[9]，逢彼之怒。

我心匪石，不可转也。我心匪席，不可卷也。威仪棣棣[10]，不可选也[11]。

忧心悄悄[12]，愠于群小[13]。觏闵既多[14]，受侮不少。静言思之[15]，寤辟有摽[16]。

日居月诸[17]，胡迭而微[18]？心之忧矣，如匪澣衣[19]。静言思之，不能奋飞。

【注释】

[1] 泛：浮行，漂流。

[2] 亦：语助词。流：中流，水中间。

[3] 耿耿：心中不安貌。

[4] 隐忧：深忧。

[5] 微：非，不是。

[6] 敖：遨。此二句言无论饮酒、遨游皆难以消忧。

[7] 鉴：铜镜。茹（rú）：含，容纳。

[8] 据：依靠。

[9] 薄言：语助词。愬（sù）：同"诉"，告诉。

[10] 棣棣（dài）：雍容闲雅貌。

[11] 选：同"巽"，退让。

[12] 悄悄：忧貌。

[13] 愠（yùn）：恼怒，怨恨。

[14] 觏（gòu）：同"遘"，遭逢。闵（mǐn）：痛，指患难。

[15] 静言：静然，仔细地。

[16] 寤：睡醒。辟（pì）：通"擗"，用手拍捶胸。有摽（biào）：即摽摽，搥打胸脯的样子。

[17] 居、诸：语助词。

[18] 迭：更动。微：指隐微无光。

[19] 澣（huàn）：洗涤。匪澣衣：没有洗过的脏衣服。

邶风·谷风

习习谷风 [1]，以阴以雨 [2]。黾勉同心 [3]，不宜有怒 [4]。
采葑采菲 [5]，无以下体 [6]？德音莫违，及尔同死。
行道迟迟 [7]，中心有违 [8]。不远伊迩 [9]，薄送我畿 [10]。
谁谓荼苦 [11]？其甘如荠 [12]。宴尔新昏 [13]，如兄如弟。
泾以渭浊 [14]，湜湜其沚 [15]。宴尔新昏，不我屑矣 [16]。
毋逝我梁 [17]，毋发我笱 [18]。我躬不阅 [19]，遑恤我后 [20]！
就其深矣，方之舟之 [21]。就其浅矣，泳之游之。
何有何亡 [22]，黾勉求之。凡民有丧 [23]，匍匐救之 [24]。
能不我慉 [25]，反以我为雠 [26]，既阻我德 [27]，贾用不售 [28]。
昔育恐育鞠 [29]，及尔颠覆 [30]。既生既育，比予于毒 [31]。
我有旨蓄 [32]，亦以御冬。宴尔新昏，以我御穷 [33]。
有洸有溃 [34]，既诒我肆 [35]。不念昔者，伊余来塈 [36]。

【注释】

[1] 习习：和舒貌。谷风：来自谿谷的风。《尔雅·释天》："东风谓之谷风。"

[2] 以阴以雨：为阴为雨，喻其夫暴怒不止。

[3] 黾（mǐn）勉：勤勉，努力。

[4] 有怒：又怒。

[5] 葑：蔓菁，叶、根可食。菲：萝卜之类。诗意谓采者不可因此连它的叶子都不要。后因以"采葑"为被人赏识器重的谦词。

[6] 以：用。下体：指根。此句谓要叶不要根，喻弃旧人恋新人。

[7] 迟迟：迟缓，徐行貌。

[8] 违：相背。

[9] 伊：是。迩：近。

[10] 薄：语助词。畿（jī）：指门槛。言不劳丈夫远送，送我到门边。

[11] 荼（tú）：苦菜。

[12] 荠：荠菜，一说甜菜。

[13] 宴：快乐。昏：即"婚"。

[14] 泾、渭：河名，源出甘肃，在陕西高陵县合流。

[15] 湜湜（shí）：水清貌。沚（zhǐ）：水中小洲，一说底。

[16] 屑：洁。

[17] 逝：往，去。梁：捕鱼水坝。

[18] 发：打开。笱（gǒu）：捕鱼竹笼。此二句言弃妇要求丈夫让新人不动旧人的东西。

[19] 躬：自身。阅：容纳。

[20] 遑：来不及。恤（xù）：忧，顾及。

[21] 方：筏子，此处作动词。

[22] 何有何亡：不论有无。

[23] 民：人。

[24] 匍匐：手足伏地而行，此处形容急遽和努力。

[25] 能：乃。慉（xù）：好，爱惜。能不我慉，等于说乃不我好。

[26] 雠（chóu）：同"仇"。

[27] 既：尽。阻：拒。

[28] 贾（gǔ）：卖。用：指货物。不售：卖不出。

[29] 育：长。育恐：生于恐惧。鞠：穷。育鞠：生于困穷。

[30] 颠覆：艰难，患难。

[31] 于毒：如毒虫。指丈夫厌弃妻子如毒虫。

[32] 旨：甘美。蓄：腌的干菜。

[33] 御：抵挡。

[34] 洸溃（guāng kuì）：水流湍急溃决之貌，此处借喻人暴戾刚狠之貌。

[35] 既：尽。诒：遗，给。肄（yì）：劳也。

[36] 伊：唯。来：语助词。墍（jì）：爱。伊余来墍：唯我是爱。

邶风·凯风

凯风自南 [1]，吹彼棘心 [2]。棘心夭夭 [3]，母氏劬劳 [4]。

凯风自南，吹彼棘薪 [5]。母氏圣善 [6]，我无令人。

爰有寒泉 [7]，在浚之下 [8]。有子七人，母氏劳苦。

睍睆黄鸟 [9]，载好其音。有子七人，莫慰母心。

【注释】

[1] 凯风：和暖的风，多指南风。

[2] 棘心：棘木之心，多喻人子的稚弱。朱熹《诗集传》："棘，小木，丛生，多刺，难长，而心又其稚弱，而未成者也……以凯风比母，棘心比子之幼时。"

[3] 夭夭：美盛貌，与"桃之夭夭"同义。

[4] 劬劳：劳累；劳苦之义。

[5] 棘薪：可以为薪的棘木。

[6] 圣善：聪明贤良。

[7] 寒泉：卫地水名，四季常冷。

[8] 浚：邑名，即卫地浚邑。

[9] 睍睆（xiàn huǎn）：鸟色美好或鸟声清和圆转貌。

【阅读指要】

《邶风·燕燕》。现在学者一般认为是卫君送别女弟远嫁的诗。《诗序》首倡"卫国庄姜送归妾"之说："《燕燕》，卫国庄姜送归妾也。庄姜无子，陈国女戴妫生子名完，庄姜以为己子。庄公薨，完立，而州吁（卫庄公庶子）杀之。戴妫于是大归，庄姜远送之于野，作诗见己志。"今仍从此说。

对《邶风·燕燕》还有一种哲学化的阐释，也值得关注，即以此诗言"慎独"。郭店楚简《五行篇》："［瞻望弗及］，泣涕如雨。"能"差池其羽"，然后能至哀。君子慎其［独也］。帛书《老子甲本卷后古佚书（一）·五行》："能差池其羽，然后能至哀，言至也。差池者言不在唯（衰）绖，不在衰绖也，然后能至哀。夫丧正经修领而哀杀矣。言至内者之不在外也。是之谓独。独也者舍体也。"（《马王堆汉墓帛书》）

这是中国历史上最早的一首送别诗。宋朱熹《朱子语类》："譬如画工一般，直是写得他精神出。"清方玉润《诗经原始》："前三章不过送别情景，末章乃追念其贤，虞觉难舍。且以先君相劝，而竟不能长相葆，尤为可悲。语意沉痛，不忍卒读。"宋许颛《彦周诗话》："真可以泣鬼神！"明陈舜百《读诗臆补》："'燕燕'二语，深婉可诵，后人多许咏燕诗，无有能及者。"清陈震《读诗识小录》："哀在音节，使读者泪落如豆，竿头进步，在'瞻望弗及'一语。"清人王士禛评之为"万古送别之祖"（《带经堂诗话》）。

《邶风·静女》。诗以男子口吻写幽期密约的乐趣。此诗写男女青年的幽期密约。诗中女子大胆、俏皮、可爱，"自牧归荑"，有可能来自游牧社区；倒是男子吐词婉转，颇见羞涩之态。20世纪30年代因为《静女》等诗歌的讨论，引发了对《诗经》一系列问题的讨论。

《邶风·击鼓》。《击鼓》是一首战争诗，是征夫久戍不归的思乡诗。《毛诗序》："《击鼓》，怨州吁也。卫州吁用兵暴乱，使公孙文仲将而平陈与宋。国人怨其勇而无礼也。"认为其写作背景是鲁隐公四年（前719），卫国公子州吁联合宋、陈、蔡三国伐郑。清人姚际恒则认为《毛诗序》所说"与经不合者六"，此实乃《春秋·宣公十二年》"宋师伐陈，卫人救陈"。而被晋所伐之事，应为鲁宣公十二年（前597），卫穆公出兵救陈。清人方玉润《诗经原始》则认为是"戍卒思归不得之诗"。

宋朱熹《诗集传》："卫从军者，自言其所为，因言卫国之民，或役土功于国，或筑城于漕，而独南行，有锋镝死亡之忧，危苦尤甚之。"（第二章）"平陈与宋。""旧说，以此为《春秋·隐公四年》，州吁自立之时，宁、卫、陈、蔡伐郑之事，恐或然也。"（第三章）"于是居，于是处，于是丧其马，而求之于林下。见其失伍离次无斗志也。"（第四章）"从役者念其室家，因言始为室家之时，期以死生契阔不相忘弃，又相与执手而期以偕老也。"（第五章）"言昔者契阔之约如此，而今不得活；偕老之信如此，而今不得伸。意必死亡，不复得与其室家遂前约之信也。"

钱锺书《管锥编》：《笺》："从军之士，与其伍约：'死也、生也，相与处勤苦之中，我与子成相说爱之恩。'志在相救也；'俱老'者，庶几俱免于难"；《正义》：王肃云："言国人室家之志，欲相与从；'生死契阔'，勤苦而不相离，相与成男女之数，相扶持俱老。'"按《笺》甚迂谬，王说是也，而于"契阔"解亦未确。盖征人别室妇之词，恐战死而不能归，故次章曰："不我以归，忧心有忡"。

《邶风·柏舟》。《诗序》："《柏舟》，言仁而不遇也。卫顷公之时，仁人不遇，小人在侧。"此诗写妇人不得于夫，受尽侮辱和损害，虽坚贞不屈，却孤立无援，无处可去，乃将满腔幽愤寄之于诗，以歌寄情，聊解其忧。此诗旧说分歧，还有君子在朝失意，寡妇守志不嫁等说法。

余冠英认为："从诗中用语，象'如匪浣衣'这样的比喻看来，口吻似较适合于女子。从'亦有兄弟，不可以据'两句也见出作者悲怨之由属于家庭纠纷的可能性比较大，属于政治失意的可能性比较小。"（余冠英《诗经选》）

清方润玉《诗经原始》："一章借柏舟以喻国事，其泛泛靡所底极之形自见。二章用翻笔接入，势捷而矫。四章写受晋，极沉郁痛切之至。五章写悯乱，极愤昈惶惑之心。"

《邶风·谷风》。早期的说法，强调"刺夫妇失道也"。《诗序》："《谷风》，刺夫妇失道也。卫人化其上，淫乱新婚而弃其旧室，夫妇离绝，国俗伤败焉。"宋代朱熹还原其为"弃妇诗"。《诗集传》："妇人为夫所弃，故作此诗，以叙其悲怨之情。言阴阳和而后雨泽降，如夫妇和而后家道成。故为夫妇者，当黾勉以同心，而不宜至于有怒。又言采葑菲者，不可以其根之恶而弃其茎之美，如为夫妇者，不可以其颜色之衰而弃其德音之善。但德音之不违，则可以与尔同死矣。"

在婚恋诗中最能反映社会问题的是"弃妇诗"。以《邶风·谷风》和《卫风·氓》为代表的"弃妇诗"，以浓郁的哀伤情调，描述了沉痛的婚恋悲剧。跟《氓》里刚强而果断的弃妇形象相比，《谷风》弃妇的性格是柔婉而温顺的，她那如泣如诉的叙述和徘徊迟疑的行动，表现了她思想的软弱和糊涂。其末章云"不念昔者，伊余来塈"，可见她仍是心存妄想。此诗可以和《氓》对读。

清方玉润《诗经原始》："一章通章全用比体。先论夫妇常理作冒。二章次言见弃，即从辞别起，省却无数笔墨。三章乃推见弃之故，在色衰不在德失。四章自道勤劳，见无可弃之理。五章言夫但念劳于贫苦之时，而相弃于安乐之后。六章末即琐事见夫之忍且薄，因追忆及初来相待之厚，掉转作收，章法完密。"

《邶风·凯风》。关于《凯风》的写作意图，说法不一。《毛诗序》："《凯风》，美孝子也。卫之淫风流行，虽有七子之母，犹不能安其室。故美七子能尽其孝道，以慰母心，而成其志尔。"认为是赞美孝子的诗。朱熹《诗集传》承其意旨："母以淫风流行，不能自守，而诸子自责，但以不能事母，使母劳苦为词。婉词几谏，不显其亲之恶，可谓孝矣。"闻一多《诗经通义》则认为这是一首"名为慰母，实为谏父"的诗。现代学者一般将其理解为歌颂母爱的作品。由于此诗，"凯风"一词有了游子思母孝亲的特定含义，温暖的南风也成为游子颂母之作中的常见意象。

前人高度评价此诗。明钟惺《评点诗经》："棘心、棘薪，易一字而意各入妙。用笔之工若此。"清刘沅《诗经恒解》："悱恻哀鸣，如闻其声，如见其人，与《蓼莪》皆千秋绝调。"

鄘风·柏舟

泛彼柏舟，在彼中河[1]。髧彼两髦[2]，实维我仪[3]。之死矢靡它[4]！母也天只[5]，不谅人只！

泛彼柏舟，在彼河侧。髧彼两髦，实维我特[6]。之死矢靡慝[7]！母也天只，不谅人只！

【注释】

[1] 中河：即河中。

[2] 髧（dàn）：头发下垂状。两髦（máo）：男子未冠前剪发齐眉，分向两边梳着。

[3] 仪：配偶。

[4] 之：到。矢：誓。靡它：无他心。

[5] 只：语助词。

[6] 特：配偶。

[7] 靡慝：无所改变。慝（tè），忒的借字。

【阅读指要】

《诗序》："《柏舟》，共姜自誓也。卫世子共伯蚤死，其妻守义，父母欲夺而嫁之，誓而弗许，故作是诗以绝之。"

这首恋歌表现了青年男女对礼法压迫的反抗及其内心创伤。一个未嫁少女找好了结婚对象，心仪一个"髧彼两髦"的男孩，却遭到了母亲的反对，只有呼天唤地以示抗争。这类诗歌反映的社会问题，是爱情同礼教、社会舆论的矛盾。此间爱情的障碍不是恋人之间的感情纠葛，而是外来的社会压力。

清方玉润《诗经原始》评："一章《邶》之《柏舟》曰'泛泛其流'，则为中流不系之舟，以喻国势之危也。此之《柏舟》曰'在彼中河'，则为中流自在之舟，以喻人心之定也。然置此诗于《静女》、《新台》、《墙茨》之间，不可谓之'中流砥柱'乎！"

卫风·伯兮

伯兮朅兮，邦之桀兮[1]。伯也执殳[2]，为王前驱。

自伯之东，首如飞蓬。岂无膏沐？谁适为容 [3]！

其雨其雨，杲杲出日 [4]。愿言思伯，甘心首疾 [5]。

焉得谖草？言树之背 [6]。愿言思伯，使我心痗 [7]。

【注释】

[1] 伯：兄弟姐妹中年长者称伯，此处系指其丈夫。朅（qiè）：英武高大。桀：同"杰"。

[2] 殳（shū）：古代的一种武器，用竹木做成，有棱无刃。

[3] 膏沐：面膏、发油之类。适（dí）：悦。容：容饰。

[4] 杲（gǎo）：日出明亮貌。

[5] 愿言：愿然，沉思貌。甘心首疾：虽头痛也心甘情愿。首疾，即"疾首"，倒文以叶韵。

[6] 谖（xuān）草：萱草，忘忧草，俗称黄花菜。背：屋子北面。

[7] 痗（mèi）：忧思成病。

卫风·硕人

硕人其颀 [1]，衣锦褧衣 [2]。齐侯之子，卫侯之妻 [3]。东宫之妹，邢侯之姨，谭公维私 [4]。

手如柔荑 [5]，肤如凝脂，领如蝤蛴，齿如瓠犀 [6]。螓首蛾眉 [7]，巧笑倩兮，美目盼兮 [8]。

硕人敖敖，说于农郊 [9]。四牡有骄，朱幩镳镳，翟茀以朝 [10]。大夫夙退，无使君劳 [11]。

河水洋洋，北流活活 [12]。施罛濊濊，鳣鲔发发，葭菼揭揭 [13]。庶姜孽孽，庶士有朅 [14]。

【注释】

[1] 硕：高大。颀（qí）：长貌。

[2] 褧（jiǒng）：古代女子出嫁时在途中所穿，细麻布做的套在外面的罩衣。

[3] 齐侯：齐庄公。卫侯：卫庄公。

[4] 东宫：指齐国太子得臣。邢：国名，在今河北省邢台县。姨：妻的姊妹。谭：国名，在今山东省历城县东南。维：犹其。私：古时女子称姊妹之夫为私。

[5] 荑（tí）：通"稊"，初生的茅。柔荑：植物初生的叶芽，比喻女子柔嫩洁白的手。

[6] 领：颈。蝤蛴（qiú qí）：天牛的幼虫，白色身长。瓠（hù）犀：瓠瓜的籽，洁白整齐，比喻美女的牙齿。

[7] 螓（qín）：虫名，古书上指像蝉的一种昆虫，额宽广而方正。

[8] 倩：口颊含笑的样子。盼：黑白分明。

[9] 敖敖：高貌。说（shuì）：通"税"，停息。

[10] 牡：雄性的马匹。骄：壮貌。朱幩（fén）：缠在马口铁两旁上的红绸子。镳（biāo）镳：盛美的样子。翟（dí）：翟羽，古代乐舞所执雉羽。茀（fú）：车蔽，古代妇女乘车不露于世，车之前后设障以自隐蔽。翟茀是茀上用雉羽做装饰，"朝"是说与卫君相会。

[11] "大夫"二句：今日群臣早退，免使卫君劳于政事。

[12] 河：黄河。洋洋：水盛大貌。活活：音括，水流声。

[13] 施罛（gū）：撒渔网。濊濊（huò）：撒网下水声。鳣（zhān）：大鲤鱼。鲔（wěi）：古书上指鲟鱼。发（pō）：形容词，鱼尾动声。葭（jiā）：芦。菼（tǎn）：初生的荻草。揭：修长的样子。

[14] 庶姜：指随嫁的众女。孽孽：高长貌。揭（qiè）：威武高大貌。

卫风·氓

氓之蚩蚩[1]，抱布贸丝[2]。匪来贸丝，来即我谋[3]。送子涉淇[4]，至于顿丘[5]。匪我愆期[6]，子无良媒。将子无怒[7]，秋以为期。

乘彼垝垣[8]，以望复关[9]。不见复关，泣涕涟涟[10]。既见复关，载笑载言[11]。尔卜尔筮[12]，体无咎言[13]。以尔车来，以我贿迁[14]。

桑之未落，其叶沃若[15]。于嗟鸠兮，无食桑葚[16]。于嗟女兮，无与士耽[17]。士之耽兮，犹可说也[18]。女之耽兮，不可说也！

桑之落矣，其黄而陨[19]。自我徂尔[20]，三岁食贫[21]。淇水汤汤[22]，渐车帷裳[23]。女也不爽[24]，士贰其行[25]。士也罔极[26]，二三其德[27]。

三岁为妇，靡室劳矣[28]。夙兴夜寐，靡有朝矣[29]。言既遂矣[30]，至于暴矣[31]。兄弟不知，咥其笑矣[32]。静言思之，躬自悼矣[33]。

及尔偕老[34]，老使我怨[35]。淇则有岸，隰则有泮[36]。总角之宴[37]，言笑晏晏[38]。信誓旦旦[39]，不思其反[40]。反是不思，亦已焉哉[41]。

【注释】

[1] 氓：民，代指诗中男子。蚩蚩：敦厚的样子；一说同"嗤嗤"，嬉笑的样子。

[2] 布：布匹；一说为泉布，即货币。

[3] 即：就，靠近，前来。谋：商量事情。

[4] 淇水：卫国的一条河流。

[5] 顿丘：卫国的一个邑名。

[6] 愆：误，拖延。

[7] 将：请。

[8] 乘：登。垝垣：已坏的墙。

[9] 复关：一说是男子所居之地，借指男子本人；一说是重关，里外两层的城关，是氓要经过的地方。

[10] 涟涟：泪流不止貌。

[11] 载：助词，带"乃"、"且"、"又"的语气。

[12] 卜：用龟甲等占卜。筮：用蓍草占卜。

[13] 体：指卦辞，卦象。咎言：不吉利的言辞。

[14] 贿：财物，这里指嫁妆。迁：搬走。

[15] 沃若：桑叶润泽的样子，比喻情意正浓。

[16] 桑葚：桑树的果实。据说鸠鸟多吃它就会昏醉，比喻女子沉溺于爱情之中就不能自拔。

[17] 耽：沉溺。

[18] 说：即"脱"，解脱。

[19] 陨：坠落，喻爱情衰竭。

[20] 徂：往。

[21] 此句指过贫苦日子。

[22] 汤汤：水势大的样子。

[23] 渐：浸湿。帷裳：车上的布幔。这两句有两种解释。《正义》据《郑笺》解说："言已虽知汝贫，犹尚冒此深水渐车之难而来。已专心于汝。"一说此指女子被休弃后渡淇水而归的情况。后说较多，与下文相连，因为"女也不爽，士贰其行"，所以女子被弃。

[24] 爽：过错。

[25] 貳："忒"的借字，过失，过错。

[26] 罔极：没有极限，没有准则。

[27] 二三：三心二意，不断改变的意思，二三作动词。

[28] 靡：无。室：室家之劳，言不以操持家务为劳苦。

[29] 靡有朝矣：言不止一日，日日如此。

[30] 言：语助词。遂：一说遂愿顺心，一说犹"久"。

[31] 暴：粗暴的态度，与开头"怒"暗合，说明氓的脾气并不好。

[32] 咥：讥笑的样子。

[33] 躬：自己，自身。悼：伤。女子自己伤心自己的不幸遭遇。

[34] 及尔偕老：从前你曾说要白头到老。

[35] 老使我怨：现在想起你那"白头到老"的话，徒然增加我的怨恨。

[36] 此二句言淇有岸，隰有畔，而丈夫的行为却放荡，无拘束。也可以理解成比喻自己的痛苦无边。又，闻一多认为隰是水名，即漯河，与淇水同流于卫境。

[37] 总角：古时未成年小孩把头发扎成两个角形，形似牛角，这里指儿童时代。宴：快乐。

[38] 晏：和悦貌，说说笑笑，和柔温顺。

[39] 信誓：忠诚信实的发誓。旦旦：诚恳貌，或作矢誓或明明白白。

[40] 不思其反：可以理解为"男子当时发誓的话，不要设想这些誓言会被违反"，也可以理解为"没想到他违反了当初的誓言"。

[41] "反是"二句：一说既然他违反了誓约，不思念当初，也就算了吧！已，终止。一说此二句意义相同，因叶韵而改变了句式。即不要再想从前的事了，丢开算了吧！

【阅读指要】

《卫风·伯兮》。《诗序》："《伯兮》，刺时也。言君子形役，为王前驱，过时而不反焉。"此诗写一位妇女由于思念远戍的丈夫而痛苦不堪。诗中说伯执殳前驱，是担任当时"旅贲"的官职，属于"中士"级别，地位相当高，不是一般士卒，他的妻子当然也是上层人物。此诗写室家怨思之苦，情意至深，对后世闺怨思远之作有很大影响。清方玉润《诗经原始》："二章宛然闺阁中语，汉魏诗多袭此调。四章奇想。"

《卫风·硕人》。这是赞美卫庄公夫人庄姜的诗。清牛运震《诗志》："首二句一幅小像，后五句一篇小传。"在静态美描写基础上，画龙点睛，写其巧笑、美目，开启了后代描绘人物肖像的先河。正如清孙联奎《诗品臆说》："《卫风》之咏硕人也，曰'手如柔荑'云云，犹是以物比物，未见其神。至曰'巧笑倩兮，美目盼兮'，则传神写照，正在阿堵，直把个绝世美人，活活地请出来，在书本上滉漾。千载而下，犹亲见其笑貌。"清方玉润《诗经原始》："千古颂美人者，无出'巧笑倩兮，美目盼兮'二语。"

《卫风·氓》。这是一篇弃妇之作。女主人公叙述自己从恋爱到被弃的经过，感情悲愤、真挚。旧时注家对此诗颇多曲解。《诗序》说："氓，刺时也。宣公之时，礼义消亡，淫风大行。男女无别，遂相奔诱。华落色衰，复相弃背，丧其妃耦。故序其事以风焉。美反正，刺淫佚也。"朱熹《诗集传》认为："此淫妇为人所弃，而自叙其事，以道其悔恨之意也。夫既与之谋，而不遂往，又责无所以难其事，再为之约以坚其志。其计亦狡矣，以御蚩蚩之氓，宜其有作而不免于见弃。盖一失其身，人所贱恶，始虽以欲而迷，后必以时而悟，是以无往而不困耳！士君子立身一败，而万事瓦裂者，何以异此？可不戒哉！"都是以封建观点歪曲了本篇的思想意义。

欧阳修较早提出异议，认为这是"女责其男之语"。其《诗本义》："《氓》，据《序》是卫国淫奔之女色衰而为其男子所弃，困而自悔之辞也。今考其诗，一篇始终皆是女责其男之语。凡言子言尔者，皆女谓其男也。至于'尔卜尔筮'独以谓告此妇人曰：'我卜汝宜为室家。'且上下文初无男子之语，忽以此一句为男告女，岂成文理？据诗所述，是女被弃逐怨悔，而追序与男相得之初殷勤之笃，而责其终始弃背之辞。"

其实这是一个古老的、现在仍然经常发生的悲剧故事：痴情女子负心郎。诗中女主人公纯洁善良，勤劳刚强，富于感情而又理智，经受苦难却更坚强，最终却不幸做了弃妇；而男主人公氓则是一位寡情薄义、言行反复的负心汉，虽然没有直接出场，但从女主人公的叙述中可以看出，他无信无义，自私奸诈。清牛运震由称谓的变换体味女主人公的用心，颇有启发。其《诗志》云："称之曰'氓'，鄙之也；曰'子'曰'尔'，亲之也……曰'士'，欲深斥之，而谬为贵之也。称谓变换，俱有用意处。"

王风·采葛

彼采葛兮[1]，一日不见，如三月兮。

彼采萧兮[2]，一日不见，如三秋兮[3]。

彼采艾兮[4]，一日不见，如三岁兮。

【注释】

[1] 葛：一种蔓生植物，块根可食。

[2] 萧：即艾蒿，古时常用于祭祀的香草。

[3] 三秋：义同三季，九个月。

[4] 艾：多年生草本植物，白色。

王风·君子于役

君子于役，不知其期[1]。曷至哉？鸡栖于埘[2]。日之夕矣，羊牛下来[3]。君子于役，如之何勿思[4]！

君子于役，不日不月[5]。曷其有佸？鸡栖于桀[6]。日之夕矣，羊牛下括[7]。君子于役，苟无饥渴[8]？

【注释】

[1] 于：往。役：服劳役。期：指服役的还期。

[2] 曷（hé）：何时。至：归家。埘（shí）：鸡舍，凿墙而成。

[3] 羊牛下来：《郑笺》："羊牛从下牧地而来"。

[4] 如之何勿思：如何不思。如之，犹说"对此"。

[5] 不日不月：无日无月，没法用日月来计算时间。

[6] 佸（huó）：相会，来到。桀：《鲁诗》作"榤"，可折叠的竹木所编的圈子。

[7] 括：来到，音义同"佸"。

[8] 苟：诚，犹如实。希冀君子在外幸无饥渴。

王风·黍离

彼黍离离，彼稷之苗[1]。行迈靡靡[2]，中心摇摇[3]。

知我者，谓我心忧；不知我者，谓我何求。悠悠苍天，此何人哉？

彼黍离离，彼稷之穗。行迈靡靡，中心如醉。

知我者，谓我心忧；不知我者，谓我何求[4]。悠悠苍天[5]，此何人哉？

彼黍离离，彼稷之实。行迈靡靡，中心如噎[6]。

知我者，谓我心忧；不知我者，谓我何求。悠悠苍天，此何人哉？

【注释】

[1] 黍（shǔ）：即大黄米。离离：行列貌。稷（jì）：高粱，另说小米。二句兼写黍稷之状。

[2] 行迈：复合词，即"行"，远行。靡靡：脚步缓慢的样子。

[3] 中心：即心中。摇摇：同"愮愮"，《毛传》："摇摇，忧无所诉。"

[4] 何求：寻求什么。

[5] 悠悠：遥远。

[6] 噎（yē）：气逆不能呼吸。

【阅读指要】

《王风·采葛》。婚恋诗中那些情感深沉执著的恋歌使人过目难忘。此诗写出了刻骨的相思。

《王风·君子于役》。此诗以重章叠句、回环复沓的形式，有效地表达了思妇对征人的刻骨相思和对役政的不满。诗中有画，情景交融，睹物是写景，怀人是写情，写出了情景交融的凄凉境界，使人感到"如画"。

许瑶光《再读诗经四十二首》评云："鸡栖于桀下牛羊，饥渴萦怀对夕阳。已启唐人闺怨句，最难消遣是昏黄。"

《王风·黍离》。《黍离》在《国风》的怨刺诗中是比较含蓄哀婉的作品。

《毛序》："黍离，闵宗周也。周大夫行役至于宗周，过故宗庙宫室，尽为禾黍。闵周室之颠覆，仿偟不忍去，而作是诗也。"此说影响很大，人们往往把亡国之痛、兴亡之感，称作"黍离之悲"。冯沅君《诗史》则说："这是写迁都时心中的难受。"二说虽不同，但此诗作者遭遇重大的政治变故则是可以肯定的。全诗用赋的手法，直赋胸臆，且长于心理描写。（参见程俊英、蒋见元《诗经注析》）

郑风·溱洧

溱与洧 [1]，方涣涣兮 [2]。士与女，方秉蕳兮 [3]。

女曰观乎？士曰既且 [4]。且往观乎 [5]？

洧之外，洵訏且乐 [6]。维士与女 [7]，伊其相谑 [8]，赠之以勺药 [9]。

溱与洧，浏其清矣 [10]。士与女，殷其盈矣 [11]。

女曰观乎？士曰既且。且往观乎？

洧之外，洵訏且乐。维士与女，伊其将谑 [12]，赠之以勺药。

【注释】

[1] 溱（zhēn）、洧（wěi）：郑国二水名，源出河南。溱水发源于今河南密县东北。
　　洧水发源于今河南登封县东阳城山，即今河南省双洎河。溱、洧二水汇合于密县。

[2] 方：正。涣涣：河水解冻后满涨貌。

[3] 秉：执，此处意为身上插着。蕳（jiān）：一种兰草，生在水边的泽兰，与山兰有别。
　　当地当时习俗，手持兰草，可被除不祥。

[4] 既：已经。且（cú）：同"徂"，去，往。

[5] 且：再。

[6] 洵：诚然，确实。訏（xū）：广阔。

[7] 维：发语词。

[8] 伊：句首语气词。相谑：互相调笑。

[9] 勺药：即"芍药"，一种香草，与今之木芍药不同。古时"勺"与"约"同音，
　　"勺药"即"约邀"，情人借此表达爱和结良的意思。

[10] 浏：水深的样子。

[11] 殷：众多。盈：满。

[12] 将：即"相"。

郑风·褰裳

子惠思我，褰裳涉溱 [1]。子不我思，岂无他人，狂童之狂也且 [2]。

子惠思我，褰裳涉洧。子不我思，岂无他士，狂童之狂也且。

【注释】
[1] 褰裳：撩起下裳。

[2] 狂童：轻狂顽劣的少年，犹言"傻小子"。也且（jū）：语气助词。

郑风·将仲子

将仲子兮[1]，无逾我里[2]，无折我树杞[3]！岂敢爱之[4]？
畏我父母。仲可怀也[5]，父母之言，亦可畏也。
将仲子兮，无逾我墙，无折我树桑[6]！岂敢爱之？
畏我诸兄。仲可怀也，诸兄之言，亦可畏也。
将仲子兮，无逾我园[7]，无折我树檀！岂敢爱之？
畏人之多言。仲可怀也，人之多言，亦可畏也。

【注释】

[1] 将（qiāng）：请。仲子：诗中男子的表字。仲，弟兄排行第二为仲。

[2] 逾（yú）：越过。里：古时五家为邻，五邻为里，里外有墙，此处即指里墙。

[3] 折：攀折，踩断。杞（qǐ）：树木名，即杞树。

[4] 爱：吝惜之意。之：指杞树。

[5] 怀：思念。

[6] 树桑：古代墙边种桑树，园中种檀树。

[7] 逾园：逾墙。种果木菜蔬的地方有围墙者为园。

郑风·野有蔓草

野有蔓草[1]，零露溥兮[2]。有美一人，清扬婉兮[3]。邂逅相遇[4]，
适我愿兮[5]。

野有蔓草，零露瀼瀼[6]。有美一人，婉如清扬。邂逅相遇，与子偕臧[7]。

【注释】

[1] 蔓草：蔓生的草。

[2] 零：落。溥（tuán）：同"团"，凝聚成水珠。

[3] 清扬：形容眼睛清澄明亮。婉：读为腕（wān），目大貌。

[4] 邂逅：不期而遇。

[5] 适我愿：称心满意，合我心愿。

[6] 瀼（ráng）瀼：露珠肥大貌。

[7] 偕臧（cáng）：一同藏匿。

郑风·女曰鸡鸣

女曰鸡鸣，士曰昧旦[1]。子兴视夜[2]，明星有烂[3]。将翱将翔[4]，弋凫与雁[5]。

弋言加之[6]，与子宜之[7]。宜言饮酒，与子偕老。琴瑟在御[8]，莫不静好[9]。

知子之来之[10]，杂佩以赠之[11]。

知子之顺之[12]，杂佩以问之[13]。

知子之好之[14]，杂佩以报之。

【注释】

[1] 昧旦：即昧爽，天色将明未明之际。

[2] 兴：起。视夜：察看夜色。

[3] 明星：启明星，即金星。烂：明亮。

[4] 将翱将翔：翱翔本是鸟飞之貌，这里指人遨游、徜徉。

[5] 弋（yì）：射，用生丝做绳，系在箭上射鸟。凫：野鸭。

[6] 言：语助词，下同。加：射中。

[7] 与：犹为。宜：用适当地方法烹饪。

[8] 御：侍。

[9] 静好：安静和乐，指琴瑟之声。

[10] 来：读为勑，和顺。

[11] 杂佩：古人佩饰，上系珠、玉等，质料和形状不一，故称杂佩。

[12] 顺：柔顺。

[13] 问：赠送。

[14] 好（hào）：爱恋。

郑风·出其东门

出其东门，有女如云 [1]。虽则如云，匪我思存 [2]。缟衣綦巾 [3]，聊乐我员 [4]。

出其闉阇 [5]，有女如荼 [6]。虽则如荼，匪我思且。缟衣茹藘 [7]，聊可与娱。

【注释】

[1] 如云：形容盛多的样子。

[2] 思存：思念。

[3] 缟衣綦巾：白绢上衣与浅绿色围裙，古时女子所穿服装。

[4] 聊：且，愿。员：同"云"，语助词；一说友，亲爱。指身着白衣绿裙的那个人，才是我心爱的女子。

[5] 闉阇：古代城门外瓮城的重门。

[6] 荼：茅花，白色。茅花开时一片皆白，形容女子众多。

[7] 茹藘：即茜草，其根可作绛红色染料，这里指女子所穿的绛红色蔽膝。

郑风·风雨

风雨凄凄 [1]，鸡鸣喈喈 [2]。既见君子，云胡不夷 [3]。

风雨潇潇 [4]，鸡鸣胶胶 [5]。既见君子，云胡不瘳 [6]。

风雨如晦 [7]，鸡鸣不已 [8]。既见君子，云胡不喜。

【注释】

[1] 凄凄：形容寒凉。

[2] 喈（jiē）喈：鸡鸣声。

[3] 云：句首语气词。胡：何。夷：平，指心中平静。

[4] 潇潇：急骤。

[5] 胶胶：或作"嘐嘐"，鸡鸣声。

[6] 瘳（chōu）：病愈，此指愁思萦怀的心病消除。

[7] 晦：言昏暗如夜。

[8] 已：止。

【阅读指要】

《郑风·溱洧》。关于此诗的主题，主要有汉代以后《毛诗》系统的"刺乱"说，即讽刺当时晋国政治的混乱和风俗的淫佚；宋代朱熹《诗集传》开启的"淫诗"说，认为"此诗淫奔者自叙之词"。其实这是一首反映青年男女春日欢会习俗的诗歌。古代习俗，在每年上巳日，即农历三月三日，人们都去到水边洗濯，以被除不祥。汉人高诱曾说："郑国淫辟，男女私会于溱洧之上，有询讦于乐，勺药之和。"诗中被除不祥的风俗已让位于青年男女的游春。诗中有景色，有人物，有场面，有特写。相赠相结，更给人无限想象。

《郑风·褰裳》。这首诗是一位女子戏谑情人的情诗。《毛诗序》提到："《褰裳》，思见正也。狂童恣行，国人思大国之正己也。狂童恣行，谓突与忽争国，更出更入，而无大国正之。"宋人朱熹则认为是"淫女语其私者"。《诗集传》："淫女语其私者曰：子惠然则思我，则将褰裳而涉溱以从子，子不我思，则岂无他人之可从，而必于子哉！狂童之狂也且！亦谑之辞。"承认爱情诗的同时亦带有那个时代的教化观念。当代学者多认为是女子戏谑情人的诗歌。全诗只有二章，篇幅短小，集中于描写女子的口语，读者可以感受到女主人公大胆泼辣、调皮爽朗的性格特点。此诗可与《溱洧》一诗联系起来对读。

《郑风·将仲子》。写女子与心上人倾心相爱，但是又惧怕父兄反对和旁人的风言风语，婉曲之中不乏怨尤。一个男子经常翻墙逾园去见女孩，女孩因怕风言风语之中伤，于是诗中既严词劝阻之，又处处表明她对情人的真心。这是一个善解人意的女孩，但是他们的爱情已在遭受社会和家庭的阻力。

《郑风·野有蔓草》。《毛传》："《野有蔓草》，思遇时也。君之泽不下流，民穷于兵革。男女实时，思不期而会焉。"《郑笺》："蔓草而有露，谓仲春之月，草始生，霜为露也。《周礼》：仲春之月，令会男女之无夫家者。"这首诗发生在"媒氏掌万民之判"、"令会男女"的社会环境之中。写一个男子邂逅"清扬婉兮"的美女，不仅合其心愿，还和女子躲藏起来幽会。全诗情景如画，勾勒出一幅"春日丽人图"。

《郑风·女曰鸡鸣》。以夫妇对话的形式，写清晨小两口赖床的片段，饶有风趣，表现了夫妇缠绵恩爱的情意。这首夫妻情话的诗，生活气息浓烈，是现实生活的白描。

《郑风·出其东门》。《出其东门》有多种解读。《毛诗序》曰："《出其东门》，闵乱也。公子五争，兵革不息，男女相弃，民人思保其室家焉。"认为是"闵乱"之作，在郑国内乱中"兵革不息，男女相弃，民人思保其室家焉"。朱熹《诗集传》则称："人见淫奔之女而作此诗。以为此女虽美且众，而非我思之所存，不如己之室家，虽贫且陋，而聊可自乐也。"清人姚际恒《诗经通论》认为此诗非淫奔之诗，并断诗中"缟衣綦巾"者为主人公妻室。清人马瑞辰《毛诗传笺通释》引《夏小正》"缟衣为未嫁女所服之"，断定"缟衣綦巾"是诗歌主人公的爱恋对象。当代学者一般认为这是写男子对爱恋对象表示专一不二的诗。从这众多解读中，我们可以感知同一首诗，在不同的时代有不同的解读方式，以及读者作为审美主体，其经验、情感、艺术趣味对于解读文本的重要性。

《郑风·风雨》。关于《风雨》的诗旨，由于该诗形成了象征意象和象征结构，往往一诗多解。今人或主"夫妻重逢"，或主"喜见情人"，联系诗境，前说更合情理。然而，汉代经生的"乱世思君"说，却在后世产生了积极的影响。《毛诗序》曰："《风雨》，思君子也。乱世则思君子不改其度焉。"郑笺曰："兴者，喻君子虽居乱世，不变改其节度。……鸡不为如晦而止不鸣。"陈文忠解释说："这样，'风雨'便象征乱世，'鸡鸣'便象征君子不改其度，'君子'则由'夫君'之君变成为德高节贞之君子了。这虽属附会，却也有其文本依据。因为，'君子'，在《诗经》时代，可施诸可敬、可爱、可亲之人，含义不定。因此，把赋体的白描意象理解为比体的象征意象，就可能生发'乱世思君'的联想；而把'风雨如晦'的自然之景，理解为险恶的人生处境或动荡的社会环境，也符合审美规律。故后世许多士人君子，常以虽处'风雨如晦'之境，仍要'鸡鸣不已'自励。"（《先秦诗鉴赏辞典》）

这是一首风雨怀人的名作。写在风雨凄凄之时终于得见君子的喜悦，无尽的情态在不言之言中流露。三章叠咏，诗境单纯，却具有丰富的艺术意蕴。清方玉润《诗经原始》："此诗人善于言情，又善于即景以抒怀，故为千秋绝调。"

清姚际恒《诗经通论》："'如晦'正写其明也。惟其明，故曰'如晦'。惟其如晦，'凄凄'、'潇潇'时尚晦可知。"诗篇在易词申意的同时，对时态的运动和情态的发展，又有循序渐进的微妙表现。关于时态的渐进，姚氏说"'喈喈'为众声和，初鸣声尚微，但觉其众和耳。'胶胶'，同声高大也。三号以后，天将晓，相续不已矣"。

汉代经生的"乱世思君"说在后代也很盛行，风雨、鸡鸣遂成常用典故。南朝梁简文帝《幽絷题壁自序》云："梁正士兰陵萧纲,立身行己,终始如一。风雨如晦,鸡鸣不已。"郭沫若创作于五四运动退潮期的《星空·归来》中也写道:"游子归来了,在这风雨如晦之晨,游子归来了!"从现代接受美学看,这种立足文本的审美再创造是无可非议的;而《毛序》的这一"附会",也可以说是一种"创造性的误读"。(参见《先秦诗鉴赏辞典》)

齐风·东方之日

东方之日兮,彼姝者子[1],在我室兮。在我室兮,履我即兮[2]。
东方之月兮,彼姝者子,在我闼兮[3]。在我闼兮,履我发兮[4]。

【注释】

[1] 姝:貌美。子:指女子。
[2] 履:踩。即:膝的借字。古人跪坐席上,所以其膝能踩到。(余冠英说)
[3] 闼(tà):内门。
[4] 发:指脚。

齐风·鸡鸣

鸡既鸣矣,朝既盈矣[1]。匪鸡则鸣[2],苍蝇之声。
东方明矣,朝既昌矣[3]。匪东方则明,月出之光。
虫飞薨薨[4],甘与子同梦[5]。会且归矣[6],无庶予子憎[7]。

【注释】

[1] 朝:朝堂,一说早集。既盈:言人已满。
[2] 匪:同"非"。则:犹"之"。
[3] 昌:盛,言人多。
[4] 薨薨(hōng):飞虫的振翅声。
[5] 甘:乐。
[6] 会:朝会。且:将。
[7] 无庶:同"庶无"。庶,幸,希望。予:与,给。子:你。予子憎:招人憎恶

你，代词宾语前置。憎，憎恶、厌恶。

【阅读指要】

《齐风·东方之日》。诗中的男子婚后还是不相信自己已娶到了意中人，疑在梦中，而美丽的新娘已静处室内，等待着将自己的一切交托给他。好事成真，美梦成真，这首诗就是写得到意中人的那种令人震撼的喜悦。

《齐风·鸡鸣》。此诗的主题历来有争议，主要有"思贤妃"、"刺荒淫"、"美勤政"、"贤妇警夫早朝"等说法。不管如何，其诗原意是一对贵族夫妇床头对话，妻催夫早起以免误了朝政。采取问答联句体，男女对话，饶有趣味。姚际恒《诗经通论》："愚谓此诗妙处须于句外求之。"方玉润认为，首次两章上两句为夫人言，下两句是丈夫言，末章全是夫人言。

魏风·伐檀

坎坎伐檀兮[1]，寘之河之干兮[2]，河水清且涟猗[3]。
不稼不穑[4]，胡取禾三百廛兮[5]？
不狩不猎[6]，胡瞻尔庭有县貆兮[7]？彼君子兮[8]，不素餐兮[9]！
坎坎伐辐兮[10]，寘之河之侧兮，河水清且直猗[11]。
不稼不穑，胡取禾三百亿兮[12]？
不狩不猎，胡瞻尔庭有县特兮[13]？彼君子兮，不素食兮！
坎坎伐轮兮，寘之河之漘兮[14]，河水清且沦猗[15]。
不稼不穑，胡取禾三百囷兮[16]？
不狩不猎，胡瞻尔庭有县鹑兮[17]？彼君子兮，不素飧兮[18]！

【注释】

[1] 坎坎：象声词，伐木声。檀：青檀树。
[2] 寘：同"置"，放置。干：水边。
[3] 涟：风行水成纹曰涟。猗（yī）：语气助词。
[4] 稼（jià）：播种。穑（sè）：收获。
[5] 胡：为何。禾：谷物。三百廛（chán）：三百户。

[6] 狩：冬猎。猎：夜猎。

[7] 县（xuán）：通"悬"，悬挂。貆（huán）：猪獾，也有说是幼小的貉。

[8] 君子：指有地位有权势者，含讽意。

[9] 素餐：白吃饭，不劳而获。

[10] 辐：车轮上的辐条。

[11] 直：水流的直波。

[12] 亿：通"束"。

[13] 瞻：向前或向上看。特：三岁兽。

[14] 漘（chún）：水边。

[15] 沦：小波纹。

[16] 囷（qūn）：小而圆的仓廪。

[17] 鹑（chún）：形体似鸡雏，头小尾秃的鸟。

[18] 飧（sūn）：熟食，此泛指吃饭。

魏风·硕鼠 [1]

硕鼠硕鼠，无食我黍 [2]！三岁贯女 [3]，莫我肯顾。
逝将去女 [4]，适彼乐土。乐土乐土，爰得我所 [5]。
硕鼠硕鼠，无食我麦！三岁贯女，莫我肯德 [6]。
逝将去女，适彼乐国 [7]。乐国乐国，爰得我直 [8]。
硕鼠硕鼠，无食我苗！三岁贯女，莫我肯劳 [9]。
逝将去女，适彼乐郊。乐郊乐郊，谁之永号 [10]？

【注释】

[1] 硕鼠：大田鼠。

[2] 无：毋，不要。黍：黍子，也叫黄米，谷类。

[3] 三岁，指多年。贯：事，侍奉。女：通"汝"，指剥削者。

[4] 逝：通"誓"。去：离开。

[5] 爰：乃，于是。所：处所。

[6] 德：加恩，施惠。

[7] 国：域，即地方。

[8] 直：王引之《经义述闻》："当读为职，职亦所也。"

[9] 劳：慰劳。

[10] 之：其，表示诘问语气。永号：长叹。号，呼喊。

魏风·陟岵

陟彼岵兮[1]，瞻望父兮[2]。父曰：嗟予子行役[3]，夙夜无已[4]。上慎旃哉[5]，犹来无止[6]。

陟彼屺兮[7]，瞻望母兮。母曰：嗟予季行役，夙夜无寐。上慎旃哉，犹来无弃。

陟彼冈兮，瞻望兄兮。兄曰：嗟予弟行役，夙夜必偕。上慎旃哉，犹来无死。

【注释】

[1] 陟（zhì）：登上。岵（hù）：多草木的山。

[2] 瞻望：远望，展望。

[3] 行役：旧指因服兵役、劳役或公务而出外跋涉。

[4] 夙夜：朝夕，日夜。

[5] 旃（zhān）：之、焉二字的合读，训为"之"。

[6] 无止：不倦，不怠。

[7] 屺：没有草木的山。

【阅读指要】

《魏风·伐檀》。这是一首魏国的民歌，是一首嘲骂剥削者不劳而食的诗。此诗运用对比的手法来反映剥削者与被剥削者的区别，讽刺并责问了不劳而获的剥削者，强烈地反映出当时劳动人民对统治者的怨恨，是《诗经》中反剥削反压迫最有代表性的诗篇之一。

章法结构采用的是反复重沓的形式，强化了主题，突出了重点。句式安排则长短错落，参差灵活，舒卷自如，十分生动灵活，富于感染力。质问与反语的运用，则增强了诗篇的讽刺效果。

前人评价颇高。戴君恩《读诗臆评》："忽而叙事，忽而推情，忽而断制，羚羊挂角，无迹可寻。"牛运犀《诗志》："起落转折。浑脱傲岸，首尾结构，呼应灵紧，此长调之神品也。"

《魏风·硕鼠》。《毛诗序》："《硕鼠》，刺重敛也。国人刺其君重敛蚕食于民，不修其政，贪而畏人，若大鼠也。"表现了备受剥削压迫的劳动者的愤怒和反抗，欲逃亡至"乐土"以安顿其身，寄托了作者对理想社会的追求。

《魏风·陟岵》。儿行千里母担忧，春秋时期，战乱纷起，劳苦大众们要承担沉重的兵役和劳役，要忍受和亲人长期分离的痛苦。《陟岵》一诗便是描写在外行役的小儿子对父母和兄长的思念之情。《毛诗序》："《陟岵》，孝子行役，思念父母也。国迫而数侵削，役乎大国，父母兄弟离散，而作是诗也。"宋朱熹《诗集传》："孝子行役，不忘其亲，故登山以望其父之所在，因想像其父念己之言曰：嗟乎！我之子行役，夙夜勤劳，不得止息；又祝之曰：庶几慎之哉！犹可以来归，无止于彼而不来也。盖生必归，死则止而不来矣！或曰：止，获也。言无为人所获也。……尤怜爱少子者，妇人之情也。无寐，亦言其劳之甚也。弃，谓死而弃其尸也。……必偕，言与其侪同作同止，不得自如也。"

羁旅行役诗中总有说不完道不尽的浓浓亲情。《陟岵》一诗并没有直抒思家之情，而是想象父母兄长对他的挂念叮嘱，诗从对面飞来，平淡真实而又感人。乔亿《剑溪说诗又编》将其称为"千古羁旅行役诗之祖"。钱锺书《管锥编》指出："然窃意面语当曰：'嗟女行役'；今乃曰：'嗟予子（季、弟）行役'，词气不类临歧分手之嘱，而似远役者思亲，因想亲亦方思己之口吻尔。"这种不言己思家人，而言家人思己的抒情模式，为思乡诗中常见的创作手法。譬如唐人白居易在《邯郸冬至夜思家》中写："想得家中夜深坐，还应说着远行人。"

唐风·蟋蟀

蟋蟀在堂，岁聿其莫[1]。今我不乐，日月其除[2]。无已大康[3]，职思其居。好乐无荒，良士瞿瞿[4]。

蟋蟀在堂，岁聿其逝。今我不乐，日月其迈。无已大康，职思其外。好乐无荒，良士蹶蹶[5]。

蟋蟀在堂，役车其休[6]。今我不乐，日月其慆[7]。无已大康，职思其忧。好乐无荒，良士休休[8]。

[1] 岁聿其莫：一年将尽。聿，语助词。莫，通"暮"。

[2] 日月其除：日月流逝，谓光阴不待人。

[3] 无已大康：不可太享福的意思。大，音泰。

[4] 瞿瞿：勤谨貌。

[5] 蹶蹶：勤勉貌。

[6] 役车：庶人所乘的供役之车。

[7] 慆：过也，逝去。

[8] 休休：安闲貌。

【阅读指要】

《蟋蟀》的主旨在于劝人勤勉。《毛诗序》认为："刺晋僖公也。俭不中礼，故作是诗以闵之，欲其及时以礼自虞乐也。此晋也，而谓之唐，本其风俗，忧深思远，俭而用礼，乃有尧之遗风焉。"宋人王质在《诗总闻》中对《毛诗序》的观点进行纠正，"此大夫之相警戒者也"，而"警戒"的内容则是"为乐无害，而不已则过甚"。清人方玉润在《诗经原始》中亦认为："今观诗意，无所谓'刺'，亦无所谓'俭不中礼'，安见其必为僖公发哉？《序》好附会，而又无理，往往如是，断不可从。"因为先秦历法的缘故，蟋蟀在堂鸣叫的季节往往是一年之末，"蟋蟀"在后世诗赋中渐渐成为表达时光易逝的常用意象。

秦风·蒹葭

蒹葭苍苍 [1]，白露为霜。所谓伊人 [2]，在水一方。溯洄从之，道阻且长。溯游从之，宛在水中央 [3]。

蒹葭萋萋，白露未晞 [4]。所谓伊人，在水之湄 [5]。溯洄从之，道阻且跻 [6]。溯游从之，宛在水中坻 [7]。

蒹葭采采，白露未已。所谓伊人，在水之涘 [8]。溯洄从之，道阻且右 [9]。溯游从之，宛在水中沚 [10]。

【注释】

[1] 蒹（jiān）：没长穗的芦苇。葭（jiā）：初生的芦苇。苍苍：鲜明、茂盛貌，下文"萋

薳"、"采采"义同。

[2] 伊人：那个人。

[3] 溯洄：逆流而上。溯游：顺流而下。一说"洄"指弯曲的水道，"游"指直流的水道。

[4] 晞（xī）：干。

[5] 湄：岸边。

[6] 跻（jī）：登，升。

[7] 坻（chí）：水中高地。

[8] 涘（sì）：水边。

[9] 右：不直，绕弯；一说高，亦通。

[10] 沚（zhǐ）：水中的小沙洲。

【阅读指要】

此诗主旨历来众说纷纭。朱熹《诗集传》："言秋水方盛之时，所谓彼人者，乃在水之一方，上下求之而皆不可得。然不知其何所指也。"一般认为这是一首抒写思慕、追求意中人而不得的情诗。此诗意境飘逸，神韵悠长，乃不可多得的佳作。在铺叙中，诗人反复咏叹由于河水的阻隔，意中人可望而不可即、可求而不可得的凄凉伤感心情，凄清的秋景与感伤的情绪浑然一体，构成了凄迷恍惚、耐人寻味的艺术境界。（参见程俊英、蒋见元《诗经注析》）

豳风·东山

我徂东山，慆慆不归 [1]。我来自东，零雨其蒙 [2]。我东曰归，我心西悲。制彼裳衣，勿士行枚 [3]。蜎蜎者蠋，烝在桑野 [4]。敦彼独宿，亦在车下 [5]。

我徂东山，慆慆不归。我来自东，零雨其蒙。果臝之实 [6]，亦施于宇。伊威在室，蟏蛸在户 [7]。町畽鹿场，熠耀宵行 [8]。不可畏也，伊可怀也 [9]。

我徂东山，慆慆不归。我来自东，零雨其蒙。鹳鸣于垤 [10]，妇叹于室。洒扫穹窒，我征聿至 [11]。有敦瓜苦，烝在栗薪 [12]。自我不见，于今三年。

我徂东山，慆慆不归。我来自东，零雨其蒙。仓庚于飞 [13]，熠耀其羽。之子于归，皇驳其马 [14]。亲结其缡，九十其仪 [15]。其新孔嘉，其旧如之何^[16]！

【注释】

[1] 徂（cú）：往。东山：在鲁国东境，今山东费县蒙山。慆（tāo）慆：长久的样子。

[2] 零雨：落雨。蒙：形容雨点细小。

[3] 士：通"事"。行枚：行军时衔在口中以保证不出声的竹棍。

[4] 蜎（yuān）蜎：幼虫蜷曲的样子，一说虫子蠕动的样子。蠋（zhú）：一种长
在桑树上的虫，即野蚕。烝（zhēng）：久。

[5] 敦：敦敦然，一团团的样子。此句言士兵独宿车下，身体缩成一团。

[6] 果臝（luǒ）：蔓生葫芦科植物，一名栝楼，亦名瓜蒌。施（yì）：蔓延。

[7] 伊威：土鳖虫，喜欢生活在潮湿的地方。蟏蛸（xiāo shāo）：一种长脚蜘蛛。

[8] 町畽（tuǎn）：禽兽践踏之处。熠（yì）耀：发光貌。此处指燐光。宵：夜。行：
指流动。

[9] 伊：指家乡。

[10] 鹳：水鸟名，形似鹤。垤（dié）：蚁封，土块凸起的蚁穴。

[11] 穹窒：将空隙堵塞。穹，空隙。窒，塞。征：征夫。聿（yù）：语气助词，
有将要的意思。

[12] 瓜苦：犹言瓜瓠，瓠瓜，一种葫芦。古俗在婚礼上剖瓠瓜成两张瓢，夫妇各
执一瓢盛酒漱口。栗薪：积薪。栗，栗树。言团团葫芦剖两半，久置柴堆之上，
其事苦，其心亦苦。

[13] 仓庚：亦作"仓鹒"，黄莺的别名。

[14] 之子：此女。于归：出嫁。皇驳：马毛淡黄的叫皇，淡红的叫驳。

[15] 亲：此指女方的母亲。结缡（lí）：古代嫁女的一种仪式。女子临嫁，母为之
系结佩巾，以示至男家后奉事舅姑，操持家务。缡，佩巾。九十：言其多。

[16] 新：指新妇。孔：很。嘉：善，美。旧：犹言久。

豳风·七月

七月流火，九月授衣^[1]。一之日觱发，二之日栗烈^[2]。无衣无褐^[3]，
何以卒岁。三之日于耜，四之日举趾^[4]。同我妇子，馌彼南亩，田畯
至喜^[5]。（一章）

七月流火，九月授衣。春日载阳，有鸣仓庚[6]。女执懿筐，遵彼微行，爰求柔桑[7]。春日迟迟，采蘩祁祁[8]。女心伤悲，殆及公子同归[9]。（二章）

　　七月流火，八月萑苇[10]。蚕月条桑，取彼斧斨[11]。以伐远扬，猗彼女桑[12]。七月鸣鵙，八月载绩[13]。载玄载黄，我朱孔阳[14]，为公子裳。（三章）

　　四月秀葽，五月鸣蜩[15]。八月其穫，十月陨萚[16]。一之日于貉[17]，取彼狐狸，为公子裘。二之日其同，载缵武功[18]。言私其豵，献豜于公[19]。（四章）

　　五月斯螽动股，六月莎鸡振羽[20]。七月在野，八月在宇[21]，九月在户，十月蟋蟀入我床下。穹窒熏鼠[22]，塞向墐户[23]。嗟我妇子，曰为改岁[24]，入此室处。（五章）

　　六月食郁及薁[25]，七月亨葵及菽[26]，八月剥枣[27]。十月穫稻，为此春酒[28]，以介眉寿[29]。七月食瓜，八月断壶[30]，九月叔苴[31]。采荼薪樗[32]，食我农夫[33]。（六章）

　　九月筑场圃[34]，十月纳禾稼[35]。黍稷重穋[36]，禾麻菽麦。嗟我农夫，我稼既同[37]，上入执宫功[38]。昼尔于茅[39]，宵尔索绹[40]。亟其乘屋，其始播百谷[41]。（七章）

　　二之日凿冰冲冲[42]，三之日纳于凌阴[43]。四之日其蚤[44]，献羔祭韭[45]。九月肃霜[46]，十月涤场[47]。朋酒斯飨[48]，曰杀羔羊。跻彼公堂[49]，称彼兕觥[50]，万寿无疆。（八章）

　　【注释】

[1]七月：夏历七月。这首诗中的日历是夏历和周历混合，夏代以正月为岁首，商代以夏十二月为岁首，周以夏十一月为岁首。流：下，落。火：火星。每年夏历六月火星出现于正南方，方向最正，位置最高，以后渐渐向西移，到七月便沉入西方偏下，故曰流火。这句是用天文变化写时间，表示暑退寒来。授衣：一说是奴隶主把裁制冬衣的任务交给奴隶去做，一说是奴隶的衣服由奴隶主发给。

[2]觱发：冬日寒风骤发，吹过屋檐、吹过树枝时发出的声音。栗烈：同"凛冽"，

寒气刺骨。两者一为听觉，一为触觉。

[3] 褐：毛布衣，粗布衣。

[4] 耜：一种农具。于：为也，即修理农具。举趾：抬起脚，即下田干活。

[5] 同：会同，一起。馌：送饭。南亩：田埂南北向的土地，向阳地。田畯：掌管农夫的大夫，古称田大夫。

[6] 载：始。阳：温暖。仓庚：黄莺。

[7] 懿筐：深筐。遵：沿。微行：小路。爰：乃，于是。柔桑：嫩桑叶。

[8] 迟迟：舒缓，指春日天长。蘩：可饲幼蚕；或说是为了作蚕簇，让蚕作茧子。祁祁：一说采的蘩很多，一说采蘩的人很多。

[9] 殆：怕。公子：泛指贵族的儿子，一说怕与女公子陪嫁作媵。

[10] 萑苇：一说是荻芦；一说萑，借为刓，割也。

[11] 蚕月：夏历三月养蚕的月份。条桑：修剪桑枝或拣择桑叶。斨：方孔的斧子。

[12] 远扬：长而高的桑枝。猗：通"掎"，牵引之意，指攀枝而采桑叶。女桑：嫩桑枝。

[13] 鸣鵙：鸟名，又叫伯劳。载绩：开始纺织。绩，绩麻，丝事毕而麻事起矣。

[14] 朱：红色。孔：很。阳：鲜明。

[15] 秀，动词，植物结子。葽：植物名，又叫远志。蜩：蝉，鸣蜩即蝉鸣。

[16] 穫：指农作物开始收成。陨蘀：树木落叶。

[17] 貉：一种小野兽，像狸子，皮毛厚软，这里指一之日前去捕貉。

[18] 同：会合。缵：连续。武功：指狩猎。一之日是小规模，此是大规模。

[19] 豵：小兽，小猪。言：助词。私：用作动词，私人占有。豜：大兽，大猪。公：奴隶主贵族。

[20] 斯螽：蝗一类的鸣虫，据说这种昆虫用两腿摩擦发出声响，所以下面说它动股。莎鸡：虫名，又叫纺织娘，振动翅膀而发声。

[21] 宇：房檐。

[22] 穹：空隙。窒：塞。即把屋里所有的空隙都堵好，然后用火熏烧老鼠，使它们不能在屋中存身。

[23] 向：朝北面窗。墐：用泥涂塞，把门逢涂好。

[24] 改岁：犹今言过年。

[25] 郁：植物名，果实象李子可以食用。薁：植物名，果实似桂圆，即野葡萄。

[26] 亨：同"烹"，煮。葵：菜名，白居易《烹葵》诗"绿英滑且肥"，可知葵的口感。菽：豆类总称。

[27] 剥：扑打，敲击。

[28] 春酒：冬酿春熟，故曰春酒。

[29] 介：同"丐"，祈求。眉寿：长寿。

[30] 断：剖断，摘下。壶：大葫芦。

[31] 叔：拾取。苴：麻子。

[32] 荼：苦菜。薪：木柴，这里做动词用。樗：臭椿树。

[33] 食：供养，养活。

[34] 筑：把土垫平。场圃：晒打粮食的场院。

[35] 纳：收粮入仓。禾稼：泛指农作物。

[36] 黍：黄米，米是黏的。稷：高粱，稷米不黏。重穋：晚熟作物叫重，早熟作物叫穋。

[37] 同：集中，指把收成下来的谷物都替贵族们聚集起来送进仓房。

[38] 上入：指到奴隶主家里去。执：执行从事。功：指各种劳役。

[39] 于茅：割取茅草。

[40] 索：绳子，这里作动词，搓绳子。绹：绳。

[41] 亟：急。乘屋：修缮房屋。"亟其"二句：抓紧时间修理自己的住屋，否则一到春初，又要下田播种各类谷物了。

[42] 冲冲：凿冰时发出的声音。

[43] 凌阴：冰窖。凌，就是冰。

[44] 蚤：通"早"，早朝，这里是奴隶主贵族在夏历二月初一举行的祭祀仪式。另，余冠英认为"蚤"读为"叉"（爪），取，这句是说取冰。

[45] "四之日"二句：据《礼记·月令》，仲春之时，有"献羔开冰"之礼，祭祀祖先。此处言"四之日"正是仲春二月，故诗人把凿冰的劳动同献羔祭祀的祭礼仪式连写。

[46] 肃霜：下霜。王国维认为"肃爽"即天高气爽。

[47] 涤场：农事已毕，将打谷物场上收拾干净。王国维：即"涤荡"，草木摇落无余。

[48] 朋酒：两壶酒。飨：即"享"，享用之意，以酒食给人吃喝。

[49] 跻：登。公堂：君之堂，或指一般奴隶主之厅堂。

[50] 称：举。兕觥：用犀牛角制成的酒器。

【阅读指要】

《豳风·东山》。漂泊可以说是文学的沃土，古人的羁旅路上往往有佳作。身与心总有一个在远方，灵魂无法安顿之处或许便是文学的家园。《豳风·东山》是一首征人解甲还乡途中抒发思乡之情的诗。此诗最大的艺术特色之一是丰富的联想，它也许是国风中想象力最为丰富的一首诗，诗中有再现、追忆式的想象（如对新婚的回忆），也有幻想、推理式的想象（如对家园残破的想象），于"道途之远、岁月之久、风雨之凌犯、饥渴之困顿、裳衣之久而垢敝、室庐之久而荒废、室家之久而怨思"（朱善），皆有情貌无遗的描写。而放在章首的叠咏，则起到了咏叹的作用，这咏叹就像一根红线，将诗中所有片断的追忆和想象串联起来，使之成为浑融完美的艺术整体。（参见《先秦诗鉴赏辞典》）

《豳风·七月》。《毛诗序》云："《七月》，陈王业也。周公遭变故，陈后稷先公风化之所由，致王业之艰难也。"认为《七月》的作者是周公。朱熹注云："周公以成王未知稼穑之艰难，故陈后稷公刘风化之所由，使瞽矇朝夕讽诵以教之。"但就诗歌来看，并非周公所作，因为诗中农夫的情感非常真实，不是周公所能达到的。或许周公曾以此诗教诫过成王。《七月》的创作时代大约在西周，描写周代早期的农业生产情况，叙述农夫一年四季所从事的农业劳动，反映了当时的生产关系和人民的艰苦生活。

前人评价其诗为"天下至文"，诗中天文地理、季节月令、生活事象无所不包。汉郑玄《毛诗传笺》："自七月在野，至十月入我床下，皆谓蟋蟀也。言三物之如此，著将寒有渐，非卒来也。"清姚际恒《诗经通论》："鸟语虫鸣，草荣木实，似《月令》；妇子入室，茅绹升屋，似《风俗书》；流火寒风，似《五行志》；养老慈幼，跻堂称觥，似庠序礼；田官染职，狩猎藏冰，祭献执宫，似国家典制书。其中又有似《采桑图》、《田家乐图》、《食谱》、《谷谱》、《酒经》：一诗之中，无不具备，洵天下之至文也！"

小雅·采薇

采薇采薇，薇亦作止 [1]。曰归曰归，岁亦莫止 [2]。靡室靡家，猃狁之故 [3]。不遑启居 [4]，猃狁之故。

采薇采薇，薇亦柔止 [5]。曰归曰归，心亦忧止。忧心烈烈，载饥载渴 [6]。我戍未定，靡使归聘 [7]。

采薇采薇，薇亦刚止 [8]。曰归曰归，岁亦阳止 [9]。王事靡盬，不遑启处 [10]。忧心孔疚，我行不来 [11]！

彼尔维何？维常之华 [12]。彼路斯何？君子之车 [13]。戎车既驾，四牡业业 [14]。岂敢定居？一月三捷 [15]。

驾彼四牡，四牡骙骙 [16]。君子所依，小人所腓 [17]。四牡翼翼，象弭鱼服 [18]。岂不日戒？猃狁孔棘 [19]！

昔我往矣，杨柳依依[20]。今我来思，雨雪霏霏[21]。行道迟迟[22]，载渴载饥。我心伤悲，莫知我哀！

【注释】

[1] 薇：豆科野豌豆属的一种，学名救荒野豌豆，现在叫大巢菜，种子、茎、叶均可食用。作：初生。止：句末助词。

[2] 曰：句首、句中助词，无实意。莫（mù）：通"暮"，本文指年末。

[3] 靡（mǐ）：无。室：与"家"义同。猃狁（xiǎn yǔn）：即北狄，匈奴。

[4] 不遑（huáng）：不暇。遑，闲暇。启：跪、跪坐。居：安坐、安居。启居：跪坐，指休息、休整。古人席地而坐，两膝着席，危坐时腰部伸直，臀部与足离开；安坐时臀部贴在足跟上。

[5] 柔：柔嫩，"柔"比"作"更进一步生长。

[6] 烈烈：炽烈，形容忧心如焚。载（zài）饥载渴：则饥则渴，又饥又渴。

[7] 戍（shù）：防守。定：止。聘（pìn）：问，谓问候。

[8] 刚：坚硬。

[9] 阳：农历十月，小阳春季节。

[10] 靡盬（gǔ）：无止息。启处：休整，休息。

[11] 孔：甚，很。疚：病，苦痛。来：指回家。

[12] 尔：假作"薾"，花盛貌。常：常棣（棠棣），即扶栘，植物名。

[13] 路：假作"辂"，大车。斯何：犹言维何。斯，语气助词，无实义。君子：指将帅。

[14] 戎车：兵车。牡（mǔ）：雄马。业业：高大的样子。

[15] 捷：接，谓接战、交战。

[16] 骙（kuí）：雄强，威武。

[17] 小人：指士兵。腓（féi）：庇护，掩护。

[18] 翼翼：安闲的样子，谓马训练有素。弭（mǐ）：弓的一种，其两端饰以骨角。象弭：以象牙装饰弓端的弭。鱼服：鱼皮制的箭袋。

[19] 日戒：日日警惕戒备。孔棘（jí）：很紧急。

[20] 昔：从前。往：当初从军。依依：形容柳丝轻柔、随风摇曳的样子。

[21] 思：语末助词。雨（yù）：下雨，落下。霏（fēi）霏：雪大貌。

[22] 迟迟：迟缓。

【阅读指要】

征役诗是《诗经》中的重要主题。在这些诗中，可以读到征人的"忧心烈烈"，如烈火灼烧般的苦闷乡愁；可以读到思妇"曷其有佸"的咏叹与"苟无饥渴"的牵挂，这种浓得化不开的思念，缠绵萦绕，才下眉头，却上心头；也可以读到头发散乱如飞蓬的女子，调侃"岂无膏沐，谁适为容"，俏皮可爱，却同样因思念而"甘心首疾"。

《小雅·采薇》是出征猃狁的士兵在归途中所赋，诗作于周懿王时（约前934年后）。该诗作者既怨征役之苦，又为国前驱。诗篇洋溢着战胜侵犯者的激越情感，同时又对久戍不归、久战不休充满厌倦，对自身遭际无限哀伤。

全诗层次分明，脉络清晰，即景抒情，情景交融。末章一直被认为是《诗经》乃至整个古典诗歌中最优美的诗句。明王夫之《姜斋诗话》评末章："以乐景写哀，以哀景写乐，一倍增其哀乐。"清刘熙载《艺概》评末章："雅人深致，正在借景言情。"

大雅·生民（节选）

厥初生民[1]，时维姜嫄[2]。生民如何？克禋克祀[3]，以弗无子[4]。履帝武敏歆[5]，攸介攸止[6]，载震载夙[7]。载生载育，时维后稷[8]。

诞弥厥月[9]，先生如达[10]。不坼不副[11]，无菑无害[12]，以赫厥灵[13]。上帝不宁[14]，不康禋祀[15]，居然生子[16]。

诞寘之隘巷[17]，牛羊腓字之[18]。诞寘之平林[19]，会伐平林[20]。诞寘之寒冰，鸟覆翼之。鸟乃去矣，后稷呱矣[21]。实覃实订[22]，厥声载路[23]。

【注释】

[1] 厥初：其初。民：人，指周人。

[2] 时：是。姜嫄（yuán）：传说中有邰氏之女，周始祖后稷之母。

[3] 克：能。禋（yīn）：祭天的一种礼仪，先烧柴升烟，再加牲体及玉帛于柴上焚烧；一说指祀郊媒，即求子之神。

[4] 弗："祓"的假借。此句言祓除无子的不祥，即求有子。

[5] 履：践踏。帝：上帝。武：足迹。敏：通"拇"，大拇趾。歆：忻，欣喜。

[6] 攸：语助词。介：通"祄"，神保佑；或谓读为愒（qì），休息。止：通"祉"，

神降福。

[7] 载：则。震：娠，怀孕。夙：肃，言谨守胎教。

[8] 时维后稷：是为后稷。

[9] 诞：发语词，有叹美之意。弥厥月：满了怀孕的月数。弥，满。

[10] 先生：首生。如：读为而。达：羊子也。此句言头胎子生产很顺利。

[11] 坼（chè）：裂。副（pì）：破析。言生产顺利，连胞衣也生下，且产门未破。

[12] 菑：同"灾"。

[13] 赫：显。此句言以此显示其神异。

[14] 不宁：丕宁，大宁。

[15] 不康：丕康。

[16] 居然：徒然，生子而不敢养育故谓徒然。

[17] 寘（zhì）：弃置。

[18] 腓（féi）：庇护。字：哺育。

[19] 平林：大林，森林。

[20] 会：恰好。

[21] 呱（gū）：小儿哭声。

[22] 实：是。覃（tán）：长。訏（xū）：大。

[23] 厥：其。载：充满。

【阅读指要】

《毛诗序》："《生民》，尊祖也。后稷生于姜嫄，文武之功起于后稷，故推以配天焉。……后稷之母配高辛氏帝焉。……古者必立郊禖焉。玄鸟至之日，以大牢祠于郊禖，天子亲往，后妃率九嫔御，乃礼天子所御，带以弓韣，授以弓矢于郊禖之前。"

《生民》描绘和赞美周人始祖后稷的传奇经历，充满了传奇色彩。此诗采用铺叙手法，叙述后稷出生、转弃、稼穑、祭祀过程，生动细致，如同一篇《后稷本纪》。此处节选其前三章。前人评价其"文字之奇"，笔法别致。明孙鑛《评诗经》："次第铺叙，不惟记其事，兼貌其状，描摹如纤，绝有境之态。""不说人收，却只说鸟去，固组藉有致。"清俞樾："初不言其弃之由，而卒曰'后稷呱矣'，盖设其文于前，而著其义于后，此正古人文字之奇。"（均见陈子展《诗经直解》引）

这首诗歌需从民俗学的角度才能深入理解。对于姜嫄"履帝武敏歆"之事，可参看闻一多先生《神话与诗》中的解释：认为履帝武敏是一种象征性的舞蹈。这里实际描写的是古时求子求爱的仪式。关于后稷被其母姜嫄抛弃之原因，学术界有好几种说法，可参看张维慎《关于周人女始祖姜嫄的几个问题》。

【阅读资料】

闻一多：《姜嫄履大人迹考》，《神话与诗》，北京联合出版公司，2014 年。

张维慎：《关于周人女始祖姜嫄的几个问题》，《广西民族大学学报》（哲学社会科学版），2006 年第 4 期。

程俊英：《诗经译注》，上海古籍出版社，1985 年。

余冠英选注：《诗经选》，人民文学出版社，1979 年。

闻一多：《诗经研究》，巴蜀书社，2002 年。

闻一多：《匡斋尺牍》，《闻一多全集》第 3 卷，湖北人民出版社，1993 年。

赵浩如：《诗经选译》，上海古籍出版社，1982 年。

蒋立甫：《诗经选注》，北京出版社，1982 年。

顾颉刚：《古史辨》第 3 册，上海古籍出版社，1982 年。

骆玉明等：《先秦诗鉴赏辞典》，上海：上海辞书出版社，1998 年。

刘操南：《〈周南·关雎〉阐义》，《诗经探索》，杭州：浙江大学出版社，2003 年，第 201—211 页。

【思考题】

1. 如何理解《生民》一诗中履帝迹生子和弃子的现象？试在已有民俗文化学研究成果基础上提出个人见解。

2.《诗经》怨刺诗的思想价值和艺术成就讨论。

3.《诗经》婚恋诗的文化内涵和艺术成就讨论。

4.《周南·关雎》主题是什么，是写单恋呢还是"美后妃之德"？为什么这首诗被冠于三百篇之首？

5. 举例说明《诗经》的赋比兴手法，掌握其特色，并尝试运用于诗歌写作。

四、先秦史传散文

尚书

选自李民、王健《尚书译注》。

周书·洪范

无偏无陂，遵王之义[1]；无有作好，遵王之道[2]；无有作恶，遵王之路。无偏无党，王道荡荡[3]；无党无偏，王道平平[4]；无反无侧，王道正直[5]。

【注释】

[1] 陂：颇，不平不正谓之颇。义：法。
[2] 好：私好。道：中道。
[3] 党：包庇私情。荡荡：宽广。
[4] 平平：通"辨辨"，形容治理有序。
[5] 无反无侧：没有违背法度和道义之事。

周书·无逸

序：周公作《无逸》。

周公曰："呜呼！君子所其无逸[1]。先知稼穑之艰难，乃逸[2]，则知小人之依[3]。相小人[4]，厥父母勤劳稼穑，厥子乃不知稼穑之艰难，乃逸乃谚[5]。既诞[6]，否则侮厥父母曰[7]：'昔之人无闻知[8]。'"

周公曰："呜呼！我闻曰：昔在殷王中宗[9]，严恭寅畏[10]，天命自度[11]，治民祇惧[12]，不敢荒宁[13]。肆中宗之享国七十有五年[14]。

"其在高宗,时旧劳于外[15],爰暨小人[16]。作其即位[17],乃或亮阴[18],三年不言[19]。其惟不言,言乃雍[20]。不敢荒宁,嘉靖殷邦[21]。至于小大[22],无时或怨[23]。肆高宗之享国五十年有九年。

"其在祖甲[24],不义惟王,旧为小人[25]。作其即位,爰知小人之依,能保惠于庶民[26],不敢侮鳏寡[27]。肆祖甲之享国三十有三年。

"自时厥后[28],立王生则逸,生则逸[29],不知稼穑之艰难,不闻小人之劳,惟耽乐之从[30]。自时厥后,亦罔或克寿[31]。或十年,或七、八年,或五、六年,或三、四年。"

周公曰:"呜呼!厥亦惟我周太王、王季,克自抑畏[32]。文王卑服[33],即康功田功[34]。徽柔懿恭[35],怀保小民[36],惠鲜鳏寡[37]。自朝至于日中昃,不遑暇食[38],用咸和万民[39]。文王不敢盘于游田[40],以庶邦惟正之供[41]。文王受命惟中身[42],厥享国五十年[43]。"

周公曰:"呜呼!继自今嗣王,则其无淫于观、于逸、于游、于田[44],以万民惟正之供。无皇[45]曰:'今日耽乐。'乃非民攸训,非天攸若[46],时人丕则有愆[47]。无若殷王受之迷乱,酗于酒德哉[48]!"

周公曰:"呜呼!我闻曰:'古之人犹胥训告[49],胥保惠[50],胥教诲,民无或胥诪张为幻[51]。'此厥不听,人乃训之,乃变乱先王之正刑[52],至于小大[53]。民否则厥心违怨[54],否则厥口诅祝[55]。"

周公曰:"呜呼!自殷王中宗及高宗及祖甲及我周文王,兹四人迪哲[56]。厥或告之曰[57]:'小人怨汝詈汝[58]。'则皇自敬德[59]。厥愆[60],曰:'朕之愆允若时[61]。'不啻不敢含怒[62]。此厥不听,人乃或诪张为幻,曰小人怨汝詈汝,则信之,则若时,不永念厥辟[63],不宽绰厥心[64],乱罚无罪,杀无辜。怨有同[65],是丛于厥[66]身。"

周公曰:"呜呼!嗣王其监于兹[67]!"

【注释】

[1] 君子:指嗣王。所其:原当为"启其",乃周人语例,开始。无:通"毋",禁止之词。逸:逸乐,指纵酒、淫乐、嬉游、田猎等娱乐活动。

[2] 乃:而,而后。

[3] 小人:下层民众。依:痛苦,苦衷。

[4] 相：观察。

[5] 乃：就。谚：同"喭"，粗野不恭。

[6] 诞：同"延"，长久。

[7] 否则：于是。侮：轻侮。

[8] 昔之人：老一辈。以上第一段，说明君主要做到无逸，先要了解稼穑的艰难。

[9] 中宗：殷之第七世贤主祖乙。

[10] 严：庄正。寅：敬。严恭，指外貌庄敬；寅畏，指内心敬畏。

[11] 度（duó）：衡量。

[12] 祗惧：敬畏。

[13] 荒宁：荒废政务，安于逸乐。

[14] 肆：所以。享国：指在帝位。有：同"又"。

[15] 高宗：武丁，殷代第十一世贤主。时：即位之前。旧：久。

[16] 爰：于是。暨：通"惠"，惠爱。

[17] 作：等到。

[18] 或：又。亮阴：敬惧谨慎。

[19] 三年不言：指慎言。在先秦慎言是一种善德。

[20] 雍：和。

[21] 嘉：善。靖：和。

[22] 小大：老百姓和群臣。

[23] 时：此人，指高宗。或：有。无时或怨：无有怨之。

[24] 祖甲：武丁的儿子帝甲，殷代第十二世贤主。

[25] 不义惟王，旧为小人：惟，为。旧，久。马融："祖甲有兄祖庚，而祖甲贤，武丁欲立之。祖甲以王废长立少不义，逃亡民间。故曰不义惟王，久为小人也。"

[26] 依：隐，痛苦。保：安定。惠：爱。

[27] 鳏寡：孤苦无依的人。

[28] 时：是，这。厥：之。

[29] 立王：在位的君王。生则逸，生则逸：重复意在强调。

[30] 耽乐：过度逸乐。从：追求。

[31] 罔：无。或：有。

[32] 抑：谦下。畏：敬畏。

[33] 卑服：任卑下的事。服，事。

[34] 即：就，从事。康功田功：康功谓平易道路之事；田功谓服田力穑之事。

[35] 徽：善良。懿：美。

[36] 怀保：和睦安定。

[37] 鲜：通"斯"，语助词，无意义。

[38] 遑暇：遑也是暇，二字同义。

[39] 咸：通"諴"，和。

[40] 盘：乐。游：游乐。田：狩猎。

[41] 以：与。庶邦：众邦，诸方国。正：通"政"。供：奉。

[42] 受命：接受天命为君。中身：中年。

[43] 五十年：都说文王在位五十一年，这里是举整数。以上第二段，引用历史事实，
　　说明无逸的重要性。

[44] 淫：过度。观：游览。

[45] 皇：通徨，暇。

[46] 攸训：所顺。训，顺。攸若：所善。若，善。

[47] 丕则：于是。愆：过错。

[48] 受：纣王名。酗于酒德：大意是说，以醉怒为酒德。酗，醉酒发怒。于，为。

[49] 胥：互相。训告：劝导。

[50] 保：安。惠：爱。

[51] 诪张：欺诳。幻：诈惑。

[52] 人：与"民"相对，谓在位之正人。正刑：政策法令。

[53] 小大：指小法大法。

[54] 否则：于是。违：怨恨。

[55] 诅祝：诅咒。

[56] 迪：指导。迪智：领导得明智。

[57] 或：有人。

[58] 詈：骂。

[59] 皇：更加，《汉石经》与《国语》均解释为兄。

[60] 厥愆："厥或愆之"的省文。愆，指责过失。

[61] 允：确实。时：这样。

[62] 不啻：不但。

[63] 辟：法。

[64] 绰：宽，放宽。

[65] 怨有：即怨尤，有和尤同声通用。同：会同。

[66] 丛：聚集。

[67] 监：通"鉴"，鉴戒。

《周书·洪范》。《尚书·洪范》阐发了一种天授君权的神权行政思想,奠定了后世政治思想基础。《尚书·洪范》的这段文字宣扬王道思想,音韵谐协,颇近诗歌。

《周书·无逸》。《尚书》倡导周代"敬德保民"的神权政治观念,认为敬德就是"敬天"。《尚书》重视总结和借鉴历史经验教训。《召诰》:"我不可不监于有夏,亦不可不监于有殷。"《无逸》篇周公对周成王劝勉殷殷,提出力戒逸乐的主张。周公指出人君不可沉迷于逸乐,必须先知稼穑的艰难,先知小民的痛苦。

春秋·僖公十六年

选自《春秋左传集解》。

十有六年春,王(周王)正月,陨石于宋五;是月鹢退飞,过宋都。[1]

【注释】

[1] 王:周王。退飞:逆风而不能前。宋都:今商邱。

【阅读指要】

《春秋》记事极其简括而有序。此条所选的记叙以人视觉感受的先后为序,写得简要清楚,错落有致。"五石六鹢",后用以比喻记述准确或为学缜密有序。

《公羊传·僖公十六年》释云:"霣石于宋五。是月,六鹢退飞过宋都。曷为先言霣而后言石?霣石记闻,闻其磌然,视之则石,察之则五……曷为先言六而后言鹢?六鹢退飞,记见也,视之则六,察之则鹢,徐而察之则退飞。"

逸周书·太子晋(节选)

选自黄怀信、张懋镕、田旭东《逸周书汇校集注》。

晋平公使叔誉于周,见太子晋而与之言,五称而三穷,逡巡而退[1]。其言不遂,归告公曰:"太子晋行年十五,而臣弗能与言。君请归声就、复与田。若不反，及有天下，将以为诛[2]。"平公将归之，师旷不可曰："请使瞑臣往与之言，若能懞予，反而复之[3]。"

……

师旷罄然[4]。又称曰："温恭敦敏，方德不改，闻物□□，下学以起，尚登帝臣，乃参天子，自古谁[5]？"

王子应之曰："穆穆虞舜，明明赫赫，立义治律，万物皆作，分均天财，万物熙熙，非舜而谁[6]？"师旷束蹋其足[7]，曰："善哉，善哉！"王子曰："太师何举足骤？"师旷曰："天寒，足跑是以数也[8]。"

王子曰："请入坐。"遂敷席注瑟。师旷歌《无射》[9]曰："国诚宁矣！远人来观；修义经矣，好乐无荒[10]。"乃注瑟于王子。王子歌《峤》曰："何自南极，至于北极？绝境越国，弗愁道远？"师旷蹶然[11]起，曰："瞑臣请归。"

王子赐之乘车四马，曰："太师亦善御之。"师旷对曰："御，吾未之学也。"王子曰："汝不为夫《诗》？《诗》云：'马之刚矣，辔之柔矣；马亦不刚，辔亦不柔，志气麃麃，取予不疑[12]'。以是御之。"师旷对曰："瞑臣无见，为人辩也，唯耳之恃，而耳又寡闻而易穷。王子，汝将为天下宗乎[13]！"王子曰："太师，何汝戏我乎？自太皞以下[14]，至于尧舜禹，未有一姓而再有天下者，夫木，当时不伐，夫何可得？且吾闻汝知人年之长短，告吾！"师旷对曰："汝声清污，汝色赤白，火色不寿[15]。"王子曰："然。吾后三年将上宾于帝所[16]。汝慎无言，殃将及汝。"

师旷归。未及三年，告死者至。

【注释】

[1] 叔誉：晋大夫羊舌肸（xī），字叔向。五称：称举五事。逡巡：此处谓羞愧貌。

[2] 遂：终也。声就、复与：本周二邑，周衰而晋取之。诛：惩罚。

[3] 师旷：晋大夫，名旷，乐师，目盲，故自称"瞑臣"。懞予：指胜我。懞，覆盖。

[4] 罄然：肃敬的样子。

[5] 方德：常德也。□□：黄氏据《图赞》补"于初"二字。闻物于初：从根本上去了解事物。下学以起：从最下层起始。尚：通"上"，向上。参：配。

[6] 穆穆：端庄盛美，有威仪。赫赫：显赫。义：标准。律：律令。万物熙熙：百姓安乐的样子。万物，百业。天财：自然的财富。

[7] 束蹢（zhú）：原地踏步。

[8] 骤：频敏。跔（jū）：腿脚抽筋。数（shuò）：频繁。

[9] 敷：铺。注：属也，交付之意。无射、峤：乐律名。

[10] 修：研究。经：时间长。荒：放纵。

[11] 极：言其远。绝：横穿。蹶然：急忙的样子。

[12] 御：驾驭车马。麃麃（biāo）：勇武的样子。取予：即取与，指收与放。

[13] 宗：主。天下宗：即天子。

[14] 太皞：古帝王，即伏羲氏，三皇之首。

[15] 清污：清亮而不流利。

[16] 上宾于帝所：指升天。

【阅读指要】

《逸周书》原名《周书》、《周史记》，又称《汲冢周书》，是一部与《尚书》略相类似的书籍。内容驳杂，可谓杂史。其说理文章，颇有战国时代的风气；叙事之文，富有生气。

《太子晋》篇，记述颇为怪诞，有如传说故事。周灵王的太子晋年仅十五岁，却才智超人，晋平公乃派师旷试探。鲁迅认为"其说颇似小说家"（《中国小说史略》）。全文不仅绘声绘色，而且辞多叶韵，音节浏亮，显然是小说家语。太子晋，即仙人王子乔，托名刘向的《列仙传》首度为之立传。

左传

选自《春秋左传集解》。

晋侯梦大厉

晋侯梦大厉[1]，被发及地，搏膺而踊[2]，曰："杀余孙，不义。余得请于帝矣！"坏大门及寝门而入。公惧，入于室[3]。又坏户。公觉，召桑田巫[4]。巫言如梦。公曰："何如？曰："不食新矣[5]。"公疾病，求医于秦。秦伯使医缓为之[6]。未至，公梦疾为二竖子，曰："彼，良医也。惧伤我，焉逃之？"其一曰："居肓之上，膏之下[7]，若我何？"医至，曰："疾不可为也。在肓之上，膏之下，攻之不可，达之不及，药不至焉，不可为也。"公曰："良医也。"厚为之礼而归之。六月丙午，晋侯欲麦，使甸人献麦，馈人为之[8]。召桑田巫，示而杀之。将食，张[9]，如厕，陷而卒。小臣有晨梦负公以登天，及日中，负晋侯出诸厕，遂以为殉[10]。

【注释】

[1] 大厉：大恶鬼。

[2] 搏膺：捶击胸口。踊：往上跳。

[3] 室在寝后，有户相通。

[4] 桑田：本是虢邑，晋灭虢后，自随之并入于晋。

[5] 新：新麦。

[6] 缓：医名。为：犹治也。

[7] 膏肓：古人把心尖脂肪叫"膏"，心脏与膈膜之间叫"肓"，典故"病入膏肓"出于此。

[8] 甸人：诸侯有藉田百亩，甸人主管藉田，并供给野物。杜注："主为公田者。"馈人：即庖人。

[9] 张：今作"胀"，肚子发胀。

[10] 小臣：此处指宦官。

子产不毁乡校

郑人游于乡校[1]，以论执政[2]。然明谓子产曰："毁乡校，何如[3]？"子产曰："何为？夫人朝夕退而游焉，以议执政之善否[4]。其所善者，吾则行之；其所恶者，吾则改之。是吾师也，若之何毁之？我闻忠善以损怨(8)，不闻作威以防怨[5]。岂不遽止？然犹防川也：大决所犯，伤人必多，吾不克救也；不如小决使道，不如吾闻而药之也[6]。"然明曰："蔑也今而后知吾子之信可事也[7]。小人实不才。若果行此，其郑国实赖之，岂唯二三臣[8]？"

· 64 ·

仲尼闻是语也，曰："以是观之，人谓子产不仁，吾不信也^[9]。"

【注释】

[1] 乡校：乡之学校。

[2] 执政：指掌权者。

[3] 然明：郑国大夫，姓鬷（zōng），名蔑，字然明。何如：如何，等于说怎么样。

[4] 何为：为什么，何故。夫：句首语气词。退而游焉：工作完毕后回来游玩。焉，句末语气词，无意义。善否（pǐ）：好和不好。

[5] 忠善：尽力做善事。损：减少。作威：摆出威风。防：堵住。

[6] 遽（jù）止：立即停止（毁乡校）。防：堵塞。川：河流。道：同"导"，疏通，引导。药之：以之为药。之，指郑人的议论。

[7] 蔑：然明自指。今而后：从今以后。信：确实，实在。可事：可以成事。

[8] 小人：自己的谦称。不才：没有才能。其：语气词。二三：泛指复数，这几位。

[9] 仲尼：孔子的字。是：这。

齐晋鞌之战（节选）

癸酉^[1]，师陈于鞌^[2]。邴夏御齐侯，逢丑父为右^[3]。晋解张御郤克，郑丘缓为右^[4]。齐侯曰："余姑翦灭此而朝食！^[5]"。不介马而驰之^[6]。郤克伤于矢^[7]，流血及屦，未绝鼓音^[8]，曰："余病矣！^[9]"张侯曰："自始合，而矢贯余手及肘^[10]；余折以御，左轮朱殷^[11]。岂敢言病？吾子忍之！^[12]"缓曰："自始合，苟有险，余必下推车，子岂识之^[13]？然子病矣^[14]！"张侯曰："师之耳目，在吾旗鼓，进退从之^[15]。此车一人殿之，可以集事^[16]，若之何其以病败君之大事也^[17]？擐甲执兵，固即死也^[18]；病未及死，吾子勉之！^[19]"左并辔，右援枹而鼓^[20]。马逸不能止，师从之，齐师败绩^[21]。逐之，三周华不注^[22]。

韩厥梦子舆谓己曰^[23]："旦辟左右。^[24]"故中御而从齐侯^[25]。邴夏曰："射其御者，君子也。"公曰："谓之君子而射之，非礼也。^[26]"射其左，越于车下^[27]；射其右，毙于车中^[28]。綦毋张丧车，从韩厥^[29]。曰："请寓乘。^[30]"从左右，皆肘之，使立于后^[31]。韩厥俛定其右^[32]。

逢丑父与公易位[33]。将及华泉[34]，骖于木而止[35]。丑父寝于輷中[36]，蛇出于其下，以肱击之[37]，伤而匿之，故不能推车而及[38]。韩厥执絷马前，再拜稽首[39]，奉觞加璧以进[40]，曰："寡君使群臣为鲁卫请[41]，曰：'无令舆师陷入君地[42]。'下臣不幸，属当戎行[43]，无所逃隐[44]，且惧奔辟而忝两君[45]。臣辱戎士，敢告不敏，摄官承乏[46]。"丑父使公下，如华泉取饮[47]。郑周父御佐车，宛茷为右，载齐侯以免[48]。韩厥献丑父，郤献子将戮之[49]。呼曰："自今无有代其君任患者[50]，有一于此，将为戮乎[51]？"郤子曰："人不难以死免其君[52]，我戮之不祥。赦之，以劝事君者[53]。"乃免之[54]。

【注释】

[1] 癸酉：公元前 589 年六月十七日。

[2] 师：齐、晋双方的军队。陈：摆开阵势，后来写作"阵"。鞌（ān）：同"鞍"，齐地名，在今山东济南市附近。

[3] 邴（bǐng）夏：齐大夫。逢（páng）丑父：齐大夫。御：驾车。右：车右，又叫戎右，古代战车，将领居左，御者居中（如果将领是君主或主帅则居中，御者居左），负责保卫协助将领的人居右，故称为右。

[4] 解（xiè）张（下文又称张侯）、郑丘缓：都是晋大夫。郤（xì）克：晋大夫，是这次战役晋军的主帅。

[5] 姑：姑且。翦：通"剪"，剪除。朝食：吃早饭。

[6] 介：甲，这里用如动词，给马披上铠甲，古代战马要披甲。驰之：使劲赶马，指驱马进击。

[7] 伤于矢：被箭射伤。

[8] "流血"二句：血一直流到鞋上仍然击鼓不息。屦（jù）：鞋。绝：断。

[9] 病：古代凡病重、伤重、饥饿、劳累过度等造成体力难以支持，都叫做"病"，这里指受伤很重。

[10] "自始"二句：从两军一开始交战，箭就射进了我的手和肘。合：这里指两军交锋。贯：穿入。

[11] 折：折断射中自己的箭杆。朱：红色。殷（yān）：红中带黑的颜色。

[12] 吾子：对对方的尊称，比称"子"更亲热些。

[13] 苟：如果。险：这里指地势不平、难走的路。

[14] 然：然而。子：指郤克。识：知道。

[15] "师之耳目"三句：全军都注意着我们车上的旗鼓，前进和后退都听从旗鼓的指挥。古代作战，由主帅挥旗击鼓以指挥战斗，所以张侯说军队的耳目在于旗鼓。

[16] 殿：镇守。集事：成事。集，成就，成功。

[17] "若之何"句：怎么能由于伤痛而坏了国君的大事呢？若之何，固定格式，怎么。其，句中语气词，加强反问的语气。以，介词，因为。败，败坏。

[18] 擐（huàn）：穿上。执：手持。兵：兵器。固：副词，本来。即：动词，走向。穿上铠甲，拿起武器，本来就抱定了必死的决心。

[19] 病未及死：受伤还没有死。及，至，到达。勉：努力。之：代词，指指挥战斗。

[20] "左并辔"二句：御者原来左右手各手持一辔，现在张侯将右手所持的辔并握在左手，腾出右手接过郤克手中的鼓槌击鼓。并，合并。辔，缰绳。援，接过来。枹（fú），鼓槌。鼓，动词，打鼓。

[21] 逸：狂奔。师：指晋军。败绩：军队溃败。

[22] "逐之"二句：晋军追赶齐军，围着华不注山绕了三圈。逐，追赶。周，遍，这里作动词，绕。华不注，山名，在今山东济南市北。

[23] 韩厥：晋大夫。子舆：韩厥的父亲，当时已经去世。

[24] 旦：次日早晨。辟：避开，后来写作"避"。左右：指战车左右两侧。

[25] 中御：在战车当中驾车。中，方位名词作状语。从：追赶。一般战车中由御者居中，韩厥为了避开左右所以居中驾车。按：韩厥不是国君或主帅，理应居左，但头天夜里却梦见父亲之灵告诫他必须居于当中。

[26] 非礼：不合于礼。齐侯在战争中讲"礼"，是迂腐的，同时也与固然所谓戎事以杀敌为礼不合。

[27] 越：坠。

[28] 毙：仆倒，向前倒下，先秦古书中的"毙"不表示"死亡"，意思都是"仆倒"。

[29] 綦（qí）毋（wǔ）张：晋大夫，姓綦毋，名张。丧：失去。

[30] 寓乘：搭车。寓，寄，托。

[31] "从左右"二句：跟在左边或右边（韩厥）都用肘制止他，使他站在自己的身后。肘，名词用作动词，指用胳膊肘推撞。按：韩厥由于梦中父亲的警告所以这样做，以免綦毋张受害。

[32] 俛：同"俯"，低下身子。定：安放。其右：原来在车右位置上被射倒的人。

[33] 易位：调换位置。这是逢丑父为了保护齐侯，乘韩厥低下身子安放车右的机会与齐侯交换位置，以便不能逃脱时蒙骗敌人。

[34] 华泉：泉水名，在华不注山下。

[35] 骖（cān）：古代用马驾车，在辕马两旁的马叫骖。絓：通"挂"，后来写作"挂"，绊住。木：树。

[36] 輚（zhàn）：古代一种棚车，即用木条横排编成的轻便的车子。

[37] 肱（gōng）：从肘到肩的部位，这里泛指胳膊。

[38] 伤：丑父手臂受伤。匿：藏，这里指隐瞒。之：指受伤之事。及：赶上，这里指被追上。

[39] 縶：绊马索。再拜稽首：拜两拜，然后下跪低头至地，这是臣下对国君所行的礼节。春秋时期讲究等级尊卑，韩厥对敌国的君主也行臣仆之礼。再：两次。

[40] 奉：捧着。觞：一种酒器，功用如后代的酒杯。璧：玉器，圆形，中间有圆孔。进：奉献。这三句是说韩厥对齐侯行俘获敌国国君时的礼仪（即"殡命"之礼）。

[41] 请：求情。因为晋军是应鲁、卫两国的要求来救援的，所以韩厥说是替鲁、卫求情。这以下韩厥所说的话都是委婉的外交辞令。

[42] "无令"句：不要让许多军队深入您的国土，即不要让晋军进一步攻进齐境。无，通"毋"，不要。舆，众多，许多。

[43] "下臣"二句：臣下不幸，正好在军队里任职。下臣，韩厥自称，这是人臣对别国国君的自谦之辞。属，正好。当，遇。戎行（háng），兵车的行列，指齐军。

[44] 无所逃隐：没有地方逃避隐藏。言外之意就是不得不尽职作战。

[45] "且惧"句：而且怕因为逃跑躲避给两国的国君带来耻辱。忝（tiǎn），耻辱，名词使动用法，使……蒙受耻辱。

[46] 辱：名词使动用法，使……受辱，表示不称职的意思。戎士：战士。敢：表谦副词，表示大胆、冒昧。不敏：等于说"不才"。敏，聪明。摄官：暂时代理任职。承乏：在人才紧缺的情况下承担官职。

[47] 如：动词，往。饮：用如名词，这里指泉水。丑父与齐侯已经交换了位置，这时丑父假冒为齐侯，让真齐侯借取水的工夫脱身。

[48] 郑周父、宛茷（fèi）：都是齐人。佐车：副车。免：逃走，脱身，《左传》习惯用"免"来表示免除祸患。

[49] 郤献子：郤克。

[50] "自今"句：直到目前为止，没有能代替自己国君承担患难的人。自今，从现在追溯到以前。任患，承担患难。

[51] "有一"二句：（现在）这里有了一个，将要被杀掉吗？为，助动词，表示被动。

[52] "人不"句：不把"以死免其君"看作难事。难，形容词意动用法，把……

看做难事。免，使……免于灾祸。

[53] 劝：鼓励。事君者：侍奉君主的人。

[54] 免：释放。

晋公子重耳之亡

晋公子重耳之及于难也[1]。晋人伐诸蒲城[2]，蒲城人欲战，重耳不可，曰："保君父之命而享其生禄[3]，于是乎得人。有人而校[4]，罪莫大焉。吾其奔也。"遂奔狄。从者狐偃、赵衰、颠颉、魏武子、司空季子[5]。

狄人伐廧咎如[6]，获其二女叔隗、季隗，纳诸公子。公子取季隗，生伯儵、叔刘[7]。以叔隗妻赵衰[8]，生盾。将适齐[9]，谓季隗曰："待我二十五年，不来而后嫁。"对曰："我二十五年矣，又如是而嫁，则就木焉[10]。请待子！"处狄十二年而行[11]。

过卫，卫文公不礼焉。出于五鹿[12]，乞食于野人[13]，野人与之块[14]。公子怒，欲鞭之。子犯曰："天赐也！"稽首，受而载之[15]。

及齐，齐桓公妻之，有马二十乘[16]。公子安之。从者以为不可，将行，谋于桑下。蚕妾在其上[17]，以告姜氏[18]。姜氏杀之，而谓公子曰："子有四方之志[19]，其闻之者，吾杀之矣。"公子曰："无之。"姜曰："行也！怀与安，实败名。"公子不可。姜与子犯谋，醉而遣之[20]。醒，以戈逐子犯。

及曹[21]，曹共公闻其骈胁[22]，欲观其裸。浴，薄而观之[23]。僖负羁之妻曰[24]："吾观晋公子之从者，皆足以相国[25]。若以相，夫子必反其国[26]。反其国，必得志于诸侯。得志于诸侯而诛无礼[27]，曹其首也。子盍蚤自贰焉[28]？"乃馈盘飧，寘璧焉[29]。公子受飧反璧。

及宋[30]，宋襄公赠之以马二十乘。

及郑，郑文公亦不礼焉。叔詹谏曰[31]："臣闻天之所启[32]，人弗及也，晋公子有三焉，天其或者将建诸[33]，君其礼焉！男女同姓，其生不蕃。晋公子，姬出也[34]，而至于今，一也。离外之患[35]，而天不靖晋国[36]，殆将启之，二也。有三士足以上人[37]，而从之，三也。晋、郑同侪[38]，其过子弟固将礼焉，况天之所启乎？"弗听。

及楚,楚子飨之[39],曰:"公子若反晋国,则何以报不穀?"对曰:"子女玉帛则君有之;羽毛齿革则君地生焉[40]。其波及晋国者[41],君之余也。其何以报君?"曰:"虽然[42],何以报我?"对曰:"若以君之灵得反晋国,晋、楚治兵[43],遇于中原,其辟君三舍[44];若不获命[45],其左执鞭弭[46],右属櫜鞬[47],以与君周旋。"子玉请杀之[48]。楚子曰:"晋公子广而俭[49],文而有礼。其从者肃而宽,忠而能力。晋侯无亲[50],外内恶之。吾闻姬姓唐叔之后,其后衰者也[51],其将晋公子乎!天将兴之,谁能废之?违天,必有大咎。"乃送诸秦。

秦伯纳女五人[52],怀嬴与焉[53]。奉匜沃盥[54],既而挥之[55]。怒,曰:"秦晋,匹也[56],何以卑我?"公子惧,降服而囚[57]。

他日,公享之[58],子犯曰:"吾不如衰之文也[59],请使衰从。"公子赋《河水》,公赋《六月》[60]。赵衰曰:"重耳拜赐!"公子降[61],拜,稽首。公降一级而辞焉[62]。衰曰:"君称所以佐天子者命重耳,重耳敢不拜?"

【注释】

[1] 及于难:遇到危难。指晋太子申生之难,《左传》记僖公四年十二月,晋献公听从骊姬的谗言,逼迫太子申生自缢而死,其余二子重耳、夷吾也同时出奔。

[2] 蒲城:今山西省隰县。

[3] 保:恃,倚仗。生禄:养生的禄邑,古代贵族从封地中取得生活资料。

[4] 校(jiào):同"较",比较、对抗。

[5] 狐偃:重耳的舅父,字子犯,又名舅犯。赵衰(崔):字子余。魏武子:名犨(抽)。司空季子:一名胥臣。他们和颠颉都是日后晋国的大夫。

[6] 廧咎(qiáng gāo)如:部族名,狄族的别种,隗(wěi)姓。

[7] 儵:音由。

[8] 妻:嫁给。

[9] 适:去,往。

[10] 就木:进棺材。

[11] 处狄:住在狄国。

[12] 五鹿:卫国地名,在今河南濮阳县南。

[13] 野人:指农夫。

[14] 块：土块。

[15] 稽首：古时的一种跪拜礼，叩头至地，是九拜中最恭敬的。

[16] 乘：古时用四匹马驾一乘车，二十乘即八十匹马。

[17] 蚕妾：养蚕的女奴。

[18] 姜氏：重耳在齐国娶的妻子，齐是姜姓国，所以称姜氏。

[19] 四方之志：远大的志向。

[20] 遣：送。

[21] 曹：诸侯国名，姬姓，在今山东定陶县西南。

[22] 骈（pián）：并排。胁：胸部的两侧。

[23] 薄：逼近。

[24] 僖负羁：曹国大夫。

[25] 相：此处为辅佐君主之意。

[26] 夫子：指重耳。

[27] 诛：讨伐。

[28] 盍：何不。蚤：同"早"。贰：不一致。

[29] 盘飧（sūn）：一盘饭。寘璧焉：将宝玉藏在饭中。

[30] 宋：诸侯国名，子姓，在今河南商丘。

[31] 叔詹：郑国大夫。

[32] 天之所启：天为之开道者。启，开。

[33] 诸：同"之乎"。这句说，或者上天有意树立他吧。

[34] 姬出：姬姓父母所生，因重耳父母都姓姬。

[35] 离：同"罹"（lí），遭受。

[36] 靖：安定。

[37] 三士：《国语》："狐偃、赵衰、贾佗，三人皆卿才。"

[38] 侪（chái）：类，等。

[39] 楚子：指楚成王，飨（xiǎng）：设酒宴款待。

[40] 羽毛齿革：指鸟羽（翡翠、孔雀之属）、旄牛尾、象牙、犀牛皮等。

[41] 波及：流散到。

[42] 虽然：话虽如此。

[43] 以君之灵：托您的福。治兵：演练军队。

[44] 辟：同"避"。舍：古时行军走三十里就休息，所以一舍为三十里。

[45] 若不获命：三退不得楚止命也。

[46] 鞭弭：马鞭和不加装饰的弓。

[47] 属（zhú）：著，佩带。櫜（gāo）：箭袋。鞬（jiān）：弓套。

[48] 子玉：楚国令尹。

[49] 广而俭：志广而用俭。

[50] 晋侯：指晋惠公夷吾。

[51] 后衰：衰落得最迟。

[52] 秦伯：指秦穆公。纳女五人：送给重耳五个女子为姬妾。

[53] 怀嬴：秦穆公的女儿，晋太子圉（重耳侄子）妻，圉谥怀公，故号为怀嬴。

[54] 奉：同"捧"。匜（yí）：盛水器。沃：浇水。盥：洗手。

[55] 既：完毕。挥：湔（jiān），公子以湿手挥之，使水湔污其衣。

[56] 匹：敌也。

[57] 降服：解去衣冠。

[58] 享：用酒食宴请。

[59] 文：指言辞的文彩，长于外交辞令。

[60] 《河水》：逸《诗》，义取河水朝宗于海，海喻秦。《六月》：《诗·小雅》，
    道尹吉甫佐宣王征伐，喻公子还晋，必能匡王国。

[61] 降：下阶。

[62] 公降一级：下阶一级，表示不敢接受。

【阅读指要】

"史，记事者也，从又持中。中，正也。"中国是历史意识非常强的国家，重视历史并且善于记载历史，有着很强的史官文化传统。《左传·襄公二十五年》记载齐国史官直书之事："太史书曰：'崔杼弑其君。'崔子杀之，其弟嗣书，而死者二人，其弟又书，乃舍之，南史氏闻太史尽死，执简以往，闻既书矣，乃还。"直书是中国古代史官遵循的道德准则，这种置性命于不顾，前仆后继，献身真相的精神，值得任何一个时代坚持、继承。

《左传》是《春秋左氏传》的简称，又名《左氏春秋》，是一部编年记事的历史著作，以鲁国国君在位的年代为线索，记载了鲁隐公元年（前722）至鲁哀公二十七年（前468）鲁国、周王朝及各诸侯国发生的历史事件，成书约在战国初年，原作者可能是左丘明，后又经战国时人加工润色。该书附在孔子所撰《春秋经》之后，是"《春秋》三传"之一，实际上其记事范围和内容远远超出《春秋》，有自己的独立性。《左传》是一部长于叙事的文学著作，春秋年间贵族间的矛盾纠纷、新旧势力的消长、礼崩乐坏的程度、诸侯国的交往以及大大小小的争霸战争，

还有时代观念的更新、各色历史人物的活动乃至特点、性格等，都被记述描写得清楚明了，曲折生动，惟妙惟肖，为我国后世叙事文学特点的形成奠定了基础。《左传》注本有西晋杜预的《春秋经传集解》，唐孔颖达为之作疏，成《春秋左传正义》，收入《十三经注疏》，影响最大。现代注本中，杨伯峻《春秋左传注》简明易读。

《晋侯梦大厉》。《左传》记述了大量的占卜释梦和神异传闻，这些内容就像志怪小说一样，如晋侯梦大厉、画鬼如生，还有病入膏肓的描写、桑田巫释梦之语。先秦史传中的神异梦卜，在题材上直接孕育了后世的志怪小说。

《子产不毁乡校》。子产所论，与《国语·周语》记邵公谏厉王弭谤的道理接近，皆注重言论的疏导，并把公众舆论视作"吾师"，以之为药，进而改恶行善。这些议论有超越时代的价值，对后世人类有指导意义。

《齐晋鞌之战》（节选）。齐国攻打鲁国和卫国，晋国在鲁、卫的求援下，出师阻遏齐军，在鞌地发生了一场大战，是谓鞌之战。清浦起龙《古文眉诠》："事止一案，文成两形。晋之败齐，人躁我病，反势逼得透；齐之屈鲁，理直词长，正局摆得开。"战争激烈，郄克、解张、郑丘缓三人的对话和行动，既表现了其各自的个性，也表现了同仇敌忾、视死如归的气概。

《晋公子重耳之亡》。本篇记载了晋文公重耳出奔，在外流亡19年，最终回国夺取政权的经历。近人吴闿生《左传文法读本》："写奔亡之事，凛然有创霸之气。"这个"创霸之气"就是指重耳历经磨难，由公子哥蜕变为精明老练的政治家，为成为一代霸主打下了基础。

晋文公重耳流亡的故事富于故事性、戏剧性。作者在叙述基本故事事件的同时，恰当穿插了一些细节描写，如五鹿乞食、桑下之谋、薄观裸浴、馈飧置璧、沃盥挥匜、降服谢罪等等。这些细节描写生动形象，读之趣味盎然，又不失历史的真实性，既强化了主人公重耳的性格，也在叙述过程中呈现了众多的人物形象。

国语

选自徐元浩《国语集解》。

邵公谏厉王弭谤

厉王虐[1]，国人谤王[2]。邵公告曰[3]："民不堪命矣[4]！"王怒，得卫巫[5]，使监谤者[6]。以告，则杀之。国人莫敢言，道路以目。

王喜，告召公曰："吾能弭谤矣[7]，乃不敢言。"召公曰："是障之也[8]。防民之口，甚于防川。川壅而溃，伤人必多，民亦如之。是故为川者决之使导[9]，为民者宣之使言[10]。故天子听政，使公卿至于列士献诗[11]，瞽献曲[12]，史献书[13]，师箴[14]，瞍赋[15]，矇诵[16]，百工谏[17]，庶人传语，近臣尽规，亲戚补察[18]，瞽、史教诲，耆、艾修之[19]，而后王斟酌焉[20]，是以事行而不悖[21]。民之有口也，犹土之有山川也，财用于是乎出；犹其原隰之有衍沃也[22]，衣食于是乎生。口之宣言也，善败于是乎兴[23]。行善而备败[24]，其所以阜财用衣食者也[25]。夫民虑之于心而宣之于口[26]，成而行之，胡可壅也？若壅其口，其与能几何[27]？"

王不听，于是国人莫敢出言[28]。三年，乃流王于彘[29]。

【注释】

[1] 厉王：周恭王的曾孙，名胡。

[2] 国人：当时对居住在国都里的人的通称。

[3] 邵公：亦作"召公"，邵康公之孙穆公，名虎，周厉王的卿士。

[4] 命：指周厉王苛虐的政令。

[5] 卫巫：卫国的巫者，古代称女巫为巫，男巫为觋。

[6] 谤者：批评国王的人。

[7] 弭（mǐ）：消除。

[8] 障：堵塞。

[9] 为川者：治水的人。

[10] 宣：疏导。

[11] 公卿：指执政大臣，古代有三公九卿之称。列士：位在大夫之下的官员，统称列士。

[12] 瞽（gǔ）：乐官，多以盲人担任。

[13] 史：史官。书：指史籍。

[14] 师：师氏的简称，《周礼》以之为教国子之官。

[15] 瞍（sǒu）：无眸子曰瞍。赋：有节奏地诵读。

[16] 矇（méng）：有眸子而无见曰矇。瞍矇均指乐师。

[17] 百工：主管营建制造等事务的官职。

[18] 亲戚：指君王的内外亲属。

[19] 耆（qí）艾：年六十曰耆，年五十曰艾。修：儆戒。

[20] 斟酌：反复考虑，可否去取，择善而定。

[21] 悖（bèi）：违背。

[22] 原隰（xí）衍沃：广平曰原，下湿曰隰，下平曰衍，有溉曰沃。

[23] 兴：兴起、表露之意。

[24] 行善而备败：民所善者行之，民所败者备之。

[25] 阜：丰盛。

[26] 夫（fú）：发语词，无义。

[27] 与：咏叹之辞。能几何：言不久也。

[28] 国人："国"下原无"人"字，据别本补。

[29] 三年：公元前 842 年，周厉王被国人放逐到彘。彘（zhì）：地名，在今山西省霍县境内。

《国语》里二则风趣的对话

（齐）姜与子犯谋，醉而载之以行。醒，以戈逐子犯，曰："若无所济[1]，吾含舅氏之肉，其知餍乎[2]！"舅犯走且对曰："若无所济，余未知死所；谁能与豺狼争食[3]？若克有成[4]，公子无亦晋之柔嘉[5]，是以甘食[6]。偃之肉腥臊，将焉用之？"遂行。（《晋语》四第十）

董叔将娶于范氏[7]，叔向曰："范氏富，盍已乎[8]？"曰："欲为系援焉[9]。"他日董祁愬范献子[10]，曰："不吾敬也"。献子执而纺于庭之槐[11]。叔向过之。曰："子盍为我请乎？"叔向曰："求系既系矣，求援既援矣[12]，欲而得之，又何请焉！"（《晋语》九第十五）

【注释】

[1] 济：（事业）成功。

[2] 餍：满足。

[3] "若无"至"争食"：战死原野，公子将走不暇，岂能复与豺狼争食我乎？

[4] 克：能。

[5] 无亦：亦，"无"为发语词。柔：脆美。嘉：鲜美。

[6] 是：一切。甘食：食美味。

[7] 董叔：晋大夫。范氏：范宣子之女，范献子之妹。

[8] 已：止也。

[9] 系援：作为绳梯攀援上去，言欲联姻于范氏以攀附之。

[10] 董祁：董叔之妻，范献子之妹。周代妇女举姓不举氏，范氏为祁姓，故称董祁。
　　　愬：通"诉"。

[11] 纺：绑缚而悬之。

[12] 求援：二字双关，讽其本欲求攀附而今真系缚。

【阅读指要】

　　《国语》是一部分国记事的历史散文著作，记载西周至战国初年周王朝及鲁、齐、晋、郑、楚、吴、越等诸侯国的历史事件、人物活动及其言辞，其中记言多于记事。关于该书的撰写，司马迁有"左丘失明，厥有《国语》"之说，后人因此曾认为作者与《左传》作者左丘明同为一人。有学者认为该书为先秦瞽矇讲史资料汇编者，就传授渊源来说，或与左丘明有关。《国语》记事与《左传》同样集中于春秋时代，也多涉及同一事件，但记述偏重不同，有些内容远较《左传》详尽；西周部分则是《左传》所无，作为先秦史料，同样为史家所珍视。就文学叙事而言，《国语》各篇之间的风格、水平不平衡，总体上不如《左传》形象生动，但有些篇章情节复杂，语言形象，达到相当高的文学水平。三国吴韦昭为《国语》作解，总结了汉代学者的注释成果，是影响最大的注本。近人徐元浩作《国语集解》，汇集了历代有关解说，颇便研讨。

　　《邵公谏厉王弭谤》。本篇记载邵穆公劝戒厉王弭谤的主张，指出"防民之口甚于防川"，虑深思远，极有见地，可为百世法。前人对其笔法多有揭露，认为"最是《国语》遒炼文字"。

　　清金圣叹《天下才子必读书》卷三："前说民谤不可防，则比之山川；后说民诗必宜敬听，则比之山川原隰；凡作两番比喻。后贤务须逐番细读之，真乃精奇无比之义，不得止作老生常诵习而已。"

　　清吴楚材、吴调候《古文观止》卷三："文只是中间一段正讲，前后俱是设喻。前喻防民口有大害，后喻宣民言有大利。妙在将正意喻意夹和成文，笔意纵横，不可端倪。"

　　清余诚《重订古文释义新编》卷三："谏词只天子听政一段在道理上讲，其余都是在利害上讲，而正意又每与喻意夹写，笔法新警异常。至前后叙次处描写王与国人，以及起伏照应之法，更极精细，最是《国语》遒炼文字。"

《国语》里二则风趣的对话。《国语》长于对话，有自己的特色。有些人物的对话生动风趣，可补《左传》之不足。《晋语》中有二例，为典型。《晋语》记重耳逐子犯，较《左传》"晋公子重耳之亡"细致而生动幽默，把两人的神态风貌描绘得生动传神；《晋语》"董叔将娶于范氏"讽刺世态，入木三分，"系援"二字双关。

战国策

选自何建章《战国策注释》。

苏秦始将连横

说秦王书十上而说不行[1]。黑貂之裘弊，黄金百斤尽，资用乏绝，去秦而归。嬴縢履蹻[2]，负书担橐[3]，形容枯槁，面目犁黑[4]，状有归色[5]。归至家，妻不下纴[6]，嫂不为炊，父母不与言。苏秦喟叹曰："妻不以我为夫，嫂不以我为叔，父母不以我为子，是皆秦之罪也！"乃夜发书，陈箧数十，得《太公阴符》之谋[7]，伏而诵之，简练以为揣摩[8]。读书欲睡，引锥自刺其股，血流至足[9]。曰："安有说人主不能出其金玉锦绣，取卿相之尊者乎？"期年揣摩成，曰："此真可以说当世之君矣！"

于是乃摩燕乌集阙[10]，见说赵王于华屋之下[11]，抵掌而谈[12]。赵王大悦，封为武安君[13]。受相印，革车百乘[14]，锦绣千纯[15]，白璧百双[16]，黄金万溢[17]，以随其后，约从散横[18]，以抑强秦。故苏秦相于赵而关不通[19]。

……

将说楚王，路过洛阳。父母闻之，清宫除道，张乐设饮[20]，郊迎三十里。妻侧目而视，倾耳而听；嫂蛇行匍伏[21]，四拜自跪而谢。苏秦曰："嫂何前倨而后卑也[22]？"嫂曰："以季子之位尊而多金[23]。"苏秦曰："嗟乎！贫穷则父母不子，富贵则亲戚畏惧。人生世上，势位富贵，盖可忽乎哉[24]！"

【注释】

[1] 说不行：指连横的主张未得实行。

[2] 嬴（léi）：通"累"，缠绕。縢（téng）：绑腿布。蹻（jué）：通"属"，草鞋。言其缠着裹脚穿着草鞋。

[3] 橐（tuó）：一种口袋。

[4] 犁：通"黧"（lí），黑色。

[5] 归（kuì）：应作"愧"。

[6] 纴（rèn）：纺布帛的丝缕。

[7] 太公：姜太公吕尚。阴符：兵书。

[8] 简练：选择。揣摩：揣度，揣测。

[9] 引：拿过来。足：应作"踵"，足跟。

[10] 摩：靠近。燕乌集：宫阙名。

[11] 华屋：指宫殿。

[12] 抵（zhǐ）：通"扺"，拍。

[13] 武安：今属河北省。

[14] 革车：古代的一种战车。

[15] 纯（tún）：匹。

[16] 璧：平圆形中间有孔的玉，古代在典礼时用作礼器，亦可作饰物。

[17] 溢：通"镒"，一镒二十四两。

[18] 散横：散关中之横，以抑强秦。

[19] 关：函谷关，为六国通秦要道。

[20] 除：修整。张：设置。

[21] 虵：同"蛇"。

[22] 倨：傲慢。

[23] 季子：小叔子。

[24] 盖：同"盍"，何。

庄辛谓谏楚襄王

庄辛（谓）［谏］楚襄王曰："君王左州侯，右夏侯，辇从鄢陵君与寿陵君[1]，专淫逸侈靡，不顾国政，郢都必危矣。"襄王曰："先生老悖乎？将以为楚国妖祥乎？[2]"庄辛曰："臣诚见其必然者也，非敢以为［楚］国祅祥也。君王卒幸四子者不衰[3]，楚国必亡矣。臣请辟于赵[4]，淹留以观之。"

庄辛去之赵，留五月，秦果举鄢郢、巫、上蔡、陈之地，襄王流揜于城阳[5]。于是使人发驺[6]，征庄辛于赵。庄辛曰："诺。"

庄辛至，襄王曰："寡人不能用先生之言，今事至于此，为之奈何？"庄辛对曰："臣闻鄙语曰：'见菟而顾犬，未为晚也；亡羊而补牢，未为迟也。[7]'臣闻昔汤、武以百里昌，桀、纣以天下亡。今楚国虽小，绝长续短，犹以数千里，岂特百里哉[8]？

"王独不见夫蜻蛉乎[9]？六足四翼，飞翔乎天地之间，俯啄蚊虻而食之，仰承甘露而饮之[10]，自以为无患，与人无争也。不知夫五尺童子，方将调［饴］胶丝，加己乎四仞之上，而下为蝼蚁食也[11]。

"蜻蛉其小者也，黄雀因是以。俯噣白粒，仰栖茂树，鼓翅奋翼，自以为无患，与人无争也。[12]不知夫公子王孙左挟弹，右摄丸，将加己乎十仞之上[13]，以其（类）［颈］为招。[14]［倏乎之间，坠于公子之手。］昼游乎茂树，夕调乎酸碱。（倏乎之间，坠于公子之手。）[15]

"夫黄雀其小者也，黄鹄因是以。游于江海，淹乎大沼，俯噣［鳝］鲤，仰啮菱衡，奋其六翮[16]，而凌清风，飘摇乎好翔，自以为无患，与人无争也。不知夫射者，方将休其碆卢，治其矰缴，将加己乎百仞之上[17]。彼礛磻，引微缴，折清风而抎矣。故昼游乎江河，夕调乎鼎鼐[18]。

"夫黄鹄其小者也，蔡圣侯之事因是以[19]。南游乎高陂，北陵乎巫山，饮茹溪［之］流，食湘波之鱼[20]，左抱幼妾，右拥嬖女，与之驰骋乎高蔡之中，而不以国家为事。[21]不知夫子发方受命乎宣王，系己以朱丝而见之也[22]。

"蔡圣侯之事其小者也，君王之事因是以。左州侯，右夏侯，（辈）［辇］从鄢陵君与寿陵君，饭封禄之粟，而戴［载］方府之金，与之驰骋乎云梦之中，而不以天下国家为事。[23]不知夫穰侯方受命乎秦王，填黾塞之内，而投己乎黾塞之外。[24]"

襄王闻之，颜色变作，身体战栗。于是乃以执珪而授之，［封之］为阳陵君，与淮北之地也。[25]

【注释】

[1] 州侯、夏侯、鄢陵君、寿陵君：皆楚襄王宠臣。

[2] 悖：错乱。祆：通"妖"。祆祥：妖孽。

[3] 四子：州侯、夏侯、鄢陵君、寿陵君。

[4] 辟：同"避"。

[5] 流揜：流亡。揜，即掩。

[6] 发驺：指派专车。驺（zōu），古时掌马的官，也掌驾车。

[7] 菟：同"兔"。顾：回头看，想起。为：通"谓"。亡：丢失。牢：此指羊圈。

[8] 绝长续短：截取长处填补短处。犹以：尚且有。特：但，只，止。

[9] 蜻蛉：与蜻蜓形极似，只是飞行之区域不广，飞不远。

[10] 虻（méng）：似蝇而比蝇稍大，如牛虻。承：接。

[11] 不知：没料到。夫：彼，那。饴：糖浆。胶：粘合。加己乎：用胶丝加在蜻蛉身上，粘住了它。己，指蜻蛉。蝼蚁：指小生物。蝼，蝼蛄，又称土狗子。

[12] 黄雀：如麻雀而色黄。因是以：犹此已，也是这样。啄：同"啄"。白粒：米粒。鼓：动。奋：振。

[13] 挟：通"夹"，持，带。摄：持。己：指黄雀。

[14] 招：即"的"，箭靶子。

[15] 调乎酸碱：用酸咸调味，即做成菜肴。

[16] 黄鹄：黄鹤。淹：淹留，休息。大沼：大水池。鰋：鲶鱼。啮（niè）：咬食。菱：菱角。衡：通"荇"，水草。翮（hé）：大羽毛之茎，指鸟的翅膀。

[17] 碆卢：石镞和黑弓。碆（bō），石镞。卢，通作旅，黑弓。缯缴：系有。缯，通作矰。

[18] 彼：通"被"。礛磻：锐利的石镞。礛（hǎn），锐利。磻（bō），同"碆"。引微缴：（黄鹄被射中后）拖着带着细绳的箭。折：负伤而死。抎：通陨，从上落下。鼐：大鼎。

[19] 蔡圣侯：根据程恩泽《国策地名考》，当是"高蔡"之君。

[20] 高陂：高坡。陵：登。茹谿：在今四川省巫山县北。谿，同溪。湘波：湘水。

[21] 高蔡：其地无考，似在楚郢都西。

[22] 子发：名舍，曾任楚令尹，曾帅军克蔡，获蔡侯。宣王：前369年—前340年在位。系：捆起来。己：指蔡圣侯。朱丝：红丝绳。见之：去见楚宣王。

[23] 饭封禄之粟：吃着各封邑进奉的粮食。方府之金：四方府库所纳之金。云梦：楚大泽。

[24] 穰侯：魏冉，秦昭王舅父。秦王：秦昭王。填：充实。黾（méng）塞：指郿

（méng）阸之塞，古隘道名。投：弃。已：指楚顷襄王，时已出逃到郧阸之塞。

[25] 变作："作"与"变"同义。执珪：楚国最高爵位。与：赐予。

靖郭君将城薛

靖郭君将城薛，客多以谏[1]。靖郭君谓谒者，无为客通[2]。齐人有请者曰："臣请三言而已矣[3]！益一言，臣请烹。"靖郭君因见之。客趋而进曰[4]："海大鱼。"因反走[5]。君曰："客有于此[6]。"客曰："鄙臣不敢以死为戏。"君曰："亡，更言之[7]。"对曰："君不闻［海］大鱼乎？网不能止，钩不能牵，荡而失水，则蝼蚁得意焉[8]。今夫齐亦君之水也。君长有齐阴[9]，奚以薛为[10]？（夫）［失］齐，虽隆薛之城到于天，犹之无益也[11]。"君曰："善。"乃辍城薛[12]。

【注释】

[1] 靖郭君：田婴，齐威王幼子，孟尝君田文之父。将城薛：将要修筑薛地的城墙。谏：规劝。

[2] 谒者：主管传达通报的近侍。无为客通：不要给纳谏的人通报。

[3] 三言：三个字。已：止。

[4] 进：进言。

[5] 反走：即返走，回头就跑。

[6] 于此：止无走。

[7] 亡（wú），同"无"，不然。更：复，再。

[8] 蝼蚁：蝼蛄和蚂蚁。得意：得逞其意，任意而为。

[9] 阴：同"荫"，庇护，荫庇。

[10] 奚：何。

[11] 犹：还是，仍然。"之"字疑衍。

[12] 辍：停止。

齐人有冯谖者

齐人有冯谖者[1]，贫乏不能自存，使人属孟尝君，愿寄食门下[2]。

孟尝君曰："客何好？"曰："客无好也。"曰："客何能？"曰："客无能也。"孟尝君笑而受之，曰："诺。"左右以君贱之也，食以草具[3]。

居有顷，倚柱弹其剑，歌曰："长铗归来乎[4]！食无鱼。"左右以告。孟尝君曰："食之，比门下之［鱼］客[5]。"居有顷，复弹其铗，歌曰："长铗归来乎！出无车。"左右皆笑之，以告。孟尝君曰："为之驾，比门下之车客。"于是，乘其车，揭其剑，过其友曰："孟尝君客我[6]。"后有顷，复弹其剑铗，歌曰："长铗归来乎！无以为家。"左右皆恶之，以为贪而不知足。孟尝君闻："冯公有亲乎？"对曰："有老母。"孟尝君使人给其食用，无使乏。于是，冯谖不复歌。

后孟尝君出记，闻门下诸客："谁习计会，能为文收责于薛乎[7]？"冯谖署曰："能。"孟尝君怪之，曰："此谁也？"左右曰："乃歌夫'长铗归来'者也。"孟尝君笑曰："客果有能也，吾负之[8]，未尝见也。"请而见之，谢曰："文倦于事，愦于忧，而性懧愚，沉于国家之事，开罪于先生。先生不羞，乃有意欲为收责于薛乎[9]？"冯谖曰："愿之。"于是，约车治装，载券契而行[10]，辞曰："责毕收，以何市而反[11]？"孟尝君曰："视吾家所寡有者。"

驱而之薛，使吏召诸民当偿者，悉来合券。券徧合，起，矫命以责赐诸民[12]，因烧其券，民称万岁。

长驱到齐，晨而求见。孟尝君怪其疾也，衣冠而见之，曰："责毕收乎？来何疾也！"曰："收毕矣。""以何市而反？"冯谖曰："君云'视吾家所寡有者。'臣窃计，君宫中积珍宝，狗马实外厩，美人充下陈[13]。君家所寡有者以义耳[14]！窃以为君市义。"孟尝君曰："市义奈何？"曰："今君有区区之薛，不拊爱子其民，因而贾利之[15]。臣窃矫君命，以责赐诸民，因烧其券，民称万岁。乃臣所以为君市义也："孟尝君不说[16]，曰："诺，先生休矣！"

后朞年，齐王谓孟尝君曰："寡人不敢以先王之臣为臣[17]。"孟尝君就国于薛[18]。未至百里，民扶老携幼，迎［孟尝］君道中。孟尝君顾谓冯谖［曰］："先生所为文市义者，乃今（日）见之。"冯谖曰："狡兔有三窟，仅得免其死耳。今君有一窟，未得高枕而卧也。请为君复凿二窟。"孟尝君予车五十乘，金五百斤，西游于梁[19]，谓惠王曰[20]："齐放其大臣孟尝君于诸侯,诸侯先迎之者,富而兵强。"于是,梁王虚上位,以故相为上将军,遣使者,黄金千斤,车百乘,往聘孟尝君。冯谖先驱,诫孟尝君曰:"千金,重币也;百乘,显使也。齐其闻之矣。"梁使三反,孟尝君固辞不往也。

　　齐王闻之,君臣恐惧,遣太傅赍黄金千斤,文车二驷,服剑一[21],封书谢孟尝君曰:"寡人不祥,被于宗庙之祟,沉于谄谀之臣,开罪于君,寡人不足为也[22]。愿君顾先王之宗庙,姑反国统万人乎?"冯谖诫孟尝君曰:"愿请先王之祭器,立宗庙于薛[23]。"庙成,还报孟尝君曰:"三窟已就,君姑高枕为乐矣。"

　　孟尝君为相数十年,无纤介之祸者,冯谖之计也[24]。

　　【注释】

[1] 冯谖(xuān):《史记·孟尝君列传》作"冯驩"。

[2] 属:通"嘱",叮嘱,求告。孟尝君:姓田,名文,孟尝君为其号,齐威王之孙,袭其父田婴之封邑于薛,因此又称薛公。

[3] 草具:指粗劣的食物。

[4] 长铗:长剑,楚人名曰长铗。

[5] 鱼客:原作"客",今从一本增鱼字,与下文的车客照应。孟尝君分食客为上中下三等,下客住传舍,食菜;中客住幸舍,食鱼,故又称鱼客;上客住代舍,食肉,出有舆车,故又称车客。

[6] 客我:尊我为上客。

[7] 责(zhài):同"债"。薛:战国时为齐邑,齐湣王三年,封其叔田婴于薛。

[8] 负:辜负。

[9] 愦(kuì):昏乱。懧(nuò):同"懦"。先生不羞:先生不以此为耻辱,意思是说承蒙你不见怪。

[10] 约:缠束,这里指把马套上车。券契:指放债的凭证,券分为两半,双方各执其一,履行契约时拼而相契合,此谓"合券"。

[11] 市:购买。反:同"返"。

[12] 矫命:假托命令。

[13] 下陈:古代殿堂下供陈放礼品、婢妾站列的地方。

[14] 以:犹"惟"。

[15] 拊：同抚。子其民：视其民为子。子，用作动词。贾（gǔ）：求取。

[16] 说：同"悦"。

[17] 朞年：周年。齐王：指齐湣王田地（一作田遂）。先王：指湣王之父宣王田辟彊。

[18] 就：归。

[19] 梁：即魏国，当时都大梁（今河南开封）。

[20] 惠王：当作"梁王"，此当在魏昭王二年。

[21] 太傅：春秋时晋国始置，其职为辅弼国君。赍（jī）：送。

[22] 祥：通"详"，审慎。被：遭受。

[23] 宗庙：古代祭祀祖先的处所，这里借指祖先。

[24] 纤介：喻细微，介通"芥"。

荆轲刺秦王（节选）

久之，荆卿未有行意。秦将王翦破赵，虏赵王[1]，尽收其地，进兵北略地[2]，至燕南界。太子丹恐惧，乃请荆卿曰："秦兵旦暮渡易水，则虽欲长侍足下，岂可得哉？"荆卿曰："微太子言，臣愿得谒之[3]。今行而无信[4]，则秦未可亲也。夫今樊将军，秦王购之金千斤[5]，邑万家。诚能得樊将军首，与燕督亢之地图献秦王，秦王必说见臣[6]，臣乃得有以报太子。"太子曰："樊将军以穷困来归丹，丹不忍以己之私而伤长者之意，愿足下更虑之。"

荆轲知太子不忍，乃遂私见樊于期曰："秦之遇将军可谓深矣[7]，父母宗族皆为戮没。今闻购将军之首，金千斤，邑万家，将奈何？"樊将军仰天太息，流涕曰："吾每念，常痛于骨髓，顾计不知所出耳[8]。"轲曰："今有一言[9]，可以解燕国之患，而报将军之仇者，何如？"樊于期乃前曰："为之奈何？"荆轲曰："愿得将军之首以献秦，秦王必喜而善见臣，臣左手把其袖[10]，而右手揕（抗）其胸[11]，然则将军之仇报，而燕国见陵之耻除矣[12]。将军岂有意乎[13]？"樊于期偏袒扼腕而进曰[14]："此臣日夜切齿拊心也[15]，乃今得闻教。"遂自刎。太子闻之，驰往伏尸而哭，极哀。既已，无可奈何，乃遂收盛樊于期之首，函封之[16]。

于是，太子预求天下之利匕首，得赵人徐夫人之匕首[17]，取之百金，使工以药淬之[18]，以试人，血濡缕[19]，人无不立死者。乃为装，遣荆轲[20]。燕国有勇士秦武阳，年十二杀人，人不敢与忤视[21]。乃令秦武阳为副。

荆轲有所待，欲与俱，其人居远，未来，而为留待。顷之，未发。太子迟之[22]，疑其有改悔，乃复请之曰："日以尽矣[23]，荆卿岂无意哉？丹请先遣秦武阳。"荆轲怒，叱太子曰："今日往而不反者，竖子也[24]！今提一匕首，入不测之强秦，仆所以留者，待吾客与俱。今太子迟之，请辞决矣[25]！"遂发。

太子及宾客知其事者，皆白衣冠以送之[26]。至易水上，既祖，取道[27]。高渐离击筑[28]，荆轲和而歌，为变徵之声[29]，士皆垂泪涕泣。又前而为歌曰[30]："风萧萧兮易水寒，壮士一去兮不复还！"复为忼慨羽声[31]，士皆瞋目，发尽上指冠。于是荆轲遂就车而去，终已不顾[32]。

既至秦，持千金之资币物[33]，厚遗秦王宠臣中庶子蒙嘉[34]。嘉为先言于秦王曰："燕王诚振畏慕大王之威[35]，不敢兴兵以拒大王，愿举国为内臣[36]，比诸侯之列，给贡职如郡县，而得奉守先王之宗庙。恐惧不敢自陈，谨斩樊于期头，及献燕之督亢之地图，函封，燕王拜送于庭，使使以闻大王。唯大王命之。"

秦王闻之，大喜。乃朝服、设九宾，见燕使者咸阳宫[37]。荆轲奉樊于期头函[38]，而秦武阳奉地图匣以次进[39]。至陛下[40]，秦武阳色变振恐，群臣怪之，荆轲顾笑武阳，前为谢曰："北蛮夷之鄙人，未尝见天子，故振慑[41]。愿大王少假借之[42]，使毕使于前。"秦王谓轲曰："起，取武阳所持图。"轲既取图奉之[43]，发图，图穷而匕首见[44]。因左手把秦王之袖，右持匕首揕（抗）之[45]。未至身，秦王惊，自引而起[46]，绝袖。拔剑，剑长，摻其室[47]。时怨急，剑坚，故不可立拔[48]。荆轲逐秦王，秦王还柱而走[49]。群臣惊愕，卒起不意[50]，尽失其度。而秦法：群臣侍殿上者，不得持尺兵[51]；诸郎中执兵皆陈殿下[52]，非有诏不得上。方急时[53]，不及召下兵，以故荆轲逐秦王，而卒惶急，无以击轲，而乃以手共搏之[54]。是时侍医夏无且[55]以其所奉药囊提轲[56]。秦王之方还柱走，卒惶急不知所为，左右乃曰：'王负剑[57]！王负剑！'遂拔，以击荆轲，断其左股。荆轲废[58]，乃引其匕首提秦王[59]，不中，中柱。秦王复击轲，被八创[60]。轲自知事不就，倚柱而笑，箕踞以骂曰："事所以不成者，乃欲以生劫之，必得约契以报太子也。"左右既前斩荆轲，秦王目眩良久[61]。而论功赏群臣及当坐者，各有差[62]。而赐夏无且黄金二百镒，曰："无且爱我，乃以药囊提轲也。"

于是，秦大怒燕，益发兵诣赵[63]，诏王翦军以伐燕。十月而拔燕蓟城[64]。燕王喜、太子丹等，皆率其精兵东保于辽东[65]。秦将李信追击燕王，王急，用代王嘉计[66]，杀太子丹，欲献之秦。秦复进兵攻之。五岁而卒灭燕国，而虏燕王喜。秦兼天下。

其后荆轲客高渐离以击筑见秦皇帝，而以筑击秦皇帝，为燕报仇，不中而死。

【注释】

[1] 虏赵王：指秦王嬴政十九年（前228），秦军攻破赵国，俘获赵王。赵王，指赵王迁。

[2] 略：掠夺，夺取。

[3] 微：如果没有。谒：请求。

[4] 信：凭证，信物。

[5] 购：悬赏征求。

[6] 督亢（gāng）：地区名，在今河北涿县东，是燕国富饶的地方。说：同"悦"。

[7] 遇：对待。深：歹毒。

[8] 顾：只，但是。

[9] 言：建议，主意。

[10] 把：抓住。

[11] 揕（zhèn）：刺。姚本作"揕抗"，鲍本无"抗"字，从鲍本。

[12] 见陵：被欺陵。

[13] 岂：其。

[14] 扼腕：握住另一只手腕，表示愤慨、振奋之意。

[15] 拊心：拍胸。

[16] 函：匣子。

[17] 徐夫人：男子姓名。

[18] 药：指毒药。

[19] 血濡（rú）缕：被刺伤，浸出一丝儿血丝。

[20] 为装：治装。遣：送。

[21] 忤（wǔ）视：逆视，正面看。

[22] 顷之：过了一段时间。迟之：以之为迟。

[23] 以：通"已"。

[24] 而：如。反：返。竖子：小子。此句意谓：如果现在去了而不能好好回来（向太子）复命，那是没用的人。

[25] 决：通"诀"，诀别。

[26] 白衣冠：指丧服。

[27] 祖：指祭祀路神。取道：上路。

[28] 高渐离：荆轲至友。筑：古代击弦乐器名，已失传。

[29] 变徵（zhǐ）之声：即变徵之调，此调凄厉悲凉。徵，古代五音宫、商、角、徵、羽之一。

[30] 前：前行。

[31] 忼慨：慷慨，高亢愤激。羽：古代五音之一，音调激昂。

[32] 终已：最终。

[33] 币物：财币货物。

[34] 遗（wèi）：给予，馈赐。中庶子：战国时国君、太子、相国的侍从之臣，掌公族之官。蒙嘉：秦将蒙恬之弟。

[35] 畏慕：或并作"怖"。振怖：惊惧、畏惧。振，通"震"。

[36] 拒：抗拒。内臣：内属之臣。

[37] 乃朝服、设九宾：穿上朝服，设置九位傧相，备大礼以相迎。宾，同"傧"。咸阳宫：秦国宫名。咸阳，秦国都城，在今陕西咸阳市东北。

[38] 奉：捧。

[39] 以次：按顺序。

[40] 陛下：宫殿前的台阶下。

[41] 振慴（shè）：振慑，义同"振恐"，震惊，恐惧。

[42] 少：稍微。假借：宽容。

[43] 既：即，便。

[44] 见：现。

[45] 揕：姚本"揕"字下有"抗"字，鲍本无，从鲍本。

[46] 自引而起：自己伸直身体站起来。

[47] 掺（shǎn）：持。室：此指剑鞘。

[48] 惶：姚本作"怨"，鲍本作"惶"，从鲍本。剑坚：指剑被卡紧在剑鞘里。

[49] 还：通"环"。

[50] 卒：同"猝"。

[51] 尺兵：尺寸之兵，各种武器。

[52] 郎中：官名，负责侍卫。

[53] 方：正。

[54] 搏：抓，仆。此句言殿上的群臣只得赤手空拳与荆轲对打。

[55] 且：读为 jù。

[56] 提（dǐ）：投掷。

[57] 王负剑：大王背上剑，言让秦王把佩剑推向背部以便拔出。

[58] 废：跌倒。

[59] 引：举起。

[60] 被：遭受。

[61] 良：很。

[62] 坐：定罪。差（cī）：等级。

[63] 益：多。

[64] 十月：指秦王嬴政二十一年（前 226）十月。蓟城：燕国都城，在今北京市。

[65] 辽东：地名，在今辽宁辽阳一带。

[66] 代王嘉：赵国公子，公元前 228 年秦灭赵后，赵国公子嘉率领宗族几百人逃到代地，自立为王，向东同燕国合兵。

【阅读指要】

　　《战国策》又称《国策》，是西汉刘向编订的国别体史书，依次为西周、东周、秦、齐、楚、赵、魏、韩、燕、宋、卫、中山诸国。记事多不标年代，据史实推断大致上继《春秋》，下迄楚汉之际。各篇作者不详，写作时间不明，分别散见于《国策》、《国事》、《短长》、《事语》、《长书》、《修书》等书中，最终由刘向汇辑、整理、校订，按国编排，定名为《战国策》。东汉高诱曾为《战国策》作注。南宋剡川姚宏有校注本，清人黄丕烈影写复刻，收入《士礼居丛书》，流传广，被称为姚本，其中囊括了东汉高诱的残注和姚宏的续注，具有重要的文献价值。和姚宏同时，又有南宋鲍彪为《战国策》作注，元吴师道对鲍注订误补缺，《四部丛刊》影印收入，通称鲍吴本。近人金正炜有《战国策补释》，诸祖耿有《战国策集注汇考》，缪文远有《战国策新校注》。

　　《战国策》的内容偏重于当时活跃在诸侯国间的一些谋臣策士纵横捭阖的游

说活动及其谋略辞说，多涉及重大事件，为司马迁《史记》所取材。因其出自游说之口，故多夸饰，从而更具有文学虚构的色彩。其文注重渲染，富于气势，巧于用譬，语言浅明生动，讲究形式修饰。

《苏秦始将连横》。《战国策》表现了战国策士纵横捭阖、铺张扬厉的文风。苏秦是个经过典型化的艺术手段塑造的形象。《史记·苏秦列传》："世言苏秦多异，异时事有类之者皆附之苏秦。"可见《战国策》中的苏秦本是一个箭垛式的人物。本篇运用了前后对比、神态描写、铺陈排比等多种艺术手法塑造了苏秦这个著名的人物形象。清浦起龙《古文眉诠》卷一二："战国，势利场也；季子，势利头也。借其先后游遇，描绘俗肠，中学者隐微深瘤之病。语云："嘻笑甚于怒骂。"如此文，则又赞羡甚于嬉笑也。"清唐文治《国文经纬贯通大义》卷五："摹绘炎凉有要法，凉处写得足，则炎处写得更足，所谓一抑一扬，一顿挫一轩昂是也。"

《庄辛谓谏楚襄王》。此篇记庄辛论幸臣之危国，由蜻蛉而黄雀、黄鹄，再及蔡侯、君王，其设喻由小至大，从物到人，因外及内，缓而不骤，娓娓动人，用了一连串比喻说明居安思危的问题。

清唐文治："此文因家弦户诵，读者疑为程度较低，不甚措意，不知此文每段均有线索呼应，且段末句法无不变化，是分段中之最应学步者。末两段结语，笔锋尤生辣可畏。起处'见兔顾犬'、'亡羊补牢'，点缀最有趣味。若将此段删去，即从蜻蜓说起，便索然无味。"（《国文经纬贯通大义》卷一）

《靖郭君将城薛》。"海大鱼"这个寓言从靖郭君告诫谒者"无为客通"到对客之谏欣然接受，其间经过多少曲折，都一一为最后被说服而蓄势，可谓曲尽其妙。

《齐人有冯谖者》。冯谖一介寒士，孟尝君能不弃之，而后有奇士之回报；薛地收债，烧券以收人心，而后有凿三窟之奇功。本篇先抑后扬，塑造了冯谖的形象，也让人了解了战国养士的风气。

清吴楚材、吴调侯："三番弹铁，想见豪士一时沦落，胸中磈礌勃不自禁。通篇写来，波澜层出，姿态横生，能使冯公须眉浮动纸上。沦落之士，遂尔顿增气色。"（《古文观止》卷四）

《荆轲刺秦王》（节选）。荆轲不是政客，是一个悲剧英雄。他并不是一味蛮勇之人，观其"俱有所待，欲与俱"，可谓周密计划、智勇双全，而垂败于燕太子丹之手。其勇于牺牲、勇往直前的精神，永远使后人缅怀。此文在宏大的背景中展开了一个极具张力的传奇故事，以刺秦为高潮和结局，具备了后世小说的格局。而塑造的人物形象无不鲜明生动。清张星徽《国策评林》："三人（田光、樊于期、高渐离）眼色，字字注入荆卿中，斯又豪侠又加一倍渲染也。"

【思考题】

1.汉代以来分今、古文尚书，试了解其演变过程，进而了解今文学和古文学之别。

2.何谓春秋笔法？春秋学分为哪三派？各有何特点？

3.《左传》有"子产不毁乡校"，所论与《国语》记邵公谏厉王弥谤的道理相近，试考察先秦重视民众言论的文化现象和历史影响。

4.讨论《左传》的艺术成就。

5.研读《左传·晋公子重耳之亡》，探析此文是如何塑造人物形象的。

6.讨论《战国策》的艺术成就。

【阅读资料】

孙星衍：《尚书今古文注疏》，北京：中华书局，1986 年。

杜预：《春秋左传集解》，上海：上海人民出版社，1977 年。

杜预注，孔颖达等正义：《春秋左传正义》，北京：中华书局，1980 年。

刘文淇等编撰：《春秋左传旧注疏证》，北京：科学出版社，1959 年。

朱东润选注：《左传选注》，上海：上海古籍出版社，2007 年。

杨伯峻：《春秋左传注》，北京：中华书局，1981 年。

韦昭注：《国语注》，上海：世界书局，1936 年。

高诱注：《战国策》，上海：上海古籍出版社，1985 年。

鲍彪注，吴师道补注：《战国策》，上海：上海古籍出版社，2015 年。

牛洪恩等：《战国策选注》，天津：天津古籍出版社，1984 年。

张清常、王延栋：《战国策笺注》，天津：南开大学出版社，1993 年。

五、先秦诸子

老子

选自辛战军《老子译注》，该书以王弼本为底本，博采诸本之长。

章二

天下皆知美之为美，斯恶已；皆知善之为善，斯不善已[1]。有无之相生也[2]，难易之相成也[3]，长短之相形也[4]，高下之相盈也[5]，音声之相和也[6]，前后相随，恒也[7]。是以圣人处无为之事[8]，行不言之教[9]。万物作而弗治也[10]，为而弗恃也[11]，成功而弗居也[12]。夫唯弗居，是以不去[13]。

【注释】

[1] "天下"句：天下人都知道誉美他人，矫揉造作地去赞美，则会为人所厌恶。美：称誉赞美。为：造作，作为。斯：则，就。恶（wù）：厌恶憎恨。"皆知"句：都知道喜好的事情，造作过分地去喜好，也就（可能）会不喜好了。善：喜好，爱好。这二句是说即使美、善之事，亦不可任意而为，否则即转向其反面。

[2] 有无相生：事物的有和无、存在和消亡彼此生成。

[3] 相成：同"相生"，相互依存和转化。

[4] 相形：相较。

[5] 盈：通行本作"倾"，帛书甲乙本均作"盈"，充盈，增益。下：低。高下相盈：指高、低相互对立而存在，因彼此间增益、充盈而互相转化。

[6] 音声：始发声谓之声，声成文谓之音。

[7] 恒也：据帛书本补，恒久不变之事。

[8] 圣人：老子对奉行其道德学说的圣君的专称。处：执行。无为：不造作，不妄

为，顺任自然而为。事：政事。王弼注："自然已足，为则败也。"

[9] 行不言之教：不依个人的主观意志去制定政策，发布教令。

[10] 万物作而弗治也：（圣人）任凭万物生长发展而听其自然。作：兴起，生起。
王弼本作"万物作焉而不辞"，此据帛书本改。辞，借为治。治，音持，理也。

[11] 为：成长，发展。恃：依赖，仗着，自负，帛书甲乙本作"侍"，恃、侍皆
假借为"持"。

[12] 居：处，安。王弼注："因物而用，功自彼成，故不居也。"

[13] 是以，即以是，因此。以，因为。是，这。不去：指圣人的功绩不会消失。王弼注：
"使功在己，则功不可久也。"

章八

上善若水 [1]。水善利万物而不争 [2]，处众人之所恶 [3]，故几于道
矣 [4]。居善地 [5]，心善渊 [6]，与善仁 [7]，言善信 [8]，正善治 [9]，事善能 [10]，
动善时 [11]。夫唯不争，故无尤 [12]。

【注释】

[1] 上善若水：君主所崇尚所爱好的当像水一样。上，通"尚"，尊崇，崇尚。善，
喜好，爱好。

[2] "水善"句：水喜好利益润泽万物而不与之争。

[3] 处：处在，居于。恶：厌恶。

[4] 几于道：指水之表现接近于道。几，接近，近似。

[5] 居善地：君主处世要喜好卑微低下。地，通"低"、"底"。

[6] 心善渊：君主用心能深沉宁静。渊，深隐，深沉。

[7] 与善仁：与人交往要好行友爱利惠之事。与，亲近，亲善。

[8] 信：信实、真诚。

[9] 正善治：为政能简要而有条理。正，通"政"，为政。治，举事简要而有条理。

[10] 事善能：做事能尽人之才能。

[11] 动善时：行动要能合乎时宜。

[12] 尤：过失、乖谬。

章十八

　　大道废，焉有仁义[1]；智慧出，焉有大伪[2]；六亲不和，焉有孝慈[3]；国家昏乱，焉有贞臣[4]。

【注释】

[1] 大道废，焉有仁义：（人心为私欲妄见充斥）导致无为自然的大道被废止，才有仁义之说的流行。焉，乃，才。

[2] 智慧：心智聪明，思想敏捷，引申为竭其心智，争名夺利。伪：伪，诈也。徐锴曰："伪者，人为之，非天真也。"

[3] 六亲：父子、兄弟、夫妇，泛指整个宗族、宗亲。孝慈：父慈子孝之说。

[4] 贞臣：即忠臣，忠正无私之臣。

章二十

　　唯之与呵，相去几何[1]？美之与恶，其相去何若[2]？人之所畏，亦不可以不畏人[3]。荒兮，其未央哉[4]！众人熙熙，如享太牢，如春登台[5]。我独泊兮其未兆，如婴儿之未孩[6]；儡儡兮，若无所归[7]。众人皆有余，而我独若遗[8]。我愚人之心也哉[9]！沌沌兮[10]，俗人昭昭，我独昏昏[11]。俗人察察，我独闷闷[12]。忽兮，其若海；望兮，其若无所止[13]。众人皆有以[14]，而我独顽似鄙[15]。我独异于人，而贵食母[16]。

【注释】

[1] 唯：诺，应答之辞。呵：同"诃"，斥责之词。去：背离，离开。几何：几许，多少。

[2] 美之与恶：被人称誉赞美与厌恶憎恨。

[3] 畏：敬畏。此二句言君主为人所敬畏，亦不可不敬畏老百姓。

[4] 荒兮：宽广、广远的样子。未央：无尽。

[5] 熙熙：欢乐和谐的样子。享：同"飨"，食，吃。太牢：古代祭祀，牛羊豕三牲具备谓之太牢。如春登台：如同于春和景明中登临亭台赏玩。

[6] 泊：淡泊，恬静。未兆：没有情感欲望的征兆和表现。兆，征兆。如婴儿之未

孩：像婴儿一样还不会笑，无欲无求。孩，通"咳"，小儿笑也。

[7] 儽儽：疲惫懒散的样子。

[8] 余：盈利，盈余。遗：遗失。

[9] 王弼注："绝愚之人，心无所别析，意无所美恶，犹然其情不可睹，我颓然若
此也。"

[10] 沌沌：读为"惇惇"，朴厚。

[11] 昭昭：智巧光耀的样子。昏昏：愚钝暗昧的样子。

[12] 察察：详视明审、分别别析。闷闷：心志不明，懵懂无知的样子。

[13] 忽：通"惚"。望：通"恍"。即恍惚，迷离，难以捉摸。无所止：永不止息。

[14] 王弼注："以，用也。皆欲有所施用也。"

[15] 顽：愚昧无知。鄙：朴野，愚钝。

[16] 贵食母：崇尚吮吸母乳时那种无欲安详的状态，喻守道为贵。母，喻道。食母，
吮吸母乳。

章二十一

孔德之容，惟道是从[1]。道之为物，惟恍惟惚[2]。惚兮恍兮，其中
有象[3]；恍兮惚兮，其中有物[4]。窈兮冥兮，其中有精[5]；其精甚真，
其中有信[6]。自今及古，其名不去[7]，以顺众甫[8]。吾何以知众甫之然也？
以此[9]。

【注释】

[1] 孔德：指大德君主。容：疑借为"搈"，动也，指君王的行政教化。

[2] 为物：成为其物。惟恍惟惚：恍恍惚惚，形容道的似有似无，幽微玄妙。

[3] 象：形象、物象。

[4] 物：实物。

[5] 窈：深远，微不可见。冥：暗昧，深不可测。精：最微小的原质。

[6] 甚真：是很真实的。信：信实、信验，真实可信。

[7] 不去：不会消除。

[8] 顺众甫：顺众始，依循于万物的产生、出现而不曾脱离。顺：顺从，依循。甫，
通"父"，引伸为始。众甫：指天地万物。

[9] 此：指"道"。

章二十五

有物混成，先天地生[1]。寂兮寥兮[2]，独立而不改[3]，周行而不殆[4]，可以为天地母[5]。吾不知其名，字之曰道[6]，强为之名曰大[7]。大曰逝[8]，逝曰远，远曰反[9]。故道大，天大，地大，王亦大。域中有四大[10]，而王居其一焉。人法地，地法天，天法道，道法自然[11]。

【注释】

[1] 物：指"道"。混成：混然而成，指浑朴的状态。先天地生：先于天地产生。

[2] 寂兮寥兮：没有声音，没有形体。

[3] 独立而不改："道"具有"无物与之匹"的独立性和"返化终始，不失其常"（王弼注）的永恒性。

[4] 周行：循环运行。不殆：不息之意。

[5] 天地母：天地万物的本源。母，指"道"，天地万物由"道"而产生，故称。

[6] 字：命名。

[7] 强：勉强。大：形容"道"无边无际，伟大之至。

[8] 逝：行也，指"道"的运行周流不息，无所不至。

[9] 反：同"返"，意为返回到原点，返回到原状。

[10] 域中：宇宙之间。

[11] 道法自然："道"纯任自然，本来如此。法，效法，依据。

章七十八

天下莫柔弱于水，而攻坚强者莫之能胜[1]，以其无以易之也[2]。柔之胜刚也，弱之胜强也，天下莫不知，而莫之能行也。故圣人之言云："受国之垢，是谓社稷之主[3]；受国之不祥，是谓天下王[4]。"正言若反也[5]。

【注释】

[1] 攻：冲击、攻治。坚强者：指玉石之类。之：指水。胜：胜过，超越。

[2] 以其：以此。易：替代、取代。

[3] 垢：屈辱。此句谓承担全国的屈辱。

[4] 不祥：灾难，祸害。此句谓承担全国的祸难。

[5] 正言若反：正话有如反说。

章八十

　　小国寡民 [1]。使有什伯之器而不用 [2]，使民重死而不远徙 [3]。虽有舟舆，无所乘之，虽有甲兵，无所陈之 [4]。使人复结绳而用之 [5]，甘其食，美其服，安其居，乐其俗 [6]。邻国相望，鸡犬之声相闻，民至老死不相往来 [7]。

【注释】

[1] 小国寡民：老子所描绘的理想社会，反映的是远古时期的社会生活方式。小，使……变小；寡，使……变少。

[2] 使：即使。什伯：多种多样。

[3] 重死：看重死亡，即不轻易冒着生命危险去做事。徙：迁移、远走。

[4] 舆：车子。甲兵：武器装备。陈：陈列。此句引申为布阵打仗。

[5] 结绳：文字产生以前，人们以绳记事。

[6] 甘：意动用法，以其食为甘美。美：意动用法，以其服为华丽。

[7] 民至老死不相往来：民众无所欲求，所以到了老死也不相互往来。

【阅读指要】

　　《老子》五千言，文约而意丰。其文谈玄论道，义蕴深邃，具有较为完整的思想体系。哪怕到了现代社会，物理学、哲学思想如此发达的情况下，老子思想仍不停地为人们演绎，具有"水涨船高"、可以进行无限阐释的特征（董楚平先生语），在世界哲学中也独树一帜。

　　"道"是老子哲学思想的核心。老子认为"道"是天地万物的本源，是万事万物存在与变化的普遍法则和根本规律；其次是深邃广博的辩证法思想；最后，是自然无为的政治主张和小国寡民的社会理想。

　　《老子》是韵散结合的文体，具有很强的表现力。其格言、警句精警凝练，富于哲理，形象而深刻地浓缩了历史和现实生活的经验教训。《老子》被誉为"五千精妙"（《文心雕龙·情采》），字字句句如精金美玉。

论语

选自朱熹《四书章句集注》。

子路、曾皙、冉有、公西华侍坐

子路、曾皙、冉有、公西华侍坐[1]。子曰："以吾一日长乎尔，毋吾以也[2]。居则曰：'不吾知也！'如或知尔，则何以哉[3]？"子路率尔而对曰[4]："千乘之国，摄乎大国之间，加之以师旅，因之以饥馑[5]；由也为之，比及三年，可使有勇，且知方也[6]。"夫子哂之[7]。"求！尔何如？"对曰："方六七十，如五六十，求也为之，比及三年，可使足民。如其礼乐，以俟君子[8]。""赤！尔何如？"对曰："非曰能之，愿学焉[9]。宗庙之事，如会同[10]，端章甫，愿为小相焉[11]。""点！尔何如？"鼓瑟希，铿尔[12]，舍瑟而作[13]。对曰："异乎三子者之撰[14]。"子曰："何伤乎？亦各言其志也。"曰："莫春者，春服既成[15]。冠者五六人，童子六七人，浴乎沂，风乎舞雩，咏而归[16]。"夫子喟然叹曰："吾与点也[17]！"三子者出，曾皙后。曾皙曰："夫三子者之言何如[18]？"子曰："亦各言其志也已矣。"曰："夫子何哂由也？"曰："为国以礼，其言不让，是故哂之[19]。""唯求则非邦也与[20]？""安见方六七十如五六十而非邦也者？[21]""唯赤则非邦也与？""宗庙会同，非诸侯而何？赤也为之小，孰能为之大[22]？"

【注释】

[1] 皙：曾参父，名点。冉求（前522—？）：字子有，通称"冉有"。

[2] 长（zhǎng）：上声。毋：不要。以：因为。孔子此句言我虽年纪稍长于你们，然你们不要因我年长而难言。

[3] 居：平日。不吾知也：人不知我。尔：你们。以：用。

[4] 率尔：轻遽之貌，鲁莽轻率。

[5] 乘：去声。摄：夹处。师旅：二千五百人为师，五百人为旅。因：仍也。饥馑：灾荒，谷不熟曰饥，菜不熟曰馑。

[6] 比（bì）及：等到。知方：懂得义方、礼法。

[7] 哂（shěn）：微笑。

[8] 方：平方，指面积。如：犹或。足：富足。俟（sì）：等待。

[9] "非曰"二句：公西华言己志而先为逊辞，言未能而愿学也。

[10] 宗庙之事：谓祭祀。如：与。会同：诸侯时见曰会，众觌曰同。

[11] 端：玄端服。章甫：礼冠。相（xiàng）：赞君之礼者。

[12] 希：间歇也。铿（kēng）尔：铿然一声，形容鼓瑟终曲的声音。

[13] 作：起立。

[14] 撰：才能。

[15] 莫春：暮春。春服：单袷之衣。

[16] 浴：盥濯，上巳节祓除不洁。沂：水名，在山东邹县西北。风：乘凉。舞雩（yú）：
祭天祷雨处，古代求雨巫觋舞蹈，故称舞雩。咏：歌。

[17] 与：赞许。

[18] 夫（fú）：彼。

[19] 为：治理。以：介词，靠，用。让：谦让。

[20] 邦：国家，这是指国家大事。与：同"欤"，疑问语气词。

[21] 与：平声，下同。曾点以冉求亦欲为国而不见哂，故微问之；而夫子之答无贬辞，
盖亦许之。

[22] 孰能为之大：言无能出其右者，亦许之之辞。

楚狂接舆歌而过孔子

　　楚狂接舆歌而过孔子 [1]，曰："凤兮！凤兮！何德之衰 [2]？往者
不可谏，来者犹可追 [3]。已而 [4]！已而！今之从政者殆而 [5]！"孔子下，
欲与之言。趋而辟之 [6]，不得与之言。

　　长沮、桀溺耦而耕 [7]，孔子过之 [8]，使子路问津焉 [9]。长沮曰："夫
执舆者为谁？ [10]"子路曰："为孔丘。"曰："是鲁孔丘与 [11]？"曰："是也。"
曰："是知津矣 [12]。"问于桀溺，桀溺曰："子为谁？"曰："为仲由。"
曰："是鲁孔丘之徒与？"对曰："然。"曰："滔滔者天下皆是也，
而谁以易之 [13]？且而与其从辟人之士也，岂若从辟世之士哉 [14]？"耰
而不辍 [15]。子路行以告。夫子怃然曰 [16]：鸟兽不可与同群，吾非斯人
之徒与而谁与 [17]？天下有道，丘不与易也。"

子路从而后，遇丈人[18]，以杖荷蓧[19]。子路问曰："子见夫子乎？"丈人曰："四体不勤，五谷不分[20]。孰为夫子？"植其杖而芸[21]。子路拱而立[22]。止子路宿，杀鸡为黍而食之[23]，见其二子焉。明日，子路行以告。子曰："隐者也。"使子路反见之。至则行矣。子路曰："不仕无义[24]。长幼之节，不可废也；君臣之义，如之何其废之？欲洁其身，而乱大伦[25]？君子之仕也，行其义也。道之不行，已知之矣。"[26]

【注释】

[1] 接舆：楚人，佯狂辟世，接孔子之舆者谓之"接舆"，非名亦非字。

[2] 德：德行。衰：衰微。接舆以凤鸟比孔子，而讥其不能隐为"德衰"也。

[3] 追：来得及，赶得上。言及今尚可隐去。

[4] 已，止也。而：语助词。

[5] 殆：危也。

[6] 辟：通"避"，避开。

[7] 长沮、桀溺：楚国二隐者。耦而耕：并耕。

[8] 孔子过之：时孔子自楚反乎蔡。

[9] 津：济渡处。

[10] 夫（fú）：彼。执舆：执辔在车。子路下车问津，故夫子代御之。

[11] 与：同"欤"。

[12] 知津：言孔子周游列国，自知津处，语带讽意。

[13] 滔滔：比喻纷乱的样子。谁以易之：将和谁来改变此种局势。以，犹与也。易，改变。

[14] 而：汝。辟：通"避"。辟人之士：谓孔子，孔子周游列国，相继离开鲁、卫、楚等国。辟世之士：桀溺自谓。

[15] 耰（yōu）：以土覆盖种子。

[16] 怃（wǔ）然：犹怅然。

[17] 吾非斯人之徒与而谁与：此句承上句省略"同群"，言如不与世人同群生活，那么要跟谁同群生活呢？徒，辈。

[18] 丈人：亦隐者。

[19] 荷：担负。蓧（diào）：一种除草用的工具，竹器。

[20] 分：辨也。五谷不分：犹言不辨菽麦尔，丈人责子路不事农业而从师远游。

[21] 植：立之。芸：去草。

[22] 拱：拱手，两手抱拳上举，以表敬意。

[23] 杀鸡为黍：杀鸡做菜，为黍做饭，对子路的招待很隆重。食（sì）：拿东西给人吃。见（xiàn）：相见。

[24] 义：宜也。不仕无义：不做官是不合道义的。

[25] 伦：序。人之大伦有五：父子有亲，君臣有义，夫妇有别，长幼有序，朋友有信是也。

[26] 朱熹《集注》："仕所以行君臣之义，故虽知道之不行而不可废。然谓之义，则事之可否，身之去就，亦自有不可苟者。是以虽不洁身以乱伦，亦非忘义以徇禄也。"

【阅读指要】

　　《论语》是一部以记述孔子言行为主要内容的语录体散文著作，作者为孔子弟子及再传弟子，书中对鲁哀公、季康子等死于孔子之后的人称谥，并记有比孔子年少46岁的孔门弟子曾参临死留言，可知该书最后编纂者为孔门再传弟子，成书约在战国前期。《论语》在汉代原有三种本子：《鲁论语》共20篇，《齐论语》22篇，《古论语》21篇。今传《论语》篇章依《鲁论语》而定，共20篇。三国何晏汇集汉魏各家注解，作《论语集解》，北宋邢昺为之作疏，成《论语注疏》，收入《十三经注疏》，是流传下来影响最大的《论语》注本。南宋朱熹将《论语》定为"四书"之一，作《论语章句集注》，具有极大影响。现代注本以杨伯峻《论语译注》为代表，颇便参考。

　　《子路、曾皙、冉有、公西华侍坐》。此篇被后人认为是《论语》里最富文学色彩的一章。《先进》篇"侍坐"一节，在简单的对话中，写出了子路、冉有、公西华、曾皙、孔子各自的性格特征。而曾皙之志之所以为孔子所赏，其实也是孔门治平之志的表达，即若得机会治理一个地方，必使之出现升平的景象，而治理者得以从容春游。董楚平先生则提出"《侍坐》不可能是生活实录，只能是艺术创作"，所论颇新，可参。

　　宋朱熹《论语集注》："曾点之学，盖有以见夫人欲尽处，天理流行，随处充满，无少欠阙，故其动静之际，从容如此。而其言志，则又不过即其所居上位，乐其日用之常，初无舍己为人之意。而其胸次悠然、直与天地万物上下同流、各得其所之妙，隐然自见于言外，视三子之规规于事为之末者，其气象不侔矣，故夫子叹息而深许之。而门人记其本末独加详焉，盖亦有以识此矣。"

宋朱熹《论语集注》："程子曰：又曰："三子皆欲得国而治之，故夫子不取。曾点，狂者也，未必能为圣人之事，而能知夫子之志，故曰'浴乎沂，风乎舞雩，咏而归'，言乐而得其所也。孔子之志，在于'老者安之，朋友信之，少者怀之'，使万物莫不遂其性。曾点知之，故夫子喟然叹曰：'吾与点也。'"

近人唐文治《论语新读本》："圣人用世之心萦于梦寐之间，溢于语言之表，而三子之对则皆用世之事也。乃世不我用……盖大道之行与三代之英，所以有志而未逮也。"

董楚平《论语钩沉》："综合上述五点理由，《侍坐》不可能是生活实录，只能是艺术创作，人物语言生动且富有个性，堪称是一篇微型小说。艺术创作往往有生活素材作蓝本，《公治长》第八、二十六两章，正是《侍坐》的创作素材。但那两章都没有写到曾晳，而在《侍坐》里，曾晳是主角。把曾晳写成主角，是《侍坐》的最重要创作，也是《侍坐》的最大破绽。"

《楚狂接舆歌而过孔子》。这章主要写孔子对狂狷之士的看法。孔子反对乡愿，提倡"中行"，而"中行"则折中狂狷而得之。"子曰：不得中行而与之，必也狂狷乎？狂者进取，狷者有所不为也。"孔子去楚国遇到的几个隐士对他有所微讽，孔子仍坚持其"君子之仕也，行其义也"的主张。

孟子

选自朱熹《孟子集注》。

人皆有不忍人之心

孟子曰："人皆有不忍人之心[1]。先王有不忍人之心，斯有不忍人之政矣。以不忍人之心，行不忍人之政，治天下可运之掌上[2]。所以谓'人皆有不忍人之心'者，今人乍见孺子将入于井[3]，皆有怵惕、恻隐之心[4]，非所以内交于孺子之父母也，非所以要誉于乡党朋友也，非恶其声而然也[5]。由是观之，无恻隐之心，非人也；无羞恶之心，非人也；无辞让之心，非人也；无是非之心，非人也[6]。恻隐之心，仁之端也，羞恶之心，义之端也；辞让之心，礼之端也，是非之心，智之端也[7]。人之有是四端也，犹其有四体也[8]。有是四端而自谓不能者，自贼者也[9]。谓其君不能者，贼其君者也。凡有四端于我者，知皆扩而充之矣，若

火之始然、泉之始达[10]。苟能充之，足以保四海[11]；苟不充之，不足以事父母。"（《公孙丑上》）

【注释】

[1] 不忍人之心：怜恤他人的心。不忍，对别人的不幸感到难过和同情。

[2] 运之掌上：运转小物件于手掌之上，比喻很容易。

[3] 乍：犹忽也。孺子：小孩、儿童。

[4] 怵惕：惊动貌。恻：伤之切也。隐：痛之深也。此即所谓不忍人之心也。

[5] 内交：即结交，内同"纳"。要（yāo）誉：博取名誉，要同"邀"，求。恶（wù）：厌恶。

[6] 羞：耻知立不善也。恶（wù）：憎人之不善也。辞：解使去己也。让：推以与人也。是：知其善而以为是也。非：知其恶而以为非也。

[7] 端：端绪。

[8] 四体：四肢。

[9] 贼：戕贼，伤害。

[10] 我：同"己"。扩：推广之意。充：满也。四端在我，随处发见。知皆扩而充之矣：如果晓得都将此四端推广而充满之，这是没有联词的假设句。然：同"燃"。达：流出、涌出。

[11] 保：定，安定。

闻诛一夫纣矣，未闻弑君也

齐宣王问曰："汤放桀，武王伐纣，有诸？"孟子对曰："于传有之[1]。"曰："臣弑其君[2]，可乎？"曰："贼仁者谓之贼，贼义者谓之残，残贼之人谓之一夫[3]。闻诛一夫纣矣，未闻弑君也。"（《梁惠王下》）

孟子告齐宣王曰："君之视臣如手足[4]；则臣视君如腹心；君之视臣如犬马，则臣视君如国人；君之视臣如土芥，则臣视君如寇雠。"（《离娄下》）

【注释】

[1] 传：传记。

[2] 弑：下杀上。

[3] 贼：破坏。一夫：独夫，失众而孤立者。

[4] 之：此处用以表示该句为主从复合句的从句。（杨伯峻注释）

民为贵

孟子曰："民为贵，社稷次之，君为轻[1]。是故得乎丘民而为天子，得乎天子为诸侯[2]，得乎诸侯为大夫。诸侯危社稷，则变置[3]。牺牲既成，粢盛既洁，祭祀以时，然而旱干水溢，则变置社稷。[4]"（《尽心章句下》）

【注释】

[1] 社：土神。稷：谷神。建国则立坛壝以祀之。

[2] 丘民：众民，泛指百姓。

[3] "诸侯危"二句：诸侯无道，将使社稷为人所灭，则当更立贤君。

[4] 粢（zī）盛：指盛在祭器内用来祭祀的谷物。盛，音成。

说大人则藐之

孟子曰："说大人则藐之，勿视其巍巍然[1]。堂高数仞，榱题数尺，我得志弗为也。食前方丈，侍妾数百人，我得志弗为也。般乐饮酒，驱骋田猎，后车千乘，我得志弗为也。在彼者，皆我所不为也，在我者，皆古之制也，吾何畏彼哉？[2]"（《尽心章句下》）

【注释】

[1] 说（shuì）：游说。大人：当时尊贵者也。藐：藐视。巍巍：富贵高显之貌。

[2] 榱（cuī）：桷，椽子，此处指屋檐。题：头。食前方丈：馔食列于前者，方一丈也。
盘乐：游乐、娱乐。

我善养吾浩然之气

公孙丑问曰："夫子加齐之卿相，得行道焉，虽由此霸王，不异矣。如此则动心否乎？[1]"孟子曰："否。我四十不动心。[2]"曰："若是，则夫子过孟贲远矣。[3]"曰："是不难。告子先我不动心。[4]"曰："不动心有道乎？"曰："有。北宫黝之养勇也，不肤挠，不目逃[5]。思以一毫挫于人，若挞之于市朝[6]。不受于褐宽博，亦不受于万乘之君[7]。视刺万乘之君，若刺褐夫。无严诸侯。恶声至，必反之[8]。孟施舍之所养勇也，曰：'视不胜犹胜也。量敌而后进，虑胜而后会，是畏三军者也。舍岂能为必胜哉？能无惧而已矣。[9]'孟施舍似曾子，北宫黝似子夏[10]。夫二子之勇，未知其孰贤，然而孟施舍守约也[11]。昔者曾子谓子襄曰：'子好勇乎[12]？吾尝闻大勇于夫子矣：自反而不缩，虽褐宽博，吾不惴焉[13]；自反而缩，虽千万人，吾往矣。[14]'孟施舍之守气，又不如曾子之守约也。[15]"曰："敢问夫子之不动心，与告子之不动心，可得闻与？""告子曰：'不得于言，勿求于心。不得于心，勿求于气。'[16]不得于心，勿求于气，可。不得于言，勿求于心，不可。夫志，气之帅也；气，体之充也[17]。夫志，至焉，气，次焉。故曰：'持其志，无暴其气。'[18]""既曰'志，至焉；气，次焉'，又曰'持其志，无暴其气'者，何也？"曰："志壹则动气，气壹则动志也。今夫蹶者趋者，是气也，而反动其心。[19]"

"敢问夫子恶乎长？"曰："我知言，我善养吾浩然之气[20]。""敢问何谓浩然之气？"曰："难言也[21]。其为气也，至大至刚，以直养而无害，则塞于天地之间[22]。其为气也，配义与道；无是，馁也[23]。是集义所生者，非义袭而取之也[24]。行有不慊于心，则馁矣。我故曰告子未尝知义，以其外之也[25]。必有事焉而勿正，心勿忘，勿助长也[26]。无若宋人然。宋人有闵其苗之不长而揠之者[27]，芒芒然归[28]，谓其人曰：'今日病矣，予助苗长矣。'[29]其子趋而往视之，苗则槁矣。天下之不助苗长者寡矣。以为无益而舍之者，不耘苗者也[30]。助之长者，揠苗者也，非徒无益，而又害之[31]。""何谓知言？"曰："诐辞知其所蔽，淫辞知其所陷，邪辞知其所离，遁辞知其所穷。生于其心，害于其政，发于其政，害于其事。圣人复起，必从吾言矣。[32]"（《公

孙丑上》）

【注释】

[1] 加：犹居也。异：以……为异，意动用法。动心：为恐惧疑惑而动摇其心。

[2] 四十：四十岁，孔子四十而不惑，亦不动心之谓。

[3] 孟贲（bēn）：生卒年不详，战国时齐的勇士。

[4] 告子：名不害。

[5] 北宫黝：刺客之流，以必胜为主，故能做到不动心。肤挠：肌肤被刺而挠屈也。目逃：目被刺而转睛逃避也。

[6] 挫：犹辱也。市朝：泛指人口聚集的公共场所。

[7] 褐：毛布。宽博：宽大之衣，贱者之服也。不受：不受其辱。万乘之君：君主。

[8] 刺：杀。严：畏惮。恶声：恶骂、不敬之声。反：回击。

[9] 孟施舍：古之力战之士，以无惧为主。胜：胜过。会：合战。畏三军：畏惧三军之众。

[10] 朱子章句：黝，务敌人。舍，专守己。子夏笃信圣人，曾子反求诸己。故二子之与曾子、子夏，虽非等伦，然论其气象，则各有所似。

[11] 贤：犹胜也。约：要，指简易可行。

[12] 子襄：曾子弟子也。好：喜好。

[13] 夫子：孔子也。缩（suō）：理直。惴：指恐吓对方。

[14] 往：往而敌之。

[15] 守气：言守住其无惧之气。又不如曾子之守约也：曾子之反身循理，所守尤得其要也。

[16] 朱子章句："告子谓：于言有所不达，则当舍置其言，而不必反求其理于心，于心有所不安，则当力制其心，而不必更求其助于气。"此处气指情气。

[17] 志：心志，指人的理性能力，赵岐注为"心所念虑也"，朱熹释为"心之所之"。帅：将帅。气，体之充也：情气是充满身体的。气：应是指血气、情气。赵岐注曰："气，所以充满形体为喜怒也。"

[18] 夫志，至焉，气，次焉：故志固为至极，而气即次之。次：舍止。持：守。暴：乱。持其志，无暴其气：言人固当敬守其志，然亦不可不致养其气，如此内外本末交相培养。

[19] 壹：专一。蹶：颠蹶。趋：走。

[20] 知言：善于分析他人的言辞。浩然：盛大流行之貌。气：指发自心、志的德气，

与情气有联系又有区别，其层次更高。

[21] 难言：其心所独得，难以用言语形容。

[22] 至大：初无限量。至刚：不可屈挠。以直养而无害：用正义去培养它，一点
也不要伤害。塞：充塞。

[23] 配义与道：指此气具有义和道的属性。配，偶，并行。道，天理之自然。馁
（něi）：没有勇气。

[24] 集义：指气与义同时而生。集，聚。非义袭而取之也：不是由只行一事偶合于义，
便可掩袭于外而得之。袭，掩取也。

[25] 慊（qiè）：满足。外：以……为外，动词意动用法。告子"仁内义外"之说，
可参读《告子上篇》第四章。

[26] 必有事焉：有所事也。勿正：不符合预期。正，预期。长（zhǎng）：生长。

[27] 闵：通"悯"，忧也。揠（yà）：拔。

[28] 芒芒：疲倦之貌。

[29] 其人：家人。病：疲倦。

[30] 舍：上声。耘：除草。

[31] 非徒无益：此句承上省略了主语"揠苗"或者"助长"诸字。

[32] 诐（bì）：通"颇"，偏陂。淫：过分。邪：邪僻。遁：逃避。蔽：遮隔。陷：
沉溺。离：叛去。穷：困屈。

孟子见梁襄王

孟子见梁襄王。出，语人曰："望之不似人君，就之而不见所畏焉[1]。
卒然问曰：'天下恶乎定？'吾对曰：'定于一。[2]''孰能一之？'
对曰：'不嗜杀人者能一之。[3]''孰能与之？'对曰：'天下莫不与也。
王知夫苗乎？七、八月之间旱，则苗槁矣[4]。天油然作云，沛然下雨，
则苗浡然兴之矣。其如是，孰能御之[5]？今夫天下之人牧，未有不嗜
杀人者也。如有不嗜杀人者，则天下之民皆引领而望之矣[6]！诚如是也，
民归之，由水之就下，沛然谁能御之？[7]'"（《梁惠王章句上》）

【注释】

[1] 梁襄王：魏襄王，惠王子，名赫。语（yù）：告诉。不似人君，不见所畏：言

其无咸仪也。

[2] 卒然：急遽之貌。恶（wū）乎：怎样，如何。

[3] 嗜：甘。

[4] 与：犹归也，此处为归顺之意。七、八月：周七、八月，即夏五、六月。

[5] 油然：云盛貌。沛然：雨盛貌。浡然：兴起貌。御：禁止也。孰：谁。

[6] 人牧：谓牧民之君也。领：颈也。

[7] 由：当作犹。

齐人乞墦

　　齐人有一妻一妾而处室者[1]。其良人出，则必餍酒肉而后反[2]，其妻问所与饮食者[3]，则尽富贵也。其妻告其妾曰："良人出，则必餍酒肉而后反，问其与饮食者，尽富贵也，而未尝有显者来，吾将瞷良人之所之也[4]。"蚤起，施从良人之所之，遍国中无与立谈者[5]。卒之东郭墦间之祭者乞其余，不足，又顾而之他——此其为餍足之道也[6]。

　　其妻归，告其妾曰："良人者，所仰望而终身也，今若此！"与其妾讪其良人，而相泣于中庭[7]。而良人未之知也，施施从外来，骄其妻妾[8]。

　　由君子观之，则人之所以求富贵利达者，其妻妾不羞也，而不相泣者，几希矣！（《离娄章句下》）

【注释】

[1] 齐：战国时期诸侯国名。妾：小老婆。处室：一起生活。处，相处。室，家庭。

[2] 良人：妻子对丈夫的称呼。餍（yàn）：吃饱。反：同"返"，回家。

[3] 与：一起。

[4] 未尝：不曾。显者：地位高贵的人。瞷（jiàn）：窥视。所之：所去的地方。

[5] 蚤（zǎo）：同"早"。施（yí）从：悄悄跟踪。施，同"迤"，斜行。国：这里指都城。

[6] 卒之东郭墦间之祭者乞其余：最后到了东门外坟地里向祭奠的人乞讨祭毕的酒食。卒，最后。东郭，东郊。墦（fán），坟墓。之，向。余，指祭毕的酒食。又顾而之他：又东张西望地到别的祭者那里。顾，这里指四面张望。道：这里

指办法。

[7] 讪（shàn）：讥笑，嘲讽，这里是责骂的意思。中庭：这里指院子。

[8] 未之知："未知之"的倒装，不知此事。施（shī）施：喜悦自得的样子。骄：作动词用，炫耀，耍威风。

【阅读指要】

《孟子》是一部以记录孟子言论为主要内容的语录体散文著作，大约是孟子与其弟子共同述作，弟子笔录而成。成书于战国中期，共7篇，各分上下，实为14篇。该书仿《论语》而作，但篇幅明显加长，且全书经过了统一加工整理，首尾一贯，笔势一气。其中有些论辩说理文字，随文设喻，流畅犀利，滔滔不绝，充分显示了孟子善辩的特点；有些描写细腻生动，十分富于表现力。《孟子》注本以东汉赵岐《孟子注》为较早，影响也最大，收入《十三经注疏》。南宋朱熹将《孟子》列入"四书"之一，作《孟子章句集注》，有着极大的影响。现代注本以杨伯峻《孟子译注》为代表，颇便参考。

东汉赵岐《孟子注·孟子题辞》："著书七篇……包罗天地，揆叙万类，仁义道德、性命祸福、粲然靡所不载。帝王公侯遵之，则可以致隆平、颂清庙；卿大夫士蹈之，则可以尊君父、立忠信；守士历操者仪之，则可以崇高节、抗浮云。有风人之托物，二雅之正言，可谓直而不倨，曲而不屈，命世亚圣之大才者也。"

孟子对于孔子的学说有明显的发展。政治上祖述唐虞三代之德，极力推行仁政，即通过感化政策使人心归附，从而"王天下"。哲学上提出性善论，这是孟子对儒家学说的第一个贡献。所谓性善论即人皆有天赋的善性。从性善论出发，向内超越得到天道观；向外推广，得到了他的仁政学说：是谓"内圣"、"外王"。

孟子重义轻利，主要目的是防范统治阶级"放于利而行"，危及百姓。《史记·孟子荀卿列传》："余读孟子书，至梁惠王问'何以利吾国'，未尝不废书而叹也。曰：嗟乎，利诚乱之始也！夫子罕言利者，常防其原也。故曰：'放于利而行，多怨。'自天子至于庶人，好利之弊，何以异哉！"

重民思想是孟子对儒家学说的重大贡献，比孔子更激烈地抨击暴政和兼并战争。孟子强调百姓在封建统治中的重要地位。他说："诸侯之宝有三：土地、人民、政事。"（《尽心下》）又说："民为贵，社稷次之，君为轻。"（《尽心下》）并斥责桀纣为一夫，可以诛之。"贼仁者谓之贼，贼义者谓之残，残贼之人，谓之一夫，闻诛一夫纣矣，未闻弑君也"（《孟子·梁惠王下》），此战国新观念堪称惊世之论，并影响深远。

《孟子》一书具有极高的文学价值。钱基博《中国文学史》："儒家之文，至《孟子》而极跌宕顿挫之妙。"郑振铎《中国文学史》："沾了战国辩士之风……辞意骏利而深切，比喻赡美而有趣。"鲁迅《汉文学史纲要》："孟子生当周季，渐有繁辞，而叙述则时特精妙。"首先，他善于论辩，灵活运用各种论辩技巧。钱基博《中国文学史》："开辟抑扬，高谈雄辩，曲尽其妙……一纵一横，论者莫当。"其次，善用比喻和寓言故事说理，深入浅出，精彩传神。东汉赵岐："孟子长于譬喻，辞不迫切，而意已独至。"再次，是气势浩然的文风和孟子的人格形象塑造。最后，语言通俗自然、明快畅达，而又精练准确。

墨子·非攻[1]上（节选）

选自孙诒让《墨子闲诂》。

今有一人，入人园圃[2]，窃其桃李，众闻则非之，上为政者得则罚之[3]。此何也？以亏人自利也。至攘人犬豕鸡豚者[4]，其不义又甚入人园圃窃桃李。是何故也？以亏人愈多[5]，其不仁兹甚[6]，罪益厚。至入人栏厩[7]，取人马牛者，其不仁义又甚攘人犬豕鸡豚[8]。此何故也？以其亏人愈多。苟亏人愈多，其不仁兹甚，罪益厚。至杀不辜人也[9]，扦其衣裘[10]，取戈剑者，其不义又甚入人栏厩取人马牛。此何故也？以其亏人愈多。苟亏人愈多，其不仁兹甚矣，罪益厚。当此[11]，天下之君子皆知而非之，谓之不义。今至大为攻国[12]，则弗知非，从而誉之，谓之义。此可谓知义与不义之别乎？

杀一人谓之不义，必有一死罪矣，若以此说往[13]，杀十人十重不义[14]，必有十死罪矣；杀百人百重不义，必有百死罪矣。当此，天下之君子皆知而非之，谓之不义。今至大为不义攻国，则弗知非，从而誉之，谓之义，情不知其不义也[15]，故书其言以遗后世[16]。若知其不义也，夫奚说书其不义以遗后世哉[17]？

今有人于此，少见黑曰黑，多见黑曰白，则以此人不知白黑之辩矣[18]；少尝苦[19]曰苦，多尝苦曰甘，则必以此人为不知甘苦之辩矣。今小为非，则知而非之。大为非攻国，则不知非，从而誉之，谓之义。此可谓知义与不义之辩乎？是以知天下之君子也[20]，辩义与不义之乱也。

[1] 非：犹讥也。

[2] 园圃：园子，园所以树果，种菜曰圃。

[3] 得：得知。

[4] 攘：盗。豚：小猪。

[5] 以亏人愈多：依下文，当有"苟亏人愈多"五字。（孙诒让言）

[6] 不仁：犹不义。兹：即滋，古今字，更。

[7] 栏：阑之借字，养牛马之圈。厩（jiù）：马棚。

[8] 仁：疑衍。

[9] 不辜：无罪。

[10] 扦：拖，夺。

[11] 当：犹"对"。

[12] 今至大为攻国：毕云："据后文云'大为不义攻国'。"

[13] 以此说往：由此至彼。

[14] 重（chóng）：再。

[15] 情：通"诚"。

[16] 书：书写，记载。遗：留给。

[17] 奚（xī）说：言何辞以解说也。

[18] 依下文，"则"下当有"必"字，"人"下当有"为"字。辩：通"辨"。

[19] 苦：苦味。

[20] 也：疑衍。

【阅读指要】

　　《墨子》是墨家学派的著作总集。由墨子弟子及其后学在不同时期记述编纂而成，今存 53 篇，记述了墨子思想、活动及其同弟子的答问。其文章特点是逻辑性强，结构完整清晰，语言质朴，部分篇章写得较为生动。《墨子》注本以清孙诒让汇集清代学者研究成果所作的《定本墨子闲诂》影响最大。

　　墨子"十诫"的核心思想是兼爱、非攻。非攻，即反对侵略战争。《非攻》的主旨是论证诸侯发动战争有大不义的罪行。在论证时，由小及大，由此及彼，由表及里，用三个方面的事例分三个层次进行推论。《墨子》之文逻辑严密，对荀子、韩非子之文有所影响。

庄子

选自王先谦《庄子集解》。

逍遥游·鲲鹏之变 [1]

北冥有鱼，其名为鲲。鲲之大，不知其几千里也 [2]。化而为鸟，其名为鹏 [3]。鹏之背，不知其几千里也；怒而飞，其翼若垂天之云 [4]。是鸟也，海运则将徙于南冥。南冥者，天池也 [5]。

齐谐者，志怪者也。谐之言曰："鹏之徙于南冥也，水击三千里，抟扶摇而上者九万里 [6]，去以六月息者也 [7]。"野马也，尘埃也，生物之以息相吹也 [8]。天之苍苍，其正色邪？其远而无所至极邪？其视下也，亦若是则已矣 [9]。

且夫水之积也不厚，则其负大舟也无力。覆杯水于坳堂之上，则芥为之舟；置杯焉则胶，水浅而舟大也 [10]。风之积也不厚，则其负大翼也无力。故九万里，则风斯在下矣 [11]，而后乃今培风；背负青天而莫之夭阏者，而后乃今将图南 [12]。蜩与学鸠笑之曰："我决起而飞，抢榆枋，时则不至而控于地而已矣，奚以之九万里而南为？" [13]适莽苍者，三餐而反，腹犹果然；适百里者，宿舂粮；适千里者，三月聚粮 [14]。之二虫又何知 [15]！

小知不及大知，小年不及大年 [16]。奚以知其然也 [17]？朝菌不知晦朔，蟪蛄不知春秋，此小年也 [18]。楚之南有冥灵者，以五百岁为春，五百岁为秋；上古有大椿者，以八千岁为春，八千岁为秋。 [19]而彭祖乃今以久特闻，众人匹之，不亦悲乎 [20]！

汤之问棘也是已 [21]。穷发之北有冥海者，天池也。有鱼焉，其广数千里，未有知其修者，其名为鲲 [22]。有鸟焉，其名为鹏，背若太山，翼若垂天之云，抟扶摇羊角而上者九万里，绝云气，负青天，然后图南 [23]，且适南冥也。斥鷃笑之曰："彼且奚适也？我腾跃而上，不过数仞而下，翱翔蓬蒿之间，此亦飞之至也。而彼且奚适也？"此小大之辩也 [24]。

故夫知效一官，行比一乡，德合一君，而征一国者，其自视也亦若此矣 [25]。而宋荣子犹然笑之 [26]。且举世而誉之而不加劝，举世而非

之而不加沮 [27]，定乎内外之分，辩乎荣辱之境，斯已矣 [28]。彼其于世未数数然也 [29]。虽然，犹有未树也 [30]。夫列子御风而行，泠然善也 [31]，旬有五日而后反 [32]。彼于致福者，未数数然也 [33]。此虽免乎行，犹有所待者也 [34]。若夫乘天地之正，而御六气之辩，以游无穷者，彼且恶乎待哉 [35]！故曰，至人无己，神人无功，圣人无名 [36]。

【注释】

[1] 逍遥游：篇名，义取闲放不拘，怡适自得。

[2] 冥：一作"溟"，取其溟漠无涯之意，即海。鲲：鱼子未生者曰鲲，这里借作绝大之鱼名。

[3] 鹏：古凤字，传说中最大的鸟。

[4] 垂天之云：垂，犹边也，其大如天一面云也。

[5] 运：行，言鹏之运行不息于海。天池：大海洪川，原夫造化，非人所作，故曰天池也。

[6] 齐谐：人名，亦言书名。志：记也。怪：异也。击：打也。抟（tuán）：圜，回旋上升。扶摇：风名，上行的旋风。抟扶摇：言圜飞而上行者若扶摇也。

[7] 去以六月息者也：大鸟一去半岁，至天池而息。

[8] 野马：春月泽中游气也。尘埃：扬土曰尘，尘之细者曰埃。以：用。息：气息。吹：同"炊"，累动而升也。此句"盖喻鹏之纯任自然，亦犹野马尘埃之累动而升，无成心也"。

[9] 苍苍：深青色。正色：本来颜色。极：尽。"其视下也"二句：言鹏之俯视，不异人之仰观，所见皆苍苍。

[10] 积：聚也。厚：深也。杯：小器也。坳：污陷也，谓堂庭坳陷之地也。芥：草也。胶：黏也。

[11] 斯：则，就。

[12] 而后乃今：这以后方才。培：通"凭"。莫之夭阏：即莫夭阏之，没有什么能够阻遏之。夭，折也。阏，塞也。图南：图谋飞向南方。

[13] 蜩：蝉。学：本作"鷽（tóng）"，山鹊。鸠：班鸠。决（xuè）：卒疾之貌。抢（qiāng）：突过。枋：檀木。则：犹或也。控：投。奚以：何以。之：适。为：句末疑问语气词。

[14] 适：往。莽苍：郊野之色，遥望之不甚分明也。果然：饱貌。宿春粮：春捣粮食，为一宿之借。

[15] 之：此。二虫：蜩与学鸠。

[16] 知：通"智"。年：年寿。

[17] 奚：何。然：如此。

[18] 朝菌：大芝，生于朝而死于暮。晦、朔：月终谓之晦，月旦谓之朔。蟪蛄：夏蝉。

[19] 冥灵、大椿：皆木名，冥灵五百岁而花生，大椿八千岁而叶落，故谓之大年也。

[20] 彭祖：姓篯，名铿，帝颛顼之玄孙也，尧封于彭城，其道可祖，故谓之彭祖，历夏经殷至周，年八百岁矣。特：独。匹：比。

[21] 汤：殷开基之主。棘：夏棘，汤时贤人，亦云汤之博士，列子谓之夏革。已：同矣。

[22] 修：长。穷发：言极荒远之地，不毛之地。

[23] 羊角：风曲上行若羊角。绝：穿过。

[24] 且：将也，亦语助也。斥鴳（yàn）：一种小雀。仞：八尺曰仞。翱翔：犹嬉戏也。辩：通"辨"，区分、辨别。

[25] 知：智。效：功效，指胜任。一官：一项工作。行：品行。比：比并。而：通"能"，能力。征：取信。其自视也亦若此矣：此言视己所能，亦犹鸟之自得于一方。

[26] 宋荣子：一名宋钘。犹然：讥笑貌。

[27] 举：皆，全。劝：励勉。非：责难，批评。沮：怨丧。

[28] 定乎内外之分：内我而外物。辩乎荣辱之境：荣己而辱人。境：界限。斯已矣：如斯而已。

[29] 数数：犹汲汲也。

[30] 树：立也。

[31] 列子：姓列，名御寇，郑人也，与郑繻公同时，师于壶丘子林，著书八卷。御风：驾风。泠然：轻妙之貌。

[32] 旬：十日也。

[33] 致：得也。

[34] 待：凭借，依靠。

[35] 天地：自然界。正：本。乘天地之正：顺万物之性。六气：阴阳风雨晦明。辩：变也。恶乎：犹于何也。

[36] 至人无己：顺物自然，忘了自己。神人：修养到了神圣莫测的人。无功：无意于功用。圣人：有大智、已达到人类最高最完美境界的人。无名：无意于求名。

齐物论·人籁、地籁和天籁

南郭子綦隐机而坐，仰天而嘘，苔焉似丧其耦[1]。颜成子游立侍乎前，曰：“何居乎？形固可使如槁木，而心固可使如死灰乎？[2]今之隐机者，非昔之隐机者也[3]。”

子綦曰：“偃，不亦善乎，而问之也！今者吾丧我，汝知之乎？[4]女闻人籁而未闻地籁，女闻地籁而未闻天籁夫[5]！”

子游曰：“敢问其方[6]。”

子綦曰：“夫大块噫气，其名为风[7]。是唯无作，作则万窍怒呺[8]。而独不闻之翏翏乎[9]？山林之畏佳，大木百围之窍穴，似鼻，似口，似耳，似枅，似圈，似臼，似洼者，似污者[10]；激者，謞者，叱者，吸者，叫者，譹者，宎者，咬者[11]，前者唱于而随者唱喁。泠风则小和，飘风则大和[12]，厉风济则众窍为虚[13]。而独不见之调调，之刁刁乎[14]？”

子游曰：“地籁则众窍是已，人籁则比竹是已。敢问天籁。”[15]

子綦曰：“夫吹万不同，而使其自己也[16]，咸其自取，怒者其谁邪[17]！”

【注释】

[1] 南郭子綦：旧说是楚昭王之庶弟，楚庄王之司马，字子綦，居于南郭，故号南郭。隐：凭也。机：几，案几。嘘：叹也。苔（tà）焉：释然、解释貌。耦：当读为寓，寄也。神寄于身，故谓身为寓。似丧其耦：就像失去了身体一样，言其进入忘我的境界。

[2] 颜成子游：姓颜，名偃，字子游，死后谥成。居（jī）：表疑问的语气词。固：诚然。槁：干枯。

[3] “今之”二句：言子綦今日隐机之状态异于曩时。

[4] 不亦善乎，而问之也：即“而问之不亦善乎”的倒装。而：犹汝也。丧：犹忘也。

[5] 籁：箫，长一尺二寸，十六管，象凤翅，舜作也，这里泛指从孔穴里发出的声响。人籁：人为的声响。地籁、天籁：自然的声响。

[6] 敢：表示谦敬的副词。方：道术。

[7] 大块：大地。噫（yī）气：吐气。

[8] 是：此，这里指风。唯：句中语气词。作：起。窍：孔穴。呺（háo）：亦作“号”，

吼叫。

[9] 翏翏（liú）：亦作飂飂，长风声。

[10] 林：通作"陵"，大山。畏佳（cuī）：亦作"崔佳"，即嵬崔，山陵高峻貌。窍穴：树孔也。枅（jī）：柱头木也，今之斗拱是也。圈：畜兽栏也。洼：水洼。污：停滞不流的水塘。

[11] 激者：如水湍激声。謞（xiào）者：如箭镞头孔声。叱者：咄声也。吸者：如呼吸声也。叫者：如叫呼声也。譹者：哭声也。宎者：深也，若深谷然。咬（jiāo）者：哀切声。

[12] 于、喁（yú）：皆是风吹树动前后相随之声。泠（líng）风：小风，清风。飘：大风。

[13] 厉风：迅猛的暴风。济：止。

[14] 而：汝也。调调、刀刀：动摇貌，"刀刀"亦作"刁刁"。

[15] 是：这样。已：矣。比竹：并合在一起可以发出声响的各种竹管，箫管之类。比，并合。

[16] 疑"夫"字后缺"天籁者"三字。吹：指风而言。万：万窍。成玄英疏："风唯一体，窍则万殊。"使其自已：使其自身发出各种声音。

[17] 咸：全。自取：犹自得也。怒：这里是发动的意思。

胠 箧

将为胠箧探囊发匮之盗而为守备，则必摄缄縢，固扃鐍，此世俗之所谓知也。[1]然而巨盗至，则负匮揭箧担囊而趋，唯恐缄縢扃鐍之不固也。然则乡之所谓知者，不乃为大盗积者也[2]？

故尝试论之，世俗之所谓知者，有不为大盗积者乎？所谓圣者，有不为大盗守者乎？何以知其然邪？昔者齐国邻邑相望，鸡狗之音相闻，罔罟之所布，耒耨之所刺，方二千余里[3]。阖四竟之内，所以立宗庙社稷，治邑屋州闾乡曲者，曷尝不法圣人哉[4]！然而田成子一旦杀齐君而盗其国[5]。所盗者岂独其国邪？并与其圣知之法而盗之。故田成子有乎盗贼之名，而身处尧舜之安；小国不敢非，大国不敢诛，十二世有齐国[6]。则是不乃窃齐国，并与其圣知之法以守其盗贼之身乎？

尝试论之，世俗之所谓至知者，有不为大盗积者乎？所谓至圣者，有不为大盗守者乎？何以知其然邪？昔者龙逢斩，比干剖，苌弘胣，子胥靡，故四子之贤而身不免乎戮^[7]。故跖之徒问于跖曰^[8]："盗亦有道乎？"跖曰："何适而无有道邪^[9]！"夫妄意室中之藏^[10]，圣也；入先，勇也；出后，义也；知可否，知也；分均，仁也。五者不备而能成大盗者，天下未之有也。由是观之，善人不得圣人之道不立，跖不得圣人之道不行；天下之善人少而不善人多，则圣人之利天下也少而害天下也多。故曰，唇竭则齿寒，鲁酒薄而邯郸围，圣人生而大盗起^[11]。掊击圣人，纵舍盗贼，而天下始治矣^[12]。夫川竭而谷虚，丘夷而渊实^[13]。圣人已死，则大盗不起，天下平而无故矣^[14]。

圣人不死，大盗不止。虽重圣人而治天下^[15]，则是重利盗跖也^[16]。为之斗斛以量之，则并与斗斛而窃之；为之权衡以称之，则并与权衡而窃之；为之符玺以信之，则并与符玺而窃之；为之仁义以矫之，则并与仁义而窃之。^[17]何以知其然邪？彼窃钩者诛，窃国者为诸侯，诸侯之门而仁义存焉^[18]，则是非窃仁义圣知邪？故逐于大盗，揭诸侯，窃仁义并斗斛权衡符玺之利者，虽有轩冕之赏弗能劝，斧钺之威弗能禁^[19]。此重利盗跖而使不可禁者，是乃圣人之过也。

故曰："鱼不可脱于渊，国之利器不可以示人。"^[20]彼圣人者，天下之利器也，非所以明天下也^[21]。故绝圣弃知，大盗乃止；擿玉毁珠，小盗不起^[22]；焚符破玺，而民朴鄙^[23]；掊斗折衡，而民不争；殚残天下之圣法，而民始可与论议^[24]。擢乱六律，铄绝竽瑟，塞瞽旷之耳，而天下始人含其聪矣^[25]；灭文章，散五采，胶离朱之目，而天下始人含其明矣^[26]；毁绝钩绳而弃规矩^[27]，攦工倕之指，而天下始人有其巧矣。故曰"大巧若拙。"^[28]削曾史之行，钳杨墨之口，攘弃仁义，而天下之德始玄同矣^[29]。彼人含其明，则天下不铄矣；人含其聪，则天下不累矣^[30]；人含其知，则天下不惑矣；人含其德，则天下不僻矣。^[31]彼曾、史、杨、墨、师旷、工倕、离朱，皆外立其德而以爘乱天下者也^[32]，法之所无用也。

子独不知至德之世乎？昔者容成氏、大庭氏、伯皇氏、中央氏、栗陆氏、骊畜氏、轩辕氏、赫胥氏、尊卢氏、祝融氏、伏牺氏、神农氏，当是时也，民结绳而用之^[33]，甘其食，美其服，乐其俗，安其居，邻国相望，鸡狗之音相闻，民至老死而不相往来。若此之时，则至治已。今遂至使民延颈举踵曰，"某所有贤者"，赢粮而趣之，则内弃其亲而外去其主之事，足迹接乎诸侯之境，车轨结乎千里之外[34]。则是上好知之过也[35]。

上诚好知而无道，则天下大乱矣。何以知其然邪？夫弓弩毕弋机变之知多，则鸟乱于上矣；钩饵罔罟罾笱之知多，则鱼乱于水矣；削格罗落罝罘之知多，则兽乱于泽矣；[36]知诈渐毒、颉滑坚白、解垢同异之变多，则俗惑于辩矣[37]。故天下每每大乱，罪在于好知[38]。故天下皆知求其所不知而莫知求其所已知者，皆知非其所不善而莫知非其所已善者[39]，是以大乱。故上悖日月之明，下烁山川之精，中堕四时之施；惴耎之虫，肖翘之物，莫不失其性。甚矣夫好知之乱天下也！[40]自三代以下者是已，舍夫种种之民而悦夫役役之佞，释夫恬淡无为而悦夫啍啍之意，啍啍已乱天下矣[41]！

【注释】

[1] 胠：开。箧：箱。囊：袋。匮：同柜。摄：收。缄、縢：都是绳子。扃（jiōng）：关钮。鐍（jué）：锁钥。知：同"智"，下同。

[2] 揭：举。乡：同"向"，以前。积：这里是准备的意思。也：同"耶"。

[3] 齐国：周封太公姜尚于齐，至齐桓公时，国力鼎盛，百姓殷实，无出三齐。罟：网的通名。耒：犁也。耨：锄也。刺：插入。

[4] 阖：合也。竟：同"境"。社：土神。稷：谷神。屋州闾乡曲："夫三为屋；五党为州，二千五百家也；五比为闾，二十五家也；五州为乡，万二千五百家也。"曲：借为"丘"，乡、曲义略同。曷：何也。

[5] 田成子：齐大夫田常，亦称陈恒。春秋哀公十四年，陈恒杀齐简公于舒州，而立平公，专擅国政。至齐康公时，田常曾孙田和放逐康公而自立为齐侯。而盗其国：指田常割安邑以东至郎邪自为封邑。

[6] 十二世有齐国：自敬仲至庄公，凡九世知齐政；自太公至威王，三世为齐侯；通计为十二世。俞樾"疑庄子原文本作世世有齐国"，可从。

[7] 龙逢：姓关，夏桀之贤臣，为桀所杀。比干：王子也，谏纣，纣剖其心而视之。苌弘：周灵王贤臣，而据《左传》，是周景王、敬王之大夫，鲁哀公三年六月，周人杀苌弘。脉：裂也，又刳肠曰脉。子胥：伍员，字子胥，为吴王夫差所戮，

浮尸于江，令其靡烂。靡：同"糜"，烂也，碎也。

[8] 盗跖（zhí）：相传为古时民众起义的领袖，名跖。

[9] 何适而无有道邪：郭庆藩认为当作"何适其有道邪"。适：同"啻"。但：只。

[10] 妄：凭空。意：猜度，同"亿"。

[11] 唇揭：反举其唇以向上，俗称噘嘴。唇竭则齿寒：言唇亡齿寒之事，虞虢之谓也，语本《左传·僖公五年》，晋献公欲借道虞国以伐虢，虞国大夫宫之奇以唇齿设喻，劝谏虞公不可答应。鲁酒薄而邯郸围：昔楚宣王朝会诸侯，鲁恭公后至而酒薄。宣王怒，将辱之。恭公怒，遂不辞而还。宣王怒，兴兵伐鲁。梁惠王恒欲伐赵，畏鲁救之。今楚鲁有事，梁遂伐赵而邯郸围。邯郸：赵国都。

[12] 掊：打。纵舍：释放，不去治理。

[13] 谷：指山中低地受水处。夷：平。渊：水深之处。实：指用土填实。

[14] 死：息。无故：无有为之事。故，事也。

[15] 重：尊重。

[16] 重：厚，加倍。

[17] 斛：旧量器名，亦是容量单位，一斛本为十斗，后来改为五斗。权：秤锤。衡：秤梁也，所以平物之轻重。符：分为两片，合而成一，由两方各执其一，用以验信。玺：王者之玉印，握之所以摄召天下也。信：取信。仁：恩也。义：宜也。

[18] 钩：腰带钩。焉：于是，于此。此四句以诛、侯、门、存为韵，其韵皆在句末。

[19] 逐：随也。揭：举，有居于其上之意。劝：勉也。禁：止也。轩：车也。冕：冠也。轩冕：借指官爵。斧钺：小曰斧，大曰钺，泛指兵器，亦泛指刑罚、杀戮。

[20] "鱼不"二句：引老子之言。脱，失也。利器，圣迹也，即治国之道。示，明也。鱼失渊则为人擒，利器明则为盗资，故不可示人。

[21] 圣人：指圣人之道。明：宣示。

[22] 擿：同掷，投弃。

[23] 符玺：此处表示诚信。朴：朴实。鄙：朴野、固陋。

[24] 殚：尽也。残：毁也。

[25] 擢：拔也。铄绝：烧断。铄，消也。竽：形与笙相似，并布管于匏内，施簧于管端。瑟：长八尺一寸，阔一尺八寸，二十七弦，伏羲造也。瞽旷：即师旷，春秋时著名音乐家，目盲。

[26] 离朱：又名离娄，古代视力极强的人。含：怀养。聪：听觉。

[27] 钩：曲。绳：直。而：王夫之认为即"然"字，通"燃"。规：圆。矩：方。

[28] 工倕（chuí）：是尧工人，作规矩之法；亦云舜臣也。攦（lì）：折也，割也。

大巧若拙：语出《老子》。

[29] 削：除也。钳：闭也。攘：却也。玄同：与玄道混同。

[30] 铄：消散毁坏。累：忧患。

[31] 僻：倒置邪僻

[32] 外立其德：指自炫所得。爝：火光消散，指炫耀。

[33] "容成氏"至"神农氏"：以上十二氏，皆上古帝王。结绳：在文字产生以前，古人用绳子结扣来记事。

[34] 举踵：提起脚跟。赢：裹也。趣：同"趋"。"内弃"句：内则弃亲而不孝，外则去主而不忠。结：交也。

[35] 上：谓好知之君。知：同"智"。

[36] 毕弋：网小而柄，形似毕星，故名为毕；以绳系箭射，谓之弋。罟罾：网。筍（gǒu）：曲梁也，亦筌也，削格为之，即今之鹿角马枪，以绳木罗落而取兽也。罝罦（zū fú）：兔网也。变："碆"的假借字。

[37] 知诈渐毒：四字义同，皆谓欺诈也。颉滑：不正之语。解垢：诡曲之辞。颉，"黠"借字。坚白：战国时名家公孙龙子的论题，认为坚硬、洁白不能同时存在于石头中。

[38] 每每：昏昏貌。

[39] "故天下"至"已善者"句：此句意指世人舍内（所知）求外（不知），愚俗之徒对善恶妄生臧否，实未足定。

[40] 悖：乱也。烁：销也。堕：坏也。惴耎：附地之徒。肖翘：飞空之类。皆轻小物也。

[41] 种种：淳朴之人。役役：轻黠之貌。释：废也。啍啍：以己诲人也。

秋水（节选）

秋水时至，百川灌河，泾流之大，两涘渚崖之间，不辩牛马[1]。于是焉河伯欣然自喜，以天下之美为尽在己[2]。顺流而东行，至于北海，东面而视，不见水端，于是焉河伯始旋其面目，望洋向若而叹曰："野语有之曰：闻道百，以为莫己若者。我之谓也[3]。且夫我尝闻少仲尼之闻而轻伯夷之义者，始吾弗信；今我睹子之难穷也，吾非至于子之门则殆矣，吾长见笑于大方之家[4]。"

北海若曰："井鼃不可以语于海者，拘于虚也；夏虫不可以语于冰者，笃于时也；曲士不可以语于道者，束于教也[5]。今尔出于崖涘，观于大海，乃知尔丑，尔将可与语大理矣[6]。天下之水，莫大于海，万川归之，不知何时止而不盈；尾闾泄之，不知何时已而不虚；春秋不变，水旱不知。此其过江河之流，不可为量数。[7]而吾未尝以此自多者，自以比形于天地而受气于阴阳，吾在天地之间，犹小石小木之在大山也，方存乎见少，又奚以自多[8]！计四海之在天地之间也，不似礨空之在大泽乎？计中国之在海内，不似稊米之在大仓乎？[9]号物之数谓之万，人处一焉；人卒九州岛，谷食之所生，舟车之所通，人处一焉；此其比万物也，不似豪末之在于马体乎？[10]五帝之所连，三王之所争，仁人之所忧，任士之所劳，尽此矣[11]。伯夷辞之以为名，仲尼语之以为博，此其自多也，不似尔向之自多于水乎[12]？"

河伯曰："然则吾大天地而小毫末，可乎？"

北海若曰："否。夫物，量无穷，时无止，分无常，终始无故[13]。是故大知观于远近，故小而不寡，大而不多，知量无穷[14]；证曏今故，故遥而不闷，掇而不跂，知时无止[15]；察乎盈虚，故得而不喜，失而不忧，知分之无常也；明乎坦涂，故生而不说，死而不祸，知终始之不可故也[16]。计人之所知，不若其所不知[17]；其生之时，不若未生之时[18]；以其至小求穷其至大之域，是故迷乱而不能自得也[19]。由此观之，又何以知毫末之足以定至细之倪！又何以知天地之足以穷至大之域[20]！"

河伯曰："世之议者皆曰：'至精无形，至大不可围'，信情乎[21]？"

北海若曰："夫自细视大者不尽，自大视细者不明[22]。夫精，小之微也；垺，大之殷也；故异便。此势之有也[23]。夫精粗者，期于有形者也[24]；无形者，数之所不能分也[25]；不可围者，数之所不能穷也[26]，可以言论者，物之粗也；可以意致者，物之精也[27]；言之所不能论，意之所不能察致者，不期精粗焉[28]。是故大人之行，不出乎害人，不多仁恩[29]。动不为利，不贱门隶。货财弗争，不多辞让。事焉不借人，不多食乎力，不贱贪污。行殊乎俗，不多辟异[30]。为在从众，不贱佞谄。世之爵禄不足以为劝，戮耻不足以为辱。知是非之不可为分，细大之不可为倪[31]。闻曰：'道人不闻，至德不得，大人无己。'约分之至也[32]。"

【注释】

[1] 时：按时令。成玄英疏："河，孟津也。泾，通也。涘，岸也。涯，际也。渚，洲也，水中之可居曰洲也。……隔水远看，不辨牛之与马也。"灌：奔注。不辩：分不清。

[2] 河伯：河神也，姓冯，名夷，一名冰夷，一名冯迟，华阴潼乡堤首里人，得水仙之道。

[3] 成玄英疏："北海，今莱州是。望洋，不分明也，水日相映，故望洋也。若，海神也。"《释文》"望"作"盳"，云："盳洋，犹望羊，仰视貌。"旋：转。百：郭庆藩云："古读若博，与若韵。"

[4] 长：永远。睹：见。少：以……为少。轻：以……为轻。伯夷：商孤竹君之子，与弟叔齐争让王位，乃节义高尚之士。方：犹道也。

[5] 鼃：古同"蛙"，王引之认为旧本作"鱼"。虚：同"墟"，故所居也。笃（dú）：固，与上下文拘、束同义。曲士：乡曲之士，指孤陋寡闻的人。

[6] 丑：鄙陋，缺乏知识。大理：大道。

[7] 尾闾（lú）：泄海水之所也。虚：流空。过：超过。

[8] 比形于天地：寄托身形于天地。比，通"庇"，寄托之意。自多：自夸。大：同"太"。方：正。存：在也。见（xiàn）：显得。奚：何。

[9] 成玄英疏："礨空，蚁穴也。稊，草似稗而米甚细少也。中国，九州岛也（古代中原一带）。"大泽：大湖泊。大（dǎi）仓：大粮仓。

[10] 号：号称。卒：通"萃"，聚集。豪：通"毫"。

[11] 五帝之所连：指五帝相续禅让之事。连，继续。仁人：指崇尚仁义的儒家者流。任士：指任劳以成人之所急为己任的墨家者流。

[12] 辞：辞让。向：先前。

[13] 量：指物的体积大小。时无止：时间的推移无止境。分（fèn）：分性、秉赋。无常：不固定。终始：复终而复始。故：同"固"，无固即日新。

[14] 大知（zhì）：大智慧者。知量：知道物的器量。

[15] 曏：明。故：古。遥：长，指年命延长。闷：厌倦。掇（duō）：拾取，指时间短。跂：通作"企"，企求。遥而不闷，掇而不跂：年命延长，终不厌生而怅闷；禀龄夭促，亦不欣企于遐寿。

[16] 坦：平也。涂：同"途"，道也。说：通"悦"。不祸：不以为祸败。

[17] 集解：知者有穷，而不知者何限！

[18] 集解：生有尽，而天地无穷。

[19] 成疏："至小，智也；至大，境也。……无穷之境未周，有限之智已丧。"

[20] 集解：毫末非小，天地非大。倪（ní）：头绪，引申为标准、界限。

[21] 不可围：不可限制，没有范围。信：真实。

[22] 集解：宣云："处小而视大，有所不及遍，故觉不可围。"宣云："处大而视小，有所不及审，故觉无形。"

[23] 垺（fú）：同"郛"，郭，城墙。殷：盛大。异便：不同的区别。便，通"辨"。势：态势。

[24] 集解：宣云："尚在有迹处求道。"期：凭借。

[25] 集解：谓精。数：数量。

[26] 集解：谓粗。

[27] 可以意致者：可以用心意去达到、获得的东西。

[28] 集解：不期于精粗者，在意言之表，即道妙也。

[29] 多：赞美、歌颂。

[30] 辟异：傲慢怪辟。

[31] 倪：标准。

[32] 不闻：不求名声。不得：不自显其德。无己：忘我。约分：约己归于其分。

【阅读指要】

《庄子》是一部哲理散文著作，作者是庄周及其后学，约成文于战国中期和后期。《汉书·艺文志》著录《庄子》52篇，今本33篇，为晋郭象编辑注释本。分《内篇》7篇，《外篇》15篇，《杂篇》11篇。研究者多认为《内篇》为庄子自作，《外篇》、《杂篇》多出于庄子后学所追记，基本上属于一个完整的思想体系，语言风格及表现方式也大体一致。其抒发议论常常运用新奇想象，光怪陆离，仪态万方；援引和创造了大量寓言故事，机智巧妙；文章体式则大开大阖，变化无穷，从而在先秦诸子散文中别具一格，最具文学意蕴。《庄子》注本以晋郭象注最为有名，清郭庆藩《庄子集释》、王先谦《庄子集解》，均收入《诸子集成》，是当今通行本。现代注本以陈鼓应《庄子今注今译》较为普及。

《逍遥游·鲲鹏之变》。"逍遥游"是庄子哲学思想的一个重要方面。"逍遥"又作"消摇"，优游自得貌。唐陆德明《经典释文》："逍遥游者，篇名，义取闲放不拘，怡适自得。""逍遥游"就是没有任何束缚、自由自在地活动。西晋郭象《庄子注》："夫小大虽殊，而放于自得之场，则物任其性，事称其能，各当其分，逍遥一也，岂容胜负于其间哉！"南朝梁刘孝标《世说新语·文学》注引向秀、郭象《逍遥义》："夫大鹏之上九万，尺鷃之起榆枋，小大虽差，各任其性，苟当其分，逍遥一也。然物之芸芸，同资有待，得其所待，然后逍遥耳。唯圣人与物冥，而循大变为能，无待而常通，岂独自通而已！又从有待者，不失其所待，不失则同于大通矣。"

节选的首段是《逍遥游》篇的主体，通过对比许多不能"逍遥"的例子说明：要真正达到自由自在的境界，必须"无己"、"无功"、"无名"。全文充满奇特的想象和浪漫的色彩，寓说理于寓言和生动的比喻中，形成"寓真于诞，寓实于玄"（《艺概·文概》）的独特风格。

《齐物论·人籁、地籁和天籁》。齐物论包括齐物和齐论两层意思。无论是世间万物（包括人），还是人的各种观点，都是齐一的，"天地一指也，万物一马也"。所选部分从南郭子綦坐忘写起，形象地描写人籁、地籁、天籁的特色。清宣颖《南华经解·齐物论》："写地籁忽而杂奏，忽而寂收，乃只是风作风济之故。以闻起，以见收，不是置闻说见，止是写闻忽化为乌有，借眼色为耳根衬尾，妙笔妙笔！初读之，拉杂崩腾，如万马奔趋，洪涛汹涌；既读之，希微杳冥，如秋空夜静，四顾悄然。写天籁，更不须另说，只就地籁上提醒一笔，便陆地豁然。"

《胠箧》。"胠箧"的意思是打开箱子。此篇大力挥发"绝圣弃智"之旨意，抛弃一切的文化和智慧。提出至德之世的理想，要求社会退回到无知无识的状态中去。行文中深刻地揭露了仁义的虚伪和社会的黑暗，指出"窃钩者诛，窃国者为诸侯"，达到了社会批判的高度。

明陆西星《南华真经副墨·胠箧》总论："夫圣人以圣知仁义治天下，而天下复窃圣人之圣知仁义以济其私，则圣人之治法，适足以为大盗媒，故纪圣弃知，绝仁弃义，而天下治矣。篇中屡用'故曰'，可见段段议论，皆《道德经》之疏义。局儒读之，未免骇汗。然意去精到，不可不深思也。"清林云铭《庄子因·胠箧》篇末总评："此篇亦与上篇意同，但此更觉痛发，谈世嫉邪，几于已甚矣。其文情飞舞，奇致横生。"

《秋水》（节选）。河神见海神，一问一答，辨析妙理，说明事物相反相成，而个人认识具有有限性、相对性、不定性；认知事物是不易的，往往"言"不能"论"，"意"不能"察"；宇宙无限、认识无止境。全文论辩精微，是庄子阐发天人关系的借物名篇。

明陆西星《南华真经副墨·秋水》总论："《秋水》篇论大不大，论小不小，说在人又不在人，文字阖辟变化，如生龙活虎。中间明理、达权四字，是此老实在学问，究竟反真亦只是个自然。'无以人灭天，无以故灭命，无以得殉名'，语甚醇正。下段畏匡、却楚、讥惠，皆发此意。"清林云铭《庄子因·秋水》篇末总评："是篇大意，自内篇《齐物论》脱化出来，立解创辟，既踞绝顶山巅，运词变化，复擅天然神斧，此千古有数文字，开后人无数法门。"

荀子·天论（节选）

选自王先谦《荀子集解》。

天行有常，不为尧存，不为桀亡[1]。应之以治则吉，应之以乱则凶[2]。强本而节用，则天不能贫。养备而动时，则天不能病。循道而不忒，则天不能祸[3]。故水旱不能使之饥，寒暑不能使之疾，祅怪不能使之凶[4]。本荒而用侈，则天不能使之富。养略而动罕，则天不能使之全[5]。倍道而妄行[6]，则天不能使之吉。故水旱未至而饥，寒暑未薄而疾[7]，祅怪未至而凶。受时与治世同，而殃祸与治世异，不可以怨天，其道然也[8]。故明于天人之分，则可谓至人矣[9]。

不为而成，不求而得，夫是之谓天职。如是者，虽深，其人不加虑焉；虽大，不加能焉[10]；虽精，不加察焉；夫是之谓不与天争职。天有其时，地有其财，人有其治，夫是之谓能参[11]。舍其所以参，而愿其所参，则惑矣！[12]

列星随旋，日月递照，四时代御，阴阳大化，风雨博施[13]。万物各得其和以生[14]，各得其养以成[15]。不见其事而见其功，夫是之谓神。皆知其所以成，莫知其无形，夫是之谓天（功）。唯圣人为不求知天[16]。

天职既立，天功既成，形具而神生，好恶喜怒哀乐藏焉，夫是之谓天情。耳目鼻口形能各有接而不相能也，夫是之谓天官[17]。心居中虚，以治五官，夫是之谓天君[18]。财非其类以养其类[19]，夫是之谓天养。顺其类者谓之福，逆其类者谓之祸，夫是之谓天政。暗其天君，乱其天官，弃其天养，逆其天政，背其天情，以丧天功[20]，夫是之谓大凶。圣人清其天君，正其天官，备其天养，顺其天政，养其天情，以全其天功。如是，则知其所为知其所不为矣，则天地官而万物役矣[21]。其行曲治，其养曲适[22]，其生不伤，夫是之谓知天。

故大巧在所不为，大智在所不虑[23]。所志在于天者，已其见象之可以期者矣。所志于地者，已其见宜之可以息者矣。所志于四时者，已其见数之可以事者矣。所志于阴阳者，已其见知之可以治者矣[24]。

官人守天而自为守道也[25]。

治乱天邪？曰：日月星辰瑞历，是禹桀之所同也[26]。禹以治，桀以乱，治乱非天也。时邪？曰：繁启蕃长于春夏，畜积收臧于秋冬，是又禹桀之所同也[27]。禹以治，桀以乱，治乱非时也。地邪？曰：得地则生，失地则死，是又禹桀之所同也。禹以治，桀以乱，治乱非地也。诗曰："天作高山，大王荒之。彼作矣，文王康之。"[28] 此之谓也。

天不为人之恶寒也辍冬，地不为人之恶辽远也辍广。君子不为小人之匈匈也辍行[29]。天有常道矣，地有常数矣，君子有常体矣。君子道其常，而小人计其功[30]。诗曰："（礼义之不愆），何恤人之言兮。"[31] 此之谓也。

……

在天者莫明于日月，在地者莫明于水火，在物者莫明于珠玉，在人者莫明于礼义。故日月不高，则光晖不赫；水火不积，则晖润不博；珠玉不睹乎外，则王公不以为宝[32]；礼义不加于国家，则功名不白。故人之命在天，国之命在礼[33]。君人者，隆礼、尊贤而王，重法、爱民而霸，好利、多诈而危，权谋、倾覆、幽险而尽亡矣[34]。

大天而思之，孰与物畜而制之[35]！从天而颂之，孰与制天命而用之！望时而待之，孰与应时而使之[36]！因物而多之，孰与骋能而化之[37]！思物而物之，孰与理物而勿失之也[38]！愿于物之所以生，孰与有物之所以成[39]！故错人而思天，则失万物之情[40]。

【注释】

[1] 行：运行，变化。常：常规，规律。

[2] 之：它，指代"天行"（天道）。治：指"强本而节用"、"养备而动时"、"循道而不忒"等顺应自然的措施。乱：指不顺应自然规律。凶：灾难。

[3] 本：指农业。养备：供养充足。动时：按季节劳作。循道而不忒：《集解》作"修道而不贰"，据《群书治要》卷三十八引文改。循：顺。道：兼指自然规律与社会规律。忒（tè）：差错。

[4]《集解》"饥"下有"渴"，据《群书治要》卷三十八引文删。祅（yāo）怪：怪异的自然现象。

[5] 动罕：不能按季节劳作，指懒惰。全：健全。

[6] 倍：通"背"。

[7] 薄：逼近。

[8] 道：方法，措施。

[9] 天人之分：天（自然）与人（社会）的区分。至人：最了不起的人，即圣人。

[10] 其人：指上文的"至人"。加：施加。焉：于之，对它。能：力，这里用作动词，
表示用力干预。

[11] 财：通"材"。参：并列。"天"、"地"、"人"各有其道，所以说"能参"。

[12] 所以参：用来并列的东西，指前句的"治"。所参：被并列的东西，指上文的"天"、
"地"。这两句实是说：舍弃了人的治理，只指望天、地的恩赐。

[13] 列星：即恒星，如二十八宿。代：与"递"同义，交替，轮流。御：驾驭，控制。
阴阳大化：古人认为不断运动着的阴阳二气通过相互作用而化成万事万物，
这就是所谓的大化。

[14] 其：指"阴阳"。和：指阴阳协和之气。

[15] 其：指"风雨"。

[16] 以：通"已"。天：天成，天生，自然而然。一说"天"下当有"功"字。
不求知天：不追求了解天，即不去探究大自然形成万物的原因与过程，而只
注重探究治理社会的原理。

[17] 接：接受，指感受、感知。耳目鼻口形能各有接而不相能也：耳目鼻口形都
有与外物相接触的感知功能，却不能相互替代。天官：人天生就有的感觉器官。

[18] 五官：指耳、目、鼻、口、身体五种感官。天君：天然的主宰。荀子认为心
脏有思维能力，是支配五官的器官。

[19] 财：同"裁"，本意是制裁，这里引申为利用。

[20] 暗其天君：指使自己的思想昏乱糊涂。乱其天官：指纵情于声色饮食，淫乐过度。
弃其天养：指不能搞好生产。逆其天政：指不能治理好臣民而使他们顺服。
背其天情：指喜乐无常，爱憎无度。

[21] 官：任用。役：役使。

[22] 曲：曲折周到，各个方面。

[23] 所不为：不去做不应该做的事。所不虑：不去考虑不应该考虑的事。

[24] 志：即"知"。已：止，不超过。见（xiàn）：同"现"，出现。期：预期，
推测。其见象之可以期者：指可以用来确定时节日期的天文现象。宜：适宜，
指适合农作物生长的条件。息：繁殖，指种植庄稼。数：规律，指历数，带
有规律性的节气。事：指农事。知：当作"和"

[25] "官人"句：刘师培释："官人者，执一不通之人也。盖吏之事君者谓之官人，有一偏之才者亦谓之官。……此文言执一之人仅知守天，而自以为守道。盖荀子之义，以道在天外，守道者，不必迷于天。"

[26] 星辰：星的总称。瑞历：历象，即节气。

[27] 时邪：是时令季节变化造成的吗？繁启：指众多农作物发芽出土。蕃：茂盛。畜：同"蓄"。臧：同"藏"。

[28] "天作"四句：出自《诗经·周颂·天作》。大王：即太王，周的先祖古公亶父，文王祖父。荒：大。康：安康。

[29] 恶：厌恶。辍（chuò）：废止。匈匈：通"讻讻"，气势汹汹。

[30] 体：体统，规矩。道：遵循。常：指上文的"常体"。计：计较。

[31] 引诗为《诗经》的佚诗。《集解》无"礼义之不愆"，据《文选》卷四十五《答客难》引文补。愆（qiān）：违背。恤：顾虑。

[32] 故：犹"夫"，发语词。赫：显著。晖：同"辉"。睹：当作"睹"，光彩显露。

[33] 白：显赫，显扬。

[34] 君人者：指君主。幽险：即阴险。

[35] 大天：以天为大。思：仰慕，思慕。孰与：何如，哪赶得上。物畜：把天当作物来畜养。制：控制，掌握。

[36] 望时：盼望天时。应时而使之：顺应天时的变化而使天时为人所用。

[37] 因：依赖。多之：以之为多。骋能：施展才能。

[38] 物之：以之为外物，意动用法。理物：治理万事。

[39] 愿：仰慕。有物：帮助万物。有，通"右"，佑，帮助。错人：放弃人的努力。错，通"措"，放弃之意。

[40] 失：违背，背离。万物之情：万物的实情。

【阅读指要】

《荀子》是一部以表现荀子思想为主要内容的先秦诸子散文著作，现存 32 篇，大部分为荀子自作，成书于战国末期。荀子散文浑厚朴实，说理细密，主题明确，篇幅加大，显示了说理散文在战国后期的发展。《荀子》注本以唐杨倞注为较早。清末王先谦汇聚清人校勘注释成果所作的《荀子集解》为较好注本，该书收入《诸子集成》。

《荀子·天论》篇提出"天人相分"的思想，认为"天行有常"，"应之以治则吉，应之以乱则凶"，自然界的运动变化有其客观规律，是不以人的意志为转移的。因此，人必须"不与天争职"，遵循"天"而不能违背"天"，即"人定（人和）"而后"胜天"，如此，方能"制天命而用之"。荀子强调人对自然规律的顺从与利用，并不是有些人所理解的那样片面强调用人力挑战与战胜自然。

《天论》思维缜密，语言富于文采和气势，善用对比的修辞手法，文字工整严密，是论说文的成熟之作。

韩非子·说难

选自王先慎《韩非子集解》。

凡说之难，非吾知之有以说之之难也，又非吾辩之能明吾意之难也，又非吾敢横失而能尽之难也[1]。凡说之难：在知所说之心，可以吾说当之[2]。所说出于为名高者也，而说之以厚利，则见下节而遇卑贱，必弃远矣[3]。所说出于厚利者也，而说之以名高，则见无心而远事情，必不收矣[4]。所说阴为厚利而显为名高者也，而说之以名高，则阳收其身而实疏之；说之以厚利，则阴用其言显弃其身矣。此不可不察也[5]。

夫事以密成，语以泄败。未必其身泄之也，而语及所匿之事，如此者身危[6]。彼显有所出事，而乃以成他故，说者不徒知所出而已矣，又知其所以为，如此者身危[7]。规异事而当，知者揣之外而得之，事泄于外，必以为己也，如此者身危[8]。周泽未渥也，而语极知，说行而有功，则德忘；说不行而有败，则见疑，如此者身危[9]。

贵人有过端，而说者明言礼义以挑其恶，如此者身危[10]。贵人或得计而欲自以为功，说者与知焉，如此者身危[11]。强以其所不能为，止以其所不能已，如此者身危[12]。故与之论大人，则以为间己矣；与之论细人，则以为卖重[13]。论其所爱，则以为藉资；论其所憎，则以为尝己也[14]。径省其说，则以为不智而拙之；米盐博辩，则以为多而交之。略事陈意，则曰怯懦而不尽；虑事广肆，则曰草野而倨侮[15]。此说之难，不可不知也。

凡说之务，在知饰所说之所矜而灭其所耻[16]。彼有私急也，必以公义示而强之[17]。其意有下也，然而不能已，说者因为之饰其美而少其不为也[18]。其心有高也，而实不能及，说者为之举其过而见其恶，而多其不行也[19]。有欲矜以智能，则为之举异事之同类者，多为之地，使之资说于我，而佯不知也，以资其智[20]。欲内相存之言，则必以美名明之，而微见其合于私利也。欲陈危害之事，则显其毁诽而微见其合于私患也[21]。誉异人与同行者，规异事与同计者[22]。有与同污者，则必以大饰其无伤也；有与同败者，则必以明饰其无失也[23]。彼自多其力，则毋以其难概之也；自勇之断，则无以其谪怒之；自智其计，则毋以其败穷之[24]。大意无所拂悟，辞言无所系縻，然后极骋智辩焉[25]。此道所得亲近不疑而得尽辞也[26]。伊尹为宰，百里奚为虏，皆所以干其上也。此二人者，皆圣人也，然犹不能无役身以进，如此其污也[27]。今以吾言为宰虏，而可以听用而振世，此非能仕之所耻也[28]。夫旷日离久，而周泽既渥，深计而不疑，引争而不罪，则明割利害以致其功，直指是非以饰其身，以此相持，此说之成也[29]。

昔者郑武公欲伐胡，故先以其女妻胡君以娱其意[30]。因问于群臣："吾欲用兵，谁可伐者？"大夫关其思对曰："胡可伐。"武公怒而戮之，曰："胡，兄弟之国也。子言伐之，何也？"胡君闻之，以郑为亲己，遂不备郑。郑人袭胡，取之。宋有富人，天雨墙坏。其子曰："不筑，必将有盗。"其邻人之父亦云。暮而果大亡其财。其家甚智其子，而疑邻人之父[31]。此二人说者皆当矣，厚者为戮，薄者见疑，则非知之难也，处知则难也[32]。故绕朝之言当矣，其为圣人于晋，而为戮于秦也，此不可不察[33]。

昔者弥子瑕有宠于卫君。卫国之法，窃驾君车者罪刖。弥子瑕母病，人间往夜告弥子，弥子矫驾君车以出[34]。君闻而贤之，曰："孝哉！为母之故，忘其刖罪。"异日，与君游于果园，食桃而甘，不尽，以其半啖君[35]。君曰："爱我哉！忘其口味以啖寡人[36]。"及弥子色衰爱弛[37]，得罪于君，君曰："是故尝矫驾吾车，又尝啖我以余桃。"故弥子之行未变于初也，而以前之所以见贤而后获罪者，爱憎之变也。故有爱于主，则智当而加亲；有憎于主，则智不当，见罪而加疏[38]。故谏说谈论之士，不可不察爱憎之主而后说焉。夫龙之为虫也，柔可狎而骑也；然其喉下有逆鳞径尺，若人有婴之者，则必杀人。人主亦有逆鳞，说者能无婴人主之逆鳞，则几矣[39]。

【注释】

[1] 说（shuì）：进言。知：通"智"，才智。知之有以说之：有才智用来进言。辩之能明吾意：有辩才能表明我的思想。失：通"佚"，横佚：同"横逸"，无所顾忌。横失而能尽：纵横捭阖，畅所欲言。

[2] 所说：被说者，指国君。以：用，拿。当（dàng）：适应。

[3] 见：即谓之，被说成。下节：志节卑下。遇：对待。

[4] 无心：没有头脑。远事情：脱离实际。收：听用。

[5] 阴：暗地里。显：表面上。阳收：表面上录用。

[6] 身：自己。语及：谈到。所匿之事：君王心中秘而不宣之事。

[7] 彼：指君王。有所出事：做出某件事情。而乃：复合式转折连词。他故：其他事情。又知其所以为：了解他所以这样做的动机。

[8] 规：规划。异事：不寻常的事情。知：通"智"。揣之外，从外表去揣测。必以为己：指一定会认为是规划者自身泄露的。

[9] 周：亲密。泽：恩泽。渥：深厚。语极知：谓所说尽其所知。说行：建议被采纳。德忘：有成功则忘其赏赐。说不行：建议行不通。

[10] 贵人：此指君王。过端：过错。挑（tiǎo）：拨弄，引动。

[11] 或：有时。得计：计谋得当。与（yù）知：指参预其事。

[12] 强：勉强。其：指君王。止以其所不能已：劝君王停止其所不肯停止的事情。

[13] 大人：指大臣。间己：挑拨君臣关系。细人：小人，指近侍。卖重：卖权，出卖君王的权势。

[14] 藉：同"借"，依靠。资：凭借。尝己：试探自己。

[15] 径：直接。拙：意动用法，以……为拙。米盐：犹今言鸡毛蒜皮，琐屑。交：疑为"驳"，形近而误，驳杂，以……为驳杂，与"米盐博辩"相应，与上句"径省其说"则相反。略事陈意：略述其事，粗陈其意。广肆：放言无忌。肆，放纵而无约束。草野：粗野。倨（jù）侮：傲慢。

[16] 饰：夸饰。矜：自夸。灭：与"饰"相对，掩盖。

[17] 私急：私人的迫切要求。强：鼓励。

[18] 其意有下也：指犬马声色之好。下，卑下。因：就。少其为：对他不这样做表示出不满。

[19] 其心有高也：指尧舜之道、仁义之行。高，企慕。其：指"实不能及"的事情。见：显露。多：以……为多，称道。

[20] 地：根据。资：借。佯：假装。

[21] 内（nà）：同"纳"，进献。相存：相安。微：暗。显：明言。

[22]"誉异"二句：赞扬那些与君王有同样行动的人，谋划那些与君王有同样计划的其他事。誉，赞美。

[23]同污：同样的秽行。无伤：没有伤害。同败：同样的败迹。无失：没有过失。

[24]概：古代量米的器具，引申为压平、平抑。谪：过失，指错误的判断。穷：通"窘"。

[25]大意：进说的内容。拂悟：违逆。悟，通"忤"。系縻：抵触。极骋智辩：尽情地施展才智和舌辩。

[26]此道所得：当作"此所道"，即此所以，《史记》作"此所以亲近不疑"。

[27]伊尹：名挚（zhì），商汤的相。宰：厨师。百里奚：春秋时虞国大夫，后任秦国相。虏：奴隶。干（gān）：求得君主的重用。役身：使身为仆役。污：卑下。

[28]宰虏：指宰虏之言。振：救。仕：通"士"。

[29]离：经。深计：深入谋划。引争：据理力争。割：剖析。直指：直言不讳。饰其身：即正其身。饰，通"饬"，整饬。相持：指君臣相待。

[30]昔者：从前。郑武公：名掘突，春秋初期郑国君主。胡：诸侯国名，归姓，位于今安徽阜阳。妻：作动词，嫁。娱其意：取悦其意，使其放松戒备。对：回答。戮（lù）：杀。兄弟：先秦时嫁娶之间也曰"兄弟"。

[31]宋：诸侯国名。父：老者。亡：失去。智其子：以其子为智。智，形容词用作动词。

[32]二人：指关其思和邻人之父。说者：二字疑前后误置。厚、薄：指重、轻。见：受。处知：处理这种认识。

[33]绕朝：人名，春秋时秦大夫。《左传》文公十三年载，晋大夫士会逃亡在秦，晋人用计诱使归国，绕朝劝秦伯不要把士会遣送回国，秦康公不听，士会遂归晋。后来士会畏惧绕朝的才能，又用反间计借秦王之手杀了绕朝。

[34]弥子瑕（xiá）：人名，卫灵公宠幸的臣子。卫君：指卫灵公，名元，春秋时卫国君主。罪：作动词，判罪。刖（yuè）：断足之刑。间（jiàn）往：抄近路去。矫：假托（君命）。

[35]贤之：认为他有德行。异日：另一天。啖（dàn）君：给君吃。

[36]忘其口味：不顾自己的口味。

[37]色衰爱弛：人老珠黄，宠爱减退。

[38]当：合也，适当。加亲：更加亲近。

[39]柔：驯服。狎：戏弄。逆鳞：倒长的鳞片。径尺：长约一尺。婴：通"撄"，触。则几矣：差不多。言近于善谏也。

【阅读指要】

《韩非子》是一部以表现韩非思想为主要内容的先秦诸子散文著作，现存55篇，除《存韩》、《初见秦》等几篇存有争议外，其余大都为韩非自作，西汉刘向编定。韩非散文长于说理论事，逻辑严谨细密，言词切实犀利，分析入木三分。郭沫若《十批判书》："韩非是绝顶的聪明人，他的头脑异常犀利，有时犀利得令人可怕。我们读他的《说难》、《难言》那些文章吧，那对于人情世故的心理分析是怎样的精密！"有些篇集中运用寓言故事，使事理浅近而易晓。《韩非子》注本有清末王先慎汇集清代各家注释而作的《韩非子集解》。近代陈奇猷的《韩非子集释》注释较为详备，是研究《韩非子》的重要参考资料。

说难，是指游说人主的困难。最大的难处是"在知所知之心，可以吾说当之"。人主心思莫测，身有"逆鳞"，动辄得咎，因此要深研其心理。清林云铭《古文析义》："通篇拿定'难'字，层层洗发……描写曲尽。"韩非提出了一系列进说之说，可谓战国游说术的集大成。司马迁说"余独悲韩子为《说难》而不能自脱耳"，留下了千古悲剧。

孙子兵法

选自《十一家注孙子校理》。

势篇

孙子曰：凡治众如治寡，分数是也[1]；斗众如斗寡，形名是也[2]；三军之众，可使必受敌而无败者，奇正是也[3]；兵之所加，如以碫投卵者，虚实是也[4]。凡战者，以正合，以奇胜[5]。故善出奇者，无穷如天地，不竭如江海[6]。终而复始，日月是也。死而更生，四时是也。声不过五，五声之变，不可胜听也；色不过五，五色之变，不可胜观也；味不过五，五味之变，不可胜尝也[7]。战势不过奇正，奇正之变，不可胜穷也。奇正相生，如循环之无端，孰能穷之哉[8]！激水之疾，至于漂石者，势也；鸷鸟之疾，至于毁折者，节也。故善战者，其势险，其节短。势如彍弩，节如发机[9]。纷纷纭纭，斗乱而不可乱；浑浑沌沌，形圆而不可败[10]。乱生于治，怯生于勇，弱生于强[11]。治乱，数也；勇怯，势也；强弱，形也。故善动敌者，形之，敌必从之[12]；予之，敌必取之。以利动之，以卒待之[13]。故善战者，求之于势，不责于人，故能择人而任势[14]。任势者，其战人也[15]，如转木石。木石之性，安则静，危则动，方则止，圆则行。故善战人之势，如转圆石于千仞之山者，势也[16]。

【注释】

[1] 势：态势。奇正并用，在战术上造成有利于我、不利于敌的态势。凡力的突发都是"势"，后面其漂石的"势"是水势，其势险的"势"是指形势。治众：治理人数众多的军队。治：治理。分数：指军队的组织编制，与"曲制"有关。

[2] 斗众：指挥人数众多的军队作战。形名：先秦名家的术语，指事物的形体和名称，这里指军队的指挥号令系统，即旌旗、金鼓之制。

[3] 奇正：古代兵学重要术语，指古代军队作战的变法和常法，其含义甚广，就战法而言，明攻为正，暗袭为奇。

[4] 碬（xiá）：磨刀石，这里泛指石决。虚实：兵力的集中与分散。

[5] 以正合，以奇胜：以主攻部队（正兵）合战，以机动部队（奇兵）制胜。合，会合、交战。

[6] 竭：尽，绝。

[7] 四时：春、夏、秋、冬四季。五声：宫、商、角、徵、羽五个音阶，相当于简谱中的1、2、3、5、6。五色：青、赤、黄、白、黑。五味：酸、苦、甘、辛、咸。

[8] 战势：这里指战略形势和战术态势。奇正相生：这里含有奇和正相互依存、相互转化的意思。循环之无端：顺着圆环旋转，没有尽头，比喻事物的变化无穷。循，顺着。

[9] 激水：阻截水流，以增强水势。鸷鸟：雕、鹗一类猛禽。毁折：指击杀小动物。节：节奏。险：险峻。短：短促。彍弩：指拉满的弓弩，形容态势的造成。彍（kuò），把弓拉满。弩（nǔ），用机括发箭的弓。发机：触发弩机。

[10] 纷纷纭纭：旌旗混乱的样子。"斗乱"句：战斗虽乱，而我军不被搞乱。浑浑沌沌：形容形状不清。"形圆"句：阵势部署严整，无懈可击，应付自如。

[11] 乱生于治，怯生于勇，弱生于强：混乱可以由严整转化，怯懦可以由勇敢转化，虚弱可以由坚强转化。

[12] 动敌：调动敌人。形之：形，示形，即以假象欺骗敌人。

[13] 以利动之，以卒待之：以小利引诱调动敌人，以伏兵待机破敌。

[14] 责：责备，这里指苛求。择：拣选，选择；一说训为"释"，放弃。任：任用、

利用。

[15] 战人：指挥士卒作战。

[16] 势：这里指"势态"的效能。

军争篇（节选）

故不知诸侯之谋者，不能豫交；不知山林、险阻、沮泽之形者，不能行军；不用乡导者，不能得地利。故兵以诈立，以利动，以分合为变者也[1]。故其疾如风，其徐如林[2]，侵掠如火，不动如山，难知如阴，动如雷震[3]。

【注释】

[1] 以诈立：以诡诈办法诱骗敌人而取得成功。以利动：根据是否有利而采取适当行动。以分合为变：指作战时兵力的分散或集中，应根据情况变化而变化。分，分散兵力。合，集中共力。

[2] 其疾如风：指军队行动快速如风。疾，快速。其徐如林：指军队行动缓慢时，犹如严整的森林。徐，缓慢。

[3] "侵掠"四句：进攻敌人时，像燎原烈火，猛不可当；部队驻守时，像山岳一样，不可动摇；荫蔽时，就像阴云遮天那样看不到日月星辰；行动起来，犹如万钧雷霆。侵掠，袭击、进攻。

【阅读指要】

《势篇》。此篇和《形篇》是姊妹篇。形是有形的，势是无形的，势依托于形，是藏在形后的东西。设局以惑敌，造成形格势禁，是战争胜败之关键。本篇主要论述将帅如何"择人而任势"，运用"奇正之变"，造成和利用有利的态势，成为善战者，取得胜利。

《军争篇》（节选）。六个比喻，各自精妙，排比句造成了凌逼之势，也是军事行动的指南。人们称赞其妙喻迭出，"句句精密"，认为"庄子妙于用虚，左传妙于用实，兼之者孙子之论兵也"。

【思考题】

1. 试背诵《老子》五千言，讨论其思想价值和艺术成就。

2. 结合当前的文字学最新研究成果（简帛之学），讨论《论语》原旨和艺术特色。

3. 在《论语·侍坐章》里，孔子为何独许曾点之志，说"吾与点也"。又，董楚平先生提出"《侍坐》不可能是生活实录，只能是艺术创作"，试讨论其观点。

4. 讨论《孟子》的思想价值和艺术成就。

5. 由《孟子见梁襄王》分析孟子艺术特色。

6. 比较《孟子》和《庄子》寓言的艺术特色。

7. 了解《墨子》的基本思想，考察其独特的逻辑学体系，并分析《非攻》的艺术特色。

8. 何谓庄子"三言"？怎样理解《庄子》哲学思想的诗意表现？把握庄子的基本思想和艺术成就。

9. 了解《荀子》的思想和艺术成就。

10. 了解《韩非子》的思想和艺术成就，把握《韩非子》寓言的艺术特色。

11. 讨论《孙子兵法》的艺术成就。

【阅读资料】

朱谦之撰：《老子校释》，北京：中华书局，1984年。

高明撰：《帛书老子校注》，北京：中华书局，1996年。

辛战军《老子译注》，北京：中华书局，2008年。

何晏集解，孔颖达疏证：《论语集解》，北京：中华书局，1980年。

朱熹注：《四书章句集注》，北京：中华书局，1983年。

赵岐注、孙奭疏证：《孟子注疏》，北京：中华书局，1980年。

焦循注：《孟子正义》，北京：中华书局，1987年。

杨伯峻：《孟子译注》，北京：中华书局，1960年。

孙诒让撰，孙启治点校：《墨子闲诂》，北京：中华书局，1982年。

郭象注：《庄子注》，上海：上海古籍出版社，1989年。

陆德明注：《经典释文·庄子释》，据通志堂本影印，北京：中华书局，1983年。

郭象注，成玄英疏：《南华真经注疏》，北京：中华书局，1998年。

王先谦解，沈啸寰点校：《庄子集解》，北京：中华书局，1987年。

陈鼓应：《庄子今注今译》，北京：中华书局，2001年。

杨柳桥：《庄子译诂》，上海：上海古籍出版社，1991年。

王先谦：《荀子集解》，北京：中华书局，1988年。

董治安、郑杰文汇撰：《荀子汇校汇注》，济南：齐鲁书社，1997年。

方孝博选注：《荀子选》，北京：人民文学出版社，1978年。

王先慎撰，钟哲点校：《韩非子集解》，北京：中华书局，1998年。

冯友兰：《中国哲学简史》，北京：北京大学出版社，1985年。

孙武撰，曹操等注，杨丙安校理：《十一家注孙子校理》，北京：中华书局，1999年。

六、楚　辞

越人歌

选自向宗鲁《说苑校证》。

今夕何夕兮搴舟中流[1]，今日何日兮得与王子同舟[2]。蒙羞被好兮
不訾诟耻[3]。心几顽而不绝兮得知王子[4]。山有木兮木有枝[5]，心说君
兮君不知[6]。

【注释】

[1] 搴（qiān）：拔。搴舟，犹言荡舟。
[2] 王子：泛指贵族子弟，此指公子黑肱（？—前529），字子皙，春秋时期楚国
　　的王子，父亲楚共王。
[3] 蒙：承蒙。被（pī）：同"披"，覆盖。不訾诟耻：不（因为我是舟子的身份而）
　　嫌弃我，责骂我。訾（zǐ），说坏话，此指厌恶。诟（gǒu）耻，辱骂、羞辱。
[4] 心几：心绪。几（jī）：同"机"。顽：愚顽，痴迷。得知王子：得以结识王子。
[5] "山有"一句：郑张尚芳认为此句是楚人译者为满足楚辞韵律，凑足六句而添
　　加的衬韵句，以"枝"谐"知"。
[6] 说（yuè）：同"悦"。

【阅读指要】

《越人歌》最早收录于西汉刘向的《说苑》卷十一《善说》第十三则"襄成
君始封之日"篇。据《说苑·善说》庄辛口述，"鄂君子皙，亲楚王母弟也。官
为令尹，爵为执圭"，楚国令尹鄂君子皙可能在初至封地鄂时举行舟游盛会，榜
枻越人歌手对鄂君拥楫而歌。一位懂得楚语的越人给子皙翻译成楚语，子皙被这
真诚的歌声所感动，按照楚人的礼节，"行而拥之，举绣被而覆之"，"一榜枻
越人犹得交欢尽意焉"。宋朱熹《楚辞集注》："《越人歌》者，楚王之弟鄂君

泛舟于新波之中，榜橙越人拥棹而歌此词。其义鄙亵不足言，特以其自越而楚，不学而得其余韵，且于周太师六诗之所谓兴者，亦有契焉。知声诗之体，古今共贯，胡、越一家，有非人之所能为者，是以不得以其远且贱而遗之也。"

梁庭望《〈越人歌〉研究辨正》（《民族文学研究》2019 年第 6 期）认为，一些学者对"交欢"一词的理解有误，从而歪曲了鄂君子皙和榜枻越人的关系，这与《越人歌》本意明显不合，即与形势不合、与场景不合、与民俗不合、与民族关系不合、与目的不合。《越人歌》之所以能够长期流传，是因为它提倡的是一种谦虚礼让的品格。

郑张尚芳用 13 世纪古代泰语来翻译《越人歌》：

滥兮抃草滥（夜晚哎、欢乐相会的夜晚）

予昌枑泽、予昌州（我好害羞，我善摇船）

州𩽆州焉乎、秦胥胥（摇船渡越、摇船悠悠啊，高兴喜欢）

缦予乎、昭澶秦瑜（鄙陋的我啊、王子殿下竟高兴结识）

渗惿随河湖（隐藏心里在不断思恋哪）

译文诗情摇曳，让人赞叹古越歌词之美。又对照楚语版，可知楚人译手的文学造诣之深。越语原版没有"山有木兮木有枝，心说君兮君不知"，当为楚人译手巧妙加上去，更觉得摇曳情深。

这首《越人歌》既反映了古越族文学已达到较高水平，也可谓我国历史上现存的第一首译诗，缠绵悱恻，一如楚辞。

屈原七篇

离骚（节选）

自此篇以下八篇，皆选自黄灵庚《楚辞章句疏证》。

帝高阳之苗裔兮[1]，朕皇考曰伯庸[2]。摄提贞于孟陬兮[3]，惟庚寅吾以降[4]。

皇览揆余初度兮[5]，肇锡余以嘉名[6]。名余曰正则兮，字余曰灵均[7]。

纷吾既有此内美兮，又重之以修能[8]。扈江离与辟芷兮，纫秋兰以为佩[9]。

汨余若将不及兮，恐年岁之不吾与[10]。朝搴阰之木兰兮，夕揽洲之宿莽^[11]。

日月忽其不淹兮，春与秋其代序^[12]。惟草木之零落兮，恐美人之迟暮^[13]。

不抚壮而弃秽兮，何不改此度^[14]？乘骐骥以驰骋兮，来吾道夫先路^[15]。

昔三后之纯粹兮，固众芳之所在^[16]。杂申椒与菌桂兮，岂维纫夫蕙茞^[17]？

彼尧舜之耿介兮，既遵道而得路^[18]。何桀纣之猖披兮，夫唯捷径以窘步^[19]。

惟夫党人之偷乐兮，路幽昧以险隘。岂余身之惮殃兮，恐皇舆之败绩^[20]。

忽奔走以先后兮，及前王之踵武^[21]。荃不察余之中情兮，反信谗而齌怒^[22]。

余固知謇謇之为患兮，忍而不能舍也^[23]。指九天以为正兮，夫唯灵修之故也^[24]。

初既与余成言兮，后悔遁而有他。余既不难夫离别兮，伤灵修之数化^[25]。

余既滋兰之九畹兮，又树蕙之百亩^[26]。畦留夷与揭车兮，杂杜衡与芳芷^[27]。

冀枝叶之峻茂兮，愿俟时乎吾将刈。^[28]虽萎绝其亦何伤兮，哀众芳之芜秽^[29]。

众皆竞进以贪婪兮，凭不厌乎求索^[30]。羌内恕己以量人兮，各兴心而嫉妒^[31]。

忽驰骛以追逐兮，非余心之所急。老冉冉其将至兮，恐修名之不立^[32]。

朝饮木兰之坠露兮，夕餐秋菊之落英。苟余情其信姱以练要兮，长顑颔亦何伤^[33]？

揽木根以结茞兮，贯薜荔之落蕊^[34]。矫菌桂以纫蕙兮，索胡绳之纚纚^[35]。

謇吾法夫前修兮，非世俗之所服。虽不周于今之人兮，愿依彭咸之遗则^[36]。

　　长太息以掩涕兮，哀民生之多艰^[37]。余虽好修姱以鞿羁兮，謇朝谇而夕替^[38]。

　　既替余以蕙纕兮，又申之以揽茝^[39]。亦余心之所善兮，虽九死其犹未悔^[40]。

　　怨灵修之浩荡兮，终不察夫民心。众女嫉余之蛾眉兮，谣诼谓余以善淫^[41]。

　　固时俗之工巧兮，偭规矩而改错。背绳墨以追曲兮，竞周容以为度^[42]。

　　忳郁邑余侘傺兮，吾独穷困乎此时也。宁溘死以流亡兮，余不忍为此态也^[43]。

　　鸷鸟之不群兮，自前世而固然。何方圜之能周兮，夫孰异道而相安^[44]。

　　屈心而抑志兮，忍尤而攘诟。伏清白以死直兮，固前圣之所厚^[45]。

　　悔相道之不察兮，延伫乎吾将反。回朕车以复路兮，及行迷之未远^[46]。

　　步余马于兰皋兮，驰椒丘且焉止息。进不入以离尤兮，退将复修吾初服^[47]。

　　制芰荷以为衣兮，集芙蓉以为裳。不吾知其亦已兮，苟余情其信芳^[48]。

　　高余冠之岌岌兮，长余佩之陆离^[49]。芳与泽其杂糅兮，唯昭质其犹未亏^[50]。

　　忽反顾以游目兮，将往观乎四荒。佩缤纷其繁饰兮，芳菲菲其弥章^[51]。

　　民生各有所乐兮，余独好修以为常。虽体解吾犹未变兮，岂余心之可惩^[52]。

　　……

　　跪敷衽以陈辞兮，耿吾既得此中正；驷玉虬以乘鹥兮，溘埃风余上征^[53]。

　　朝发轫于苍梧兮，夕余至乎县圃；欲少留此灵琐兮，日忽忽其将暮[54]。

吾令羲和弭节兮，望崦嵫而勿迫。路曼曼其修远兮，吾将上下而求索[55]。

饮余马于咸池兮，总余辔乎扶桑。折若木以拂日兮，聊逍遥以相羊[56]。

前望舒使先驱兮，后飞廉使奔属。鸾皇为余先戒兮，雷师告余以未具[57]。

吾令凤鸟飞腾兮，继之以日夜。飘风屯其相离兮，帅云霓而来御[58]。

纷总总其离合兮，斑陆离其上下。吾令帝阍开关兮，倚阊阖而望予[59]。

时暧暧其将罢兮，结幽兰而延伫。世溷浊而不分兮，好蔽美而嫉妒[60]。

朝吾将济于白水兮，登阆风而绁马[61]。忽反顾以流涕兮，哀高丘之无女。

溘吾游此春宫兮，折琼枝以继佩。及荣华之未落兮，相下女之可诒[62]。

吾令丰隆乘云兮，求宓妃之所在。解佩纕以结言兮，吾令蹇修以为理[63]。

纷总总其离合兮，忽纬繣其难迁。夕归次于穷石兮，朝濯发乎洧盘[64]。

保厥美以骄傲兮，日康娱以淫游。虽信美而无礼兮，来违弃而改求[65]。

览相观于四极兮，周流乎天余乃下。望瑶台之偃蹇兮，见有娀之佚女。

吾令鸩为媒兮，鸩告余以不好[66]。雄鸠之鸣逝兮，余犹恶其佻巧。

心犹豫而狐疑兮，欲自适而不可。凤皇既受诒兮，恐高辛之先我[67]。

欲远集而无所止兮，聊浮游以逍遥。及少康之未家兮，留有虞之二姚。

理弱而媒拙兮，恐导言之不固。世溷浊而嫉贤兮，好蔽美而称恶。

闺中既以邃远兮，哲王又不寤[68]。怀朕情而不发兮，余焉能忍与此终古。

索藑茅以筳篿兮，命灵氛为余占之[69]。曰两美其必合兮，孰信修而慕之？

思九州之博大兮，岂唯是其有女？[70]曰勉远逝而无狐疑兮，孰求美而释女？

何所独无芳草兮，尔何怀乎故宇？世幽昧以眩曜兮，孰云察余之善恶[71]。

民好恶其不同兮，惟此党人其独异[72]。户服艾以盈要兮[73]，谓幽兰其不可佩。

览察草木其犹未得兮，岂珵美之能当？苏粪壤以充帏兮，谓申椒其不芳！[74]

欲从灵氛之吉占兮，心犹豫而狐疑。巫咸将夕降兮，怀椒糈而要之[75]。

百神翳其备降兮，九疑缤其并迎。皇剡剡其扬灵兮，告余以吉故[76]。

曰勉陞降以上下兮，求矩矱之所同。汤禹严而求合兮，挚咎繇而能调[77]。

苟中情其好修兮，又何必用夫行媒。说操筑于傅岩兮，武丁用而不疑。

吕望之鼓刀兮，遭周文而得举。宁戚之讴歌兮，齐桓闻以该辅[78]。

及年岁之未晏兮，时亦犹其未央。恐鹈鴃之先鸣兮，使夫百草为之不芳！[79]

何琼佩之偃蹇兮，众薆然而蔽之。惟此党人之不谅兮，恐嫉妒而折之[80]。

时缤纷其变易兮，又何可以淹留。兰芷变而不芳兮，荃蕙化而为茅。

何昔日之芳草兮，今直为此萧艾也[81]。岂其有他故兮，莫好修之害也。

余以兰为可恃兮，羌无实而容长[82]。委厥美以从俗兮，苟得列乎众芳。

椒专佞以慢慆兮，樧又欲充夫佩帏[83]。既干进而务入兮，又何芳之能祗[84]。

固时俗之流从兮，又孰能无变化。览椒兰其若兹兮，又况揭车与江离。

惟兹佩之可贵兮，委厥美而历兹[85]。芳菲菲而难亏兮，芬至今犹未沫。

和调度以自娱兮，聊浮游而求女。及余饰之方壮兮，周流观乎上下[86]！

灵氛既告余以吉占兮，历吉日乎吾将行。折琼枝以为羞兮，精琼靡以为粮[87]。

为余驾飞龙兮，杂瑶象以为车[88]。何离心之可同兮，吾将远逝以自疏。

遭吾道夫昆仑兮，路修远以周流。扬云霓之晻蔼兮，鸣玉鸾之啾啾[89]。

朝发轫于天津兮，夕余至乎西极。凤皇翼其承旂兮，高翱翔之翼翼[90]。

忽吾行此流沙兮，遵赤水而容与。麾蛟龙使梁津兮，诏西皇使涉予[91]。

路修远以多艰兮，腾众车使径待。路不周以左转兮，指西海以为期[92]。

屯余车其千乘兮，齐玉轪而并驰[93]。驾八龙之婉婉兮，载云旗之委蛇。

抑志而弭节兮，神高驰之邈邈[94]。奏九歌而舞韶兮，聊假日以媮乐[95]。

陟陞皇之赫戏兮，忽临睨夫旧乡。仆夫悲余马怀兮，蜷局顾而不行[96]。

乱曰：已矣哉！国无人莫我知兮，又何怀乎故都？既莫足与为美政兮，吾将从彭咸之所居。[97]

【注释】

[1] 帝：天帝，古代氏族往往自托天神天帝后裔以美化世系，渲染自己的"内美"。
高阳：古帝颛顼（zhuān xū）的号。苗裔：远末子孙之称也。

[2] 朕：古人自称，秦始皇二十六年起，始诏定为帝王自称。皇考：远祖，东汉之后，皇考始专指亡父。皇，大，美。伯庸：皇考的字，当是化名。

[3] 摄提：摄提格的简称，是古代"星岁纪年法"的一个名称，即寅年的别名。

[4] 惟：句首语词。庚寅：古人以干支纪日，指正月里的一个寅日。吾：指抒情主人公。降：古音"洪"，与"庸"叶韵，先秦古籍中的"降"，都训作"下"，指从天降临。此二句言其于寅年寅月寅日降生，乃大吉祥之日。

[5] 皇：指皇祖、皇王，即楚先王。览：古本作"鉴"，心察。揆：揣度。初：开始。度：训"托"，犹今"任"，谓受天之任。

[6] 肇：借为"兆"，通过卜兆以取名字。锡：赐。嘉：善。

[7] 正：平。则：法。灵：神。均：调。

[8] 纷：盛貌。内美：指先天具有的高贵品质，即前八句所言的内容。重（chóng）：加上。修能：指后天修养的德能。修，修饰。能，古通"态"。

[9] 扈（hù）：楚方言，披在身上。江离：即"江蓠"，香草名。辟芷：幽香的白芷草。辟，同"僻"，幽。纫：联缀、编织。佩：古人身上的饰物。

[10] 汩：楚方言，水流速貌，喻时间过得快。不吾与：即"不与吾"，否定句宾语前置。与，等待。

[11] 搴（qiān）：楚方言，拔取。陂（pí）：楚方言，土坡。木兰：香树名。揽：采。宿莽：楚方言，卷施草，香草，经冬不死。朝、夕：互文，言自修不息。

[12] 日月：指时光。淹：停留。代序：代谢，更替轮换。序，古通"谢"。

[13] 惟：思。美人：喻指楚怀王。迟暮：晚暮，指年老。

[14] 不：即何不。抚：握持。壮：壮盛之年。秽：指秽恶之行。度：态度，指精神器宇。

[15] 骐骥：骏马，喻贤臣。夫（fú）：语助词。

[16] 三后：指楚国史上三位贤王熊绎、若敖、蚡冒，王逸说指大禹、商汤、周文王。后，君王。纯粹：丝无杂质曰纯，米无杂质曰粹。固：本来、当然。众芳：喻群贤。在：聚集。

[17] 杂：犹言"纷"，众多的意思。申：重叠。椒：花椒。菌桂：当作"箘（jùn）桂"，即肉桂。维：唯。蕙：薰草。茝（chǎi）：同"芷"。

[18] 耿介：光明正大。

[19] 猖披：衣不束带之貌，指狂乱放荡。夫：犹"彼"，代指桀纣。窘：困迫。

[20] 党人：结党营私之群小。偷乐：偷安贪乐。惮：畏惧。皇舆：帝王的乘车，喻国家。败绩：本指军队溃败，此喻国家灭亡。

[21] 及：追随的意思。踵：脚跟。武：足迹。

[22] 荃（quán）：香草名，亦名"荪"，借以称下文"灵修"，喻指楚怀王。齌怒：怒火中烧。齌（jì），本指用猛火煮食物。

[23] 謇謇（jiǎn）：直言貌。忍：忍受。舍：止。

[24] 九天：古说天有九层，故称。正：通"证"。灵修：指以楚怀王为原型塑造的艺术形象。灵，神。修，远。此句后通行本有"曰黄昏以为期兮，羌中道而改路"，为衍文，故删。

[25] 成言：成约。悔遁：变心。他：指别的主意。数化：屡次变化，主意摇摆不定。

[26] 滋：培植。九：虚数，表示多。畹（wǎn）：古代地积单位，有十二亩、二十亩、三十亩几种说法。树：栽种。百亩：指栽种得多。

[27] 畦（qí）：田垄，此谓种植。留夷：芍药，香草名。揭车：香草名。杂：套种。杜衡：马蹄香。

[28] 冀：希望。峻：高大。刈：收割。

[29] 萎绝：指草木枯萎黄落。芜秽：本义指田地长满杂草，此喻所培养的人变节。

[30] 众：指群小。竞进：争相求进，追逐私利。贪婪：爱财曰贪，爱食曰婪。冯：通"凭"，楚方言，"满"的意思。厌：满足。

[31] 羌：发语词，楚方言。恕：揣度，以心揆心为恕。兴心：生心。

[32] 驰骛：狂奔乱跑。冉冉：渐渐。修：本义长，古人以长为美，故《楚辞》里修字常有"美"义。

[33] 落英：初开的花，即蓓蕾。苟：只要。信：确实。姱：美好。练要：精粹，纯洁。长：长期。顑颔（kǎn hàn）：食不饱而面貌憔悴黄瘦。

[34] 揽：持。本根：指木兰之根须。贯：贯穿。薜荔：木莲。落蕊：初开的花儿。

[35] 矫：举。菌桂：指菌桂的嫩枝。索：绳索，指搓绳子。胡绳：一种蔓生的香草。纚（xǐ）纚：长而下垂、整齐美观的样子。

[36] 謇：楚方言，发语词。法：效法。前修：前代的圣贤。服：穿戴、佩戴。周：合。彭咸：其名不见经传，殷贤大夫，谏其君不听，自投水而死。遗则：遗留的法则，即榜样。

[37] 太息：叹气。掩涕：揩泪。民生：即人生，作者自谓。

[38] 虽：同"唯"，只。好：喜欢，一说为衍文。修：修饰。姱：美貌。鞿羁：束缚、牵累的意思。鞿，马缰绳。羁，马笼头。謇：发语词。谇（suì）：旧说是进谏，郭沫若说是"作为卒字解，言卒业也"，今从郭说，即完成的意思。替：废弃。

[39] 蕙纕（xiāng）：以蕙草编缀的带子。申：重，再次。

[40] 亦：语助词。善：爱好。九死：极言其后果严重。

[41] 浩荡：原义水大貌，这里意同荒唐。民心：人心。蛾眉：喻指美德。谣诼

（zhuó）：楚方言，造谣诽谤。

[42] 偭（miǎn）：违背。规矩：规用以定圆，矩用以定方，这里指法度。错：同"措"，措施。绳墨：工匠用以取直的工具，喻法度。竞：争相。周容：苟合取容。度：法则。

[43] 忳（tún）：忧愁、烦闷，副词，作"郁邑"的状语。溘（kè）死：忽然死去。佗傺（chà chì）：失意貌，楚方言。

[44] 鸷鸟：鹰隼一类性情刚猛的猛禽。不群：不与凡鸟同群。圜：同"圆"。能周：能够相合。

[45] 忍尤：忍受旁人加己之罪。尤，罪。攘诟：容忍旁人的诟骂。伏：通"服"，保持。死直：守正直之道而死。厚：看重。

[46] 相：观察选择。察：细看。延伫：长久站立。反：同"返"。

[47] 步马：解开车驾，让马散步。兰皋：生有兰草的水边之地。椒丘：长有椒树的山丘。且：暂且。焉：于此。进：指仕进。离：借作"罹"，遭遇。尤：罪祸。初服：未入仕前的服饰，喻指固有的美德和志趣。

[48] 芰荷：菱花的别名，楚方言。芰（jì），菱叶。集：聚集。芙蓉：荷花。衣、裳：指上衣下裳。已：罢了，算了。信芳：真正芳洁。

[49] 高：加高。岌岌：高耸的样子。长：加长。陆离：即琉璃，引申为色彩光亮。

[50] 芳与泽：芬芳和臭味。泽：本当作"臭"，后讹为"臭"，最后讹为"泽"。杂糅：掺杂集合。昭质：光明纯洁的品质。昭，明。亏：损伤。

[51] 游目：放眼纵观。四荒：四方极远之地。荒，远。缤纷：非常美好的样子。菲菲：芳香貌。弥章：更加显著。章，同"彰"，显著。

[52] 民生：人生。好修：爱好"修能"。常：习惯。体解：肢解，古代的一种酷刑。惩：戒惧而悔恨。

[53] 敷：铺。衽：衣襟。中正：不偏邪之正道。虬：传说是无角的龙。鹥（yī）：传说中凤类的鸟，身有五彩。埃风：卷着尘埃的大风。

[54] 发轫：出发。轫，阻止车轮转动的横木。苍梧：地名，舜所葬的九嶷山在其境内。县圃：神话中的山名，在昆仑山顶。县，古"悬"字。灵琐：神的宫门，代指县圃。琐，门上雕刻的花纹。

[55] 羲和：神话中人名，太阳的驾车人。弭（mǐ）：停。节：鞭。崦嵫（yān zī）：神话中山名，日落之处。曼曼：同"漫漫"，长而远貌。修：长。

[56] 马：指上文当马驾用的玉虬。咸池：神话中池名，太阳洗沐的地方。总：系结。辔：缰绳。扶桑：神树名，在汤谷上，日栖其上。若木：神树名，在昆仑极西日入之处。拂：古通"蔽"。相羊：同"徜徉"，自由自在地来往。

[57] 望舒：神话中月神的驾车人。飞廉：风神。奔属：奔跑跟随。鸾：神鸟名，形状似鸡而大，五色。皇：即凰，雌凤。先戒：先行警戒。

[58] 飘风：旋风。屯：聚集。离：读作"丽"，附着。帅：率领。御：读作"迓"，迎接。

[59] 斑：斑斓。上下：天地。阍：守门人。阊阖：天门，楚人称门为阊阖。

[60] 暧暧：昏暗貌。罢：完，指一天将尽。结：结交，这里是寄情之意。延伫：久立。溷（hùn）：浊。

[61] 白水：神话中水名，源于昆仑山，饮后不死。缧（xuē）：系结。阆（láng）风：神话中山名，在昆仑山上。

[62] 高丘：指阆风山，一说楚山名。无女：指上天求女的计划破灭。春宫：东方青帝所居。琼枝：玉树枝。琼，美玉。荣华：花，草本花称荣，木本称华。下女：下界美女。诒：通"贻"，赠送。

[63] 宓（fú）妃：相传为伏羲氏之女，溺死于洛水，遂成为洛水女神。佩缥：佩带，这里指整个佩饰。结言：寄言结交。蹇修：正直贤善之人，是作者虚拟的人物，章太炎认为蹇修寓有磬钟通情的微妙含义。行理：犹行媒。

[64] 纷总总：指宓妃心绪很乱。纬繣（huà）：乖戾，拒绝。难迁：固执难以迁就。次：住宿。穷石：神山名，相传为东夷族有穷氏后羿所居之处，相传宓妃为河伯之妻，常与后羿偷情。洧（wěi）盘：神话中水名，源于崦嵫山。

[65] 保：恃，仗。来：招呼从者之词。违：去。

[66] 览相观：三字同义连用，都是看的意思。瑶台：玉台。偃蹇：高貌。有娀（sōng）：传说中的一个部落名。佚：美。鸩（zhèn）：鸟名，羽有毒，置于酒中，饮之致人死命。

[67] 犹豫、狐疑：疑惑不决。自适：自往。受：通"授"。诒：通"贻"，此作名词用，指聘礼。高辛：帝喾的别号。

[68] 集：就。少康：夏代中兴的国君。未家：未结婚成家。有虞之二姚：少康逃到有虞国，有虞氏属姚姓，故其两个女儿成为"二姚"。导言：指传送的信札。固：成。哲王：明智的君王，即灵修，指楚怀王。寤：醒，喻觉悟。

[69] 索：取。蔓（qióng）茅：一种可用于占卜的草。以：与。筳篿（tíng zhuān）：都是算卦用的竹片，楚人用于另一种占卜法。灵氛：传说中的神巫名，善占卜。

[70] 两美：指明君贤臣。信：确实。修：美。慕：与"占"不叶韵，闻一多认为是"莫念"的误合，"念"字坏上部，仅余下部"心"，故二字误合作"慕"。是：此。以上四句是问卜之辞。

[71] 释：放弃。女：同"汝"。故宇：故居，这里指楚国。眩曜：眼光迷乱。云：语词。余：包括"灵氛"和"吾"，犹今"咱们"。

[72] 民：人。此：指"故宇"。

[73] 户：读作"扈"，披。艾：普通不香的草。要：古"腰"字。

[74] 珵（chéng）：美玉。当：借作"党"，犹今"懂"，楚方言。苏：借作"叔"，拾。粪壤：粪土。充：塞满。帏：香袋。自"勉远"句至"不芳"句，为灵氛所说。

[75] 巫咸：传说中的神巫名。降：从天降临。糈（xǔ）：精米，这里椒、糈都是享神的用物。要：读作"邀"。

[76] 翳（yì）：遮蔽。备：全部。皇：读作"煌"，辉煌。剡剡（yǎn）：闪闪发光的样子。灵：神。

[77] 矩矱：喻指法度。矱（huò），量长度的工具。求合：寻求志同道合的人。挚：即伊尹。咎繇（gāo yáo）：即皋陶（yáo），禹之贤臣。

[78] 筑：打土墙用的木杵。武丁：殷高宗名，传说武丁在梦中得一贤臣，就画像到处访寻，后来在傅岩筑墙的刑徒中找到了傅说，用为国相，国遂大治。鼓刀：鸣刀，敲刀发声以招揽生意，相传吕望未发迹时曾在朝歌做屠夫。宁戚：春秋卫国人，曾敲着牛角唱歌，遇齐桓公，带去列为客卿。该辅：预备作为辅佐。该，预备。

[79] 晏：晚。犹其未："其犹未"之误。鹈鴃：伯劳鸟，秋天鸣。

[80] 琼佩：玉树枝作的佩。偓佺：高耸貌。众：指党人。薆（ài）然：受到遮蔽而显得黯然。谅：信赖。恐：读作"共"。

[81] 淹留：久留。萧、艾：都是蒿草，不香。

[82] 羌：发语词。容长：外表好看。

[83] 委：弃。苟得：能够得到，实际上还配不上。楰（shā）：茱萸一类的草，无香。

[84] 干：追求。祗：敬重。

[85] 流从：随波逐流，趋炎附势。委：高亨认为似当作"秉"，把持。历兹：至今。沫：终止。

[86] 和：调和，缓和。调度：调整。饰：指"琼佩"。

[87] 历：选择。羞：肉脯，这里指精美的菜肴。精：捣碎。琼靡（mí）：玉屑。靡，细末。粻（zhāng）：粮。

[88] 象：象牙。

[89] 邅（zhān）：转，楚方言。扬云霓：举云霓为旗。晻蔼（yǎn ǎi）：云旗蔽日的样子。玉鸾：玉制的车铃，形如鸾鸟。啾啾：铃声。

[90] 天津：天河的渡口，传说在箕、斗二星之间。翼：展翼。承：连接。旆：指云旗。

翼翼：整齐和谐的样子。

[91] 遵：循。赤水：神话中水名，源出昆仑山。容与：从容貌。麾：指挥。梁津：在渡口搭桥。梁，桥，这里用作动词。诏：命令。西皇：西方天帝少暤。涉予：帮助我渡河。

[92] 腾：传告。径待：在路边侍卫。待：当作"侍"，与'期"叶韵。路：路过。不周：神话里的山名，在昆仑山西北，山有缺口，故称不周。期：读作"极"，目的地。

[93] 轪（dài）：车轮的别名，楚方言。

[94] 婉婉：一作蜿蜿，蜿蜒屈曲貌。委蛇（yí）：即逶迤，舒卷蜿蜒貌。抑志：抑制自己的情绪；一说"志"读作"帜"，抑志与饵节对文。邈邈：远貌。

[95] 韶：即九韶，传说是舜时的舞乐。假日：利用时间。婗：通"愉"。

[96] 陟（zhì）：登。皇：皇天。戏：一本作"曦"，义同"赫"，光明。临：居高临下。睨：旁视。蜷局：卷曲不伸，指"余马"，即驾车的"玉虬"。顾：回头。

[97] 乱：本是古代乐曲里的一个名称，用在末尾，约当于今天的"尾声"，辞赋最后往往也有"乱"辞作为一篇的总结。无人：指无贤人。莫我知："莫知我"的倒文。故都：故国。美政：指屈原的政治理想和主张。从彭咸之所居：从彭咸于地下，彭咸是虚拟的"前修"、偶象，但未必专指投水、沉渊。

【阅读指要】

《离骚》是屈原的代表作，是我国古代文学史上第一首由诗人自觉创作、独立完成的、带有自传性质的长篇抒情诗，也是中国古代文学史上最长的一篇抒情诗。

《楚辞章句》王逸序："屈原执履忠贞而被谗邪，忧心烦乱，不知所愬，乃作《离骚经》。离，别也。骚，愁也。经，径也。言己放逐离别，中心愁思，犹依道径，以风谏君也。故上述唐、虞、三后之制，下序桀、纣、羿、浇之败，冀君觉悟，反于正道而还已也。"班固《离骚赞序》："离，犹遭也；骚，忧也，谓已遭忧作辞也。"班固的解释比较切合该诗的内容。一般认为本诗作于楚怀王时期，屈原离开郢都往汉北之时。

《离骚》，根植于传统文化，融南北文化为一体，尤其深受儒家文化的影响，"依托《五经》以立义"。《楚辞章句》王逸序："而屈原履忠被谮，忧悲愁思，独依诗人之义而作《离骚》，上以讽谏，下以自慰。遭时暗乱，不见省纳，不胜愤懑，遂复作《九歌》以下凡二十五篇。楚人高其行义，玮其文采，以相教传。……夫《离骚》之文，依托《五经》以立义焉：'帝高阳之苗裔'，则'厥初生民，时惟姜嫄'也；'纫秋兰以为佩'，则'将翱将翔，佩玉琼琚'也；'夕揽洲之宿莽'，则《易》'潜龙勿用'也；'驷玉虬而乘鹥'，则'时乘六龙以御天'也；'就重华而陈词'，则《尚书》咎繇之谋谟也；'登昆仑而涉流沙'，则《禹贡》之敷土也。故智弥盛者其言博，才益多者其识远。屈原之词，诚博远矣。自终没以来，名儒博达之士着造词赋，莫不拟则其仪表，祖式其模范，取其要妙，窃其华藻，所谓金相玉质，百世无匹，名垂罔极，永不刊灭者矣。"

后来司马迁为屈原作传，颇取淮南王刘安之语，评论贴切。《文选》李善注："始汉武帝命淮南王安为《离骚传》，其书今亡。按《屈原传》云："《国风》好色而不淫，《小雅》怨诽而不乱，若《离骚》者，可谓兼之矣。"又曰："蝉蜕于浊秽，以浮游尘埃之外，不获世之滋垢，皭然泥而不滓。推此志，虽与日月争光可也。班孟坚、刘勰皆以为淮南王语，岂太史公取其语以作传乎？汉宣帝时，九江被公能为楚词。隋有僧道骞者善读之，能为楚声，音韵清切。至唐，传楚辞者，皆祖骞公之音。"

诗篇的前半部分用自传体形式叙述自己的身世，接着叙述自己的才能、德行、抱负和不幸遭遇，充分表现了抒情主人公与楚国黑暗现实的冲突。后半部分写主人公遭谗被疏之后，继续求索和内心的冲突，以及最后的抉择。《离骚》既是屈原美政思想的投射，也是一部深邃广博的心灵史。

《离骚》继承和发扬了《诗经》的比兴手法，开拓了我国古典诗歌史上以香草、美人寄情言志的传统，创造了一种句式长短不齐、参差错落的新诗体，具有浓厚的浪漫主义特色。《楚辞章句》王逸序："《离骚》之文，依《诗》取兴，引类譬谕，故善鸟香草，以配忠贞；恶禽臭物，以比谗佞；灵修美人，以媲于君；宓妃佚女，以譬贤臣；虬龙鸾凤，以托君子；飘风云霓，以为小人。其词温而雅，其义皎而朗。凡百君子，莫不慕其清高，嘉其文采，哀其不遇，而愍其志焉。"

九歌·湘君

君不行兮夷犹，蹇谁留兮中洲[1]？美要眇兮宜修，沛吾乘兮桂舟[2]。令沅湘兮无波，使江水兮安流[3]！望夫君兮未来，吹参差兮谁思[4]！驾飞龙兮北征，邅吾道兮洞庭[5]。薜荔柏兮蕙绸，荪桡兮兰旌[6]。望涔阳兮极浦，横大江兮扬灵[7]。扬灵兮未极，女婵媛兮为余太息[8]。横流涕兮潺湲，隐思君兮陫侧[9]。桂櫂兮兰枻，斲冰兮积雪[10]。采薜荔兮水中，搴芙蓉兮木末[11]。心不同兮媒劳，恩不甚兮轻绝[12]。石濑兮浅浅，飞龙兮翩翩[13]。交不忠兮怨长，期不信兮告余以不闲[14]。朝骋骛兮江皋，夕弭节兮北渚[15]。鸟次兮屋上，水周兮堂下[16]。捐余玦兮江中，遗余佩兮醴浦[17]。采芳洲兮杜若，将以遗兮下女[18]。时不可兮再得，聊逍遥兮容与[19]。

【注释】

[1] 君：指湘君。夷犹：即犹豫。蹇（jiǎn）：发语词。谁留：为谁而留。洲：水中陆地。

[2] 要眇（miǎo）：美好貌。宜修：恰到好处的修饰。沛：水大而急；这里形容桂舟行速很快。桂舟：桂木制成的船。

[3] 沅湘：沅水和湘水，都在湖南。无波：不起波浪。

[4] 夫（fú）：代词，那，指湘君。参差：高低不平状，指排箫，相传为舜所造。

[5] 飞龙：雕有龙形的船只。北征：北行。遭（zhān）：转弯，楚方言。洞庭：洞庭湖。

[6] 薜荔：蔓生灌木，一名木莲。柏（bó）：通"箔"，帘子。蕙：香草名。绸：借作"帱"，帐子。荪：香草名，一作荃，即石菖蒲。桡（ráo）：短桨。兰：兰草。旌：旗杆顶上的饰物。

[7] 涔（cén）阳：在涔水北岸，洞庭湖西北。极浦：遥远的水边。横：横渡。扬灵：显扬精诚；一说即扬舲，扬帆前进。

[8] 极：至，到达。女：侍女。婵媛（chán yuán）：眷念多情的样子。

[9] 横：横溢。潺湲（yuán）：缓慢流动的样子。陫侧（fěi cè）：即"悱恻"，内心悲痛。

[10] 櫂（zhào）：同"棹"，长桨。枻（yì）：短桨，一说船舵。斲（zhuó）：砍。

[11] 搴（qiān）：拔取。芙蓉：荷花。木末：树梢。这两句是缘木求鱼的意思，形容求爱的艰难。

[12] 媒：媒人。劳：徒劳。甚：深厚。轻绝：轻易断绝。

[13] 石濑（lài）：浅滩上的流水。浅（jiān）浅：水流湍急的样子。翩翩：飞快貌。

[14] 交：交往。期：相约。不闲：没有空闲。

[15] 鼂（zhāo）：同"朝"，早晨。骋骛（wù）：急行。皋：水旁高地。弭（mǐ）：停止。节：策，马鞭。渚：江中沙洲。

[16] 次：停宿。周：环绕。

[17] 捐：抛弃。玦（jué）：环形而有缺口的玉佩。遗：读作"坠"，丢下。佩：佩玉。
澧（lǐ）：澧水，在湖南，流入洞庭湖。

[18] 芳洲：水中的芳草地。杜若：香草名。遗（wèi）："馈"的假借字，赠予。
下女：地位卑下的女子。

[19] 聊：暂且。容与：舒缓貌。

九歌·东君

暾将出兮东方，照吾槛兮扶桑 [1]。抚余马兮安驱，夜皎皎兮既明 [2]。
驾龙辀兮乘雷，载云旗兮委蛇 [3]。长太息兮将上，心低徊兮顾怀 [4]。羌
声色兮娱人，观者憺兮忘归 [5]。緪瑟兮交鼓，箫钟兮瑶虡 [6]，鸣篪兮吹
竽，思灵保兮贤姱 [7]。翾飞兮翠曾，展诗兮会舞 [8]。应律兮合节，灵之
来兮蔽日 [9]。青云衣兮白霓裳，举长矢兮射天狼 [10]。操余弧兮反沦降，
援北斗兮酌桂浆 [11]。撰余辔兮高驼翔，杳冥冥兮以东行 [12]。

【注释】

[1] 暾（tūn）：初出的太阳。吾：祭者自称。槛：栏干。扶桑：东方神树，日栖其上。
[2] 皎皎：同"皓皓"，光明貌。
[3] 龙辀：以龙为车。辀（zhōu），本是车辕横木，泛指车。雷：以雷作车轮。委
蛇（yí）：即逶迤，舒卷蜿蜒的样子。
[4] 心低徊：依恋不舍。低徊，迟疑不进。顾怀：眷恋。顾，回头。
[5] 羌：发语词。声色：指东君的车声旗色。憺（dàn）：安然不动，此处有入迷之意。
[6] 緪（gēng）：绷紧弦线，指急促地弹奏。交鼓：指彼此鼓声交相应和。交，对
击。箫钟：用力撞钟。箫，当作"撞"，敲。瑶虡：指钟响而虡也起共鸣。瑶，
通"摇"，震动的意思。虡（jù），悬钟的架。
[7] 篪：同"篪"，古代竹制的吹奏乐器。思：发语词，带有赞叹语气。灵保：指
祭祀时扮的巫女。姱（hǔ）：美好。
[8] 翾飞：轻轻地飞扬。翾（xuán），鸟儿小飞的姿态。翠：翠鸟。曾：读作"翻"，
飞起。展诗：指演唱诗篇。会舞：指众巫合舞。
[9] 应律：指歌协音律。合节：指舞合节拍。灵：东君的随从神灵。蔽日：形容众多。

[10] 矢：箭，这里是星名。天狼：即天狼星，相传是主侵掠之兆的恶星。

[11] 弧：木制的弓，这里指弧矢星，位于天狼星的东南。反：同"返"，指返身西向。
沦降：降落。援：引。北斗：星名。桂浆：桂花酿的酒。

[12] 撰：抓住。驼（chí）：通"驰"。杳：幽深。冥冥：黑暗。东行：古人认为，
太阳白天西行，夜晚又要在大地背面赶往东方。行，音航。

九歌·山鬼

　　若有人兮山之阿，被薜荔兮带女罗[1]。既含睇兮又宜笑[2]，子慕予
兮善窈窕[3]。乘赤豹兮从文狸，辛夷车兮结桂旗[4]。被石兰兮带杜衡，
折芳馨兮遗所思：余处幽篁兮终不见天，路险难兮独后来[5]。表独立兮
山之上，云容容兮而在下。杳冥冥兮羌昼晦，东风飘兮神灵雨[6]。留灵
修兮憺忘归，岁既晏兮孰华予[7]。采三秀兮于山间，石磊磊兮葛蔓蔓[8]。
怨公子兮怅忘归[9]，君思我兮不得闲。山中人兮芳杜若，饮石泉兮荫松柏。
君思我兮然疑作[10]。雷填填兮雨冥冥，猿啾啾兮又夜鸣。风飒飒兮木
萧萧，思公子兮徒离忧。[11]

【注释】

[1] 若：发语词。山之阿（ē）：山隈，山的弯曲处。阿，曲隅处。被（pī）：通"披"。
带：腰带，此作动词用。薜荔：木莲。女萝：又名菟丝，蔓生植物。

[2] 含睇（dì）：含情微盼。睇，微盼，楚方言。宜笑：笑得自然得体。

[3] 子慕予：温柔可爱。子，借作"慈"。慕，义同"慈"，爱。予，同"舒"。
善：善于。窈窕（yǎo tiǎo）：幽静美好的样子。

[4] 乘：驾车。赤豹：皮毛呈褐色的豹。从：跟从。文狸：毛色有花纹的狸。狸，狐
一类的兽。辛夷车：以辛夷木为车。结：编结。桂旗：以桂为旗。

[5] 石兰：即山兰，兰草的一种。带杜衡：指杜衡作车上的飘带。杜衡：俗名马蹄
香。遗（wèi）：赠。余：我。篁：竹。终：终日。后来：迟到。

[6] 表：独立突出之貌。容容：即"溶溶"，水或烟气流动之貌。杳冥冥：又幽深
又昏暗。羌：语助词，楚方言。昼晦：白天昏暗。神灵雨：雨神在降雨。

[7] 留灵修：为灵修而留。灵修，山鬼对意中人的尊称。憺（dàn）：安心，安然，
此有入迷之意。晏：晚。孰华予：谁能使我再像花一样鲜美。华，同"花"，

此作动词用。

[8] 三秀：芝草，一年开花结穗三次，故名，《山海经》称其"服之媚于人"。于山：即巫山。磊磊：众石貌。蔓蔓：蔓延貌。

[9] 公子：指意中人。

[10] 芳杜若：芬芳若杜若。然疑作：信疑交加。然，相信。作，起。"君思"句前可能脱去一句，当为"□□□兮□□□"句。

[11] 靁：同"雷"。填填：雷声。雨冥冥：因下雨而天色昏暗。猨：同"猿"。又：一作"狖"，黑色的长尾猿。徒：白白地。离：借作"罹"，遭受。

九歌·国殇 [1]

操吴戈兮被犀甲 [2]，车错毂兮短兵接 [3]。旌蔽日兮敌若云，矢交坠兮士争先 [4]。凌余阵兮躐余行 [5]，左骖殪兮右刃伤 [6]。霾两轮兮絷四马 [7]，援玉枹兮击鸣鼓 [8]。天时坠兮威灵怒，严杀尽兮弃原野 [9]。出不入兮往不反，平原忽兮路超远 [10]。带长剑兮挟秦弓，首身离兮心不惩 [11]。诚既勇兮又以武，终刚强兮不可凌 [12]。身既死兮神以灵，子魂魄兮为鬼雄 [13]。

【注释】

[1] 国殇：指为国捐躯的人。殇，指未成年而死，也指在外而死者。

[2] 吴戈：吴国制造的戈，泛指锋利的武器。戈：一种尖端有钩的长武器，《说文》称"平头戟"。被（pī）：通"披"，穿着。犀甲：犀牛皮制作的铠甲，特别坚硬。

[3] 错：交错。毂（gǔ）：轮轴，这里指代整个车轮。短兵接：指近战。短兵，短武器。

[4] 矢交坠：两军相射的箭碰落地上。

[5] 凌：侵犯。躐（liè）：践踏。行：行列。

[6] 骖（cān）：古代一车驾四马，中间的两匹称服，外边的两匹称骖。殪（yì）：死。

[7] 霾（mái）：通"埋"。絷（zhí）：绊。激战将败时埋轮缚马，表示坚守不退，此即孙子"方马埋轮"战术。

[8] 援：拿。枹（fú）：同"桴"，鼓槌。鸣鼓：很响亮的鼓。

[9] 天时：指上天。坠：一作"怼"，怨恨。威灵：威严的神灵。严杀：严酷的厮

杀。尽：皆，全都。

[10] 反：通"返"。忽：渺茫，不分明。超远：遥远无尽头。

[11] 秦弓：秦国制造的弓，这里指良弓。首身离：身首异处。惩：戒惧，悔恨。

[12] 诚：诚然，确实。以：且，连词。勇：指精神的英勇。武：指富有武力。终：到头。凌：侵犯。

[13] 神：指精神。灵：显赫。魂魄：魄，人阴神也；魂，人阳神也。鬼雄：鬼中的豪杰。

【阅读指要】

《九歌》是《东皇太一》、《东君》、《云中君》、《湘君》、《湘夫人》、《大司命》、《少司命》、《河伯》、《山鬼》、《国殇》、《礼魂》11篇诗歌的总称，"九"不指具体篇数，有学者认为是泛表多数，亦有认为"九"借作"纠"，或读为"鬼"等等，至今尚无定论。组诗《九歌》是屈原被放后深入沅、湘一带，根据楚地民间神话，利用民间祭歌的形式，经加工、润色、提高而写成的一组风格清新优美、体制独特的抒情诗，是南方民俗的生动展现，也隐含着作者的情感寄托。《楚辞章句》王逸序："《九歌》者，屈原之所作也。昔楚国南郢之邑，沅、湘之间，其俗信鬼而好祠。其祠，必作歌乐鼓舞以乐诸神。屈原放逐，窜伏其域，怀忧苦毒，愁思沸郁。出见俗人祭祀之礼，歌舞之乐，其词鄙陋。因为作《九歌》之曲，上陈事神之敬，下见己之冤结，托之以风谏。故其文意不同，章句杂错，而广异义焉。"

《九歌》与屈原其他作品的幽愤风格不同，写得清新凄艳，幽渺情深，具有缠绵哀婉的风格。从《九歌》的内容和形式看，可谓已具雏形的赛神歌舞剧。

《湘君》。湘君和湘夫人都是湘水之神，是一对配偶神。一说湘君即巡视南方时死于苍梧的舜，湘夫人为尧二女娥皇、女英。将舜及二妃跟湘君、湘夫人连在一起，其说始于秦汉时期。或谓湘君是娥皇，以其为正妃，故称君；湘夫人是女英。《湘君》和《湘夫人》都是别有荆楚风味的爱情经典名篇。二篇是姊妹篇，都写久待对方不来而产生的思慕哀怨的心情，以"北渚"这一地点为连接的纽带。

《东君》。东君就是太阳神。屈原用酣畅淋漓的笔墨和非凡的想象力，刻画了威武神勇的太阳神的形象。

《山鬼》。山鬼即山中女神，或说就是楚襄王所梦的巫山神女。女神具有一种纯真而执着的情怀，等待公子不来，最终忧伤而归。此诗将环境描写与女神感情变化的心理历程紧密融合。该诗的心理活动刻画是细致而深微的，层层深入地展示了女神喜悦—惆怅—怨愤的心灵波动，缠绵悱恻，读之动容。

《国殇》。本篇哀悼为国阵亡的将士，是《九歌》里风格独特的祭诗。热烈高亢地歌颂了他们的英雄气概和壮烈精神，具有崇高美。马其昶《屈赋微》："怀王怒而攻秦，大败于丹阳，斩甲士八万。乃悉国兵复袭秦，战于蓝田，又大败。兹祀国殇，且祝其魂魄为鬼雄，亦欲其助却秦军也。"此诗作于丹阳之战或蓝田之战后，为楚人之哀歌和挽歌。

天问（节选）

曰：遂古之初，谁传道之[1]？上下未形，何由考之[2]？

冥昭瞢暗，谁能极之[3]？冯翼惟象，何以识之[4]？

明明暗暗，惟时何为[5]？阴阳三合，何本何化[6]？

圜则九重，孰营度之[7]？惟兹何功？孰初作之[8]？

斡维焉系？天极焉加[9]？八柱何当？东南何亏[10]？

九天之际，安放安属[11]？隅隈多有，谁知其数[12]？

天何所沓？十二焉分[13]？日月安属？列星安陈[14]？

出自汤谷，次于蒙汜[15]。自明及晦，所行几里？

夜光何德，死则又育[16]？厥利维何，而顾菟在腹[17]？

女岐无合，夫焉取九子[18]？伯强何处？惠气安在[19]？

何阖而晦？何开而明？角宿未旦，曜灵安藏[20]？

【注释】

[1] 遂：通"邃"，远。传道：传说。

[2] 上下：指天地。

[3] 冥昭：指昼夜。瞢（méng）暗：极其昏暗不明之貌。极：穷究。

[4] 冯（píng）翼：大气运动的状态。惟：语助词。象：只可想象得之，而无实形可见，古代形、象有别，形实象虚。识：辨认。

[5] 惟：发语词。时：通"是"，这。

[6] 三合：参错相合。三，通"参"，渗合，指阴、阳、天。化：化生。

[7] 圜（yuán）：同"圆"，指天。则：语助词。营：通"萦"，环绕。度：计量。

[8] 兹：此。何：赞叹词。功：事。

[9] 斡（guǎn）：指构成北斗斗柄的三颗星，谓转轴也。维：斗柄后面的三颗星，
　　如绳系斗柄于天极。天极：星名，构成天顶。加：读作"架"，安放。

[10] 八柱：古说有八山擎天。当：承。亏：缺损。

[11] 九天：指天的中央和八方。际：边界。放：依。属（zhǔ）：连接。

[12] 隅：角落。隈（wēi）：弯曲处。

[13] 沓（tà）：会合，指天地相合。十二：十二辰，古天文学家把天划分为十二区，
　　每区都有星宿做标记。

[14] 属：附着。陈：陈列。

[15] 汤谷：即"旸谷"。次：停宿。蒙汜（sì）：蒙水边，神话中日没处。汜，水边。

[16] 明：天亮。晦：夜晚。夜光：月的别名。德：通"得"，得以。

[17] 厥：其，指"夜光"。顾菟（tù）：月中的兔名。菟，即"兔"。

[18] 女岐：或作"女歧"，神女，无夫而生九子。合：匹配。夫：发语词。取：得，
　　生。

[19] 伯强：亦名隅强、禺强，北方的一位风神。惠气：寒风。按：女岐和伯强也是星
　　名，女岐是尾星，伯强是箕星。

[20] 阖（hé）：关闭。角宿（xiù）：二十八宿之一，东方青龙的第一宿，由两颗
　　星组成，古代传说两颗星之间为天门。旦：明，指天亮。曜（yào）灵：太阳。

【阅读指要】

　　《天问》是楚辞中一首奇特的诗歌，是屈原在《离骚》之外所作的又一首长诗，
全由提问形式组篇，全诗共 374 句，1553 字。《楚辞章句》王逸序："屈原放逐，
忧心愁悴。彷徨山泽，经历陵陆。嗟号昊旻，仰天叹息。见楚有先王之庙及公卿
祠堂，图画天地山川神灵，琦玮僪佹，及古贤圣怪物行事。周流罢倦，休息其下，
仰见图画，因书其壁，何而问之，以渫愤懑，舒泻愁思。楚人哀惜屈原，因共论述，
故其文义不次序云尔。"

　　关于《天问》题义，向有不同解释。王逸《楚辞章句》："何不言问天？天
尊不可问，故曰天问。"屈复《楚辞新注》："《天问》者，仰天而问也。"所
谓"天问"就是列举历史和自然界一系列不可理解的现象，对天发问，探讨宇宙
万事万物变化发展的道理。诗中共提出了 172 个问题，有关于天地自然的，如天
地开辟，日月运行；也有关于神话传说的，如洪水、石林、灵蛇、黄熊；还有关
于历史人物的，从尧舜直到齐桓、晋文等等。全诗形式奇特，气魄宏伟，汇集了
人类早期丰富的思想文化资料。故鲁迅在《摩罗诗力说》中评价道："怀疑自遂

古之初，直至百物之琐末，放言无惮，为前人所不敢言。"

《天问》的奇特在于：它基本由四字句构成，间以少量的五言、六言、七言，与屈原的大部分作品不同；四句为一组，每组一韵，也有几少数两句一韵。全诗整齐而不呆板，参差错落，奇崛生动。

节选《天问》的第一部分，写的是对宇宙的追问。先写鸿蒙未开，再写建立天盖，最后写日月星宿，秩序井然。

九章·橘颂

后皇嘉树，橘徕服兮[1]。受命不迁，生南国兮[2]。深固难徙，更壹志兮[3]。绿叶素荣，纷其可喜兮。曾枝剡棘，圆果抟兮[4]。青黄杂糅，文章烂兮[5]。精色内白，类可任兮[6]。纷缊宜修，姱而不丑兮。嗟尔幼志，有以异兮[7]。独立不迁，岂不可喜兮？深固难徙，廓其无求兮。苏世独立，横而不流兮[8]。闭心自慎，不终失过兮。秉德无私，参天地兮[9]。愿岁并谢，与长友兮。淑离不淫，梗其有理兮[10]。年岁虽少，可师长兮。行比伯夷，置以为像兮[11]。

【注释】

[1] 后皇：对天地的尊称。后，后土。皇，皇天。徕：通"来"。服：习惯。

[2] 受命：受天地之命，即禀性、天性。

[3] 壹志：志向专一。壹，专一。

[4] 素荣：白花。曾枝：繁枝。曾，通"增"。剡（yǎn）棘：尖利的刺。抟（tuán）：通"团"，圆圆的。

[5] 文章：花纹色采。烂：光泽貌。

[6] 精色：鲜明的皮色。内白：内瓤清白净洁。类任道兮：就像抱着大道一样。类，象。任，抱。

[7] 纷缊（yùn）宜修：长得繁茂，修饰得体。姱（kuā）：美好。嗟：赞叹词。

[8] 廓：胸怀开阔。苏世独立：独立于世，保持清醒。苏，醒。横：横渡。流：水向下。

[9] 闭心：安静下来，戒惧警惕。失过：即"过失"。秉：持。私：偏阿，不公正。

[10] 愿岁并谢：誓同生死。岁，年，寿命。谢，死。淑：善。离：通"丽"。梗：正直。理：条理。

[11] 可师长：可以为人师表。象：榜样。

【阅读指要】

　　这是一首托物言志的咏物诗，借对橘树的赞美，歌颂了坚贞不移的美德，即诗人对自己理想和人格的表白。其写作时间，或谓早期模仿《诗三百》四言之作，或谓亦政治失败后的寄情之作，因所咏"受命不迁"、"深固难徙"的美德，同于《离骚》九死不悔之志（董楚平观点）。

九辩（节选）

宋　玉

　　悲哉秋之为气也！萧瑟兮草木摇落而变衰，憭栗兮若在远行，登山临水兮送将归，泬寥兮天高而气清，寂寥兮收潦而水清 [1]，憯凄增欷兮薄寒之中人，怆怳懭悢兮去故而就新，坎廪兮贫士失职而志不平，廓落兮羁旅而无友生 [2]。惆怅兮而私自怜。燕翩翩其辞归兮，蝉寂漠而无声。雁雍雍而南游兮，鹍鸡啁哳而悲鸣 [3]。独申旦而不寐兮，哀蟋蟀之宵征。时亹亹而过中兮，蹇淹留而无成 [4]。

　　悲忧穷戚兮独处廓，有美一人兮心不绎。去乡离家兮来远客，超逍遥兮今焉薄 [5]？专思君兮不可化，君不知兮可奈何！蓄怨兮积思，心烦憺兮忘食事。愿一见兮道余意，君之心兮与余异。车既驾兮朅而归，不得见兮心伤悲。倚结軨兮长太息，涕潺湲兮下霑轼 [6]。慷慨绝兮不得，中瞀乱兮迷惑。私自怜兮何极？心怦怦兮谅直 [7]。

　　皇天平分四时兮，窃独悲此廪秋。白露既下百草兮，奄离披此梧楸。去白日之昭昭兮，袭长夜之悠悠。离芳蔼之方壮兮，余萎约而悲愁 [8]。秋既先戒以白露兮，冬又申之以严霜。收恢台之孟夏兮，然欿傺而沉藏 [9]。叶菸邑而无色兮，枝烦挐而交横；颜淫溢而将罢兮，柯彷佛而萎黄 [10]；萷櫹椮之可哀兮，形销铄而瘀伤。惟其纷糅而将落兮，恨其失时而无当。揽骈辔而下节兮，聊逍遥以相佯 [11]。岁忽忽而遒尽兮，恐余寿之弗将。悼余生之不时兮，逢此世之俇攘。澹容与而独倚兮，蟋蟀鸣此西堂。心怵惕而震荡兮，何所忧之多方！卬明月而太息兮，步列星而极明 [12]。

窃悲夫蕙华之曾敷兮，纷旖旎乎都房。何曾华之无实兮，从风雨而飞扬。以为君独服此蕙兮，羌无以异于众芳[13]。闵奇思之不通兮，将去君而高翔。心闵怜之惨凄兮，愿一见而有明。重无怨而生离兮，中结轸而增伤。岂不郁陶而思君兮[14]？君之门以九重。猛犬狺狺而迎吠兮，关梁闭而不通。皇天淫溢而秋霖兮，后土何时而得漧！块独守此无泽兮，仰浮云而永叹[15]。

【注释】

[1] 摇落：动摇脱落。憭栗（liǎo lì）：凄凉。泬（xuè）寥：空旷寥廓。寂漻（liào）：即"寂寥"。潦：积水。

[2] 憯（cǎn）凄：同"惨凄"。欷：叹息。中：袭。怆怳（huǎng）懭悢（kuàng lǎng）：失意的样子。坎廪（lǐn）：坎坷不平。廪，同"壈"。廓落：空虚寂寞的样子。羁旅：滞留外乡。友生：友人。

[3] 雍雍：雁鸣声。鹍鸡：一种鸟，黄白色，似鹤。啁哳（zhāo zhā）：鸟鸣声繁细。

[4] 亹（wěi）亹：行进不停的样子。蹇（jiǎn）：发语词。淹留：滞留。

[5] 怿："怿"的假借，愉快。来远客：来作远客。薄：同"迫"，接近。

[6] 烦惔（dàn）：烦闷，忧愁。朅（qiè）：去。结軨（líng）：车厢，用木条构成，故称。潺湲（yuán）：流水声，此喻泪流不止。轼：车前横木。

[7] 忼（kāng）慨：同"慷慨"。瞀（mào）乱：心中烦乱。怦怦：忠诚的样子。

[8] 凓：同"凛"，寒冷。奄：忽。离披：枝叶分散低垂，萎而不振的样子。芳蔼：芳菲繁荣。萎约：枯萎衰败。

[9] 恢台：广大昌盛的样子。欿傺（kǎn chì）：《文选》作"坎傺"，谓草木繁盛的景象停止。

[10] 菸邑（yū yì）：黯淡的样子。烦挐（ná）：稀疏纷乱的样子。挐，同"拿"。淫滥：过甚。罢（pí）：同"疲"。

[11] 莦（shāo）：同"梢"，枝条。櫹槮（xiāo shēn）：枝叶光秃秃的样子。销铄：毁伤。纷糅：枯枝败草混杂。騑（fēi）：骖马，驾在车子两边的马。节：马鞭。相佯：犹言徜徉。

[12] 遒：迫近。将：长。伥（kuáng）攘：纷扰不安。容与：迟缓不前的样子。怵（chù）惕：惊惧。极明：到天亮。

[13] 敷：伸展，借指花朵开放。旖旎：此为花朵繁盛的样子。都房：北堂。曾："层"

的假借。服：佩戴。羌：发语词。

[14] 闵：同"悯"。有明：即自我表白。结轸（zhěn）：愁思郁结。郁陶：忧思深重。

[15] 狺（yín）狺：狗叫声。梁：桥。淫溢：雨不止的样子。后土：大地，古人常以"后土"与"皇天"对称。块：块然，孤独的样子。无：通"芜"。泽：沼泽。

【阅读指要】

《九辩》，王逸定为宋玉作。《九辩》是宋玉的代表作，共255句。《楚辞章句》王逸序："《九辩》者，楚大夫宋玉之所作也。辩者，变也，谓陈道德以变说君也。九者，阳之数，道之纲纪也。故天有九星，以正机衡；地有九州，以成万邦；人有九窍，以通精明。屈原怀忠贞之性，而被谗邪，伤君暗蔽，将危亡，乃援天地之数，列人形之要，而作《九歌》、《九章》之颂，以讽谏怀王。明己所言，与天地合度，可履而行也。宋玉者，屈原弟子也。闵惜其师，忠而放逐，故作《九辩》以述其志。至于汉兴，刘向、王褒之徒，咸悲其文，依而作词，故号为"楚词"。亦采其九以立义焉。"《九辩》原是古曲之名。《九辩》的内容主旨，王逸认为是"闵师"之作，是同情老师屈原遭遇所写，"闵惜其师忠而放逐，故作《九辩》以述其志"。对此，现今的研究者大抵持怀疑态度。全诗将个人身世之悲和对国家命运的关怀联系在一起，具有悲愤深沉的风格特征。

《九辩》有模仿屈原的痕迹，但有所创新，尤善于写景抒情，对秋景的描绘和情感的抒发完美地结合在一起，为后世树立了"悲秋"的主题。朱自清《经典常谈》说宋玉"是第一个描写'悲秋'的人"。

宋玉生平，史载不详，大致晚于屈原，与唐勒、景差同时，在文学创作上师承屈原，被视为屈原弟子。出身寒门素族，曾靠朋友引荐做过楚王文学侍臣，凭着超群才华和犀利言谈，一度博得楚王赏识，经常陪楚王游历。后因官场险恶，被谗遭黜失职，从此落魄潦倒。司马迁称他"好辞而以赋见称"。《汉书·艺文志》著录宋玉赋十六篇，但未著篇目。

【思考题】

1. 研读《越人歌》，可作综述，了解最新的研究进展。

2. 讨论楚辞产生的社会文化背景。

3. 你怎样理解《离骚》的主题、思想内容和艺术成就？

4. 《九歌》的思想意义及艺术特色。

5. 屈原与庄子在浪漫主义上的异同。

6. 宋玉及其《九辩》的思想内容和艺术成就。

7. 屈原在文学史上的崇高地位和巨大影响。

8. 试论由屈原开创的"香草美人"文学传统。

【阅读资料】

黄灵庚：《楚辞章句疏证》，北京：中华书局，2007年。

马茂元选注：《楚辞选》，北京：人民文学出版社，1958年。

蒋骥注：《山带阁注楚辞》，上海：上海古籍出版社，1984年。

闻一多：《楚辞编》，《闻一多全集》第5卷，武汉：湖北人民出版社，1993年。

金开诚等校注：《屈原集校注》，北京：中华书局，1996年。

游国恩主编：《楚辞注疏长编》，北京：中华书局，1982年。

马茂元主编：《楚辞评论资料选》，武汉：湖北人民出版社，1985年。

赵逵夫：《屈骚探幽》，成都：巴蜀书社，2004年。

杨义：《楚辞诗学》，北京：人民文学出版社，1998年。

第二编 秦汉文学

一、秦及两汉散文（政论散文等）

吕氏春秋·察今

选自许维遹《吕氏春秋集释》。

上胡不法先王之法，非不贤也，为其不可得而法。先王之法，经乎上世而来者也，人或益之，人或损之，胡可得而法？虽人弗损益，犹若不可得而法。东、夏之命[1]，古今之法，言异而典殊，故古之命多不通乎今之言者，今之法多不合乎古之法者。殊俗之民，有似于此。其所为欲同，其所为欲异。口惛之命不愉[2]，若舟、车、衣、冠、滋味、声、色之不同，人以自是，反以相诽。天下之学者多辩，言利辞倒，不求其实，务以相毁，以胜为故[3]。先王之法，胡可得而法？虽可得，犹若不可法。凡先王之法，有要于时也[4]，时不与法俱至。法虽今而至，犹若不可法。故择先王之成法[5]，而法其所以为法。先王之所以为法者何也？先王之所以为法者人也。而已亦人也，故察已则可以知人，察今则可以知古，古今一也，人与我同耳。有道之士，贵以近知远，以今知古，以益所见[6]，知所不见。故审堂下之阴[7]，而知日月之行、阴阳之变；见瓶水之冰，而知天下之寒、鱼鳖之藏也；尝一脔肉，而知一镬之味、一鼎之调[8]。

荆人欲袭宋，使人先表澭水[9]。澭水暴益，荆人弗知，循表而夜涉，溺死者千有余人，军惊而坏都舍。向其先表之时可导也[10]，今水已变而益多矣，荆人尚犹循表而导之，此其所以败也。今世之主，法先王之法也，有似于此。其时已与先王之法亏矣[11]，而曰"此先王之法也"而法之以为治，岂不悲哉？故治国无法则乱，守法而弗变则悖，悖乱不可以持国。世易时移，变法宜矣。譬之若良医，病万变，药亦万变。病变而药不变，向之寿民，今为殇子矣[12]。故凡举事必循法以动，变法者因时而化。若此论则无过务矣[13]。夫不敢议法者，众庶也；以死守者[14]，有司也；因时变法者，贤主也。是故有天下七十一圣[15]，其法皆不同，非务相反也，时势异也。故日良剑期乎断，不期乎镆铘；良马期乎千里，不期乎骥骜[16]。夫成功名者，此先王之千里也。楚人有涉江者，其剑自舟中坠于水，遽契其舟曰[17]："是吾剑之所从坠。"舟止，从其所契者入水求之。舟已行矣，而剑不行，求剑若此，不亦惑乎？以此故法为其国与此同。时已徙矣，而法不徙，以此故法为其国与此同。时已徙矣，而法不徙，以此为治，岂不难哉？有过于江上者，见人方引婴儿而欲投之入江中，婴儿啼，人问其故，曰："此其父善游。"其父虽善游，其子岂遽善游哉？此任物亦必悖矣[18]。荆国之为政，有似于此。

【注释】

[1] 东、夏：犹言夷、夏，指东夷、华夏。命：名，言。

[2] 口：口音。口惽之命：即方音。惽，读若脗（wěn），同"吻"。愉：不相晓谕。

[3] 故：事。

[4] 要：合。

[5] 择：通"释"，放弃，丢开。

[6] "益"：衍文。

[7] 阴：日月的影子。

[8] 脔（luán）：通"脔"，切成的肉块。镬（huò）：无足的鼎，古代煮肉的器具。

[9] 表：做标记。滍水：古水名，在河南境内，河道今已不存。

[10] 向：从前。

[11] 亏：通"诡"，异、不同。

[12] 寿民：长寿的人。殇子：未成年就夭折的孩子。

[13] 过务：错事。

[14] 以死守者："守"下当脱一"法"字。

[15] 有天下：当作"有天下者"。

[16] 期：求。镆铘（mò yé）：又作"莫邪"，宝剑名，传说是干将所铸造的。骥骜：二者都是千里马。

[17] 遽：马上，忽然。契：刻。

[18] 此：前脱一"以"字。任物：对待事物。

【阅读指要】

　　吕不韦，濮阳人，阳翟（今河南禹县）富商，家累千金。秦庄襄王时为丞相，封为文信侯；秦王政即位后，尊为相国，号称仲父。吕不韦为了适应秦统一天下的形势，出于巩固和发展吕氏利益的目的，召门下数千宾客，人人著其所闻，最后合编为十二纪、八览、六论，共二十六卷，凡一百六十篇，"以备天地万物古今之事，号为《吕氏春秋》"。因为书中有《八览》，后人也称这部书为《吕览》。

　　《吕氏春秋》一书的思想内容以道家、儒家为主，兼采墨家、法家、名家、阴阳家、农家、兵家的学说，其中既有各家的精华，也有各家的糟粕。《汉书·艺文志》将其列为杂家著作。该书保存了大量先秦诸子的资料，此外还有不少古史旧闻、古籍佚文等。最早为《吕氏春秋》作注的是东汉高诱，较为通行的是清毕沅辑校的经训堂本，近人许维遹据七十九家校注所作《吕氏春秋集释》是目前较好的本子。

　　本篇强调因时变法的重要性，说明古今时世不同，制定法令，应明察当前的形势，不应死守故法。

谏逐客书

李　斯

　　选自《史记·李斯列传》。

　　臣闻吏议逐客，窃以为过矣[1]。昔穆公求士，西取由余于戎，东得百里奚于宛[2]，迎蹇叔于宋[3]，来丕豹、公孙支于晋[4]。此五子者，不产于秦，而穆公用之，并国二十，遂霸西戎[5]。孝公用商鞅之法，移风易俗，民以殷盛[6]，国以富强，百姓乐用，诸侯亲服，获楚、魏之师，举地千里，至今治强[7]。惠王用张仪之计，拔三川之地[8]，西并巴、蜀，北收上郡，南取汉中，包九夷[9]，制鄢、郢[10]，东据成皋之险[11]，割膏腴之壤，遂散六国之众[12]，使之西面事秦，功施到今[13]。昭王得范雎，废穰侯，逐华阳[14]，强公室，杜私门，蚕食诸侯，使秦成帝业。此四君者，皆以客之功。由此观之，客何负于秦哉？向使四君却客而不内[15]，疏士而不用，是使国无富利之实，而秦无强大之名也。

今陛下致昆山之玉[16]，有随和之宝，垂明月之珠，服太阿之剑，乘纤离之马，建翠凤之旗，树灵鼍之鼓[17]。此数宝者，秦不生一焉，而陛下说之[18]，何也？必秦国之所生然后可，则是夜光之璧，不饰朝廷；犀、象之器[19]，不为玩好；郑、卫之女，不充后宫；而骏良駃騠，不实外厩[20]；江南金锡不为用，西蜀丹青不为采[21]。所以饰后宫、充下陈、娱心意、说耳目者[22]，必出于秦然后可，则是宛珠之簪、傅玑之珥、阿缟之衣、锦绣之饰，不进于前[23]；而随俗雅化、佳冶窈窕赵女，不立于侧也[24]。夫击瓮叩缶，弹筝搏髀，而歌呼呜呜，快耳目者，真秦之声也[25]。郑、卫、桑间，昭、虞、武、象者，异国之乐也。今弃击瓮叩缶而就郑、卫，退弹筝而取昭、虞，若是者何也[26]？快意当前，适观而已矣。今取人则不然，不问可否，不论曲直，非秦者去，为客者逐。然则是所重者，在乎色乐珠玉；而所轻者，在乎人民也。此非所以跨海内、制诸侯之术也。

臣闻地广者粟多，国大者人众，兵强则士勇。是以太山不让土壤，故能成其大；河海不择细流，故能就其深；王者不却众庶，故能明其德[27]。是以地无四方，民无异国，四时充美，鬼神降福，此五帝、三王之所以无敌也。今乃弃黔首以资敌国[28]，却宾客以业诸侯，使天下之士，退而不敢西问，裹足不入秦，此所谓借寇兵而赍盗粮者也[29]。

夫物不产于秦，可宝者多；士不产于秦，而愿忠者众。今逐客以资敌国，损民以益仇，内自虚而外树怨于诸侯，求国无危，不可得也。[30]

【注释】

[1] 窃：私下，自谦之词。

[2] 由余：亦作"繇余"，晋人后裔，在西戎任职，秦穆公用计迫其归秦。戎：指秦国西北部的西戎，活动范围约在今陕西西南、甘肃东部、宁夏南部一带。百里奚：原为虞国大夫，晋灭虞被俘，后逃亡到宛，被楚人所执，秦穆公用五张黑公羊皮赎出，用上大夫，故称"五羖大夫"。宛（yuān）：楚国邑名，在今河南南阳市。

[3] 蹇（jiǎn）叔：百里奚的好友，经百里奚推荐，秦穆公把他从宋国请来，委任为上大夫。

[4] 求：一说作"来"。邳豹：晋国大夫邳郑被晋惠公杀死后，其子邳豹投奔秦国，秦穆公任为大夫。公孙支："支"或作"枝"，字子桑，秦人，曾游晋，后返秦任大夫。

[5] 二十：当是约数。并：吞并。

[6] 殷：多，众多。

[7] 获：俘获。举地：扩地。疆：今"强"字。

[8] 拔三川之地：黄河、雒水、伊水之间的地，在今河南西北部黄河以南的洛水、伊水流域，韩宣王在此设三川郡，后为秦所取，此句以下诸事，均为张仪之计。

[9] 上郡：郡名，原为楚地，今陕西榆林。汉中：郡名，今陕西汉中。包：并吞。九夷：此指楚国境内西北部的少数部族。

[10] 鄢（yān）：楚国别都，在今湖北宜城县东南。郢（yǐng）：楚国都城，在今湖北江陵市西北纪南城。

[11] 成皋：一名虎牢，著名的军事要塞，在今河南荥阳县汜水镇。

[12] 从：通"纵"。

[13] 西面：向西。事：侍奉。施（yì）：蔓延，延续。

[14] 范雎（jū）：一作"范且"（？—前255），亦称范叔，魏人，入秦后改名张禄，受到秦昭王信任，为秦相，封于应（今河南宝丰县西南），亦称应侯。穰（ráng）侯：姓魏名冉，秦昭王母宣太后的异父弟，为秦相，封穰侯。华阳：宣太后的同父弟，封华阳君。二人恃宣太后之重而专权，昭王用范雎之计，赶走了此二人。

[15] 向使：假使，倘若。内：同"纳"，接纳。

[16] 致：求得，收罗。昆山之玉：昆仑山北麓之和阗，多产美玉。

[17] 随和之宝：即所谓"随侯珠"和"和氏璧"，传说中春秋时随侯所得的夜明珠和楚人卞和来得的美玉。明月之珠：即夜光珠。太阿（ē）：亦称"泰阿"，宝剑名，相传为春秋著名工匠欧冶子、干将所铸。纤离：骏马名。翠凤之旗：用翠凤羽毛作为装饰的旗帜。鼍（tuó）：亦称扬子鳄，俗称猪婆龙，皮可蒙鼓。

[18] 说：通"悦"，喜悦，喜爱。

[19] 犀象之器：用犀牛角和象牙制成的器具。

[20] 駃騠（jué tí）：骏马名。外厩（jiù）：宫外的马棚。

[21] 江南：长江以南地区，此指长江以南的楚地。西蜀丹青：蜀地素以出产丹青矿石出名。丹，丹砂，可以制成红色颜料。青，可以制成青黑色颜料。采：彩色，彩绘。

[22] 下陈：殿堂下陈放礼器、站立僮从的地方。

[23] 宛珠：宛地（今河南南阳市）的珠。傅：附着，镶嵌。玑：不圆的珠子，此泛指珠子。珥（ěr）：耳饰。阿缟：齐国东阿（今山东东阿）所产的缟。缟（gǎo），未经染色的绢。

[24] 随俗雅化：随着流行的样式打扮自己。冶：美。窈窕（yǎo tiǎo）：美好貌。

[25] 瓮（wèng）：盛水的瓦器。缶（fǒu）：一种口小腹大的陶器。秦人将瓮、缶作为打击乐器。搏：击打，拍打。髀（bì）：大腿。

[26] 郑、卫：指郑国和卫国故地的音乐。桑间：在卫国濮水之滨（今河南濮阳南），有男女聚会唱歌的风俗，此指桑间的音乐，即"桑间濮上之音"。昭：原作"韶"，歌颂虞舜的舞乐。虞：又作"护"，当为歌颂商汤的舞乐。武：歌颂周武王的舞乐。象，歌颂周文王的舞乐。

[27] 太山：即泰山。让：辞让，拒绝。择：舍弃，抛弃。细流：小水。却：推却，拒绝。

[28] 黔首：泛指百姓，无爵平民不能服冠，只能以黑巾裹头，故称，秦始皇统一六国后正式称百姓为黔首。资：资助，供给。

[29] 业：从业，从事，侍奉。借寇兵而赍盗粮者：把武器粮食供给寇盗。赍（jī），送，送给。

[30] 益：增益，增多。外树怨于诸侯：指宾客被驱逐出外必投奔其他诸侯，从而构树新怨。

【阅读指要】

《谏逐客书》是秦相李斯的代表作。鲁迅说："秦之文章，李斯一人而已。"李斯（？—前208），秦代政治家，楚国上蔡（今河南上蔡西南）人。年轻时曾为郡小吏，后从荀卿学帝王之术。学成后货与帝王家，于战国末（前247）入秦，初为秦丞相吕不韦舍人，再为郎，后被秦王政任为客卿。他曾上书劝说秦始皇灭诸侯，成一统，受到赏识，拜为长史。秦王政十年（前237），秦宗室大臣要求驱逐六国客卿，他也在被驱逐之列。他为此上《谏逐客书》，说服秦王政放弃了逐客的打算；由此得到进一步信任，官复原职，后升为廷尉。始皇统一六国后，任丞相。他力主废分封，立郡县，提议焚《诗》、《书》，禁私学，主张以法为教，以吏为师，均被采纳。他还以小篆为标准统一文字。秦始皇死，他追随赵高，迫令秦始皇长子扶苏自杀，立少子胡亥为二世皇帝。后为赵高诬陷，被腰斩于市。著有《谏逐客书》和《仓颉篇》（今佚，有辑本）。

这是李斯于秦王十年（前237）任客卿时写给秦王嬴政的一篇奏议书。该文主题鲜明，论证充分，说理透彻严密，气势酣畅淋漓。全文紧紧围绕"臣闻吏议逐客，窃以为过矣"的论点，摆事实，讲道理，从正反两方面展开论述，且往往详于正面论述，略于反面推理。全文气势奔放，极富文采。文中多用夸饰、排比、对偶等手法，多用华美的辞藻进行铺陈，文气充畅而音调和谐，极富逻辑感和说服力，颇有战国纵横说辞之风。

此文一直颇受后人推重，成为后世奏疏的楷模。清代李兆洛视之为"骈体初祖"，并收入《骈体文抄》一书。

其笔法也为后世模仿，但无人可达李斯此文的境界。清姚范《援鹑堂笔记》："柳州《石钟乳书》从李斯《逐客书》来，前后气韵短促，深雄高厚，去之甚远。即如中段设彩奇丽处，李则随意挥斥，不露圭角，而葩艳陆离；柳则似有意搜用怪奇，费气力模拟，而筋骨呈露。"钱锺书《管锥编》："日本斋藤谦称此篇'以二"今"字、二"必"字、一"夫"字，斡旋三段，意不觉重复，后柳子厚论钟乳、王锡爵论南人不可为相，盖模仿之，终不能得其奇也。'……斋藤论文，每中肯綮。"

贾谊二篇

过秦论下

选自《史记·秦始皇本纪第六》。

秦并兼诸侯山东三十余郡 [1]，缮津关，据险塞，修甲兵而守之 [2]。然陈涉以戍卒散乱之众数百，奋臂大呼，不用弓戟之兵，锄櫌白梃 [3]，望屋而食 [4]，横行天下。秦人阻险不守，关梁不阖，长戟不刺，强弩不射 [5]。楚师深入，战于鸿门 [6]，曾无藩篱之艰．于是山东大扰，诸侯并起，豪俊相立。秦使章邯将而东征，章邯因以三军之众要市于外，以谋其上。群臣之不信 [7]，可见于此矣。子婴立，遂不寤 [8]。藉使子婴有庸主之材，仅得中佐，山东虽乱，秦之地可全而有，宗庙之祀未当绝也 [9]。

秦地被山带河以为固 [10]．四塞之国也 [10]．自缪公以来 [11]，至于秦王，二十余君，常为诸侯雄．岂世世贤哉？其势居然也．且天下尝同心并力而攻秦矣．当此之世，贤智并列，良将行其师，贤相通其谋，然困于阻险而不能进，秦乃延入战而为之开关，百万之徒逃北而遂坏．岂勇力智慧不足哉？形不利，势不便也．秦小邑并大城，[一] 守险塞而军，高垒毋战，闭关据厄[12]，荷戟而守之．诸侯起于匹夫，以利合，非有素王之行也[13]。其交未亲，其下未附，名为亡秦，其实利之也．彼见秦阻之难犯也，必退师．安土息民[14]，以待其敝，收弱扶罢，以令大国之君，不患不得意于海内．贵为天子，富有天下，而身为禽者，其救败非也[15]。

秦王足己不问[16]，遂过而不变．二世受之，因而不改，暴虐以重祸[17]。子婴孤立无亲，危弱无辅．三主惑而终身不悟，亡，不亦宜乎？当此时也，世非无深虑知化之士也，然所以不敢尽忠拂过者[18]，秦俗多忌讳之禁，忠言未卒于口而身为戮没矣。故使天下之士，倾耳而听，重足而立，钳口而不言[19]．是以三主失道，忠臣不敢谏，智士不敢谋，天下已乱，奸不上闻，岂不哀哉！

先王知雍蔽之伤国也，故置公卿大夫士，以饰法设刑[20]，而天下治．其强也，禁暴诛乱而天下服．其弱也，五伯征而诸侯从[21]。其削也，内守外附而社稷存．故秦之盛也，繁法严刑而天下振；及其衰也，百姓怨望而海内畔矣．故周王序得其道[22]，而千余岁不绝．秦本末并失，故不长久．由此观之，安危之统相去远矣[23]．野谚曰："前事之不忘，后事之师也"。是以君子为国[24]，观之上古，验之当世，参以人事，察盛衰之理，审权势之宜，去就有序[25]，变化有时，故旷日长久而社稷安矣．

【注释】

[1] 山东：指崤山函谷关以东，意即原来六国的土地。

[2] 缮（shàn）：修整。津关：渡口和关隘，指水陆要道。据：凭依。修：整治。甲兵：铠甲武器。

[3] 锄櫌（yōu）：除草整理田地的农具。櫌，锄头的木柄。白梃（tǐng）：没经过漆饰的木棒。

[4] 望屋而食：见有人家，就去吃饭，指没有军粮储备。

[5] 关梁：关口和桥梁。阖（hé）：关闭。

[6] 楚师：指陈胜起义军，陈胜起义后号为张楚，因此称为楚师。鸿门：即新丰鸿门坡，在今陕西临潼县东。

[7] 章邯：秦二世所任命之大将，后投降楚将项羽，于楚汉战争中兵败自杀而死。
　　要市：谋求自己的利益，指章邯投降项羽时跟项羽订立共破秦分王其地之契约。
　　要，同"徼"，求取。市，交易。不信：不忠实。

[8] 子婴：秦始皇长子扶苏的儿子，赵高杀胡亥后，于二世三年（前207）立他为秦王，
　　秦亡后投降刘邦，后为项羽所杀。寤：睡醒，指醒悟。遂：终，竟。

[9] 藉使：假使，假如。中佐：具有中等才能的辅佐人才。宗庙之祀：先祖的祭祀，
　　这里代指国家的政权。

[10] 四塞：四周均有天然险固关隘。

[11] 缪公：即秦穆公任好。缪，同"穆"。

[12] 阸：同"隘"，险要之地。

[13] 匹夫：百姓，没有爵位者。素王：有王者的德行而无王者的权位。

[14] 安：使……安。

[15] 罢：通"疲"，疲惫、疲困。禽：同"擒"，被俘获。

[16] 足己：自以为是。过：误。不问：不征询谏言。

[17] 二世：胡亥。因：依。重：加重。

[18] 知化：晓知变化之道。拂：弼。

[19] 重足而立：双脚并拢站立，不敢向前移动，形容非常恐惧的样子。

[20] 饰：假借为"饬"。

[21] 征：正也。

[22] 王序：王政之次序。王，去声。

[23] 统：根本。

[24] 野谚：俗语。君子：指人君。

[25] 权势：威权和情势。去就有序：取舍按客观规律行事。

　　【阅读指要】
　　贾谊（前200—前168），西汉政论家，文学家，洛阳人，世称贾生，少时
即以博学能文闻名郡中。汉文帝初，召为博士，掌文献典籍，年仅20多岁。不
久擢升为太中大夫，主持制定朝廷的法令规章。后为流言中伤，被谪为长沙王太
傅，"贾长沙"、"贾太傅"之名由此而来。渡湘江时，作赋吊屈原，以自喻其
政治上的失意。三年后被召回长安，任梁怀王太傅。其间多次上疏，陈述治安之
道，这些奏疏被后世史家称为《治安策》。文帝十一年（前169）梁怀王坠马而死，
贾谊因伤于悲泣自责，岁余死去，年仅33岁。贾谊的思想博采异说，而主乎儒家。

刘向评价他："言三代与秦治乱之意，其论甚美，通达国体。虽古之伊（尹）管（仲）未能远过也。"（《汉书·贾谊传赞》引）

毛泽东对天才贾谊，颇为欣赏，对他的早死，感慨不已。为作七绝《贾谊》："贾生才调世无伦，哭泣情怀吊屈文。梁王堕马寻常事，何用哀伤付一生。"七律《咏贾谊》："少年倜傥廊庙才，壮志未酬事堪哀。胸罗文章兵百万，胆照华国树千台。雄英无计倾圣主，高节终竟受疑猜。千古同惜长沙傅，空白汨罗步尘埃。"

据《汉书·艺文志》著录，贾谊之文有58篇，即现存的《新书》，另有赋7篇。今传《新语》十卷是后人纂辑的贾谊著作汇编而成。贾谊的文章有战国纵横家的风格，描写铺张，气势充沛；其辞赋则志在济世，多抒愤懑。文章均论辩饱满透彻，文笔犀利畅达，富于说服力和感染力。有《贾长沙集》，收入明代张溥编纂的《汉魏六朝百三家集》。近人刘师培有《新书斠补》2卷，《佚文辑补》1卷。其中《过秦论》是贾谊政论文的代表作，被鲁迅称为"西汉鸿文"。

《过秦论下》。《过秦论》分上、中、下三篇，是贾谊最著名的作品，深刻总结秦代兴亡的原因。"过秦论"，即论说秦朝的过失。"过"，用作动词，指责过失的意思。此篇进一步分析了秦灭亡的原因，通过对比秦王朝的治国之政和先王之政，总结出"君子为国"的基本原则，即"观之上古，验之当世，参之人事，察盛衰之理，审权势之宜，去就有序，变化因时"，其用意显然是为西汉政治提供借鉴，是谓"过秦讽汉"，排比铺陈，波澜起伏，笔法高妙。清吴楚材、吴调侯《古文观止》："过秦论者，论秦之过也。秦过只是末'仁义不施'一句便断尽，从前竟不说出。层次敲击，笔笔放松，正笔笔鞭紧，波澜层折、姿态横生，使读者有一唱三叹之致。"清章学诚《文史通义·答大儿贻选问》："排比之文，欲使顿挫抑扬，得诗人一唱三叹之意。如贾长沙过秦之论，有何等深刻之意，而文有赋心，气如河海，诵读一过，而过秦讽汉之意，溢于言外。"

陈政事疏（节选）

选自阎振益、钟夏《新书校注》。

臣窃惟事势可为痛惜者一，可为流涕者二，可为长大息者六，若其他倍理而伤道者，难遍以疏举[1]。进言者皆曰天下已安矣，臣独曰未安；或者曰天下已治矣，臣独曰未治。恐逆意触死罪，虽然，诚不安，诚不治，故不敢顾身，敢不昧死以闻[2]。夫曰天下安且治者，非至愚无知，固谀者耳，皆非事实知治乱之体者也[3]。夫抱火措之积薪之下而寝其上，火未及燃[4]，因谓之安，偷安者也。方今之势，何以异此？夫本末舛逆，首尾横决，国制抢攘，非有纪也[5]，胡可谓治？陛下何不一命臣得熟数之于前[6]，因陈治安之策，陛下试择焉。

射猎之娱与安危之机孰急也？臣闻之，自禹已下五百岁而汤起，自汤已下五百余年而武王起，故圣王之起，大以五百为纪[7]。自武王已下过五百岁矣，圣王不起，何怪矣？及秦始皇帝似是而卒非也，终于无状[8]。及今，天下集于陛下，臣观在知通，窃曰是以掺乱业握危势[9]。若今之贤也，明通以足，天纪又当，天宜，请陛下为之矣。然又未也者，又将谁须也[10]？使为治，劳知虑苦身体，乏驰骋钟鼓之乐，勿为可也，乐与今同耳。因加以常安，四望无患[11]，因诸侯附亲、轨道，致忠而信上耳。因上不疑其臣，无族罪[12]，兵革不动，民长保首领耳。因德穷至远，近者匈奴，远者四荒，苟人迹之所能及，皆乡风慕义[13]，乐为臣子耳。因天下富足，资财有余，人及十年之食耳。因民素朴，顺而乐从命耳。因官事甚约，狱讼盗贼可令尠有耳[14]。大数既得则天下治，海内之气清和，咸理，则万生遂茂。晏子曰[15]："唯以政顺乎神为可以益寿"。发子曰[16]："至治之极，父无死子，兄无死弟，途无襁褓之葬[17]，各以其顺终。"谷食之法，固百以足，则至尊之寿轻百年耳[18]。古者五帝皆逾百岁[19]，以此言信之。因生为明帝，没则为明神[20]，名誉之美，垂无穷耳。礼，祖有功，宗有德，始取天下为功，始治天下为德。因观成之庙为天下太宗[21]，承太祖，与天下汉长亡极[22]。尊卑贵贱，明若白黑，则天下之众不疑眩耳[23]。因经纪本于天地[24]，政法倚于四时，后世无变故，无易常，袭迹而长久耳[25]。

【注释】

[1] 惟：思。大息：即太息，长长地叹息。大，同"太"。疏举：逐一列举。

[2] 敢：岂敢。昧（mèi）死：冒死罪。昧，通"冒"。以闻：使闻知，禀告。

[3] 体：根本、关键。

[4] 措：措置。

[5] 舛（chuǎn）逆：背逆，背离。横决：惊乱无条理。抢攘：乱纷纷之貌。纪：条理。

[6] 熟数：详细地说出，一一述说。

[7] 纪：周期。

[8] 无状：没有功绩。

[9] 是：当为"足"之误。

[10] 须：等待。

[11] 四望：此指四周边境。

[12] 族罪：灭族之罪。

[13] 四荒：四面极边远之地。乡：同"向"，向往。

[14] 尠（xiǎn）有：少有。尠，同"鲜"。耳：相当于"矣"。

[15] 晏子：齐大夫晏婴，字平仲，春秋时著名政治家，后人辑其言行录成《晏子春秋》。

[16] 发子：未详，或谓即《列子·周穆王》之华子。

[17] 襁褓：包裹婴儿的背带布包，此指婴儿。

[18] 至尊：指皇上。

[19] 五帝：《史记·五帝本纪》以黄帝、颛顼、帝喾、唐尧、虞舜为五帝。

[20] 没：同"殁"，死。

[21] 观：当为"顾"之误，"顾成之庙"是汉文帝所建庙之名。

[22] 天下：此二字当为衍文。亡极：没有尽头。亡，通"无"。

[23] 疑眩：疑惑不知所措。

[24] 经纪：治国的纲纪，法度。

[25] 袭迹：因袭旧的制度，法规。

【阅读指要】

本篇又名《治安策》，首载《汉书·贾谊传》，《新书》作《数宁（事势）》，即陈述治国方略之意。

本篇主要阐述了对当时形势的基本看法，并提出了应对的措施，希望汉文帝能采纳，是贾谊系统地阐述治国主张的一篇长文。开篇以痛惜、流涕、长太息，警醒人目，可见其行文感情深厚，言辞激切。作者敏锐地觉察到安定的表面之下所潜伏的危机与隐患，驳斥了"天下已安已治"的观点，提出了一系列政治主张。此文被称为"万言书之祖"。

鲁迅比较了贾谊和晁错之文。《汉文学史纲要》："为文皆疏直激切，尽所欲言，司马迁亦云：'贾生晁错明申商。'惟谊尤有文采，而沉实则稍逊，如其《治安策》、《过秦论》，与晁错之《贤良对策》、《言兵事疏》、《守边劝农疏》，皆为西汉鸿文。沾溉后人，其泽甚远。"

《毛泽东书信选集》："《治安策》一文是西汉一代最好的政论，贾谊于南放归来著此，除论太子一节近于迂腐以外，全文切中当时事理，有一种颇好的气氛，值得一看。"

论贵粟疏

晁 错

选自《汉书·食货志第四上》。

圣王在上而民不冻饥者，非能耕而食之，织而衣之也，为开其资财之道也[1]。故尧、禹有九年之水，汤有七年之旱，而国亡捐瘠者[2]，以畜积多而备先具也。今海内为一，土地人民之众不避汤、禹[3]，加以亡天灾数年之水旱，而畜积未及者，何也？地有遗利[4]，民有余力，生谷之土未尽垦，山泽之利未尽出也，游食之民未尽归农也。民贫，则奸邪生。贫生于不足，不足生于不农，不农则不地著[5]，不地着则离乡轻家，民如鸟兽，虽有高城深池，严法重刑，犹不能禁也。

夫寒之于衣，不待轻暖；饥之于食，不待甘旨[6]；饥寒至身，不顾廉耻。人情，一日不再食则饥，终岁不制衣则寒。夫腹饥不得食，肤寒不得衣，虽慈父不能保其子[7]，君安能以有其民哉！明主知其然也，故务民于农桑，薄赋敛，广畜积，以实仓廪[8]，备水旱，故民可得而有也。

民者，在上所以牧之，趋利如水走下，四方亡择也[9]。夫珠玉金银，饥不可食，寒不可衣，然而众贵之者，以上用之故也[10]。其为物轻微易臧，在于把握，可以周海内而亡饥寒之患[11]。此令臣轻背其主，而民易去其乡，盗贼有所劝，亡逃者得轻资也[12]。粟米布帛生于地，长于时，聚于力[13]，非可一日成也；数石之重，中人弗胜[14]，不为奸邪所利，一日弗得而饥寒至。是故明君贵五谷而贱金玉。

今农夫五口之家，其服役者不下二人[15]，其能耕者不过百畮[16]，百畮之收不过百石。春耕、夏耘，秋获、冬藏，伐薪樵，治官府，给徭役；春不得避风尘，夏不得避暑热，秋不得避阴雨，冬不得避寒冻，四时之间亡日休息；又私自送往迎来，吊死问疾，养孤长幼在其中。勤苦如此，尚复被水旱之灾，急政暴虐，赋敛不时，朝令而暮改 [17]。当具有者半贾而卖，亡者取倍称之息，于是有卖田宅、鬻子孙以偿责者矣 [18]。而商贾大者积贮倍息，小者坐列贩卖，操其奇赢，日游都市，乘上之急，所卖必倍 [19]。故其男不耕耘，女不蚕织，衣必文采，食必粱肉；亡农夫之苦，有仟佰之得 [20]。因其富厚，交通王侯，为过吏势，以利相倾；千里游敖，冠盖相望，乘坚策肥，履丝曳缟 [21]。此商人所以兼并农人，农人所以流亡者也。

今法律贱商人，商人已富贵矣；尊农夫，农夫已贫贱矣。故俗之所贵，主之所贱也；吏之所卑，法之所尊也。上下相反，好恶乖迕 [22]，而欲国富法立，不可得也。方今之务，莫若使民务农而已矣。欲民务农，在于贵粟；贵粟之道，在于使民以粟为赏罚。今募天下入粟县官，得以拜爵 [23]，得以除罪。如此，富人有爵，农民有钱，粟有所渫 [24]。夫能入粟以受爵，皆有余者也；取于有余，以供上用，则贫民之赋可损，所谓损有余补不足 [25]，令出而民利者也。顺于民心，所补者三：一曰主用足，二曰民赋少，三曰劝农功 [26]。今令民有车骑马一匹者，复卒三人 [27]。车骑者，天下武备也，故为复卒。神农之教曰："有石城十仞，汤池百步，带甲百万，而亡粟，弗能守也。"以是观之，粟者，王者大用 [28]，政之本务。令民入粟受爵至五大夫以上 [29]，乃复一人耳，此其与骑马之功相去远矣。爵者，上之所擅 [30]，出于口而亡穷；粟者，民之所种，生于地而不乏。夫得高爵与免罪，人之所甚欲也。使天下人入粟于边，以受爵免罪，不过三岁，塞下之粟必多矣。

【注释】

[1] 食（sì）之：给他们吃，"食"作动词用。衣（yì）之：给他们穿，"衣"作动词用。道：途径。

[2] 亡：通"无"，下同。捐：抛弃。瘠：借用为胔（zī），饿死的腐尸。

[3] 不避：不让，不次于。

[4] 遗利：余力，引申为潜力。遗，未经开发的。

[5] 地著：定居一地，汉代后也叫"土著"。

[6] 轻暖：指狐貉之裘，丝绵之衣。甘：甜。旨：美。

[7] 保：养。

[8] 务民于农桑：使百姓尽力于种田养蚕。廪（lǐn）：米仓。

[9] 牧：养，引申为统治、管理。亡择：无择，不选择方向和处所。

[10] 贵：看重。以：因为。上：指人君。用：重用。

[11] 臧：同"藏"。在于把握：拿在手中。

[12] 轻：轻易。劝：鼓励。亡逃：犯法逃亡者。

[13] 力：当作"市"。

[14] 石：重量单位，汉制三十斤为钧，四钧为石。胜：担负。

[15] 不下：不少于。

[16] 晦：古"亩"字。

[17] 长（zhǎng）：养育。政：同"征"。虐：王念孙以为当作"赋"。改：王念
孙以为本作"得"。

[18] 贾：古"价"字。倍称（chèn）之息：加倍的利息。称，相等，相当。当具
有者半贾而卖，亡者取倍称之息：当他有这种东西时，官家却征收别的，不
得不半价而卖；当他缺乏此物时，官家却正要敛取，不得不借贷加倍的利息
购买以应征。鬻：卖。责：古"债"字。

[19] 商贾：行走曰商，坐肆曰贾。积贮倍息：囤积物资获得加倍利息。奇（jī）赢：
利润。奇，指余物。赢，指余利。

[20] 文采：有纹彩的彩绣。粱：好粟米。仟佰（qiān mò）之得：指田地的收获。
仟佰，阡陌，田间小路，此代田地。

[21] 敖：古"遨"字。乘坚策肥：乘坚车，策肥马。策，用鞭子赶马。履丝曳（yè）
缟（gǎo）：脚穿丝鞋，身披绸衣。曳，拖着。缟，丝织白绢。

[22] 俗之所贵：指商人。吏之所卑：指农夫。乖迕（wǔ）：相违背。

[23] 县官：汉代每以"县官"代称皇帝。爵：指无实职的秩位。

[24] 渫（xiè）：散出。

[25] 损：减。

[26] 功：事。

[27] 车骑马：指战马。复卒三人：免除服兵役者三人。

[28] 大用：最需要的东西。

[29] 五大夫：汉代的一种爵位，在侯以下二十级中属第九级，凡纳粟四千石，即
可封赐。

[30] 擅：专有。

此篇题目，是后人所加。《晁错传》："错复言守边备塞、劝农力本，当世急务二事。"将《晁错传》和《食货志》相关内容结合起来，即得"守边备塞、劝农力本"。

《论贵粟疏》是晁错继贾谊《论积贮疏》稍后写下的名作，是大约汉文帝十一年（前169）上给文帝的一封奏疏。主要阐述劝农贵粟的观点，提出重农抑商、入粟于官、拜爵除罪等一系列主张，目的是为汉文帝谋划长治久安之道。文章从正反两面论说了重农贵粟对于国家富强和人民安定的决定性意义。文章立论深刻，逻辑严密，说服力强。文风朴素无华，质实恳切，故多被后人所称道。总之，以《论贵粟疏》为代表的晁错散文，具有先秦法家的余风。

淮南子·览冥训（节选）

刘　安

选自刘文典《淮南鸿烈集解》。

昔者，师旷奏白雪之音，而神物为之下降，风雨暴至。平公癃病，晋国赤地[1]。庶女叫天，雷电下击，景公台陨，支体伤折，海水大出[2]。夫瞽师、庶女，位贱尚薁，权轻飞羽[3]，然而专精厉意，委务积神，上通九天，激厉至精[4]。由此观之，上天之诛也，虽在圹虚幽间，辽远隐匿，重袭石室，界障险阻，其无所逃之亦明矣[5]。

武王伐纣，渡于孟津，阳侯之波，逆流而击，疾风晦冥，人马不相见[6]。于是武王左操黄钺，右秉白旄，瞋目而撝之曰："余任天下，谁敢害吾意者！"于是，风济而波罢[7]。鲁阳公与韩构难，战酣日暮，援戈而撝之，日为之反三舍[8]。夫全性保真，不亏其身，遭急迫难，精通于天。若乃未始出其宗者，何为而不成！夫死生同域，不可胁陵，勇武一人，为三军雄[9]。彼直求名耳，而能自要者尚犹若此，又况夫宫天地，怀万物，而友造化，含至和，直偶于人形，观九钻一，知之所不知，而心未尝死者乎[10]！

昔雍门子以哭见于孟尝君，已而陈辞通意，抚心发声[11]。孟尝君为之增欷歍唈，流涕狼戾不可止。精神形于内，而外谕哀于人心，此不传之道[12]。使俗人不得其君形者而效其容，必为人笑。故蒲且子之连鸟于百仞之上，而詹何之鹜鱼于大渊之中，此皆得清净之道，太浩之和也[13]。

……

昔者黄帝治天下，而力牧、太山稽辅之[14]，以治日月之行律[15]，治阴阳之气，节四时之度，正律历之数，别男女，异雌雄，明上下，等贵贱，使强不掩弱，众不暴寡，人民保命而不夭，岁时孰而不凶[16]，百官正而无私，上下调而无尤，法令明而不暗，辅佐公而不阿，田者不侵畔，渔者不争隈[17]。道不拾遗，市不豫贾，城郭不关，邑无盗贼，鄙旅之人相让以财[18]，狗彘吐菽粟于路，而无忿争之心。于是日月精明，星辰不失其行，风雨时节，五谷登孰，虎狼不妄噬，鸷鸟不妄搏，凤皇翔于庭，麒麟游于郊，青龙进驾，飞黄伏皂[19]，诸北、儋耳之国，莫不献其贡职，然犹未及虑戏氏之道也[20]。

往古之时，四极废，九州裂，天不兼覆，地不周载，火爁炎而不灭，水浩洋而不息，猛兽食颛民[21]，鸷鸟攫老弱，于是女娲炼五色石以补苍天，断鳌足以立四极。杀黑龙以济冀州，积芦灰以止淫水[22]。苍天补，四极正，淫水涸，冀州平，狡虫死，颛民生。背方州，抱圆天，和春阳夏，杀秋约冬，枕方寝绳，阴阳之所壅沉不通者，窍理之[23]；逆气戾物，伤民厚积者，绝止之。当此之时，卧倨倨，兴眄眄[24]，一自以为马，一自以为牛[25]，其行蹎蹎，其视瞑瞑，侗然皆得其和，莫知所由生，浮游不知所求，魍魉不知所往[26]。当此之时，禽兽蝮蛇[27]，无不匿其爪牙，藏其螫毒，无有攫噬之心。考其功烈，上际九天，下契黄垆，名声被后世，光晖重万物[28]。乘雷车，服驾应龙，骖青虬，援绝瑞，席萝图，黄云络，前白螭，后奔蛇[29]，浮游消摇，道鬼神，登九天，朝帝于灵门，宓穆休于太祖之下[30]。然而不彰其功，不扬其声，隐真人之道，以从天地之固然。何则？道德上通，而智故消灭也[31]。

【注释】

[1] 师旷奏《白雪》之音：《韩非子·十过》载晋平公要师旷演奏之事，"师旷不得已，援琴而鼓"。师旷，春秋时晋国宫廷乐师。白雪，原注"太乙五十弦琴瑟乐名也"。神物为之下降：是说师旷"一奏之，有玄鹤二八道南方来，集于

郎门之垓；再奏之，而列；三奏之，延颈而鸣，舒翼而舞。音中宫商之声，声闻于天"。风雨暴至：这是说晋平公又要师旷奏"清角"乐曲，"一奏之，有玄云从西北方起；再奏之，大风至，大雨随之，裂帷幕，破俎豆，隳廊瓦，坐者散走"。平公癃病，晋国赤地：是说师旷演奏导致"神物下降"、"风雨暴至"，使"平公恐惧，伏于廊室之间，晋国大旱，赤地三年，平公之身遂癃病"。

[2] "庶女叫天……海水大出"：原注"庶贱之女，齐之寡妇、无子不嫁，事姑谨敬。姑无男有女，女利母财，令母嫁妇，妇益不肯。女杀母以诬寡妇，妇不能自明，冤结叫天，天为作雷电，下击景公之台（陨，坏也），毁景公之支体，海水为之大溢出也"。

[3] 瞽：眼瞎，古代以瞽者作乐师。枲：枲，尚枲即《周官》里说的"典枲"。《周礼·天官》又说"典枲掌布缌缕纻之麻草之物"，故又称"麻枲"，是一种管理麻草的小官。飞羽：飞扬的羽毛。

[4] 专精：精神专一。厉：磨砺。激厉至精：原注"以精诚感之"。

[5] 诛：惩罚。圹虚：旷野。袭：重。重袭：重叠。

[6] 武王伐纣：周武王讨伐殷纣王。孟津：古黄河渡口，在河南孟县西南。阳侯：原注"陵阳国侯也。其国近水。体水而死（溺水而死），其神能为大波，有所伤害，因谓之阳侯之波"。

[7] 黄钺：用黄金装饰的钺。白旄：用旄牛尾装在竿头的一种旗帜。瞋目：瞪大眼睛。扬："挥"的异体字。任：王念孙认为是"在"字之误。害：古字以"害"为"曷"，遏，止也。济：止。

[8] 鲁阳公：战国时楚平王之孙，被封为鲁阳公。构难：结仇交战。反：迫，倒退。舍：次宿，即指二十八星宿运行的区宿。三舍：一舍为十度，三舍为三十度。

[9] 出：偏离。宗：道。胁陵：胁迫欺凌。

[10] 自要：自我要求，指追求功名的那些人。宫天地：包裹天地自然。直偶于人形：原注"外直偶与人同形，而内有大道也"。偶：俞樾认为与"寓"通。九：泛指世事繁多。钻：钻研。心未尝死者：原注"谓心生与道同者也"。

[11] 雍门子：先秦齐国人，名周，住雍门，故名。《说苑·善说篇》记载雍门子以琴见孟尝君之事："雍门子周引琴而鼓之，徐动宫徵，微挥羽角。切终而成曲。孟尝君涕浪汗增欷而就之，曰：'先生之鼓琴，令文立若破国亡邑之人也。'"孟尝君：齐相田文，封于薛地。

[12] 增：指重复不停。欷：抽泣。歔唈：失声哭泣。狼戾：同"狼藉"，纵横的意思。形：形成。谕：表露，表明。不传之道：原注"言能以精神哀悲感伤人心，不可学而得之"。

[13] 蒲且子：楚人，善射。连：取，得。詹何：楚人，善钓。鹜鱼：原注"言其善钓，令鱼驰鹜来趋钩饵"。太浩之和：原注"得其精微，故曰太浩之和也"。

[14] 力牧、太山稽：相传为黄帝的大臣。

[15] 律：度。

[16] 人：刘家立认为是衍文。孰：熟，下文"孰"同此。不凶：无灾害。

[17] 畔：田界。隈：水流曲折幽深的地方，鱼群所聚。

[18] 豫贾：抬高物价。豫，伪，欺诈。贾，同"价"。鄙：边远。

[19] 青龙：传说中属神马一类的瑞祥动物。驾：皇帝的车乘。飞黄：神兽名。皂：枥，即马槽。

[20] 诸北：中原以北各夷族。儋耳：又作瞻耳国，南方之国，在今海南。贡职：贡品。虙（fú）戏氏：即伏羲氏。

[21] 爁（làn）焱：火势蔓延。洋：漾（yáo），水大的样子。颛（zhuān）：善。

[22] 鳌：大龟。黑龙：神话中的水精。济：救助。冀州：古九州之一，这里指四海之内。芦灰：芦苇灰。淫水：泛滥的洪水。

[23] 狡虫：毒蛇猛兽。背：背靠。阳：疑为'炀'，炽热、炙燥的意思。约：使敛藏。枕方寝绳：遵守自然规律来治理。方，矩尺。绳，准绳。窍：贯通。理：疏理。

[24] 倨倨：无所思虑的样子。眄眄：木然斜视貌；据王念孙说当作"盱（xū）盱"，无知貌。

[25] 一：或者。

[26] 蹎蹎（diān）：舒缓迟重貌。瞑瞑：昏暗不明。侗（tóng）然：幼稚无知的样子。浮游：随意闲荡。魍魉（wǎng liǎng）：即罔两，飘忽不定、无所依靠的样子。

[27] 蝮蛇：据王念孙说当作"虫蛇"。

[28] 功烈：功绩。契：合。黄垆：黄泉下的垆土。重：王念孙认为当作"熏"，熏炙。

[29] 服、骖：古代一车四马，居中两匹称服马，两旁叫骖马。应龙：传说中有翼的龙。龙、虬：有角为龙，无角为虬。援：执，持。绝瑞：当作"绝应"，殊绝的瑞应。席：以……为席。萝图：即"录图"。萝，应读为"箓"，也作"录"。络：笼罩、缭绕。螭：无角龙。奔蛇：腾蛇，一种会飞的神蛇。道：同"导"，引导。

[30] 宓（mì）：宁、安。穆：和。休：休息。太祖：道之太宗也。

[31] 彰、扬：皆明，均指标榜炫耀。隐：隐藏。固然：自然。智故：巧诈。

【阅读指要】

刘安（约前179—前122），西汉思想家，文学家。沛郡丰（今江苏丰县）人。

汉高祖之孙，淮南厉王长之子。文帝八年（前172）封为阜陵侯，后袭父爵进封淮南王。元狩元年（前122），以谋反事发自杀，受株连者数千人。刘安好读书鼓琴，善为文辞。他曾"招致宾客方术之士数千人"，集体编写《鸿烈》（亦称《淮南鸿烈》或《淮南子》），思想以黄老为中心，综合儒、法、阴阳等各家，《汉书·艺文志》将其列为杂家，注本有东汉高诱《淮南鸿烈解》。

《淮南子》具有较强的文学性，这主要表现在两个方面。一是多用神话、传说、历史、故事来说理，文风新奇瑰丽。《览冥训》一篇，就用了"师旷奏白雪之音"、"庶女叫天"、"武王伐纣"、"鲁阳挥戈止日"、"雍门子见孟尝君"、"黄帝治天下"、"女娲补天"、"羿请不死之药"等十几个神话、传说、历史、故事，来说明览观幽冥变化的道理。二是行文多铺叙张扬，语言重修饰整饬。文中排比、对偶句比比皆是，这显然是受了辞赋的影响。它与陆贾、贾谊等人的文章一样，对后世骈体文的产生起到催化作用。

举贤良对策一（节选）

董仲舒

节选自《汉书·董仲舒传》，题目为后人所加。

臣谨案《春秋》之文，求王道之端，得之于正[1]。正次王，王次春[2]。春者，天之所为也；正者，王之所为也。其意曰，上承天之所为，而下以正其所为，正王道之端云尔。然则王者欲有所为，宜求其端于天。天道之大者在阴阳。阳为德，阴为刑；刑主杀而德主生。是故阳常居大夏，而以生育养长为事；阴常居大冬，而积于空虚不用之处。以此见天之任德不任刑也。天使阳出布施于上而主岁功，使阴入伏于下而时出佐阳；阳不得阴之助，亦不能独成岁。终阳以成岁为名，此天意也[3]。王者承天意以从事，故任德教而不任刑。刑者不可任以治世，犹阴之不可任以成岁也。为政而任刑，不顺于天，故先王莫之肯为也。今废先王德教之官，而独任执法之吏治民，毋乃任刑之意与[4]！孔子曰："不教而诛谓之虐。[5]"虐政用于下，而欲德教之被四海，故难成也。

臣谨案《春秋》谓一元之意，一者万物之所从始也，元者辞之所谓大也[6]。谓一为元[7]者，视大始而欲正本也[8]。《春秋》深探其本，而反自贵者始。故为人君者，正心以正朝廷，正朝廷以正百官，正百官以正万民，正万民以正四方。四方正，远近莫敢不壹于正，而亡有邪气奸其间者[9]。是以阴阳调而风雨时，群生和而万民殖，五谷孰而草木茂，天地之间被润泽而大丰美，四海之内闻盛德而皆徕臣，诸福之物，可致之祥，莫不毕至，而王道终矣[10]。

【注释】

[1] 端：头绪。师古曰："谓正月也。"

[2] 正次王，王次春：颜师古注："解《春秋》书，'春王正月'之一句也。"《春秋公羊传·隐公元年》："元年。春王正月。元年者何？君之始年也。春者何？岁之始也。王者孰谓？谓文王也。曷为先言王而后言正月？王正月也。何言乎王正月？大一统也。"

[3] 终阳以成岁之名：苏林注："卒以阳名岁，尚德不尚刑也。"颜师古注："谓年首称春也。即上文所云'王次春'者是也。"名，古代的一个哲学范畴，与实相对。

[4] 与：同欤。

[5] "不教"句：语出《论语·尧曰篇第二十》。

[6] "一者"二句：师古曰："《易》称'元者善之长'也，故曰辞之所谓大也。"

[7] "谓一为元"：隐公即位，《春秋》不说一年而说元年。颜师古注："释公始即位何不称一年而言元年也。"

[8] 视：通"指"。师古曰："视读曰示。"

[9] 壹于：统一于。奸：颜师古注："奸，犯也，音干。"侵入、参与。

[10] 徕臣：来臣服。终：结束、完成，引申为实现。

【阅读指要】

董仲舒（前179—前104），西汉哲学家，今文经学大师。广川（今河北枣强东）人。专治《春秋公羊传》。景帝时任博士。武帝元光元年（前134），在著名的《举贤良对策》中，提出"罢黜百家，独尊儒术"的观点，为武帝所采纳，开此后两千余年古代社会以儒学为正统的先声。先后任江都易王刘非的国相和胶西王刘端的国相。后辞职，居家著书。他以《春秋公羊》为依据，建立了一个以阴阳五行为基础的宇宙图式，构造了一个以天人感应为核心的理论体系。其思想适应了"大一统"的社会现实，反映了加强封建君权、巩固中央集权的需要，有一定积极意义，但其神化君权、神化儒学的倾向，在此后历史发展中产生了较大的负面作用。据《汉书·董仲舒传》，董仲舒有著作"凡百二十三篇"，外加说《春秋》的《玉杯》等数十篇十余万言。现在尚存的有《春秋繁露》及严可均《全汉文》辑录的文章两卷。

《举贤良对策》3篇，是优秀的政论散文。这是董仲舒写给武帝的3篇对策，提出了推尊儒术、抑黜百家的学说和春秋大一统的理论，为武帝吸纳，对中国后世社会产生了深远的影响。

节选之文可见其精通《公羊春秋》，善于引用《春秋》以阐释其学说。对《春秋》"元年春王正月"的阐释，衍生出"正王道"之端，求"大一统"的思想，把《春秋》短短一纪年语穿凿出如此深奥的内容，可见其学养深厚。"汉代文章从纵横驰骋变为坐而论道，可以说是由董仲舒开其端。"（郭预衡《中国古代文学史》）

刘向六篇

谏营起昌陵疏（节选）

选自《汉书·楚元王交传第六附传》。

逮至吴王阖闾，违礼厚葬，十有余年，越人发之。及秦惠文、武、昭、严襄五王 [1]，皆大作丘陇，多其瘗臧 [2]，咸尽发掘暴露，甚足悲也。秦始皇帝葬于骊山之阿 [3]，下锢三泉，上崇山坟，其高五十余丈，周回五里有余；石椁为游馆 [4]，人膏为灯烛，水银为江海，黄金为凫雁。珍宝之臧，机械之变 [5]，棺椁之丽，宫馆之盛，不可胜原 [6]。又多杀宫人，生薶工匠，计以万数。天下苦其役而反之，骊山之作未成，而周章百万之师至其下矣 [7]。项籍燔其宫室营宇，往者咸见发掘 [8]。其后牧儿亡羊，羊入其凿 [9]，牧者持火照求羊，失火烧其臧椁。自古至今，葬未有盛如始皇者也，数年之间，外被项籍之灾，内离牧竖之祸 [10]，岂不哀哉！

是故德弥厚者葬弥薄，知愈深者葬愈微。无德寡知，其葬愈厚，丘陇弥高，宫庙甚丽，发掘必速。由是观之，明暗之效，葬之吉凶，昭然可见矣。周德既衰而奢侈，宣王贤而中兴，更为俭宫室，小寝庙。诗人美之，斯干之诗是也 [11]，上章道宫室之如制，下章言子孙之众多也^[12]。及鲁严公刻饰宗庙，多筑台囿^[13]，后嗣再绝^[14]，春秋刺焉。周宣如彼而昌，鲁、秦如此而绝，是则奢俭之得失也。

【注释】

[1] 严襄：师古曰："严襄者，谓庄襄，则始皇父也。"

[2] 瘗：埋。臧：通"藏"。

[3] 阿：山的凹曲处。

[4] 石椁为游馆：师古曰："多累石作椁于圹中，以为离宫别馆也。"

[5] 孟康曰："作机发木人之属，尽其巧变也。"晋灼曰："始皇本纪令匠作机弩矢，有所穿近，辄射之。又言工匠为机，咸皆知之，已下，闭羡门，皆杀工匠也。"师古曰："晋说是也。"

[6] 师古曰："言不能尽其本数。"

[7] 周章：陈胜之将。

[8] 师古曰："言至其墓所者发掘之而求财物也。"燔（fán）：焚烧。

[9] 凿（záo）：指盗墓贼所挖的盗洞。师古曰："凿谓所穿冢臧者。"

[10] 离：通"罹"，遭受。

[11] 斯干之诗：师古曰："小雅篇名，美宣王考室。其首章曰'秩秩斯干'。秩秩，流行也。干，涧也。喻宣王之德如涧水源，秩秩流出，无极已也。"

[12] 师古曰："宫室如制，谓'殖殖其廷，有觉其楹，君子攸宁'也。子孙众多，谓'维熊维罴，男子之祥；维虺维蛇，女子之祥'也。"

[13] 鲁严公：鲁庄公，姬姓，名同，为春秋诸侯鲁国第十六任君主。《汉书·五行志下》："左氏传鲁严公时有内蛇与外蛇斗郑南门中，内蛇死。刘向以为近蛇孽也。……京房易传曰：'立嗣子疑，厥妖蛇居国门斗。'"

[14] 孟康曰："谓子般、闵公皆杀死也。"子般：指鲁庄公的宠妃孟任之子公子斑，鲁闵公：名启，春秋时期鲁国第17任君主。鲁庄公妃子叔姜之子。前661年，庄公卒，季友按照庄公的命令，立子斑为君，两个月后，庆父使圉人荦杀鲁君子斑于党氏。庆父遂立启，是为闵公。前660年，庆父使卜齮袭杀闵公于武闱。闵公在位二年。

【阅读指要】

刘向（前77—前6），原名刘更生，字子政，沛郡丰邑（今江苏省徐州市）人。

楚元王刘交（汉高祖刘邦异母弟）之玄孙，阳城侯刘德之子，经学家刘歆之父。刘向是西汉后期重要的经学家、目录学家、散文家，一生有著作多种。其中《说苑》、《新序》、《列女传》三种，是刘向杂举前代群书轶闻琐事编录而成的三本历史故事集，也是汉代记事散文的代表作，其中许多篇目富有小说意味。这三本故事集，文笔朴实简洁，叙事写人生动形象，上承《韩非子》的《内、外储说》、《说林》之体，下开六朝《世说新语》类小说之先河。

刘向的政论散文中，《谏营起昌陵疏》较为有名。《谏营昌陵疏》反对成帝大营昌陵，历述古代帝王薄葬之益、厚葬之害的历史事实，在正反事例的对比中阐明"自古及今，未有不亡之国"，以及"死者无终极，而国家有废兴"的道理。通篇虽语意委婉，所提的问题却非常尖锐。于叙事、议论中表达感情，唱叹自如，有很强的说服力，是一篇极富教益的文章。

从古文笔法上看，喜欢在篇末做总结。清方望溪："左氏叙事，于极凌杂处，间用总束；或于首、或于尾、或于中。子政用之，多于篇末，此古文义法之最浅者，不可数用。"

清姚鼐评此文"浑融道逸"："此文风韵颇与相如《谏猎》相近。伯父（姚范）云：子政之文如睹古之君子，右征角、左宫羽、趋以"采齐"，行以"肆夏"，规矩揖扬，玉声锵鸣之容，昌黎屈指古之文章仅数人者，孟子、汉两司马、刘子政、扬子云而已，虽贾生不及也。南宋乃有称董生而抑刘，岂知言哉？《谏昌陵疏》，浑融道逸，当为第一，《灾异》封章次之。"

鲁秋洁妇

选自《列女传译注》卷五《节义传》。

洁妇者，鲁秋胡子妻也。既纳之五日，去而宦于陈，五年乃归。未至家，见路旁妇人采桑，秋胡子悦之，下车谓曰："若曝采桑，吾行道，愿托桑荫下，下赍休焉。[1]"妇人采桑不辍，秋胡子谓曰："力田不如逢丰年，力桑不如见国卿。吾有金，愿以与夫人。"妇人曰："嘻！夫采桑力作，纺绩织纴，以供衣食，奉二亲，养夫子。吾不愿金，所愿卿无有外意，妾亦无淫泆之志，收子之赍与笥金[2]。"秋胡子遂去，至家，奉金遗母[3]，使人唤妇至，乃向采桑者也，秋胡子惭。妇曰："子束发修身，辞亲往仕，五年乃还，当所悦驰骤[4]，扬尘疾至。今也乃悦路傍妇人，下子之装，以金予之，是忘母也。忘母不孝，好色淫泆，是污行也，污行不义。夫事亲不孝，则事君不忠。处家不义，则治官不理[5]。孝义并亡，必不遂矣[6]。妾不忍见，子改娶矣，妾亦不嫁。"遂去而东走，投河而死。君子曰："洁妇精于善。夫不孝莫大于不爱其亲而爱其人[7]，秋胡子有之矣。"君子曰："见善如不及，见不善如探汤[8]。秋胡子妇之谓也。"诗云："惟是褊心，是以为刺[9]。"此之谓也。

颂曰：秋胡西仕，五年乃归，遇妻不识，心有淫思，妻执无二，归而相知，耻夫无义，遂东赴河。

【注释】

[1] 若：你。曝（pù）：晒着。托。靠着。赍（jī）：携带的（行装）。

[2] 纴（rèn）：绕线，泛指纺织。笥（sì）：盛衣物或饭食的方形器具，用萑苇或竹子制成。

[3] 奉：捧。遗（wèi），送给。

[4] 束发：捆系头发。古时男孩成童，必须束发为髻，因以为成童的代称。所：王筠曰："所，当作'忻'"。忻：同"欣"。

[5] 理：治理。

[6] 遂：通达，有所成就。

[7] 其人：他人，别人。

[8] 探汤：伸入热水中拿取东西，用以比喻小心戒惧。

[9] 惟是褊心，是以为刺：见《诗经·魏风·葛屦》。惟，因为。褊（biǎn）心，心地狭窄。褊，狭小。

珠崖二义

选自《列女传译注》卷五《节义传》。

二义者，珠崖令之后妻，及前妻之女也[1]。女名初，年十三，珠崖多珠，继母连大珠以为系臂[2]。及令死，当送丧。法，内珠入于关者死[3]。继母弃其系臂珠。其子男年九岁，好而取之，置之母镜奁中[4]，皆莫之知。

遂奉丧归，至海关，关候士吏搜索[5]，得珠十枚于继母镜奁中，吏曰："嘻！此值法无可奈何，谁当坐者[6]？"初在左右顾，心恐母去置镜奁中，乃曰："初当坐之。"吏曰："其状何如？"对曰："君不幸[7]，夫人解系臂弃之。初心惜之，取而置夫人镜奁中，夫人不知也。"继母闻之，遽疾行问初[8]，初曰："夫人所弃珠，初复取之，置夫人奁中，初当坐之。"母意亦以初为实，然怜之，乃因谓吏曰："愿且待，幸无劾儿[9]，儿诚不知也。此珠妾之系臂也，君不幸，妾解去之，而置奁中。迫奉丧，道远，与弱小俱，忽然忘之，妾当坐之[10]。"初固曰[11]："实初取之。"继母又曰："儿但让耳，实妾取之。"[12]因涕泣不能自禁。女亦曰："夫人哀初之孤，欲强活初耳，夫人实不知也[13]。"又因哭泣，泣下交颈，送葬者尽哭，哀动傍人[14]，莫不为酸鼻挥涕。关吏执笔书劾，不能就一字，关候垂泣，终日不能忍决[15]，乃曰："母子有义如此，吾宁坐之？不忍加文[16]，且又相让，安知孰是？"遂弃珠而遣之，既去，后乃知男独取之也。君子谓二义慈孝。论语曰："父为子隐，子为父隐，直在其中矣。"[17]若继母与假女推让争死[18]，哀感傍人，可谓直耳。

　　颂曰：珠崖夫人，甚有母恩，假继相让，维女亦贤，纳珠于关，各自伏愆[19]，二义如此，为世所传。

【注释】

[1] 二义：两个行义的女子。珠崖令：珠崖郡属的一个县令。珠崖，西汉郡名，地在今海南东北部地区。

[2] 系臂：系在手臂上的装饰品。

[3] 内（nà）：同"纳"，藏带。

[4] 镜奁（lián）：梳妆用的镜匣，梳妆盒。

[5] 关候：海关长官。

[6] 值法：犯法。坐。犯罪。

[7] 君不幸：指珠崖令不幸去世一事。

[8] 遽（jù）：急忙。疾行：快走。

[9] 幸。希望。劾（hé）：遭罪。

[10] 迫：匆忙。弱小：指孩子们。忽然：不留心。

[11] 固：坚持。

[12] 但：只是。

[13] 孤：小时候失去父亲。强（qiǎng）活初身：尽力使初活下来。

[14] 哀恸傍人：悲哀之情感动了一旁的人。恸，《汉书·萧塑之传》"哀恸左右"颜师古注："恸，动也。"

[15] 忍决：忍心判决。

[16] 加文：致法，以法治罪。

[17] "父为子隐"三句：见《论语·子路》。隐，隐瞒。直，正直。

[18] 假：指非亲生之子。

[19] 各自伏愆（qiān）：各人都愿意承担罪责。

【阅读指要】

《列女传》选了两篇。

《鲁秋洁妇》。这是一个经典的故事，鲁秋胡返乡，调戏一个采桑妇，哪知是其多年未见的妻子，导致秋胡妇愤而投河死。后以"秋胡"泛指爱情不专一的男子，以"秋胡妇"为节义烈女的典型。咏妇人贞洁。

《珠崖二义》。珠崖令之后妻和前妻之女，皆不惜其身，争护幼子，二义慈孝，感人肺腑。这个故事盛赞了古代女性的美德。

赵襄子饮酒

选自《新序校释》卷第六《刺奢》。

赵襄子饮酒五日五夜，不废酒[1]，谓侍者曰："我诚邦士也。夫饮酒五日五夜矣，而殊不病[2]。"优莫曰："君勉之，不及纣二日耳。纣七日七夜，今君五日。"襄子惧，谓优莫曰："然则吾亡乎[3]？"优莫曰："不亡。"襄子曰："不及纣二日耳，不亡何待？"优莫曰："桀纣之亡也遇汤武，今天下尽桀也，而君纣也，桀纣并世，焉能相亡，然亦殆矣[4]。"

【注释】

[1] 赵襄子：名毋恤，春秋末年晋国大夫。废酒：停止饮酒。

[2] 诚：确实。殊不：一点也不。

[3] 然则：（既然）如此，那么。

[4] 焉：怎么，哪里。相亡：相亡：互相使对方灭亡。殆：危险。

昔者齐桓公出游于野章

选自《新序校释》卷第四《杂事》。

昔者，齐桓公出游于野，见亡国故城郭氏之墟[1]。问于野人[2]曰："是为何墟？"野人曰："是为郭氏之墟。"桓公曰："郭氏者曷为墟[3]？"野人曰："郭氏者善善而恶恶。"桓公曰："善善而恶恶，人之善行也，其所以为墟者，何也？"野人曰："善善而不能行，恶恶而不能去，是以为墟也。"桓公归，以语管仲[4]，管仲曰："其人为谁？"桓公曰："不知也。"管仲曰："君亦一郭氏也。"于是桓公招野人而赏焉。

【注释】

[1] 郭氏之墟：《说文解字·邑部》：郭国既亡，谓之郭氏之虚（同墟）。墟：荒址。

[2] 野人：乡野土著。

[3] 曷为：疑问代词，为何。

[4] 语：告诉。

【阅读指要】

《新序》选了两篇。

《赵襄子饮酒》。讽刺赵襄子的不思进取，原本应该感到羞耻的行为却感到很自豪。

《昔者齐桓公出游于野章》。郭氏之墟的野人所言，竟是治国用人的大道。如果"善善而不能行，恶恶而不能去"，就不能做到任人唯贤，择人善任。

楚庄王欲伐陈

选自向宗鲁《说苑校证》。

楚庄王欲伐陈，使人视之 [1]。使者曰："陈不可伐也。"庄王曰："何故？"对曰："其城郭高 [2]，沟壑深 [3]，蓄积多，其国宁也。"王曰 [4]："陈可伐也。夫陈，小国也，而蓄积多，蓄积多则赋敛重，赋敛重则民怨上矣 [5]。城郭高，沟壑深，则民力罢矣 [6]。"兴兵伐之，遂取陈。

【注释】

[1] 使：派遣，让。视：侦察。

[2] 城郭：城墙。城：内城，郭：外城。

[3] 沟壑：壕沟。

[4] 王：《吕氏春秋》作"宁国"，楚国大臣。

[5] 上：统治者，即陈国国君。

[6] 罢：通"疲"，疲惫。

【阅读指要】

此篇言小国赋敛重则民怨上，故可伐。故事很有警诫意义。

狱中上梁王书（节选）[1]

邹 阳

选自《史记·鲁仲连邹阳列传》。

语曰："有白头如新，倾盖如故。[2]"何则？知与不知也。故樊于期逃秦之燕，籍荆轲首以奉丹事 [3]；王奢去齐之魏，临城自刭，以却齐而存魏 [4]。夫王奢、樊于期非新于齐、秦而故于燕、魏也，所以去二国、死两君者，行合于志，慕义无穷也。是以苏秦不信于天下，为燕尾生 [5]；白圭战亡六城，为魏取中山 [6]。何则？诚有以相知也。苏秦相燕，人恶之于燕王，燕王按剑而怒，食以駃騠 [7]；白圭显于中山，人恶之于魏文侯，文侯赐以夜光之璧。何则？两主二臣，剖心析肝相信，岂移于浮辞哉？

故女无美恶，入宫见妒；士无贤不肖，入朝见嫉。昔者司马喜膑脚于宋，卒相中山 [8]；范雎拉胁折齿于魏，卒为应侯 [9]。此二人者，皆信必然之画，捐朋党之私，挟孤独之交，故不能自免于嫉妒之人也。是以申徒狄蹈雍之河，徐衍负石入海，不容于世，义不苟取比周于朝，以移主上之心 [10]。故百里奚乞食于道路，穆公委之以政 [11]；宁戚饭牛车下，桓公任之以国 [12]。此二人者岂素宦于朝，借誉于左右，然后二主用之哉？感于心，合于行，坚如胶漆，昆弟不能离，岂惑于众口哉！故偏听生奸，独任成乱。昔鲁听季孙之说逐孔子，宋任子冉之计囚墨翟 [13]。夫以孔墨之辩，不能自免于谗谀，而二国以危。何则？众口铄金，积毁销骨也 [14]。秦用戎人由余，而霸中国；齐用越人子臧，而彊威宣 [15]。此二国岂系于俗，牵于世，系奇偏之浮辞哉？公听并观，垂明当世。故意合则胡越为兄弟，由余、子臧是矣；不合则骨肉为雠敌，朱、象、管、蔡是矣 [16]。今人主诚能用齐、秦之明，后宋、鲁之听，则五伯不足侔，而三王易为也 [17]。

【注释】

[1] 梁王：梁孝王刘武，汉文帝的儿子，景帝的同母弟弟。羊胜、公孙诡：都是梁孝王的门客。

[2] 白头如新：指有的人相处到老而不相知。倾盖如故：路遇贤士，停车而谈，初交却一见如故。盖，车上的帐顶，车停下时车盖就倾斜。

[3] 樊于期：原为秦将，被谗害而逃到燕国。秦王杀其全家，并以重金求购他的人头。太子丹派荆柯刺秦王，樊于期自杀，把头给荆柯，用做进献的礼物，以便让荆柯有机会接近秦王。之：往，到。

[4] 王奢：《史记集解》引《汉书音义》曰："王奢，齐人也，亡至魏。其后齐伐魏，奢登城谓齐将曰：'今君之来，不过以奢之故也。夫义不苟生以为魏累。'遂自刭也。"

[5] 苏秦：战国时洛阳人，游说六国联合抵制秦国，为纵约长，挂六国相印。后秦国利用六国间的矛盾，破坏合纵之约。苏秦失信于诸国，只有燕国仍信用他。
尾生：尾生：传说中的一个极守信用的人，《汉书·古今人表》说他名高，鲁国人。据说他与一个女子约定在桥下相见，女子没到，洪水上涨，他抱着桥柱被水淹死。这里用他代指守信用的人。

[6] 白圭：战国初中山国之将，连失六城，中山国君要治他死罪，他逃到魏国，魏文侯厚待他，于是他助魏攻灭了中山国。中山：春秋时建，战国初建都于顾（今河北定县），魏文侯十七年（前429）灭。

[7] 駃騠（jué tí）：良马名。

[8] 司马喜：战国时人，据说在宋国受了膑刑（《战国策·中山策》未提及），后来三次当了中山国的相。膑：古代肉刑之一，剔除膝盖骨。

[9] 范雎：战国时魏国人，后任秦国宰相。拉（là）胁折齿：腋下的肋骨和牙齿都被打折。拉：折断。范雎随魏中大夫须贾出使到齐国，回国后，魏相魏齐怀疑他私通齐国，就用毒刑拷打他，把他打得肋断齿落。范逃到秦国，做了秦相，被封为应侯。

[10] 申徒狄：古代投水自尽的贤人。商朝末年人。雍：同灉，古代黄河的支流，久已埋。故道大约在今山东菏泽附近。之：到。徐衍：史书无传，据服虔说是周之末世人。比周：结党营私。

[11] 百里奚：春秋时虞国人，虞国为晋国所灭，成了俘虏，落魄到身价只值五张黑羊皮。秦穆公听说他的贤能，为他赎身，用为相。缪公：即秦穆公（？—前621），善用谋臣，称霸一时。

[12] 甯戚：春秋时卫国人，到齐国经商，夜里边喂牛边敲着牛角唱歌，桓公听了，知是贤者，举用为田官之长。饭：喂、饲养。桓公（？—前643）：齐桓公，姜姓，名小白，春秋五霸之一。

[13] 季孙：鲁大夫季桓子，名斯。鲁定公十四年（前496），孔子由大司寇代理国相，季桓子收下了齐国女乐八十人，致使鲁定公怠于政事，三日不听政，孔子不满，弃官离开了鲁国。子冉：史书无传。墨翟（约前468—前376）：即墨子，墨家的创始人。

[14] 铄（shuò）：熔化。毁：毁谤。销：销熔。

[15] 由余：祖先本是晋国人，早年逃亡到西戎。秦穆公设计迫使他投奔秦国，后来依靠他伐西戎，灭国十二，开地千里，从而称霸一时。伯：通"霸"。越人子臧：史书无传。《史记·鲁仲连邹阳列传》作"越人蒙"。威、宣：指齐威王、齐宣王。

[16] 朱：丹朱，尧的儿子，相传他顽凶不肖，因而尧禅位给舜。象：舜的同父异母弟。传说象与父母曾数次合谋害舜。管、蔡：管叔，蔡叔，皆周武王之弟。武王死后，子成王年幼。管叔、蔡叔与纣王之子武庚一起叛乱，周公东征，诛武庚、管叔，放逐蔡叔。

[17] 五伯：即春秋五霸，指齐桓公、晋文公、秦穆公、宋襄公、楚庄王。三王：指夏禹、

商汤、周文王。

【阅读指要】

西汉散文以政论文为主，成就也最高。而以剖白个人思想心迹为主的书信体散文独具一格。如邹阳的《狱中上梁王书》、枚乘的《谏吴王书》，司马迁的《报任安书》、杨恽的《报孙会宗书》，还有司马相如的《难蜀父老》与《谏猎疏》等数篇也是佳作。

此文始见《史记》。《文选》收录时题为《狱中上书自明》。

邹阳为梁孝王门客，受谗下狱，孝王怒将杀之，遂在狱中上此书自明。在文中用了大量的历史事实，说明知人与不知人的区别，指出知人必须不"惑于众口"、不"移于浮辞"，梁王为之感动，立予释放，并为上客。本文博引史实，排比铺张，有辞赋化的倾向，有战国游说家遗风。明吴宽："邹阳书意思千翻一百转，如九级浮图愈出愈高，词源如万里黄河，滚滚不竭，终归大海。此等文章自是元气未漓时手作，非后世操觚觚者可到。然期间援引人事，多是战国权谋之习。"宋真德秀："此篇用字太多，而文亦浸趋于偶丽，盖其病也。然其论谗毁之祸至痛切，可以为世戒。"清刘熙载评："邹阳《狱中上书》，气盛语壮。"

上书谏吴王

枚 乘

选自《汉书·贾邹枚路传》。

臣闻得全者昌，失全者亡[1]。舜无立锥之地，以有天下；禹无十户之聚[2]，以王诸侯。汤武之土不过百里，上不绝三光之明，下不伤百姓之心者，有王术也[3]。故父子之道，天性也[4]。忠臣不避重诛以直谏，则事无遗策，功流万世。臣乘原披腹心而效愚忠，惟大王少加意念恻怛之心于臣乘言[5]。

夫以一缕之任系千钧之重[6]，上悬之无极之高，下垂之不测之渊，虽甚愚之人犹知哀其将绝也。马方骇鼓而惊之，系方绝又重镇之[7]；系绝于天不可复结，坠入深渊难以复出。其出不出，间不容发[8]。能听忠臣之言，百举必脱[9]。必若所欲为，危于累卵[10]，难于上天；变所欲为，易于反掌，安于泰山。今欲极天命之上寿，敝无穷之极乐，究万乘之势[11]，不出反掌之易，居泰山之安，而欲乘累卵之危，走上天之难[12]，此愚臣之所大惑也。

人性有畏其景而恶其迹，却背而走，迹逾多，景逾疾，不如就阴而止，影灭迹绝[13]。欲人勿闻，莫若勿言；欲人勿知，莫若勿为。欲汤之凔，一人炊之，百人扬之，无益也，不如绝薪止火而已[14]。不绝之于彼，而救之于此，譬由抱薪而救火也。养由基，楚之善射者也，去杨叶百步，百发百中。杨叶之大，加百中焉，可谓善射矣。然其所止，百步之内耳，比于臣乘，未知操弓持矢也[15]。福生有基，祸生有胎[16]；纳其基[17]，绝其胎，祸何自来？

太山之霤穿石，单极之綆断干[18]。水非石之钻，索非木之锯，渐靡使之然也[19]。夫铢铢而称之，至石必差；寸寸而度之，至丈必过。石称丈量，径而寡失[20]。夫十围之木，始生如蘖，足可搔而绝，手可擢而抓，据其未生，先其未形[21]。磨碧底厉[22]，不见其损，有时而尽。种树畜养[23]，不见其益，有时而大。积德累行，不知其善，有时而用；弃义背理，不知其恶，有时而亡。臣原大王熟计而身行之，此百世不易之道也。

【注释】

[1] 全，完备，指行为完美无瑕。

[2] 聚：聚邑。

[3] 三光，日月星。不绝三光之明：师古曰："德政和平，上感天象，则日月星辰无有错谬，故言不绝三光之明也。"。王（wàng）术，王天下之术。

[4] 语见《孝经·圣治》。师古曰："言父子君臣，其义一也。"

[5] 这句与邹阳《狱中上梁王书》中的"愿大王孰察，少加怜焉"的意思相近。恻怛（dá），恻隐，有怜悯的意思。

[6] 任，负担。

[7] 方，将。骇：亦"惊"。鼓：击鼓。系，用如名词，指缕。镇：压，指加上重量。

[8] 这是说出得来与出不来，其间相差极微。苏林曰："改计取福正在今日，言其激切甚急也。"

[9] 脱，指脱离灾祸。

[10] 絫卵，堆叠起来的蛋。絫：通"累"。

[11] 天命，天所赋予的。上寿，指百岁以上。弊：尽，指享尽。究：竟。

[12] 走：趋向之。

[13] 景，影的本字。迹，脚印子。阴，阳光照射不到的地方。

[14] 汤，热水。沧（chuàng），寒。炊：师古曰："炊谓爨火也。"扬，指以勺舀起沸水再倾下，使之散热。

[15] 师古曰："乘自言所知者远，非止见百步之中，故谓由基为不晓射也。"

[16] 基、胎：都是开始的意思。

[17] 纳：犹藏。与下文"绝"字为反义词。何自来：言无所从来也。

[18] 溜（liù）：本指水从屋檐流下来，这里指山水流下山。极：桔槔上的横木。綆（gěng）：绠，汲水的绳子。干：井梁，井上木阑，常为汲索所契伤。此句大意：拉到尽头的井绳可以磨烂井梁。

[19] 靡，通"摩"（王先谦说），摩擦。

[20] 铢（zhū），古代量名，一两的二十四分之一。石，一百二十斤。径：直。

[21] 如，《文选》作"而"，今依《汉书》。蘖（niè），树木被伐去后新长出来的嫩芽。搔，这里指用脚趾挠。擢：拔，揪。拔，指拔出来。

[22] 磨砻底厉：师古曰："砻亦磨也。底，柔石也；厉，皂石也；皆可以磨者。砻音聋。"

[23] 树，动词，栽。

【阅读指要】

此篇首见《汉书·枚乘传》。汉景帝时，吴王刘濞阴谋反叛朝廷，时枚乘为吴王郎中，上书谏阻，晓以利害。其文正告吴王，"弃义背理，不知其恶"，必然会导致灭亡，可谓预言。

其文几乎全由比喻构成，多用韵语，又多用排比、对偶，有明显的辞赋特点，是一篇风格奇特的散文佳作。王文濡评注《古文辞类纂评注》卷二十七："归震川曰起伏变化，百态横生。李申耆曰讽谏之文，若近若远，新序说苑皆师其意者也。"

报孙会宗书

杨 恽

选自《汉书·公孙刘田王杨蔡陈郑传》。

恽材朽行秽，文质无所底[1]，幸赖先人余业，得备宿卫。遭遇时变，以获爵位[2]。终非其任，卒与祸会[3]。足下哀其愚蒙，赐书教督以所不及，殷勤甚厚。然窃恨足下不深惟其终始，而猥随俗之毁誉也[4]。言鄙陋之愚心，则若逆指而文过[5]，默而息乎，恐违孔氏各言尔志之义[6]。故敢略陈其愚，惟君子察焉。

恽家方隆盛时，乘朱轮者十人，位在列卿，爵为通侯，总领从官，与闻政事[7]。曾不能以此时有所建明，以宣德化，又不能与群僚同心并力，陪辅朝廷之遗忘，已负窃位素餐之责久矣[8]。怀禄贪势，不能自退，遭遇变故，横被口语，身幽北阙，妻子满狱[9]。当此之时，自以夷灭不足以塞责，岂意得全其首领，复奉先人之丘墓乎？伏惟圣主之恩不可胜量[10]。君子游道，乐以忘忧；小人全躯，说以亡罪[11]。窃自思念过已大矣，行已亏矣，长为农夫以没世矣。是故身率妻子，戮力耕桑，灌园治产，以给公上[12]，不意当复用此为讥议也。

夫人情所不能止者，圣人弗禁。故君父至尊亲[13]，送其终也，有时而既[14]。臣之得罪已三年矣[15]，田家作苦，岁时伏腊，烹羊炰羔，斗酒自劳[16]。家本秦也，能为秦声[17]。妇赵女也，雅善鼓瑟。奴婢歌者数人。酒后耳热，仰天抚缶而呼乌乌[18]。其诗白："田彼南山，芜秽不治。种一顷豆，落而为萁。人生行乐耳，须富贵何时？[19]"是日也，拂衣而喜，奋袖低昂，顿足起舞，诚淫荒无度，不知其不可也[20]。恽幸有余禄，方籴贱贩贵[21]，逐什一之利。此贾竖之事[22]，污辱之处，恽亲行之。下流之人[23]，众毁所归，不寒而栗。虽雅知恽者，犹随风而靡[24]，尚何称誉之有？董生不云乎："明明求仁义，常恐不能化民者，卿大夫之意也。明明求财利，常恐困乏者，一庶人之事也[25]。"故道不同不相为谋[26]，今子尚安得以卿大夫之制而责仆哉！

夫西河魏土，文侯所兴，有段干木、田子方之遗风，漂然皆有节概，知去就之分[27]。顷者足下离旧土，临安定，安定山谷之间，昆戎旧壤[28]，子弟贪鄙，岂习俗之移人哉？于今乃睹子之志矣！方当盛汉之隆，愿勉旃，毋多谈[29]。

【注释】

[1] 文质：文采和实质。厎（zhǐ）：引致，到达。

[2] 先人：指先父杨敞，曾官至宰相。备：充任。时变：指汉宣帝地节四年，霍光子孙霍禹等欲谋反事。当时杨恽告发之后，爵封平通侯，位升中郎将。

[3] 卒：终。与：遭遇。祸会：祸机。此指杨恽遭太仆戴长乐诬告被废为庶人之事。

[4] 师古曰："蒙，蔽；督，视〔也〕。"惟：思。猥（wěi）：苟且地，随便地。毁誉：偏义复词，偏指毁，即诋毁、中伤。

[5] 师古曰："逆足下之意指，而自文饰其过。"

[6] 孔氏：孔子。各言尔志：语出《论语·公冶长》："颜渊、季路侍，子曰：'盍各言尔志？'"

[7] 朱轮：车轮漆成红色。汉制，公卿列侯以及俸禄在二千石以上的官员方能乘坐朱轮车。列卿：中央的高级官员。此指任光禄勋，位在九卿之列。通侯：即"彻侯"。秦爵二十级中的最高一级。汉制，刘姓功臣封侯者为诸侯，异姓功臣封侯者为列侯，亦称彻侯。后因避汉武帝讳，改称通侯。从官：皇帝的侍从官。与（yù）：预，参预。

[8] 陪辅：协助、辅佐。遗忘：缺失、疏忽（之事）。素餐（cān）：即素飧，不劳而食，无功受禄。素，空。

[9] 横（hèng）：意外地。北阙：宫殿北面的楼观，汉代为上章奏事和被皇帝召对之处。杨恽被拘于此，是临时性关押处置。

[10] 塞（sè）责：抵偿过失、抵罪。塞：补。伏惟：伏在地上想，敬语。胜量：量得尽。

[11] 说：通"悦"。亡通"无"。

[12] 戮力：共同尽力。给：供应。此指缴纳（赋税）。公上：公家、主上。

[13] 师古曰："父至亲，君至尊。"

[14] 张晏曰："丧不过三年，臣见放逐，降居三月，复初。"师古曰："既，已也。"

[15] 三年：杨恽于汉宣帝五凤二年秋被免为庶人，五凤四年夏四月朔日食，被人告发而获罪，前后虽跨三个年头，实际上不到二年。

[16] 伏腊：古代进行祭祀活动的两个节日。夏至以后的第三个庚日叫初伏，天极热时。冬至后第三个戌日为腊日，天极冷时。后世也以阴历十二月初八为腊日。炰（páo）羔：烤小羊。斗（dǒu）酒：一斗酒。自劳：自我慰劳。

[17] 家本秦也：杨恽原籍华阴，古属秦地。

[18] 缶（fǒu）：瓦制的打击乐器，最初流行于秦地。师古曰："缶即今之盆类也。"乌乌：唱歌声。可能是歌曲中的一种和声。师古曰："是关中旧有此曲也。"

[19]"田彼南山"四句:《汉书·杨恽传》张晏注:"山高而在阳,人君之象也。芜秽不治,言朝廷之荒乱也。一顷百亩,以喻百官也。言豆者,贞实之物,当在囷仓,零落在野,喻已见放弃也。其曲而不直,言朝臣皆谄谀也。"可供参考。田:动词,耕种。治:形容词,犹言"治理好了的"。萁(qí):豆茎。须:等待。

[20]拂衣,拉提衣裳。奋袖:挥动衣袖。诚:确实。不知其不可也:自谓为可也。

[21]籴(dí):买进谷物。

[22]贾(gǔ)竖:商贾小子,旧时对商人的贱称。

[23]下流:喻众恶所归之处。《论语·子张》:"纣之不善不如是之甚也。是以君子恶居下流,天下之恶皆归焉。"此指品行卑污。

[24]雅:平素。靡:倒下。

[25]董生:指董仲舒,西汉时大儒。"明明求仁义"六句:引自董仲舒《对贤良策》三。《汉书·董仲舒传》原文作:"夫皇皇求财利,常恐乏匮者,庶人之意也。皇皇求仁义,常恐不能化民者,大夫之意也。"皇皇,即"遑遑",急急忙忙的样子。此作"明明",疑有误。

[26]道不同,不相为谋:语出《论语·卫灵公》。

[27]西河:战国时魏地的西河,辖境在今陕西东部黄河西岸地区,与汉代的西河郡并非一地。杨恽浑言之,其用意可能是讽喻当世。文侯:赵、魏、韩三家分晋时建立魏国的君主,姓魏名斯。著名贤君。段干木:魏国贤士,文侯请他为相,他不接受,于是文侯以客礼相待,尊他为师。田子方:魏国贤士,为魏文侯所优礼。

[28]安定:郡名。治所在高平(今宁夏回族自治区固原县)。昆戎:古代西夷的一支,即殷周时的西戎。

[29]旃(zhān):文言助词,相当于"之"或"之焉"。

【阅读指要】

杨恽(? —前56),华阴人。字子幼,司马迁外孙,以才能知名。因举发霍氏谋反,封平通侯,迁中郎将。为官廉洁无私,善于兴革,提升为诸吏光禄勋。为人轻财好义,其家财多分予昆弟宗族。但自矜其德能,心胸狭窄,好揭别人阴私,由此多所结怨;终因得罪太仆戴长乐,戴长乐上书奏杨恽罪恶,杨恽因此被免为庶人。杨恽的作品只传下这篇《报孙会宗书》与一则残文,这封书信于慷慨陈词间颇见文采。《报孙会宗书》与《闲居》残文,见严可均辑《全上古三代秦汉三国六朝文》。他的诗仅存一首《歌诗》，见逯钦立辑《先秦汉魏晋南北朝诗》。

《报孙会宗书》，是杨恽在失去官爵后写给朋友孙会宗的一封答复信。对于自己的一时失言而被革职，杨恽无疑是极不服气的。文中只写平常的田家腊月聚乐的场景，却在言语之间，吐露着一腔的幽愤和怀抱，却没有想到后来竟成罪证，被腰斩处死。于叙事中蕴涵着激情，谐语中流露出愤懑，情真语谐，堪称佳作。该文的磊落不群、桀骜不驯的格调与司马迁《报任少卿书》风格如出一辙，在西晋嵇康的《与山巨源绝交书》中得到进一步发展。

后人对此文也颇多肯定，认为"酷肖其外祖"。明孙矿："是愤怨语，而豪迈自肆，于谲激处见态。"明凌稚隆《汉书评林》："慷慨激烈，规模布置，宛然外祖《答任安书》风致。"清浦起龙《古文眉诠》："兀傲恢奇，笔阵酷类其外祖；而旷荡之襟与偃蹇之态，不双管而并行，亦怪事也。"清余诚《重订古文释义新编》："行文之法，字字翻腾，段段收束，平直处皆曲折，疏散处皆紧炼，则酷肖其外祖。"后人又评："锐利处，如太阿出匣，跌宕处，如狂潮怒涌，令人百读不厌。世有以语出过激，致召杀身之祸病之者，不知此乃汉宣之苛刻，于此文何尤？"（转引自吴功正《古文鉴赏辞典》，江苏文艺出版社，1987年，第362页）

报任少卿书（节选）

司马迁

选自《汉书·司马迁传》，参以《文选》。

事未易一二为俗人言也。仆之先人非有剖符丹书之功，文史星历近乎卜祝之间，固主上所戏弄，倡优畜之，流俗之所轻也[1]。假令仆伏法受诛，若九牛亡一毛，与蝼蚁何异？而世又不与能死节者比，特以为智穷罪极，不能自免，卒就死耳。何也？素所自树立使然[2]。人固有一死，死有重于泰山，或轻于鸿毛，用之所趋异也。太上不辱先，其次不辱身，其次不辱理色，其次不辱辞令，其次诎体受辱，其次易服受辱，其次关木索被箠楚受辱，其次鬄毛发婴金铁受辱，其次毁肌肤断支体受辱，最下腐刑，极矣[3]。传曰"刑不上大夫"，此言士节不可不厉也。猛虎处深山，百兽震恐，及其在穽槛之中，摇尾而求食，积威约之渐也[4]。故士有画地为牢势不入，削木为吏议不对，定计于鲜也。

今交手足，受木索，暴肌肤，受榜箠，幽于圜墙之中，当此之时，见狱吏则头枪地，视徒隶则心惕息。何者？积威约之势也 [5]。及已至此，言不辱者，所谓彊颜耳，曷足贵乎！且西伯，伯也，拘牖里；李斯，相也，具五刑；淮阴，王也，受械于陈 [6]；彭越、张敖南乡称孤，系狱具罪；绛侯诛诸吕，权倾五伯，囚于请室 [7]；魏其，大将也，衣赭关三木；季布为朱家钳奴；灌夫受辱居室 [8]。此人皆身至王侯将相，声闻邻国，及罪至罔加，不能引决自财。在尘埃之中，古今一体，安在其不辱也！由此言之，勇怯，势也；彊弱，形也。审矣，曷足怪乎！且人不能蚤自财绳墨之外，已稍陵夷至于鞭箠之间，乃欲引节，斯不亦远乎 [9]！古人所以重施刑于大夫者，殆为此也。夫人情莫不贪生恶死，念亲戚，顾妻子，至激于义理者不然，乃有不得已也。今仆不幸，蚤失二亲，无兄弟之亲，独身孤立，少卿视仆于妻子何如哉？且勇者不必死节，怯夫慕义何处不勉焉！仆虽怯愞欲苟活，亦颇识去就之分矣，何至自湛溺累绁之辱哉！且夫臧获婢妾犹能引决，况若仆之不得已乎！所以隐忍苟活，函粪土之中而不辞者，恨私心有所不尽，鄙没世而文采不表于后也 [10]。

古者富贵而名摩灭，不可胜记，唯倜傥非常之人称焉 [11]。盖西伯拘而演《周易》；仲尼厄而作《春秋》 [12]；屈原放逐，乃赋《离骚》；左丘失明，厥有《国语》 [13]；孙子膑脚，《兵法》修列；不韦迁蜀，世传《吕览》 [14]；韩非囚秦，《说难》、《孤愤》。《诗》三百篇，大氐贤圣发愤之所为作也 [15]。此人皆意有所郁结，不得通其道，故述往事，思来者。及如左丘明无目，孙子断足，终不可用，退论书策以舒其愤，思垂空文以自见 [16]。仆窃不逊，近自讬于无能之辞，网罗天下放失旧闻，考之行事，稽其成败兴坏之理，上计轩辕，下至于兹。为十表，本纪十二，书八章，世家三十，列传七十，凡百三十篇，亦欲以究天人之际，通古今之变，成一家之言 [17]。草创未就，适会此祸，惜其不成，是以就极刑而无愠色。仆诚已着此书，藏之名山，传之其人通邑大都，则仆偿前辱之责，虽万被戮，岂有悔哉！然此可为智者道，难为俗人言也 [18]。

且负下未易居，下流多谤议。仆以口语遇遭此祸，重为乡党戮笑，污辱先人，亦何面目复上父母之丘墓乎？虽累百世，垢弥甚耳！是以肠一日而九回，居则忽忽若有所亡，出则不知所如往 [19]。每念斯耻，汗未尝不发背霑衣也。身直为闺阁之臣，宁得自引深臧于岩穴邪！故且从俗浮湛，与时俯仰，以通其狂惑。今少卿乃教以推贤进士，无乃与仆之私指谬乎 [20]。今虽欲雕琢，曼辞以自解，无益，于俗不信，只取辱耳 [21]。要之死日，然后是非乃定。书不能尽意，故略陈固陋。谨再拜。

【注释】

[1] 一二：逐一。剖符：把竹做的契约一剖为二，皇帝与大臣各执一块，上面写着同样的誓词，说永远不改变立功大臣的爵位。丹书：把誓词用丹砂写在铁制的契券上。凡持有剖符、丹书的大臣，其子孙犯罪可获赦免。文史星历：史籍和天文历法，都属太史令掌管。卜祝：负责占卜和祭祀的官职。倡优：乐人和戏人，是古代被人轻贱的下等人。畜：同"蓄"。

[2] 蝼蚁：蝼蛄和蚂蚁，泛指微小的生物。螘，同"蚁"。所自树立：自己用来立身的。指工作和职位。

[3] 死，有重于泰山：《文选》作"或重于泰山"。用之所趋：意思是为什么去死。用，因；之，代死。理色：脸面。理，纹理；色，脸色。或解为道理和脸面。诎（qū）体：指身体被捆绑。诎，同"屈"。易服：换上罪犯的服装。古代罪犯穿赭（深红）色的衣服。关，指戴上；木，指枷；索，绳索。箠（chuí）楚：木杖和荆杖，都是刑具。髡（tì）：同"剃"，把头发剃光，即髡（kūn）刑。婴：环绕。颈上带着铁链服苦役，即钳刑。毁肌肤、断支体：指毁伤肉体的刑罚。如脸上刺字的黥（qíng）刑、砍去双脚的刖（yuè）刑等。支，同"肢"。腐刑：即宫刑，仅次于死刑。

[4] 刑不上大夫：《礼记·曲礼》中语。厉：同"砺"，磨砺。穽：同"阱"。捕兽的陷坑。槛（jiàn）：关野兽的木笼。积威约：长期威力的约束。渐：逐渐发展的结果。

[5] 定计：指早就拿定主意。鲜：指态度鲜明。或解为夭亡、不以寿终。鲜：态度鲜明。即自杀，以示不受辱。榜：鞭打。箠：竹棒。此处用作动词。圜墙：指监狱。圜，通"圆"。枪：同"抢（qiāng）"，撞，触。徒隶：狱卒。惕息：不敢喘息，形容极其恐惧。

[6] 彊颜：厚着脸皮。彊，通"强"。西伯：即周文王。殷纣时他是西方诸侯之长，故称。伯：方伯，即一方诸侯之长。伯：通"霸"。牖（yǒu）里：一作"羑里"，在今河南汤阴县。文王曾被殷纣王囚禁于此。李斯被赵高陷害，最后被腰斩、灭三族。五刑：秦汉时五种刑罚，见《汉书·刑法志》："当三族者，皆先黥劓，斩左右趾，笞杀之，枭其首，菹其骨肉于市。"淮阴：指淮阴侯韩信。韩信先被封为楚王，都下邳（今江苏邳县）。有人告他谋反，刘邦假做南游，到陈地，韩信来见，被逮捕。后被赦，封为淮阴侯。械，拘禁手足的木制刑具。

[7] 彭越，汉初功臣，封梁王；张敖，汉初功臣张耳之子，父死，袭为赵王。二人都因被诬告称孤谋反，下狱定罪。绛侯：周勃的封号。吕后死，吕禄等人谋反，周勃与陈平等诛灭吕氏亲族，迎立文帝。五伯（bà）：即春秋五霸。伯，通"霸"。请室：大臣犯罪等待判决的地方。周勃后被人诬告谋反，囚于狱中。

[8] 衣赭（zhě）：穿红褐色的衣服。古代囚服为赭色。三木：指加在颈、手、足三处的刑具，即枷和桎梏（zhì gù）。魏其侯窦婴，汉景帝时被封为魏其侯。武帝时，营救灌夫，被人诬告，下狱判处死罪。三木：头枷、手铐、脚镣。季布：楚霸王项羽的大将，曾多次打击刘邦。项羽败死，刘邦出重金缉捕季布。季布改名换姓，受髡刑和钳刑，卖身给鲁人朱家为奴。灌夫：平七国之乱有功，为中郎将。因得罪了丞相田蚡，武帝时被诬下狱、灭族。居室，少府所属的官署名。

[9] 罔加：法网加在身上。罔，同"网"。引决：自杀。自财：自杀。财，通"裁"。尘埃：指监狱。审矣：明白了。财，通"裁"。蚤：通"早"。绳墨：指法令。陵夷：卑下，衰颓。

[10] 耎："软"的古字。亲戚：这里指父母。去就：去留，进退。这里指偷生或赴死。湛：同"沉"。沉溺：陷身。累绁（léi xiè）：捆绑犯人的绳索，引申为捆绑、牢狱。累，《文选》作"缧"。臧获：奴曰臧，婢曰获。古代骂奴婢的贱称。隐忍：克制忍耐。函：包围。粪土：指监狱。鄙：鄙陋，鄙薄。没（mò）世：终结一世，即死。文采：指文章。摩：通"磨"。

[11] 俶（tì）傥：豪迈不受拘束。

[12] 西伯拘而演《周易》：传说周文王被殷纣王拘禁在牖里时，把古代的八卦推演为六十四卦，成为《周易》的骨干。仲尼厄而作春秋：孔丘字仲尼，周游列国宣传儒道，在陈地和蔡地受到围攻和绝粮之苦，返回鲁国作《春秋》一书。厄，受困，指孔子周游列国所受的困厄。按，现代学者认为，《春秋》为鲁国史官所记，孔子进行了加工与修订。

[13] 屈原：曾两次被楚王放逐，幽愤而作《离骚》。《史记》卷八十四《屈原贾生列传》载，《离骚》是屈原被楚怀王疏远后所作，与本文所说不同。左丘：

春秋时鲁国史官左丘明。《国语》：史书，相传为左丘明撰著。

[14]孙子：春秋战国时著名军事家孙膑。膑脚：孙膑曾与庞涓一起从鬼谷子习兵法。后庞涓为魏惠王将军，骗膑入魏，割去了他的膑骨（膝盖骨）。《孙膑兵法》早已失传，1972年山东临沂银雀山西汉墓出土的竹简中，有残简五千九百余字。修列，著述，编著。不韦：吕不韦，战国末年大商人，秦初为相国。曾命门客着《吕氏春秋》（一名《吕览》）。始皇十年，令吕不韦举家迁蜀，吕不韦自杀。

[15]韩非：战国后期韩国公子，曾从荀卿学，入秦被李斯所谮，下狱死。著有《韩非子》，《说难》、《孤愤》是其中的两篇。《诗》三百篇：今本《诗经》共有三百零五篇，此举其成数。氐：同"抵"。

[16]通其道：行其道，即实现其理想。思来者：意思是想到以后的人会有理解自己的。书策：写作，著书。策，竹简。垂：流传。空文：即指文章著作。当时还不能以文章建立功业，故称空文。

[17]失：读为"佚"。放失（yì）：散失。失，同"佚"。稽：考察。理：道理，规律。轩辕：黄帝名。"上计轩辕"至"列传七十"，《汉书》原无此二十六字，当是删节，此据《文选》补入。天人之际：天道与人事的关系。

[18]极刑：指宫刑。愠（yùn）：怒。其人：指志同道合之人，能传布自己著作的人。责（zhài）：同"债"。

[19]负下：负罪之下，背负罪名的情况下。下流：身处下流，指地位卑微，名声不好。乡党：同乡之人。戮笑：辱笑。戮：辱。垢：耻辱。九回：九转。形容痛苦之极。

[20]闺阁之臣：指宦官。闺、阁都是宫中小门，指皇帝深密的内廷。引：引退。俯仰：应付，周旋。通：舒发。私指：私意。指，同"旨"。

[21]雕瑑（zhuàn）：雕刻成连锦状的花纹。这里指修饰、美化自己。曼辞：美饰之辞。不信：不被信任。

【阅读指要】

《报任少卿书》又名《报任安书》。原载《汉书·司马迁传》和《文选》，两本文字略有不同。

任安，字少卿，荥阳人，曾任益州刺史、北军使者护军。安是司马迁的朋友，曾写信给司马迁，要他利用担任中书令的机会，"推贤进士"。隔了很长时间，司马迁写了这封信答复他，而这时任安已经因事下狱。任安这次下狱，后被汉武帝赦免。但两年之后，任安又因戾太子事件被处腰斩。

这是司马迁"抒其愤"的一篇名作。作于太始四年，司马迁五十三岁。此文紧扣任安"推贤进士"的要求为议题，以"辱"字为文眼，申述了自己的不幸遭遇，抒发了内心的无限痛苦，揭露了武帝的喜怒无常、刚愎自用，提出了"人固有一死，死，有重于泰山，或轻于鸿毛"的生死观，表现了为完成一部"究天人之际，通古今之变，成一家之言"的《史记》而甘受凌辱、坚韧不屈的精神。全文感情真挚强烈，夹叙夹议，回环反复，把作者的心曲表现得淋漓尽致。宋楼昉《崇古文诀》："反复曲折，首尾相续，叙事明白，读之令人感激悲痛，然看得豪气犹未尽除。"清吴楚材、吴调侯《古文观止》："此书反复曲折，首尾相续，叙事明白，豪气逼人。其感慨啸歌，大有燕、赵烈士之风；忧愁幽思，则又直与《离骚》对垒。文情至此极矣。"

这封书信是一篇情文并茂的散文杰作，对后世书信体散文的创作有极大的影响。

司马相如二篇

难蜀父老（节选）

节选自《史记·司马相如列传》。

盖世必有非常之人，然后有非常之事；有非常之事，然后有非常之功。非常者，固常人之所异也[1]。故曰非常之原[2]，黎民惧焉；及臻厥成，天下晏如也[3]。昔者洪水沸出，泛滥衍溢，人民登降移徙，崎岖而不安。夏后氏戚之[4]，及堙洪水[5]，决江疏河，洒沉赡菑[6]，东归之于海，而天下永宁。当斯之勤，岂唯民哉？心烦于虑而身亲其劳，躬胝无胈[7]，肤不生毛，故休烈显乎无穷[8]，声称浃乎于兹[9]。

【注释】

[1] 所异：感到奇异的。

[2] 原：通"元"，开始。

[3] 晏如：安然。

[4] 戚：通"慽"。

[5] 堙：堵塞。

[6]洒：分散。沉：深，深水。赡：通"澹"，安。蕾（zāi）：通"灾"，灾民。

[7]躬：肢体。胝（zhī）：老茧。胈（bá）：细毛，汗毛。

[8]休：美好。烈：功业。

[9]声称：名声和颂扬（称赞）。浃：通，透。兹：今，现在。

谏猎疏

选自《史记·司马相如列传》。

相如从上至长杨猎[1]。是时天子方好自击熊豕，驰逐埜兽[2]。相如因上疏谏曰：

臣闻物有同类而殊能者，故力称乌获，捷言庆忌，勇期贲、育[3]。臣之愚，窃以为人诚有之，兽亦宜然。今陛下好陵阻险，射猛兽，卒然遇逸材之兽[4]，骇不存之地，犯属车之清尘[5]，舆不及还辕，人不暇施巧，虽有乌获、逢蒙之技不能用[6]，枯木朽株尽为难矣。是胡、越起于毂下，而羌、夷接轸也[7]，岂不殆哉！虽万全而无患，然本非天子之所宜近也。

且夫清道而后行，中路而驰，犹时有衔橛之变[8]，况乎涉丰草，骋邱墟，前有利兽之乐，而内无存变之意，其为害也不难矣。夫轻万乘之重，不以为安乐，出万有一危之涂以为娱[9]，臣窃为陛下不取。

盖明者远见于未萌，而知者避免于无形，祸固多藏于隐微，而发于人之所忽者也。故鄙谚曰："家累千金，坐不垂堂[10]。"此言虽小，可以喻大。臣愿陛下留意幸察。

【注释】

[1]长杨：秦汉官殿名，故址在今陕西周至。

[2]埜：同"野"。

[3]乌获：战国时大力士。传说能力举千钧。庆忌：春秋时吴王僚的儿子。传说他跑起来，连马都迫不上。贲、育：战国时武士孟贲和夏育。

[4]卒（cù）然：突然。逸材：才能超群，这里指野兽凶猛异常。

[5]属车之清尘：实指皇帝，是委婉的说法。属车，随从车辆。清，洁净。尘，走

过以后带起的尘土。

[6] 逢蒙：古代善射箭的人。

[7] 胡越：古代对北方、南方少数民族的泛称。毂（gǔ）下：皇帝车驾之下。羌
（qiāng）夷：古代对西方、东方少数民族的泛称。轸（zhěn）：车厢的底框，
这里指车。

[8] 清道：旧时帝王或大官外出，事先要清除道路，驱逐行人，以确保安全。衔：
铁制马具。放在马口内，用以勒马。橛：车钩心，固定车厢底部和车轴之间的木橛。

[9] 涂：通“途”。

[10] 垂堂：靠近屋檐处。屋檐处容易掉下瓦片伤人。所以把它比喻为危险的地方。

【阅读指要】

　　司马相如（前179—前118），字长卿。西汉辞赋家。蜀郡成都人。景帝时为
武骑常侍，后称病免官，至梁，与梁孝王的文学侍从枚乘等同游。梁孝王死，他
归蜀经临邛，以琴音为媒，与卓文君结为夫妻，成千古佳话。所作《子虚赋》受
到汉武帝常识，因召得见，写《上林赋》以献，武帝大喜，拜为郎。后以中郎将
出使西南。不久又召为郎，转迁孝文园令，因病卒。

　　《汉书·艺文志》著录“司马相如赋二十九篇”，现存6篇，另有3篇仅存篇名。
另有散文《难蜀父老》、《封禅文》等，诗歌则仅存《琴歌》和《郊祀诗》。《隋书·经
籍志》有《司马相如集》1卷，已散佚。明人张溥辑有《司马文园集》，收入《汉
魏六朝百三家集》。

　　《难蜀父老》（节选）。此文主要说明开发西南的重大意义，采用赋体主客
问答的方式展开，虽曲折进谏，却论说雄辩，富有气势。此文开创了论难文文体。

　　《谏猎疏》。司马相如赋作大都描写帝王苑囿之盛，田猎之乐。文采广博闳丽，
极尽铺张夸饰之辞，亦有堆彻辞藻之病，篇末则多寄寓讽谏之意，被称为“劝百
讽一”。《谏猎疏》一文劝谏武帝为了自身的安全不要打猎。富有哲理，发人深省。
《汉书·司马相如传》传称，见此书后，“上善之”。此文原见《史记》。

逐贫赋

扬 雄

选自欧阳询《艺文类聚》。

扬子遁居，离俗独处。左邻崇山，右接旷野，邻垣乞儿，终贫且窭[1]。礼薄义弊，相与群聚，惆怅失志，呼贫与语："汝在六极，投弃荒遐。好为庸卒，刑戮相加[2]。匪惟幼稚，嬉戏土沙。居非近邻，接屋连家。恩轻毛羽，义薄轻罗。进不由德，退不受呵。久为滞客，其意谓何？人皆文绣，余褐不完；人皆稻粱，我独藜飧[3]。贫无宝玩，何以接欢？宗室之燕，为乐不盘[4]。徒行负笈，出处易衣。身服百役，手足胼胝[5]。或耘或耔，沾体露肌。朋友道绝，进官凌迟。厥咎安在？职汝为之[6]！舍汝远窜，昆仑之颠；尔复我随，翰飞戾天[7]。舍尔登山，岩穴隐藏；尔复我随，陟彼高冈[8]。舍尔入海，泛彼柏舟；尔复我随，载沉载浮[9]。我行尔动，我静尔休。岂无他人，从我何求？今汝去矣，勿复久留！"

贫曰："唯唯。主人见逐，多言益嗤[10]。心有所怀，愿得尽辞。昔我乃祖，宣其明德，克佐帝尧，誓为典则[11]。土阶茅茨，匪雕匪饰。爰及季世，纵其昏惑。饕餮之群[12]，贪富苟得。鄙我先人，乃傲乃骄。瑶台琼榭，室屋崇高；流酒为池，积肉为崤[13]。是用鹄逝，不践其朝。三省吾身，谓予无僣[14]。处君之家，福禄如山。忘我大德，思我小怨。堪寒能暑，少而习焉；寒暑不忒[15]，等寿神仙。桀跖不顾，贪类不干。人皆重蔽，予独露居；人皆惴惕，予独无虞！[16]"言辞既磬，色厉目张，摄齐而兴，降阶下堂[17]。"誓将去汝，适彼首阳。孤竹二子[18]，与我连行。"

余乃避席，辞谢不直："请不贰过，闻义则服。长与汝居，终无厌极。"贫遂不去，与我游息。

【注释】

[1] 窭（jù）：贫寒。

[2] 六极：东西南北上下，指宇内。好为庸卒：常为别人的佣工、仆人。刑戮相加：屡遭惩罚。

[3] 藜飧：以野菜为食。

[4] 盘：快乐。

[5] 徒行负笈：步行求学。出处易衣：家中穷得仅有一件衣服，谁出门谁换上。胼胝（pián zhī）：老茧。

[6] 凌迟：衰退，此谓仕途坎坷。咎，过错。职，主要。

[7] 翰飞：高飞。戾天：至天。

[8] 陟彼高冈：登上那高丘。

[9] 泛彼柏舟：飘荡着柏木舟。载沉载浮：在水中又沉又浮。

[10] 嗤：笑。

[11] "昔我"四句，不明所指。宋魏仲举刊《五百家注昌黎文集》引洪兴祖注云："予尝见《文宗备问》云：颛顼高辛时，宫中生一子，不着完衣，宫中号为'穷子'。其后正月晦死，宫中葬之，相谓曰：'今日送却穷子'。自尔相承送之。"又唐《四时宝鉴》云："高阳氏子，好衣弊食糜，正月晦巷死。世作糜弃破衣，是日祝于巷曰：除贫也。"按：高阳氏即颛顼，传为黄帝孙，扬雄此文所谓"贫"的祖先能辅佐帝尧，想必与"穷子"一样出身显赫，然典籍未见"穷子"其他事迹。

[12] 饕餮（tāo tiè）：本怪兽名，贪吃致死，后以此称贪婪的人。

[13] 嶂：山名，此借指山。

[14] 愆：同"愆"，罪过。

[15] 忒（tè）：更、变。不忒：谓不受影响。

[16] 重蔽：层层保护。怵惕：恐惧。

[17] 罄：尽。摄齐（zī）：撩起衣下摆。齐，衣下缝。

[18] 孤竹二子：孤竹君子伯夷和叔齐，两人不食周粟，饿死首阳山。

【阅读指要】

扬雄（前53—18），字子云，蜀都成都（今四川成都）人。少时好学，博览多识，沉默好思善辞赋。40岁后始游京师，大司马王音召为门下吏。因辞赋而得到汉成帝赏识，召入宫廷，任职为郎，给事黄门。王莽称帝后，校书于天禄阁，官为大夫。为人口吃，不善言谈，以文章名世。除辞赋外，又仿《论语》作《法言》，仿《周易》作《太玄》，表述其哲学、社会、政治等方面的思想，在思想史上有一定价值。另有语言学著作《方言》。晚年有鄙薄辞赋倾向，谓其为"雕虫篆刻，壮夫不为"，并提出"诗人之赋丽以则，辞人之赋丽以淫"等观点文学，但其文学成就仍以辞赋为高；辞赋创作上模拟司马相如的《子虚》、《上林》，作《甘泉》、《羽猎》、《长杨》等赋，后世有"扬马"之称。另外还仿效屈原写有《反离骚》、《广骚》、《畔牢愁》等。散文方面以《法言》为代表，并首创一种新文体"连珠体"。原有集，今已散佚。明人张溥辑有《扬侍郎集》，收入《汉魏六朝百三家集》。

　　作者对自己长期贫困的命运感到愤慨，因而决定对"贫"采取驱逐措施。全赋借人与物的对话寄情写志，构思奇妙，尤能运用轻松诙谐的笔调，抒发对现实的悲愤，读来既幽默有趣又发人深省。胡朴安《读汉文记》："采绝浮藻，声无繁弦，事虽游戏，辞可法则。"这种以戏谑为美的赋对后世创作颇有影响，韩愈的《送穷文》、柳宗元的《乞巧文》等皆承其法。清浦铣《复小斋赋话》："扬子云《逐贫赋》，昌黎《送穷文》所本也。至宋、明而《斥穷》、《驱懑》、《礼贫》之作纷纷矣。"

盐铁论·相刺（节选）

桓　宽

选自《盐铁论校注》卷五《相刺第二十》。

　　大夫曰："古者经井田，制廛里，丈夫治其田畴，女子治其麻枲，无旷地，无游人[1]。故非商工不得食于利末[2]，非良农不得食于收获，非执政不得食于官爵。今儒者释末耜而学不验之语[3]，旷日弥久而无益于治，往来浮游，不耕而食，不蚕而衣，巧伪良民，以夺农妨政[4]。此亦当世之所患也。"

　　文学曰：禹悯洪水，身亲其劳，泽行路宿，过门不入。当此之时，簪堕不掇，冠挂不顾，而暇耕乎[5]。孔子曰："诗人疾之不能默，丘疾之不能伏。"[6]是以东西南北七十说而不用，然后退而修王道，作《春秋》，垂之万载之后，天下折中焉[7]。岂与匹夫匹妇耕织同哉！传曰："君子当时不动，而民无观也。"故非君子莫治小人，非小人无以养君子[8]。不当耕织为匹夫匹妇也[9]。君子耕而不学，则乱之道也。

　　大夫曰：文学言治尚于唐、虞，言义高于秋天，有华言矣[10]，未见其实也。昔鲁穆公之时，公仪为相，子思、子柳为之卿，然北削于齐，以泗为境，南畏楚人，西宾秦国[11]。孟轲居梁，兵折于齐，上将军死而太子虏，西败于秦，地夺壤削，亡河内、河外[12]。夫仲尼之门，七十子之徒，去父母，捐家室，负荷而随孔子，不耕而学，乱乃愈滋。故玉屑满箧[13]，不为有宝；诗书负笈，不为有道。要在安国家，利人民，不苟繁文众辞而已[14]。

文学曰：虞不用百里奚之谋而灭，秦穆用之以至霸焉。夫不用贤则亡，而不削何可得乎[15]？孟子适梁，惠王问利，答以仁义[16]。趣舍不合，是以不用而去，怀宝而无语[17]。故有粟不食，无益于饥；睹贤不用，无益于削。纣之时，内有微、箕二子，外有胶鬲、棘子，故期不能存。夫言而不用，谏而不听，虽贤，恶得有益于治也[18]？

【注释】

[1] 经：划分。廛（chán）里：住宅。古代一户人家所住的房屋叫廛，五家为邻。五邻为里。麻枲：指麻的种植、纺绩之事。游人：游手好闲的人。

[2] 商工：谓自产自销的手工业者，不是商人和工人。

[3] 释：放下。耒耜（lěi sì）：古代翻土的农具，后为农具的总称。不验之语：不能用实践来证明的空话。

[4] 浮游：东游西逛。妨农夺政：影响农业，妨碍朝政。

[5] 戚，忧虑。簪（zān）：用来绾住头发的一种首饰。掇（duō）：拾起。冠挂：帽子被树枝挂掉。

[6] "孔子曰"句：出自《论衡·对作篇》。此文未见所出，盖《论衡》即本之《盐铁论》。

[7] 七十说：游说了七十个国君。七十，非实际数字，是一种夸大的说法，表示多次游说。垂：流传。万载：万年。折中："折"，判断。"中"，恰当。这里指以《春秋》作为判断事物的标准。

[8] "故非"二句：出自《孟子·滕文公上》。"野人"、"小人"，都是指劳动人民而言。

[9] "不当"：原作"当不"，今据姚范、俞樾说改正。

[10] 华言：华丽的辞句。

[11] 鲁穆公：战国时鲁国国君，名显，鲁元公子。公仪：即公仪休，鲁穆公时为博士，奉法循理，百官自正，使食禄者不得与下民争利，事见《史记·循吏传》。宾：服从。

[12] 兵折于齐：前344—前343，魏与齐两军在马陵（今河南省范县）相峙，魏军

中了齐国孙膑的计谋，大败，魏将庞涓被擒，太子申被俘。上将军：即魏将庞涓。太子：即太子申。西败于秦：指公元前341年，商鞅率秦军攻魏；公元前330年，秦公孙衍攻魏；公元前290年，秦将白起攻魏，魏割让黄河两岸的土地给秦。河内、河外：指山西、陕西两省交界处南段黄河以东和以西的地方。这里有些事是在孟子到梁以前就发生的，但都记在孟轲的账上，是因为在会议发言时记忆不太准确。

[13] 玉屑：玉石的碎末。箧（qiè）：箱子。

[14] “诗书”：或原作“持书”，“持书”与“负笈”对文。笈（jí）：书箱。

[15] “文学曰”句：出自《孟子·告子下》。

[16] 《孟子·梁惠王上》："孟子见梁惠王，王曰'叟，不远千里而来，亦将有以利吾国乎？'孟子对曰：'王何必曰利，亦有仁义而已矣。'"

[17] 趣舍：即“取舍”，这里指政治主张。《论语·阳货篇》“怀其宝而迷其邦”，即此文所本。

[18] 微：微子。箕：箕子。胶鬲（gé）：商纣王的大臣，后来投奔周文王，成为周朝的大臣。棘子：汤时贤人，此处应指棘子的后人。恶（wū）得：怎么能够。

【阅读指要】

　　《盐铁论》是西汉的桓宽根据著名的“盐铁会议”记录整理撰写的重要史书，书中记述了当时对汉武帝时期的政治、经济、军事、外交、文化的一场大辩论。昭帝始元六年（前81），下诏将各郡国推举的贤良文学人士聚集京城，调查民间疾苦。这次聚会上，贤良文学们请求废除盐、铁和酒的官府专营，并取消均输官。这次会议，以桑弘羊为代表的政府一方，与以贤良文学为代表的民间一方，互相辩论得非常激烈。桓宽的思想和贤良文学人士相同，所以书中不免有对桑弘羊的批评之词。书中语言很精练，对各方的记述也很生动，为现代人再现了当时的情况。

　　这篇是大夫和文学对面互相讽刺的记录。大夫指责儒生“往来浮游，不耕而食，不蚕而衣”，“授之以政则不达”，“此亦当世之所患也”。文学则反唇相讥，认为“今之执政亦未能称盛德”。

王充二篇

论衡·自然篇（节选）

选自《论衡校释》卷八《自然篇第五十四》。

或曰："桓公知管仲贤，故委任之；如非管仲，亦将谴告之矣。使天遭尧、舜，必无谴告之变[1]。"曰：天能谴告人君，则亦能故命圣君。择才若尧、舜，受以王命[2]，委以王事，勿复与知。今则不然，生庸庸之君，失道废德，随谴告之，何天不惮劳也[3]！曹参为汉相，纵酒歌乐，不听政治，其子谏之，笞之二百[4]。当时天下无扰乱之变[5]。淮阳铸伪钱，吏不能禁，汲黯为太守，不坏一炉，不刑一人，高枕安卧，而淮阳政清[6]。夫曹参为相若不为相，汲黯为太守若郡无人。然而汉朝无事，淮阳刑错者，参德优而黯威重也[7]。计天之威德，孰与曹参、汲黯？而谓天与王政随而谴告之，是谓天德不若曹参厚，而威不若汲黯重也。蘧伯玉治卫，子贡使人问之："何以治卫？"对曰："以不治治之。"夫不治之治，无为之道也[8]。

【注释】

[1] 遭：遇上，碰到。变：灾变。

[2] 受：通"授"。

[3] 惮：怕。不惮劳：不怕劳累、麻烦。

[4] 笞（chī）：笞刑。用竹板或荆条打脊背或臀腿。以上事参见《史记·曹相国世家》。

[5] 曹参：（？—前190），字敬伯，沛县（今属江苏）人，汉初大臣。后继萧何为汉惠帝丞相，"举事无所变更，一遵萧何约束"，有"萧规曹随"之称。

[6] 淮阳：郡名，国名。汉高祖十一年（前196）置淮阳国，为同姓九国之一，都于陈（今淮阳），惠帝后时为郡，时为国。成帝时辖境相当于今河南淮阳、扶沟等县地。东汉章和二年（88），改为陈国。汲黯（？—前112）：西汉名臣。字长孺，濮阳（今河南濮阳）人。太守：本为战国时郡守的尊称，汉景帝时，改郡守为太守，为一郡的最高行政长官。以上事参见《史记·汲郑列传》。

[7] 错：通"措"。废置，搁置。刑错：刑罚废置不再使用。

[8] 蘧伯玉：蘧瑗（qú yuàn），字伯玉，谥成子。春秋时期卫国（现河南卫辉）
　　卫国有名的贤人，奉祀于孔庙东庑第一位。卫：春秋时卫国，在今河南北部滑
　　县一带。以上事参见《淮南子·主述训》。

论衡·订鬼篇（节选）

选自《论衡校释》卷二十二《订鬼篇第六十五》。

凡天地之间有鬼，非人死精神为之也。皆人思念存想之所致也。致之何由？由于疾病。人病则忧惧，忧惧见鬼出[1]。凡人不病则不畏惧。故得病寝衽[2]，畏惧鬼致，畏惧则存想，存想则目虚见。何以效之？传曰："伯乐学相马[3]，顾玩所见，无非马者。宋之庖丁学解牛[4]，三年不见生牛，所见皆死牛也[5]。"二者用精至矣，思念存想，自见异物也[6]。人病见鬼，犹伯乐之见马，庖丁之见牛也。伯乐，庖丁所见非马与牛，则亦知夫病者所见非鬼也。

病者困剧身体痛，则谓鬼持棰杖殴击之[7]，若见鬼把椎锁绳纆立守其旁[8]，病痛恐惧，妄见之也。初疾畏惊，见鬼之来，疾困恐死，见鬼之怒；身自疾痛，见鬼之击，皆存想虚致，未必有其实也。夫精念存想，或泄于目，或泄于口；或泄于耳。泄于目，目见其形；泄于耳，耳闻其声；泄于口，口言其事。昼日则鬼见，暮卧则梦闻。独卧空室之中，若有所畏惧，则梦见夫人据案其身哭矣[9]。觉见卧闻，俱用精神；畏惧存想，同一实也。

【注释】

[1] 见：据递修本当作"则"。

[2] 衽（rèn）：席子。

[3] 伯乐：相传是古代善相马的人。

[4] 庖（páo）丁：厨师。

[5] 引文参见《吕氏春秋·精通》。

[6] 自见异物：当作"虚见其物"。

[7] 棰（chuí）：鞭子。

[8] 椎：同"槌"。绳纆（mò）：绳索。

[9] "哭"：应删。案：通"按"。夫：当是"妖"，脱女旁，径误为"夫"。

【阅读指要】

王充（27—约97），字仲任，会稽上虞人。出身"细族孤门"，自小聪明好学。8岁时"谢师而专门，援笔而众奇"。后至洛阳太学，曾师事班彪。常游洛阳市肆阅所卖书，一见辄能诵忆，遂博通众流百家之言。作过郡功曹、治中等小吏，与当权者不合，免官家居，专意著述。晚年贫病交加，逝于家中。

据《论衡·自纪篇》，王充的著作有《讥俗》、《政务》、《养性》、《论衡》四部。今仅存《论衡》，其他均已亡佚，其中《论衡·招致》一篇亦亡佚。

清刘熙载《艺概》卷一："王充、王符、仲长统三家文，皆东京之矫矫者，分按之：大抵《论衡》奇创，略近《淮南子》；《潜夫论》醇厚，略近董广川；《昌言》俊发，略近贾长沙。"

《论衡·自然篇》（节选）。《论衡》的宗旨是"疾虚妄"。王充批判了董仲舒的神学目的论，提出了元气是构成宇宙万物的物质基础的元气说，认为世界由物质性的"气"所构成，由"气"本身的运动而产生万物。人的生命、精神也以"精气"为物质基础。不存在脱离形体而独存的灵魂；感官经验为知识的来源，不存在"生而知之"者；强调"效验"、"证验"作为检查知识可靠性的标准，反对把儒家的经典变成教条，并以"天道自然"论，批判"天人感应"论。此文中，王充对圣贤之言、经典之文的虚妄之处，也毫不留情地予以辩驳。如《自然篇》疾虚妄而不避上圣。既驳天降谴告，也驳天授王命。

《论衡·订鬼篇》（节选）。本篇对社会上各种关于鬼的传说进行了分析考订。批判世人对鬼的迷信"凡天地之间，有鬼，非人死精神为之也，皆人思念存想之所致也。"该文重在运用生活经验予以论证，认为鬼是"人思念存想之所致"，"由于疾病"所致。对于鬼的各种传说，他一般都用气构成万物的观点加以解释。他反对人死后精神能变成鬼，但却承认世间确有各式各样的由无知的"阳气"构成的鬼，其毒能击杀那些命中注定该死的人。

王符二篇

潜夫论·论荣

选自《潜夫论笺校正》卷一《论荣第四》。

所谓贤人君子者，非必高位厚禄富贵荣华之谓也，此则君子之所宜有，而非其所以为君子者也。所谓小人者，非必贫贱冻馁辱阨穷之谓也[1]，此则小人之所宜处，而非其所以为小人者也。

奚以明之哉？夫桀、纣者，夏殷之君王也，崇侯、恶来，天子之三公也，而犹不免于小人者，以其心行恶也[2]。伯夷、叔齐，饿夫也，傅说胥靡，而井伯虞虏也，然世犹以为君子者，以为志节美也[3]。

故论士苟定于志行，勿以遭命，则虽有天下不足以为重，无所用不足以为轻，处隶圉不足以为耻，抚四海不足以为荣。况乎其未能相县若此者哉？故曰：宠位不足以尊我，而卑贱不足以卑己[4]。

夫令誉从我兴，而二命自天降之。诗云："天实为之，谓之何哉！"故君子未必富贵，小人未必贫贱，或潜龙未用，或亢龙在天，从古以然。今观俗士之论也，以族举德，以位命贤，兹可谓得论之一体矣，而未获至论之淑真也[5]。

尧，圣父也，而丹凶傲；舜，圣子也，而叟顽恶；叔向，贤兄也，而鲋贪暴；季友，贤弟也，而庆父淫乱。论若必以族，是丹宜禅而舜宜诛，鲋宜赏而友宜夷也。论之不可必以族也若是[6]。

昔祁奚有言："鲧殛而禹兴，管、蔡为戮，周公佑王。"故书称"父子兄弟不相及"也。幽、厉之贵，天子也，而又富有四海。颜、原之贱，匹庶也，而又冻馁屡空。论若必以位，则是两王是为世士，而二处为愚鄙也。论之不可必以位也，又若是焉。[7]

故曰：仁重而势轻，位蔑而义荣。今之论者，多此之反，而又以九族，或以所来，则亦远于获真贤矣。[8]

昔自周公不求备于一人，况乎其德义既举，乃可以它故而弗之采乎？由余生于五狄，越蒙产于八蛮，而功施齐、秦，德立诸夏，令名美誉，载于图书，至今不灭。[9]张仪，中国之人也；卫鞅，康叔之孙也，而皆谗佞反复，交乱四海。由斯观之，人之善恶，不必世族；性之贤鄙，不必世俗。中堂生负苞，山野生兰芷。夫和氏之璧，出于璞石；隋氏之珠，产于蜃蛤。诗云："采葑采菲，无以下体。"故苟有大美可尚于世，则虽细行小瑕曷足以为累乎？[10]

是以用士不患其非国士，而患其非忠；世非患无臣，而患其非贤。盖无羁縻。陈平、韩信，楚俘也，而高祖以为藩辅，实平四海，安汉室[11]；卫青、霍去病，平阳之私人也，而武帝以为司马，实攘北狄，郡河西。惟其任也，何卑远之有？然则所难于非此土之人，非将相之世者，为其无是能而处是位，无是德而居是贵，无以我尚而不秉我势也。[12]

【注释】

[1] 荣华：草本植物的花叫"荣"，木本植物的花叫"华"，喻指荣耀光彩。冻馁：寒冷饥饿。

[2] 奚：何。.桀、纣：夏桀、商纣王。崇候、恶来：一人均为商纣王时大臣，以奸佞著称。

[3] 傅说：商朝高宗时贤臣，辅佐高宗中兴。胥靡：一种罪刑的名称。井伯虞虏：井伯，春秋时虞国的大臣，晋国灭虞国，俘获虞公及大臣井伯。

[4] 遭：遇。隶圉：卑贱之仆役。相县：即相悬，相差。

[5] 令誉：美誉，好名声。二命：指遭命与随命。遭命为遭遇之命，为定命，非人力听能改变；随命为随行之命，依行为受果报。族：族姓，门第。淑：善。

[6] 丹：人名，即丹朱，尧的儿子，不肖，尧故传位与舜。瞍：舜的父亲，凶顽不化，几次阴谋害舜。叔向：春秋时晋国著名的贤臣。鲋：叔向之弟，以凶好著称。季友；春秋时鲁国的贤臣。因生而手有"友'字纹，故名。庆父：季友之兄，生性喜淫，与国母哀姜私通。

[7] 祁奚：春秋晋国的贤臣。鲧：大禹之父，因治水无功，为舜流放。管、蔡：指管叔、蔡叔，为周文王之子，因扶助约王之子为难，为周公所杀。幽、厉：指周幽王、周厉工。均系昏君，以残忍凶暴著称。

[8] 蔑：轻。

[9] 弗之采：系弗采之的倒转，意为不采用。由余：春秋时秦国的大臣，本为晋国人，因故逃入当时的少数民族"戎"，后降秦，辅佐秦缪公创立霸业。狄：指当时北方的少数民族。越蒙：战国时越人，辅仇齐威王富国强兵，使齐国在威王、

宣王之世，国力强盛。八蛮：泛指当时丙方的少数民族。诸夏：指中原地区。

[10]张仪：战国时著名政治家，以游说显名，曾为秦惠王相，主连横术。卫鞅：即商鞅，战国时卫人，喜好刑名之学，为法家著名代表，后佐秦孝公治政。康叔：卫国大臣。为商鞅之祖。世族：显赫的家族。负苞：负当作赍，负、苞都是草的名字。隋氏之珠：即隋侯之珠，其形如明月，明亮晶莹，为当世著名的宝珠。采葑采菲，无以下体：出自《诗经·邶风·谷风》。原指"无以其妻颜色之衰，并弃其德"（《正义》）。葑，芜菁。菲，萝卜。下体，根茎。

[11]国士：本国的奇士。盖无羁縻：此处有脱文，无法训读。陈平、韩信：二人都是西汉开国功臣，起初皆辅佐项羽，后归顺刘邦，辅佐刘邦创立汉家基业。高祖：即汉高祖刘邦，汉代开国帝王。

[12]卫青、霍去病：汉武帝时期的两位大将，在讨伐匈奴的战争中立下丰功伟绩。不过二人起初均为平阳侯的家奴，后为汉武帝所重用。平阳：此处指平阳侯夷襄，系相国曹参之曾孙。司马：武职名称，执掌兵权。北狄：此处指匈奴。河西：指今甘肃、青海两省黄河以西地区。

潜夫论·考绩（节选）

选自《潜夫论笺校正》卷二《考绩第七》。

圣王之建百官也，皆以承天治地，牧养万民者也。是故有号者必称于典，名理者必效于实，则官无废职，位无非人。夫守相令长，效在治民；州牧刺史，在宪聪明[1]；九卿分职，以佐三公[2]；三公总统，典和阴阳：皆当考治以效实为王休者也。侍中、大夫、博士、议郎，以言语为职，谏诤为官，及选茂才、孝廉、贤良方正、惇朴、有道、明经、宽博、武猛、治剧，此皆名自命而号自定，群臣所当尽情竭虑称君诏也[3]。

今则不然，令长守相不思立功，贪残专恣，不奉法令，侵冤小民。州司不治，令远诣阙上书讼诉。尚书不以责三公，三公不以让州郡，州郡不以讨县邑，是以凶恶狡猾易相冤也。侍中、博士谏议之官，或处位历年，终无进贤嫉恶拾遗补阙之语，而贬黜之忧。群僚举士者，或以顽鲁应茂才，以桀逆应至孝，以贪饕应廉吏，以狡猾应方正，以谀谄应直言，以轻薄应敦厚，以空虚应有道，以喑暗应明经，以残酷应宽博，以怯弱应武猛，以愚顽应治剧，名实不相副，求贡不相称。富者乘其材力，贵者阻其势要，以钱多为贤，以刚强为上。凡在位所以多非其人，而官听所以数乱荒也。[4]

【注释】

[1] 效：验。守相令长：守，太守，汉制统管一郡，相，诸侯王国的行政长官。令，汉制县、邑、道较大者设令一长，县、邑、道较小者设长。州牧刺史：统管一州的行政长官。宪：当为"悉"。

[2] 九卿：太常、光禄勋、卫尉、太仆、廷尉、太鸿胪、宗正、大司农、少府。汉代有此官职，为政府的高级官员。三公：官名，指太尉、司徒、司空。其位高于九卿，为皇帝之下的最高一层官职。

[3] 王休：指进退。侍中、大夫、博士、议郎：官职名称，主要执掌言语议论，为言官。茂才、贤良方正、淳朴、有道、明经、宽博、武猛、治剧：指汉代在民间选拔官员的八种科目。

[4] 阙：朝廷。让：责备。讨：治。贬黜之忧：意为忧贬黜，倒装句。饕（tāo）：贪。暗：同"瘖"。嚚暗：韦昭注："口不道忠信之言为嚚。瘖，不能言者。"材：当作"财"。乘、阻：皆"恃"也。官听：疑是"官职"。

【阅读指要】

王符，字节信，安定临泾（今甘肃镇原）人。出身平庶，耿介不同于俗，一生不得仕进。"志意蕴愤，乃隐居著书三十余篇，以讥当时失得，不欲章显其名，故号曰《潜夫论》。其指讦时短，讨谪物情，足以观见当时风政。"（《后汉书·王符传》）王符隐居乡间，著书三十余篇以讥讽时事，因不欲显扬其名，故名之曰《潜夫论》。多讨论治国安民之术，少数涉及哲学问题。他批评时政和社会风气，认为"人之善恶，不必世族；性之贤鄙，不必世俗"（《论荣》）。抨击民贫国富、民瘠君肥之现象，主张"德化"为主，刑威为辅。提出农桑为"富国之本"，强调重本抑末。要求人君废除世卿世禄制，减轻剥削，用贤纳谏，励精图治，以挽救社会危机。坚持以"气"为本的宇宙生存论，认为天、地、人、物都以"气"为本，其变化"莫不气之所为也"。

对当时文坛的靡丽浮华之风，王符也多有指斥。在议论政治上的得失时，往往采用正反对照和排比的笔法，又很强的说服力和感染力。

《潜夫论·论荣》。此文指出了"君子未必富贵，小人未必贫贱"的道理。君子和小人的区别，不在于富贵贫贱之分，而在于志节操行之别，"心行恶"则为小人，"志节美"则为君子。所论何等干脆利落。基于这样的观念，虽处"贫贱冻馁（困）辱厄穷"之位，却"志节美"而堪称"君子"，王符自己也是这样的人物，"潜龙"即"潜夫"，故而《潜夫论》一书即在野的君子评骘时政得失之言。他还提出了"仁重而势轻，位蔑而义荣"的论人标准以及"能""德""忠"的用人标准。

《潜夫论·考绩》（节选）。选段揭露了汉代分科诏举用人制中存在的弊端。对"群僚举士"在分科诏举中"名实不相符，求贡不相称"的现象，加以列举，作了抨击。桓、灵之时，有一童谣："举秀才，不知书。举孝廉，父别居。寒素清白浊如泥，高第良将怯如鸡。"（《抱朴子·审举篇》）王符此处所言，与这一童谣，可谓是异曲同工。

【思考题】

1. 以《察今》为分析对象，简述《吕氏春秋》的说理方式和艺术成就。

2. 论述《谏逐客书》的创作缘由和艺术特点。

3. 试分析贾谊专题政论文的写作特点。

4. 贾谊、晁错散文的代表作及其特点，并予以比较。

5. 细读《淮南子·览冥训》，进而研究《淮南子》的艺术特色。

6. 董仲舒散文的代表作及其特点。

7. 赏析刘向的策对《谏营起昌陵疏》。

8. 刘向《说苑》、《新序》、《列女传》等历史故事集的艺术特色

9. 西汉书信体散文的代表作有哪些。选择其中一篇作重点分析。

10. 杨恽的《报孙会宗书》是其致死之由吗？

11. 《报任少卿书》可谓司马迁的又一自传，由此研究司马迁的人格和精神，掌握此文的艺术特色。

12. 杨雄《逐贫赋》是一篇以戏谑为美的赋，梳理这类文章的历史演变。

13. 《论衡》的宗旨和艺术特色。

14. 分析王充《订鬼篇》的逻辑思路。

15. 阐述《潜夫论》内容及其艺术特点。

16. 东汉后期三大家是王符、崔寔、仲长统，试论东汉后期的政论和哲理散文。

【阅读资料】

《文选》（唐李善注本，中华书局 1977 年版）中有关文士的作品。

严可均辑：《全上古三代秦汉三国六朝文》，北京：中华书局，1958 年。

《史记》（中华书局 1959 年版）、《汉书》（中华书局 1962 年版）中有关文士的作品。

许维遹撰，梁运华整理：《吕氏春秋集释》，北京：中华书局，2009 年。

阎振益、钟夏校注：《新书校注》，北京：中华书局，2000 年。

刘向编撰，张涛译注：《列女传译注》，济南：山东大学出版社，1990 年。

石光瑛校释，陈新整理：《新序校释》，北京：中华书局，2001 年。

桓宽撰集，王利器校注：《盐铁论校注》，北京：中华书局，1992 年。

郭沫若校订：《盐铁论读本》，北京：科学出版社，1957 年。

王充著，黄晖校释：《论衡校释》，北京：中华书局，1990 年。

王符撰，汪继培笺，彭铎校正：《潜夫论笺校正》，北京：中华书局，1985 年。

二、两汉辞赋

贾谊二篇

吊屈原文（并序）

选自李善注《文选》卷六十《吊文》。

谊为长沙王太傅，既以谪去[1]，意不自得，及渡湘水，为赋以吊屈原[2]。屈原，楚贤臣也，被谗放逐，作《离骚》赋，其终篇曰："已矣哉！国无人兮，莫我知也。"遂自投汨罗而死[3]。谊追伤之，因自喻[4]。其辞曰：

恭承嘉惠兮，俟罪长沙[5]。侧闻屈原兮[6]，自沉汨觅罗。造讬湘流兮，敬吊先生。遭世罔极兮，乃殒厥身[7]。呜呼哀哉！逢时不祥[8]！鸾凤伏窜兮，鸱枭翱翔[9]。闒茸尊显兮，谗谀得志。贤圣逆曳兮，方正倒植[10]。世谓随夷为溷兮，谓跖蹻为廉[11]。莫邪为钝兮，铅刀为铦[12]。吁嗟默默，生之无故兮[13]！斡弃周鼎，宝康瓠兮[14]。腾驾罢牛，骖蹇驴兮[15]。骥垂两耳，服盐车兮[16]。章甫荐履，渐不可久兮[17]。嗟苦先生，独离此咎兮[18]！

讯曰：已矣！国其莫我知兮，独壹郁其谁语[19]？凤漂漂其高逝兮，固自引而远去[20]。袭九渊之神龙兮，沕深潜以自珍[21]。偭蟂獭以隐处兮，夫岂从虾与蛭蟥[22]？所贵圣人之神德兮，远浊世而自藏[23]。使骐骥可得系而羁兮，岂云异夫犬羊[24]？般纷纷其离此尤兮，亦夫子之故也[25]！历九州而相其君兮，何必怀此都也[26]？凤凰翔于千仞兮，览德辉而下之[27]。见细德之险征兮，遥曾击而去之[28]。彼寻常之污渎兮，岂能容夫吞舟之巨鱼[29]？横江湖之鳣鲸兮，固将制于蝼蚁[30]。

【注释】

[1] 长沙王：指西汉长沙王吴芮的玄孙吴差。太傅：对诸侯王行监护之责的官职。谪（zhé）：谴，贬官。贾谊由于邓通的告诉，文帝迁之为长沙太傅。

[2] 湘水：在今湖南境内，注入洞庭湖。

[3] 《离骚》赋：楚辞既称辞也称赋。汨罗：湘水支流，在今湖南岳阳市境内。

[4] 因自喻：借以自比。

[5] 恭承：敬受。嘉惠：美好的恩惠，指文帝的任命。俟罪：待罪，这里是谦词。

[6] 侧闻：谦词，从侧面听闻。

[7] 造：到。讬（tuō）：同"托"，寄托。先生：指屈原，古人单称先生而不称名，表示尊敬。罔极：没有准则。殒（yǔn）：殁，死亡。厥：其，指屈原。

[8] 不祥：不幸。

[9] 伏窜：潜伏，躲藏。鸱枭：猫头鹰一类的鸟，古人认为是不吉祥的鸟，此喻小人。翱翔：比喻得志升迁。

[10] 阘（tà）：小门。茸：小草。字林曰：阘茸，不肖也。逆曳：被倒着拖拉，指不被重用。倒植：倒立，指贤不肖颠倒易位。植，史记作值。

[11] 随：卞随，商代的贤士。夷：伯夷。史记随字作伯。溷（hún）：混浊。跖：春秋时鲁国人，传说他是大盗。蹻（jué）：庄蹻，楚庄王之苗裔，生平中有两件大事，一是反楚起事，二是入滇。

[12] 莫邪（yé）：为古代名剑。本干将妻之名。铅刀：软而钝的刀。铦（xiān）：锋利。

[13] 默默：不得志的样子。生：指屈原。无故：《文选》注谓"无故遇此祸也"。

[14] 斡弃：抛弃。斡（wò）：旋转。周鼎：比喻栋梁之材。宝：以……为宝。康瓠（hù）：瓦罐，比喻庸才。

[15] 腾驾：驾驭。罢（pí）：疲惫。骖：古代四马驾一车，中间的两匹叫服，两边的叫骖。蹇：跛脚。

[16] 服：驾。骥是骏马，用骏马来拉盐车，比喻糟蹋人才。

[17] 章甫荐履：用礼帽来垫鞋子。荐：垫。喻倒上为下，纲常颠倒。渐：逐渐，这里指时间短暂。

[18] 离：通"罹"，遭遇。咎：灾祸。

[19] 讯曰：告曰，相当于《楚辞》的"乱曰"。已矣："算了吧"之意。壹郁：同"抑郁"。

[20] 漂漂：同"飘飘"，飞翔貌。自引：自己升高。

[21] 袭：因袭，仿效。九渊：九重渊，深渊。沕（mì）：深潜的样子。

[22] 俛（miǎn）：背。蝚：鳄鱼类动物。獭（xiāo tǎ）：水獭类的动物。二者都是吃鱼的动物。从：跟随。虾（há）：蛤蟆。蛭（zhì）：水蛭，蚂蟥一类。螾：同"蚓"，蚯蚓。

[23] 神德：崇高非常的德行。

[24] 系、羁：都是捆缚的意思。

[25] 般：通"斑"，乱。般纷纷：乱纷纷。尤：祸患。夫子：指屈原。

[26] 历：走遍。相：考察。此都：指楚国都城郢。

[27] 千仞：极言其高。仞，七尺为一仞。德辉：指君主道德的光辉。

[28] 细德：细末之德，指品德低下的国君。险征：谓轻为征祥，危险的征兆。遥：远。曾：高举的样子。击：搏击。曾，高飞的样子。史记击字作翻。去：离开。

[29] 污：池子。渎：小水沟。

[30] 鱣（zhān）：鲟一类的大鱼。固：本来。蝼蚁：蝼蛄和蚂蚁，喻细小的动物。

【阅读指要】

《吊屈原赋》是骚体赋的第一篇，最早见于《史记》，序文为后人所加。

文帝四年（前176），贾谊被贬为长沙王太傅，赴任途中，经过湘水支流汨罗江时所作。贾谊凭吊了屈原投江自沉之地，触景生情，作此凭吊屈原同时亦以自伤。继承楚辞传统，通篇用带有"兮"字的语句，还运用了大量的比喻、排比等。全文精炼紧凑，结尾戛然而止，感慨深沉。刘勰《文心雕龙·哀吊》称之为"词清而理哀"。清刘熙载《艺概》："贾谊《惜誓》、《吊屈原》、《鹏赋》，俱有凿空乱道意。骚人情境，于斯犹见。"

鵩鸟赋（节选）

选自李善注《文选》卷十三《物色·鸟兽上》。

且夫天地为炉兮，造化为工[1]。阴阳为炭兮，万物为铜。合散消息兮，安有常则[2]。千变万化兮，未始有极[3]。忽然为人兮，何足控抟[4]。化为异物兮，又何足患。小智自私兮，贱彼贵我。达人大观兮，物无不可[6]。贪夫殉财兮，烈士殉名[7]。夸者死权兮[8]，品庶每生。怵迫之徒兮，或趋东西[9]。大人不曲兮，意变齐同[10]。愚士系俗兮，窘若囚拘[11]。至人遗物兮[12]，独与道俱。众人惑惑兮，好恶积亿[13]。真人恬漠兮，

独与道息 [14]。释智遗形兮，超然自丧 [15]。寥廓忽荒兮，与道翱翔 [16]。乘流则逝兮，得坻则止 [17]。纵躯委命兮；不私与己 [18]。

其生兮若浮，其死兮若休 [19]。澹乎若深泉之静，泛乎若不系之舟 [20]。不以生故自宝兮，养空而浮 [21]。德人无累，知命不忧 [22]。细故蒂芥，何足以疑 [23]。

【注释】

[1] 语出《庄子·大宗师》："今一以天地为大炉，以造化为大冶，恶乎往而不可哉！"

[2] 合散：指生死。消息：消长，盛衰。

[3] 未始：未尝。极：终极，终点。

[4] 忽然：偶然。控抟，爱惜生命之意。控：引。抟：持。

[5] 异物：指死亡。患：忧患。

[6] 小智：目光短浅之辈。达人：知命通达之人。可：适宜。

[7] 殉：以身从物。

[8] 夸者：指贪求虚名的人。品庶：众庶，众人。每：贪：

[9] 怵迫：怵指为利益所诱，迫指为贫贱所迫。趋东西：东奔西跑。

[10] 大人：与天地合其德者。不曲：不屈，不肯屈志从俗。意变齐同：对千变万化的事物"齐同"之。意：同"亿"。齐同：庄子的齐物观，等生死，齐祸福。

[11] 系俗：为世俗牵累。窘：囚拘之貌。

[12] 至人：庄子：不离于真谓之至人。遗物：抛弃一切外物，不为物累。

[13] 文选注：李奇曰：惑惑，东西也。所好所恶，积之万亿也。

[14] 真人：指得道之人。恬漠：恬静淡漠，心不起伏。息：止，处。

[15] 释：放弃。遗：丢掉，忘却。出于《庄子·大宗师》论"坐忘"的内容。超然：超脱于物外的样子。

[16] 寥廓忽荒：元气未分之貌。广雅曰：廖，深也。廓，空也。忽荒：恍惚。荒：同"恍"。

[17] 坻：水中小洲。

[18] 纵躯委命：放开身躯，委顺命运的安排。不私与己：不以自己身躯为私有之物。

[19] 浮：空虚不实。休：休息。出自《庄子·刻意》。

[20] 澹：恬静。泛：浮动。

[21] 故：缘故。自宝：自贵。郑氏曰：道家养空，虚若浮舟也。

[22] 德人：行道有得者。无累：没有物累。知命不忧：语出《周易·系辞上传》。

[23] 细故: 细小事故。蒂芥: 芥蒂, 刺鲠。指鵩鸟入室为琐碎、小不快意之事。
何足以疑: 有什么值得疑虑呢。

【阅读指要】

这是作者谪居长沙时所作。《史记·屈原贾生列传》: "贾生为长沙王太傅, 三年, 有鸮入贾生舍, 止于坐隅。楚人命鸮曰'服'。贾生既自适（谪）居长沙, 长沙卑湿, 自以为寿不得长, 伤悼之, 乃为赋以自广。"本赋逻辑严密, 层层推进, 感情由忧惧到矛盾到旷达, 逐渐明朗。而在貌似明朗之时, 又予人以"爽然自失矣"的怅惘。《史记·屈原贾生列传》: "读《服鸟赋》, 同死生, 轻去就, 又爽然自失矣。"

《鵩鸟赋》是赋史上第一篇成熟的哲理赋, 用骚体写成。清刘熙载《艺概·赋概》: "《鵩鸟》为赋之变体。"南朝梁刘勰《文心雕龙·诠赋》: "贾谊《鵩鸟》, 致辨于情理。"以赋明理, 为贾谊所首创, 后世如宋代苏轼的《前赤壁赋》亦当以此为先声。又是第一篇比较完整的以四言诗句为主的问答体赋, 仍未从根本上摆脱楚辞的影响。

七发·广陵观涛

枚 乘

选自李善注《文选》卷三四《七上》, 个别字句据胡克家《文选考异》校改。

客曰: "将以八月之望, 与诸侯远方交游兄弟, 并往观涛乎广陵之曲江[1]。至则未见涛之形也。徒观水力之所到, 则恤然足以骇矣[2]。观其所驾轶者, 所擢拔者, 所扬汩者, 所温汾者, 所涤汔者, 虽有心略辞给, 固未能缕形其所由然也[3]。怳兮忽兮, 聊兮栗兮, 混汩汩兮, 忽兮慌兮, 俶兮傥兮, 浩瀇瀁兮, 慌旷旷兮[4]。秉意乎南山, 通望乎东海[5]。虹洞兮苍天, 极虑乎崖涘[6]。流揽无穷, 归神日母[7]。汩乘流而兮, 或不知其所止[8]。或纷纭其流折兮, 忽缪往而不来[9]。临朱汜而远逝兮, 中虚烦而益怠[10]。莫离散而发曙兮, 内存心而自持[11]。于是澡概胸中, 洒练五藏, 澹澉手足, 颒濯发齿[12]。揄弃恬怠, 输写溲浊, 分决狐疑, 发皇耳目[13]。当是之时, 虽有淹病滞疾, 犹将伸伛起躄, 发瞽披聋而观望之也[14]。况直眇小烦懑，醒醲病酒之徒哉！故曰发蒙解惑，不足以言也[15]。"太子曰："善，然则涛何气哉[16]？"

客曰："不记也。然闻于师曰，似神而非者三[17]：疾雷闻百里[18]；江水逆流，海水上潮[19]；山出内云，日夜不止[20]。衍溢漂疾，波涌而涛起[21]。其始起也，洪淋淋焉[22]，若白鹭之下翔。其少进也，浩浩澄澄，如素车白马帷盖之张[23]。其波涌而云乱，扰扰焉如三军之腾装[24]。其旁作而奔起也，飘飘焉如轻车之勒兵[25]。六驾蛟龙，附从太白。纯驰浩蜺，前后骆驿[26]。颙颙卬卬，椐椐强强，莘莘将将[27]。壁垒重坚，沓杂似军行[28]。訇隐匈礚，轧盘涌裔，原不可当[29]。观其两傍，则滂渤怫郁，暗漠感突，上击下律[30]。有似勇壮之卒，突怒而无畏。蹈壁冲津，穷曲随隈，逾岸出追[31]。遇者死，当者坏[32]。初发乎或围之津，涯𫘝谷分[33]。回翔青篾，衔枚檀桓[34]。弭节伍子之山，通厉骨母之场[35]。凌赤岸，篲扶桑，横奔似雷行[36]。诚奋厥武，如振如怒。沌沌浑浑，状如奔马。混混庉庉，声如雷鼓[37]。发怒庢沓，清升逾跰，侯波奋振，合战于藉藉之口[38]。鸟不及飞，鱼不及回，兽不及走[39]。纷纷翼翼，波涌云乱。荡取南山，背击北岸。覆亏丘陵，平夷西畔[40]。险险戏戏，崩坏陂池，决胜乃罢[41]。澒汩潺湲，披扬流洒[42]。横暴之极，鱼鳖失势，颠倒偃侧，沈沈湲湲，蒲伏连延[43]。神物怪疑，不可胜言。直使人踣焉，洄暗凄怆焉[44]。此天下怪异诡观也[45]，太子能强起观之乎？"太子曰："仆病，未能也。"

客曰："将为太子奏方术之士有资略者[46]，若庄周、魏牟、杨朱、墨翟、便蜎、詹何之伦[47]。使之论天下之释微[48]，理万物之是非。孔老览观，孟子筹之[49]，万不失一。此亦天下要言妙道也，太子岂欲闻之乎？"于是太子据几而起，涣乎若一听圣人辩士之言。[50]涩然汗出，霍然病已[51]。

【注释】

[1] 望：阴历十五日，时日月相望。交游：朋友。广陵：古诸侯国名，治所在今扬州。曲江：扬州南面的一段江流曲折的长江。

[2] 恤（xù）然：惊恐貌。

[3] 驾轶：超越。擢：拔起。扬泪（yù）：指波涛速度快。温汾：结聚。涤汔（qì）：
洗荡，冲刷。心略：心智。辞给：有辩才。缕形：详细描述。

[4] 怳忽：同"恍惚"，模糊看不真切。聊栗：恐惧之貌。混：水势浩大。汨汨（gǔ）：
水流声。俶傥：卓异。瀇瀁（wǎng yáng）：浩大无边，义近"汪洋"。慌旷旷：
形容江涛茫茫一片。慌：义同"恍惚"。旷旷：空阔的样子。

[5] 秉意：执意，凌驾之意。南山：指南山之下的江涛。通望：一直望到。通：彻。

[6] 虹洞：虹洞，相连貌。极虑：竭尽思虑。崖浃：水的边际。浃，涯。

[7] 流揽：同"流览"。日母：太阳。春秋内事云：日者，阳德之母。

[8] 汩（yù）：疾貌。下降：向下游流去。

[9] 缪往而不来：错缪俱往，而不回流。缪（miào）：纠缠。

[10] 朱汜：南方的水边。中：心中。虚烦：空虚烦闷。

[11] 莫离散：晚潮退去。莫：通"暮"。发曙：即曙发，早潮到来。曙，旦，明。
内存心而自持：内收摄其心魂而持守不失。

[12] 澡概、洒练、澉澹（dàn）、頮（huì）濯：均洗涤之意。概，通"溉"。洒：
洗。练：犹汰。頮（huì）：洗面。五藏：五脏。

[13] 揄弃：抛弃。恬息：安逸懒惰。输写：倾倒。写，通"泻"。淟（tiǎn）浊：
污垢。分决：分辨决断。皇：明。

[14] 淹病：久病。伛（yǔ）：曲，指驼背。躄（bì）：双腿瘸子。瞀：瞎子。

[15] 直：只，仅仅。眇小：渺小。酲醲：醉酒。蒙：不明。不足以言：不值得说。

[16] 气：气象，景象。

[17] 不记：没有记载。似神而非者三：江涛有三种似有神助、其实并非神力所致
的特征。

[18] 疾雷：涛声似疾雷。

[19] 上潮：逆流涨潮。

[20] 出内：通"出纳"，出入。

[21] 衍溢漂疾：指江水涨满，流速很快。衍：散。漂：浮。

[22] 洪：洪涛。淋：《说文》：山下水。

[23] 浩，深广之貌也。澄澄（ái）：高白之貌也。帷：或为帏，帐。

[24] 云乱：云气翻滚。扰扰焉：纷乱的样子。腾装：带着装备奔腾向前。装：装束，
装备。

[25] 旁作：指波涛向两旁涌起。轻车：一种兵车。这里指将帅所乘的指挥车。勒兵：
统率军队。

[26] 太白：许慎曰：冯迟太白，河伯也。"六驾蛟龙"是说河伯出行像马车那样

驾使六蛟龙。纯：专。皓蜺：素蜺。蜺：同"霓"，就是虹。

[27] 颙颙（yóng）卬卬（áng）：波高貌。椐椐（jū）强强：相随之貌。莘莘（xīn）：多貌。将将（qiāng）：高貌。

[28] 壁垒重坚：江涛重重叠叠如军营的坚壁。沓杂：众多貌。

[29] 訇（hōng）隐匈磕（gài）：都是象声词，形容江涛发出的巨大轰鸣声。轧盘涌裔：形容波涛翻滚奔腾的样子。轧：无垠貌。盘：谓盘礴广大貌。涌裔：行貌也。原：本。当：抵挡。轧：排挤。盘：盘桓。裔：流动。

[30] 滂渤：同"磅礴"，形容气势。怫郁：形容激怒。暗漠憾突：形容江涛汪洋一片，左冲右突。憾，通"撼"。上击下律：向高空冲击，向下坠落。律，当作"硉"（lù），石从高处滚下。

[31] 蹪壁冲津：指波涛拍打江岸，冲击渡口。律当为硉（lù）。曲、隈（wēi）：均指江水弯曲的地方。出追：超出沙滩。追，古"堆"字。

[32] 坏：崩坏。

[33] 或围：地名。或，古"域"字。涯（gāi）轸谷分：言涯如转，而谷似裂也。轸，转动。

[34] 青篾、檀桓：地名。回翔：水复流。衔枚：指水无声。古代行军时，士兵口中横衔枚以免喧哗。

[35] 弭节：缓慢行进。伍子之山：即伍子山，因纪念伍子胥而得名。通厉：远行。骨母之场：祭祀伍子胥的祠庙，"骨"为"胥"之误。史记曰：吴王杀子胥，投之江。吴人立祠于江上，因名胥母山。

[36] 凌：上。赤岸，地名。篲（huì）扶桑：扫向扶桑。篲：扫帚，用作动词，扫向。扶桑：扶木，神话传说中的十日所浴之地。

[37] 厥：其。振：通"震"，犹威也。沌沌（tún）浑浑：波相随之貌。混混庉庉（tún）：混混沌沌，波浪相逐之声。

[38] 厔（zhì）：碍止。厔或为底，古字也。沓：激溅而出。清升：清波升起。逾跸（yì）：超越。侯波：大波。侯为阳侯，古代传说中的波涛之神。藉藉：地名。

[39] 不及：来不及。回：回转。

[40] 纷纷：众多貌。翼翼：壮健貌。取：通"趋"，趋向。背击：回击。覆亏：倾覆亏蚀。平夷：，荡平。畔：岸。

[41] 险险戏戏：危险的样子。戏戏：通"巇巇"。

[42] 湁（jié）：泌湁，波相楔，水波相击声。汨：密汨，水流疾。潏湟：水流的样子。披扬流洒：江水澎湃，浪花四溅。

[43] 偃侧：东倒西歪。偃，仰躺。侧，歪斜。沈沈（yóu）湲湲：鱼鳖颠倒之貌。

蒲伏：同"匍匐"，伏地而行的样子。连延：相续貌。

[44] 踣（bó）：向前跌倒。洄暗：神智不清的样子。洄：同回。

[45] 诡观：奇观。

[46] 奏：进。方术：道术。资：材量。略：智略。

[47] 庄周、魏牟、杨朱、墨翟、便蜎、詹何：皆春秋战国时期诸子。

[48] 精微：精辟微妙的道理。精：原作"释"。据《考异》改。

[49] 筹：筹划。本句原作"孟子持筹而算之"，据《考异》改。

[50] 据几：扶几。"起"字后原有"曰"字，根据吴闿生说法，此是衍文。涣乎：
清醒貌。

[51] 涊（niǎn）：汗貌也。霍：疾貌也。

【阅读指要】

《七发》见于南朝梁萧统《文选》。刘熙载认为出于《招魂》。清刘熙载《艺概·赋概》："枚乘《七发》，出于宋玉《招魂》。枚之秀韵不及宋，而雄节殆过之。"

这是一篇讽谕性作品。赋中假托楚太子有病，吴客前去探望，以互相问答的形式构成八段文字。《七发》的写作意图是历来争论未决的问题。争论的焦点主要在题目"七发"与赋文中"楚太子"之所指上。李善以为："七发者，说七事以启发太子也。""乘事梁孝王，恐孝王反，故作《七发》以谏之。"（《文选·六臣注》）

马积高《赋史》："这是中国文学史上第一次对潮水（也可以说对"水"）所作的最生动的描写。它比宋玉《高唐赋》中对山水的描写要具体、形象得多，而与《风赋》中对大王雄风的描写有异曲同工之妙。其注意描写的层次、传神虽与《风赋》同，而其所用比喻、重叠词和双声叠韵词之多，则与《风赋》异，与《高唐赋》近。这正体现汉赋发展在艺术上的一种趋势。"

《七发》在赋的发展史上有重要地位。它的出现，标志着汉代散体大赋的正式形成。《文心雕龙·杂文》："及枚乘摛艳，首制《七发》，腴辞云狗，夸丽风骇。盖七窍所发，发乎嗜欲，始邪末正，所以戒膏粱之子也。"宋洪迈《容斋随笔》卷七："枚乘作《七发》，创意造端，丽旨腴词，上薄《骚》、"些"（按："些"指《招魂》），盖文章领袖，故为可喜。"

《七发》影响到后人的创作，由于模仿者众，在赋中形成了一种主客问答形式的文体——"七体"。其特点是通过虚设的主客反复问答，按"始邪末正"的顺序铺陈七事。

答客难（节选）

东方朔

选自李善注《文选》卷四五《设论》。

东方先生喟然长息，仰而应之曰："是故非子之所能备[1]。彼一时也，此一时也，岂可同哉？夫苏秦张仪之时，周室大坏，诸侯不朝，力政争权[2]，相擒以兵，并为十二国[3]，未有雌雄，得士者强，失士者亡，故说得行焉。身处尊位，珍宝充内，外有仓廪[4]，泽及后世，子孙长享。今则不然。圣帝德流，天下震慑，诸侯宾服，连四海之外以为带，安于覆盂，天下平均[5]，合为一家，动发举事，犹运之掌，贤与不肖，何以异哉？遵天之道，顺地之理，物无不得其所。故绥之则安，动之则苦[6]；尊之则为将，卑之则为虏；抗之则在青云之上，抑之则在深渊之下[7]；用之则为虎，不用则为鼠；虽欲尽节效情，安知前后[8]？夫天地之大，士民之众，竭精驰说，并进辐凑者[9]，不可胜数，悉力慕之，困于衣食，或失门户[10]。使苏秦张仪与仆并生于今之世，曾不得掌故，安敢望侍郎乎[11]！传曰：'天下无害，虽有圣人无所施才；上下和同，虽有贤者无所立功。'故曰时异事异[12]。

【注释】

[1] 备：备知。

[2] 朝：朝会，诸侯、群臣或外国使者朝谒国君。政：犹"力征"。

[3] 十二国：谓鲁、卫、齐、宋、楚、郑、燕、赵、韩、魏、秦、中山。

[4] 仓廪：谷藏曰仓，米藏曰廪。

[5] 覆盂：指如盂倒置般稳固。平均：平衡。

[6] 绥：安抚。动：动乱。

[7] 抗：举拔。抑：压制。

[8] 尽节效情，安知前后：言尽忠效力，怎知先用你还是后用你。

[9] 竭精驰说：竭尽精力去游说。辐凑：亦作"辐辏"。车辐凑集于毂上，此喻人聚于一处。

[10] 之：指天子之德。失门户：不得所由而入，言上书忤旨，或被诛戮。

[11] 掌故：汉代掌文献制度等故旧之事的官，地位较低。

[12] 李善文选注：韩子曰：文王行仁义而王天下，偃王行仁义而丧其国，故曰时异则事异。

【阅读指要】

《答客难》是一篇散体赋，设客主问答。当时汉武帝征召天下贤良文学之士，但东方朔却始终被武帝当作俳优看待，得不到重用，于是作《答客难》，感叹自己生不逢时。作者将战国乱世与当今一统的时代进行比较，揭示出士人命运的差异。战国乱世，形成了"贵士"的文化，而大一统专制集权时代，士人的出路则远没有战国时期宽广，士人的命运则操纵在皇帝一人之手，道不得不屈于势。

此赋在自嘲中抒发了作者怀才不遇的愤懑之情。《文心雕龙·杂文》："托古慰志，疏而有辨。"这种写作形式颇受世人的关注，为不少人所仿效，因而形成了辞赋中的对问一体。扬雄的《解嘲》、班固的《答宾戏》、张衡的《应间》等，都与东方朔的《答客难》一脉相承。

上林赋[1]（节选）

司马相如

选自李善注《文选》卷八《畋猎中》。

亡是公听然而笑曰[2]：楚则失矣，而齐亦未为得也[3]。夫使诸侯纳贡者，非为财币，所以述职也[4]；封疆画界者，非为守御，所以禁淫也[5]。今齐列为东藩，而外私肃慎，捐国逾限，越海而田，其于义固未可也[6]。且二君之论，不务明君臣之义，正诸侯之礼，徒事争于游戏之乐，苑囿之大，欲以奢侈相胜，荒淫相越，此不可以扬名发誉，而适足以贬君自损也[7]。

……

于是乎崇山矗矗，巃嵸崔巍。深林巨木，崭岩参嵯[8]。九嵏巀嶭，南山峨峨[9]。岩陁甗锜，摧崣崛崎[10]。振溪通谷，蹇产沟渎[11]。谽呀豁閜，阜陵别隝[12]。崴磈嵔廆，丘虚堀礨[13]。隐辚郁𡾋，登降施靡，陂池貏豸[14]。沇溶淫鬻，散涣夷陆。亭皋千里，靡不被筑[15]。揜以绿蕙，被以江蓠。糅以蘪芜，杂以留夷[16]。布结缕，攒戾莎，揭车衡兰，稾本射干[17]。

茈姜蘘荷，葴持若荪。鲜支黄砾，蒋芧青薠[18]。布濩闳泽，延曼太原。离靡广衍。应风披靡。吐芳扬烈，郁郁菲菲[19]。众香发越，肸蚃布写，晻薆咇茀[20]。

于是乎周览泛观，缤纷轧芴，芒芒恍忽[21]。视之无端，察之无涯。日出东沼，入乎西陂[22]。其南则隆冬生长，涌水跃波。其兽则墉旄貘牦，沉牛麈麋。赤首阛题，穷奇象犀[23]。其北则盛夏含冻裂地，涉冰揭河。其兽则麒麟角端，騊駼橐驼。蛩蛩驒騱，駃騠驴赢[24]。

【注释】

[1] 上林，上林苑，故址在今陕西西安市西及周至、户县界。它本是秦代的旧苑，汉武帝时重修并加扩大。

[2] 亡是公：作者假托的人名。亡，通"无"。听（yǐn）然：张口而笑的样子。

[3] 失：不对。《上林赋》承《子虚赋》而来，《子虚赋》是借楚国子虚和齐国乌有先生的对话展开，以折齐称楚结束，所以本文这样承接。

[4] 纳贡：交纳贡物。述职：古代诸侯朝见天子，陈述政务方面的情况。

[5] 封疆画界：指画定诸侯国之间的疆界。古代植树为界，称封疆，在两封之间又树立标志，称画界。淫：放纵，过分。指诸侯国不知节制，侵入别国疆界。

[6] 东藩：东方的藩国。齐国在东，故称"东藩"。藩，藩篱、屏障。私：指私自交好。肃慎：古国名，在今长白山以北至黑龙江一带。捐国：指离开自己的国家。逾限：越过本国边界。越海而田：指《子虚赋》言齐王"秋田乎青丘"之事。"青丘"为传说中的海外国名，故云"越海"。田，通"畋"，畋猎。

[7] 二君：指《子虚赋》中的子虚和乌有先生。相胜：相互压服。扬名发誉：即发扬名誉，使好的名声传播开来。斟君自损：贬低君主，损害自己的名誉。斟，古贬字。

[8] 蠡蠡、巄嵷（lóng zōng）崔巍：皆高峻貌。崭（chán）岩参嵯：皆峰岭之貌。

[9] 九嵏（zōng）：山名，在陕西醴泉县东北。巀嶭（jié niè）：高峻貌。南山：终南山。峨峨：高峻貌。

[10] 岩陁（yǐ）甗（yǎn）锜（qí）：指山中多穴洞。陁，倾斜。甗，瓦器名，即甑。锜，三只脚的釜。王先谦《补注》说："山之嵌空玲珑有若锜然，与甗对文。"摧崣：同"崔巍"，高貌。崛崎：即崎岖，山路不平。

[11] 振溪通谷：指溪、谷水相通注。蹇产：曲折貌。

[12] 谽（hān）呀：大貌。豁閜（xiā）：空虚。阜：丘，土山。陵：大丘。别：分别，隔开。隝：同“岛”水中山。

[13] 崴魂（wéi）嵔（wèi）瘣（wēi）：皆言其形势之高峻貌。丘虚堀礨（jué lěi）：指山特起不平的样子。虚，通“墟”。

[14] 隐辚郁𡾰（lěi）：堆垄不平貌。登降施（yǐ）靡：指山势高下绵延。施靡：即陂靡，山势倾斜绵延之貌。陂池貏豸（bǐ zhì）：指山势渐渐平坦。陂池，读如“坡陀”，旁颓貌。貏豸，渐平貌。

[15] 沇（wěi）溶淫鬻：水缓流谿谷间之貌。淫鬻，水流缓慢。散涣：涣散，散开。夷陆：平野，平地。亭，平。皋，水边地。被筑，指筑地令平。

[16] 揜（yǎn）：遮盖。绿蕙：香草名。被：覆盖。江蓠：香草名。糅：掺杂。蘪芜：香草名，又名蕲芷。留夷：香草名，新夷。

[17] 布：布满。结缕：草名，蔓生，如缕相结。攒：丛聚。戾莎，草名。揭车衡兰：指揭车、杜衡和兰草三种香草。稾（gǎo）本、射干：皆香草名，根可入药。

[18] 茈姜：即子姜，嫩姜。茈，同“紫”。蘘（ráng）荷：一名蘘草。葴（zhēn）持：即酸浆草。若荪：杜若和荪草，都是香草。鲜支：香草名，又名燕支，可染红色。黄砾：香草名，可染黄色。蒋：即菰蒲草。苎（zhù）：同“苧”，草名，即三棱草。青薠（fán）：香草名。

[19] 布濩（hù）：犹布露。闳泽：大泽。闳：大。延曼：蔓延。太原：广大原野。离靡：不绝之貌。广衍：广布。烈：酷烈，香气盛也。郁郁菲菲：形容香气浓烈。

[20] 发越：发扬，散发。肸（xī）蚃（xiǎng）：指香气四散。肸，蚃布也，指蚃的响声传布。蚃，知声虫，也叫“地蛹”，人视其声为吉响。此以蚃声传过喻香气四散，沁人心脾。布写：散布、倾泻。写，通“泻”。晻薆咇茀（àn ài bì bó）：形容香气充盛。

[21] 缜纷：众盛。轧芴（wù）：致密。芒芒恍忽：眼花缭乱貌。

[22] 东沼、西陂：皆上林苑池名。

[23] 跃波：言水不冻结。㺜（yōng）：又名封牛，颈上有肉堆，有力而善于奔走。旄：旄牛。貘（mò）：即白豹，形似犀牛而略小，鼻长无角。犛（lí）：小于旄牛，皮黑色。沉牛：水牛。麈（zhǔ）：似鹿而大，一角，尾可作拂尘。麋：即驼鹿，又叫犴（hān），四不像。赤首、圜题：皆兽名，传说均生活在南方。题：额。穷奇：传说中的怪兽，状如牛而猬毛，其音如嗥狗，能食人。

[24] 揭（qì）：举衣渡水。角端：兽名，外形像貊（形似熊），角生在鼻上。騊駼（táo tú）：兽名，形似马。橐驼：即骆驼。蛩（qióng）蛩：一种白色野兽，形似马。驒騱（tuó xī）：一种野马。駃騠（jué tí）：骏马名。驘：同“骡”。

【阅读指要】

《子虚赋》和《上林赋》是司马相如的代表作，也是汉赋中具有开多意义和典范作用的成果。这两篇赋不写于同时，《子虚赋》写于汉景帝时期，相如为梁孝王宾客时，《上林赋》写于武帝召见之时，前后相去大约 10 年。两篇作品不作于一时，但内容连属构思一贯，实为一篇完整作品的上下章。司马迁《史记·司马相如列传》、《汉书·司马相如传》都作一篇，即《天子游猎赋》。萧统《文选》始离为两篇。

《史记·司马相如列传》："相如以"子虚"，虚言也，为楚称；"乌有先生者"，乌有此事也，为齐难；"无是公"者，无是人也，明天子之义。故空借此三人为辞，以推天子诸侯之苑囿。其卒章归之于节俭，因以风谏。"

前后两部分，主题是统一的，即反对奢侈，崇尚节俭，抑诸侯而尊天子，维护汉帝国的统一。《天子游猎赋》以描写帝王、诸侯生活为内容，以微刺帝王淫奢为指归，既美且刺，欲抑先扬，劝百讽一。

此文的繁富和气势，受到了后人的高度褒扬。《文心雕龙·诠赋》"相如《上林》，繁类以成艳。"明王世贞《艺苑卮言》："《子虚》、《上林》材极富，辞极丽，而运笔极古雅，精神极流动，意极高，所以不可及也。"唐王素《题琴台》："长卿才调世间无，狗监君前奏《子虚》。自有赋词能讽谏，不须更著茂陵书。"马积高《赋史》："《子虚》、《上林》的结构都比较简单：首段用带议论的散文领起，中间几段韵文铺叙，后面用一段带议论的散文结束。这种形式容易流于呆板，但是读这两篇赋却基本上没有这种感觉，其奥妙全在于气势。"

《子虚赋》与《上林赋》是汉赋的典范之作，也是后世赋体作品的楷模。有兴趣者可细读《天子游猎赋》全篇。

洞箫[1]赋（节选）

王　褒

选自李善注《文选》卷十七《论文·音乐上》。

若乃徐听其曲度兮，廉察其赋歌。啾咇嘟而将吟兮，行锴铪以龢啰[2]。风鸿洞而不绝兮，优娆娆以婆娑。翩绵连以牢落兮，漂乍弃而为他[3]。要复遮其蹊径兮，与讴谣乎相龢[4]。故听其巨音，则周流泛滥，并包吐含，若慈父之畜子也[5]。其妙声，则清静厌瘱，顺叙卑迖，若孝子之事父也[6]。科条譬类，诚应义理，澎濞慷慨，一何壮士！优柔温润，又似君子[7]。故其武声，则若雷霆輘輷，佚豫以沸㥁。其仁声，则若飘风纷披，容与而施惠[8]。或杂沓以聚敛兮，或拔㩮以奋弃。悲怆悷以恻惢兮，时恬淡以绥肆[9]。被淋洒其靡靡兮，时横溃以阳遂。哀悁悁之可怀兮，良醰醰而有味[10]。

故贪饕者听之而廉隅兮，狼戾者闻之而不怼[11]。刚毅彊鷔反仁恩兮，啴咺逸豫戒其失[12]。锺期牙旷怅然而愕兮，杞梁之妻不能为其气[13]。师襄严春不敢窜其巧兮，浸淫叔子远其类[14]。嚚顽朱均惕复惠兮，桀跖鬻博儡以顿悴[15]。吹参差而入道德兮，故永御而可贵[16]。

时奏狡弄，则彷徨翱翔[17]，或留而不行，或行而不留[18]。愺恅澜漫，亡耦失畴[19]。薄索合沓，罔象相求[20]。故知音者乐而悲之，不知音者怪而伟之，故闻其悲声，则莫不怆然累欷，撆涕抆泪[21]。其奏欢娱，则莫不惮漫衍凯，阿那腲腇者已[22]。是以蟋蟀蚸蠖，蚑行喘息。蝼蚁蝘蜓，蝇蝇翋翋[23]。迁延徙迤，鱼瞰鸡睨。垂喙蜿转，瞪瞢忘食。况感阴阳之龢，而化风俗之伦哉[24]！

乱曰：状若捷武，超腾逾曳，迅漂巧兮[25]。又似流波，泡溲泛㳠，趋巇道兮[26]。哮呷呟唤，跻踬连绝，淈殄沌兮[27]。搅搜㨘捎，逍遥踊跃，若坏颓兮[28]。优游流离，踌躇稽诣，亦足耽兮[29]。颓唐遂往，长辞远逝，漂不还兮[30]。赖蒙圣化，从容中道，乐不淫兮[30]。条畅洞达，中节操兮[31]。终诗卒曲，尚余音兮。吟气遗响，联绵漂撆，生微风兮。连延骆驿，变无穷兮[32]。

【注释】

[1] 洞者，通也。箫之无底者，故曰洞箫。箫，肃也，言其声肃肃然清也。大者二十三管，长三尺四寸；小者十六管。一名籁。

[2] 曲度：乐曲的节度。廉：亦察。啾：众声。咇嗍（bì jié）：声出貌。行：且，将。鹺鉥（chēn rén）：声不进貌。龢㶈：声迭荡相杂貌。龢，古"和"字。

[3] 鸿洞：相连貌。娆娆：柔弱。婆娑：分散貌。牢落：稀疏。漂：浮。他：指别调奇声。

[4] 要复：犹待机。遮：拦截。蹊径：道路。讴谣：指讴歌者唱的歌曲。相和：指箫声与歌声相应和。

[5] 巨音：大音。吐含：吞吐。畜：养。

[6] 妙声：声之微妙也。厌：安静貌。廙（yì）：深邃。顺序卑达（tì）：温顺恭谦之意。达，滑。

[7] 科条：法令条规。澎濞（bì）：波浪相激之声。慷慨：壮士不得志于心也。一何：何其。优柔：温柔和平。

[8] 辚轰（léng hóng）：大声。佚豫：声音急速。沸㥜（wèi）：不安貌。飘风：南风。纷披：和缓貌。容与：宽裕貌。施惠：《文选》善曰："飘风长物，故曰施惠。"

[9] 杂沓（tà）：众多貌。拔㩋（shā）：分散。侧手击曰㩋。奋弃：谓奋迅如消散。怆恍（chuàng huǎng）：失意貌。恻恤（yù）：悲伤，伤痛。恬淡：清静安闲貌。绥肆：迟缓。

[10] 被：及也。淋洒：不绝貌。靡靡：声之细好也。横溃：旁决貌。阳遂：清通貌。悁：含怒，恼怒。醇醇：（酒味）醇厚。此指滋味深长。

[11] 饕（táo）：贪婪。廉隅：廉洁有节操。狼戾：如狼一样残暴。怼（duì）：怨恨。

[12] 觼：《文选》善注：字书曰：觼，古文暴字也。嘽啴（chǎn）逸豫：形容舒缓的声音。嘽啴逸豫，舒缓自放纵之貌。

[13] 钟期：钟子期，春秋时楚人。牙：伯牙，春秋时人。《吕氏春秋·本味》、《淮南子·修务训》载：伯牙鼓琴，志在太山。钟子期说："善哉，巍巍兮若太山。"须臾志在流水。子期说："善哉，洋洋兮若流水。"子期死，伯牙破琴绝弦，终身不复鼓琴。旷：师旷，春秋晋国乐师。善于辨音。愕，惊也。杞梁之妻：见《列女传·齐杞梁妻》。琴操曰：杞梁妻叹者，齐邑杞梁殖之妻所作也。殖死，妻叹曰：上则无父，中则无夫，下则无子，将何以立，吾亦死而已。援琴而鼓之，曲终遂自投水而死。芑与杞同也。不能为其气：指杞梁妻听到箫声，也会停止恸哭。

[14] 师襄：春秋时卫乐师，孔子曾学鼓琴于师襄。严春：古之善弹琴者，本名庄春，汉人避讳而改。窜：揣量；行使。浸淫：犹渐冉，相亲附之意。

[15] 嚚（yín）顽：愚昧顽钝，这里借指舜的父母。《尚书·尧典》："父顽母嚚。"朱、均：指尧的儿子丹朱和舜的儿子商均，皆不肖。复惠：恢复仁善。惕：惊醒。桀：夏桀。跖：被称为盗跖，春秋末人。鬻：夏育。博：申博，未详其事。两人都是古代勇士。偄：羸疾貌。顇（cuì）：愁悴。

[16] 参差：即排箫。永御：长久服用。

[17] 狡弄：急调之曲。狡：急也。弄：小曲也。彷徨：犹仿佯也。

[18] 言逝止无常。

[19] 憔怓（cǎo lǎo）：寂静。澜漫：分散貌。亡耦失畴：即忘失同类伴侣。

[20] 薄，迫；索，求。合沓：重沓。罔象：虚无。庄子曰：黄帝游赤水之北，遗其玄珠，罔象求之而得。

[21] 怪：即惊奇。欷：不断地抽泣。擎（piě）：挥去。抆（wèn）：揩、擦。

[22] 惮漫衍凯：欢乐貌。阿那腲腇（wěi něi）：舒迟貌。阿那，同"婀娜"。腲腇，肥貌。

[23] 蚑蠖（qí huò）：又作"蚚蠖"、"尺蠖"，一种善伸屈的虫。蚑（qí）行：虫行貌。蝘蜓（yǎn yán）：壁虎。蝇蝇翾翾：游行貌。

[24] 迁延徙迤：却退貌。鱼瞰鸡睨：像鱼目不瞑，鸡好斜视那样看。喻其着迷状。瞰，视也。睨，邪视也。喙：鸟嘴。蜒转：转动貌。瞪矒，指瞪目茫然。瞪：直视，睁。矒（méng）：视不审谛貌。伦：辈，类。

[25] 乱：诗赋结尾。状，声之状也。捷武：捷巧。逾曳：超越。曳：亦逾。漂巧：疾速灵巧。

[26] 泡溲：盛多貌。泛潎：声微小貌。巇（xī）道：险道。

[27] 哮呷（xiā）、呟（juǎn）唤：皆形容声音很大。跻（jī）颠连绝：或升或降，时连时断。跻，升。颠，顿。淈（gǔ）：搅混。殄（tiǎn）沌：混杂不分。

[28] 搅搜、潚（xiào）捎：水声。逍遥踊跃：水滚滚而流。若坏颓：《文选》善曰："言如物崩坏颓毁也。"

[29] 优游流离：来回徘徊。稽诣：《文选》善曰："言声稽留如有所诣也。"诣，至。耽：乐。

[30] 颓唐：陨坠貌，形容箫声衰微。圣化：言通过洞箫亦可行圣王教化。从容中道，乐不淫兮：《文选》善曰："中于道德，虽乐不荒。"

[31] "条畅"句：言声有条贯，通畅洞达，而中于节操。

[32] 漂撆：余响少腾相击之貌。骆驿：即"络绎"。

【阅读指要】

《洞箫赋》是王褒的代表作，《文选》有著录。它是一篇描述洞箫这种乐器的咏物赋，意在说明洞箫演奏时音调之美妙和感染力之巨大。大体而言有两部分。前一部分重在洞箫本体，后一部分重在演奏之人。《文心雕龙·诠赋》赞道："子渊《洞箫》，穷变于声貌。"在中国文学史上，以赋体专篇写一种乐器，王褒的《洞箫赋》当是第一篇。它直接导致了东汉一些以乐器、音乐为题材的作品的产生。《洞箫赋》是西汉文坛具有"辩丽可喜"、"娱悦耳目"特征的代表作。

河东赋（并序）

扬　雄

选自《汉书》卷八十七《扬雄传上卷五十七》。

其三月，将祭后土，上乃帅群臣横大河，凑汾阴[1]。既祭，行游介山，回安邑，顾龙门，览盐池，登历观，陟西岳以望八荒，迹殷周之虚，眇然以思唐虞之风[2]。雄以为临川羡鱼不如归而结罔[3]，还，上《河东赋》以劝，其辞曰：

伊年暮春，将瘗后土，礼灵祇，谒汾阴于东郊[4]，因兹以勒崇垂鸿，发祥隤祉，钦若神明者，盛哉铄乎，越不可载已[5]。于是命群臣，齐法服，整灵舆，乃抚翠凤之驾，六先景之乘[6]，掉奔星之流旍，彏天狼之威弧[7]。张耀日之玄旄，扬左纛，被云梢[8]。奋电鞭，骖雷辎，鸣洪钟，建五旗[9]。羲和司日，颜伦奉舆，风发飙拂，神腾鬼趡[10]。千乘霆乱，万骑屈桥，嘻嘻旭旭，天地稠嶅[11]。簸丘跳峦，涌渭跃泾[12]。秦神下詟，跰魂负沴；河灵矍踢，爪华蹈衰[13]。遂臻阴宫。穆穆肃肃，蹲蹲如也[14]。

灵祇既乡，五位时叙，绅缊玄黄，将绍厥后[15]。于是灵舆安步，周流容与，以览虖介山[16]。嗟文公而愍推兮，勤大禹于龙门[17]，洒沉菑于豁渎兮，播九河于东濒[18]。登历观而遥望兮，聊浮游以经营。乐往昔之遗风兮，喜虞氏之所耕[19]。瞰帝唐之嵩高兮，眣隆周之大宁[20]。汩低回而不能去兮，行睨陔下与彭城[21]。濊南巢之坎坷兮，易幽岐之夷平[22]。乘翠龙而超河兮，陟西岳之峣崝[23]。云而来迎兮，泽渗漓而下降，郁萧条其幽蔼兮，滃泛沛以丰隆[24]。叱风伯于南北兮，呵雨师于西东，参天地而独立兮，廓汤汤其亡双[25]。遵逝虖归来，以函夏之大汉兮，彼曾何足与比功[26]。建《乾坤》之贞兆兮，将悉总之以群龙[27]。丽钩芒与骖蓐收兮，服玄冥及祝融[28]。敦众神使式道兮，奋六经以摅颂[29]。隃于穆之缉熙兮，过《清庙》之雍雍[30]；轶五帝之遐迹兮，蹑三皇之高踪。既发轫于平盈兮，谁谓路远而不能从[31]。

【注释】

[1] 三月：指元延二年（前11）三月。后土：土地神。横大河：横渡黄河。凑：趋。

汾阴：地名，在汾水之南，即今山西万荣县。

[2] 介山：在汾阴东北。古名绵土、绵山。回：绕过。安邑：县名，在今山西夏县西北。相传是夏禹的都城。龙门：山名，在陕西韩城县与山西河津县间，跨黄河两岸。盐池：在今山西夏县南。历观：即历山，在今山西永济县东南。《水经注》："历山谓之历观，舜所耕处也。"陟：升。西岳：华山。迹：追寻踪迹。虚：处所。眇然：思绪悠远。唐虞：唐尧、虞舜二帝。

[3] 临川羡鱼不如归而结罔：出自《汉书·董仲舒传》："临渊羡鱼，不如退而结网。"羡：希望得到。罔：即"网"。比喻只有愿望和空想而没有实际行动，仍然不能如愿。

[4] 伊年：指成帝元延二年。伊：是也。暮春：春三月。瘗（yì）：祭地曰瘗。礼：礼敬，即行祭祀以求福祐。灵祇：神明。东郊：京都以东，皆在汾阴。

[5] 勒崇垂鸿：勒崇名而垂鸿业。勒：雕刻。垂：留传。鸿：通"洪"，大。发祥：显现祯祥。隤（tuí）祉：降福。钦：敬也。若：顺也。铄：辉煌，美丽。越：通"粤"，发语辞。

[6] 法服：指祭祀所穿的礼服。整：整备。灵舆：天子所乘的车马。抚：据。翠凤之驾：天子乘用的凤形饰以翠的车。先影之乘：谓跑在影前的马。

[7] 掉：摇动。旃（zhān）：赤色曲柄的旗子。彏（jué）：急张弓。天狼：星名，在东井星南方。威弧：星名，在天狼星东南。

[8] 玄旄：用牦牛尾装饰的黑旗。纛（dào）：帝王车舆上的饰物。梢：同"旓"，旌旗上的飘带。云旓：以云为旓。

[9] 奋电鞭，骖雷辎：言奋电为鞭，驾雷为车。骖（cān）：驾驭。辎（zī）：有帷盖可载重的车。洪钟：大钟。五旗：五色之旗。

[10] 羲和：神话传说中为太阳驾车的人。颜伦：古代善御者。奉：侍奉，伺候。趡（cuǐ）：奔跑。

[11] 霆乱：如疾雷之盛而乱动。屈（jué）桥：即崛矫。嘻嘻旭旭：自得之貌。稠（ào）：动摇貌。稠螯（tiào ào）：动摇的样子。

[12] 簸（bǒ）：颠动。泾、渭：皆水名。关中两大河流。

[13] 秦神：传说秦文公时有个怪物化入丰水，被称为神。苏林曰："秦文公时，廷中有怪，化为牛，走到南山梓树丛中。伐梓树，后化入丰水，文公厌之，故作其象以厌焉。……故曰秦神。"慴（zhé）：同"慑"，恐惧。跖魂负诊：言魂逃而负河坻。跖（zhí）：逃避之意。沴（lì）：水流不畅。引申为河中之坻。河灵：即巨灵，河神。矍踢：惊动之貌。爪：古"掌"字。华：华山。衰：衰山。这两句言秦神、河灵莫不惊恐而自放。

[14] 臻：到达。阴宫：汾阴之宫。穆穆：静也。蹲蹲：行进有节的样子。

[15] 乡：通"飨"。五位：五方之神。时：是。叙：通"序"，指各就其位。细缊（yīn yùn）：天地间阴阳混合之气，同"氤氲"。玄黄：黑色和黄色，指天地。将绍厥后：《汉书》颜师古曰："言天地之气大兴发于祭祀之后。"将，大也。绍：继。

[16] 灵舆：天子车驾。容与：安逸自得貌。虖：同"乎"。介山：在山西介休县东南，相传春秋时晋人介之推隐居此处。

[17] 文公：晋文公，春秋五霸之一。愍（mǐn）：哀怜。推：介之推。勤：勤劳。龙门：龙门山，传说大禹曾凿之以通河水。

[18] 洒：分也。沉菑：洪水。菑，古"灾"字。豀渎：疏通江河。渎：谓江、河、淮、济四渎。播：分布，分散。九河：古代黄河自孟津以北，分为九道，故名。东濒：东海边上。

[19] 经营：来来往往。虞氏之所耕：传说舜曾耕于历山。

[20] 瞰（kàn）：俯视。帝唐：即唐尧。嵩高：嵩高山，可下视阳城帝尧之遗迹。眽（mò）：看。隆：尊贵崇高。宁：安宁。

[21] 汩（yù）：走之意。低回：徘徊。行：且，将要。睨（nì）：斜着眼看。陔下：即垓下，项羽失败处。在今安徽灵璧东南。彭城：项羽之都，今江苏徐州。

[22] 潶：同"秽"。南巢：古地名，汤放逐桀之处。在今安徽巢县西南。豳（bīn）：古都邑名，在今陕西省旬邑县西南。岐：岐山，在今陕西岐山县东北，相传周古公亶父在岐山下建邑。

[23] 翠龙：传说中穆天子所乘的马。西岳：即华山。峣崝（yáo zhēng）：谓嶕峣而峥嵘，山高峻的样子。崝：同"峥"。

[24] 霓霓：同"霏霏"，云起貌。泽：雨露。渗漓：流貌。郁：云雨茂盛。萧条：凋零貌。蔼：云气深暗。滃（wěng）：云气涌起。汎沛（泛佩）：云雨盛涌貌。丰隆：云雨繁盛貌。

[25] 参：三。廓：广。荡荡：大也。二句状登华山之峻。

[26] 遵：循原路。虖：同"乎"。函：包容。夏：诸夏。彼：指尧、舜、殷、周。

[27] 贞兆：正兆，吉兆。总：统领。乾坤：《易》之两卦名。《易·乾》末句为"用九，见群龙无首，吉"。

[28] 丽：并驾。钩芒：东方木神名。骖：三匹马拉一辆车，这里用作动词。衍字。蓐（rù）收：西方神，主管秋天。服：役使。服："骖"之误（宋祁说）。骖，三马。玄冥：北方神，司水。祝融：南方神，火神。此言四神皆役服。

[29] 敦：督促，劝勉。式道：在车驾前清道。《六经》：《易》、《诗》、《书》、

《春秋》、《礼》、《乐》。摅（shū）：抒发。颂：《诗》六义之一。《诗序》："颂者，美盛德之形容，以其成功，告于神明者也。"

[30] 隃：超过。于：叹词。穆：壮美。缉熙：光明。雍：和谐。这两句是说，汉德超排周代。

[31] 轶：过也。遐：远也。蹑：追随。发轫：启行。轫，刹木车，行车必先去轫，故称。平盈：言地平盈而无高下。喻和平时世。

【阅读指要】

　　扬雄曾模拟司马相如的《子虚赋》、《上林赋》作《甘泉赋》、《河东赋》、《羽猎赋》、《长杨赋》四篇代表作。《河东赋》是其中之一。虽是模拟，但仍显出他相当高的才华。

　　杨雄撰写的《河东赋》，表面上是记叙汉成帝祭祀后土祠，游历河东的规模宏大的出行，并且把这样的出行与五帝三皇的丰功伟业相联系，其实是劝谏帝王收敛其奢靡之心，更多地关注时政和民生，即思唐虞之风，不如行唐虞之政。扬雄常采用以"隆"为谏的方法，默不能已，推而隆之，以达到警醒的目的。

　　此赋以简洁的叙述开头，不落主客对话的陈套。虽无司马相如赋的宏伟气魄，却更注重锤炼语言。

　　杨雄死后，当时的著名学者桓谭认为，杨雄的作品"文义至深"，完全可以超越诸子百家之论，《河东赋》必然会流传后世。

两都赋·东都赋（节选）

班　固

选自李善注《文选》卷一《京都上·两都赋·东都赋》。

　　"至乎永平之际，重熙而累洽。盛三雍之上仪，修衮龙之法服。铺鸿藻，信景铄。扬世庙，正雅乐。[1] 人神之和允洽，群臣之序既肃。乃动大辂，遵皇衢。省方巡狩，躬览万国之有无。考声教之所被，散皇明以烛幽 [2]。然后增周旧，修洛邑。扇巍巍，显翼翼。光汉京于诸夏，总八方而为之极 [3]。于是皇城之内，宫室光明，阙庭神丽。奢不可逾，俭不能侈 [4]。外则因原野以作苑，填流泉而为沼。发苹藻以潜鱼，丰圃草以毓兽。制同乎梁邹，谊合乎灵囿 [5]。若乃顺时节而搜狩，简车徒以讲武。则必临之以王制，考之以风雅[6]。历《驺虞》，览《驷铁》。嘉《车攻》，采《吉日》。礼官整仪，乘舆乃出[7]。于是发鲸鱼，铿华钟[8]。登玉辂，乘时龙。凤盖棽丽，鋋錔玲珑。天官景从，寝威盛容[9]。山灵护野，属御方神。雨师汎洒，风伯清尘[10]。千乘雷起，万骑纷纭。元戎竟野，戈鋋彗云。羽旄扫霓，旌旗拂天[11]。焱焱炎炎，扬光飞文。吐熠生风，欻野歊山。日月为之夺明，丘陵为之摇震[12]。遂集乎中囿，陈师按屯。骈部曲，列校队。勒三军，誓将帅[13]。然后举烽伐鼓，申令三驱。辎车霆激，骁骑电骛[14]。由基发射，范氏施御。弦不睼禽，辔不诡遇。飞者未及翔，走者未及去[15]。指顾倏忽，获车已实。乐不极盘，杀不尽物。马踠余足，士怒未渫。先驱复路，属车案节[16]。于是荐三牺，效五牲。礼神祇，怀百灵[17]。觐明堂，临辟雍。扬缉熙，宣皇风。登灵台，考休征[18]。俯仰乎乾坤，参象乎圣躬[19]。目中夏而布德，瞰四裔而抗棱[20]。西荡河源，东澹海漘。北动幽崖，南耀朱垠[21]。殊方别区，界绝而不邻。自孝武之所不征，孝宣之所未臣。莫不陆詟水栗，奔走而来宾[22]。遂绥哀牢，开永昌[23]。春王三朝，会同汉京。是日也，天子受四海之图籍，膺万国之贡珍。内抚诸夏，外绥百蛮[24]。尔乃盛礼兴乐，供帐置乎云龙之庭。陈百寮而赞群后，究皇仪而展帝容[25]。于是庭实千品，旨酒万锺。列金罍，班玉觞。嘉珍御，太牢飨[26]。尔乃食举雍彻，太师奏乐。陈金石，布丝竹。钟鼓铿鍧，管弦烨煜[27]。抗五声，极六律。歌九功，舞八佾。韶武备，泰古毕[28]。四夷间奏，德广所及。僸侏兜离，罔不具集[29]。万乐备，百礼暨。皇欢浃，群臣醉。降烟煴，调元气[30]。然后撞钟告罢，百寮遂退[31]。

【注释】

[1] 永平：汉明帝年号。重熙：益发光明。累洽：愈加融洽。三雍：即明堂、辟雍、灵台，为古代帝王宣明政教演习礼仪之所。衮：卷龙衣。法服：礼法规定的天子标准服饰。藻：文藻，文章。信：申明。景铄（shuò）：大美。扬世庙：为光武帝庙上尊号曰世祖。扬：彰明。

[2] 大辂：天子之车。遵皇衢：沿着驰道。省（xǐng）方：视察四方。巡狩：天子五年一次，视察诸侯所守的地方。巡者，循也；狩，牧也。有无，谓风俗善恶

也。声教：声威和教化。皇明：帝王的神明。烛：照。幽：幽远之处。

[3] 增周旧：周武王都洛邑，东汉增修。扇巍巍：炽盛巍峨貌。扇：助。显翼翼：繁盛整饰貌。汉京：指洛邑。诸夏：指所有的诸侯国。总：统领。极：准则。

[4] 阙庭：城楼与中庭。奢不可逾，俭不能侈：言奢俭合礼。

[5] 外：皇城之外。因：藉。苑：苑囿。填：即顺。昭明讳顺，故改为填。沼：池。发：发荣滋长。藻、苹：水草。潜：藏也。圃草：博大茂草。毓：同育。梁邹：天子之田也。在今邹平县北四十里。灵囿：灵圃，养禽兽之所。

[6] 搜狩：《文选》善注："《左氏传》臧僖伯曰：春搜、夏苗、秋狝、冬狩，皆于农隙以讲事也。"简：检阅挑选。车徒：兵车和步卒。临：治理，处置。王制：指《礼记·王制》篇。风雅：《文选》善注："风，国风，驺虞、驷铁是也。雅，小雅，车攻、吉日是也。"

[7] 历：览，视。驺虞：仁兽名，白虎黑文，不食生物，有至信之德则应之，亦是《诗经·国风》篇名。驷铁：《诗经·国风》篇名。嘉：美，善。车攻、吉日：《诗经·小雅》篇名，皆美周宣王。采：选择。整仪：整理威仪。乘舆：指天子。作者在此称颂明帝以古代中兴之君为楷模，进行适当的田猎。

[8] 发：举。鲸鱼：指撞钟之杵，刻作鲸鱼的形状。铿华钟：敲击刻有篆字花纹的钟。

[9] 玉辂：玉饰的天子之车。时龙：骏马。棽丽：棽（lí）丽：树木枝条茂密貌，借为凤盖覆垂纷披的形状。棽，大枝条。龢銮：古代车上的铃铛。龢：通和。玲珑，玉声。天官：指百官小吏。景从：如影随形。寝：同寖，盛。

[10] 山灵：山神。护野：护卫于野。属御方神：天子从车属车的御者由四方之神来担任。属车是天子侍从之车。雨师、风伯：司雨、风之神。《文选》善注：风俗通曰：雨师，毕星也；风伯，箕星也。

[11] 千乘：形容兵车之多。元戎：大型兵车。竟：满。鋋（chán）：小矛。彗：扫，拂。

[12] 焱，火花。炎，火光。爓：火苗。欱（hé），啜也。歕（pēn），吹气也。摇震：摇动。

[13] 中圃：圃中。按屯：勒兵而守。骈：犹并也。部曲：古代军队编制单位。校队：五百人为一校，百人为一队。勒：统率。三军：步、车、骑。誓：告诫。

[14] 烽：烽火。三驱：三面用人包围驱赶飞禽，迎面而来和两旁的不射，唯有背面逃走的才追逐射猎。輶（yóu）车：古代一种轻便的车。骁，良马。电鹜：象电光那样迅急。

[15] 由基：即养由基，春秋楚人，善射者，一箭能射穿七层恺甲。范氏：古之善御者。弦：控弦。不瞡（dī）禽：指不迎面射杀飞禽。瞡：迎视。瞥不诡遇：《文选》

善注：刘熙曰：横而射之曰诡遇。古人认为禽兽离去后从后射杀才是正礼。辔：
览辔，驾车。飞者、走者：飞禽、走兽。

[16]指顾：一指一瞥之间，形容时间短暂。倏忽，疾也。获车：载猎物之车。实：满。
极盘：尽乐。尽物：杀尽禽兽。踠，屈也。余足：剩余的足力。渫：即"泄"，
发泄。先驱：前驱。复路：就归路。属车：皇帝侍从之车。案节：按辔徐行。

[17]荐：进献。三牺：牛、羊、豕。牺：祭祀所用纯色牲畜。效：呈献。五牲：麋、鹿、
麏（jūn）、狼、兔。礼：祭祀。神祇：天神曰神，地神曰祇。怀百灵：怀柔百神。

[18]觐（jìn）：诸侯秋朝天子之礼。扬：宣扬。缉熙：光明，指光明正大之德。灵台：
郑玄毛诗笺曰：天子有灵台，所以观祲象，察气之妖祥也。休征：《文选》善注：
孔安国曰：叙美行之验也。明堂、辟雍：皆古代帝王宣明政教之所。

[19]参象：参验取法。圣躬：指天子。

[20]中夏：中国。瞰：望。四裔：四夷。抗：高举，传布。稜（léng）：神威，威望。

[21]荡：动。河源：黄河之源。黄河源出青海巴颜喀喇山。澹：动。海漘（chún）：
海边。幽崖：即幽都，极北之地。燿：同"跃"，动。朱垠：南方。

[22]殊方、别区：皆言异域远方。绝：隔绝。邻：毗连。所不征：尚未征服者。孝宣：
汉宣帝。莫不陆詟（zhé）水栗：詟于陆，栗于水，言水路四方无不畏惧而归
服。詟（zhé）：同慑，惧服。

[23]绥：安抚。哀牢：古代西南少数民族名。永昌：汉郡名。

[24]春王：用春秋记历的笔法。三朝（zhāo）：岁首朔日，是岁、月、日三者的开始，
因此称"三朝"。会同：诸侯会盟。膺：受。

[25]供帐：供设帷帐。云龙：皇宫端门东有崇贤门，外有云龙门。赞：引导。群后：
各个诸侯国之王。

[26]千品：很多品类。旨酒：美酒。钟：酒器。罍：水器或酒器。斑：列。觞：爵，
酒器。珍：八珍，八种美味食品。御：进用。太牢：牛、羊、豕三牲名太牢，
羊豕二牲名少牢。飨：赏赐，犒劳。

[27]食举：进食时举乐。《雍》：《诗经·周颂》中的一篇，古代天子祭宗庙完
毕撤去祭品时唱这首诗。彻：通撤。太师：乐官之长。宴会时奏大予、郊祀、
陵庙、殿中诸乐。金石、丝竹：《文选》善注：又曰：播之以八音：金、石、
土、革、丝、木、匏、竹。郑玄曰：金，钟鎛也。石，磬也。土，埙也。革，
鼓鼗也。丝，琴瑟也。木，柷敔也。匏，笙也。竹，管箫也。铿鍧（hōng）：
金鼓并作之声。晔煌：声之盛。

[28]抗：扬。五声：宫、商、角、徵、羽。六律：中国古代乐音标准名。相传黄
帝时代伶伦截竹为管，以管之长短分别声音的高低清浊，乐器的音调皆以此

为准。《史记·律书》："六律为万事根本焉。"司马贞索隐："古律用竹，
又用玉，汉末以铜为之。"乐律有十二，阴阳或奇偶各六，阳或奇数为律，
阴或偶数为吕。六律依次称为钟、太簇、姑洗、蕤宾、夷则、无射。阳为律，
阴为吕。六吕：大吕、应钟、南吕、林钟、小吕、夹钟。九功：六府三事合
称九功。水、火、金、水、土、谷，叫做六府，正德、利用、厚生，叫做三事。
八佾（yì）：天子所用乐舞，八人为列，八八六十四人。佾，列。韶：虞舜乐名。
武：周武王克商乐舞。泰古：上古。毕：尽。

[29] 间奏：迭奏。僸佅（mèi）兜（dōu）离：四方少数民族之乐。

[30] 暨：至。欢浃（jiá）：欢悦和谐。烟煴：氤氲，气或光色混合动荡貌。元气：
天地之间阴阳变化之气。

[31] 撞钟：《尚书大传》曰："天子将入，则撞蕤宾之钟，左五钟皆应之。"

【阅读指要】

　　《两都赋》作于永平、永元年间。东汉光武帝刘秀建都洛阳以降至明帝刘庄
时，关中耆老还在希望复都长安，所以班固"作《两都赋》，以极众人之所炫耀，
折以今之法度。"（《两都赋序》）欲讽谏之，为东汉建都洛阳造舆论。

　　《两都赋》既吸纳了前辈赋家的创作经验，尤取式于司马相如的《天子游猎
赋》，也有诸多开拓创新。不仅在"劝"与"讽"的文字比数上作了均衡，其下
篇通篇是讽喻、诱导，而且还在"西都宾"与"东都主人"二人的名分之上直接
表达了其京都理念，即都洛阳而舍长安的新京都观。其描写的笔触范围由天子、
王侯的苑猎扩大到了两个都邑的格局和文化。清陆葇《赋格》："前篇以藻腴胜，
而极烹炼之工；后篇以简实胜，而尽旋折之法。笔力劲，姿态丰，虽脱胎扬、马，
固已出其范围矣。"

　　《文心雕龙·诠赋》说："孟坚《两都》，明绚以雅赡。"明孙鑛："赋主《子
虚》、《上林》，稍加充拓，比之子云，精刻少逊，然骨法遒紧，犹有古朴风气，
局断自高。"清浦起龙《古文眉诠》："兰台此赋，实铺陈之正宗，典制之极轨。"《两
都赋》是班固赋中的代表作，也是京都赋的范例，对张衡的《二京赋》、左思的《三
都赋》的创作产生了直接的影响。

二京赋·西京赋（节选）

张　衡

选自李善注《文选》卷二《京都上·二京赋·西京赋》。

大驾幸乎平乐，张甲乙而袭翠被[1]。攒珍宝之玩好，纷瑰丽以奢靡[2]。临迥望之广场，程角牴之妙戏[3]。乌获扛鼎，都卢寻橦[4]。冲狭燕濯，胸突铦锋[5]。跳丸剑之挥霍，走索上而相逢[6]。华岳峨峨，冈峦参差。神木灵草，朱实离离[7]。总会仙倡，戏豹舞罴。白虎鼓瑟，苍龙吹篪[8]。女娥坐而长歌，声清畅而蜲蛇[9]。洪涯立而指麾，被毛羽之襳襹[10]。度曲未终，云起雪飞。初若飘飘，后遂霏霏[11]。复陆重阁，转石成雷[12]。礔砺激而增响，磅湱象乎天威[13]。巨兽百寻，是为曼延[14]。神山崔巍，歘从背见[15]。熊虎升而挐攫，猿狖超而高援。怪兽陆梁，大雀踆踆[16]。白象行孕，垂鼻辚囷[17]。海鳞变而成龙，状蜿蜿以蝹蝹[18]。含利飐飐，化为仙车。骊驾四鹿，芝盖九葩[19]。蟾蜍与龟，水人弄蛇[20]。奇幻儵忽，易貌分形[21]。吞刀吐火，云雾杳冥。画地成川，流渭通泾[22]。东海黄公，赤刀粤祝。冀厌白虎，卒不能救[23]。挟邪作蛊，于是不售[24]。尔乃建戏车，树修旃[25]。侲僮程材，上下翩翻[26]。突倒投而跟絓，譬陨绝而复联[27]。百马同辔，骋足并驰[28]。橦末之伎，态不可弥[29]。弯弓射乎西羌，又顾发乎鲜卑[30]。

【注释】

[1] 大驾：皇帝的车乘。平乐：宫馆名。薛综注："平乐馆，大作乐处也。"张：设。甲乙：甲帐、乙帐。汉武帝造帐幕，以甲乙编次。袭：掩藏，遮盖。翠被：饰以翠羽的被子。

[2] 攒（cuán）：聚集。纷：杂。瑰，奇也。丽，美也。奢（shē）靡：奢侈放逸。奢通"奢"。

[3] 迥（jiǒng）望：视野开阔广远。迥，远。程：谓课其技能也。角牴：两两相当，角力技艺射御。

[4] 乌获：善曰：史记曰：秦武王有力士乌获、孟说，皆大官。扛（gāng）鼎：举鼎或举重，百戏节日之一。都卢：古国名。在南海一带。寻橦（chuáng）：爬杆，百戏杂技之一。橦，木竿。

[5] 冲狭：百戏杂技的一种。类似今天的穿刀圈杂技。燕濯：百戏杂技的一种。即"飞燕点水"。突：冲撞。铦（xiān）：锋利。

[6] 跳丸剑：抛掷铁丸短剑。挥霍：轻捷迅疾地上下抛弄。走索：踩软索。

[7] 华岳：本指西岳华山。此指做成假山形状以为戏。巉巉，高大貌。冈峦：山冈峰峦。参差，低仰貌。神木，松柏灵寿之属。灵草：指灵芝之类。芝英朱赤也。朱实：红色果实。离离：实垂之貌。

[8] 总会：聚合。仙倡，伪作假形，谓如神也。罴（pí）豹熊虎：皆为假头也。罴，熊的一种。瑟：弦乐器，似琴。古有五十根弦，后为二十五根或十六根弦，平放演奏。苍，青色。篪（chí）：古代一种用竹管制成像笛子一样的乐器，有八孔。

[9] 女、娥：指娥皇、女英。清畅：清亮奔放。蟜蛇（wěi yí）：同"委蛇"。余音曲折回旋。

[10] 洪涯，三皇时伎人。倡家讬作之，衣毛羽之衣。指麾（huī）：同"指挥"。襳襹（shēn shī）：衣上羽毛丰盛貌。

[11] 度（duó）曲：按曲谱歌唱。飘飘、霏霏（fēi）：雪下貌。皆巧伪作之。

[12] 复陆：即复道。楼阁间有上下两重通道而架空者。俗称天桥。转石成雷：于上转石，以象雷声。

[13] 礔砺（pī lì）：同"霹雳"：迅猛的雷声。激：迅疾。增响：重响。磅礚（kē）：雷霆之音，如天之威怒。礚同"磕"。象声词。

[14] 寻：古八尺为寻。曼延：亦作"漫衍"、"曼衍"或"蔓延"。百戏杂技之一。

[15] 欻（xū）：忽然。背：指巨兽之背。见（xiàn）：通"现"。

[16] 挈攫（jué）：相搏持也。猿狖（yòu）：泛指猿猴。援：攀附。陆梁：跳跃的样子。大雀：大鸟，指驼鸟。假扮而成。踆踆（qūn）：行步迟重的样子。

[17] 孕：哺乳。鳞囷（qūn）：下垂貌。

[18] 海鳞：指假扮的大鱼。蜿蜿、蝹蝹（yūn）：龙形貌也。

[19] 含利：传说中能吐金的神兽。颬颬（xiā）：开口吐气的样子。仙车：仙人之车。骊（lí）驾：并驾。骊，并列。芝盖：以芝为盖。九葩：形容绚丽多彩。九，多。

[20] 蟾蜍：俗称癞蛤蟆。与（yù）：干预，摆弄。水人：水乡的人。薛综注："水人，俚儿，能禁固弄蛇也。"

[21] 倏（shū）忽：迅疾。易貌：变易相貌。分形：分身。

[22] 云雾：兴云作雾。杳冥：幽晴。画：划。

[23] 东海黄公：百戏节目。表演东海人黄公。《西京杂记》卷三："有东海人黄公，少时为术，能制蛇御虎，佩赤金刀，以绛缯束发，立兴云雾，坐成山川。及衰老，气力羸惫，饮酒过度，不能复行其术。秦末，有白虎见于东海，黄公乃以赤

刀行厌之，术既不行，遂为虎所杀。三辅人俗用以为戏，汉帝亦取以为角牴之戏焉。"赤刀：赤金宝刀。粤祝（zhòu）：粤地的一种咒术。祝，通"咒"。冀：希望。卒：终于。

[24] 挟：倚仗。邪：不正道。指邪术。蛊（gǔ）：惑，指巫术。售：行。

[25] 戏车：供表演杂技的车。树：植也。修：长。旐：谓幢也。建之于戏车上也。

[26] 侲（zhèn）僮：善童，幼子。侲：善。程材：显示技艺。程，犹见也。

[27] 倒投：倒身下坠。跟：踵。即脚后跟。絓：通"挂"。陨绝：坠落。

[28] 此言童子于橦子作其形状。辔（pèi），马缰绳。骋足：尽力奔走。

[29] 伎（jì）：同"技"。态：情状。弥：极，尽。

[30] 弯弓：挽弓。西羌：羌族，居地在我国西部甘肃青海一带，汉代泛称为西羌。顾：回视。发：射。鲜卑：古代少数民族，东胡的一支，在羌之东。

【阅读指要】

张衡（78—139），字平，南阳西鄂（今河南南阳）人。十七岁时游学三辅，后到洛阳就教于太学，"通五经，贯六艺"。后被召入朝，拜郎中，两次任掌管天文的太史令。勤敏好学，博识多能，尤精于天文历算，创制出世界上最早用水力推动的浑天仪和测定地震的地动仪，并撰有《灵宪》、《筭罔论》《浑天仪图注》等科学著作。还曾上疏反对当时流行的谶纬迷信，写有《请禁绝图谶疏》。文学作品主要是辞赋和诗。散体大赋以模拟班固《二都赋》而作的《东京赋》、《西京赋》（合称《二京赋》）为最有名。《归田赋》则开了东汉抒情小赋的先河。诗作《同声歌》更以其情真词丽，标志着东汉文人五言诗的趋于成型，对古代五言诗的发展具有重大影响。《隋书·经辑志》记有《张衡集》14卷，久佚。明人张溥编有《张河间集》，收入《汉魏六朝百三家集》。

张衡的赋今存十三篇，以《二京赋》、《归田赋》最负盛名，前者创汉赋长篇之极轨，后者开后世抒情赋之先河。

张衡模仿班固《两都赋》作《二京赋》，精思十年乃成。张衡的《二京赋》也是以都会或京都为题材的优秀作品。它在结构某篇方面完全模仿《两都赋》，假托凭虚公子对长安繁盛富丽的称颂，展现京都的景象。赋描写都市生活，其街道、市场；商人、富民、游侠、辩士；杂技、歌舞、马戏、魔术、林林总总，无不笼挫笔端，这是前此的都城赋所不及的。此外，《二京赋》的讽刺性有所增强。《二京赋》以规模宏大被称为京都赋之极轨，紧随班固之后，推动了以京都、都会为题材的文学的发展。明孙鑛："孟坚《两都》正行，平子复构此，明是欲出其上，逐句琢磨，逐节锻炼，比孟坚较深沉，是子云一派格调。中间佳处尽多，第微伤烦，便觉神气不贯。若两篇开首议论处，则丰骨苍然，寄浓腴于古阶，允为千古绝调，绝不易得。"

所选为描绘百戏（古代乐舞杂技表演的总称）的内容。

鲁灵光殿赋

王延寿

节选自李善注《文选》卷十一《宫殿》，所选内容为雕刻和壁画等。

尔乃悬栋结阿，天窗绮疏[1]。圆渊方井，反植荷蕖[2]。发秀吐荣，菡萏披敷。绿房紫菂，窋咤垂珠[3]。云楶藻棁，龙桷雕镂[4]。飞禽走兽，因木生姿。奔虎攫挐以梁倚，仡奋鬐而轩鬐[5]。虬龙腾骧以蜿蟺，颔若动而躨跜[6]。朱鸟舒翼以峙衡，腾蛇蟉虬而绕榱[7]。白鹿子蜺于欂栌，蟠螭宛转而承楣[8]。狡兔跧伏于柎侧，猿狖攀椽而相追[9]。玄熊舑舕以龀龀，却负载而蹲跠[10]。齐首目以瞪眄，徒眽眽而狋狋[11]。胡人遥集于上楹，俨雅踞而相对。仡欺㥄以雕眮，鼺颞颥而睽睢，状若悲愁于危处，憯嚬蹙而含悴[12]。神仙岳岳于栋间，玉女闚窗而下视。忽瞟眇以响像，若鬼神之仿佛[13]。

图画天地，品类群生。杂物奇怪，山神海灵。写载其状，托之丹青。千变万化，事各缪形。随色象类，曲得其情[14]。上纪开辟，遂古之初[15]。五龙比翼，人皇九头[16]。伏羲鳞身，女娲蛇躯[17]。鸿荒朴略，厥状睢盯[18]。焕炳可观，黄帝唐虞。轩冕以庸，衣裳有殊[19]。下及三后，淫妃乱主[20]。忠臣孝子，烈士贞女[21]。贤愚成败，靡不载叙。恶以诫世，善以示后。

【注释】

[1] 结阿：结彩。阿：细缯。丝织品的总称。天窗绮疏：天窗上镂有绮丽的花纹。天窗，高窗也。绮，文也。疏，刻镂也。

[2] 指天花板上画有圆池方井，中有倒植的芙蓉。反植：根在上而叶在下。荷，芙蕖。

[3] 菡萏：荷花。披敷：分布。绿房：芙蕖之房，刻缯为之，绿色。菂（dī）：莲子。窋咤（zhú zhà）：物在穴中突出貌。

[4] 云梲（jié）：画有云朵的柱头斗拱。梲，同"节"，斗拱。藻棁（zhuó）：梁上楹，画为藻文。棁，梁上楹，龙桷（jué）：画椽为龙。

[5] 因木生姿：顺着木头的造型生出各种姿态。擩挐（rú），相搏持也。梁倚，相着也。仡（yì）：举头。奋矕（xìn）：形容迅速而有气势。矕，动也。轩鬐：竖起脊上长毛。鬐，背上鬣。

[6] 蜿蟺（shàn）：盘屈貌。颔，摇头。躨跜（kuí ní）：动貌。

[7] 朱鸟：朱雀。峙：立。衡：门上木。腾虵（shé）：传说中一种能飞的蛇。虵，蛇的异体字。蟉（jiāo）虬：曲貌。榱，亦椽也。有三名，一曰椽，二曰桷，三曰榱。

[8] 孑（jié）蜺：延首之貌。欂（bò）栌：即斗拱。蟠螭：盘曲的蛟龙。楣：房屋次梁。狖：黑色的长臂猿。

[9] 踡（quán）伏：蜷伏。枅：斗拱上的横木。

[10] 舑（tān）舕（tàn）：吐舌貌。龂龂（yín）：露齿貌。却：去掉。负载：背负的东西。蹲跠，踞也。

[11] 齐首目以瞪眄：骈头而相观视。眽眽（mò）：凝视貌。狋狋（yí）：怒视貌。

[12] 数句写木刻的胡、夷的形状。俨雅，跽貌，恭敬之态。跽：长跪。仡：抬头。欺愢（xī）：大首。雕䂁（xuè）：如雕之视。䫜颗顪（āo xiāo láo）：大首深目之貌。睽睢（kuí suī）：张目貌。憯（cǎn）：惨痛。嚬蹙（pín cù）：同"颦蹙"，忧貌。

[13] 岳岳：立貌。阚：同"窥"。瞟眇（piāo miǎo）：视不明之貌。响像：依稀，隐约。仿佛：见不真切。

[14] 品类：区别物类。缪形：形不同也。随色象类：用不同的颜色，表现各类事物的颜色。

[15] 纪：记。开辟：开天辟地。遂古：上古。

[16] 五龙：《文选》善曰：（魏）宋均注《春秋命历序》曰："皇伯、皇仲、皇叔、皇季、皇少五姓同期俱驾龙，周密与神通，号曰五龙。"人皇：传说中远古部落酋长。与天皇、地皇合称三皇。《史记·三皇本纪》："人皇九头乘云车，驾六羽，……兄弟九人，分长九州。"九头，九人也。

[17] 善曰：列子曰：伏羲、女娲，蛇身而人面，有大圣之德。

[18] 鸿，大也。朴，质也。略，野略。睢（suī）盱（xū）：质朴之形。字林曰：睢，仰目也。盱，张目也。

[19] 焕炳：光辉闪烁。唐虞：即唐尧、虞舜。轩冕以庸，衣裳有殊：善曰：车曰轩，冠曰冕。庸，用也。作此车服，以赐有功，章有德。上曰衣，下曰裳。有功者赏，

无功者否，故曰殊也。

[20] 三后：指夏、商、周之君。淫妃：指夏桀之妹嬉，殷辛之妲己，周幽之褒妃等。

[21] 忠臣，屈原、子胥之等。孝子，申生、伯奇之等。烈士，豫让、聂政之等。贞女，梁寡、昭姜之等。

【阅读指要】

王延寿的《鲁灵光殿赋》也是一篇有特色的以京都、都会为题材的作品。王延寿游鲁时，有感于"自西京未央建章之殿，皆见隳坏，而灵光岿然独存。"因而作《鲁灵光殿赋》加以记颂。鲁灵光殿是景帝子恭王余所建。

这是一篇富有艺术创新性的作品。全文叙述的线索清晰明了，以写实的手法对宫殿的栋宇结构、彩绘雕刻、雄伟气势，做了细致而生动的描写，并流露出作者的感时伤今之情。清方伯海："得法在分截摹写，专攻一路，则思锐而入，力厚而坚。才分至是，应令中郎搁笔。"

刘勰称其"含飞动之势"（《文心雕龙·诠赋》）。清何焯："奇诡尽致，此为造极。"据说当时蔡邕亦作此赋未成，及见延寿所作，甚为赞赏，于是辍笔不再作。这篇赋为作者赢得了"辞赋英杰"的声誉。

蔡邕二篇

述行赋（并序）

选自《蔡邕集编年校注》。

延熹二年秋，霖雨逾月[1]。是时梁冀新诛，而徐璜、左悺等五侯擅贵于其处[2]。

又起显阳苑于城西，人徒冻饿，不得其命者甚众[3]。白马令李云以直言死，鸿胪陈君以救云抵罪[4]。璜以余能鼓琴，白朝廷，敕陈留太守发遣余[5]。到偃师[6]，病比前，得归。心愤此事，遂托所过，述而成赋。

余有行于京洛兮，遭淫雨之经时[7]。涂逶其塞连兮，潦污滞而为灾[8]。乘马蹯而不进兮，心郁悒而愤思[9]。聊弘虑以存古兮，宣幽情而属词[10]。

夕宿余于大梁兮，诮无忌之称神。[11]哀晋鄙之无辜兮，忿朱亥之篡军[12]。历中牟之旧城兮，憎佛肸之不臣[13]。问宁越之裔胄兮，藐弥䍃而无闻[14]。

经圃田而瞰北境兮，悟卫康之封疆[15]。迄管邑而增感叹兮，愠叔氏之启商[16]。过汉祖之所隘兮，吊纪信于荥阳[17]。

降虎牢之曲阴兮，路丘墟以盘萦[18]。勤诸侯之远戍兮，侈申子之美城。稔涛涂之愎恶兮，陷夫人以大名[19]。登长坂以凌高兮，陟葱山之荛陉[20]；建抚体以立洪高兮，经万世而不倾[21]。回峭峻以降阻兮，小阜寥其异形[22]。冈岑纡以连属兮，溪谷夐其杳冥[23]。追嵯峨以乖邪兮，廓严壑以峥嵘[24]。攒械朴而杂榛楛兮，被浣濯而罗生[25]。步蘦荄与台菌兮，缘层崖而结茎[26]。行游目以南望兮，览太室之威灵[27]。顾大河于北垠兮，瞰洛汭之始并[28]。追刘定之攸仪兮，美伯禹之所营[29]。悼太康之失位兮，愍五子之歌声[30]。

寻修轨以增举兮，邈悠悠之未央[31]。山风泪以飙涌兮，气慅慅而厉凉[32]。云郁术而四塞兮，雨蒙蒙而渐唐[33]。仆夫疲而劬瘁兮，我马虺隤以玄黄[34]。格莽丘而税驾兮，阴暗暗而不阳[35]。

哀衰周之多故兮，眺濒隈而增感[36]。忿子带之淫逆兮，喑襄王于坛坎[37]。悲宠嬖之为梗兮，心恻怆而怀惨[38]。

乘舫州而湍流兮，浮清波以横厉[39]。想宓妃之灵光兮，神幽隐以潜翳[40]。实熊耳之泉液兮，总伊瀍与涧濑[41]。通渠源于京城兮，引职贡乎荒裔[42]。操吴榜其万艘兮，充王府而纳最[43]。济西溪而容与兮，息巩都而后逝。愍简公之失师兮，疾子朝之为害[44]。

玄云黯以凝结兮，集零雨之溱溱[45]。路阻败而无轨兮，涂泞溺而难遵[46]。率陵阿以登降兮，赴偃师而释勤[47]。壮田横之奉首兮，义二士之侠坟[48]。仁淹留以候霁兮，感忧心之殷殷[49]。并日夜而遥思兮，宵不寐以极晨。候风云之体势兮，天牢湍而无文[50]。弥信宿而后阕兮，思逶迤以东运[51]。见阳光之颢颢兮，怀少弭而有欣[52]。

命仆夫其就驾兮，吾将往乎京邑。皇家赫而天居兮，万方徂而星集[53]。贵宠煽以弥炽兮，金守利而不戢[54]。前车覆而未远兮，后乘驱而竞及。穷变巧于台榭兮，民露处而寝湿[55]。消嘉穀于禽兽兮，下糠粃而无粒。弘宽裕于便辟兮，纠忠谏其骏急[56]。怀伊吕而黜逐兮，道无因而获人[57]。唐虞渺其既远兮，常俗生于积习。周道鞠为茂草兮，哀正路之日踖[58]。

观风化之得失兮，犹纷挐其多违[59]。无亮采以匡世兮，亦何为乎此畿[60]？甘衡门以宁神兮，咏都人而思归[61]。爰结踪而回轨兮，复邦族以自绥[62]。

乱曰：跋涉遐路，艰以阻兮[63]。终其永怀，窘阴雨兮[64]。历观群都，寻前绪兮。考之旧闻，厥事举兮[65]。登高斯赋，义有取兮。则善戒恶，岂云苟兮[66]？翩翩独征，无俦与兮。言旋言复，我心胥兮[67]。

【注释】

[1] 延熹二年：公元159年。延熹是东汉桓帝的年号。霖：雨下三日以上为霖。

[2] 梁冀：桓帝梁皇后之兄，官为大将军，独揽朝政近三十年，后为宦官所杀。五侯：指宦官单超、具瑗、唐衡、左悺、徐璜五人，因杀梁冀有功，同日被封为侯。擅贵于其处：言五侯取代了梁冀的贵宠地位而任意妄为。

[3] 显阳苑：宫苑名。在洛阳。人徒：供役使的人。不得其命：指冻馁劳累而死。

[4] 李云：时任白马（东汉时县名，在今河南滑县城东）县令，因上书批评桓帝滥封宦官，下狱被杀。陈君：指时任大鸿胪的陈蕃。

[5] 陈留：郡名，今河南陈留县。蔡邕的本籍。

[6] 偃师：今河南偃师县，在洛阳东。

[7] 遘（gòu）：遭遇。淫雨：连绵不断的雨。经时：经过了很长时间。

[8] 涂：同"途"。迍邅（zhūn zhān）：同"屯邅"，此指道路难行。蹇（jiǎn）连：难行。潦（lǎo）污：雨后地面积水。

[9] 蹒（pán）：亦作"蟠"，盘旋貌。郁悒：苦闷。愤思：心情愤激。

[10] 弘虑：放大思路。存古：追思古昔。宣：抒。属词：作文。

[11] 大梁：战国时魏都，今河南开封市。无忌：魏公子，号信陵君，战国四公子之一。称神：推尊为神。

[12] 晋鄙：魏将。《史记·信陵君列传》载，公子无忌使朱亥椎杀晋鄙，窃符救赵。

[13] 历：经过。中牟：在今河南省中牟县东。佛肸（bì xī）：春秋晋国范中行的家臣，为中牟县长，后来据中牟县以抗赵简子，并召孔子去支持他。不臣：不守臣子的规范。

[14]宁越：战国中牟人，勤学，有诚，后为周威王之师。裔胄：后代子孙。藐：遥远。
　　髣髴（fǎng fèi）：同"仿佛"，似乎、好像、近似。

[15]圃田：又作"甫田"，古泽名，在今河南中牟县西。卫康叔之封地。卫康：
　　即卫康叔，名封，周武王的同母弟。封疆：分封的疆域。瞰（kàn）：视。

[16]管邑：地名，在今河南郑州市附近。管叔的封地。愠：含怒。叔氏：指周武
　　王之弟管叔、蔡叔，成王的叔父。因怂恿武庚一起反叛被周公东征平服。启商：
　　指引导商民反周。启：开导。

[17]"汉祖之所隘"两句：指汉高祖在荥阳（今河南郑州西）被项羽围困，汉将
　　纪信诈为高祖从东门出降，高祖遂得脱险于西门。隘：围困。

[18]降：到。虎牢：在荥阳和巩县之间，在今郑州西面，即虎牢关。曲阴：弯曲
　　的山沟里。丘墟：山陵。盘萦：盘绕迂曲。

[19]勤诸侯句：指齐桓公南征楚国。勤：劳苦。侈：即"以为侈"。申子：指春
　　秋时郑国申侯。稔（rěn）：积久。愎恶：坚持错误。陷：陷害。夫人：那人，
　　指申侯。大名：显赫的名声。以上四句写的是涛涂构陷申侯之事。前656年，
　　齐桓公伐楚旋师，陈国大夫涛涂与郑国大夫申侯劝其循东海而归，但申侯私
　　下却向齐桓公密告涛涂不忠，东归会遭到夷人的袭击。申侯得赐虎牢。为求
　　报复，涛涂劝申侯大修虎牢城池，并说"美城"是"大名"，而私下又诬其
　　有不臣之心。前653年，齐国围郑，申侯终被郑文公所杀。事见《左传》僖公四、
　　五、七年。

[20]长坂：长坡。葱山：在今河南巩县东南。嶤：高峻貌。陉（xíng）：山脉中
　　断的地方，指断崖。

[21]抚体：安抚体恤百姓（外王）。立洪高：指树立高尚的品德（内圣）。

[22]回：盘旋而上。阻：险要之处。阜：土山。寥：空旷。

[23]冈岑：山峦。纡：屈曲。敻（xiòng）：深邃貌。杳冥：阴暗。

[24]迫：走近，靠近。嵯峨：山势高险。乖：违背。邪：歪斜。廓：空阔。岩壑：
　　山崖深沟。

[25]攒（cuán）聚集。棫（yù）：柞树。朴（pò）：一种落叶乔木。榛（zhēn）：
　　一种落叶灌木。楛（hù）：木名。浣濯：洗涤，引申为雨露。罗：罗列，密布。

[26]虋（mēn）：同"虋"，即"赤粱粟"，粟的一种。菼（tǎn）：初生的芦荻。
　　台：同"薹"，莎（suō）草。菌：同"蕈"，生长在树林里或草地上的某些
　　高等菌类植物，伞状，种类很多。结茎：长出了茎杆。

[27]太室：即嵩山，在河南登封县北。

[28]大河：黄河。垠：边际。洛汭（ruì）：洛水注入黄河处。汭：原指水湾，此

指合流。

[29] 刘定：刘定公，又称刘夏、刘子。他说："微禹，吾其鱼乎。"攸：所。仪：敬仰。伯禹：即夏禹。

[30] 太康：夏王启之子，耽好游乐，不恤民事。失国，五位弟弟在洛汭作五子之歌以示哀悼。愍（mǐn）：哀怜。

[31] 寻：循。修轨：漫长的道路。增举：指车马加倍赶路。邈：遥远。未央：未尽。

[32] 汩（gǔ）：本意水流迅疾，这里指风势迅疾。飙（biāo）：暴风。涌：骤然而起。懆懆：同"惨惨"，暗淡无光。厉凉：寒凉。厉，猛烈。

[33] 郁术：犹郁律，烟云上升貌。塞（sè）：充塞，布满。渐：浸。唐：通"塘"，堤岸。

[34] 劬（qú）瘁：劳苦。虺尵（huī tuí）：疲极而病。玄黄：生病。

[35] 格：来，至。莽丘：草木深邃的小土山。税驾：休息，栖止。曀（yì）曀：阴暗貌。不阳：无日光。

[36] 濒隈：临近水湾处，此指洛水边。

[37] 唁：凭吊。"坛坎"，即坎欿，在今河南巩县。襄王出奔处。子带、襄王：皆周惠王之子。子带为襄王兄。周襄王继位后，子带出奔于齐，襄王迎归却与王后隗氏通，并逐襄王，周襄王在晋文公帮助下返回成周，杀子带。

[38] 宠嬖（bì）：受宠的人，此指惠后宠爱的王子带。梗：祸祟，灾害。恻怆：悲痛。怀惨：心怀惨痛。

[39] 舫：小船。泝：逆流而上。清波：指洛水。横厉：横渡。

[40] 宓（fú）妃：传说中的伏羲氏之女，溺死洛水，遂为洛水之神。翳：隐藏。

[41] 熊耳：山名，在洛阳西南。伊、瀍、涧：皆水名。濑：急流。

[42] 职贡：地方向朝廷按时交纳的贡品。荒裔：边远的地方。

[43] 吴榜：指船桨。王府：官府收藏财物的仓库。纳聚：指交纳收集起来的贡品。聚，聚合。

[44] 西溪：水名，指某条西面的溪流。容与：逍遥自在貌。巩：古地名，在今河南巩县。逝：去。简公：周卿士，巩为简公采邑，在今河南巩县。于王子朝之乱中，被杀。失师：兵败。子朝：周景王庶长子。《左传》昭公二十二年载，周景王卒后，王子猛和王子朝为夺王位而发生内乱。后由晋国出兵驱逐子朝才平息了这场持续了十几年的动乱。

[45] 玄云：黑云。零雨：密雨。溱溱：雨水很盛的样子。

[46] 阻：路难走。无轨：陷没车轮。涂：同"途"。泞溺：泥泞淹没。遵：沿着。

[47] 率：循。陵、阿：皆为大土山。释勤：消除劳苦，即休息。

[48] 田横：秦末狄县（今山东高青）人。本齐国贵族。楚汉战争中，自立为齐王。刘邦灭齐，率徒党五百余人逃往海岛（今称田横岛，在山东即墨县东近海）。汉高祖召他到洛阳，行至尸乡（即偃师）自杀，令客奉其头见高祖。高祖礼葬之，二客亦自杀从死，海岛五百人闻讯皆自杀。夹：指二客葬于田横墓之两侧。壮、义皆作意动词解。

[49] 伫：久立。霁：雨后天晴。殷殷：忧伤貌。

[50] 极晨：直到天亮。候：观测。体势：指气象变化的形势。牢湍：云层稠密。无文：云眼不开。文：同"纹"。

[51] 弥：满，意为过了、走了。信宿：再宿，连宿两夜。阕：止息，指天气好转。逶迤：曲折前进，此指思潮起伏。

[52] 颢颢：同"皓皓"，光明貌。弭，消除。

[53] 就驾：开始驾车。京邑：指洛阳。赫：显赫。徂：往。

[54] 煽：炽盛。金：都，皆。戢（jí）：收敛。

[55] 竞及：追赶。穷：尽。台：土筑的高台。榭：台上的房子。寝湿：宿在潮湿地上。

[56] 嘉：好的。下：在下位的人，指人民。糠粃：即"糠秕"，稻壳和瘪谷。弘：宽大。便辟（pián bì）：机巧谄媚的人。纠：责备。骎（qīn）：急速。

[57] 伊吕：伊尹、吕尚。因：由，从。获人：得以进人，指入朝从政。

[58] 唐虞：陶唐氏尧、有虞氏舜。渺：遥远。周道：周王畿大道。鞠：穷，尽，此指埋没。躅：通"涩"，受阻难行。

[59] 风化：风俗教化。纷挐（rú）：纷乱。违：错失。

[60] 亮采：指辅佐君主、匡时济世之才。典出《书·舜典》、《书·皋陶谟》，本为辅相之义。畿：京郊。

[61] 衡门：以横木为门，喻房屋极为简陋。都人：《诗经·小雅·都人士》，内容是感慨西周伤乱之后，京都人物的仪容之美都不见了。

[62] 爰：于是。结踪：结束游踪。复：回去。邦族：宗族所在的家乡。绥：安。

[63] 乱：辞赋中最后总括全篇要旨的一段。

[64] 终：既。永怀：深长的忧伤。窘：困迫。

[65] 历观群都：一路所见的众多城市。前绪：前人留下来的事业。考：考证。厥：其。举：提出，列举。

[66] 斯：这。赋：作赋。则：以……为则。戒：以……为戒。云：句中语气词。苟：苟且，草率。

[67] 翩翩：欣喜自得貌，此为反语，言其本不情愿。征：远行。俦与：伴侣。言：语助词。旋、复：均为归回之义。胥：通"纾"，宽舒，舒展。

蔡邕（132—192），字伯喈，东汉辞赋家、散文家、书法家。陈留圉（今河南杞县）人。博学多识，擅长辞章，并精通音律。灵帝时为议郎，因上书弹劾宦官获罪，流放朔方。遇赦后不敢归乡，亡命于今浙江一带12年。董卓专权，官至左中郎将。卓被诛后，他被捕死于狱中。曾著诗、赋、碑、诔、铭等共104篇。赋以《述行赋》最为知名，借途中所遇古迹，陈古刺今。散文字句典雅，结构工整，音节协谐，多用骈偶，其中以碑志为多，以《郭林宗碑》为最有名。工篆、隶，尤擅隶书。熹平四年（175），自刻《六经》文字于碑石，立于太学门外，世称"熹平石经"。又创"飞白"书。亦能画。《隋书·经籍志》有《蔡邕集》12卷，已散佚。明人张溥辑有《蔡中郎集》，收入《汉魏六朝百三家集》。

纪行赋主要有班彪的《北征赋》，班昭的《东征赋》，蔡邕的《述行赋》。

此赋作于汉桓帝延高二年（159），蔡邕当时27岁，被迫应召入京未至而归。从体制来说，这是自模仿刘歆《遂初赋》以来的纪行赋，写作方法并无特异之处。但其篇幅相对短小，感情格外强烈。愤于宦官弄权致使民不聊生的主旨，在篇首小序中就明白点出。文中不但就沿途所见发生联想，借古刺今，更从正面发出对社会现实的尖锐批判。全赋"悒郁而愤思"，富有感染力。

鲁迅评价他是有血性的人。《题未定草（六）》："例如蔡邕，选家大抵只取他的碑文，使读者仅觉得他是典重文章的作手，必须看见《蔡中郎集》里的《述行赋》（也见于《续古文苑》），那些"穷工巧于台榭兮，民露处而寝湿，委嘉谷于禽兽兮，下糠秕而无粒"（手头无书，也许记错，容后订正）的句子，才明白他并非单单的老学究，也是一个有血性的人，明白那时的情形，明白他确有取死之道。"

青衣赋 [1]

选自《蔡邕集编年校注》。

金生沙砾，珠出蚌泥 [2]。叹兹窈窕，生于卑微 [3]。盼倩淑丽，皓齿蛾眉 [4]。玄发光润，领如蝤蛴 [5]。纵横接发，叶如低葵 [6]。修长冉冉，硕人其颀 [7]。绮袖丹裳，蹑蹀丝扉 [8]。盘跚蹴蹀，坐起昂低 [9]。和畅善笑，动扬朱唇 [10]。都冶斌媚，卓砾多姿 [11]。精慧小心，趋事若飞 [12]。中馈裁割，莫能双追 [13]。《关雎》之洁，不陷邪非。察其所履，世之鲜希 [14]。宜作夫人，为众女师。伊何尔命，在此贱微 [15]！

代无樊姬，楚庄晋妃[16]。感昔郑季，平阳是私[17]。故因杨国，历尔邦畿[18]。虽得嬿婉，舒写情怀[19]。寒雪缤纷，充庭盈阶。兼裳累镇，展转倒颓[20]。吩昕将曙，鸡鸣相催[21]。饬驾趣严，将舍尔乖[22]。蒙冒蒙冒，思不可排。停停沟侧，嗷嗷青衣[23]。我思远逝，尔思来追[24]。明月昭昭，当我户扉。条风狎猎，吹予床帷[25]。河上逍遥，徙倚庭阶[26]。南瞻井柳，仰察斗机[27]。非彼牛女，隔于河维[28]。思尔念尔，悁焉且饥[29]。

【注释】

[1] 青衣：婢女。

[2] 沙砾：沙和碎石子的合称。珠出蚌泥：居于河泥的蚌病而成珠。

[3] 窈窕：美好貌。卑微：指出身低微。

[4] 盼倩：女子顾盼生姿。语出《诗经·卫风·硕人》："巧笑倩兮，美目盼兮。"
    淑丽：贤淑秀丽。皓齿：洁白的牙齿。蛾眉：美人细长而弯曲的眉毛，如蚕蛾的触鬓。

[5] 玄发：黑发。领：颈部。蟪蛴：金龟子的幼虫。喻女子颈部白嫩。"蟪"当为"蝤"，形似而误。

[6] 纵横接发，叶如低葵：《艺文类聚》卷三十五与《全后汉文》无此两句，讹误费解，大概是讲编发型。接发：编织头发。低葵：低下头的葵花，指发型。

[7] 冉冉：柔媚美好貌。硕人：美人。颀：修长貌。

[8] 绮袖：有花纹美丽的袖子。此指上衣。蹴：踩。丝扉：丝鞋。

[9] 盘姗：同"蹒跚"。犹蹁跹，舞貌。蹴蹀：即蹀躞，小步貌。坐起低昂：即或坐或起，有时抬头，有时低头。

[10] 和畅：和顺爽朗。动扬朱脣：动辄红艳的嘴唇边角上扬，善笑貌也。

[11] 都冶：美艳貌。斌媚：同"妩媚"，姿态美好貌。卓踔（luò）：同"卓荦"。超绝：特出。多姿：多种风姿，即风情万种。

[12] 精慧：精明聪慧。趋事如飞：指做事手足敏捷轻快。趋：快走。

[13] 中馈：妇女在家中职司饮食的事。裁割：谓斟酌处置。莫能双追：没有第二个人能赶得上。

[14]《关雎》之洁：《毛传》："关雎，后妃之德也，风之始也，所以风天下而正夫妇也。"孔子认为《关雎》"乐而不淫，哀而不伤"，所以说"不蹈邪非"。此句形容青衣端庄正派。履：履行，作为。这鲜希：少有。

[15] 夫人：古代命妇的封号。这里指贤德的妻子。师：老师。这里指模范，典范。
伊何：为何，为什么。尔：你。

[16] 代：疑本作"世"，唐人避讳所改。樊姬：春秋时楚庄王之姬。不专宠妒贤，
十一年而进贤女九人于庄王。晋：进献。

[17] 感昔郑季，平阳是私：是指卫青父郑季与平阳侯曹寿家仆卫媪私通生卫青事。

[18] 杨国：周初所封姬姓诸侯国，汉置为县，故城在今山西洪洞县东南。历：经过。
邦畿：指杨国境内。

[19] 虽：通"唯"。嬿婉：欢好貌。舒写：抒发，发泄。

[20] 兼裳：穿着厚重衣裳。累镇：重叠镇压，指增加被褥。展转：辗转反侧，不能入眠。
倒颓：精力消退。

[21] 旳（hū）昕：天将明而未明，拂晓。将曙：天明。

[22] 饬驾：准备车马。饬，整治。趣严：急忙装束。严，衣装。避汉明帝刘庄讳，
改装为严。乖：离别。

[23] 蒙冒：同"蒙昧"，心情郁闷。停停：同"亭亭"，耸立貌。沟：田间水渠。
嗷嗷（jiào）：哭泣声。以下数句，也都是作者与青衣对比。

[24] 思：助词，用于句首或句中。

[25] 昭昭：明亮貌。扉：门扇。条风：春天的东北风。狎猎：接续不断貌。

[26] 河上逍遥：语出《诗·郑风·清人》。逍遥，缓行貌。徙倚：犹徘徊。

[27] 井柳：即井宿和柳宿。斗：即斗宿。机：又称天机星。北斗七星中的第三星。

[28] 非：恨。牛女：即牛郎星和织女星。河维：天河的两侧。维：隅。

[29] 怒（nì）：忧思伤痛。

【阅读指要】

　　青衣指婢女。本篇写作者于建宁四年赴吊郭林宗，寒冬途经山西杨国情事。
作者与主人女婢情好，迫于程限，不得不离去。此赋追述别后相思之苦。表现了
日常生活中的情感，且带有一定的游戏趣味。此赋写奴婢的美貌和对她的思慕，
是过去从未有过的题材。赋末一节意境优美，可与《古诗十九首·明月何皎皎》
和乐府古诗中的《伤歌行》比照，从中可以看出东汉后期辞赋和诗歌相互影响的
痕迹。

归田赋

张　衡

选自李善注《文选》。

游都邑以永久，无明略以佐时[1]。徒临川以羡鱼，俟河清乎未期[2]。感蔡子之慷慨，从唐生以决疑[3]。谅天道之微昧，追渔父以同嬉[4]。超埃尘以遐逝，与世事乎长辞[5]。

于是仲春令月，时和气清[6]。原隰郁茂，百草滋荣[7]。王雎鼓翼，鸧鹒哀鸣[8]。交颈颉颃，关关嘤嘤[9]。于焉逍遥，聊以娱情[10]。尔乃龙吟方泽，虎啸山丘[11]。仰飞纤缴，俯钓长流[12]。触矢而毙，贪饵吞钩。落云间之逸禽，悬渊沉之鲨鰡[13]。

于时曜灵俄景，系以望舒[14]。极般游之至乐，虽日夕而忘劬[15]。感老氏之遗诫，将回驾乎蓬庐[16]。弹五弦之妙指，咏周孔之图书[17]。挥翰墨以奋藻，陈三皇之轨模[18]。苟纵心于物外，安知荣辱之所如[19]？

【注释】

[1] 都邑：指东汉京都洛阳。永久：指长久滞留。明略：高明的智略。佐时：匡佐当世君主。

[2] 徒临川以羡鱼：《淮南子·说林训》曰："临川流而羡鱼，不如归家织网。"言自己空有佐时之愿。徒：空，徒然。羡：愿。俟：等待。河清：相传黄河千年清一次，郑玄曰：圣王为政治平之所致。

[3] 蔡子：指战国时燕人蔡泽。《史记》卷七九有传。慷慨：壮士不得志于心。唐生：即唐举，战国时梁人。决疑：请人看相以解决运程之疑惑。蔡泽游学诸侯，未发迹时，曾请唐举看相，后入秦，代范睢为秦相。

[4] 谅：信，实在是。微昧：幽隐。渔父：宋洪兴祖《楚辞补注》引王逸《渔父章句序》："渔父避世隐身，钓鱼江滨，欣然而乐。"嬉：乐。

[5] 尘埃，比喻纷浊的世俗。遐逝：远去。长辞：永别。言己欲辞浊世，归田隐居也。

[6] 令月：吉祥美好的月份。令，善。

[7] 原：高的平地。隰：低的平地。郁茂：草木繁盛貌。

[8] 王雎：鸟名，即雎鸠。鸧鹒：鸟名，即黄莺。

[9] 颉颃（jié háng）：鸟飞上下貌。

[10] 于焉：于是乎。

[11] 而乃：于是。方泽：大泽。

[12] 纤缴（zhuó）：指箭。纤：细。缴：弋射禽鸟时系在箭上的丝绳。

[13] 逸禽：云间高飞的鸟。鲦鰡（shā liú）：一种小鱼，常伏在水底沙上。

[14] 曜灵：日。俄：斜。景：同"影"，日光。系：继。望舒：神话传说中月亮的御者，
这里代指月亮。

[15] 般（pán）游：游乐。虽：虽然。勌：劳苦。

[16] 感老氏之遗诫：指《老子》十二章："驰骋畋猎，令人心发狂。"蓬庐：茅屋。

[17] 五弦：五弦琴。指：通"旨"。周孔之图书：周公、孔子著述的典籍。

[18] 翰：毛笔。藻：辞藻。陈：陈述。轨模：法则。

[19] 苟：且。如：往，到。

【阅读指要】

张衡的《归田赋》约作于顺帝永和三年（138），时在河间任上。《文选》
李善注说："《归田赋》者，张衡仕不得志，欲归于田，因作此赋。"这篇赋反
映了作者欲归田隐居的宗旨。全赋紧扣"归田"，表达了对仕途污垢的厌恶和对
恬淡生活的追求。马积高《赋史》："张衡赋写得很精美的，只有《归田赋》一篇。……
此赋在内容上亦无特别深刻之处，不过有感于世路艰难，欲自外荣辱、隐居著书
而已。"

它一扫汉大赋那种铺采摛文、夸张堆砌的手法，用短小精悍的篇制和优美朴
素的语言，集中抒写自己的怀抱。摆脱骚体束缚，颇多骈偶成分，几近骈体，但
精工而不失自然。明孙鑛："笔气固自苍然。"近人胡朴安《读汉文记》："寥
寥二百字而有无尽之藏，眇沧海于一粟，小泰岱于秋毫，而沧海之洋溢，泰岱之
峥嵘，未尝稍减。论者谓其辞藻清丽，短而弥工，吾则谓其气宇宽洪，小而弥大也。"

《归田赋》在文学史上占有重要的地位。它是我国赋史上第一篇以描写田园
生活和乐趣为主题的抒情小赋，也是汉代第一篇比较成熟的骈体赋。自张衡之后，
东汉抒情小赋不断出现，对魏晋抒情赋的发展有重大影响。后世文人颇好诵读此
赋，以寄情怀。南宋杜范《和高吉父六绝》其二："麦陇吹风饼饵香，桑畦映日
茧丝光。晚春好诵《归田赋》，问汝胡为两鬓霜。"

刺世疾邪赋

赵 壹

选自《后汉书集解·文苑》。

伊五帝之不同礼，三王亦又不同乐[1]，数极自然变化，非是故相反驳[2]。德政不能救世混乱，赏罚岂足惩时清浊[3]？春秋时祸败之始，战国愈复增其荼毒[4]。秦、汉无以相逾越，乃更加其怨酷[5]。宁计生民之命，唯利己而自足[6]。

于兹迄今，情伪万方[7]。佞谄日炽，刚克消亡[8]。舐痔结驷，正色徒行[9]。妪婳名势，抚拍豪强[10]。偃蹇反俗，立致咎殃[11]。捷慑逐物，日富月昌[12]。浑然同惑，孰温孰凉？邪夫显进，直士幽藏[13]。

原斯瘼之攸兴，实执政之匪贤[14]。女谒掩其视听兮，近习秉其威权[15]。所好则钻皮出其毛羽，所恶则洗垢求其瘢痕[16]。虽欲竭诚而尽忠，路绝嶮而靡缘[17]。九重既不可启，又群吠之猜狺[18]。安危于于旦夕，肆嗜欲于目前[19]。奚异涉海之失舵，积薪而待燃[20]？荣纳由于闪揄，孰知辩其蚩妍[21]？故法禁屈挠干势族，恩泽不逮于单门[22]。宁饥寒于尧、舜之荒岁兮，不饱暖于当今之丰年。乘理虽死而非亡，违义虽生而匪存[23]。

有秦客者[24]，乃为诗曰："河清不可俟[25]，人命不可延。顺风激靡草[26]，富贵者称贤。文籍虽满腹，不如一囊钱[27]。伊优北堂上，抗脏倚门边[28]。"

鲁生闻此辞，系而作歌曰[29]："势家多所宜，咳唾自成珠[30]。被褐怀金玉，兰蕙化为刍[31]。贤者虽独悟，所困在群愚。且各守尔分，勿复空驰驱[32]。哀哉复哀哉，此是命矣夫！"

【注释】

[1] 伊：发言词。五帝：《史记》以黄帝、颛顼、帝喾、尧、舜为五帝。礼、乐：泛指典章制度。三王：指夏禹、商汤和周的文王、武王。

[2] 数极：时势发展到极限。反驳：排斥反对。驳，通"驳"，背离。

[3] 溷：同"混"。赏罚：偏义复词，偏于"罚"。惩：惩治，抑制。清浊：偏义

复词，偏于"浊"。

[4] 时：通"是"。祸败：社会的祸乱、败坏，指统治者互相兼并的战争给社会带来的灾难。荼毒：比喻人的苦难。荼（tú）：苦菜。

[5] 目：古"以"字。踰越：即逾越，超出。怨酷：怨恨残酷。

[6] 宁计：哪里考虑。生民：人民。自足：满足自己的私欲。

[7] 兹：此，指春秋时代。情伪：虚伪，弊病。此为偏义复词，"情"字无意义。万方：多种多样。

[8] 佞谄：邪佞谄媚。炽：兴盛。刚克：此指刚强胜人的品德。

[9] 舐痔：舔痔疮。结驷：形容车马多。《庄子·列御寇》有寓言说，宋人曹商为秦王舐痔得车五乘。正色：正直的人。徒行：徒步行走，指地位贫贱。

[10] 妪（yù）姁（qǔ）：即"伛偻"，屈背，卑躬屈节。名势：有名有势的人。抚拍：亲昵献媚的样子。

[11] 偃蹇：高傲的样子。反俗：违反世俗。致：招致。咎殃：灾祸。

[12] 捷慑：急忙、唯恐不及。慑：惧。逐物：追逐权势名利。

[13] 惑：糊涂。显进：显耀、高升。幽藏：隐退潜藏，指不得志。

[14] 原：探求。斯瘼：这些社会弊病。攸：所。兴：兴起。执政：掌权的统治者。匪贤：不贤。匪同"非"。

[15] 女谒：宫中得宠的女人和宦官。掩：遮挡。近习：皇帝左右亲近的人。秉：持，把持。威权：威势和权柄。

[16] 钻皮出其毛羽：钻开皮肤使羽毛显现出来，比喻偏爱之至。洗垢求其瘢痕：洗掉污垢，寻找瘢痕，比喻横加挑剔，指摘攻击他人。

[17] 绝险：（道路）极为险峻。靡缘：无路攀缘，即无由进身之意。

[18] 九重：皇帝的宫门。启：开。狺狺：狗吠声。

[19] 肆：放纵。嗜欲：嗜好、贪欲。

[20] 奚异：何异，有什么不同。柂：船舵。

[21] 荣纳：受宠幸而被重用。闪榆：邪佞不正的样子。蚩：通"媸"，丑恶。妍：美好。

[22] 法禁：法律禁令。屈桡：弯曲，即违法曲断之意。势族：豪门望族。逮：及。单门：没有权势的孤门细族。

[23] 乘理：坚持真理。

[24] 秦客：与下文"鲁生"皆假托的人物。

[25] 河清：黄河水清时，比喻太平盛世。俟：等待。

[26] 顺风：顺着风势，指顺着邪恶的社会风尚。激：疾吹。靡草：细弱小草。

[27] 文籍：文章书籍，指学问。

[28] 伊优：象声词，小孩刚学话的声音。此指卑躬屈膝、阿谀谄媚的人。北堂：指富贵人家的高堂。抗脏：高亢刚直貌。倚门：形容被当权者弃置不用。

[29] 系：接着。

[30] 势家：有权势的人家。宜：适宜，对。咳唾：咳嗽吐唾沫，比喻谈吐、议论。

[31] 被褐：穿粗布衣的穷人。被，通"披"。金玉：比喻才德。兰蕙：香草。刍：喂牲畜的干草。

[32] 所困在群愚：被愚蠢的人们所围困。分：本分。驱驰：比喻奔波。

【阅读指要】

　　赵壹，生卒年不详，字元叔。汉末辞赋家。汉阳西县（今甘肃天水）人。为人耿直，狂傲不羁，多受排挤，几乎被杀。灵帝时任上计吏，受到司徒袁逢等人的礼重，名动京师。后西归，公府十次征召皆不就，死于家中。《刺世疾邪赋》是其辞赋的代表作。另有《穷鸟赋》也较有名。书论方面，《非草书》有一定影响。著有赋、颂、箴、诔、书、论及杂文 16 篇。原有集，已佚。今存诗文收录于严可均辑《全上古三代秦汉三国六朝文》和逯钦立辑《先秦汉魏晋南北朝诗》。

　　《刺世疾邪赋》是他的代表作，也是东汉后期抒情小赋的名篇。"刺世疾邪"，即讽刺和憎恨当时黑暗的社会现实与邪恶的社会风气。这篇赋对当代社会乃至整个历史都提出了无情的批判。作者愤怒地宣称："宁饥寒于尧舜之荒岁兮，不饱暖于当今之丰年！"这种强烈的批判精神，是前此汉代辞赋中未曾出现过的。

　　全文不事雕琢，词气峻急，其思想和艺术都已超过了以往的贤人失志之作，而更接近于"诗人的愤怒"，其措辞之激烈，抨击之猛烈，情绪之愤懑，乃汉赋中绝无仅有者。《诗品》："元叔散愤兰蕙，指斥囊钱。苦言切句，良亦勤矣。斯人也而有斯困，悲夫！"民国金矩香《汉代词赋之发达》："忧时之士，抚时感事，贵乎急就，而驱词逐貌，迥异前修。"

　　龚克昌《汉赋研究》："他的赋揭露社会问题之深入，感情之激烈，笔势之凌厉，措词之尖刻，在赋作家中是绝无仅有的。赵壹赋在艺术形式上也有其独特之处：与其思想内容相适应的是，篇幅短小，富有感情色彩，铺陈夸饰之风尽弃，从而使赋风为之一变。从此以后，铺陈叙事的汉大赋，就渐渐为抒情小赋所代替了。"

　　篇末假托秦客与鲁生所作的诗歌再次对现实进行揭批，抒写愤激之情。这两首五言诗，也起到强化抒情的作用。同时，这也显示了东汉中期以来日渐隆盛的五言诗对于辞赋的影响。

【思考题】

1. 贾谊骚体赋作品及创作特点。

2. 试论枚乘新体赋《七发》的思想内容和艺术特点

3. 东方朔的《答客难》形成了辞赋中的对问一体，分析其艺术特点，考察其历史演变。

4. 试论《子虚赋》、《上林赋》的思想内容及其艺术特点。

5. 王褒《洞箫赋》的内容及艺术成就。王褒还有篇《僮约》，是颇有特色的赋体俳谐文，也可探讨一番。

6. 杨雄对赋体创作的见解是怎样的？试析其《甘泉赋》、《河东赋》、《羽猎赋》、《长杨赋》四赋的艺术特色（重点可分析本书所录的《河东赋》）。

7. 散体大赋的成因、特点及其缺陷。

8. 京都大赋是如何兴起的？分析班固《两都赋》、张衡的《二京赋》、王延寿的《鲁灵光殿赋》的艺术特色，比较《二京赋》与《两都赋》在写作上的不同。

9. 蔡邕《述行赋》的艺术特色。

10. 张衡的抒情赋及其成就。

11. 赵壹的抒情赋及其成就。

12. 汉赋在文学史上的地位，对后世文学的影响。

【阅读资料】

严可均辑：《全上古三代秦汉三国六朝文》，北京：中华书局，1958 年。

李善注：《文选》，北京：中华书局，1977 年。

司马迁：《史记》，北京：中华书局，1959 年。

班固：《汉书》，北京：中华书局，1962 年。

范晔撰，王先谦集解：《后汉书集解》，北京：中华书局，1984 年。

蔡邕著，邓安生编：《蔡邕集编年校注》，石家庄：河北教育出版社，2002 年。

龚克昌：《全汉赋评注》，石家庄：花山文艺出版社，2003 年。

裴晋南等选注：《汉魏六朝赋选注》，上海：上海古籍出版社，1983 年。

章沧授等：《古文鉴赏辞典》（上册），上海：上海辞书出版社，1997 年。

马积高：《历代辞赋研究资料概述》，北京：中华书局，2001 年。

马积高：《赋史》，上海：上海古籍出版社，1987 年。

万光治：《汉赋通论》，成都：巴蜀书社，1989 年。

三、两汉史传散文

史记

项羽本纪·垓下之围

选自《史记》卷七《项羽本纪第七》。

项王军壁垓下，兵少食尽，汉军及诸侯兵围之数重。夜闻汉军四面皆楚歌，项王乃大惊曰："汉皆已得楚乎？是何楚人之多也[1]！"项王则夜起，饮帐中。有美人名虞，常幸从；骏马名骓[2]，常骑之。于是项王乃悲歌慷慨，自为诗曰："力拔山兮气盖世，时不利兮骓不逝。骓不逝兮可奈何，虞兮虞兮奈若何[3]！"歌数阕[4]，美人和之。项王泣数行下，左右皆泣，莫能仰视。

于是项王乃上马骑，麾下壮士骑从者八百余人，直夜溃围南出[5]，驰走。平明，汉军乃觉之，令骑将灌婴以五千骑追之。项王渡淮，骑能属者百余人耳[6]。项王至阴陵，迷失道，问一田父，田父绐曰"左"[7]。左，乃陷大泽中。以故汉追及之。项王乃复引兵而东，至东城[8]，乃有二十八骑。汉骑追者数千人。项王自度不得脱。谓其骑曰："吾起兵至今八岁矣，身七十余战，所当者破，所击者服，未尝败北，遂霸有天下。然今卒困于此[9]，此天之亡我，非战之罪也。今日固决死，愿为诸君快战，必三胜之，为诸君溃围，斩将，刈旗，令诸君知天亡我，非战之罪也[10]。"乃分其骑以为四队，四向[11]。汉军围之数重。项王谓其骑曰："吾为公取彼一将。"令四面骑驰下，期山东为三处[12]。于是项王大呼驰下，汉军皆披靡，遂斩汉一将。是时，赤泉侯为骑将，追项王，项王瞋目而叱之，赤泉侯人马俱惊，辟易数里[13]。与其骑会为三处。汉军不知项王所在，乃分军为三，复围之。项王乃驰，复斩汉一都尉，杀数十百人，复聚其骑，亡其两骑耳。乃谓其骑曰："何如？"

骑皆伏曰："如大王言。[14]"

于是项王乃欲东渡乌江。乌江亭长檥船待[15]，谓项王曰："江东虽小，地方千里，众数十万人，亦足王也。愿大王急渡。今独臣有船，汉军至，无以渡。"项王笑曰："天之亡我，我何渡为[16]！且籍与江东子弟八千人渡江而西，今无一人还，纵江东父兄怜而王我，我何面目见之？纵彼不言，籍独不愧于心乎？"乃谓亭长曰："吾知公长者。吾骑此马五岁，所当无敌，尝一日行千里，不忍杀之，以赐公。"乃令骑皆下马步行，持短兵接战。独籍所杀汉军数百人。项王身亦被十余创[17]。顾见汉骑司马吕马童，曰："若非吾故人乎？"马童面之[18]，指王翳曰："此项王也。"项王乃曰："吾闻汉购我头千金？，邑万户，吾为若德[19]。"乃自刎而死。王翳取其头，余骑相蹂践争项王，相杀者数十人。最其后，郎中骑杨喜，骑司马吕马童，郎中吕胜、杨武各得其一体[20]。五人共会其体，皆是。故分其地为五：封吕马童为中水侯，封王翳为杜衍侯，封杨喜为赤泉侯，封杨武为吴防侯，封吕胜为涅阳侯。

……

太史公曰：吾闻之周生曰"舜目盖重瞳子"[21]，又闻项羽亦重瞳子。羽岂其苗裔邪？何兴之暴也[22]！夫秦失其政，陈涉首难，豪杰蠭起，相与并争，不可胜数，然羽非有尺寸，乘执起陇亩之中[23]，三年，遂将五诸侯灭秦，分裂天下，而封王侯，政由羽出，号为"霸王"，位虽不终，近古以来未尝有也[24]。及羽背关怀楚，放逐义帝而自立，怨王侯叛己，难矣[25]。自矜功伐，奋其私智而不师古，谓霸王之业，欲以力征经营天下[26]，五年卒亡其国，身死东城，尚不觉寤而不自责，过矣。乃引"天亡我，非用兵之罪也"，岂不谬哉[27]！

【注释】

[1] 何楚人之多：怎么楚人这么多。

[2] 骓（zhuī）：毛色苍白相杂的马。

[3] 逝：跑。奈若何：奈你何，把你怎么办。

[4] 阕：乐曲每终了一次叫一阕。"数阕"就是几遍。

[5] 凡单乘曰骑。直：同"值"，当，趁。

[6] 属：连接，这里指跟上。

[7] 阴陵：《正义》：《括地志》云："阴陵县故城在濠州定远县西北六十里。《地理志》云阴陵县属九江郡。"田父（fǔ）：老农。绐：欺骗。

[8] 东城：《正义》：《括地志》云："东城县故城在濠州定远县东南五十里。《地理志》云东城县属九江郡。"

[9] 卒：终于。

[10] 快战：痛快地打一仗。刈（yì）：割，砍。

[11] 四向：面向四方。

[12] 期山东为三处：预约在山的东面分三处集合。相传此山即今安徽省和县北七十里之四溃山。

[13] 披靡：原指草木随风倒伏，这里比喻军队溃败。辟易：倒退的样子。

[14] 都尉：武官，级别比将军低。伏：通"服"。

[15] 乌江亭：在今安徽省和县东北四十里长江岸的乌江浦。檥（yǐ）：停船靠岸。

[16] 何渡为：还渡江干什么。

[17] 被：遭受。

[18] 故人：旧友。面：通"偭"，作"背"解。面之：指背对项羽。

[19] 购：悬赏征求。千金：千万钱。《正义》：汉以一斤金为一金，当一万钱也。为若德：意思是送给你点儿好处。德，恩德。

[20] 体：身体的部分，四肢加头合称五体。

[21] 周生：《正义》引孔文祥说以为是汉代儒者，姓周。盖：大概。重瞳子：两个瞳仁。

[22] 苗裔：后代。暴：突然。

[23] 尺寸：形容很少，指土地或权力。埶：同"势"。乘埶：趁势。陇亩之中：田野之中，指民间。"陇"，同"垄"。

[24] 五诸侯：指战国时的齐、赵、韩、魏、燕五个诸侯国。位：指王位。终：终竟，到最后。

[25]《正义》：颜师古云："背关，背约不王高祖于关中。怀楚，谓思东归而都彭城。"背：弃。难矣：指成就大事难。

[26] 矜：夸。功伐：功劳，"伐"与"功"同义。奋：振，这里有极力施展的意思。师古：效法古人。力征：以武力征伐。

[27] 五年：谓高帝元年至五年，杀项羽东城。寤：同"悟"。过：错。乃：竟然。引：拿过来，指找托词。

【阅读指要】

《项羽本纪》是《史记》人物传记名篇之一。司马迁成功的塑造了性格复杂的项羽形象。

《项羽本纪》之所以能成功的塑造了项羽形象，首先得力于精心选材。作者从项羽一生中着重选取了巨鹿之战、鸿门宴、垓下之围三件大事，来表现项羽的性格。巨鹿之战着重表现其叱咤风云，所向无敌的盖世英雄气概；鸿门宴上则表现了项羽坦率、直爽，然长于斗力，短于斗智的特点；垓下之围显示了项羽虽身处末路，仍不失英雄本色和迷信武力至死不悟的思想性格。清吴见思《史记论文》："项羽力拔山气盖世，何等英雄，何等力量！太史公亦以全神付之，成此英雄之文。如破秦军处、斩宋义处、谢鸿门处、分王诸侯处、会垓下处，精神笔力直透纸背。"

"鸿门宴"的故事，简直就是一场精彩的独幕剧。通过这个戏剧性的情节，成功地展示了项羽和刘邦两个历史人物的个性：一个豪爽、无谋和轻敌；一个机智、老练和精细。

司马迁的立意是"不以成败论英雄。"（明钟惺《史怀》）：明钟惺《葛氏〈史记〉卷七》："司马迁以项羽置本纪，为《史记》入汉第一篇文字，俨然列汉诸帝之前而无所忌，盖深惜羽之不成也。不以成败论英雄，是其一生立言主意，所以掩其救李陵之失也。"

在这种立意之下，全文显得抑扬有致、跌宕变化。明唐顺之："此赞起自"吾闻周生"至"近古未尝有"，俱扬词；及"羽背关怀楚"至"岂不谬哉"，俱抑词。后"难矣"、"过矣"、"谬哉"俱是相叫应语，极其宕跌。"清金圣叹《天下才子必读书》："此断项羽全不师古，其亡固宜。只是起手暴兴，却是何故？凡作一扬三抑，注意正在豪杰"不可胜数"句，言除却重瞳，更不可解。"清王符曾《古文小品咀华》："抑扬尽致，一种惋惜之意，呼之欲出。"清吴楚材、吴调侯《古文观止》："一赞中，五层转折，唱叹不穷，而一纪之神情已尽。"

高祖本纪（节选）

选自《史记》卷八《高祖本纪第八》。

高祖，沛丰邑中阳里人，姓刘氏，字季。父曰太公，母曰刘媪[1]。其先，刘媪尝息大泽之陂，梦与神遇[2]。是时雷电晦冥，太公往视，则见蛟龙于其上。已而有身，遂产高祖[3]。

高祖为人，隆准而龙颜，美须髯，左股有七十二黑子[4]。仁而爱人，喜施，意豁如也。常有大度，不事家人生产作业[5]。及壮，试为吏，为泗水亭长，廷中吏无所不狎侮。好酒及色[6]。常从王媪、武负贳酒，醉卧，武负、王媪见其上常有龙，怪之。高祖每酤留饮，酒雠数倍。及见怪，岁竟，此两家常折券弃责[7]。

高祖常繇咸阳，纵观，观秦皇帝，喟然太息曰：嗟乎，大丈夫当如此也！"[8]

单父人吕公善沛令，避仇从之客，因家沛焉[9]。沛中豪桀吏闻令有重客，皆往贺。萧何为主吏，主进，令诸大夫曰："进不满千钱，坐之堂下[10]。"高祖为亭长，素易诸吏，乃给为谒曰"贺钱万"，实不持一钱[11]。谒入，吕公大惊，起，迎之门。吕公者，好相人，见高祖状貌，因重敬之，引入坐。萧何曰："刘季固多大言，少成事。"高祖因狎侮诸客，遂坐上坐，无所诎。酒阑，吕公因目固留高祖[12]。高祖竟酒，后。吕公曰："臣少好相人，相人多矣，无如季相，愿季自爱，臣有息女，愿为季箕帚妾[13]。"酒罢，吕媪怒吕公曰："公始常欲奇此女，与贵人，沛令善公，求之不与，何自妄许与刘季？"吕公曰："此非儿女子所知也。"卒与刘季。吕公女乃吕后也，生孝惠帝、鲁元公主[14]。

高祖为亭长时，常告归之田[15]。吕后与两子居田中耨，有一老父过请饮，吕后因餔之[16]。老父相吕后曰："夫人天下贵人。"令相两子，见孝惠，曰："夫人所以贵者，乃此男也。"相鲁元，亦皆贵。老父已去，高祖适从旁舍来，吕后具言客有过，相我子母皆大贵。高祖问，曰："未远。"乃追及，问老父。老父曰："乡者夫人、婴儿皆似君，君相贵不可言。"高祖乃谢曰："诚如父言，不敢忘德。"及高祖贵，遂不知老父处[17]。

高祖为亭长，乃以竹皮为冠，令求盗之薛治之，时时冠之。及贵常冠，所谓"刘氏冠"乃是也[18]。

高祖以亭长为县送徒郦山，徒多道亡。自度比至皆亡之。到丰西泽中，止饮，夜乃解纵所送徒。曰："公等皆去，吾亦从此逝矣[19]！"徒中壮士愿从者十余人。高祖被酒，夜径泽中，令一人行前。行前者还报曰："前有大蛇当径，愿还。"高祖醉，曰："壮士行，何畏！"

乃前，拔剑击斩蛇。蛇遂分为两，径开。行数里，醉，因卧[20]。后人来至蛇所，有一老妪夜哭。人问何哭，妪曰："人杀吾子，故哭之。"人曰："妪子何为见杀？"妪曰："吾子，白帝子也，化为蛇，当道，今为赤帝子斩之[21]，故哭。"人乃以妪为不诚，欲告之，妪因忽不见。后人至，高祖觉。后人告高祖，高祖乃心独喜，自负。诸从者日益畏之[22]。秦始皇帝常曰："东南有天子气"，于是因东游以厌之。高祖即自疑，亡匿，隐于芒、砀山泽岩石之间。吕后与人俱求，常得之。高祖怪问之。吕后曰："季所居上常有云气，故从往常得季。"高祖心喜。沛中子弟或闻之，多欲附者矣[23]。

【注释】

[1] 高祖：刘邦死后的尊称。《汉书·高帝纪上》张晏注："礼谥法无高，以为功最高而为汉帝之太祖，故特起名焉。"太公、媪（ǎo）：《索隐》：韦昭云："媪，妇人长老之称。"

[2] 其先：早先，起初。陂（bēi）：水边，岸边。

[3] 是时：此时。晦冥，昏暗。已而：不久。有身：怀孕。

[4] 隆准：高鼻梁。准，鼻梁。龙颜：眉骨突起似龙。比喻帝王的容貌。须髯：胡子。髯，两颊上的胡须。股：大腿。黑子：黑痣。

[5] 施：施舍，布施。豁如：豁达的样子。事：从事，参加。家人：平常人家。

[6] 廷：官署。侮：轻慢，戏弄。狎，亲近而不庄重。色：指女色。

[7] 贳（shì）：租赁，赊欠。酤（gū沽）：买酒。雠（chóu）：售。数倍：数倍价。岁竟：年终。折券弃责（zhài）：指折断书债据的简札，不再讨债。同"债"。

[8] 常：通"尝"，曾经。繇：通"徭"，服徭役。纵观：意思是任人随意观看。《会注考证》引杨慎曰："当时车驾出则禁观者，此时则纵民观。"秦皇帝：指秦始皇。

[9] 单父：县名，属山阳。善：友善，跟……要好。家：安家。

[10] 桀：同"杰"。重客：贵客。主吏：功曹主：主管，主持。进：指收入的钱财。大夫：对宾客的尊称。坐之堂下：让他坐在堂下。

[11] 素：平素，向来。易：轻视，瞧不起。绐：欺骗。谒：名帖。类似现在名片一类的东西。《索隐》："谒谓以札书姓名，若今之通刺，而兼载钱谷也。"

[12] 好：喜好。相人：给人看相。诎：同"屈"，谦让。阑，残尽。《集解》文颖曰：

"阑言希也。谓饮酒者半罢半在，谓之阑。"目：用眼色示意。固：坚决。

[13] 竟酒：喝完了酒。竟，尽，完了。自爱：自己珍重。息女：亲生女儿。息，生。箕帚妾：谦词，干洒扫等事的婢妾，指做妻子。

[14] 奇此女：使此女奇。即让这个女儿出人头地。妄：随便。儿女子：等于说妇孺之辈，有蔑视之意。卒：最终。

[15] 常：经常。告：告假。《索隐》：韦昭云："告，请归乞假也。之：往，到……去。

[16] 子：孩子，古代儿子和女儿都称子。居：在。耨：锄草。老父：老汉。请饮：要水喝。请餔（bǔ，哺）：同"哺"，拿食物给人吃。

[17] 适：正巧。旁舍：邻居。具：全都，原原本本地。追及：追上。及，赶上。乡者：刚才。乡，同"向"。诚：果真，如果。

[18] 求盗：亭长手下专管追捕盗贼的差役。常冠：经常戴。冠，戴帽子。刘氏冠：其形制《索隐》引应劭云："一名'长冠'。侧竹皮裹以纵前，高七寸，广三寸，如板。"

[19] 徒：壮丁，民伕。道亡：半路逃跑。度：估计，揣摩。比（旧读 bì）至：等到到了（郦山）。解纵：解开绑缚放走。公等：你们这班人。公，对对方的尊称。逝：走，离去。这里指逃亡。

[20] 被酒：带有几分酒意。被，加。径：小路。这里是取道小路、抄小道的意思。当径：横在小径当中。

[21] 所：处，处所。老妪：老妇人。见杀：被杀。见，被。白帝：五天帝之一，西方之神。为：被。赤帝：五天帝之一，南方之神。

[22] 诚：真实，诚实。欲告之：想要打她。告，《索隐》："《汉书》作'苦'，谓欲困苦辱之。一本或作'笞'。《说文》元：'笞，击也。'"觉：醒，睡醒。负：恃。

[23] 天子气：就是预示将有天子出现之气。厌（yā）：压住，镇住。亡匿：逃跑藏起来。芒、砀：《集解》：徐广曰："芒，今临淮县也。砀县在梁。"求：寻找。得：找到。从往：顺着云气的方向前往。或：有人。

【阅读指要】

　　《高祖本纪》通过鲜明、强烈的对比手法多角度展现了楚汉之争过程刘邦之所以胜利、项羽之所以失败的各种原因，尤其是在用人方面，刘邦虚怀若谷、知人善任，项羽则刚愎自用。本篇重在写刘邦的成功，写他的丰功伟业，而把刘邦人品的阴暗面，诸如狡诈、虚伪、损人利己等，通过"互见法"在其他篇章中予以表现，而在本篇中却有不露声色的透露。例如刘媪梦与神遇、蛟龙盘体而生刘邦，又如，老父看相，高祖感激说："诚如父言，不敢忘德"，却"及高祖贵，遂不知老父处"，可知司马迁暗讽之意。

清李景星《史记评议》："《项羽本纪》每事为一段，插入合来，犹好下手；《高纪》则将诸事纷纷抖碎，整中见乱，乱中见整，绝无痕迹。"

本篇所选的内容，主要是刘邦发迹前的一些事件，饶有趣味，塑造了一个出身草莱，天生异相，行为夸诞，常出大言，为相人者高度推许的带有神秘主义色彩的人物形象。行文质朴而不尚雕琢，表现了汉初宏大气象。

伍子胥列传（节选）

选自《史记》卷六十六《伍子胥列传第六》。

伍胥既至宋，宋有华氏之乱[1]，乃与太子建俱奔于郑。郑人甚善之。太子建又适晋，晋顷公曰："太子既善郑，郑信太子。太子能为我内应，而我攻其外，灭郑必矣。灭郑而封太子。"太子乃还郑。事未会，会自私欲杀其从者，从者知其谋，乃告之于郑[2]。郑定公与子产诛杀太子建。建有子名胜。伍胥惧，乃与胜俱奔吴。到昭关[3]，昭关欲执之。伍胥遂与胜独身步走，几不得脱。追者在后。至江，江上有一渔父乘船，知伍胥之急，乃渡伍胥。伍胥既渡，解其剑曰："此剑直百金，以与父。[4]"父曰："楚国之法，得伍胥者赐粟五万石，爵执珪，岂徒百金剑邪！"不受[5]。伍胥未至吴而疾，止中道，乞食。至于吴，吴王僚方用事，公子光为将。伍胥乃因公子光以求见吴王[6]。

……

始伍员与申包胥为交，员之亡也，谓包胥曰："我必覆楚。"包胥曰："我必存之。"及吴兵入郢，伍子胥求昭王[7]。既不得，乃掘楚平王墓，出其尸，鞭之三百，然后已。申包胥亡于山中，使人谓子胥曰："子之报雠，其以甚乎！吾闻之，人众者胜天，天定亦能破人[8]。今子故平王之臣，亲北面而事之，今至于僇死人，此岂其无天道之极乎！"伍子胥曰："为我谢申包胥曰，吾日莫途远，[9]吾故倒行而逆施之。"于是申包胥走秦告急，求救于秦。秦不许。包胥立于秦廷，昼夜哭，七日七夜不绝其声。秦哀公怜之，曰："楚虽无道，有臣若是，可无存乎！"乃遣车五百乘救楚击吴。六月，败吴兵于稷[10]。会吴王久留楚求昭王，而阖庐弟夫概乃亡归，自立为王。阖庐闻之，乃释楚而归，击其弟夫概。夫概败走，遂奔楚。楚昭王见吴有内乱，乃复入郢。封夫概于堂谿[11]，为堂谿氏。楚复与吴战，败吴，吴王乃归。

后二岁，阖庐使太子夫差将兵伐楚，取番[12]。楚惧吴复大来，乃去郢，徙于鄀[13]。当是时，吴以伍子胥、孙武之谋，西破彊楚，北威齐晋，南服越人。

······

吴太宰嚭既与子胥有隙[14]，因谗曰："子胥为人刚暴，少恩，猜贼，其怨望恐为深祸也。前日王欲伐齐，子胥以为不可，王卒伐之而有大功。子胥耻其计谋不用，乃反怨望。而今王又复伐齐，子胥专愎彊谏，沮毁用事，徒幸吴之败以自胜其计谋耳。今王自行，悉国中武力以伐齐，而子胥谏不用，因辍谢，详病不行[15]。王不可不备，此起祸不难。且嚭使人微伺之，其使于齐也，乃属其子于齐之鲍氏。夫为人臣，内不得意，外倚诸侯，自以为先王之谋臣，今不见用，常鞅鞅怨望。原王早图之[16]。"吴王曰："微子之言[17]，吾亦疑之。"乃使使赐伍子胥属镂之剑，曰："子以此死。"伍子胥仰天叹曰："嗟乎！谗臣嚭为乱矣，王乃反诛我。我令若父霸。自若未立时[18]，诸公子争立，我以死争之于先王，几不得立。若既得立，欲分吴国予我，我顾不敢望也。然今若听谀臣言以杀长者。"乃告其舍人曰[19]："必树吾墓上以梓，令可以为器[20]；而抉吾眼县吴东门之上[21]，以观越寇之入灭吴也。"乃自刭死。吴王闻之大怒，乃取子胥尸盛以鸱夷革[22]，浮之江中[23]。吴人怜之，为立祠于江上[24]，因命曰胥山。

······

太史公曰：怨毒之于人甚矣哉！王者尚不能行之于臣下，况同列乎！向令伍子胥从奢俱死，何异蝼蚁[25]。弃小义，雪大耻，名垂于后世，悲夫！方子胥窘于江上，道乞食，志岂尝须臾忘郢邪？故隐忍就功名，非烈丈夫孰能致此哉？白公如不自立为君者，其功谋亦不可胜道者哉！[26]

【注释】

[1] 华氏之乱：指宋国大夫华、向二氏作乱事。《索隐》：春秋昭二十年，宋华亥、向宁、华定与君争而出奔是也。详见《左传·昭公二十年》，《史记》卷三十八《宋微子世家》略及其事。

[2] 太子建：楚平王太子，为费无忌谗，亡奔宋。适：往，到。未会：时机不成熟。会，时机，际会。会：适逢，恰巧。自私：个人私事。

[3] 昭关：《索隐》：其关在江西、乃吴楚之境也。

[4] 渔父：捕鱼的人，渔翁。直：同"值"。价值。

[5] 法：指捉拿伍子胥的悬赏规定。爵执珪：封给执珪爵位。爵，给予官价、爵位。

[6] 用事：执政，当权。因：经由，通过。

[7] 覆：颠覆，毁灭。求：寻找，搜寻。

[8] 以：通"已"，已经。人众者胜天，天定亦能破人：《正义》：申包胥言闻人众者虽一时凶暴胜天，及天降其凶，亦破于彊暴之人。

[9] 僇（lù）：侮辱。莫：同"暮"。

[10] 乘：古代一车四马叫一乘。六月：指阖庐为王十年的六月。《集解》：稷丘，地名，在郊外。

[11] 《正义》：案：今豫州吴房县在州西北九十里。

[12] 番：鄱阳。

[13] 《索隐》：音若。都，楚地，今阙。

[14] 隙：指感情上的裂痕、隔阂。

[15] 猜贼：猜忌狠毒。专愎：刚愎，独断固执。愎，任性、固执。沮：败坏，毁坏。毁：毁谤、抵毁。徒幸：只希望。辍谢：托辞而中止工作。详：通"佯"，假装。

[16] 微伺：暗中探察。伺，侦候、探察。鞅鞅：通"怏怏"。因不满而郁郁不乐。

[17] 微：无，非。

[18] 若：你。

[19] 舍人：亲近的门客。

[20] 树：种植。器：指棺材。

[21] 抉：挖出。县（xuán）：通"悬"，悬挂。

[22] 鸱夷：皮革袋子。

[23] 当时是夫差十一年。

[24] 江上：江边，江畔。

[25] 怨毒：怨恨，憎恨。同列：地位相类的人。向：假使。蝼蚁：蝼蛄和蚂蚁。常用来比喻微贱的生命。

[26] 白公：白公胜。父太子建遭郑国人杀害，总想攻打郑国替父报仇，却未果。公元前 479 年，白公胜击败吴军后，以献战利品为名，乘机发动叛乱，杀死子西和子期，囚禁楚惠王，自立为楚王。不久叶公率军勤王，与楚国国内的人共同攻打白公胜。白公胜兵败，自缢而死，楚惠王恢复王位。功谋：功绩和谋略。

【阅读指要】

这篇列传记述了伍子胥报杀父兄之仇的事迹。昭关受窘，中途乞讨，逃难的过程异常艰辛，在谋划攻楚的过程中也颇多挫折，最终忍辱负重，复仇雪耻，名垂后世。

伍子胥的人物形象刻画饱满，很多段落都成为后来故事、小说和戏曲的传统题材。伍子胥智勇双全，敢作敢为，又善加谋划。攻克郢都后，没有找到昭王，竟"掘楚平王之墓，出其尸，鞭三百，然后已"，这种疯狂的复仇行动可谓震铄古今。其他人物，如渔父、申包胥、夫概、勾践、白公胜、石乞等人，也是廖廖几笔，就形神俱备。

伍子胥是颇有政治眼光、满腹韬略的老臣，他忠心耿耿地为夫差谋划灭越大计，却遭到了伯嚭的谗言诬害，最终自刭死，并浮尸江中。悲怆绝伦的报仇行动和忠义奋发的许国行为，形成了复调效应，营造了浓厚的悲剧氛围。而文末的史评，开头就是一句"怨毒之于人甚矣哉"，显然司马迁对"怨毒"也有深刻的体会，最终高度肯定了弃小义以雪大耻、"隐忍就功名"的"烈丈夫"的观念和行为。

酷吏列传

选自《史记》卷一百二十二《酷吏列传第六十二》。

张汤

张汤者，杜人也。其父为长安丞，出，汤为儿守舍。还而鼠盗肉，其父怒，笞汤。汤掘窟得盗鼠及余肉，劾鼠掠治[1]，传爰书，讯鞫论报[2]，并取鼠与肉，具狱磔堂下。"其父见之，视其文辞如老狱吏，大惊，遂使书狱[3]。父死后，汤为长安吏，久之。

王温舒

王温舒者，阳陵人也。……素居广平时，皆知河内豪奸之家，及往，九月而至。令郡具私马五十匹^[4]，为驿自河内至长安^[5]，部吏如居广平时方略^[6]，捕郡中豪猾，郡中豪猾相连坐千余家。上书请，大者至族，小者乃死，家尽没入偿臧^[7]。奏行不过二三日，得可事。论报，至流血十余里^[8]。河内皆怪其奏，以为神速。尽十二月，郡中毋声，毋敢夜行，野无犬吠之盗^[9]。其颇不得，失之旁郡国，黎来，会春^[10]，温舒顿足叹曰："嗟乎，令冬月益展一月，足吾事矣！^[11]"其好杀伐行威不爱人如此。天子闻之，以为能，迁为中尉。

杜周

杜周者，南阳杜衍人。……其治与宣相放，然重迟，外宽，内深次骨^[12]。宣为左内史，周为廷尉，其治大放张汤而善候伺^[13]。上所欲挤者，因而陷之；上所欲释者，久系待问而微见其冤状^[14]。客有让周曰："君为天子决平，不循三尺法，专以人主意指为狱。狱者固如是乎？^[15]"周曰："三尺安出哉？前主所是着为律，后主所是疏为令，当时为是，何古之法乎^[16]！"

【注释】

[1] 丞：县丞。笞：鞭打。劾：审判。掠治：拷打审问。

[2] 传：发出。爰书：记录罪犯供词的文书。讯鞫：反复审问，穷究罪行。论报：把判决的罪罚报告上级。

[3] 具狱：把应具备的审讯材料全部备齐，最后定案。磔：古代分尸酷刑。书狱：学习书写狱词。

[4] 私马：私人之马。

[5] 驿：驿站。古时为传递文书而设供人马休息的处所。王温舒自行设驿，故用私马。

[6] 部吏：部署官吏。如：同。方略：策略。

[7] 请：指报告天子。族：灭族。家：家产。没：没收。偿臧：偿还过去所得的赃物。臧，通"赃"。

[8] 奏：奏章。可事：可以执行。论报：判罪上报。

[9] 毋，通"无"。犬吠之盗：引得狗叫的盗窃事件。

[10] 颇：少数。失：通"逸"，逃亡。《索隐》：黎音犁。黎，比也。黎来：等到抓来。会春：恰好入春了。按汉法，春天不执行死刑，死犯必在十二月底前杀死。

[11] 令：使。益展：延长。

[12] 宣：减宣，西汉酷吏，与杜周同时。放：仿。重迟：指处事慎重，决断迟缓。
　　次骨：至骨。

[13] 候伺：窥测。

[14] 微见：暗中显露。见"同"现"。

[15] 决平：公平判案。循：遵照。三尺法：《集解》：汉书音义曰："以三尺竹
　　简书法律也。"以"三尺法"代称法律。

[16] 前主：从前的国君。疏：分条记载。当时：合于当代。是：正确。法：效法。

【阅读指要】

　　"《循吏列传》中写孙叔敖、郑子产等五人，没有一个汉代人。而《酷吏列传》
却全写汉代人，其中除景帝时的郅都外，其余九人都是汉武帝时暴力统治的执行
者。"（游国恩《中国文学史》）可见司马迁直指当朝的用心。

　　司马迁具有强烈的现实批判精神，对酷吏的表现和本质都有深刻的把握。张
汤、杜周等著名酷吏有一个共同点，就是善于巧立名目，完全看汉武帝的眼色行
事。而其行为却往往博得汉武帝的赞许，"上以为能"，此句可见作者对汉武帝
的暗讽之意。酷吏大多罔恤人命，王温舒因为汉代惯例春天不杀人，于是希望"令
冬月益展一月，足吾事矣！"，司马迁斥之："其好杀伐行威，不爱人如此！"

刺客列传·豫让

　　　　选自《史记》卷八十六《刺客列传第二十六》。

　　豫让者，晋人也，故尝事范氏及中行氏，而无所知名。[1]去而事
智伯[2]，智伯甚尊宠之。及智伯伐赵襄子，赵襄子与韩、魏合谋灭智伯，
灭智伯之后而三分其地。赵襄子最怨智伯，漆其头以为饮器[3]。豫让
遁逃山中，曰："嗟乎！士为知己者死，女为说己者容。[4]今智伯知我，
我必为报雠而死，以报智伯，则吾魂魄不愧矣。"乃变名姓为刑人，
入宫涂厕，中挟匕首，欲以刺襄子[5]。襄子如厕，心动，执问涂厕之刑人，
则豫让，内持刀兵，曰："欲为智伯报仇！"左右欲诛之。襄子曰："彼
义人也，吾谨避之耳。且智伯亡无后，而其臣欲为报仇，此天下之贤
人也。"卒醳去之[6]。

　　居顷之，豫让又漆身为厉，吞炭为哑[7]，使形状不可知，行乞于市。

其妻不识也。行见其友，其友识之，曰："汝非豫让邪？"曰："我是也。"其友为泣曰："以子之才，委质而臣事襄子，襄子必近幸子。近幸子，乃为所欲，顾不易邪[8]？何乃残身苦形[9]，欲以求报襄子，不亦难乎！"豫让曰："既已委质臣事人，而求杀之，是怀二心以事其君也。且吾所为者[10]极难耳！然所以为此者，将以愧天下后世之为人臣怀二心以事其君者也。"[11]

　　既去，顷之，襄子当出，豫让伏于所当过之桥下[12]。襄子至桥，马惊，襄子曰："此必是豫让也。"使人问之，果豫让也。于是襄子乃数豫让曰[13]："子不尝事范、中行氏乎？智伯尽灭之，而子不为报雠，而反委质臣于智伯。智伯亦已死矣，而子独何以为之报雠之深？"豫让曰："臣事范、中行氏，范、中行氏皆众人遇我，我故众人报之[14]。至于智伯，国士遇我，我故国士报之。"襄子喟然叹息而泣曰："嗟乎豫子！子之为智伯，名既成矣，而寡人赦子，亦已足矣。子其自为计，寡人不复释子！"使兵围之。豫让曰："臣闻明主不掩人之美，而忠臣有死名之义。前君已宽赦臣，天下莫不称君之贤。今日之事，臣固伏诛[15]，然原请君之衣而击之，焉以致报雠之意，则虽死不恨。非所敢望也，敢布腹心[16]！"于是襄子大义之，乃使使持衣与豫让。豫让拔剑三跃而击之，曰："吾可以下报智伯矣[17]！"遂伏剑自杀。死之日，赵国志士闻之，皆为涕泣。

【注释】

[1]《索隐》：案：左传范氏谓昭子吉射也。自士会食邑于范，后因以邑为氏。中行氏，中行文子荀寅也。自荀林父将中行后，因以官为氏。

[2]《索隐》：案：智伯，襄子荀瑶也。襄子，林父弟荀首之后。范、中行、智伯事已具赵系家。

[3] 怨：恨，仇恨。漆其头以为饮器：把他的头盖骨涂以漆做为饮具。

[4] 说（yuè），同"悦"。容，梳妆打扮。

[5] 刑人：受刑的人。这里犹"刑余之人"即宦者。涂，以泥抹墙

[6] 醳音释，字亦作"释"，放。去，离开。

[7] 漆身为厉（lài）：以漆涂身，使肌肤肿烂，像患癞病。厉，古多假为"癞"。

吞炭为哑：吞炭使声音变得嘶哑。

[8] 委质：托身的意思。近幸：亲近宠爱。乃为所欲：索隐谓因得杀襄子。顾不易邪：《索隐》：顾，反也。耶，不定之辞。反不易耶，言其易也。

[9] 残身苦形：摧残身体，丑化形貌。

[10]《索隐》：刘氏云："谓今为疠哑也。"

[11]《索隐》：言宁为厉而自刑，不可求事襄子而行杀，则恐伤人臣之义而近贼，非忠也。

[12]《正义》：汾桥下架水，在并州晋阳县东一里。

[13] 数：列举罪过而责之。

[14] 众人：一般人。国士：国内杰出人物。

[15] 伏诛：受到应得的死罪。诛，杀死。

[16] 敢布腹心：敢于披露心里话。

[17] 下报：指报答九泉之下的智伯。

【阅读指要】

　　《刺客列传》是一篇类传，依次记载了春秋战国时代曹沫、专诸、豫让、聂政和荆轲等五位著名刺客的事迹。五大刺客事迹各异，却都有一种扶弱拯危、反抗强暴、勇于牺牲的刚烈精神，都是为了知遇之恩，即"士为知己者死"。太史公文末赞语："此其义或成或不成，然其立意较然，不欺其志，名垂后世，岂妄也哉！"刺客其实赖司马迁之史笔方得以名垂后世，这是一篇"第一种激烈文字"（清吴见思《史记论文》），具有很高的审美价值。吴见思云："《刺客传》是《史记》中第一种激烈文字。……此文逐段脱卸，如鳞之次，如羽之压。"

　　豫让刺襄子非常曲折，对智伯"义不二心"，是因为他以"国士遇我，我故国士报之"，而赵襄子偏偏赏其义而放了他，最终他以自残的方式去报仇，刺衣伏剑而终。故事在豫让的心理矛盾冲突中展开，显得残忍而凄美。

游侠列传·郭解

　　选自《史记》卷一百二十四《游侠列传第六十四》。

　　郭解，轵人也，字翁伯，善相人者许负外孙也[1]。解父以任侠，孝文时诛死[2]。解为人短小精悍，不饮酒。少时阴贼，慨不快意，身所杀甚众[3]。以躯借交报仇，藏命作奸剽攻，休铸钱掘冢，固不可胜数[4]。适有天幸，窘急常得脱，若遇赦[5]。及解年长，更折节为俭，以德报怨，厚施而薄望[6]。然其自喜为侠益甚。既已振人之命，不矜其功，其阴贼着于心，卒发于睚眦如故云[7]。而少年慕其行，亦辄为报仇，不使知也。解姊子负解之势，与人饮，使之嚼[8]。非其任[9]，彊必灌之。人怒，拔刀刺杀解姊子，亡去。解姊怒曰："以翁伯之义，人杀吾子，贼不得[10]。"弃其尸于道，弗葬，欲以辱解。解使人微知贼处。贼窘自归，具以实告解。解曰："公杀之固当，吾儿不直。"遂去其贼，罪其姊子，乃收而葬之。诸公闻之，皆多解之义，益附焉[11]。

解出入，人皆避之。有一人独箕倨视之[12]，解遣人问其名姓。客欲杀之。解曰："居邑屋至不见敬，是吾德不修也，彼何罪！"乃阴属尉史曰："是人，吾所急也，至践更时脱之[13]。"每至践更，数过[14]，吏弗求。怪之，问其故，乃解使脱之。箕踞者乃肉袒谢罪[15]。少年闻之，愈益慕解之行。

雒阳人有相仇者，邑中贤豪居间者以十数，终不听[16]。客乃见郭解。解夜见仇家，仇家曲听解[17]。解乃谓仇家曰："吾闻雒阳诸公在此间，多不听者。今子幸而听解[18]，解奈何乃从他县夺人邑中贤大夫权乎[19]！"乃夜去，不使人知，曰："且无用[20]，待我去，令雒阳豪居其间，乃听之。"

解执恭敬，不敢乘车入其县廷。之旁郡国，为人请求事，事可出，出之；不可者，各厌其意，然后乃敢尝酒食[21]。诸公以故严重之，争为用。邑中少年及旁近县贤豪，夜半过门常十余车，请得解客舍养之[22]。

及徙豪富茂陵也，解家贫，不中訾，吏恐，不敢不徙[23]。卫将军为言："郭解家贫不中徙。"上曰："布衣权至使将军为言[24]，此其家不贫。"解家遂徙。诸公送者出千余万。轵人杨季主子为县掾，举徙解[25]。解兄子断杨掾头。由此杨氏与郭氏为仇。

⋯⋯

太史公曰：吾视郭解，状貌不及中人，言语不足采者[26]。然天下无贤与不肖，知与不知，皆慕其声，言侠者皆引以为名。谚曰："人貌荣名，岂有既乎[27]！"于戏，惜哉[28]！

【注释】

[1] 相人：给人相面。

[2] 孝文：汉文帝。

[3] 慨：愤慨。不快意：不满意。身所杀：亲自所杀。

[4] 借：助。交：指朋友。命：指亡命。作奸：干坏事。剽攻：抢劫。休：止。掘冢：盗掘坟墓。

[5] 适：遇到。天幸：天佑。若：或。

[6] 更：改。折节：改变操行。俭：通"检"，检束，检点。薄望：怨恨小。

[7] 振：救。着：附着。卒：通"猝"，突然。睚眦（yá zì）：怒目而视。

[8] 负：恃。嚼：通"釂"，尽酒。

[9] 非其任：不胜任。

[10] 贼不得：抓不到杀人者。

[11] 微知：暗中探知。不直：理曲。去：《集解》：徐广曰："遣使去。"多：称赞。

[12] 箕倨：岔开两腿坐着，像簸箕之状，这是不敬的表现。倨，通"踞"。

[13] 邑屋：乡里。见：被。阴：暗中。属：同"嘱"。急：关心，看重。践更：《集解》：如淳曰："更有三品，有卒更，有践更，有过更。古有正卒无常人，皆当迭为之，一月一更，是为卒更也。贫者欲得顾更钱者，次直者出钱顾之，月二千，是为践更也。律说卒更、践更者，居县中五月乃更也。后从尉律，卒践更一月休十一月也。"脱：免。

[14] 数过：多次免除。

[15] 肉袒：脱去上衣，露出身体的一部分。

[16] 居间：从中间调解。

[17] 客：这里指门客。曲听：委屈心意而听从。

[18] 幸：谦词，使我感到荣幸。

[19] 权：权力，此指声望。

[20] 且：暂且。无用：不用听我的话。

[21] 执：谨守。县廷：县衙门。之：前往。出：得到解决。厌：通"餍"，满足。

[22] 严重：尊重。为用：替他出力。过：拜访。客：指做门客。舍养：供养在自家房舍之中。

[23] 徙：迁移。茂陵：汉武帝的陵墓。元朔二年，郭解迁居茂陵。不中訾：《索隐》："不中赀。案：赀不满三百万已上为不中。"

[24] 卫将军：指卫青。为言：替他谈话。

[25] 举：检举。

[26] 不足采：不值得采取。

[27] 集解徐广曰："人以颜状为貌者，则貌有衰落矣；唯用荣名为饰表，则称誉无极也。既，尽也。"

[28] 于戏：通"呜呼"。

【阅读指要】

这篇列传记述了汉代著名侠士朱家、剧孟和郭解的史实，肯定了"布衣之侠"、"乡曲之侠"、"闾巷之侠"，赞扬了他们"其言必信，其行必果，已诺必诚，不爱其躯，赴士之厄困……不矜其能，不伐其德"。这些为正史官书所不收的下层人物，却为作者热烈的歌颂。同时又借儒形侠，批判了公孙弘舞文弄法杀害游侠的罪行和儒者的伪善，有抨击独尊儒术之用意在。班固斥此文为"退处士而进奸雄"，实则恰见司马迁的进步史观。

全文前有叙论，为一篇之纲，后分叙诸侠之事。叙事和议论结合，字里行间流露着其强烈的爱憎，具有浓烈的抒情性。叙论贬朝廷之儒，扬布衣之侠，议论雄奇，读之余韵不尽。《史记评林》引王鳌语："此传议论正而气势阔达。"叙事则"虚实""疏密"相得，笔法奇妙。明吴见思《史记论文》："两传俱于空写，即朱家季布一事，亦作花香月影，在有无之中，而郭解一传，乃用全力。此虚实相生、疏密相间之妙也。"日人有井范平《史记评林补标》："反复悠扬，愈出愈奇，如八音之合奏，戛击搏拊，各有不尽之余韵。"

本文所选郭解游侠事迹，颇可见汉初的游侠之风。郭解后被徙茂陵，最终公孙弘以大逆不道罪夷灭三族。

滑稽列传（节选）

选自《史记》卷一百二十六《滑稽列传第六十六》。

孔子曰："六艺于治一也。《礼》以节人，《乐》以发和，《书》以道事，《诗》以达意，《易》以神化，《春秋》以道义。"太史公曰："天道恢恢，岂不大哉！谈言微中，亦可以解纷。"

淳于髡者，齐之赘婿也[1]。长不满七尺，滑稽多辩，数使诸侯，未尝屈辱。齐威王之时喜隐[2]，好为淫乐长夜之饮，沉湎不治[3]，委政卿大夫[4]。百官荒乱，诸侯并侵，国且危亡，在于旦暮，左右莫敢谏。

淳于髡说之以隐曰："国中有大鸟，止王之庭，三年不蜚又不鸣[5]，王知此鸟何也？"王曰："此鸟不飞则已，一飞冲天；不鸣则已，一鸣惊人。"于是乃朝诸县令长七十二人，赏一人，诛一人，奋兵而出。诸侯振惊，皆还齐侵地。威行三十六年。语在《田完世家》中。

威王八年，楚人发兵加齐[6]。齐王使淳于髡之赵请救兵，赍金百斤[7]，车马十驷[8]。淳于髡仰天大笑，冠缨索绝[9]。王曰："先生少之乎？"髡曰："何敢！"王曰："笑岂有说乎？"髡曰："今者臣从东方来，见道傍有禳田者[10]，操一豚蹄，酒一盂，祝曰：'瓯窭满篝[11]，污邪满车[12]，五谷蕃熟[13]，穰穰满家。[14]'臣见其所持者狭而所欲者奢，故笑之。"于是齐威王乃益赍黄金千溢[15]，白璧十双，车马百驷。髡辞而行，至赵。赵王与之精兵十万，革车千乘[16]。楚闻之，夜引兵而去。

威王大说，置酒后宫，召髡赐之酒。问曰："先生能饮几何而醉？"对曰："臣饮一斗亦醉，一石亦醉[17]。"威王曰："先生饮一斗而醉，恶能饮一石哉！其说可得闻乎？"髡曰："赐酒大王之前，执法在旁，御使在后，髡恐惧俯伏而饮，不过一斗径醉矣。若亲有严客，髡帣韝鞠跽[18]，侍酒于前，时赐余沥，奉觞上寿，数起，饮不过二斗径醉矣。若朋友交游，久不相见，卒然相睹，欢然道故，私情相语，饮可五六斗径醉矣。若乃州闾之会[19]，男女杂坐，行酒稽留，六博投壶[20]，相引为曹，握手无罚，目眙不禁[21]，前有堕珥[22]，后有遗簪[23]，髡窃乐此，饮可八斗而醉二参。日暮酒阑，合尊促坐，男女同席，履舃交错，杯盘狼藉，堂上烛灭，主人留髡而送客，罗襦襟解，微闻芗泽，当此之时，髡心最欢，能饮一石。故曰酒极则乱，乐极则悲；万事尽然。"言不可极，极之而衰，以讽谏焉。齐王曰："善。"乃罢长夜之饮，以髡为诸侯主客。宗室置酒，髡尝在侧。

其后百余年，楚有优孟。

优孟，故楚之乐人也。长八尺，多辩，常以谈笑讽谏。楚庄王之时，有所爱马，衣以文绣，置之华屋之下，席以露床，啖以枣脯[24]。马病肥死，使群臣丧之，欲以棺椁大夫礼葬之。

左右争之，以为不可。王下令曰："有敢以马谏者，罪至死。"优孟闻之，入殿门，仰天大哭。王惊而问其故。优孟曰："马者王之所爱也，以楚国堂堂之大，何求不得，而以大夫礼葬之，薄，请以人君礼葬之。"王曰："何如？"对曰："臣请以雕玉为棺，文梓为椁，楩枫豫章为题凑，发甲卒为穿圹，老弱负土，齐赵陪位于前，韩魏翼卫其后，庙食太牢，奉以万户之邑。诸侯闻之，皆知大王贱人而贵马也。"王曰"寡人之过一至此乎？为之奈何？"优孟曰："请为大王六畜葬之。以垅灶为椁，铜历为棺，赍以姜枣，荐以木兰，祭以粮稻，衣以火光，葬之于人腹肠。"于是王乃使以马属太官，无令天下久闻也。

　　楚相孙叔敖知其贤人也，善待之。病且死，属其子曰："我死，汝必贫困。若往见优孟，言我孙叔敖之子也。"居数年，其子穷困负薪，逢优孟，与言曰："我，孙叔敖子也。父且死时，属我贫困往见优孟。"优孟曰：若无远有所之。"即为孙叔敖衣冠，抵掌谈语。岁余，像孙叔敖，楚王及左右不能别也。庄王置酒，优孟前为寿。庄王大惊，以为孙叔敖复生也，欲以为相。优孟曰："请归与妇计之，三日而为相。"庄王许之。三日后，优孟复来。王曰："妇言谓何？"孟曰："妇言慎无为，楚相不足为也。如孙叔敖之为楚相，尽忠为廉以治楚，楚王得以霸。今死，其子无立锥之地，贫困负薪以自饮食。必如孙叔敖，不如自杀。"因歌曰："山居耕田苦，难以得食。起而为吏，身贪鄙者余财，不顾耻辱。身死家室富，又恐受赇枉法，为奸触大罪，身死而家灭。贪吏安可为也！念为廉吏，奉法守职，竟死不敢为非。廉吏安可为也！楚相孙叔敖持廉至死，方今妻子穷困负薪而食，不足为也！"于是庄王谢优孟，乃召孙叔敖子，封之寝丘四百户，以奉其祀。后十世不绝。此知可以言时矣。

　　其后二百余年，秦有优旃。

　　优旃者，秦倡，侏儒也。善为笑言，然合于大道。秦始皇时，置酒而天雨，陛楯者皆沾寒[25]。优旃见而哀之，谓之曰："汝欲休乎？"陛楯者皆曰："幸甚。"优旃曰："我即呼汝，汝疾应曰诺。"居有顷，殿上上寿呼万岁。优旃临槛大呼曰："陛楯郎！"郎曰："诺。"优旃曰："汝虽长，何益，幸雨立。我虽短也，幸休居。"于是始皇使陛楯者得半相代。

　　始皇尝议欲大苑囿，东至函谷关，西至雍、陈仓。优旃曰："善。多纵禽兽于其中，寇从东方来，令麋鹿触之足矣。"始皇以故辍止。

二世立，又欲漆其城。优旃曰："善。主上虽无言，臣固将请之。漆城虽于百姓愁费，然佳哉！漆城荡荡，寇来不能上。即欲就之，易为漆耳，顾难为荫室。"于是二世笑之，以其故止。居无何，二世杀死，优旃归汉，数年而卒。

太史公曰：淳于髡仰天大笑，齐威王横行。优孟摇头而歌，负薪者以封。优旃临槛疾呼，陛楯得以半更。岂不亦伟哉！

褚先生曰：臣幸得以经术为郎[26]，而好读外家传语[27]。窃不逊让[28]，复作故事滑稽之语六章，编之于左。可以览观扬意[29]，以示后世好事者读之，以游心骇耳[30]，以附益上方太史公之三章。

【注释】

[1] 赘婿：谓男子成婚于女家。

[2] 隐：即隐语，春秋战国时期对谜语雏形的称呼。

[3] 沉湎：犹沉溺。多指嗜酒无度。

[4] 卿大夫：先秦时国王及诸侯所分封的臣属，服从君命，担任重要官职，辅助国君进行统治，并对国君有纳贡赋与服役的义务。

[5] 蜚：同"飞"。

[6] 加：侵凌，凌辱。

[7] 赍：以物送人。

[8] 驷：古代一车套四马，因以称驾一车之四马或四马所驾之车。

[9] 冠缨：指帽带。结于颔下，使帽固定于头上。索绝：尽绝。

[10] 禳田：祭神祈求灾异不作，庄稼丰收。

[11] 瓯窭：亦作"瓯楼"，狭小高地之意。

[12] 污邪：地势低下的田。宋范成大《雨后田舍书事》诗："向来矜寡犹遗秉，此去污邪又满车。"

[13] 蕃熟：亦作"蕃孰"，庄稼丰稔之意。

[14] 穰穰：丰熟貌。通过《禳田辞》可以了解先秦祝辞的用韵情况。

[15] 古同"镒"，古代黄金计量单位，二十两或二十四两。

[16] 革车：古代兵车的一种。梅尧臣注《孙子》："革车，重车也。……重车一乘，甲士步卒七十五人。"

[17] 石：计算容量的单位，十斗为一石。

[18] 袶韝鞠跽：卷起袖口，双手合辑鞠躬，表示谦恭的样子。

[19] 州闾：古代地方基层行政单位州和闾的连称，这里泛指乡里。

[20] 六博：又作陆博，是中国古代民间一种掷采行棋的博戏类游戏，因使用六根博箸所以称为六博，以吃子为胜。投壶：古代宴会礼制，亦为娱乐活动，宾主依次用矢投向盛酒的壶口，以投中多少决胜负，负者饮酒。投壶时须有"投壶辞"。

[21] 目眙：目直视貌

[22] 堕珥：指有落下的耳环。

[23] 遗簪：指有掉下的发簪。

[24] 枣脯：枣子制成的果干。

[25] 陛楯者：执盾侍卫于陛侧的臣子。

[26] 以经术为郎：因通晓经术得为郎官。经术，犹经学。

[27] 外家传语：当时以六艺为正经，其他一切史传杂说都被称为"外家传语"。

[28] 窃：谦词。逊让：谦逊退让。

[29] 览观扬意：看了可以扩大些见闻。

[30] 游心骇耳：舒畅心怀，耸动听闻。

【阅读指要】

《太史公自序》曰："不流世俗，不争势利，上下无所凝滞，人莫之害，以道之用。作《滑稽列传》。""滑稽"一词古今义并不全同。屈原在《楚辞·卜居》中使用它带着贬义，有圆滑谄媚的意思；司马迁在《滑稽列传》里使用它带着褒义，指能言善辩，善用双关、隐喻、反语、婉曲等修辞手法，并且达到讽谏君主的效果。《滑稽列传》中主要描写的人物多为俳优，譬如优孟、优旃诸人。俳优是古代以乐舞戏谑为业的艺人。一般认为以表演戏谑为主的称为"俳优"，以表演乐舞为主的称为"倡优"，二者统称为优伶。不过在古书中，这三个名称也常常混通使用。就俳优言，《韩非子·难三》中说："俳优侏儒，固人主之所与燕也"，说明作为俳优的艺人，多为侏儒，是以其形体的矮小、滑稽的表演、诙谐的言词等逗主子开心欢颜，地位虽低下但并不妨碍讽谏劝诫君主。颜师古在注《汉书·霍光传》"俳倡"时说："俳优，谐戏也"。这种艺人角色对中国古代戏剧，特别是喜剧形态的演变具有很大影响。

魏其武安侯列传

选自《史记》卷一百七《魏其武安侯列传第四十七》。

魏其侯窦婴者，孝文后从兄子也。父世观津人。喜宾客。孝文时，婴为吴相，病免。孝景初即位，为詹事。

梁孝王者，孝景弟也，其母窦太后爱之。梁孝王朝。因昆弟燕饮。是时，上未立太子。酒酣，从容言曰："千秋之后传梁王。"太后驩[1]。窦婴引卮酒敬上，曰："天下者，高祖天下。父子相传，此汉之约也。上何以得擅传梁王？"太后由此憎窦婴。窦婴亦薄其官[2]，因病免。太后除窦婴门籍[3]，不得入朝请。

孝景三年，吴、楚反。上察宗室诸窦毋如窦婴贤，乃召婴。婴入见，固辞谢病不足任。太后亦惭。于是上曰："天下方有急，王孙宁可让邪？"乃拜婴为大将军，赐金千斤。窦婴乃言袁盎、栾布诸名将贤士在家者进之。所赐金，陈之廊庑下，军吏过，辄令财取为用，金无入家者。窦婴守荥阳，监齐、赵兵[4]。七国兵已尽破，封婴为魏其侯。诸游士宾客争归魏其侯。孝景时，每朝议大事，条侯[5]、魏其侯，诸列侯莫敢与亢礼[6]。

孝景四年，立栗太子[7]。使魏其侯为太子傅。孝景七年，栗太子废[8]，魏其数争不能得。魏其谢病屏居蓝田南山之下数月[9]，诸宾客辩士说之，莫能来。梁人高遂乃说魏其曰："能富贵将军者，上也；能亲将军者，太后也。今将军傅太子，太子废而不能争，争不能得，又弗能死；自引谢病，拥赵女，屏闲处而不朝。相提而论，是自明扬主上之过。有如两宫螫将军[10]，则妻子毋类矣[11]。"魏其侯然之，乃遂起，朝请如故。

桃侯免相[12]，窦太后数言魏其侯。孝景帝曰："太后岂以为臣有爱，不相魏其[13]？魏其者，沾沾自喜耳，多易。难以为相，持重[14]。"遂不用。用建陵侯卫绾为丞相[15]。

武安侯田蚡者，孝景后同母弟也[16]，生长陵[17]。魏其已为大将军后，方盛。蚡为诸郎[18]，未贵，往来侍酒魏其[19]，跪起如子侄。及孝景晚节[20]，蚡益贵幸，为太中大夫[21]。蚡辩有口，学盘盂诸书[22]，王太后贤之。孝景崩，即日太子立，称制，所镇抚多有田蚡宾客计筴[23]。蚡、弟田胜，皆以太后弟，孝景后三年，封蚡为武安侯，胜为周阳侯。

武安侯新欲用事为相[24]，卑下宾客[25]，进名士家居者贵之[26]，欲以倾魏其诸将相[27]。建元元年[28]，丞相绾病免，上议置丞相、太尉。籍福说武安侯曰[29]："魏其贵久矣，天下士素归之。今将军初兴，未如魏其，即上以将军为丞相，必让魏其[30]。魏其其为丞相，将军必为太尉。太尉、丞相尊等耳，又有让贤名。"武安侯乃微言太后风上[31]，于是乃以魏其侯为丞相，武安侯为太尉。籍福贺魏其侯，因吊曰："君侯资性喜善疾恶[32]，方今善人誉君侯，故至丞相。然君侯且疾恶，恶人众，亦且毁君侯[33]。君侯能兼容，则幸久[34]；不能，今以毁去矣[35]。"魏其不听。

魏其、武安俱好儒术，推毂赵绾为御史大夫[36]，王臧为郎中令[37]，迎鲁申公[38]，欲设明堂[39]。令诸侯就国[40]，除关[41]，以礼为服制[42]，以兴太平。举适诸窦[43]，宗室毋节行者[44]，除其属籍[45]。时诸外家为列侯；列侯多尚公主[46]，皆不欲就国，以故毁日至窦太后[47]。太后好黄、老之言，而魏其、武安、赵绾、王臧等务隆推儒术[48]，贬道家言。是以窦太后滋不说魏其等。及建元二年，御史大夫赵绾请无奏事东宫[49]。窦太后大怒。乃罢逐赵绾、王臧等，而免丞相、太尉。以柏至侯许昌为丞相[50]，武强侯庄青翟为御史大夫[51]。魏其、武安由此以侯家居。武安侯虽不任职，以王太后故，亲幸，数言事多效，天下吏士趋势利者，皆去魏其归武安。武安日益横[52]。

建元六年，窦太后崩。丞相昌，御史大夫青翟坐丧事不办[53]，免。以武安侯蚡为丞相，以大司农韩安国为御史大夫[54]。天下士、郡国诸侯愈益附武安。

武安者，貌侵，生贵甚。又以为诸侯王多长[55]，上初即位，富于春秋[56]，蚡以肺腑为京师相[57]，非痛折节以礼诎之[58]，天下不肃[59]。当时是，丞相入奏事，坐语移日，所言皆听。荐人或起家至二千石[60]，权移主上。上乃曰："君除吏已尽未？吾亦欲除吏！"尝请考工地益宅[61]。上怒曰："君何不遂取武库！[62]"是后乃退。尝召客饮，坐其兄南乡，自坐东乡，以为汉相尊，不可以兄故私桡[63]。武安由此滋骄。治宅甲诸地[64]，田园极膏腴，而市郡县器物相属于道。前堂罗钟鼓，立曲旃[65]；

后房妇女以百数。诸侯奉金玉狗马玩好，不可胜数。

魏其失窦太后，益疏不用，无势。诸客稍稍自引而怠傲。唯灌将军独不失故。魏其日默默不得志，而独厚遇灌将军。

灌将军夫者，颍阴人也[66]。夫父张孟，尝为颍阴侯婴舍人[67]，得幸，因进之至二千石，故蒙灌氏姓为灌孟。吴、楚反时，颍阴侯灌何为将军[68]，属太尉，请灌孟为校尉。夫与千人与父俱。灌孟年老，颍阴侯彊请之，郁郁不得意。故战常陷坚[69]，遂死吴军中。军法：“父子俱从军，有死事，得以丧归。”灌夫不肯随丧归，奋曰：“愿取吴王若将军头以报父之仇。[70]”于是，灌夫披甲持戟，募军中壮士所善愿从者数十人。及出壁门[71]，莫敢前。独二人及从奴十余骑驰入吴军，至吴将麾下，所杀伤数十人。不得前，复驰还，走入汉壁，皆亡其奴，独与一骑归。夫身中大创十余，适有万金良药，故得无死。夫创少瘳[72]，又复请将军曰：“吾益知吴壁中曲折，请复往。”将军壮义之，恐亡夫，乃言太尉。太尉乃固止之。吴已破，灌夫以此名闻天下。颍阴侯言之上，上以夫为中郎将[73]。数月，坐法去。后家居长安，长安中诸公莫弗称之[74]。孝景时，至代相。孝景崩，今上初即位，以为淮阳天下交，劲兵处，故徙夫为淮阳太守。建元元年，入为太仆[75]。二年，夫与长乐卫尉窦甫饮[76]，轻重不得[77]。夫醉，搏甫。甫，窦太后昆弟也。上恐太后诛夫，徙为燕相。数月，坐法去官，家居长安。

灌夫为人刚直，使酒[78]，不好面谀。贵戚诸有势在己之右[79]，不欲加礼，必陵之[80]。诸士在己之左，愈贫贱，尤益敬，与钧[81]。稠人广众，荐宠下辈[82]。士亦以此多之[83]。夫不喜文学，好任侠[84]，已然诺[85]。诸所与交通[86]，无非豪杰大猾[87]。家累数千万，食客日数十百人[88]。陂池田园，宗族宾客，为权利[89]，横于颍川。颍川儿乃歌之曰：“颍水清，灌氏宁；颍水浊，灌氏族。”[90]灌夫家居虽富，然失势，卿相侍中宾客益衰[91]。及魏其侯失势，亦欲倚灌夫，引绳批根生平慕之后弃之者[92]。灌夫亦倚魏其而通列侯宗室为名高[93]。两人相为引重[94]，其游如父子然，相得欢甚，无厌[95]，恨相知晚也。

灌夫有服[96]，过丞相[97]。丞相从容曰：“吾欲与仲孺过魏其侯[98]，会仲孺有服。”灌夫曰：“将军乃肯幸临况魏其侯[99]，夫安敢以服为解^[100]！请语魏其侯帐具^[101]，将军旦日蚤临！^[102]"武安许诺。灌夫俱语魏其侯，如所谓武安侯。魏其与其夫人益市牛酒，夜洒扫，早帐具至旦。平明^[103]，令门下候视。至日中，丞相不来。魏其谓灌夫曰："丞相岂忘之哉？"灌夫不怿^[104]曰："夫以服请，宜往。"^[105]乃驾，自往迎丞相。丞相特前戏许灌夫^[106]，殊无意往。及夫至门，丞相尚卧。于是夫入见，曰："将军昨日幸许过魏其，魏其夫妻治具，自旦至今，未敢尝食。"武安鄂谢^[107]，曰："吾昨日醉，忽忘与仲孺言。"乃驾往，又徐行。灌夫愈益怒。及饮酒酣，夫起舞属丞相^[108]，丞相不起。夫从坐上语侵之^[109]。魏其乃扶灌夫去，谢丞相。丞相卒饮至夜，极欢而去。

丞相尝使籍福请魏其城南田，魏其大望曰^[110]："老仆虽弃^[111]，将军虽贵，宁可以势夺乎^[112]？"不许。灌夫闻，怒骂籍福。籍福恶两人有郤^[113]，乃谩自好谢丞相^[114]，曰："魏其老且死，易忍，且待之。"已而武安闻魏其、灌夫实怒不予田，亦怒，曰："魏其子尝杀人，蚡活之。蚡事魏其，无所不可，何爱数顷田？且灌夫何与也^[115]？吾不敢复求田！"武安由此大怨灌夫、魏其。

元光四年春，丞相言："灌夫家在颍川，横甚，民苦之。请案^[116]。"上曰："此丞相事，何请？"灌夫亦持丞相阴事^[117]，为奸利^[118]；受淮南王金，与语言^[119]。宾客居间，遂止，俱解。

夏，丞相取燕王女为夫人。有太后诏，召列侯宗室皆往贺。魏其侯过灌夫，欲与俱。夫谢曰："夫数以酒失得过丞相，丞相今者又与夫有郤。"魏其曰："事已解。"彊与俱。饮酒酣，武安起为寿，坐皆避席伏^[120]。已，魏其侯为寿，独故人避席耳，余半膝席^[121]。灌夫不悦，起行酒，至武安，武安膝席曰："不能满觞。"夫怒，因嘻笑曰："将军，贵人也，属之^[122]！"时武安不肯。行酒次至临汝侯^[123]，临汝侯方与程不识耳语^[124]，又不避席。夫无所发怒，乃骂临汝侯曰："生平毁程不识不直一钱，今日长者为寿，乃效女儿呫嗫耳语^[125]！"武安谓灌夫曰："程、李俱东西宫卫尉^[126]，今众辱程将军，仲孺独不为李将军地乎^[127]？"灌夫曰："今日斩头陷胸，何知程、李乎！"坐乃起更衣，稍稍去^[128]。魏其侯去，麾灌夫出^[129]。武安遂怒曰："此吾骄灌夫罪^[130]。"乃令骑留灌夫^[131]。灌夫欲出不得。籍福起为谢^[132]，案灌夫项令谢。夫愈怒，不肯谢。武安乃麾骑缚夫，置传舍[133]，召长史曰[134]："今日召宗室，有诏[135]。"劾灌夫骂坐不敬[136]，系居室[137]，遂桉其前事[138]，遣吏分曹逐捕灌氏之属[139]，皆得弃市罪[140]。

魏其侯大媿[141]，为资使宾客请[142]，莫能解。武安吏皆为耳目，诸灌氏皆亡匿。夫系，遂不得告言武安阴事。魏其锐身为救灌夫[143]，夫人谏魏其曰："灌将军得罪丞相，与太后家忤[144]，宁可救邪！"魏其侯曰："侯自我得之，自我捐之，无所恨。且终不令仲孺独死，婴独生！"乃匿其家[145]，窃出上书。立召入，具言灌夫醉饱事，不足诛。上然之，赐魏其食，曰："东朝廷辩之。[146]"魏其之东朝，盛推灌夫之善[147]，言其醉饱得过，乃丞相以他事诬罪之。武安又盛毁灌夫所为横恣，罪逆不道。魏其度不可奈何[148]，因言丞相短。武安曰："天下幸而安乐无事，蚡得为肺腑[149]，所好音乐狗马田宅。蚡所爱倡优巧匠之属[150]，不如魏其、灌夫日夜招聚天下豪杰壮士与论议，腹诽而心谤[151]，不仰视天而俯画地[152]，辟倪两宫间[153]，幸天下有变而欲有大功。臣乃不知魏其等所为。"

于是上问朝臣："两人孰是？"御史大夫韩安国曰："魏其言'灌夫父死事[154]，身荷戟，驰入不测之吴军，身被数十创，名冠三军。此天下壮士，非有大恶，争杯酒，不足引他过以诛也。'魏其言是也。丞相亦言：'灌夫通奸猾，侵细民，家累巨万，横恣颍川，凌轹宗室[155]，侵犯骨肉，此所为之"枝大于本，胫大于股，不折必披。"[156]'丞相言亦是。唯明主裁之。"主爵都尉汲黯是魏其[157]。内史郑当时是魏其[158]，后不敢坚对。余皆莫敢对。上怒内史曰："公平生数言魏其、武安长短。今日廷论，局趣如效辕下驹[159]。吾并斩若属矣。"即罢起。入，上食太后[160]。太后亦已使人候伺[161]，具以告太后。太后怒，不食，曰："今我在也，而人皆藉吾弟[162]，令我百岁后，皆鱼肉之矣[163]。且帝宁能为石人邪[164]！此特帝在，即录录[165]，设百岁后，是属宁有可信者乎！"上谢曰："俱宗室外家，故廷辩之。不然，此一狱吏所决耳。"

是时，郎中令石建为上分别言两人事[166]。武安已罢朝，出止车门[167]，召韩御史大夫载，怒曰："与长孺共一老秃翁[168]，为何首鼠两端[169]？"韩御史良久谓丞相曰："君何不自喜[170]？夫魏其毁君，君当免冠解印绶归[171]，曰：'臣以肺腑幸得待罪[172]，因非其任，魏其皆是。'如此，上必多君有让[173]，不废君。魏其必内愧，杜门齰舌自杀[174]。今人毁君，君亦毁人，譬如贾竖女子争言[175]，何其无大体也！"武安谢罪曰："争时急，不知出此。"于是上使御史簿责魏其所言灌夫[176]，颇不雠，欺谩。劾系都司空[177]。

孝景时，魏其常受遗诏[178]，曰："事有不便，以便宜论上[179]。"及系灌夫，罪至族。事日急，诸公莫敢复明言于上。魏其乃使昆弟子上书言之[180]，幸得复召见。书奏上，而案尚书[181]，大行无遗诏[182]。诏书独藏魏其家，家丞封[183]。乃劾魏其矫先帝诏[184]，罪当弃市。五年十月[185]，悉论灌夫及家属[186]。魏其良久乃闻，闻即恚[187]，病痱[188]，不食，欲死。或闻上无意杀魏其，魏其复食，治病，议定不死矣。乃有蜚语，为恶言闻上[189]，故以十二月晦论弃市渭城。

其春，武安侯病，专呼服谢罪[190]。使巫视鬼者视之[191]，见魏其、灌夫共守欲杀之。竟死。子恬嗣[192]。元朔三年[193]，武安侯坐衣襜褕入宫[194]，不敬[195]。

淮南王安谋反觉，治[196]。王前朝[197]，武安侯为太尉时，迎王至霸上，谓王曰："上未有太子，大王最贤，高祖孙。即宫车晏驾[198]，非大王立，当谁哉！"淮南王大喜，厚遗金财物。上自魏其时，不直武安[199]，特为太后故耳。及闻淮南王金事，曰："使武安侯在者，族矣！"

太史公曰：魏其、武安皆以外戚重。灌夫用一时决策而名显[200]。魏其之举以吴、楚[201]。武安之贵在日、月之际[202]。然魏其不知时变[203]，灌夫无术而不逊[204]，两人相翼[205]，乃成祸乱。武安负贵而好权[206]，杯酒责望[207]，陷彼两贤。呜呼哀哉！迁怒及人[208]，命亦不延。众庶不载[209]，竟被恶言。呜呼哀哉！祸所从来矣[210]。

【注释】

[1] 驩：同"欢"。

[2] 薄：轻视。

[3] 除窦婴门籍：取消窦婴出入宫殿门的名籍。

[4] 监：监视管理攻打齐国、赵国的军队。

[5] 条侯：周亚夫，名将绛侯周勃的次子，历仕汉文帝、汉景帝两朝，以善于治军领兵，直言持证著称。军事才华卓越，在吴楚七国之乱中，他统帅汉军。

[6] 亢：通"抗"。不敢亢礼，不敢以平常礼相待。

[7] 栗太子：景帝长子刘荣，栗姬所生，故称栗太子。

[8] 栗太子废：据《史记·外戚世家》，栗姬与景帝诸美人争宠，诸美人因景帝姊长公主刘嫖得贵幸，栗姬妒，怨及长公主。景帝七年（前150）长公主与王夫人共谗栗姬，景帝怒，贬栗太子为临江王。后栗姬以忧死，临江王坐罪自杀。

[9] 屏居：隐居。

[10] 两宫：太后和皇帝。螫：恼怒。

[11] 毋类：没有遗类，斩尽杀绝之意。

[12] 桃侯免相：景帝十四年（前143），桃侯刘舍因日食被免去丞相之职。刘舍为项羽堂弟，父亲项襄是项燕最小的儿子，项羽的叔叔。项羽败亡后归顺刘邦，赐为刘氏，封为桃侯。

[13] 不相魏其：不以魏其候为相。

[14] 持重：担负重任。

[15] 卫绾：汉文帝时，以弄车之技（指在车上表演杂技）当上郎官，迁中郎将，出为河间王太傅。汉景帝时期，从平七国之乱，升任中尉，加封为建陵侯，拜太子太傅、御史大夫。

[16] 孝景后同母弟：即王夫人同母异父的弟弟。

[17] 长陵：东西并列两座陵墓，西为高祖陵，东为吕后陵。裴骃《史记集解》："长陵山东西广百二十步，高十三丈，在渭水北，去长安城三十五里。"

[18] 诸郎：郎官。

[19] 往来：指常在魏其侯府中走动。侍酒：陪魏其侯宴饮。

[20] 晚节：晚年。

[21] 太中大夫：《汉书·百官公卿表》载："郎中令所属有太中大夫等，秩比千石，掌议论。"

[22] 盘盂：亦作"盘杅"。圆盘与方盂的并称。用于盛物。古代亦于其上刻文纪功或自励。《吕氏春秋·慎势》："功名著乎盘盂，铭篆著乎壶鉴。"田蚡擅长古文字钟鼎文之学。

[23] 镇抚：安定抚恤。计策：计策。

[24] 新欲用事为相：李笠《史记订补》考证："武安时已用事，所欲者为相耳。""欲"字应在"为相"之前。刚掌权想当丞相的意思。

[25] 卑下：对宾客谦卑有礼。

[26] 贵：使之贵。

[27] 倾魏其诸将相：胜过魏其侯所任用的将军和大臣。

[28] 建元元年：公元前140年。建元为汉武帝第一个年号，古代皇帝以年号来纪元从此开始。

[29] 籍福：先后做过窦婴、田蚡的门客，是一个有辩才的人，是一个小人物，却对事件的发展起着重要的作用。

[30] 让：辞让。

[31] 微言：婉转的透露自己的意思。风上：暗示汉武帝。

[32] 喜善疾恶：喜欢善人厌恶恶人。

[33] 毁：诋毁。

[34] 能兼容：能容下善人与恶人，方可长久为官。

[35] 今以毁去：即将因毁谤而罢官。

[36] 推毂：荐举；援引。赵绾：西汉儒生，治《诗经》的学者，申培弟子，汉武帝初年受重用。御史大夫：负责监察百官，代朝廷起草诏命文书等。

[37] 王臧：郎中令：

[38] 鲁申公：汉初名儒，姓申名培，鲁人，曾传授《诗经》。

[39] 明堂：明政教之堂，天子用以朝诸侯。

[40] 列侯就国：让列侯离开京城回到自己的封国去。

[41] 除关：废除关禁，准许随便通行。

[42] 以礼为服制：按照古礼来规定吉凶等级的服饰制度。

[43] 举适：揭发、弹劾。适：同"谪"。

[44] 毋节行：品质德行不好。

[45] 属籍：族谱，宗室的名籍。

[46] 尚公主：娶公主为妻。尚：同"上"，作"高攀"解。

[47] 毁日至窦太后：对窦婴等人的诽谤，天天传到窦太后那里。

[48] 务：务必，坚决。

[49] 无奏事东宫：不要向窦太后奏事。东宫，指窦太后，窦太后所居长乐宫在皇宫东部，故称东宫。东宫亦有国储所居之意。

[50] 柏至：地名，不详。许昌：刘邦功臣许温之孙，袭祖封为柏至侯。

[51] 武强：汉县名，在今河北武强县东北。庄青翟：刘邦功臣庄不识之孙，袭祖封为武强侯。

[52] 横：骄横。

[53] 坐丧失不办：主持丧事办理不善。

[54] 大司农：本名“治粟内史”，九卿之一，掌管粮食财政。韩安国：自幼博览群书，当时著名的辩士与学问家，是梁孝王身边的得力谋士，帮助梁孝王和汉政权化解了几次危机，深得汉景帝的信任。汉武帝时，进入汉朝中央政权的核心圈子。韩安国贪嗜钱财，但其所推荐的都是廉洁的士人，比他自己高明。

[55] 多长：多数年纪大。

[56] 富于春秋：指年轻，年轻人来日方长，故曰富。

[57] 肺腑：心腹，亲戚。京师相：与侯国相不同，是朝廷的丞相，即凭借着与皇帝的至亲关系作了丞相

[58] 非痛折节以礼诎之：折节：屈节，本指自己转变作风，谦恭下人，这里指对诸侯王以尊贵临之，使其屈节而下已。诎，同“屈”。

[59] 肃：恭敬、畏服。

[60] 起家至二千石：由在家闲居被起用，直接任命为俸禄二千石的高级官员。二千石，指朝廷中一部分高级官员和地方的郡守国相，其俸禄都是每月一百二十斛（二千石）米。权移主上：把皇帝的权力转移到自己手中。

[61] 考工：官署，掌制造器械。这句是说，田蚡曾请求武帝把考工室的地皮划给他，以扩建住宅。

[62] 武库：国家存放兵器的库房，地址靠近考工室。取武库等于造反，此为汉武帝愤怒的话。

[63] 盖：汉县名，在今山东沂水县西北。盖侯：指王信，是王太后之兄，田蚡的异母兄。这两句是说，让他的哥哥盖侯南向坐，自己东向坐。当时以东向为尊位，南向次之。桡：曲，屈尊。

[64] 甲诸第：胜过其他贵族的第宅。甲，居头等。第，府第。

[65] 曲旃（zhān）：用整幅绣帛制成的赤色曲柄旌幡，皇帝用以招贤，田蚡立曲旃是僭越行为。

[66] 颍阴：今河南许昌市。

[67] 颍阴侯婴：灌婴，刘邦的功臣，官至丞相。舍人：在权贵家任职的食客。

[68] 灌何：灌婴之子，袭其父爵为颍阴侯。

[69] 陷坚：深入敌方坚固的阵地。

[70] 若：或。

[71] 壁门：军营的门。

[72] 瘳（chōu）：疾病飞跑了。

[73] 中郎将：秦置，至西汉分五官、左、右三中郎署，品秩比二千石，低于诸将军。

[74] 莫弗称之：没有一个不称赞他。

[75] 太仆：官名，始置于春秋。秦、汉沿袭，为九卿之一，掌皇帝的舆马和马政。

[76] 长乐：长乐宫，在秦离宫兴乐宫基础上改建而成的宫殿，位于西汉长安城内东南隅，始建于高祖五年。汉高祖在位时居于此宫，汉高祖之后为太后居所。卫尉：始于秦，为九卿之一，汉朝沿袭，为统率卫士守卫宫禁之官。

[77] 轻重不得：言谈间意见不合。

[78] 使酒：因酒纵性使气，爱发酒疯。

[79] 右为上位，左为下位。

[80] 陵：侵犯侮辱。

[81] 钧：同"均"，平等。

[82] 这两句指灌夫在人多的场合推荐奖掖地位比他低的人。

[83] 多之：指推重灌夫。

[84] 任侠：凭借权威、勇力或财力等手段扶助弱小，帮助他人。

[85] 已：必，

[86] 交通：交游往来。

[87] 大猾：大奸，大恶人；亦作"大滑"。《史记·刘敬叔孙通列传》："叔孙通之降汉，从儒生弟子百余人。然通无所言进，专言诸故羣盗壮士进之。弟子皆窃骂曰：'……今不能进臣等，专言大猾，何也？'"

[88] 食客：寄食在贵族官僚家里为主人谋划、奔走的人。食客作为贵族地位和财富的象征最早出现于春秋时期，那时养客之风盛行。每一个诸侯国的公族子弟都有着大批的门客，如楚国的春申君，赵国的平原君，魏国的信陵君，齐国的孟尝君等。

[89] 为权利：扩张权势，夺取利益。

[90] 童谣用颍水来比喻灌夫家族，别看灌夫家族现在安宁，早晚有一天会如颍水一般有浑浊的时候，这就是灌夫灭亡的时候。

[91] 侍中：往来宫中奏事的官，常侍皇帝左右。有权势的宾客日益疏远他。

[92] 引绳：木工拉墨线来看木料是否方正，引申为纠举。批根：树木近根处要多加批削，引申为排斥，摈弃。生平慕之后弃之者：魏其侯失势后，想借助灌夫讽刺那些在他得势时敬慕他失势时抛弃他的人。

[93] 通：结交。为名高：抬高自己的声价。

[94] 相为引重：互相援引、借重。

[95] 无厌：从不感到厌倦。

[96] 有服：有丧服。时灌夫姐姐去世。

[97] 过：拜访。

[98] 仲孺：灌夫字。

[99] 幸临况：荣幸地光顾，"况"通"贶"，有赏光的意思。

[100] 解：推辞。

[101] 帐具：摆上器具，置办酒食。

[102] 旦日：明朝。

[103] 平明：刚天亮。

[104] 不怿：不悦。

[105] 夫以服请，宜往：意指不嫌丧服在身而约他，现在应该自己前去邀请他。

[106] 特：只不过。

[107] 鄂：同"愕"，发愣貌。

[108] 起舞属：起舞劝请。灌夫起舞致礼，并请田蚡起舞，先秦两汉宴会时多有此礼节。

[109] 从坐上语侵：在席位上以言语侵犯。

[110] 大望：非常怨恨。

[111] 老仆：含有怨愤的自称。弃：指朝廷不再征用他。

[112] 以势夺：凭借权势硬夺。

[113] 郄：同"隙"。

[114] 谩：说谎。

[115] 何与也：和他有什么相关。

[116] 请案：请查办。

[117] 阴事：不可告人的秘密。

[118] 为奸利：谋求不正当的利益。

[119] 指汉武帝建元二年（前139），淮南王刘安入朝，时田蚡任太尉，至霸上迎接，告以日后当为天子。刘安大喜，厚赠田蚡金银钱财。

[120] 避席伏：田蚡起来对客人敬酒，座位上客人都离开自己的座位，伏在地上，表示不敢当。

[121] 膝席：跪在席上，直起身子。古亦名"长跪"。

[122] 属：《汉书》作"毕"。

[123] 临汝侯：灌婴孙，灌贤。

[124] 程不识：汉代名将，时为长乐卫尉。

[125] 呫嗫（chè niè）：形容低语。

[126] 卫尉：始于秦，为九卿之一，汉朝沿袭，为统率卫士守卫宫禁之官，隋以后改掌军器、仪仗等事。

[127] 不为李将军地：不给李将军留些地步、颜面。田蚡这番话是挑拨灌夫和程不识、李广的关系。灌夫十分推崇李广，田纷有意程、李并提，扩大灌夫对立面。

[128] 坐：通"座"。更衣：称上厕所为更衣。稍稍去：渐渐溜走。

[129] 麾：同"挥"，招手。

[130] 骄：纵容。

[131] 骑：骑士，骑兵。

[132] 谢：认错、致歉。

[133] 传舍：客房。

[134] 长史：相府中主管秘书，具有幕僚性质的官员。

[135] 意谓今日召集宗室宾客宴会，是奉太后诏令。

[136] 骂坐：骂座上客人。

[137] 居室：汉代少府属官，多用以指其下属拘禁犯人的官署。

[138] 桉其前事：撤查灌夫以前的不法事。桉同"案"。

[139] 分曹：分批。

[140] 弃市：为死刑的一种，商周时即有，在人众集聚的闹市，对犯人执行死刑，以示为大众所弃。

[141] 媿，同"愧"。

[142] 为资：替灌夫出钱。请：请求宽恕。

[143] 锐身：不顾一切，挺身而出，勇于承担风险。

[144] 忤：逆，作对。

[145] 匿其家：瞒着家里人。

[146] 东朝廷辩之：去东朝当庭辨明，东朝即东宫，为皇太后所居。

[147] 盛推：极力推奖。

[148] 度：估计。

[149] 肺腑：指丞相。

[150] 倡：乐工。优：演戏者。

[151] 腹诽而心谤：在心里诽谤朝廷。

[152] 仰视天：古人仰观天象可推测一件事情的结果。这里指希望朝廷有难。

[153] 辟倪：旁视，侧目窥察，斜视窥探。两宫：指王太后和武帝。

[154] 死事：死于国事。

[155] 凌轹：欺压。

[156] 不折必披：不折断一定会分裂。比喻灌夫的势力比官府大，不除去会损害官府。

[157] 主爵都尉：在汉代位列九卿，主要负责诸侯国各王及其子孙封爵夺爵等事宜。

汲黯：为人耿直，好直谏廷诤，汉武帝称其为"社稷之臣"。

[158] 内史：主管京城的官员。郑当时：任侠善交，在梁、楚扬名，武帝时，官至右内史，在朝肯推荐贤士，但遇事不敢坚决表示自己的意见，后因在窦婴、田蚡争论中首鼠两端贬官为詹事。

[159] 局趣：局促。辕下驹：拉车的小马。

[160] 食太后：献食太后。

[161] 候伺：窥探；侦察。

[162] 藉（jí）：践踏，凌辱。

[163] 鱼肉：当做鱼肉般任意宰割。

[164] 石人：怎么能像石头人一样没有主张呢？

[165] 录录：没有主见，附和人家的话。指现在皇帝还在，那些大臣就附和窦婴，不支持田蚡。

[166] 郎中令：始置于秦，为九卿之一，掌宫廷侍卫。汉初沿置，为皇帝左右亲近的高级官职。主要职掌包括宿卫警备、管理郎官、备顾问应对、劝谏得失、郊祀掌三献、拜诸侯王公宣读策书等等。石建：石奋子，为人极谨慎。

[167] 止车门：皇宫的外门，百官上朝时，到此必须停车，步行进宫。

[168] 长孺：韩安国字。老秃翁：按照《史记索隐》理解，老秃翁指窦婴。意即和你一起对付一个老头子的意思。顾炎武曰："尔我皆垂暮之年，无所顾惜，当直言以决此事也，索隐非。"

[169] 首鼠两端：探头像老鼠一样，左顾右盼，踌躇不决或动摇不定。

[170] 何不自喜：何以如此不自爱。

[171] 解印绶：是指解下印绶。谓辞免官职。

[172] 待罪：做官的谦称，不能胜任，等待惩罚的意思。

[173] 多君有让：赞扬你有谦让的美德。

[174] 齰（zé）舌：咬舌。

[175] 贾竖：市井商贾小人。

[176] 簿责：按文簿所载，加以追问。

[177] 劾系都司空：弹劾窦婴欺君之罪，拘押在都司空。都司空：官名，主管皇帝交审的案件。

[178] 常：同"尝"，曾经。遗诏：景帝临死时的遗命。

[179] 以便宜论上：可以不按一般规定论事上奏。便宜：灵活运用。

[180] 昆弟子：兄弟的儿子、侄子。言之：言有遗诏之事。

[181] 案：核对。尚书：宫内所藏档案。

[182] 大行：古称天子死曰大行，这里指景帝驾崩的时候。

[183] 家丞封：窦婴的家臣把遗诏加封盖印。

[184] 矫：伪托、假造。

[185] 五年十月：元光五年（前130）十月。

[186] 论：论定死罪并处决。

[187] 恚（huì）：怨愤。

[188] 痱：风病，中风后遗症。一般叫风痱，类似偏枯。症见肢体瘫痪，身无痛，或有意识障碍，手足痿废而不收引，或不能言语。

[189] 恶言闻上：田蚡造流言恶语，言窦婴诽谤皇上。

[190] 专呼服谢罪：一味地说服罪谢罪的话。

[191] 巫视鬼者：能看见鬼的巫师。

[192] 子恬嗣：儿子田恬袭封武安侯。

[193] 元朔三年：公元前126年。

[194] 襜褕：古代直裾单衣，长仅蔽膝的短衣，男女通用的非正朝之服，汉服的一种款式。

[195] 不敬：下疑脱"国除"两字，《史记·惠景间侯者年表》有。

[196] 治：审理。

[197] 王前朝：淮南王前此来朝。

[198] 宫车晏驾：指皇帝死。晏：晚。皇帝当早起临朝，如宫车晚出，必有事故，故以"晏驾"为君主死亡的代称。

[199] 直：作动词用，即认为正确的意思。

[200] 一时决策：指灌夫因一时决定冲入吴军。

[201] 指窦婴的升迁是由于平定吴楚七国之乱。

[202] 日、月之际：日代指汉武帝，月代指王太后。日月之际指太后临朝，武帝尚未掌权之际。

[203] 时变：因时变化之理。指窦太后死后，魏其失去靠山，还要与武安争衡。

[204] 无术：不懂恰当的处事方法。不逊：不谦虚。

[205] 相翼：相互祖护。

[206] 负贵：依仗地位尊贵。好权：喜欢耍弄权力。

[207] 杯酒责望：为饮酒的小事而苛责怨恨。望：怨恨。

[208] 迁怒及人：田蚡把对灌夫的怨恨推移到窦婴身上。

[209] 载：通"戴"，拥护。

[210] 祸所从来矣：祸害的来源是有根源的。

【阅读指要】

《魏其武安侯列传》是魏其侯窦婴、武安侯田蚡、大将军灌夫的一部合传。司马迁开创了三人合传，三条线索共同叙事的传记写作方式。

司马迁"深恶势利之足以移易是非"是其创作的倾向性。清曾国藩《求阙斋读书録》卷三："武安之势力盛时，虽以魏其之贵戚元功而无如之何？灌夫之强力盛气而无如之何？廷臣内史等心非之而无如之何？主上不直之而无如之何？子长深恶势利之足以移易是非，故叙之沉痛如此。前言灌夫亦持武安阴事，后言夫系遂不得告言武安阴事，至篇末乃出淮南遗金财事，此亦如画龙者将毕，乃点睛之法。"

酒为一篇之眼。清汪师韩《韩门缀学》卷二："窦婴引卮酒，田蚡侍酒，灌夫使酒而终以杯酒召祸，酒乃其一篇之眼，后人读史无有指出之者。"

此文采用分叙、合叙、收叙等手法，头绪纷繁，却又井然有序，结构紧密，可以说是一部精彩的宫斗剧。过气宰相、权倾朝野的宰相与鲁莽武夫三人之间不断升级的矛盾，导致了三人的毁灭。司马迁独特的叙述视角令几千年来的读者无不掩卷慨叹。此文向我们详细展示了西汉上流社会的生存状态，即对权力的热切追求导致的人格扭曲所引发的悲剧。清杨琪光《读史记臆说》卷五："惟与仲孺引绳批根，然既薄其官于附势之客，又何为哓哓耶？遂借武安以腹诽心谤之柄，两人卒受骈诛，一之不慎，遂身败名裂，悲夫！"

李将军列传（节选）

选自《史记》卷一百九《李将军列传第四十九》。

李将军广者，陇西成纪人也[1]。其先曰李信，秦时为将，逐得燕太子丹者也。故槐里，徙成纪。广家世世受射。孝文帝十四年，匈奴大入萧关，而广以良家子[2]。从军击胡，用善骑射，杀首虏多，为汉中郎[3]。广从弟李蔡亦为郎，皆为武骑常侍，秩八百石[4]。尝从行，有所冲陷折关及格猛兽，而文帝曰："惜乎，子不遇时！如令子当高帝时，万户侯岂足道哉[5]！"

及孝景初立，广为陇西都尉，徙为骑郎将[6]。吴楚军时，广为骁骑都尉，从太尉亚夫击吴楚军，取旗，显功名昌邑下[7]。以梁王授广将军印，还，赏不行[8]。徙为上谷太守，匈奴日以合战。典属国公孙昆邪为上泣曰：

"李广才气，天下无双，自负其能，数与虏敌战，恐亡之。"于是乃徙为上郡太守。后广转为边郡太守，徙上郡。尝为陇西、北地、雁门、代郡、云中太守，皆以力战为名。

匈奴大入上郡，天子使中贵人从广勒习兵击匈奴[9]。中贵人将骑数十纵，见匈奴三人，与战[10]。三人还射，伤中贵人，杀其骑且尽。中贵人走广[11]。广曰："是必射雕者也。[12]"广乃遂从百骑往驰三人。三人亡马步行，行数十里。广令其骑张左右翼，而广身自射彼三人者，杀其二人，生得一人，果匈奴射雕者也[13]。已缚之上马，望匈奴有数千骑，见广，以为诱骑，皆惊，上山陈[14]。广之百骑皆大恐，欲驰还走。广曰："吾去大军数十里，今如此以百骑走，匈奴追射我立尽。今我留，匈奴必以我为大军诱，必不敢击我。"广令诸骑曰："前！"前未到匈奴陈二里所[15]，止，令曰："皆下马解鞍！"其骑曰："虏多且近，即有急，奈何？"广曰："彼虏以我为走，今皆解鞍以示不走，用坚其意。"于是胡骑遂不敢击。有白马将出护其兵[16]，李广上马与十余骑犇射杀胡白马将[17]，而复还至其骑中，解鞍，令士皆纵马卧[18]。是时会暮，胡兵终怪之，不敢击。夜半时，胡兵亦以为汉有伏军于旁欲夜取之，胡皆引兵而去。平旦[19]，李广乃归其大军。大军不知广所之，故弗从。

居久之，孝景崩，武帝立，左右以为广名将也，于是广以上郡太守为未央卫尉，而程不识亦为长乐卫尉[20]。程不识故与李广俱以边太守将军屯[21]。及出击胡，而广行无部伍行陈[22]，就善水草屯，舍止，人人自便，不击刀斗以自卫[23]，莫府省约文书籍事，然亦远斥候，未尝遇害[24]。程不识正部曲行伍营陈[25]，击刀斗，士吏治军簿至明，军不得休息，然亦未尝遇害。不识曰："李广军极简易，然虏卒犯之，无以禁也；而其士卒亦佚乐，咸乐为之死。我军虽烦扰，然虏亦不得犯我。[26]"是时汉边郡李广、程不识皆为名将，然匈奴畏李广之略，士卒亦多乐从李广而苦程不识。程不识孝景时以数直谏为太中大夫。为人廉，谨于文法[27]。

后汉以马邑城诱单于，使大军伏马邑旁谷，而广为骁骑将军，领属护军将军[28]。是时单于觉之，去，汉军皆无功。其后四岁，广以卫尉为将军，出雁门击匈奴。匈奴兵多，破败广军，生得广。单于素闻广贤，令曰："得李广必生致之[29]。"胡骑得广，广时伤病，置广两马间，络而盛卧广。行十余里，广详死，睨其旁有一胡儿骑善马，广暂腾而上胡儿马，因推堕儿，取其弓，鞭马南驰数十里，复得其余军，因引而入塞[30]。匈奴捕者骑数百追之，广行取胡儿弓，射杀追骑，以故得脱。于是至汉，汉下广吏。吏当广所失亡多，为虏所生得，当斩，赎为庶人[31]。

顷之，家居数岁。广家与故颍阴侯孙屏野居蓝田南山中射猎[32]。尝夜从一骑出，从人田间饮。还至霸陵亭，霸陵尉醉，呵止广[33]。广骑曰："故李将军。"尉曰："今将军尚不得夜行，何乃故也！"止广宿亭下。居无何，匈奴入杀辽西太守，败韩将军，后韩将军徙右北平[34]。于是天子乃召拜广为右北平太守。广即请霸陵尉与俱，至军而斩之。

广居右北平，匈奴闻之，号曰"汉之飞将军"，避之数岁，不敢入右北平。广出猎，见草中石，以为虎而射之，中石没镞[35]，视之石也。因复更射之，终不能复入石矣。广所居郡闻有虎，尝自射之。及居右北平射虎，虎腾伤广，广亦竟射杀之。

广廉，得赏赐辄分其麾下，饮食与士共之。终广之身，为二千石四十余年，家无余财，终不言家产事[36]。广为人长，猿臂，其善射亦天性也，虽其子孙他人学者，莫能及广。广讷口少言，与人居则画地为军陈，射阔狭以饮[37]。专以射为戏，竟死[38]。广之将兵，乏绝之处[39]，见水，士卒不尽饮，广不近水，士卒不尽食，广不尝食。宽缓不苛，士以此爱乐为用。其射，见敌急，非在数十步之内，度不中不发，发即应弦而倒。用此，其将兵数困辱，其射猛兽亦为所伤云[40]。

【注释】

[1] 成纪：甘肃省天水市秦安县。

[2] 受：学习。良家子：《索隐》："非医、巫、商贾、百工也。"

[3] 用：由于，因为。杀首：斩杀敌人首级。虏：俘虏。

[4] 从弟：堂弟。《索隐》："案：谓为郎而补武骑常侍。"秩：俸禄的等级。

[5] 冲陷：冲锋陷阵。折关：抵御、拦阻。

[6] 徙：调任。

[7] 吴楚军时：指景帝三年吴楚等七国起兵乱。亚夫：即周亚夫。

[8]《集解》："广为汉将，私受梁印，故不以赏也。"

[9] 中贵人：指宦官。勒：受约束。

[10] 将：率领。骑：骑兵。纵：放纵驰骋。

[11] 还：转。走：逃走。

[12] 射雕者：射雕的能手。雕：鹗，猛禽，非普通人能射中。

[13] 亡：通"无"。

[14] 诱骑：诱敌的骑兵。陈：同"阵"。摆开阵势。

[15] 二里所：二里左右。

[16] 护：监护。

[17] 犇：同"奔"，急走。

[18] 纵马卧：放纵马匹，随意躺下。

[19] 平旦：清晨，天刚亮。

[20] 未央：即未央宫，当时为皇帝所居。长乐：即长乐宫，当时为太后所居。

[21] 将军屯：掌管军队的驻防。

[22] 部伍：指军队的编制。行阵：行列、阵势。

[23] 刀斗：即刁斗，《集解》：孟康曰："以铜作鐎器，受一斗，昼炊饭食，夜击持行，名曰刀斗。"

[24] 莫府：即"幕府"，莫，通"幕"。省约：简化。籍：考勤或记载功过之类的簿册。远斥侯：远远地布置侦察哨。

[25] 部曲：古代军队编制，将军率领的军队，下有部，部下有曲，曲下有屯。行伍：古代军的基层编制，五人为伍，二十五人为行。营陈：即"营阵"，营地和军队的阵势。

[26] 治：办理，处理。至明：非常明察。虏：指匈奴。卒：通"猝"，突然。禁：阻挡。佚：通"逸"，安逸，安闲。

[27] 数：屡次。文法：条文法令。

[28] 领属：受统领节制。护军将军：即韩安国。

[29] 致：送。

[30] 络：用绳子编结的网兜。盛：放，装。详：通"佯"。假装。睨：斜视。暂：骤然。

[31] 下：交付。吏：指执法的官吏。当：判断，判决。赎：古代罪犯交纳财物可减免刑罚。庶人：平民。

[32] 颍阴侯孙：灌婴之孙，名强。屏野：退隐田野。屏：隐居。

[33] 尉：《索隐》：案：百官志云"尉，大县二人，主盗贼。凡有贼发，则推索寻案之"也。呵：大声喝斥。

[34] 居无何：过了不久。韩将军：韩安国。

[35] 镞：箭头。

[36] 辄：总是，就。麾下：部下。为二千石：做年俸二千石这一级的官。汉代的郡守、郎中令等都属于这个等级。猿臂：《集解》：如淳曰："臂如猿，通肩。"讷口：说话迟钝，口拙。

[37] 射阔狭以饮：《集解》：如淳曰："射戏求疏密，持酒以饮不胜者。"

[38] 《索隐》："谓终竟广身至死，以为恒也。"

[39] 乏绝：指缺水断粮。

[40] 急：逼近。用此：因此。

【阅读指要】

本篇记述汉代名将李广的生平事迹。李广是英勇善战、智勇双全，一生与匈奴战斗七十余次，常常以少胜多、县中取胜，匈奴人称之为"飞将军"。可是一生坎坷，终身未得封爵，最终含愤自杀。司马迁在行文中倾注了对李广的深切同情，并流露出对当权者的愤慨。当然，这些感情主要是在叙事中体现出来的。

此文多运处用对比手法，以射雕者的凶猛、程不识带兵的严明、吏士被匈奴围困时的面无人色，李蔡才能低下却被封侯等来映衬烘托李广，使这一人物形象展现出独具丰采的个性。通过对比，人物才能的大小、品格的高低、作者的褒贬不言而喻。

留侯世家·商山四皓

选自《史记》卷五十五《留侯世家第二十五》。

留侯从入关。留侯性多病，即道引不食谷[1]，杜门不出岁余。

上欲废太子，立戚夫人子赵王如意。大臣多谏争[2]，未能得坚决者也。吕后恐，不知所为。人或谓吕后曰："留侯善画计筴，上信用之。"吕后乃使建成侯吕泽劫留侯，曰："君常为上谋臣，今上欲易太子，君安得高枕而卧乎？"留侯曰："始上数在困急之中，幸用臣筴。今天下安定，以爱欲易太子，骨肉之间，虽臣等百余人何益。"吕泽彊要曰："为我画计。"留侯曰："此难以口舌争也。顾上有不能致者，天下有四人[3]。四人者年老矣，皆以为上慢侮人[4]，故逃匿山中，义不为汉臣。然上高此四人。今公诚能无爱金玉璧帛，令太子为书，卑辞安车[5]，因使辩士固请，宜来。来，以为客，时时从入朝，令上见之，则必异而问之。问之，上知此四人贤，则一助也。"于是吕后令吕泽使人奉太子书，卑辞厚礼，迎此四人。四人至，客建成侯所。

……

汉十二年，上从击破布军归[6]，疾益甚，愈欲易太子。留侯谏，不听，因疾不视事。叔孙太傅称说引古今，以死争太子。上详许之，犹欲易之[7]。及燕[8]，置酒，太子侍。四人从太子，年皆八十有余，须眉皓白，衣冠甚伟。上怪之，问曰："彼何为者？"四人前对，各言名姓，曰东园公，角里先生，绮里季，夏黄公。上乃大惊，曰："吾求公数岁，公辟逃我[9]，今公何自从吾儿游乎？"四人皆曰："陛下轻士善骂，臣等义不受辱，故恐而亡匿。窃闻太子为人仁孝，恭敬爱士，天下莫不延颈欲为太子死者，故臣等来耳。"上曰："烦公幸卒调护太子。"[10]

四人为寿已毕，趋去。上目送之，召戚夫人指示四人者曰："我欲易之，彼四人辅之，羽翼已成，难动矣。吕后真而主矣[11]。"戚夫人泣，上曰："为我楚舞，吾为若楚歌。"歌曰："鸿鹄高飞，一举千里。羽翮已就，横绝四海。横绝四海，当可奈何！虽有矰缴，尚安所施！"歌数阕[12]，戚夫人嘘唏流涕，上起去，罢酒。竟不易太子者，留侯本招此四人之力也。

【注释】

[1] 道引：亦作"导引"，一种活动肢体的养生术。不食谷：《集解》曰："汉书音义曰："服辟谷之药，而静居行气。"

[2] 争：同"诤"，规劝。

[3] 《索隐》：四人，四皓也，谓东园公、绮里季、夏黄公、角里先生。按：陈留志云"园公姓庾，字宣明，居园中，因以为号。夏黄公姓崔名广，字少通，齐人，隐居夏里修道，故号曰夏黄公。角里先生，河内轵人，太伯之后，姓周名术，字符道，京师号曰霸上先生，一曰角里先生"。又孔安国祕记作"禄里"。

此皆王劭据崔氏、周氏系谱及陶元亮四八目而为此说。

[4] 侮：轻慢。

[5] 安车：用一匹马拉的乘车。高官告老或征召有得望的人，常赐乘安车。

[6] 布：黥布。

[7] 详：通"佯"，假装。

[8] 燕：通"宴"，安闲。

[9] 辟：同"避"，躲避。

[10] 调护：《集解》：如淳曰："调护犹营护也。"

[11] 而：汝，你。

[12] 翮（hé）：鸟翅。矰缴：《集解》：韦昭曰："缴，弋射也。其矢曰矰。"。

　　阕：曲终，乐曲每次终止为一阕。

【阅读指要】

　　《留侯世家》写张良的一生经历。早年的张良不惜破家财刺秦，有游侠刺客之风，遇见圯上老人进履，则示隐忍之象。帮刘邦夺取天下之时，深谋远虑，规划多中，刘邦评其"运筹策帷帐中，决胜千里外"。

　　晚年的张良不争权夺利，急流勇退，明哲保身。却在保太子的困境里，出了"商山四皓"这招棋，终于打消了刘邦废太子的念头。作者成功地塑造了一个城府极深、明划深图的军师形象。

　　写实中杂有一些传奇性的描写，如张良"东见仓海君"、"得力士"，遇圯上老人授书，十三年后取谷城山下黄石祭祀，"学辟谷，道引轻身"，"欲从赤松子游"等，从而显得扑朔迷离，亦真亦幻，令人感受到古代神秘文化的魅力。行文则"简净明快，无留滞也。"（清吴见思《史记论文》）

伯夷列传（节选）

　　选自《史记》卷六十一《伯夷列传第一》。

　　或曰："天道无亲，常与善人。"[1]若伯夷、叔齐，可谓善人者非邪？积仁絜行如此而饿死[2]！且七十子之徒，仲尼独荐颜渊为好学。然回也屡空，糟糠不厌，而卒蚤夭[3]。天之报施善人，其何如哉？盗跖日杀不辜，肝人之肉[4]，暴戾恣睢，聚党数千人横行天下，竟以寿终[5]。是遵何德哉？此其尤大彰明较著者也[6]。若至近世[7]，操行不轨，专犯忌讳，而终身逸乐，富厚累世不绝。或择地而蹈之[8]，时然后出言，行不由径[9]，非公正不发愤[10]，而遇祸灾者，不可胜数也[11]。余甚惑焉，傥所谓天道[12]，是邪非邪？

【注释】

[1] 或：有人。天道无亲，常与善人：出自《老子》第七十九章。天道：天的运行规律。无亲：没有私心，没有亲疏、厚薄之分。

[2] 积仁絜行：积累仁德，使行为高洁。絜：同"洁"。

[3] 七十子：孔子授徒三千，其中通六艺者七十二人。空：空乏、穷困。糟糠：借指粗劣的食物。糟，酿酒剩的陈渣。糠，粮食之皮。不厌：吃不饱。厌，写作"餍"。饱。蚤：早。蚤夭：早死。相传颜渊二十九岁白发，三十二岁死去。

[4] 盗跖：又作盗蹠。《正义》：按：跖者，黄帝时大盗，并音之石反之名。以柳下惠弟为天下大盗，故世放古，号之盗跖。肝人之肉：脍人肝脏当肉吃。《索隐》：按：庄子云"跖方休卒太山之阳，脍人肝而餔之"。

[5] 暴戾（lì）恣（zì）睢（suī）：《索隐》：暴戾谓凶暴而恶戾也。恣睢谓恣行为睢恶之貌也。《正义》：睢，仰白目，怒貌也。

[6] 彰明较著：形容非常明显、显著。较，明也。

[7] 近世：实指当世。

[8] 择地而蹈之：选好地方才肯迈步。不敢轻举妄动。《索隐》：谓不仕暗君，不饮盗泉，裹足高山之顶，窜迹沧海之滨是也。《正义》：谓北郭骆、鲍焦等是也。

[9] 时然后出言：在恰当的时候说话。行不由径：不从小路行走，比喻光明正大。径，小路。引申为邪路。《索隐》：按：论语澹台灭明之行也。

[10] 非公正不发愤：不是为了主持公正，就不表露愤懑。《索隐》：谓人臣之节，非公正之事不感激发愤。

[11] 《索隐》：或出忠言，或致身命，而卒遇祸灾者，不可胜数。谓龙逢、比干、屈平、伍胥之属是也。

[12] 《正义》：傥，未定之词也。为天道不敢旳言是非，故云傥也。

【阅读指要】

此篇为列传之首，甚是重要。其文满纸赞论、咏叹夹以叙事。名为传纪，实则传论。以论代传，全文抒情性浓郁，是"无韵之离骚"的代表作。清吴见思《史记论文》："如长江大河，前后风涛重叠，而中有澄湖数顷，波平若黛，正以相间出奇。""通篇纯以议论咏叹，回环跌宕，一片文情极其纯密。"

清吴楚材、吴调侯《古文观止》卷五："传体先叙后赞，此以议论代叙事，篇末不用赞语，此变体也。通篇以孔子作主，由、光、颜渊作陪客，杂引经传，层间叠发，纵横变化，不可端倪，真文章绝唱。"

司马迁难以抑制地抒发了对现实社会颠倒黑白，善恶不分，摧残人才等现象的愤慨与不平之情。他质问"天道无亲，常与善人"的说法，天道真的赏善罚恶吗？可谓千古之问。他思考：为善者无人提携记录即磨灭于历史风云之中。故而作者借此引出自己作为史家的责任与最后觉悟——"欲传砥行立名者"。

汉书

公孙弘

选自《汉书·公孙弘卜式兒宽传》。

公孙弘，菑川薛人也。……时方通西南夷，巴蜀苦之，诏使弘视焉。还奏事，盛毁西南夷无所用，上不听。每朝会议，开陈其端，使人主自择，不肯面折庭争。于是上察其行慎厚，辩论有余，习文法吏事，缘饰以儒术[1]，上说之，一岁中至左内史[2]。弘奏事，有所不可，不肯庭辩[3]。常与主爵都尉汲黯请间，黯先发之，弘推其后，上常说，所言皆听，以此日益亲贵[4]。尝与公卿约议，至上前，皆背其约以顺上指[5]。汲黯庭诘弘曰："齐人多诈而无情，始为与臣等建此议，今皆背之，不忠[6]。"上问弘，弘谢曰："夫知臣者以臣为忠，不知臣者以臣为不忠。"上然弘言。左右幸臣每毁弘，上益厚遇之。

弘为人谈笑多闻[7]，常称以为人主病不广大，人臣病不俭节[8]。养后母孝谨，后母卒，服丧三年。为内史数年，迁御史大夫。时又东置苍海，北筑朔方之郡[9]。弘数谏，以为罢弊中国以奉无用之地[10]，愿罢之。于是上乃使朱买臣等难弘置朔方之便。发十策，弘不得一[11]。弘乃谢曰："山东鄙人，不知其便若是，愿罢西南夷、苍海，专奉朔方。"上乃许之[12]。

汲黯曰："弘位在三公，奉禄甚多，然为布被，此诈也[13]。"上问弘，弘谢曰："有之。夫九卿与臣善者无过黯，然今日庭诘弘，诚中弘之病。夫以三公为布被，诚饰诈欲以钓名[14]。且臣闻管仲相齐，有三归，侈拟于君[15]，桓公以霸，亦上僭于君。晏婴相景公，食不重肉，妾不衣丝，齐国亦治，亦下比于民[16]。今臣弘位为御史大夫，为布被，自九卿以下至于小吏无差，诚如黯言[17]。且无黯，陛下安闻此言？"上以为有让，愈益贤之[18]。

元朔中，代薛泽为丞相[19]。先是，汉常以列侯为丞相，唯弘无爵，上于是下诏曰："朕嘉先圣之道，开广门路，宣招四方之士，盖古者任贤而序位，量能以授官，劳大者厥禄厚，德盛者获爵尊，故武功以显重，而文德以行褒。其以高成之平津乡户六百五十封丞相弘为平津侯[20]。"其后以为故事，至丞相封，自弘始也[21]。

……

赞曰：公孙弘、卜式、儿宽皆以鸿渐之翼困于燕爵，远迹羊豕之间[22]，非遇其时，焉能致此位乎？是时，汉兴六十余载，海内艾安，府库充实，而四夷未宾，制度多阙。上方欲用文武，求之如弗及，始以蒲轮迎枚生，见主父而叹息[23]。群士慕向，异人并出。卜式拔于刍牧，弘羊擢于贾竖，卫青奋于奴仆，日䃅出于降虏，斯亦曩时版筑饭牛之（明）〔朋〕已[24]。汉之得人，于兹为盛，儒雅则公孙弘、董仲舒、儿宽，笃行则石建、石庆，质直则汲黯、卜式，推贤则韩安国、郑当时，定令则赵禹、张汤，文章则司马迁、相如，滑稽则东方朔、枚皋，应对则严助、朱买臣，历数则唐都、洛下闳，协律则李延年，运筹则桑弘羊，奉使则张骞、苏武，将率则卫青、霍去病，受遗则霍光、金日䃅，其余不可胜纪[25]。是以兴造功业，制度遗文，后世莫及。孝宣承统，纂修洪业，亦讲论六艺，招选茂异，而萧望之、梁丘贺、夏侯胜、韦玄成、严彭祖、尹更始以儒术进，刘向、王褒以文章显，将相则张安世、赵充国、魏相、丙吉、于定国、杜延年，治民则黄霸、王成、龚遂、郑弘、召信臣、韩延寿、尹翁归、赵广汉、严延年、张敞之属，皆有功迹见述于世。参其名臣，亦其次也[26]。

【注释】

[1] 习文法吏事：按公孙弘少时曾为狱吏。师古曰："缘饰者，譬之于衣，加纯缘者。"

[2] 说：通"悦"。左内史：官名。内史掌京哉地方。汉景帝时分左右内史。

[3] 庭辩：师古曰："不于朝廷显辩论之。"

[4] 请间：师古曰："求空隙之暇。"黯先发之，弘推其后：汲黯先发言，公孙弘推测上意而随后发之。

[5] 约：要约，商定。指：通"旨"，意旨。

[6] 庭诘：在朝廷诘难。

[7] 师古曰："善于谈笑而又多闻也。谈字或作诙，音恢，谓啁也，善啁谑也。"

[8] 病：犹忧。

[9] 苍海：一作沧海，郡名。在今朝鲜半岛。朔方郡：治所在朔方（在今内蒙古乌拉特前旗东南）。

[10] 罢：读曰疲。

[11] 师古曰："言其利害十条，弘无以应之。"

[12] 许之：指罢免置朔方郡。

[13] 三公：指丞相、太尉、御史大夫。时公孙弘为御史大夫，故称其三公。俸禄甚多：汉制，三公号称万石，其俸月各三百五十斛谷。故弃"俸禄甚多"。布被：布制的被子。

[14] 钓名：师古曰："钓，取也。言若钓鱼之谓也。"

[15] 三归：师古曰："三归，取三姓女也。妇人谓嫁曰归。"拟：言相似。

[16] 晏婴：字平仲，春秋时齐国大夫，继为齐卿，历仕灵公、庄公、景公三世。比：近。

[17] 差：差别。

[18] 让：谦让。

[19] 元朔：汉武帝年号（前128—前123）。为丞相：弘为相，在元朔五年（前124）。

[20] 高成：县名。属勃海郡，在今河北盐山县东南。

[21] 故事：旧事，先例。

[22] 鸿，大鸟。渐，进也。燕爵：燕雀。远迹：远窜其迹。

[23] 师古曰："艾读曰乂。"枚生：枚乘。蒲轮：古时迎聘贤士，以蒲草包裹车轮，使车子行走时减少颠簸，坐起来安稳舒适。主父：主父偃。

[24] 弘羊：桑弘羊。日䃅：金日䃅。版筑饭牛：师古曰："版筑，傅说也。饭牛，甯戚也。已，语终辞也。明：当作"朋"。

[25] 运筹：划策。受遗：受先帝之遗命。纪：记也。

[26] 茂异：茂才异等之简称，汉代选拔人才的科目之一。参：考察之意。其：指汉武帝。
其次：谓次于武帝时之臣。

【阅读指要】

本传叙述公孙弘、卜式、兒宽等人的事迹，是一篇曲学阿世者的类传。公孙弘，少为狱吏，中年学《春秋》杂说，其贤良对策以"和"为主旨，曲学阿世，且善顺从武帝之意。传末论公孙弘等"非遇其时，焉能致此位乎？"又统论"汉之得人，于兹为盛"，盘点了一番，颇可观当时人才辈出的气象。

朱买臣

选自《汉书·严朱吾丘主父徐严终王贾传》。

朱买臣字翁子，吴人也。家贫，好读书，不治产业，常艾薪樵，卖以给食[1]，担束薪，行且诵书。其妻亦负戴相随，数止买臣毋歌呕道中[2]。买臣愈益疾歌，妻羞之，求去。买臣笑曰："我年五十当富贵，今已四十余矣。女苦日久，待我富贵报女功[3]。"妻恚怒曰："如公等，终饿死沟中耳，何能富贵？"买臣不能留，即听去。其后，买臣独行歌道中，负薪墓间。故妻与夫家俱上冢，见买臣饥寒，呼饭饮之[4]。

后数岁，买臣随上计吏为卒，将重车至长安[5]，诣阙上书，书久不报。待诏公交车，粮用乏，上计吏卒更乞丐之[6]。会邑子严助贵幸，荐买臣。召见，说春秋，言楚词，帝甚说之[7]，拜买臣为中大夫，与严助俱侍中。是时方筑朔方，公孙弘谏，以为罢敝中国[8]。上使买臣难诎弘，语在弘传。

后买臣坐事免，久之，召待诏。是时，东越数反覆[9]，买臣因言："故东越王居保泉山[10]，一人守险，千人不得上。今闻东越王更徙处南行，去泉山五百里，居大泽中[11]。今发兵浮海，直指泉山，陈舟列兵，席卷南行，可破灭也。"

上拜买臣会稽太守。上谓买臣曰："富贵不归故乡，如衣绣夜行，今子何如[12]？"买臣顿首辞谢。诏买臣到郡，治楼船，备粮食、水战具，须诏书到[13]，军与俱进。初，买臣免，待诏，常从会稽守邸者寄居饭食[14]。拜为太守,买臣衣故衣,怀其印绶,步归郡邸。直上计时,会稽吏方相与群饮[15],不视买臣。买臣入室中,守邸与共食,食且饱,少见其绶[16]。守邸怪之,前引其绶,视其印,会稽太守章也。守邸惊,出语上计掾吏。皆醉,大呼曰:"妄诞耳[17]!"守邸曰:"试来视之。"其故人素轻买臣者入〔内〕视之[18],还走,疾呼曰:"实然!"坐中惊骇,白守丞[19],相推排陈列中庭拜谒。买臣徐出户。有顷,长安厩吏乘驷马车来迎,买臣遂乘传去[20]。会稽闻太守且至,发民除道,县吏并送迎,车百余乘。入吴界,见其故妻、妻夫治道。买臣驻车,呼令后车载其夫妻,到太守舍,置园中,给食之。居一月,妻自经死,买臣乞其夫钱[21],令葬。悉召见故人与饮食诸尝有恩者,皆报复焉[22]。

居岁余,买臣受诏将兵,与横海将军韩说等俱击破东越[23],有功。征入为主爵都尉,列于九卿[24]。

【注释】

[1] 师古曰:"艾读曰刈。给,供也。"

[2] 呕:读曰讴。

[3] 女:通"汝"。

[4] 饭饮之:犹言饮食之。

[5] 将车:犹扶车。重车:载衣食具曰重车。

[6] 更:更加。乞丐之:以之为乞丐。

[7] 说:读曰悦。

[8] 筑朔方:朔方筑于元朔三年(前126)。罢:读曰疲。

[9] 东越数反覆:详见《汉书·闽越传》。

[10] 保:保守之以自固。泉山:后称清源山,在今福建泉州市。

[11] 大泽中:指今台湾海峡。

[12] 此本是项羽语。

[13] 须:待也。

[14] 会稽守邸:会稽守在京之公馆。

[15] 直:读曰值。

[16] 守邸:指守邸之人。见,显示也。

[17] 诞:大言。

[18] 入内：即入室。

[19] 守丞：即会稽守邸丞。统属于大鸿胪之郡邸长丞（陈直说）。

[20] 张晏曰："故事，大夫乘官车驾驷，如今州牧刺史矣。"乘传：乘坐官车。

[21] 自经：上吊。乞（qì）：给予。

[22] 报复：报恩。

[23] 师古曰："说读曰悦。"

[24] 主爵都尉：汉官名。掌有关封爵之事。武帝时改名右扶风，成为地方行政长官，
又变为行政区之名。

【阅读指要】

这是一篇文学之士的类传。此文写朱买臣先贱后贵的故事，颇有趣味。尤善
于对比衬托，表现了人情世态的变化和荒诞色彩。

杨胡朱梅云传

选自《汉书·杨胡朱梅云传》。

杨王孙者，孝武时人也。学黄老之术，家业千金，厚自奉养生，
亡所不致[1]。及病且终，先令其子[2]，曰："吾欲赢葬，以反吾真[3]，
必亡易吾意[4]。死则为布囊盛尸，入地七尺，既下，从足引脱其囊，
以身亲土。"其子欲默而不从，重废父命，欲从，心又不忍，乃往见.王
孙友人祁侯。

……

胡建字子孟，河东人也[5]。孝武天汉中，守军正丞[6]，贫亡车马，
常步与走卒起居，所以尉荐走卒，甚得其心[7]。时监军御史为奸，穿
北军垒垣以为贾区[8]，建欲诛之，乃约其走卒曰[9]："我欲与公有所诛，
吾言取之则取，斩之则斩。"于是当选士马日，监御史与护军诸校列
坐堂皇上，建从走卒趋至堂皇下拜谒，因上堂〔皇〕，走卒皆上，建
指监御史曰："取彼。"走卒前曳下堂皇。建曰："斩之。"遂斩御
史[10]。护军诸校皆愕惊，不知所以。建亦已有成奏在其怀中，遂上奏
曰：……建繇是显名[11]。

· 316 ·

朱云字游，鲁人也，徙平陵[12]。……至成帝时，丞相故安昌侯张禹以帝师位特进，甚尊重[13]。云上书求见，公卿在前。云曰："今朝廷大臣上不能匡主，下亡以益民，皆尸位素餐[14]，孔子所谓"鄙夫不可与事君"，"苟患失之，亡所不至"者也[15]。臣愿赐尚方斩马剑，断佞臣一人以厉其余[16]。"上问："谁也？"对曰"安昌侯张禹。"上大怒，曰："小臣居下讪上，廷辱师傅[17]，罪死不赦。"御史将云下，云攀殿槛，槛折[18]。云呼曰："臣得下从龙逄、比干游于地下，足矣[19]！未知圣朝何如耳？"御史遂将云去。于是左将军辛庆忌免冠解印绶，叩头殿下曰："此臣素着狂直于世[20]。使其言是，不可诛；其言非，固当容之。臣敢以死争。"庆忌叩头流血。上意解，然后得已。及后当治槛，上曰："勿易！因而辑之，以旌直臣。[21]"

【注释】

[1] 亡所不致：凡奉养难得之物皆能致之以自供。亡："无"。致：至。

[2] 先令：为遗令。

[3] 师古曰："赢者，不为衣衾棺椁者也。反，归也。真者，自然之道也。"赢：通"裸"。

[4] 亡：无。易：改变。

[5] 河东：郡名。治安邑（今山西夏县西北）。

[6] 天汉：汉武帝年号。守：犹"摄"。守军正丞：兼摄北军正丞。

[7] 慰荐：犹慰藉。

[8] 贾区：卖物的小屋。贾（gǔ）：坐卖曰贾。

[9] 约：约束。

[10] 御史：当作"监御史"。

[11] 繇：由。

[12] 平陵：县名。在今陕西咸阳市西。

[13] 张禹（？—113）：字伯达，赵国襄地的人。从汉明帝永平八年，张禹被推举为孝廉起，至永初五年，因君臣不和，免去了他安乡侯的爵位，一直在朝中当官。《汉书》卷八十一有其传。特进：官名。西汉后期始置，以授列侯中有特殊地位者，得自辟僚属。

[14] 师古曰："尸，主也。素，空也。尸位者，不举其事，但主其位而已。素餐者，

德不称官，空当食禄。"

[15] "鄙夫不可与事君"：此取《论语·阳货篇》"鄙夫可与事君也与哉"之意。"苟患失之"二句：见《论语·阳货篇》。亡所不至：无所不至，谓无所不用其极。

[16] 师古曰："尚方，少府之属官也，作供御器物，故有斩马剑，剑利可以斩马也。"厉：激励，此处有"警戒"之意。

[17] 讪：谤。

[18] 槛：轩前栏。

[19] 关龙逢，桀臣；王子比干，纣之诸父：皆以谏而死。

[20] 着：表。

[21] 师古曰："辑与集同，谓补合之也。旌，表也。"

【阅读指要】

本传叙述杨王孙、胡建、朱云、梅福、云敞等五人的言行。这是一篇"狂狷者"的类传。

这五个人都颇有个性，在《汉书》里也算别具一格。本文选择三人的部分事迹，以供参考。杨王孙有钱却提倡裸葬；胡建，身为小吏，敢斩监御史；朱云，因弹劾丞相张禹而折槛。能抓住人物性格的主要特征塑造人物，达到传神写照的效果。

霍光、金日磾

选自《汉书·霍光金日磾传》。

（霍）光为人沉静详审，长财七尺三寸[1]，白皙，疏眉目，美须[2]。每出入下殿门，止进有常处，郎仆射窃识视之，不失尺寸[3]，其资性端正如此。初辅幼主，政自己出[4]，天下想闻其风采。

……

宣帝始立，谒见高庙，大将军光从骖乘，上内严惮之，若有芒刺有背[5]。后车骑将军张安世代光骖乘，天子从容肆体[6]，甚安近焉。及光身死而宗族竟诛，故俗传之曰："威震主者不畜[7]，霍氏之祸萌于骖乘。"

金日磾字翁叔[8]，本匈奴休屠王太子也[9]。武帝元狩中，票骑将军霍去病将兵击匈奴右地，多斩首，虏获休屠王祭天金人。其夏，票骑复西过居延，攻祁连山[10]，大克获。于是单于怨昆邪、休屠居西方多为汉所破[11]，召其王欲诛之。昆邪、休屠恐，谋降汉。休屠王后悔，昆邪王杀之，并将其衆降汉。封昆邪王为列侯。日磾以父不降见杀，与母阏氏、弟伦俱没入官，输黄门养马[12]，时年十四矣。久之，武帝游宴见马[13]，后宫满侧。日磾等数十人牵马过殿下，莫不窃视[14]，至日磾独不敢。日磾长八尺二寸[15]，容貌甚严，马又肥好，上异而问之，具以本状对。上奇焉，即日赐汤沐衣冠，拜为马监[16]，迁侍中驸马都尉光禄大夫。日磾既亲近，未尝有过失，上甚信爱之，赏赐累千金，出则骖乘，入侍左右。贵戚多窃怨，曰："陛下妄得一胡儿，反贵重之！"上闻，愈厚焉。日磾母教诲两子，甚有法度，上闻而嘉之。病死，诏图画于甘泉宫，署曰"休屠王阏氏。"[17]日磾每见画常拜，乡之涕泣，然后乃去[18]。日磾子二人皆爱，为帝弄儿，常在旁侧[19]。弄儿或自后拥上项[20]，日磾在前，见而目之[21]。弄儿走且啼曰："翁怒[22]。"上谓日磾"何怒吾儿为？"其后弄儿壮大，不谨，自殿下与宫人戏，日磾适见之，恶其淫乱，遂杀弄儿。弄儿即日磾长子也。上闻之大怒，日磾顿首谢，具言所以杀弄儿状。上甚哀，为之泣，已而心敬日磾。

【注释】

[1] 沉静详审：沉着谨慎。财：同"才"。七尺三寸：约合今 168 厘米。

[2] 师古曰："晳，洁白也。，颊毛也。"

[3] 郎仆射：郎官的首领。识（zhì）：记住。

[4] 自：从。

[5] 骖（cān）乘：陪乘。严：十分，非常。芒刺：草木上的小刺。

[6] 从容肆体：身体舒展，毫无拘束之意。

[7] 畜（xù）：容留之意。

[8] 金日磾（mī dī）：原匈奴人。

[9] 休屠（chǔ）：匈奴族部落首领之一。

[10] 居延：邑名。在今甘肃额济纳旗。祁连山：山名。在今祁连山脉中部。

[11] 昆（kún）邪王：匈奴族部落首领之一。

[12] 阏氏（yān zhī）：匈奴王后的称号。黄门：官署名。备乘舆，养狗马。

[13] 师古曰："方于宴游之时，而召阅诸马。"

[14] 窃视：指偷看宫人。

[15] 长八尺二寸：约合今身高 189 公分。

[16] 马监：官名。负责养马，黄门令的属官。

[17] 署：题字。

[18] 乡：同"向"。

[19] 弄儿：供戏弄的幼童。

[20] 拥：抱也。

[21] 目：这里指瞪着眼。

[22] 翁：老头子，这里指父。

【阅读指要】

本传叙述霍光、金日（附其子金安上）的事迹。这篇可以说是武帝托孤重臣的合传。

霍光，霍去病的异母弟。出入禁闼二十余年。"小心谨慎，未尝有过"，颇受武帝亲信。身后，霍氏以谋反罪，族诛。本文选取了二个小片段，以见其个性，以及为汉宣帝所忌的往事，反映了皇权与权臣的矛盾。

金日磾，本是匈奴休屠王太子，入汉后，侍从武帝尽职，赐姓金。后预防并擒获谋刺武帝的莽何罗兄弟，愈得武帝亲信，故得封为秺侯，与霍光等同受遗诏辅少主。昭帝初病死。节选部分突出了其谨慎小心以避祸的性格。

李陵、苏武

选自《汉书·李广苏建传》。

初，武与李陵俱为侍中，武使匈奴明年，陵降，不敢求武[1]。久之，单于使陵至海上，为武置酒设乐，因谓武曰："单于闻陵与子卿素厚，故使陵来说足下，虚心欲相待。终不得归汉，空自苦亡人之地，信义安所见乎？前长君为奉车[2]，从至雍棫阳宫，扶辇下除，触柱折辕，劾大不敬，伏剑自刎，赐钱二百万以葬[3]。孺卿从祠河东后土[4]，宦骑与黄门驸马争[5]，推堕驸马河中溺死，宦骑亡，诏使孺卿逐捕不得，惶恐饮药而死[6]。来时，大夫人已不幸，陵送葬至阳陵[7]。子卿妇年少，闻已更嫁矣。独有女弟二人[8]，两女一男，今复十余年，存亡不可知。人生如朝露，何久自苦如此！陵始降时，忽忽如狂，自痛负汉，加以老母系保宫[9]，子卿不欲降，何以过陵？且陛下春秋高，法令亡常，大臣亡罪夷灭者数十家，安危不可知，子卿尚复谁为乎？愿听陵计，勿复有云。"武曰："武父子亡功德，皆为陛下所成就，位列将，爵通侯，兄弟亲近[10]，常愿肝脑涂地。今得杀身自效，虽蒙斧钺汤镬[11]，诚甘乐之。臣事君，犹子事父也，子为父死亡所恨。愿勿复再言。"陵与武饮数日，复曰："子卿壹听陵言。"武曰："自分已死久矣！王必欲降武，请毕今日之欢，效死于前！[12]"陵见其至诚，喟然叹曰："嗟乎，义士！陵与卫律之罪上通于天。"因泣下霑衿，与武决去[13]。

陵恶自赐武[14]，使其妻赐武牛羊数十头。后陵复至北海上，语武："区脱捕得云中生口[15]，言太守以下吏民皆白服，曰上崩。"武闻之，南乡号哭，欧血，且夕临[16]。

数月，昭帝即位。数年，匈奴与汉和亲。汉求武等，匈奴诡言武死[17]。后汉使复至匈奴，常惠请其守者与俱，得夜见汉使，具自陈道。教使者谓单于，言天子射上林中，得雁，足有系帛书，言武等在某泽中[18]。使者大喜，如惠语以让单于。单于视左右而惊，谢汉使曰[19]："武等实在。"于是李陵置酒贺武曰："今足下还归，扬名于匈奴，功显于汉室，虽古竹帛所载，丹青所画，何以过子卿！陵虽驽怯，令汉且贳陵罪，全其老母，使得奋大辱之积志[20]，庶几乎曹柯之盟，此陵宿昔之所不忘也[21]。收族陵家，为世大戮[22]，陵尚复何顾乎？已矣！令子卿知吾心耳。异域之人，壹别长绝[23]！"陵起舞，歌曰："径万里兮度沙幕，为君将兮奋匈奴。路穷绝兮矢刃摧，士众灭兮名已隤[24]。老母已死，虽欲报恩将安归！"陵泣下数行，因与武决。单于召会武官属，前以降及物故，凡随武还者九人[25]。

【注释】

[1] 求：求见。

[2] 长君：苏武之兄苏嘉的字。奉车：奉车都尉。

[3] 雍：县名。在今陕西凤翔南。棫（yù）阳宫：在雍东。除：师古曰："除谓门屏之间。"。劾（hé）：弹劾。大不敬：罪名。对天子不敬之罪。自刎：自断其颈。

[4] 孺卿：苏武之弟苏贤的字。

[5] 师古曰："宦骑，宦者而为骑也。黄门驸马，天子驸马之在黄门者。驸，副也。"
　　驸马：驸（副）马都尉之简称，掌管皇帝的副车马。

[6] 祠：祭祠。河东：郡名。治安邑（今山西夏县西北）。后土：地神。

[7] 太夫人：指苏武之母。不幸：谓死。陵阳陵：县名。县治在今陕西高陵西南。

[8] 妇：言妻。女弟：妹妹。

[9] 保宫：原名居室，囚禁犯罪的大臣及其家属之处。师古曰："百官公卿表云少
　　府属官有居室，武帝太初元年更名保宫。"

[10] 亲近：言为皇帝亲近之臣。

[11] 钺（yuè）：大斧。镬（huò）：原为鼎，后指锅。

[12] 分（fèn）：应分。驩：同"欢"。效：致也。

[13] 诀：诀别。

[14] 恶（wù）：耻于，不好意思。

[15] 区（ōu）脱：匈奴语，立于边界的土堡岗哨。生口：活人，这里指俘虏。

[16] 乡：同"向"。欧：呕。临（lìn）：哭吊。

[17] 诡言：谎言。

[18] 上林：苑名，在今西安市西南。帛书：写在帛（绸或绢）上的信。某泽：史
　　佚其名。

[19] 让：责也。谢：致歉，认错。

[20] 古竹帛：指史书。丹青：本是色彩，用以指绘画。驽（nú）：本是劣马，这
　　里是自谦词。令：假使。贳（shì）：宽恕。

[21] 李奇曰："欲劫单于，如曹刿劫齐桓公柯盟之时。"宿昔：即夙夜。夙、宿同音，
　　夜、昔古叠韵。

[22] 戮（lù）：耻辱。

[23] 径：经过。长绝：永别。

[24] 隤（tuì）：同"颓"，败坏。

[25] 召会：集聚。物故：死亡

【阅读指要】

　　《李广苏建传》这篇是《汉书》中的名篇。堪称汉绝盛事、绝世文。明茅坤：
"武之仗节，为汉绝盛事，而班椽亦为汉绝世文。"

　　重点写李广、李陵、苏武事迹，具有强烈的悲剧色彩。文中盛赞苏武之节而

不满李陵的两可。李陵不得已而降匈奴，汉武帝听信传言将其家口全部处死，从而使李陵断绝了返汉的念头，文中极写其投降变节后的复杂心态，写出了其矛盾心理和行动上的摇摆犹豫，并与苏武作对比，极写苏武的忠贞坚韧，大节不亏。

行文用笔细密，体现了《汉书》精细谨严的笔法。刘熙载云"苏子由称太史公'疏荡有奇气'；刘彦和称班孟坚'裁密而思靡'。'疏'、'密'二字，其用不可胜穷。"（《艺概·文概》）清赵翼《廿二史札记》："叙次精采，千载下犹有生气，合之李陵传，慷慨悲凉，使迁为之，恐亦不能过也。"

吴越春秋·伍子胥蒙难记（节选）

节选自《吴越春秋·王僚使公子光传》。题目为编者自加。

伍员奔宋，道遇申包胥[1]，谓曰："楚王杀吾兄父，为之奈何？"申包胥曰："於乎[2]！吾欲教子报楚，则为不忠；教子不报，则为无亲友也。子其行矣[3]，吾不容言。"子胥曰："吾闻父母之仇，不与戴天履地[4]；兄弟之仇，不与同域接壤；朋友之仇，不与邻乡共里[5]。今吾将复楚辜[6]，以雪父兄之耻。"申包胥曰："子能亡之，吾能存之；子能危之，吾能安之。"胥遂奔宋。

宋元公无信于国，国人恶之。大夫华氏谋杀元公，国人与华氏因作大乱[7]。子胥乃与太子建俱奔郑，郑人甚礼之。太子建又适晋，晋顷公[8]曰："太子既在郑，郑信太子矣。太子能为内应而灭郑，即以郑封太子。"太子还郑，事未成，会欲私其从者[9]，从者知其谋，乃告之于郑。郑定公与子产诛杀太子建[10]。

建有子名胜，伍员与胜奔吴。到昭关[11]，关吏欲执之，伍员因诈曰："上所以索我者，美珠也。今我已亡矣，将去取之[12]。"关吏因舍之。

与胜行去，追者在后，几不得脱。至江[13]，江中有渔父乘船从下方溯水而上[14]。子胥呼之，谓曰："渔父渡我！"如是者再。渔父欲渡之，适会旁有人窥之，因而歌曰：

"日月昭昭乎侵已驰，与子期乎芦之漪[15]。"

子胥即止芦之漪。渔父又歌曰：

"日已夕兮，予心忧悲；月已驰兮，何不渡为[16]？事寖急兮，当奈何？"子胥入船。渔父知其意也，乃渡之千浔之津[17]。

子胥既渡，渔父乃视之有其饥色。乃谓曰："子俟我此树下，为子取饷[18]。"渔父去后，子胥疑之，乃潜身于深苇之中。有顷，父来，持麦饭、鲍鱼羹、盎浆[19]，求之树下，不见，因歌而呼之，曰："芦中人，芦中人，岂非穷士乎？"如是至再，子胥乃出芦中而应。渔父曰："吾见子有饥色，为子取饷，子何嫌哉？"子胥曰："性命属天，今属丈人，岂敢有嫌哉[20]？"

二人饮食毕，欲去，胥乃解百金之剑以与渔者[21]："此吾前君之剑，中有七星[22]，价直百金[23]，以此相答。"渔父曰："吾闻楚之法令：得伍胥者，赐粟五万石，爵执圭[24]，岂图取百金之剑乎？"遂辞不受。谓子胥曰："子急去勿留，且为楚所得？"胥曰："请丈人姓字。"渔父曰："今日凶凶，两贼相逢，吾所谓渡楚贼也[25]。两贼相得，得形于默，何用姓字为？子为芦中人，吾为渔丈人，富贵莫相忘也。"子胥曰："诺。"既去，诫渔父曰："掩子之盎浆，无令其露。"渔父诺。子胥行数步，顾视渔者已覆船自沉于江水之中矣。

子胥默然，遂行至吴。疾于中道，乞食溧阳[26]。适会女子击绵于濑水之上，筥中有饭[27]。子胥遇之，谓曰："夫人可得一餐乎[28]？"女子曰："妾独与母居，三十未嫁，饭不可得。"子胥曰："夫人赈穷途少饭，亦何嫌哉？"女子知非恒人，遂许之，发其箪筥，饭其盎浆，长跪而与之[29]。子胥再餐而止。女子曰："君有远逝之行，何不饱而餐之？"子胥已餐而去，又谓女子曰："掩夫人之壶浆，无令其露。"女子叹曰："嗟乎！妾独与母居三十年，自守贞明，不愿从适，何宜馈饭而与丈夫[30]？越亏礼仪，妾不忍也。子行矣。"子胥行，反顾，女子已自投于濑水矣。于乎！贞明执操，其丈夫女哉[31]！

子胥之吴，乃被发佯狂[32]，跣足涂面，行乞于市，市人观罔有识者[33]。翌日，吴市吏善相者见之，曰："吾之相人多矣，未尝见斯人也，非异国之亡臣乎[34]？"乃白吴王僚，具陈其状。"王宜召之。"王僚曰："与之俱入。"

公子光闻之，私喜曰："吾闻楚杀忠臣伍奢，其子子胥勇而且智，彼必复父之仇来入于吴。"阴欲养之。

市吏于是与子胥俱入见王，王僚怪其状伟：身长一丈，腰十围，眉间一尺[35]。王僚与语三日，辞无复者。王曰："贤人也！"子胥知王好之，每入语语，遂有勇壮之气，稍道其仇，而有切切之色。王僚知之，欲为兴师复仇。

公子谋杀王僚，恐子胥前亲于王而害其谋，因谗"伍胥之谏伐楚者，非为吴也，但欲自复私仇耳。王无用之[36]。"

子胥知公子光欲害王僚，乃曰："彼光有内志，未可说以外事[37]。"入见王僚，曰："臣闻诸侯不为匹夫兴师用兵于比国[38]。"王僚曰："何以言之？"子胥曰："诸侯专为政，非以意救急后兴师。今大王践国制威，为匹夫兴兵，其义非也。臣固不敢如王之命[39]。"吴王乃止。

子胥退耕于野，求勇士荐之公子光，欲以自媚。乃得勇士专诸[40]。

【注释】

[1] 申包胥：又作"申鲍胥"，春秋时楚国大夫，姓公孙，封于申而以申为氏，故称申包胥。楚昭王十年（前506），伍员以吴军攻楚入郢，他到秦国求救，哭于秦廷七日七夜，终于使秦发兵救楚，败吴军。

[2] 於（wū）乎：同"呜呼"。

[3] 其：表示命令、劝告的语气副词。

[4] 不与戴天履地：即"不共戴天"，不与之并存于世。

[5] 不与邻乡共里：不与之相邻于乡，共处于里。

[6] 辜：罪过。

[7] 宋元公：名佐，前531年—前517年在位。子胥奔宋在宋元公十年（前522）。华氏：指华定、华亥。其作乱事详《左传·昭公二十年》。

[8] 晋顷公：名去疾，前525年—前512年在位。此时为晋顷公四年。

[9] 会：恰巧。"私"下当有"杀'字。

[10] 此事发生在郑定公八年（前521）。

[11]《艺文类聚》卷六引作"夜行昼伏，出到昭关"。昭关：春秋时吴、楚之界。在今安徽含山县北。

[12] 将去取之：《初学记》卷七引文"将告子取吞之"，是也。此事当取材于《韩非子·说林上》。

[13] 江：指长江。

[14] 父（fǔ）：对老人的尊称。

[15] 侵：通"寖"，逐渐。漪（yī）：岸边。

[16] 何不渡为：即"不渡为何"。

[17] 浔：当作"寻"。古以八尺为一寻。千寻：形容极远。

[18] 俟：等待。

[19] 鲍：盐渍鱼。羹：带汁的食物。盎：一种大腹敛口的容器。浆：饮料。

[20] 丈人：对年长者的尊称。

[21] 金：先秦以黄金二十两或二十四两为一镒，一镒又称一金。

[22] 中有七星：当作"上有七星北斗"，据《北堂书钞》卷一百二十二引文改。

[23] 直：同"值"。

[24] 执圭：也作"执珪"，或称"上执珪"，是楚国的最高爵位。圭：是玉制的礼器，上尖下方。

[25] 凶凶：恐惧的样子。两贼：指子胥与渔翁。子胥为楚贼，渔翁渡楚贼，则也为贼。

[26] 溧阳：县名，故治在今江苏溧阳西北四十五里。春秋时未置溧阳，秦置，汉、晋沿置。

[27] 击绵：即捣丝，是把废丝、碎丝捣烂，然后纺成丝、织成丝织品，这种丝织品称为绵绸、绵紬。濑水：即溧水，在今江苏省溧阳县中部，今名南河。筥（jǔ 矩）：圆形的竹筐。

[28] 夫人：诸侯之妻称为夫人，此用作为妇女的尊称。

[29] 恒人：常人。饭：给……吃，喂。长跪：直身而跪。伸直腰与大腿，以示庄重。

[30] 从适：即嫁人。丈夫：男子。

[31] 丈夫女：大丈夫式的女子。

[32] 被：通"披"。

[33] 罔：无。古代"罔"与"无"一声之转。

[34] 翌（yì）：明（天）。相：相面，观察人的相貌来推测其命运吉凶。斯：这。

[35] 围；两手大拇指与食指合拢的圆周长。"腰十围"是夸饰之词。尺：古代一尺相当于现在的 0.693 市尺，即 0.231 米。"眉间一尺"也是夸饰之词。

[36] 之：犹"其"也。谏：当作"谋"。《史记·伍子胥列传》："伍子胥说吴王僚曰：'楚可破也。愿复遣公子光。'"此即所谓"伍胥之谋"。

[37] 说（shuì）：劝说，说服。外事：戎事，即伐楚之事。

[38] 匹夫：平民。这里是子胥自指。比国：邻国，指楚国。

[39] 如：从。

[40] 退：去，指离开朝廷。专诸：《左传·昭公二十七年》作"鱄设诸"。《史记·刺

客列传》有专诸传，可参见。

《吴越春秋》属于杂史杂传，乃史的变种与旁支。"虽本史实，并含异闻。"（鲁迅《中国小说史略》）往往具有小说的色彩，或史、小说掺杂。

此篇以浓墨重彩叙述了子胥蒙难逃难路上发生的一系列事情，具有浓厚的文学色彩。史所不载，可能是根据当时的传闻异说，却形象传神，伍子胥、渔父、击棉女、专诸等人的形象塑造都非常成功。这些历史记忆当然也具有一定的史料价值，当善加甄别运用。

【思考题】

1. 司马迁的生平和他写作《史记》的密切关系。

2. 论《史记》的史学价值、思想价值（包括人文精神）和文学价值、艺术成就。

3. 怎样理解鲁迅先生称《史记》为"史家之绝唱，无韵之离骚"？

4. 试论《史记》的叙事艺术和风格特征。

5. 试论《史记》在人物刻画方面的特点，探析《史记》如何塑造悲剧人物系列的。

6. 试以《项羽本纪》篇为例，分析说明《史记》的艺术手法。

7. 试述《史记》的地位及其影响。

8. 试析《汉书》的思想内容和艺术成就。

9. 《汉书·苏武传》的思想内容和艺术成就。

10. 《汉书》与《史记》的比较，在写作上有何不同。

11. 《吴越春秋》的内容及写作特点。比较《吴越春秋》和《越绝书》二者的异同。

【阅读资料】

司马迁：《史记》，北京：中华书局，1959年。

班固：《汉书》，北京：中华书局，1962年。

周生春：《吴越春秋辑校汇考》，上海：上海古籍出版社，1997年。

李步嘉：《越绝书校释》，武汉：武汉大学出版社，1992年。

泷川资言考证，水泽利忠校补：《史记会注考证附校补》，上海：上海古籍出版社，1986年。

鲁实先：《史记会注考证驳议》，长沙：岳麓书社，1986年。

凌稚隆：《史记评林》，明万历吴兴凌氏自刊本，现藏于哈佛大学汉和图书馆。

杨钟贤、郝志达：《全校全注全译全评史记》，天津：天津古籍出版社，1997年。

韩兆琦：《史记题评》，西安：陕西人民教育出版社，2000年。

朴宰雨：《〈史记〉〈汉书〉比较研究》，北京：中国文学出版社，1994年。

施丁主编：《汉书新注》，西安：三秦出版社，1994年。

王先谦：《汉书补注》，北京：中华书局，1983年。

杨树达：《汉书补注补正》，上海：上海商务印书馆，1925年。

施之勉：《汉书集释》，台北：三民书局股份有限公司，2003年。

施之勉：《汉书补注辨证》，香港：香港新亚研究所印行，1961年。

四、东汉文人诗和古诗十九首

班固二首

咏史

选自《先秦汉魏晋南北朝诗》。

三王德弥薄，惟后用肉刑[1]。太苍令有罪，就递长安城[2]。自恨身无子，困急独茕茕[3]。小女痛父言，死者不可生。上书诣阙下，思古歌《鸡鸣》。忧心摧折裂，《晨风》扬激声[4]。圣汉孝文帝，恻然感至情。百男何愦愦，不如一缇萦[5]。

【注释】

[1] 三王：夏禹、商汤和周之文王、武王，他们以文德治天下，不靠刑罚。后：指三王之后的时代。

[2] 太苍令：西汉名医淳于意，他曾任太仓（官仓）小吏。递：一作"逮"。

[3] 茕茕：孤独之状。

[4] 《鸡鸣》：指《鸡鸣》、《晨风》，均为《诗经》十五国风中的名篇。据《文选》注引刘向《列女传》，缇萦伏阙上书时，曾"歌《鸡鸣》、《晨风》之诗"。阙，指朝廷。

[5] 愦愦：愚笨。

《竹扇赋》尾的七言诗

原诗录入《古文苑》。选自严可均辑《全上古三代秦汉三国六朝文·全后汉文》卷二四。

青青之竹形兆直[1]，妙华长竿纷实翼[2]。杳箦丛生于水泽，疾风时纷纷萧飒^[3]。削为扇翣成器美，托御君王供时有^[4]。度量异好有圆方，来风僻暑致清凉^[5]。安体定神达消息。百王传之赖功力，寿考安宁累万亿^[6]。

【注释】

[1] 形兆：形象。

[2] 纷实翼：言其叶纷纷实如翅翼。

[3] 杳：幽暗。篠（xiǎo）：细竹。萧飒：风吹草木声。

[4] 翣（shà）：古代仪仗中用的大扇。供时有：供时所需。

[5] 度量异好：制作时量好尺寸。僻：同"避"。

[6] 百王传之赖功力：指百王相传承依赖扇翣发挥的功劳、作用。寿考：高寿。累：递增。

【阅读指要】

班固的《咏史》是现存东汉文人最早的完整五言诗，此诗吟咏发生在西汉文帝十三年（前167）缇萦救父之事，《汉书·刑法志》载："即位十三年齐太仓令淳于公有罪当刑，诏狱逮系长安。淳于公无男，有五女，当行会逮，骂其女曰：'生子不生男，缓急非有益！'其少女缇萦，自伤悲泣，乃随其父至长安，上书曰：'妾父为吏，齐中皆称其廉平，今坐法当刑。妾伤夫死者不可复生，刑者不可复属，虽后欲改过自新，其道亡繇也。妾愿没入为官婢，以赎父刑罪，使得自新。'书奏天子，天子下令"夫刑至断支休，刻肌肤，终身不息，何其刑之痛而不德也！岂为民父母之意哉！其除肉刑，有以易；及令罪人各以轻重，不亡逃，有年而免。"

《咏史》写于班固被逮洛阳狱中。诗按时间先后依次道来，以叙事为主。此诗是班固以写纪传体史书的手法创作的，用辞质朴，渲染修饰成分很少。"有感叹之词"，但"质木无文"（南朝·梁·钟嵘《诗品·总论》），体现了史家的用辞质朴。此外，读班固《咏史》诗我们可以感知到早期五言诗句式节奏多样性的特点，譬如"太苍令有罪"的节奏为三二节奏，与汉赋中的某些五言句式相同，而与后世五言诗常用的二三节奏并不一致。关于中国早期诗歌体式的生成，可以参看葛晓音《先秦汉魏六朝诗歌体式研究》（北京大学出版社2012年版）、赵敏俐《中国早期诗歌体式生成原理》（《文学评论》2017年第6期）。

《竹扇赋》今存残篇是一首完整的的七言诗。原应是系于赋尾。全诗共12句，叙述竹扇的制作、形状、功用，与《咏史》一样通俗易懂、质朴无华。

　　班固是东汉较早创作五、七言诗的文人，他在很大程度上是以史学家的笔法写五、七言诗，都以叙事为主，他对于五、七言诗的创作还处于模拟阶段，故风格朴素质实，缺少文采。

张衡二首

同声歌

　　诗见《玉台新咏》、《乐府诗集》。选自《乐府诗集》卷七十六《杂曲歌辞十六》。

邂逅承际会 [1]，得充君后房 [2]。情好新交接，恐慄若探汤 [3]。
不才勉自竭，贱妾职所当。绸缪主中馈，奉礼助蒸尝 [4]。
思为莞蒻席，在下比匡床 [5]。愿为罗衾帱，在上卫风霜 [6]。
洒扫清枕席，鞮芬以狄香 [7]。重户纳金扃 [8]，高下华灯光。
衣解金粉卸，列图陈枕张 [9]。素女为我师 [10]，仪态盈万方。
众夫所稀见，天老教轩皇 [11]。乐莫斯夜乐，没齿焉可忘 [12]。

【注释】

[1] 邂逅：不期而遇。际会：遇合、适逢其时。

[2] 得充：能够。后房：妻子。

[3] 慄：惧。汤：热水。探汤：把手伸进滚开的水中，这里比喻诚惧之意。

[4] 绸缪：衣服里外缠束好，比喻整顿好仪表。主中馈：主管厨中飨客的菜肴。奉礼：尊奉礼仪。蒸尝：泛指祭祀。蒸：冬祭。尝：秋祭。

[5] 莞（guān）：小蒲。蒻（ruò）：蒲草。二者可制席。比：当作"庇"。匡床：方正之床。

[6] 衾（qīn）：大被子。帱（chóu）：帐子。

[7] 鞮芬以狄香：加上一种名叫"鞮芬"又叫"狄香"的香料。鞮（dī）、狄：香料名，即狄鞮，原是出于西域的一种香料。鞮芬即狄香，重言之。以：与。

[8] 扃（jiōng）：门插管，门闩。

[9] 金粉卸：即铅粉卸，指卸去妆束。图：春图。

[10] 素女：相传为上古时代的女神，传房中之术。

[11] 众夫：绝大多数男子。天老：传说中黄帝的辅佐之一。轩皇：黄帝轩辕氏。

[12] 没齿：终年，到死。

【阅读指要】

《同声歌》在东汉文人五言诗中是别具一格的。诗以同声为题，取《周易·乾·文言》"同声相应同气相求"之意。《乐府解题》曰："同声歌，汉张衡所作也。言妇人自谓幸得充闺房，愿勉供妇职，不离君子。思为莞簟在下以蔽匡床，衾裯在上以护霜露，缱绻枕席，没齿不忘焉。以喻臣子之事君也，"诗中颇涉闺房隐秘艳事，吴世昌认为："古今艳辞，除明人之直咏秘戏者外，当无艳于斯者矣。"其《同声歌》跋："古今艳辞，除明人之直咏秘戏者外，当无艳于斯者矣。……"巾粉"、"陈枕"，俱极猥亵。巾粉，殆即西人所谓"爱神剂"之一种。蒋防《霍小玉传》所谓驴驹媚，盖同类物。……《乐府解题》释此歌云……以"缱绻枕席"为"妇职"，殊有古希腊妇教意味。惟下文又云："以喻臣子之事君也"，则殊牵强可笑。……《山谷词·忆帝京》"银烛生花似红豆"则殊不见佳。然亦无如《同声歌》之直言列图御粉，以素女天老之术自炫能事也。东汉社会风气，可以此首、《种葛篇》及繁钦《定情诗》觇之。然此类诗歌胥仿自乐府民讴，而颜师古注《汉书·礼乐志》"采诗夜诵"一语云："夜诵者，其辞或秘不可宣露，故于夜中歌诵也"。亦可知西汉民歌，多不雅驯也。"

古人大多数以为是一首政治抒情诗。全诗用比兴手法，是"效屈原以美人为君子"（《四愁诗》序）的作品。诗以事夫喻事君，是对《离骚》香草美人的艺术手法的继承发展，影响了后世的徐幹、陶渊明等文人。

张溥张衡集题辞云："同声丽而不淫"，《诗谱》郑玄评其"寄兴高远，遣词自妙。"《西溪丛话》云："陶渊明闲情赋必有自，乃出张衡同声歌。"

四愁诗四首（并序）

原诗见《文选》卷二九《杂诗上》。选自《张衡诗文集校注》。

张衡不乐久处机密[1]，阳嘉中，出为河间相[2]。时国王骄奢，不遵法度，又多豪右并兼之家[3]。衡下车，治威严，能内察属县[4]，奸滑行巧劫，皆密知名，下吏收捕，尽服擒。诸豪侠游客，悉惶惧逃出境[5]。

郡中大治，争讼息，狱无系囚。时天下渐弊，郁郁不得志[6]，为四愁诗。屈原以美人为君子，以珍宝为仁义，以水深雪雾为小人[7]。思以道术相报，贻于时君，而惧谗邪不得以通[8]。其辞曰：

一思曰：我所思兮在太山，欲往从之梁父艰[9]。侧身东望涕霑翰[10]。美人赠我金错刀，何以报之英琼瑶[11]？路远莫致倚逍遥，何为怀忧心烦劳[12]？

二思曰：我所思兮在桂林，欲往从之湘水深[13]。侧身南望涕沾襟。美人赠我金琅玕，何以报之双玉盘[14]？路远莫致倚惆怅，何为怀忧心烦伤？

三思曰：我所思兮在汉阳，欲往从之陇阪长。侧身西望涕沾裳。美人赠我貂襜褕，何以报之明月珠[15]？路远莫致倚踟蹰，何为怀忧心烦纡[16]？

四思曰：我所思兮在雁门，欲往从之雪纷纷[17]。侧身北望涕沾巾[18]。美人赠我锦绣段，何以报之青玉案[19]？路远莫致倚增叹，何为怀忧心烦惋[20]？

【注释】

[1] 机密：指侍中官。

[2] 阳嘉：汉顺帝年号（132—135）。张衡其实是在永和初出为河间相。河间：处在黄河和永定之间，汉文帝二年置为河间国，今属河北。

[3] 豪右并兼之家：指豪强大族兼并侵吞的势家。

[4] 下车：指抵任。属县：所管辖的县。

[5] 豪侠：指那些肆意妄为的游侠之徒。游客：有劣行的游民。

[6] 弊：破败。郁：不舒散也。

[7] 雾：雪盛貌。

[8] 道术：治国之道术。谗邪：说坏话的奸邪之徒。

[9] 梁父：即"梁甫"，泰山下小山。

[10] 霑：同沾。翰：笔。

[11] 错：镀金。金错刀：指刀环或刀柄用黄金镶过的佩刀。英："瑛"的借字。瑛是美石似玉者。琼瑶：两种美玉。

[12] 致：送致。倚：通"猗"，语助词，无意义。下仿此。

[13] 桂林：郡名，约有今广西省地。"湘水"，源出广西省兴安县阳海山，东北流入湖南省会合潇水，入洞庭湖。善注：汉书曰：湘水出零陵。舜死苍梧，葬九疑，故思明君。

[14] 琴：一作"金"，今从宋刻《玉台新咏》及五臣注本《文选》。琴琅玕：琴上用琅玕装饰。琅玕：一种似玉的美石。玉盘：玉制的盘子，亦为盘的美称。

[15] 襜褕（chān yú）：较短的直裾袍子。明月珠：指随侯之珠。

[16] 踟蹰：徘徊不前貌。烦纡：烦忧萦回不可解。纡：屈曲萦回。

[17] 雁门：郡名，今山西省西北部。纷纷：一作"雰雰"，雪盛貌。

[18] 巾：佩巾。

[19] 锦绣：有五采成文章。段：缎，也就是鞜，履后跟。案：放食器的小几，形如有脚的托盘。

[20] 怅：叹恨。

【阅读指要】

张衡的诗歌留传下来的有3首，以这首《四愁诗》为最有名。孙文青《张衡年谱》（商务印书馆，1956年）认为这诗作于137年（汉顺帝永和二年）张衡做河间王相的时候所作。汉安帝和汉顺帝在位期间，外戚弄权，宦官乱政，政治昏暗。据《文选》所收此诗小序说，"时天下渐弊，张衡郁郁不得志，为《四愁诗》。""效屈原以美人为君子，以珍宝为仁义，以水深雪雰雰为小人。思以道术相报贻于时君，而俱谗邪不得通"。这序文是后代编集张衡诗文的人增损史辞写成的，并非定说，可供参考。

本篇分四章，写怀人的愁思。清沈德潜《古诗源》："心烦纡郁，低徊情深。风骚之变格也。"明胡应麟《诗薮》："平子《四愁》，优柔婉丽，百代情语，独畅此篇。其章法实本风人，句法率由骚体，但结构天然，绝无痕迹，所以为工。"虽尚有骚体色彩，已初步具备了七言的形式，对七言诗的发展有极大影响。

羽林郎

辛延年

选自《乐府诗集·杂曲歌辞》。

昔有霍家姝，姓冯名子都 [1]。依倚将军势，调笑酒家胡 [2]。胡姬年十五，春日独当垆[3]。长裾连理带，广袖合欢襦[4]。头上蓝田玉，耳后大秦珠[5]。两鬟何窈窈，一世良所无[6]。一鬟五百万，两鬟千万余。不意金吾子，娉婷过我庐[7]。银鞍何煜爚，翠盖空踟蹰[8]。就我求清酒，丝绳提玉壶。就我求珍肴，金盘脍鲤鱼[9]。贻我青铜镜，结我红罗裾。不惜红罗裂，何论轻贱躯[10]。男儿爱后妇，女子重前夫。人生有新故，贵贱不相逾。多谢金吾子，私爱徒区区[11]。

【注释】

[1] 霍家：指西汉大将军霍光之家。奴，一作"姝"，疑非。冯子都：名殷，西汉人，为霍光监奴（相当于后世王府总管）。此处比喻东汉现实中的豪奴。

[2] 依倚：依仗。调笑：调戏。酒家胡：指酒家当垆侍酒的胡姬。胡：汉时对西域人或匈奴人的称谓。

[3] 姬．古代妇女的美称。当垆：卖酒。当：值。垆：旧时酒店里安放酒瓮的土台子，亦指酒店。

[4] 长裾：一种前襟很长的对襟衣服。连理带：两条对称的衣带。广袖：宽大的袖子。合欢襦：有合欢图案花纹的短袄。襦（rú）：短衣。

[5] 蓝田：陕西蓝田县蓝田山，山出美玉。大秦：我国古代对罗马帝国的称呼。

[6] 鬟（huán）：古代妇女梳的环形发髻。窈窈：女子文静而美好。良：确实。

[7] 不意：不料，没料想。金吾子：执金吾，是汉代掌管京师治安的禁卫军长官。这里指调戏女主人公的豪奴。娉婷：姿容美好。这里是炫耀风姿、装腔作势之态。庐：房舍。

[8] 银鞍：银饰马鞍。煜爚（yù yuè）：光辉灿烂，光耀。翠盖：饰有翠羽的车盖，此指代华贵的车子。空：这里是等待、停留的意思。踟蹰（chí chú）：徘徊不进的样子。

[9] 清酒：美酒。珍肴：美味佳肴。脍（kuài）：细切的肉。

[10] 贻．赠给。青铜镜。古代以青铜制，镜呈圆形。还可挂于胸前作饰物。结：系。红罗：红色的轻软丝织品。多用以制作妇女衣裙。裂：撕裂。何论：更不用说。轻贱躯：无价值的身体。这是反诘。

[11] 后妇：新欢。逾：越。多谢：多多感谢。实为反语，谢绝之意。私爱：单相思。徒：白白地。区区，殷勤、专一。

【阅读指要】

　　本篇见《玉台新咏》，郭茂倩《乐府诗集》载入《杂曲歌辞》。作者辛延年，后汉人，身世、爵里不详。羽林是皇家禁卫军，羽林郎是汉置禁卫军中的官名，掌宿卫、侍从。本诗内容与羽林郎无关，是用西汉的乐府旧题和羽林故事，假借西汉大将军霍光的宠奴冯子都的名字来托讽时习。

　　关于诗歌的背景，朱乾《乐府正义》认为是讽刺窦宪、窦景兄弟的。东汉和帝时窦宪为大将军，兄弟横暴，尤其是执金苦窦景，他的爪牙经常强夺民财，抢掠妇女，官吏不敢干涉。这首诗写一个卖酒的胡女，不畏强暴，义正词严地抗拒和斥责了一个豪家恶奴对她的调戏。

　　诗中文辞华美，富于藻饰，体现了乐府诗的铺陈、夸张的艺术风格。清沈德潜："骈丽之词，归宿却极贞正，风之变而不失其正者也。"（《古诗源》）清范大士："通篇形容华艳，入后以数语表其贞操，令人心眼中宛见一娉婷窈窕之人而不可犯以非礼，为难得也。"（《历代诗发》）

赠妇诗三首

秦　嘉

选自逯钦立《先秦汉魏晋南北朝诗》。

（一）

　　人生譬朝露，居世多屯蹇[1]。忧艰常早至，欢会常苦晚。念当奉时役[2]，去尔日遥远。遣车迎子还，空往复空返[3]。省书情凄怆，临食不能饭[4]。独坐空房中，谁与相劝勉？长夜不能眠，伏枕独展转[5]。忧来如循环，匪席不可卷[6]。

（二）

　　皇灵无私亲，为善荷天禄[7]。伤我与尔身，少小罹茕独。既得结大义，欢乐苦不足[8]。念当远离别，思念叙款曲[9]。河广无舟梁，道近隔丘陆[10]。临路怀惆怅，中驾正踟蹰[11]。浮云起高山，悲风激深谷。良马不回鞍，轻车不转毂[12]。针药可屡进，愁思难为数[13]。贞士笃终始，恩义不可属[14]。

（三）

　　肃肃仆夫征，锵锵扬和铃[15]。清晨当引迈，束带待鸡鸣[16]。顾看空室中，仿佛想姿形。一别怀万恨，起坐为不宁。何用叙我心，遗思致款诚。宝钗好耀首，明镜可鉴形。芳香去垢秽，素琴有清声[17]。诗人感木瓜，乃欲答瑶琼。愧彼赠我厚，惭此往物轻[18]。虽知未足报，贵用叙我情[19]。

【注释】

[1] 屯蹇（zhūn jiǎn）：《周易》上的两卦名，都是表示艰难不顺之意。比喻困顿险阻。

[2] 奉时役：即指为郡上计吏被派遣入京。汉朝制度位每年终各郡国须遣吏送簿记到京师。"时，通"是，就是此。

[3] 此二句是说打发车子到徐淑母家接她，车子空着回来。其时徐正卧病。子，古代尊称对方，犹如今之称"您"。

[4] 秦嘉当时派车去接时写了《与妻徐淑书》，徐淑有回信。

[5] "辗转"，言屡次翻身，不能安睡。

[6] "寻环"，犹言"循环"，比喻愁思无穷无尽。匪席不可卷：借用《诗经·柏舟》"我心匪席，不可卷也"成句。以席之能卷反喻愁思不能收拾。匪，同"非"。

[7] 皇灵：神灵。荷天禄：享受天赐之福。

[8] 茕（qióng）：孤独。结大义：指结为夫妇。

[9] "念"字疑是"今"字之讹。款曲：衷肠话。

[10] 陆：高平之地。

[11] 中驾：车在中路。"踯躅"，行不进貌。

[12] 毂，车轮的中轴。

[13] 针"，针刺可以治病。屡进：屡次进用。数（shuò）：频。

[14] 贞士：贞一守志之士。笃：厚。恩义：犹情谊。不可属：疑当作"可不属"，岂可不继续。"属"，同"续"。

[15] 肃肃"，疾速貌。"仆夫"，赶车的人。征：行。锵锵：铃声。和铃：挂在车前横木上的铃。

[16] 引迈：启行。

[17] 秦嘉《重报妻书》："问得此镜，既明且好，形观文彩，世所希有，意甚爱之，故以相与。并致宝钗一双，价值千金，龙虎组履一緉，好香四种各一斤。素琴一张，常所自弹也。明镜可以鉴形，宝钗可以耀首，芳香可以馥身去秽，嚼香可以辟恶气，素琴可以娱耳。"

[18] 诗人：指《木瓜》篇的作者。瑶琼：即琼瑶，美玉。往物：指上列的宝钗、明镜、芳香、素琴四物。

[19] 二句用《木瓜》篇"匪报也，永以为好也"的诗意，表达伉俪情深。

【阅读指要】

这是留别妻子的诗，汉桓帝时所作。《玉台新咏》卷九序本诗道："秦嘉……为郡上计。其妻徐淑寝疾还家（归母家），不获面别，赠诗云尔。"这些诗歌情感真挚，缠绵悱恻，文笔隽永，是汉代文人五言抒情诗成熟的标志。

"把人间平凡的夫妇之情，用平易和缓的笔调叙出，就现存诗作看，此诗是第一首。这不仅是开拓题材的功绩，而且还是开拓写作手法的功绩。有此一诗，读者始知不靠《诗经》的比兴、不靠《楚辞》的夸张想象，也不用景物作衬、不用对仗工整，单用平平地直说胸臆一法，也足以感人至深。诗贵真情，秦嘉此诗，把这一点强调到了极点。"（《汉魏六朝诗鉴赏辞典》）所论甚当。

今存秦嘉和其妻徐淑的诗文收辑于严可均《全上古三代秦汉三国六朝文》、逯钦立《先秦汉魏晋南北朝诗·汉诗卷六》。

翠鸟诗

蔡 邕

选自《蔡邕集编年校注》。

庭陬有若榴，绿叶含丹荣[1]。翠鸟时来集，振翼修容形[2]。回顾生碧色，动摇扬缥青[3]。幸脱虞人机，得亲君子庭[4]。驯心托君素，雌雄保百龄[5]。

【注释】

[1] 庭陬（zōu）：庭院的角落。若榴：石榴。丹荣：红花。草木的花叫荣。
[2] 翠鸟：一种羽毛翠绿，头部兰黑，长嘴短尾的小鸟，其羽毛为饰物，被视为珍禽。修：修饰。容形：容貌身体。
[3] 回顾生碧色：回首顾盼间似生起碧绿色。动摇：指抖动身子。缥青：淡青色，翠绿色。
[4] 虞人：古掌山泽苑囿之官。机：发箭的弩机与捕捉鸟兽的机槛。
[5] 驯心：温顺善良之心。托：依托，托付。素：纯洁。

此诗当避难居吴，寓韩说家所作。

见志诗二首

郦 炎

选自逯钦立《先秦汉魏晋南北朝诗》。

大道夷且长，窘路狭且促[1]。修翼无卑栖，远趾不步局[2]。舒吾陵霄羽，奋此千里足[3]。超迈绝尘驱，倏忽谁能逐[4]。贤愚岂常类，禀性在清浊[5]。富贵有人籍，贫贱无天录[6]。通塞苟由已，志士不相卜[7]。陈平敖里社，韩信钓河曲[8]。终居天下宰，食此万钟禄[9]。德音流千载，功名重山岳[10]。

灵芝生河洲，动摇因洪波。兰荣一何晚，严霜瘁其柯[11]。哀哉二芳草，不植太山阿[12]。文质道所贵，遭时用有嘉[13]。绛、灌临衡宰，谓谊崇浮华。贤才抑不用，远投荆南沙[14]。抱玉乘龙骥，不逢乐与和。安得孔仲尼，为世陈四科[15]。

【注释】

[1] 夷：平坦。窘：隘、险。促：迫束、局促。

[2] 修翼：指有长翅膀的鹏、凤、鹰等鸟。无卑栖：不肯低就普通、卑下的树木栖息。远趾：指步距大的千里马。局：同"跼"。小步的样子。

[3] 舒：展。陵霄，陵：同"凌"，升，高出的意思。羽：翅。

[4] 超：越。迈：行。绝尘：. 脚步不沾尘土。驱：直驰，倏忽：迅疾。逐。追。

[5] 禀性：天所赋予的本性。

[6] 人籍（jí）：引籍。即"引人"（门使）与"门籍"。因人引荐得通籍禁中。"有人籍"是贵显的标志。籍：门籍，书人名字、年纪、形貌于尺二竹牒置于门上，案验相符，方能进入宫内。天录：即"天禄"，上天所赐予的福禄。

[7] 通：显达。塞：困厄。苟：假如。相卜：相面、算卦。

[8] 陈平：（？—前178），汉朝开国功臣之一。陈平曾为里社宰，分肉公允，深得人心，大家认为他后必富贵。敖：通遨，游。韩信：（前231—前196），汉初大将。帮助刘邦打败项羽，刘邦建立汉朝时，封为楚王。早年家贫时，曾

钓于淮阴为生。河曲：水湾。

[9] 天下宰：主宰天下事务。钟：六石四斗为一钟。禄：俸禄。

[10] 德音，美好的声名。流：传。重：重如。

[11] 荣：花。瘁（cuì）：同"悴"，损伤。

[12] 阿：山隅。

[13] 文质：孔子主张"文质"并重。《论语·雍也》子曰："质胜文则野，文胜质则史。文质彬彬，然后君子"。贵：推崇。遭时用：遭际明时，为时所用。嘉：善，美。

[14] 绛、灌：绛侯周勃（？—前169）、颍阴侯灌婴（？—前176），汉朝的开国功臣。衡宰：殷汤时伊尹为阿衡，周初周公为太宰，后因以衡宰指当权者。谊：贾谊，西汉政治家、文学家，曾任博士，后迁太中大夫，他曾多次上疏，批评时政，为大臣周勃、灌婴等排挤，贬为长沙王太傅，后又为梁怀王太傅。

[15] 乐与和：伯乐与卞和。伯乐：善相马者。卞和：善识玉者。孔仲尼：孔子，名丘，字仲尼。四科：孔门四科，指德行、政事、文学、言语四方面的卓越之才。

【阅读指要】

郦炎，字文胜。范阳（今河北定兴南）人。为郦食其后代。富文才，晓音律，善论辩，人多服其理。灵帝时，州郡召用，未赴。曾作《见志诗》二首，抒发超迈绝尘之抱负、怀才不遇之愤感。为人至孝，后得疯病。因母丧，病情复发，妻正做产，见之惊死。妻家告官，炎遭囚禁，因病无法理对，亡狱中。现存作品除《见志诗》（见本传）外，另有《对事》及《遗令书》四篇，载《古文苑》。生平事迹见《后汉书》卷八〇。

在五言诗发展史上，占有一席之地。班固《咏史》五言诗，有"质木无文"之讥，此诗善用比拟，兴寄遥深，多用俊句，如"舒吾陵霄羽，奋此千里足"句豪气凌云，显得"梗概多气"，开建安文学风气之先。

穷鸟赋

赵 壹

选自《后汉书集解·文苑》。

有一穷鸟，戢翼原野。罿网加上，机窜在下[1]，前见苍隼，后见驱者，缴弹张右，羿子彀左[2]，飞丸激矢，交集于我。思飞不得，欲鸣不可，举头畏触，摇足恐堕。内独怖急，乍冰乍火。幸赖大贤，我矜我怜[3]，昔济我南，今振我西。鸟也虽顽，犹识密思[4]。内以书心，外用告天。天乎祚贤，归贤永年[5]，且公且侯，子子孙孙。

【注释】

[1] 罜：捕捉禽兽的长柄网。郑玄注云小而柄长谓之毕机，捕兽机槛也。宎（jǐng）：穿地陷兽。

[2] 缴：缴以缕系箭而射者也。羿子：羿。彀：引弓。

[3] 矜：怜悯。

[4] 顽：愚顽。密思：细密的思慕。

[5] 祚：赐福。归：同"馈"，馈赠。

【阅读指要】

《汉书》载："赵壹字符叔，汉阳西县人也。体貌魁梧，身长九尺，美须豪眉，望之甚伟。而恃才倨傲，为乡党所摈，乃作《解摈》。后屡抵罪，几至死，友人救，得免。壹乃贻书谢恩曰：昔原大夫赎桑下绝气，传称其仁；秦越人还虢太子结脉，世著其神。设曩之二人不遭仁遇神，则结绝之气竭矣。然而糈脯出乎车辙，针石运乎手爪。今所赖者，非直车辙之糈脯，手爪之针石也。乃收之于斗极，还之于司命，使干皮复含血，枯骨复被肉，允所谓遭仁遇神，真所口宜传而着之。余畏禁，不敢班班显言，窃为《穷鸟赋》一篇。"

《穷鸟赋》为咏物抒情之作。作者畏禁而成此赋，托穷鸟以自喻，既表达了自己横遭迫害的愤激之情，页表达了对友人的感戴之情。全诗用四言连骈而成，通脱自然，是成就颇高的四言诗。

悲愤诗二章

蔡 琰

选自《后汉书》。

其一

汉季失权柄[5]，董卓乱天常[6]。志欲图篡弑，先害诸贤良。

逼迫迁旧邦^[7]，拥主以自强。海内兴义师，欲共讨不祥。
卓众来东下^[8]，金甲耀日光。平土人脆弱^[9]，来兵皆胡羌^[10]。
猎野围城邑，所向悉破亡。斩截无孑遗^[11]，尸骸相掌拒^[12]。
马边悬男头^[13]，马后载妇女。长驱西入关，回路险且阻。
还顾邈冥冥，肝脾为烂腐^[14]。所略有万计^[15]，不得令屯聚。
或有骨肉俱，欲言不敢语。失意几微间^[16]，辄言毙降虏^[17]，
要当以亭刃^[18]，我曹不活汝^[19]！岂复惜性命，不堪其詈骂^[20]。
或便加棰杖，毒痛参并下^[21]。且则号泣行，夜则悲吟坐。
欲死不能得，欲生无一可。彼苍者何辜^[22]，乃遭此厄祸。
边荒与华异^[23]，人俗少义理^[24]。处所多霜雪，胡风春夏起。
翩翩吹我衣，肃肃入我耳。感时念父母，哀叹无穷已。
有客从外来，闻之常欢喜。迎问其消息，辄复非乡里。
邂逅徼时愿^[25]，骨肉来迎己。己得自解免，当复弃儿子。
天属缀人心^[26]，念别无会期。存亡永乖隔，不忍与之辞。
儿前抱我颈，问母"欲何之。人言母当去，岂复有还时。
阿母常仁恻，念何更不慈。我尚未成人，奈何不顾思^[27]！"
见此崩五内，恍惚生狂痴。号泣手抚摩，当发复回疑。
兼有同时辈，相送告离别。慕我独得归，哀叫声摧裂。
马为立踟蹰，车为不转辙。观者皆歔欷，行路亦呜咽。
去去割情恋，遄征日遐迈^[28]。悠悠三千里，何时复交会。
念我出腹子^[29]，胸臆为摧败^[30]。既至家人尽，又复无中外。
城郭为山林，庭宇生荆艾。白骨不知谁，从横莫覆盖^[31]。
出门无人声，豺狼号且吠。茕茕对孤景，怛咤糜肝肺^[32]。
登高远眺望，魂神忽飞逝。奄若寿命尽，旁人相宽大。
为复强视息，虽生何聊赖。托命于新人，竭心自勖厉^[33]。
流离成鄙贱，常恐复捐废^[34]。人生几何时，怀忧终年岁。

其二

嗟薄祜兮遭世患^[35]，宗族殄兮门户单^[36]。身执略兮入西关^[37]，历险阻兮之羌蛮。

山谷眇兮路漫漫，眷东愿兮但悲欢。冥当寝兮不能安，饥当食兮

不能餐。

　　常流涕兮眦不乾，薄志节兮念死难[38]。虽苟活兮无形颜，惟彼方兮远阳精。

　　阴气凝兮雪夏零，沙漠壅兮尘冥冥。有草木兮春不荣，人似兽兮食臭腥。

　　言兜离兮状窈停[39]，岁聿暮兮时迈征。夜悠长兮禁门扃[40]，不能寤兮起屏营[41]。

　　登明殿兮临广庭，玄云合兮翳月星。北风厉兮肃泠泠，胡笳动兮边马鸣。

　　孤雁归兮声嘤嘤，乐人兴兮弹琴筝。音相和兮悲且清，心吐思兮胸愤盈[42]。

　　欲舒气兮恐彼惊，含哀咽兮涕沾颈。家既迎兮当归宁，临长路兮捐所生。

　　儿呼母兮啼失声，我掩耳兮不忍听。追持我兮走茕茕，顿复起兮毁颜形。

　　还顾之兮破人情，心怛绝兮死复生。

【注释】

[1] 原大夫赎桑下绝气：赵衰之子赵盾救助桑人饿人以脯。

[2] 秦越人还虢太子结脉：秦越人，是扁鹊，治好了尸蹷的虢太子。

[3] 糒（bèi）：干粮。脯：肉干。軨：车辐间横木。针石运乎手爪：古者以砭石为针，凡针之法，右手象天，左手法地，弹而怒之，骚而下之，此运手爪也。

[4] 班班：明貌。

[5] 权柄：权力。这里指汉末王朝权力失控，军阀四起。

[6] 天常：天的常道。

[7] 旧邦：故都。这里指董卓焚烧洛阳宫城，逼迫朝廷西迁旧都长安。

[8] 卓众：指董卓部下李榷、郭汜等所辖的军队。初平三年（192），李、郭出兵关东，大掠陈留、颍川诸县。蔡琰于此时被掳。

[9] 平土：指平原之地。

[10] 胡羌：指董卓军中的羌胡。董卓所部本多羌、氐族人。

[11] 孑遗：遗留、残存。

[12] 掌拒：撑持；支撑。

[13] 县：通"悬"。

[14] 形容内心破碎痛苦。

[15] 所略：被掳掠的人。

[16] 失意：不遂心。几微：稍微，一点点。

[17] 指胡羌兵稍有不如意之处，便要虐杀被掳掠者。"辄言"之后一直到"我曹
不活汝"，以胡羌兵的话语表现其凶残暴虐。

[18] 亭刃：刺杀。亭，通"揨"（chéng）。

[19] 我曹：我们。

[20] 詈（lì）：骂，用恶语侮辱人。

[21] 毒痛：苦楚疼痛。

[22] 彼苍者：天的代称。呼天而问，问这些被难者犯了什么过错。此两句节奏与
五言诗常见的二三节奏不同。

[23] 边荒：边远之地，指南匈奴，其地在河东平阳（今山西省临汾附近）。蔡琰
如何入南匈奴人之手，本诗略而不叙，史传也不曾明载。《后汉书》本传只
言其时在兴平二年（195）。是年十一月李榷、郭汜等军为南匈奴左贤王所破，
疑蔡琰就在这次战争中由李、郭军转入南匈奴军。

[24] 人俗：民间习俗；社会风气。义理：合乎伦理道德的行事准则。此处言边荒
风俗野蛮。

[25] 徼：侥幸。

[26] 天属：天性相连，父子、母子、兄弟、姊妹等有血缘关系之亲属为"天属"。

[27] 从"问母欲何之"至"奈何不顾思"，为诗人儿子的对白。

[28] 遄征：迅速赶路。

[29] 出腹子：亲生子

[30] 摧败：伤痛到极点。

[31] 从横：纵横。覆盖：掩饰遮盖。

[32] 怛咤：悲伤感叹。

[33] 勖厉：勉励。

[34] 捐废：抛弃，废弃。

[35] 祜：福。世患：世间的祸患。

[36] 殄：灭绝。

[37] 执略：被掳；掳掠。

[38] 志节：志向和节操。

[39] 兜离：形容言语难懂。窈停：深目高鼻貌。

[40] 禁门：宫门。

[41] 屏营：惶恐；彷徨。

[42] 愦盈：积满，充盈。

【阅读指要】

《后汉书·董祀妻传》说蔡琰"感伤乱离，追怀悲愤，作诗二章"，即《悲愤诗》二首，第一章是五言长诗，共一百零八句；第二章是骚体，凡三十八句。第一章诗开头四十句叙战争的恐怖场景，遭祸被虏的原由和被虏入关途中的苦楚。次四十句叙在南匈奴的生活和听到被赎消息悲喜交集以及和"胡子"分别时的惨痛。最后二十八句叙归途和到家后所见所感。

前人对此诗评价很高，认为其自然高妙。元陈绎曾《诗谱》："真情极切，自然成文。"清沈德潜《说诗晬语》：文姬《悲愤诗》，灭去脱卸转接之痕，若断若续，不碎不乱，读去如惊蓬坐振，沙砾自飞。"

对其具体的艺术特色所做的分析，也可供参考。明钟惺《古诗归》卷四："首四句是悲愤之原，有来历，有关系。（"已得自解免，当复弃儿子"）以下只言母子别离之苦，娓娓不休，若忘却入胡之辱者。不言更自伤心。母子别离未已，忽插入同辈相送一段，剌剌不休。忽又接'念我出腹子'二句，意总重母子二字，若忘却，又若记起，溃乱潦倒语次酷象。五言古长诗，虽汉人亦不易作，唯《悲愤诗》及庐江小吏妻耳。二诗之妙，亦略相当。妙在详至而不冗漫，变化而不杂乱，断续而不碎脱，若有意，若无意，若无法，又若有法。唯老杜颇优为之。元、白长诗，人病其无法，拖沓可厌，不知实本于此。特其力疲而体率耳。"

清陈祚明《采菽堂古诗选》卷四："《悲愤诗》首章笔调古宕，情态生动，甚类庐江小吏诗。彼所多，在藻采细琐；此所多，在沉痛惨怛，皆绝构也。'金甲'句，生动。'斩截'一段，序屠戮之惨可衰。'长驱'以下，被掠之苦形容曲致，杂以诟骂，声口俨然。'毙降虏'，犹言杀此辈，晋词也。'旦则'四句，淋漓。'翩翩'二句，写风有声。'有客'四句，曲肖。'儿前'一段，如闻啼号之响，忽又增入同辈，一时呼叫杂集，备极生致。归家以后哀惨，复能写出，真如丁令威化鹤归来，无一人一物是往日景界。'托命新人'四句，逆揣人心，直言己意，它人所不能道。结句总束通篇无遗，章法最密。"又："妇人被掳兵间，欲必行其志，诚不易。俄顷之间，遂已失节，此后虽死何益？此虑之所以贵豫而亦未可以轻责人也。"

与长篇叙事诗《孔雀东南飞》相较,《悲愤诗》并不逊色。明人钟惺评价为:"二诗之妙,亦略相当。"

古诗十九首

选自李善注《文选》。

1. 行行重行行

行行重行行,与君生别离 [1]。相去万余里,各在天一涯 [2]。道路阻且长,会面安可知 [3]?胡马依北风,越鸟巢南枝 [4]。相去日已远,衣带日已缓 [5]。浮云蔽白日,游子不顾反 [6]。思君令人老,岁月忽已晚 [7]。弃捐勿复道,努力加餐饭 [8]。

【注释】

[1] 重行行:行行不已。生别离:是古代流行的用语,犹言"永别离",含别后难聚之意。楚辞曰:悲莫悲兮生别离。

[2] 涯:方。

[3] 阻:指道路上的障碍。长:指道路间的距离。安:焉,哪里。

[4] 胡马依北风二句:言产于北地的"胡马"和来自南方的"越鸟"各自"依北风"和"巢南枝",动物犹且思乡,何况游子呢?此暗喻也。韩诗外传曰:诗曰:代马依北风,飞鸟栖故巢。皆不忘本之谓也。

[5] 缓:言衣带弛松。

[6] 浮云二句:设想他另有新欢,以浮云蔽日象征彼此间情感的障碍。顾:念也。反:同"返"。

[7] 老:当指其心忧形瘦,并不是说年龄的老大。"忽已晚":不觉已是岁暮,言时间流转之速。

[8] "弃"和"捐"同义。弃捐:犹言丢下。勿复道:不必再说。加餐饭:多吃饭,是当时安慰人的习用语。餐:一作"飧"。

2. 青青河畔草

青青河畔草，郁郁园中柳[1]。盈盈楼上女，皎皎当窗牖[2]。娥娥红粉妆，纤纤出素手[3]。昔为倡家女，今为荡子妇[4]。荡子行不归，空床难独守。

【注释】

[1] 郁郁，茂盛也。

[2] 盈盈：广雅曰：嬴，容也。盈与嬴同，古字通。盈盈，即多仪态。皎皎：本义是月光的白，此言"楼上女"明艳照人。牖：窗的一种，用木条横直制成，又名"交窗"。

[3] 娥娥：形容容貌的美好。红粉：原为妇女化妆品的一种。红粉妆：指艳丽的妆饰。纤纤：女手之貌。素：白。

[4] 倡家：古代指从事音乐歌舞的乐人。倡，本义是发歌。倡家女：犹言歌妓。荡子：指辞家远出、羁旅忘返的男子。列子曰：有人去乡土游于四方而不归者，世谓之为狂荡之人也。

3. 青青陵上柏

青青陵上柏，磊磊磵中石[1]。人生天地间，忽如远行客[2]。斗酒相娱乐，聊厚不为薄[3]。驱车策驽马，游戏宛与洛[4]。洛中何郁郁，冠带自相索[5]。长衢罗夹巷，王侯多第宅[6]。两宫遥相望，双阙百余尺[7]。极宴娱心意，戚戚何所迫[8]。

【注释】

[1] 青青：犹言长青青，草木茂盛之意。陵：大的土山，指山丘。磊磊：众石聚集貌。字林曰：磊磊，众石也。

[2] 忽：本义为不重视、忽略，此处指快的意思。远行客：指人生在世如同远行客居。善注：言异松石也。尸子，老莱子曰：人生于天地之间，寄也。寄者固归。列子曰：死人为归人，则生人为行人矣。

[3] 斗酒：少量的酒。聊：姑且，聊且。薄：指酒味淡而少。

[4] 驽马：驸马，谓马迟钝者，劣马也。宛：洛：汉书：南阳郡有宛县。洛，东都也。

[5] 郁郁：盛貌。冠带，官爵的标志，代指贵人。相索：相求，指互相交往。

[6] 罗：罗列。衢：四达之道，即大街。夹巷：夹在长衢两旁的小巷。第：本写作"弟"。本义为次第、次序，此指大官的住宅。

[7] 两宫：指洛阳城内的南北两宫。蔡质汉官典职曰：南宫北宫，相去七里。阙：皇宫门前两边供瞭望的楼。

[8] 极宴：穷极宴会。戚：忧思也。迫：逼近。戚戚何所迫：即"何所迫而戚戚"，有什么迫使我戚戚不乐呢。结尾两句，都指"冠带"者。

4. 今日良宴会

今日良宴会，欢乐难具陈[1]。弹筝奋逸响，新声妙入神[2]。令德唱高言，识曲听其真[3]。齐心同所原，含意俱未申[4]。人生寄一世，奄忽若飙尘[5]。何不策高足，先据要路津[6]。无为守穷贱，轗轲长苦辛[7]。

【注释】

[1] 良：善。具陈：全部说出。

[2] 筝：乐器名，瑟类。古筝竹身五弦，秦汉时筝木身十二弦。奋：发出、响起。逸响：飘逸奔放的音响。

[3] 令德：贤者，指作歌辞的人。高言：美辞高论，指歌辞。识曲：知音者。真：真意，正旨。

[4] 齐心同所愿：是说人人所想的都是这样，心同理同。齐：一致。含意：曲中的真意。未伸：是说口中表达不出来。

[5] 奄忽：急遽、迅速。飙尘：卷在狂风里的尘土，比喻人生极易泯灭。

[6] 策：鞭马前进。高足：指快马。津：渡口。"要路津"比喻有权有势的地位。

[7] 轗轲：古同"坎坷"，道路不平，喻人生曲折多艰或不得志。轗与轞同。

5. 西北有高楼

西北有高楼，上与浮云齐[1]。交疏结绮窗，阿阁三重阶[2]。上有弦歌声[3]，音响一何悲！谁能为此曲？无乃杞梁妻[4]。清商随风发，中曲

正徘徊 [5]。一弹再三叹，慷慨有余哀 [6]。不惜歌者苦，但伤知音稀 [7]。愿为双鸿鹄，奋翅起高飞 [8]！

【注释】

[1] 李善注：西北，干位，君之居也。

[2] 交：交错。疏：镂刻。交疏：交错缕刻。绮（qǐ）：有细花纹的绫。阿（ē）阁：四面有檐的楼阁。三重阶：三重阶梯，此句形容楼阁之高。

[3] 弦歌声：歌声中有琴弦伴奏。

[4] 无乃：莫非，岂不是。杞梁妻：杞梁的妻子。

[5] 清商：乐曲名，曲调清越，适宜表现哀怨的感情。发：传播。中曲：乐曲的中段。徘徊：指乐曲旋律回环往复。

[6] 叹：乐曲中的和声。慷慨：壮士不得志于心。

[7] 惜：痛惜。知音：识曲的人，引申为知心人。这二句是说，我所痛惜的不仅是歌者心中的痛苦，而是其知其心苦的知音稀少。楼中歌者和楼下听者皆有知音难遇的悲哀。

[8] 鸿鹄：大雁或天鹅一类善于高飞的大鸟。这两句是说，愿我们像一双鸿鹄，展翅远飞，表达出听者对歌者的深切理解和同情。

6. 涉江采芙蓉

涉江采芙蓉，兰泽多芳草 [1]。采之欲遗谁？所思在远道 [2]。还顾望旧乡，长路漫浩浩 [3]。同心而离居，忧伤以终老 [4]。

【注释】

[1] 涉：渡过。芙蓉：荷花。兰泽：有兰草的低湿之地。

[2] 遗（wèi）：赠送。赠香草以结恩情。所思：思念的人。

[3] 还顾：回顾。漫：无尽貌。浩浩：广大无际。言路途漫长，归乡无望。

[4] 同心：指夫妻感情融洽。终老：指度过晚年，直至去世。

7. 明月皎夜光

明月皎夜光，促织鸣东壁[1]。玉衡指孟冬，众星何历历[2]。白露沾野草，时节忽复易[3]。秋蝉鸣树间，玄鸟逝安适[4]。昔我同门友，高举振六翮[5]。不念携手好，弃我如遗迹[6]。南箕北有斗，牵牛不负轭[7]。良无盘石固，虚名复何益[8]？

【注释】

[1] 促织：蟋蟀。

[2] 玉衡：指北斗七星中的第五至七星，即斗柄三星。古人根据斗星所指方位的变换来辨别节令的推移。孟冬：初冬，阴历十月。这句是说由玉衡所指的方位（西北），知道节令已到孟冬。历历：分明貌。

[3] 易：变换。

[4] 玄鸟：燕子。逝：去。安适：往什么地方去？燕子是候鸟，喜暖，秋时南飞。同门友：同窗，同学。

[5] 翮（hé 合）：鸟的羽茎。据说善飞的鸟有六根健劲的羽茎。此句以鸟的展翅高飞比喻同门友的飞黄腾达。

[6] "弃我"句是说，就象行人留下脚印一样抛弃了我。

[7] 南箕：星名，形似簸箕。北有斗：此指南斗星，位于箕星之北。牵牛：指牵牛星。轭：车辕前横木，牛拉车则负轭。这二句化用的是《诗经·大东》"维南有箕，不可以簸扬；维北有斗，不可以挹酒浆。睆彼牵牛，不以服箱。"的句子。用南箕、北斗、牵牛等星宿的有虚名无实用，比喻朋友的有虚名无真情。

[8] 良，信也。盘石：同"磐石"，大石。虚名：指徒有"同门友"之名。

8. 冉冉孤生竹

冉冉孤生竹，结根泰山阿[1]。与君为新婚，兔丝附女萝[2]。兔丝生有时，夫妇会有宜[3]。千里远结婚，悠悠隔山陂[4]。思君令人老，轩车来何迟[5]？伤彼蕙兰花，含英扬光辉[6]。过时而不采，将随秋草萎。君亮执高节，贱妾亦何为[7]！

【注释】

[1] 冉冉：柔弱下垂貌。孤生竹：野生竹。孤：独。泰山：大山。阿：曲处。原注：竹结根于山阿，喻妇人托身于君子也。

[2] 为新婚："为新婚"是指已经订了婚，但还没有迎娶。清方廷珪《文选集成》所说，此是"媒妁成言之始"而"非嫁时"。兔丝：是柔弱蔓生植物。女萝：松萝，地衣类植物。

[3] 生有时：生长有盛有衰。会：聚会，指夫妇的同居。宜：犹言适当的时间。

[4] 千里远结婚：言离家远嫁。悠悠：远。陂：阪。

[5] 思君令人老：极言相思之苦。"轩车"，是有屏蔽的车。古代大夫以上乘"轩车"。此当出于想象，非实指。

[6] 蕙兰花：植物名。兰科建兰属。叶形似春兰，但较为修长而刚硬。春暮夏初开花，每一梗花茎生花七八至十朵以上。花形与春兰同，香气浓烈。此女子自比也。伤彼：也就是自伤。含英：指即将盛开的花朵。含：含苞待放。英：花瓣。

[7] 亮：信也。执高节"，即守节情不移的意思。何为：何所为。言己不用多虑，等待便是。此二句张玉谷注："代揣彼心，自安己分。"

9. 庭中有奇树

庭中有奇树，绿叶发华滋[1]。攀条折其荣，将以遗所思[2]。馨香盈怀袖，路远莫致之[3]。此物何足贡，但感别经时[4]。

【注释】

[1] 奇树：犹言美树。"华"，同花。"滋"，繁盛也。

[2] 荣：即指"华"。木本植物开的叫做华，草本植物开的叫做荣，意思可通。遗（wèi）：赠。

[3] 致之：送达。致，送诣。

[4] 贡，献也。物或为"荣"，贡或作"贵"。别经时：离别的时间久了。

10. 迢迢牵牛星

迢迢牵牛星，皎皎河汉女[1]。纤纤擢素手，札札弄机杼[2]。终日不成章，泣涕零如雨[3]。河汉清且浅，相去复几许[4]。盈盈一水间，脉脉不得语[5]。

【注释】

[1] 迢迢：远貌。牵牛星：河鼓三星之一，在银河南。民间通常呼为扁担星，是天鹰座的主星。皎皎：明貌。河汉：银河。女：织女星的简称，天琴座的主星，在银河北，和牵牛星相对。

[2] 纤纤：柔长貌。擢：举。机：织机上转轴的机件。杼：织机上持纬线的机件。机杼：为织机的总称。札札：使用织机时的响声。

[3] 章：指成品上的经纬文理。不成章：织女因相思而织不成布。零：落。零如雨：形容涕泪纵横的样子。

[4] 几许：犹言几何，谓距离之近。

[5] 盈盈：水清浅貌。水：指河汉。脉脉：相视貌。"脉"亦可作"眽"，或"觅"，音义均同。

11. 回车驾言迈

回车驾言迈，悠悠涉长道[1]。四顾何茫茫，东风摇百草[2]。所遇无故物，焉得不速老[3]？盛衰各有时，立身苦不早[4]。人生非金石，岂能长寿考[5]？奄忽随物化，荣名以为宝[6]。

【注释】

[1] 驾言迈：犹言驾而行。言：语助词。"迈"，远行。悠悠：远而未至之貌。涉：经历。

[2] 茫茫：草木弥远，容貌盛。"东风"，指春风。摇：吹动。"百草"：新生的草。

[3] 所遇无故物：一路所遇到的都不是过去的事物。指去年的枯草，已成"故物"，所以看不到了。焉得：怎能。

[4] 各有时：犹言"各有其时"，无论百草，还是人生，皆会由盛而衰的。立身：指立德立功立言等各种事业的建树。苦：患。

[5] 金，言其坚，石，言其固。考：老。长寿考：即长寿。

[6] 奄忽：急遽。随物化：死亡。荣名：荣禄和声名。

12. 东城高且长

东城高且长，逶迤自相属^[1]。回风动地起，秋草萋已绿^[2]。四时更变化，岁暮一何速^[3]？晨风怀苦心，蟋蟀伤局促^[4]。荡涤放情志，何为自结束^[5]。燕赵多佳人，美者颜如玉^[6]。被服罗裳衣，当户理清曲^[7]。音响一何悲，弦急知柱促^[8]。驰情整中带，沉吟聊踯躅^[9]。思为双飞燕，衔泥巢君屋^[10]。

【注释】

[1] 东城：洛阳的东城。逶迤：长貌。相属：连续不断。

[2] 回风：旋风。动地起：言风力之劲。萋已绿：犹"绿已萋"，言草的绿意已凄然向尽。萋：通作"凄"。

[3] 更：替。

[4] 晨风：《诗经·秦风》篇名。《晨风》是女子怀人的诗，诗中说"未见君子，忧心钦钦"，情调是哀苦的。怀，抱也。蟋蟀：《诗经·唐风》篇名。《蟋蟀》写诗人感物伤时，劝诫自己和别人勤勉，或说有劝人及时行乐之意。局促：不开展。此二句言《晨风》的作者徒然自苦，《蟋蟀》的作者徒然自缚。

[5] 荡涤"，犹言洗涤，指扫除一切忧虑。"放情志"，谓展胸怀。结束：犹言拘束。

[6] 燕赵：今河北一带是古燕赵之地。如玉：形容肤色洁白。

[7] 被服：披著。理：理乐，习乐，当时艺人练习音乐歌唱叫做"理乐"。清曲：《清商曲》的调名，《清调曲》的简称。

[8] 弦急知柱促：弦声急促可知琴瑟之柱调得太紧促。

[9] "驰情"，犹言遐想，深思。中带：中衣带。中衣：古代穿在祭服、朝服内的里衣。沉吟：沉思吟咏。聊：姑且。踯躅：住足也。

[10] 君：指歌者。衔泥巢屋：指同居。

13. 驱车上东门

驱车上东门，遥望郭北墓^[1]。白杨何萧萧，松柏夹广路^[2]。下有陈死人，杳杳即长暮^[3]。潜寐黄泉下，千载永不寤^[4]。浩浩阴阳移，年命如朝露^[5]。人生忽如寄，寿无金石固^[6]。万岁更相送，圣贤莫能度^[7]。

服食求神仙，多为药所误[8]。不如饮美酒，被服纨与素[9]。

【注释】

[1] 上东门：洛阳东城三门中最近北的城门。郭北墓：指洛阳城北的北邙山，是富贵人的墓地。

[2] 白杨，松柏：都是墓地上的树木。萧萧"，木叶鸣风的悲声。广路：指墓道。

[3] 陈死人：久死之人。陈，久也。杳杳"，幽暗也。"即"，就也，"长暮"，犹言长夜。

[4] "寐"，睡也。"寤"，醒也。黄泉：称人死后所居住的地方。

[5] 浩浩"，水流无际貌。阴阳：指四时运行。年命：犹言寿命。朝露：早晨的露水，太阳一晒就干。

[6] 寄：寓居。言人生如客居，不久即归去。

[7] 万岁：犹言自古。更相送：言生死更迭。度：通"渡"，超越的意思。

[8] 服：同"食"。

[9] 纨、素：都是白色的丝织品，即绢。

14. 去者日以疏

去者日以疏，生者日以亲[1]。出郭门直视，但见丘与坟[2]。古墓犁为田，松柏摧为薪[3]。白杨多悲风，萧萧愁杀人[4]。思还故里闾，欲归道无因[5]。

【注释】

[1] 去者、生者：指世间万事万物。去者：逝去者。生者：指新生事物。生：一作"来"。疏：疏远。亲：亲近。日以亲：犹言一天比一天迫近。以：通"已"。

[2] 郭门：外城的城门。城外曰郭。

[3] 犁：用犁耕地。摧：折。

[4] 白杨：种在丘墓间的树木。

[5] 故里闾：犹言故居。闾：里门。还：通"环"，环绕的意思。因：由。

15. 生年不满百

生年不满百，常怀千岁忧[1]。昼短苦夜长，何不秉烛游[2]？为乐当及时，何能待来兹[3]。愚者爱惜费，但为后世嗤[4]。仙人王子乔，难可与等期[5]。

【注释】

[1] 首二句以不满百和千岁作对比，言人生短暂而忧愁极多。

[2] 秉：执。秉烛游：犹言作长夜之游。

[3] "来兹：就是"来年"。

[4] 费：费用，指钱财。嗤：轻蔑的笑。

[5] 王子乔：列仙传曰：王子乔者，太子晋也，道人浮丘公接以上嵩高山。期：待也，指成仙之事不是一般人所能期待。

16. 凛凛岁云暮

凛凛岁云暮，蝼蛄夕鸣悲[1]。凉风率已厉，游子寒无衣[2]。锦衾遗洛浦，同袍与我违[3]。独宿累长夜，梦想见容辉[4]。良人惟古懽，枉驾惠前绥[5]。愿得常巧笑，携手同车归[6]。既来不须臾，又不处重闱[7]。亮无晨风翼，焉能凌风飞[8]？眄睐以适意，引领遥相睎[9]。徙倚怀感伤，垂涕沾双扉[10]。

【注释】

[1] 凛凛："凛"，寒也。凛凛：言寒气之甚。云：语助词。"将"的意思。蝼蛄：音"楼孤"。害虫，夜喜就灯光飞鸣，声如蚯蚓。

[2] 率：大概的意思。厉：猛烈。

[3] 衾：被子。洛浦：洛水之滨。以洛水代指洛水女神宓妃。锦衾遗洛浦：锦被赠与美人，言其可能另有新欢。同袍：出自《诗经·秦风·无衣》，此与同衾共枕义同，言夫妻之情。违：抛弃的意思。

[4] 累：积累，增加。容辉：犹言容颜。指下句的"良人"。

[5] 良人：古代妇女对丈夫尊称。惟古欢：犹言念旧情。惟：思。古：故。欢：指欢

爱的情感。枉：屈也。枉驾：不惜委曲自己驾车而来。惠：赐予的意思。"绥"，
挽人上车的绳索。结婚时，丈夫驾着车去迎接妻子，把绥授给她，引她上去。
礼记曰：婿出，御妇车，而婿授绥，御轮三周。

[6] 常：一作"长"。巧笑：女性美丽的笑容。出自《诗经·卫风·硕人》："巧
笑倩兮"。

[7] 来：指"良人"的入梦。"须臾"，极短的时间。不须臾：没有一会儿。重闱：
犹言深闺。言梦境短暂，醒后仍是单身独宿。

[8] 亮：信也。晨风：鹯（zhān），鸟名，鹞类猛禽。

[9] 眄睐：邪视。适意：犹言遣怀。引领：指伸着颈子远望。睎：望也。

[10] 徙倚：低徊。沾：濡湿。扉：门扇。

17. 孟冬寒气至

孟冬寒气至，北风何惨栗[1]？愁多知夜长，仰观众星列。三五明
月满，四五蟾兔缺[2]。客从远方来，遗我一书札[3]。上言长相思，下言
久离别[4]。置书怀袖中，三岁字不灭。一心抱区区，惧君不识察[5]。

【注释】

[1] 惨栗：寒极貌。

[2] 三五：一个月的十五日。四五：二十日。"蟾兔"：月的代称。

[3] 客：指捎信者。札：牒。

[4] 上：谓书札的开头，下：谓书札的结尾。

[5] 区区：拳拳忠爱之意。

18. 客从远方来

客从远方来，遗我一端绮[1]。相去万余里，故人心尚尔[2]。文采双
鸳鸯，裁为合懽被[3]。著以长相思，缘以结不解[4]。以胶投漆中，谁能
别离此[5]？

【注释】

[1] 一端：半匹，长二丈。绮：绫罗一类的丝织品。织成彩色花纹的叫"锦"，织成素色花纹的叫做"绮"。

[2] 故人：此指远离久别的丈夫。尚：犹也。尔：如此。指思旧之情。

[3] 文彩：指绮上面所织的花纹。合懽：即"合欢"，象征和合欢乐的图案花纹。

[4] 著：在衣被中充入棉絮叫做著，也叫做"楮"，字通。长相思：丝绵的代称。"思"和"丝"字谐音，"长"与"绵绵"同义。缘，饰边也。结不解：以丝缕为结，表示不能解开的意思。

[5] 以胶投漆中：把胶投到漆中，就混合坚牢而无法分解。别：分开。离：离间。此：指固结之情。

19. 明月何皎皎

明月何皎皎，照我罗床帏[1]。忧愁不能寐，揽衣起徘徊[2]。客行虽云乐，不如早旋归[3]。毛诗曰：言旋言归。出户独彷徨，愁思当告谁[4]？引领还入房，泪下沾裳衣[5]。

【注释】

[1] 罗床帏：用罗绮织成的床帐。

[2] 揽：用手撮持。

[3] 客行：离家旅行在外。旋：通"还"，回归。

[4] 彷徨：徘徊。

[5] 引领：伸长脖子，即抬头远望。

【阅读指要】

《古诗十九首》，最早见于萧统编的《文选》卷29《杂诗上》。因为作者姓名失传，时代不能确定，故《文选》的编者题为"古诗"。关于这组古诗的作者与时代，历来有不少推测。但这些看法均出于传闻或臆测，无可靠证据。

近代学者意见渐趋统一，认为《古诗十九首》非一人一时一地之作；它们产生于东汉顺帝至献帝之间，作者是中下层失意的知识分子。这些诗作的内容与风格大体相同，又与秦嘉《赠妇诗》的意境与用语多有相似之处，其产生的时代先后距离必定不会太远。古诗十九首代表了汉代文人五言诗的最高成就。钟嵘："文温以丽，意悲而远。惊心动魄，可谓几乎一字千金！"（《诗品》上）刘勰的《文心雕龙》称之为"五言之冠冕"。

《行行重行行》。写一女子别后相思，自我宽慰。这首诗四句一层，先叙初别，次说路远难会，再写相思之苦，后以勉强宽慰之词作结。清方廷珪评其"顿挫绵邈，真得风人之旨。"（《文选集成》）

《青青河畔草》。倡家女从良之后，一日眺望春景，而伤荡子之不归。选择平凡的生活片断，用的也只是即景抒情的平凡的章法、"秀才说家常话"（谢榛语）式的平凡语言，却韵味无穷。明胡应麟《诗薮》称："语断而意属，曲折有余而寄兴无穷。"清方东树《昭昧詹言》评："此诗以叠字为奇，凡三换势。"

《青青陵上柏》。主人公游京城而兴叹，不仅以人生为远行客，故"斗酒相娱乐"以销愁，而且看到了京城权贵繁华之中的"戚戚何所迫"，从而反映出其对社会的隐隐的担心。全诗内涵丰富，寄意深远。明陆时雍《古诗镜》："物长人促，首四语言之可慨。"清张玉毂《古诗赏析》："反扑作收，矫健之甚。"

《今日良宴会》。本诗系写客中对酒听歌的感慨。曲中有不平之意，乃发感愤自嘲之言。人生苦短，何不"先居要路津"，否则只能长守贫贱，一生辛苦，纵有令德于世何补。清吴淇《选诗定论》："劈首"今日"二字是一篇大主脑。以下无限妙文，皆回照此二字。"清沈得潜《古诗源》卷四："'据要津'乃诡词也。古人感愤，每有此种。"清张玉毂《古诗赏析》："感愤自嘲，不嫌过直。"

《西北有高楼》。为《古诗十九首》中的第五首，这首诗所咏的是西北高楼上传来悲凉的弦歌声，引起楼下听歌人对歌者的同情，抒写出"知音稀"的感慨。唐李善《文选注》："此篇明高才之人，仕宦未达，知人者稀也。"清沈德潜《古诗源》："'但伤知音稀'与'识曲听其真'同义。"马茂元《古诗十九首新探》："诗从'高楼'写起，劈空而来；以'高飞'结尾，破空而去。劈空而来，是黑暗中的生活感受；破空而去，是黑暗中的生活理想。"

《涉江采芙蓉》。选取游子"涉江采芙蓉"送给家乡妻子之事，描绘了思乡之情、相思之情。以融情入景的手法，写出了情真意切。言简意深，兴味无穷。明陆时雍《古诗镜》："落落语致，绵绵情绪。又谓'同心而离居，忧伤以终老'两句，一语馨衷，最为简会。"

《明月皎夜光》。以悲秋起兴，在时节的变易中想到世态炎凉、人情翻覆，而今"同门"虚名犹存，"盘石"友情安在，乃发出了"虚名何益"的慨叹。清方廷珪："此刺富贵之士，忘贫贱旧交而作。"（《文选集成》）清李因笃："俯仰廖阔，忧从中来。感时序之易移，悲草虫之多变，而故交天上，远者日疏；星

汉悠悠，修名自悼。其大指如此。"（《汉诗音注》）

《冉冉孤生竹》。此诗或云写新婚后久别之怨，细读之则非，实则是自伤婚迟之作，写一对男女已有成约而尚未成婚，男方迟迟不来迎娶，女方遂自怨自艾，有孤立无援、红颜迟暮之感。比兴精妙，感情细腻曲折，语言通脱自然。清姜任修《古诗十九首绎》引叶岑翁语称："杜诗《新婚别》祖此。"明陆时雍《古诗镜》称："情何婉变，语何凄其。"南朝梁刘勰《文心雕龙》："其《孤竹》一篇，则傅毅之词。比采而推，两汉之作乎？观其结体散文，直而不野，婉转附物，怊怅切情，实五言之冠冕也。"

《庭中有奇树》。本篇跟"涉江采芙蓉"篇写的都是折芳寄远。但前一篇是行客望乡的感慨，这一篇是思妇忆远的心情。诗人始终暗用比兴的手法，以花来衬托人物，写出人物的内心世界。清张庚《古诗十九首解》："通篇只就'奇树'一意写到底，中间却有千回百折，而妙在由'树'而'条'，而'荣'，而'馨香'，层层写来，以见美盛，而以一语反振出'感别'便住，不更赘一语，正如山之蜿嬗迤而来，至江以峭壁截住。格局笔力，千古无两。"清朱筠《古诗十九首说》："数语中多少婉折，风人之笔。"

《迢迢牵牛星》。此诗借天上的牛女双星，写人间别离之感，是一首秋夜即景之作。写思妇的哀怨，用了不少叠音词，音韵天成，意蕴深沉，风格混成，尤其是末句，戛然而止，余韵袅袅。明陆时雍《古诗镜》："追情妙绘，绝不费思一点。"清张庚《古诗十九首解》："《青青河畔草》章双叠字六句，连用在前；此章双叠字亦六句，却有二句在结处，遂彼此各成一奇局。"

《回车驾言迈》。诗人在旅途中见事物迁移，联想到人生寿命的短暂，因而发出"立身不早"、"荣名为宝"的自警之语，却难掩其沉沦失意的情绪。清吴淇《选诗定论》："宋玉悲秋，秋固悲也。此诗反将一片艳阳天气，写得衰飒如秋，其力真堪与造物争衡，焉得不移人之情？'四顾何茫茫'，正描写'无故物'光景，'无故物'正从'东风'句逼出。"

《东城高且长》。此诗写游子客居中伤时感怀，遂生"荡涤放情志"之思。闻佳人之清曲而弛情，乃生知音之感，欲与之双飞共居。此诗反映出作者的现实苦闷和悲哀，与"西北有高楼"意境相似。明陆时雍《古诗镜》评结句："驰情几往，敛衿抚然。"清张庚《古诗十九首解》："真一气相承不断，安得不移人之情。"

《驱车上东门》。此诗写在洛阳的游子，遥望北邙山的坟墓而触发人生慨叹。对短暂的人生、必死的结局，他思量一番的结果是，采取及时行乐以消忧的生活方式。他早已看透了"服食求神仙"的荒谬，在颓废、无奈的语气中隐然有不甘心之感。近人王国维《人间词话》评"服食求神仙，多为药所误。不如饮美酒，被服执与素"四句："写情如此，方为不隔。"明孙鑛："其佳处乃在唤得醒，点得透。"近人朱筠《古诗十九首说》称："此诗另是一宗笔墨，一路喷泼，不可遏抑。"

《去者日以疏》。意思大略同于《驱车出东门》。人生必死，终归何处？思归故乡，终不得可得。表达了乱世中身世如寄的怆痛之深。明孙鑛："起二句奇绝，为田为薪，所感更新。"清方东树《昭昧詹言》评："末二句突转勒住，如收下坡之骏。"宋张戒《岁寒堂诗话》评"白杨多悲风，萧萧愁杀人"二句："'萧萧'两字，处处可用，惟坟墓之间，白杨悲风，尤为至切，所以为奇。"

《生年不满百》。此诗和"东城高且长""驱车上东门"两篇用意略同，强调的是及时行乐的思想。无论是爱惜费的愚者，还是难与期的仙人，都没有提供出路，故而及时行乐仍不过是迷梦。以旷达狂放之思，表现了人生毫无出路的痛苦。开篇四句将终生忧虑与放情游乐的人生态度相对照，被后世诗论家叹为"奇情奇想，笔势峥嵘"（方东树《昭昧詹言》）。近人王国维《人间词话》评"生年不满百，常怀千岁忧；昼短夜苦长，何不秉烛游"四句："写情如此，方为不隔。"明陆时雍《古诗镜》谓："起四句名语创获，末二句将前意一喷再醒。"

《凛凛岁云暮》。此诗写思妇寒冬深夜里怀念游子，疑其有违而心思紊乱。独宿入梦，梦及婚前同车之美好，梦醒则唯有倚槛引领，垂涕伤怀而已。表达了一种因相思而坠离迷离恍忽中的怅惘心情。清张玉穀评："撰出一初嫁来归之梦，叙得情深义重，恍惚得神，中腰有此波澜，便增不少气色。"清张庚《古诗十九首解》："诗境极幽奥，反复讽诵，凄其欲绝。"清李因笃《汉诗音注》："空闺思归，曲尽其情。"

《孟冬寒气至》。出自《古诗十九首》之十七。此诗和前面"凛凛岁云暮"一样，也是描写寒冬长夜里的思妇怀人之作。先从季节、气候写起，后写其对三年前的书札倍加爱护，表现了其坚定不移的情爱。明陆时雍评"置书怀袖中，三岁字不灭；一心抱区区，惧君不识察"四句："深于造情。善造情者，如身履其境而有其事，古人所以善于立言。"（《古诗镜》）近人朱绮："至'客从远方来'，别开境界、别诉怀抱，所谓无聊中无端怀旧，亦欲借以排遣也。"（《古诗十九首说》）

《客从远方来》。写游子托人送来半匹绮，思妇裁之为合欢被，表达了在"同心而离居"情况下坚贞不渝的伉俪深情。清张庚《古诗十九首解》："语益浅而情益深，篇弥短而气弥长，自是绝调。"明陆时雍《古诗镜》："极缠绵之致。"

《明月何皎皎》。此诗以出色的心理描写和动作描写，真切地表达了游子久客思归之情。清张庚《古诗十九首解》："十句中层次井井，而一节紧一节，直有千回百折之势，百读不厌。"清方东树《昭昧詹言》："见月起思，一出一入，情景如画。"清朱筠《古诗十九首说》："把客中苦乐，思想殆遍，把苦且不提，'虽云乐'亦是客，'不如早旋归'之为乐也。"焦泰平："十句中层次井井，极其明白，也极其自然，构成了一幅色彩素淡的月夜思归图。在这幅图景中，诗意霭霭亭亭，缕缕引出。游子不堪明月照，明月偏偏照游子，游子的衷情便在月光之下表现出来。"

苏李诗

选自李善注《文选》卷二十九《诗己·杂诗上》。

与苏武三首（五言）其三 [1]

李　陵

　　携手上河梁，游子暮何之 [2]？徘徊蹊路侧，悢悢不得辞 [3]。行人难久留，各言长相思 [4]。安知非日月，弦望自有时 [5]。努力崇明德，皓首以为期 [6]。

【注释】

[1] 李陵：字少卿。陇西成纪（今甘肃秦安）人。名将李广之孙，善骑射。官至都骑尉。汉武帝天汉二年（前99）以无援而兵败，遂降匈奴。单于使陵说苏武降，武不降，与陵宴饮数日。昭帝立，使使求武，武得归，陵送之，起舞，作歌一首，见《汉书·李广苏逮传》。逯钦立辑入《先秦汉魏晋南北朝诗》。《文选》存李陵《杂诗》三首，又《答苏武书》一首。其后《古文苑》、《艺文类聚》等所收陵录别诗八首，又《升庵诗话》引《修文殿御览》所载一首，自来学者多存疑。逯钦立《先秦汉魏晋南北朝诗》以相传苏李诗入无名氏古诗中，总以《李陵录别诗二十一首》为题。主要事迹见《史记·李广传》、《汉书》本传。

[2] 河梁：河桥。

[3] 蹊路侧：路旁。蹊：小路。悢（liàng）悢：恨。不得辞：说不出话来。

[4] 各言：互相倾诉。

[5] 日月：复词偏义，月。弦望：刘熙释名曰：弦，月半之名也。其形一旁曲，一

旁直，若张弓弛弦也。望，月满之名也。月大十六日，月小十五日。日在东，
月在西，遥相望也。此二句云月圆缺有时，我们也应后会有期。

[6] 崇：高，这里是"提高"的意思。皓首：白首，借喻老年。

诗四首（五言）其三 [1]

苏　武

　　结发为夫妻，恩爱两不疑 [2]。欢娱在今夕，嬿婉及良时 [3]。征夫怀
往路，起视夜何其 [4]？参辰皆已没，去去从此辞 [5]。行役在战场，相
见未有期 [6]。握手一长叹，泪为生别滋。努力爱春华，莫忘欢乐时 [7]。
生当复来归，死当长相思。

【注释】

[1] 苏武：字子卿，杜陵（今陕西西安东）人。汉武帝天汉元年（前100）使于匈奴。
　　单于欲降之，武不从，单于乃徙武北海（今俄罗斯贝加尔湖）上，使牧羊，廪
　　食不至，武掘野鼠及草实而食之。单于复使李陵说之降，终不从。昭帝立，使
　　使求之，乃得归。拜封关内侯。后又与废昌邑王、立宣帝之谋。卒年八十余。《文
　　选》有苏武《杂诗》四首。丁福保《全汉三国晋南北朝诗》又辑《答李陵》一首、
　　《别李陵》一首。学者多以为后人拟托，故逯钦立《先秦汉魏晋南北朝诗》尽
　　入无名氏古诗所谓"李陵录别诗二十一首"中。主要事迹见《汉书·苏武传》。

[2] 结发：始成人也。谓男年二十，女年十五时取笄冠为义也。

[3] 嬿婉：欢好貌。及：趁。

[4] 怀往路：惦着走上旅途。夜何其（音基）：《诗经·庭燎》云："夜如何其？"
　　这里用《诗经》成语。"其"，语尾助词，犹"哉"。

[5] 参辰已没，言将晓也。

[6] 行役：应役远行。生别：谓生生别离。滋：多。

[7] 春华，喻少时也。

【阅读指要】

　　《文选》收入题为苏武所作五言诗四首及李陵所作五言诗三首，一般称为"苏
李诗"。苏李诗显然是东汉人所作，附会为苏武、李陵相别而作。从总的内容看，

像是居者行者的赠答之诗。比较而言，苏武诗四首比李陵诗三首显得朴拙繁复，可能时代较早。

清刘熙载《艺概·诗概》评李陵诗："但叙别愁，无一语及于事实，而言外无穷，使人黯然不可为怀。"清范大士《历代诗发》评：三章只叙离别情景，婉恻婵媛，自有无穷之味，后人作意发挥，皆不能及。

清沈德潜《古诗源》评苏武诗："一唱三叹，感寤具存，无急言竭论，而意自长，言自远也。"

【思考题】

1. 五言诗的起源和演变，文人五言诗产生的原因及形成过程。
2. 班固五、七言诗及其艺术特点。
3. 张衡五、七言诗及其艺术特点。
4. 试析秦嘉、蔡邕、赵壹、辛延年、郦炎等人的五言诗，可选几篇重点分析。
5. 试述《古诗十九首》的思想内容。
6. 试述《古诗十九首》的艺术成就及其影响。
7. 选择一二篇作品，深入分析其思想及艺术风格。

【阅读资料】

逯钦立辑校：《先秦汉魏晋南北朝诗》，北京：中华书局，1983年。

郭茂倩编：《乐府诗集》，北京：中华书局，1979年。

严可均辑：《全上古三代秦汉三国六朝文·全后汉文》，北京：中华书局，1965年。

张衡著、张震泽校注：《张衡诗文集校注》，上海：上海古籍出版社，1986年。

蔡邕著、邓安生编：《蔡邕集编年校注》，石家庄：河北教育出版社，2002年。

李善注：《文选》卷二十九《古诗十九首》，北京：中华书局，1977年，第409—412页。

李善注：《文选》卷二十九《苏武诗》，北京：中华书局，1977年，第412—414页。

余冠英选注：《汉魏六朝诗选》，北京：人民文学出版社，1978年。

萧涤非等主编：《中国文学名篇鉴赏辞典》，济南：山东大学出版社，1992年。

隋树森：《古诗十九首集释》，北京：中华书局，1955年。

马茂元：《古诗十九首初探》，西安：陕西人民出版社，1981年。

曹旭撰：《古诗十九首与乐府诗选评》，上海：上海古籍出版社，2002年。

五、两汉乐府诗

饮马长城窟行

选自《乐府诗集·相和歌辞》。

青青河边草，绵绵思远道 [1]。远道不可思，夙昔梦见之 [2]。梦见在我傍，忽觉在他乡 [3]。他乡各异县，辗转不可见 [4]。枯桑知天风，海水知天寒 [5]。入门各自媚，谁肯相为言 [6]？

客从远方来，遗我双鲤鱼 [7]。呼儿烹鲤鱼，中有尺素书 [8]。长跪读素书 [9]，书上竟何如？上有加餐食，下有长相忆 [10]。

【注释】

[1] 绵绵：延续不断貌。远道：指远行的丈夫。

[2] 宿昔：犹昨夜。

[3] 觉：醒来。

[4] 各异县：犹说各在异地。展转—同'辗转"，指行踪不定。

[5] 由枯桑、海水念及丈夫之苦辛。

[6] 入门：归家。媚：欢爱。言：带讯。

[7] 双鲤鱼：指藏书信的函。古人常用竹木或缣帛等制成鲤鱼或雁鸟的形状，中间夹着书信，以资递寄。

[8] 烹：烧煮。这里指打开书函。尺素书：写在一尺大小白绢上的书信。素：生帛，未经漂煮的丝织物。

[9] 长跪：古人席地而坐，两膝着地，臀部坐在脚后跟上，直着腰，身子就象变长了，所以称作"长跪"。

[10] 上、下：指书信的前、后部分。

怨歌行

选自《乐府诗集·相和歌辞》。

新裂齐纨素，皎洁如霜雪[1]。裁为合欢扇，团团似明月[2]。出入君怀袖，动摇微风发。常恐秋节至，凉风夺炎热[3]。弃捐箧笥中，恩情中道绝[4]。

【注释】

[1] 裂：截断。新裂：刚从织机上扯下来。素：生绢。精细的素叫做纨，齐地所产的纨素最有名。纨素为冬服。皎：一作"鲜"。

[2] 团团：一作"团圆"。

[3] 风：一作"飙"，急风。炎，热气也。

[4] 箧笥：箱子。中道：半路，中途。

妇病行

选自《乐府诗集·相和歌辞》。

妇病连年累岁，传呼丈人前，一言当言[1]；未及得言，不知泪下一何翩翩[2]。属累君两三孤子[3]，莫我儿饥且寒，有过慎莫笞，行当折摇，思复念之[4]。

乱曰：抱时无衣，襦复无里[5]。闭门塞牖，舍孤儿到市[6]。道逢亲交，泣坐不能起[7]。从乞求与孤买饵，对交啼泣，泪不可止[8]。"我欲不伤悲不能已"[9]。探怀中钱持授交[10]。入门见孤儿，啼索其母抱[11]。徘徊空舍中，"行复尔耳，弃置勿复道！"[12]

【注释】

[1] 累：积。丈人：指病妇的公婆。朱东润、游国恩等学者皆认为指丈夫，今据尉永兵《〈妇病行〉"丈人"考释》释为公婆。一言当言：有一言应当说。

[2] 一何：怎么那样。翩翩：泪下不断貌。

[3] 君：指公婆。"君"在汉代作为对人的称呼，运用是相当广泛的。当时女子还

可称呼丈夫的父母为"舅姑"、"君姑"、"君"。孤子：幼年丧父或幼年父母皆丧者。

[4] 属：即"嘱"，嘱托。累：拖累。莫我儿：不要让我的儿女。过：过错。笞箠（dá chī）：原为打人用的二种竹棒，这里作动词用，打、击。行当：不久、将要。折摇：犹折夭，短命早死。思复念之：常思我的这番话。

[5] 乱：古代乐歌中的末章，终篇的结语。无衣：无长衣。襦：短袄。无里：无衬里。

[6] 牖（yóu）：墙上的窗户。舍：丢开、抛下。市：市集。

[7] 亲交：亲近的友朋、戚属。坐，古人说坐是指跪下后坐在脚跟上。

[8] 从：就。与：替。饵：糕讲之类食品。交：指亲友。

[9] 这句是父亲对亲交说的话。已：止。

[10] 言公婆从怀中取出钱授予亲交，嘱其买饼饵，自己放心不下孤儿在家先折回。

[11] 索：求。

[12] 行：即将。复：又，也要。尔：这样。意谓孩子的命运也将象他妈一样。弃置勿复道：丢开一旁不再谈。

东门行

选自《乐府诗集·相和歌辞》。

出东门，不顾归[1]。来入门，怅欲悲。盎中无斗米储，还视架上无悬衣[2]。拔剑东门去，舍中儿母牵衣啼："他家但愿富贵，贱妾与君共餔糜[3]。上用仓浪天故，下当用此黄口儿[4]。今非[5]！""咄！行！吾去为迟！白发时下难久居[6]。"

【注释】

[1] 不顾归：不愿回家。顾：念想。

[2] 盎（àng）：一种大腹小口的瓦瓮。还视：回头看。架：架上。

[3] 儿母：即孩子的妈。他家：别人家。但愿：只希望。餔糜（bǔ mí 补迷）：吃粥。

[4] 用：为了。仓浪天；苍天，青天。黄口儿：幼儿。

[5] 今非：现在的做法不对。

[6] 咄（duō），呵斥声。下：脱落。

孤儿行

选自《乐府诗集·相和歌辞》。

孤儿生,孤子遇生[1],命独当苦。父母在时,乘坚车,驾驷马。父母已去,兄嫂令我行贾[2]。南到九江,东到齐与鲁。腊月来归,不敢自言苦。头多虮虱,面目多尘土。大兄言办饭,大嫂言视马[3]。上高堂,行取殿下堂[4]。孤儿泪下如雨。使我朝行汲,暮得水来归。手为错,足下无菲[5]。怆怆履霜,中多蒺藜[6]。拔断蒺藜肠肉中[7],怆欲悲。泪下渫渫,清涕累累[8]。冬无复襦[9],夏无单衣。居生不乐,不如早去,下从地下黄泉[10]。春气动,草萌芽。三月蚕桑,六月收瓜。将是瓜车[11],来到还家。瓜车反覆。助我者少,啖瓜者多[12]。愿还我蒂[13],兄与嫂严。独且急归,当兴校计[14]。

乱曰:里中一何譊譊,愿欲寄尺书[15],将与地下父母[16],兄嫂难与久居。

【注释】

[1] 遇:同"偶"。

[2] 行贾(gǔ):出外经商。行贾,在汉代被看作贱业。

[3] 视马:照看骖马。

[4] 高堂:正屋,大厅。行:复。取:"趣"字的省文;趣,古同"趋",急走。

[5] 错:通"皵"(què),皮肤皴裂。菲:通"屝",草鞋。

[6] 怆怆:通"跄跄",疾走之貌。履霜:踏着冬霜。蒺藜:一年生草本植物,有刺,可以入药。

[7] 肠:即"腓肠",是足胫后面的肉,俗称腿肚。月:古"肉"字。

[8] 渫渫:泪流貌。

[9] 复襦:短夹袄。

[10] 居生:活在世上。下从:跟随父母到地下。黄泉:犹言"地下"。

[11] 将,推。是,此,这。

[12] 反覆:同"翻覆"。啗(dàn):吃。

[13] 蒂:瓜蒂。俗话"瓜把儿"

[14] 独且:将,一定要;"且",句中语助词。兴:生出。校计:犹"计较"。

[15] 里中：犹言"家中"。譊譊：吵闹声。这句是说孤儿远远就听到兄嫂在家中叫骂。

尺书：信札。

[16] 将与：捎给。

相逢行

选自《乐府诗集·相和歌辞》。

相逢狭路间，道隘不容车。不知何年少，夹毂问君家[1]。君家诚易知，易知复难忘。

黄金为君门，白玉为君堂。堂上置樽酒，作使邯郸倡[2]。中庭生桂树，华灯何煌煌[3]。

兄弟两三人，中子为侍郎。五日一来归，道上自生光[4]。黄金络马头，观者盈道傍。

入门时左顾，但见双鸳鸯。鸳鸯七十二，罗列自成行。音声何噰噰，鹤鸣东西厢[5]。

大妇织绮罗，中妇织流黄[6]。小妇无所为，挟瑟上高堂。丈人且安坐，调丝方未央[7]。

【注释】

[1] 毂（gǔ）：车轮中心的圆木，代指车。夹毂，犹"夹车"。

[2] 置樽酒：指举行酒宴。作使：犹"役使"。邯郸倡，赵国女乐。

[3] 中庭：庭中，院中。华灯：雕刻精美的灯。

[4] 兄弟两三人：实指兄弟三人。侍郎：官名。《后汉书·百官志》："侍郎三十六人，作文书起草。"秩各四百石。五日一来归：汉制中朝官每五日有一次例休，称为"休沐"。

[5] 左顾：回顾。双鸳鸯：双双的鸳鸯。噰噰（yōng）：音声相和貌。

[6] 流黄：或作"留黄"、"騮黄"，黄间紫色的绢。

[7] 丈人：子媳对公婆的尊称。调丝：弹奏（瑟）。未央，未尽。

战城南

选自《乐府诗集·鼓吹曲辞》。

战城南，死郭北，野死不葬乌可食[1]。为我谓乌[2]："且为客豪，野死谅不葬，腐肉安能去子逃？[3]"水深激激，蒲苇冥冥[4]。枭骑战斗死，驽马徘徊鸣[5]。

梁筑室，何以南何以北，禾黍不获君何食[6]？愿为忠臣安可得[7]？思子良臣，良臣诚可思，朝行出攻，暮不夜归[8]。

【注释】

[1] 郭：外城。野死：战死荒野。可：犹恰，正好。

[2] 我：诗人自称。

[3] 客：指战死者。豪：读为'号"，字一作"譹"，号哭。诗人要求乌先为死者招魂。谅：必。安能：怎么能。子：指乌。

[4] 激激：清澈的样子。冥冥：幽暗。

[5] 枭骑：善战的骏马，喻战死者。枭：通"骁"，勇猛。驽（nú）马：劣马。

[6] 梁筑室：疑"梁"字前脱漏"乘"或"登"或"架"字，意为上梁造屋或架梁盖房（张永鑫《汉诗选译》中的说法）。余冠英则认为"梁"是表声的字。何以南何以北：言其南北奔波，服军役或劳役。何以：为何。禾黍。泛指种植的谷物。君：君王。

[7] 忠臣：忠君爱国的臣子。这几句言服役者远离家乡未免心怀怨尤。

[8] 子：你，你们，指战死者。暮不夜归：即"暮夜不归"。

十五从军征

选自《乐府诗集·横吹曲辞·梁鼓角横吹曲》。

十五从军征，八十始得归。道逢乡里人，家中有阿谁？[1]
遥看是君家，松柏冢累累[2]。兔从狗窦入[3]，雉从梁上飞。
中庭生旅谷，井上生旅葵[4]。舂谷持作饭，采葵持作羹。
羹饭一时熟，不知贻阿谁[5]。出门东向看，泪落沾我衣。

【注释】

[1] 阿：发语词。

[2] 冢：高坟。累累：与"垒垒"通，形容丘坟一个连一个的样子。当归客打听家中有什么人的时候，被问的人不愿明告，但指着那松柏成林荒冢垒垒的地方说：那就是你的家。言外之意就是说你自己去一看就明白了。

[3] 狗窦：给狗出入的墙洞。

[4] 旅葵：植物未经播种而生叫"旅生"。旅生的谷与葵叫"旅谷"、"旅葵"。

[5] 贻：送给。

有所思

选自《乐府诗集·鼓吹曲辞》。

有所思，乃在大海南[1]。何用问遗君[2]？双珠玳瑁簪，用玉绍缭之[3]。闻君有他心，拉杂摧烧之[4]。摧烧之，当风扬其灰。从今以往，勿复相思。相思与君绝[5]！

鸡鸣狗吠，兄嫂当知之[6]。妃呼豨[7]！秋风肃肃晨风飔[8]，东方须臾高知之[9]。

【注释】

[1] 有所思：指她所思念的郎君。

[2] 何用：何以。问遗（wèi）："问"、"遗"二字同义，作"赠与"解。

[3] 玳瑁（dài mào）：龟类动物。其背甲呈黄褐色，有黑斑，光润美丽，可长达一公尺，前宽后尖，可作装饰品。多分布于热带海洋。簪：古人用以连接发髻和冠的首饰，簪身横穿髻上，两端露出冠外，下缀白珠。绍缭：犹"缭绕"，缠绕。

[4] 拉杂：堆集。摧烧：摧毁烧毁。

[5] 相思与君绝：与君断绝相思。

[6] 鸡鸣狗吠：惊动了鸡狗。指回忆从前的男女幽会。

[7] 妃（bēi）呼豨（xū xī）：叹息之声。妃，训为"悲"。呼豨，训为"歔欷"。

[8] 肃肃：飔飔，风声。晨风：就是雄鸡，雄鸡常晨鸣求偶。飔（sī）：当为"思"，恋慕之意。此句隐喻求偶失败之意。一说晨风即鹯，外形类似老鹰，飞行速度很快。飔，疾速之意。

[9] 须臾：不一会儿。高（hào）："皜"、"皓"的假借字，白。东方高：日出东方亮。知之：知道如何对待此事。此聊以自慰之语。

上邪

选自《乐府诗集·鼓吹曲辞》。

上邪[1]，我欲与君相知，长命无绝衰[2]。山无陵，江水为竭，冬雷震震夏雨雪，天地合，乃敢与君绝[3]。

【注释】

[1] 上，指天。邪（yé）：同耶。上邪：犹言"天啊"。这句是指天为誓。
[2] 相知：相亲相爱。命：令，使。
[3] 陵：山峰。震震：雷声。雨（yù）：降落。言除非这五件不可能发生的事都发生了，我才会和你断绝。

上山采蘼芜

选自《玉台新咏》。

上山采蘼芜，下山逢故夫[1]。长跪问故夫："新人复何如？[2]""新人虽完好，未若故人姝[3]。颜色类相似，手爪不相如[4]。""新人从门入，故人从阁去[5]。""新人工织缣，故人工织素。织缣日一匹，织素五丈余[6]。将缣来比素，新人不如故。"

【注释】

[1] 蘼芜（mí wú）：香草名，叶子风干可以做香料。古人相信蘼芜可使妇人多子。
   故夫：前夫。
[2] 长跪：伸直腰股而跪，以示庄敬。
[3] 新人：指"故夫"后娶之妻。故人：指弃妇。姝：好。
[4] 颜色：容貌，姿色。手爪：指纺织等女工技巧。
[5] 阁（gé）：旁门，小门。这两句是弃妇的话。

[6] 工：善于。缣（jiān）：黄绢。素：白绢。缣贱素贵。匹：一匹长四丈，宽二尺二寸。

三解（陌上桑）

选自《乐府诗集·相和歌辞》。

日出东南隅，照我秦氏楼。秦氏有好女，自名为罗敷[1]。罗敷憙蚕桑，采桑城南隅[2]。青丝为笼系，桂枝为笼钩[3]。头上倭堕髻，耳中明月珠[4]。缃绮为下裙，紫绮为上襦[5]。行者见罗敷，下担捋髭须[6]；少年见罗敷，脱帽着帩头[7]。耕者忘其犁，锄者忘其锄。来归相怒怨，但坐观罗敷[8]。使君从南来，五马立踟蹰[9]。使君遣吏往，问是谁家姝[10]？秦氏有好女，自名为罗敷。罗敷年几何？二十尚不足，十五颇有余[11]。使君谢罗敷："宁可共载不[12]？"罗敷前置辞："使君一何愚！使君自有妇，罗敷自有夫[13]。"东方千余骑，夫婿居上头[14]。何用识夫婿，白马从骊驹[15]。青丝系马尾，黄金络马头。腰中鹿卢剑，可直千万余[16]。十五府小史，二十朝大夫。三十侍中郎，四十专城居[17]。为人洁白皙，鬑鬑颇有须[18]。盈盈公府步，冉冉府中趋[19]。坐中数千人，皆言夫婿殊[20]。

【注释】

[1] 隅：方。我：我们。好女：美女。自名：自道姓名。罗敷：古美人名，汉代女子常取以为名。

[2] 憙：同"喜"。

[3] 青丝：青色丝绳。笼：指采桑用的竹篮。笼钩：竹篮上的提柄。

[4] 倭堕髻：一名堕马髻，其髻斜在一边，呈似堕非堕之状，为东汉时一种时兴发式。明月珠：宝珠名。据《后汉书·西域传》说，大秦国（古指罗马帝国）产明月珠。

[5] 缃（xiāng）：浅黄色。襦（rú）：短袄。

[6] 捋（lǔ）：用手顺着抚摩。髭（zī）：口上须。

[7] 著：显露。帩（qiào）头：同"绡头"，古人束发用的纱巾。

[8] 坐：因。

[9] 使君：汉时对太守的称呼。五马：汉太守驾车用五马。五马：闻人倓《古诗笺》云：汉制"太守驷马而已，其有加秩中二千石，乃右骖（驷马的右边加一骖马），

故以'五马'为太守美称。"此句是说使君的车马停止不进。

[10] 姝：美女。

[11] 颇：少，略微。

[12] 谢：问。宁可：是"愿意"的意思。

[13] 置辞：同"致辞"，答话。一何：犹"何其"，相当今口语"何等地"、"多么地"。一，语助词。

[14] 上头：行列的最前面。

[15] 何用：是"用何"的倒语，意即"根据什么…"。骊（lí）：深黑色的马。

[16] 鹿卢：即辘轳，井上吸水用具。鹿卢剑：剑柄玉作辘轳形。直：同"值"。

[17] 府小史：太守府的小史。史，官府小吏。朝大夫：在朝廷任大夫的官职。侍中郎：皇帝的侍从官。汉制待中是在原官职上特加的荣衔。专城居：为一城之主，如太守、刺史之类的大官。

[18] 洁白晳：面容白净。鬑（lián）鬑：鬓发疏长貌，指略有一些疏而长的美须。

[19] 盈盈：行步轻盈貌。冉冉：行步舒缓貌。

[20] 殊：是"人才出众"的意思。

薤露

选自《乐府诗集·相和歌辞》。

薤上露[1]，何易晞[2]。露晞明朝更复落，人死一去何时归。

【注释】

[1] 薤（xiè）：植物叶子丛生，细长中空，断面为三角形，伞形花序，花是紫色的。

[2] 晞：晒干

蒿里

选自郭茂倩《乐府诗集·相和歌辞》。

蒿里谁家地，聚敛魂魄无贤愚[1]。鬼伯一何相催促，人命不得少踟蹰[2]。

[1] 蒿（hāo）里：山名，在泰山南。古人认为是魂魄聚居之地。无贤愚：无论是贤达之人还是愚昧之人。

[2] 鬼伯：主管死亡的神。一何：何其，多么。踟蹰：逗留。

猛虎行

选自郭茂倩《乐府诗集·相和歌辞》。

饥不从猛虎食，暮不从野雀栖^[1]。野雀安无巢？游子为谁骄^[2]？

【注释】

[1] 莫：同"暮"。

[2] 安无：岂能没有。骄：不服从，自重自爱之意。

乌生

选自《乐府诗集·相和歌辞》。

乌生八九子，端坐秦氏桂树间^[1]。唶我^[2]！秦氏家有游遨荡子，工用睢阳强，苏合弹^[3]。左手持强，弹两丸，出入乌东西^[4]。唶我！一丸即发中乌身，乌死魂魄飞扬上天。"阿母生乌子时，乃在南山岩石间^[5]。唶我！人民安知乌子处？蹊径窈窕安从通^[6]？""白鹿乃在上林西苑中，射工尚复得白鹿脯^[7]。唶我！黄鹄摩天极高飞，后宫尚复得烹煮之^[8]。鲤鱼乃在洛水深渊中，钓竿尚得鲤鱼口^[9]。唶我！人民生，各各有寿命，死生何须复道前后^[10]！"

【注释】

[1] 秦氏：指秦家的。

[2] 唶（jiè）我：象声词，指乌的哀鸣。我，语尾助词。

[3] 游遨荡子：即荡子。"游"、"遨"、"荡"三字同义。工用：善用。睢（suī）阳：汉睢阳县，古宋国的都城，在今河南商丘市南。强：强弓，相传宋景公时一个

弓匠造了一张射程几百里的强弓。苏合：西域月氏（zhī）国所产的一种香料。"苏合弹"是用苏合香和泥制做的弹丸。

[4]"左手"句：谓左手持强弓，（右手）拿两颗苏合弹丸，出没在乌的前后左右。

[5]南山：指终南山，在陕西西安市南。

[6]蹊径：狭窄的小道。窈窕（yǎo tiǎo）：山水幽深貌。

[7]上林苑：汉宫苑名，在今陕西西安市西。脯：肉干。

[8]黄鹄：天鹅。

[9]洛水：源出于陕西省雒南县冢岭山，东南流入河南省境内，至巩县洛口入黄河。或称为"雒水"。

[10]死生：复词偏义，死。前后：指死的早迟。

枯鱼过河泣

选自《乐府诗集·杂曲歌辞》。

枯鱼过河泣，何时悔复及！作书与鲂鱮，相教慎出入。

艳歌

选自《先秦汉魏晋南北朝诗》。

今日乐上乐[1]，相从步云衢。天公出美酒，河伯出鲤鱼[2]。青龙前铺席，白虎持榼壶。南斗工鼓瑟，北斗吹笙竽。姐娥垂明珰，织女奉瑛琚[3]。苍霞扬东讴，清风流西歈[4]。垂露成帏幄，奔星扶轮舆。

【注释】

[1]今日乐上乐："上"一作"相"。此句为汉乐府常见的套语。

[2]河伯：黄河神，名冯夷。

[3]珰：古代妇女戴在耳垂上的装饰品。瑛：像玉的美石。琚：古人佩带的玉。

[4]东讴：齐地的歌。西歈：吴地的歌。

练时日

选自《乐府诗集·郊庙歌辞》。

练时日，侯有望[1]，爇膋萧，延四方[2]。九重开，灵之斿，垂惠恩，鸿祐休[3]。灵之车，结玄云，驾飞龙，羽旄纷[4]。灵之下，若风马，左仓龙，右白虎[5]。灵之来，神哉沛，先以雨，般裔裔[6]。灵之至，庆阴阴，相放佛，震澹心[7]。灵已坐，五音饬，虞至旦，承灵亿[8]。牲茧栗，粢盛香，尊桂酒，宾八乡[9]。灵安留，吟青黄，遍观此，眺瑶堂[10]。众嫭并，绰奇丽，颜如荼，兆逐靡[11]。被华文，厕雾縠，曳阿锡，佩珠玉[12]。侠嘉夜，茝兰芳，澹容与，献嘉觞[13]。

【注释】

[1] 练：选也。侯：乃也。

[2] 爇（ruò，又读 rè）：同"焫"。烧也。膋（liáo）：肠部的脂肪。萧：植物名。即艾蒿。延：邀请；引来。四方：谓四方之神。

[3] 九重：九重天。灵：神也。斿：即"游"。鸿：大也。祐：福也。休：美也。

[4] 纷：多也。

[5] 灵之下：神灵下来。若风马：言其迅速。仓龙、白虎：指四灵，还包括朱雀、玄武。仓龙：苍龙。

[6] 沛：行动迅速貌。般：布也。裔裔：飞流之貌。或说群行貌。

[7] 庆：发语辞，通"羌"。阴阴：阴暗。相放佛：相仿佛，差不多。澹：动也。

[8] 饬：严整。虞：乐也。亿：安也。

[9] 牲茧栗：谓以牛犊为牲。牛犊之角如茧如栗。粢（zī）盛：祭品。指盛在祭器内的黍稷。尊：古代酒器。同"樽"。桂酒：用桂花浸制的酒。八乡：谓八方之神。

[10] 吟：歌诵。青黄：谓四时之乐。眺：望也。瑶堂：以瑶所饰之堂。瑶：似玉之石。

[11] 嫭（hù）：美女。绰：犹"多"。颜：容貌。荼（tú）：管茅的白花。兆：征候；预兆。靡：华丽。

[12] 厕：杂也。雾縠（bú）：如薄雾的轻纱。曳（yè）：拖、拉。阿锡：即阿緆（xì），织物名。阿，细缯。锡：通"緆"，细麻布。

[13] 侠：通"夹"、"挟"。嘉夜：有二说：一、芳草；二犹言良夜。茝（chǎi）：

香草。兰草之类。澹：安也。容与：言闲舒。觞（shāng）：酒杯。

华烨烨

选自《乐府诗集·郊庙歌辞》。

华烨烨，固灵根[1]。神之旟，过天门，车千乘，敦昆仑[2]。神之出，排玉房，周流杂，拔兰堂[3]。神之行，旌容容，骑沓沓，般纵纵[4]。神之来，泛翊翊，甘露降，庆云集[5]。神之揄，临坛宇，九疑宾，夔龙舞[6]。神安坐，翔吉时，共翊翊，合所思[7]。神嘉虞，申贰觞，福滂洋，迈延长[8]。沛施祐，汾之阿，扬金光，横泰河，莽若云，增阳波。遍胪欢，腾天歌[9]。

【注释】

[1] 华：即"金支秀华"，以黄金为支干的乐器上花朵形的饰物。烨烨：光闪烁貌。固灵根：金华下有根茎。汉代皇帝的车辆，有金根车，以金为装饰。这两句诗形容神的车辆放着金光。

[2] 旟（liú）：指旗上的飘带。敦：通"屯"，聚。

[3] 排：列队。杂：聚集。拔："芨（bá）之借字，舍止。

[4] 容容：流动起伏貌。沓沓：疾行貌。般：相连。纵纵（zōng）：众多。

[5] 翊翊：飞貌。庆云：五色云。古以为祥瑞之气。

[6] 揄："愉"之假借字，谓愉乐（陈直说）。坛宇：谓祭祀坛场及宫室。九疑：这里指九疑山之神，指舜。九疑宾：谓以舜为宾客。夔（kuí）：人名。相传为尧舜时乐官。龙：人名。相传于尧舜时掌纳言。

[7] 神安坐，翔吉时：谓神安坐回翔，皆趣吉时。共翊翊：共，与"恭"相通。翊翊，恭敬的样子。

[8] 虞：娱乐，欢快。贰觞：犹重觞。滂洋（pāng yáng）：丰厚而广大。

[9] 沛：充盛貌。汾：水名。在今山西省境。阿：水曲处。横：充满。泰河：大河。莽：犹莽莽，广大貌。阳波：大波，或谓黄河波浪。胪：陈列。腾：升也。天歌：帝自作《秋风词》，故曰天歌。

日出入

选自《乐府诗集·郊庙歌辞》。

日出入安穷？时世不与人同[1]。故春非我春，夏非我夏，秋非我秋，冬非我冬[2]。泊如四海之池，遍观是邪谓何[3]？吾知所乐，独乐六龙，六龙之调，使我心若[4]。訾黄其何不徕下[5]。

【注释】

[1] 安穷：哪里能穷尽。时世不与人同：谓时间、人世无限推移而人的寿命有限。时世：指时间、人世。

[2] 春非我春等句：意谓日所历四时没有穷竟，而人寿不可能与四时共始终。

[3] 泊如四海之池：（日）靠近或栖息于四海中的咸池、虞泉之池等处所。泊：止。如：到，往。遍观是邪：看遍了这些宏大的景像是这样的。谓何：应该怎么办呢？

[4] 独乐：只爱好。六龙：传说中日神乘坐的车，由六龙驾驭。调：调动，驾驭。若：若然的样子，即和顺、满意的状态。

[5] 訾（zī）：嗟叹辞。黄：乘黄。传说龙翼而马身，黄帝乘之升仙。徕下：下来。此句嗟叹乘黄何不从天而降，带我上天。

【阅读指要】

汉乐府包含两层意思。一是指汉代设置的音乐官署。乐即音乐，府即官府，在秦代已有这种乐府机关的设置，始皇陵曾出土错银"乐府"钟。汉惠帝时有"乐府令"，至武帝始建立乐府，掌管朝会宴飨、郊庙祭祀、道路游行时所用音乐，兼采民间诗歌和乐曲，与当时专管宫廷雅乐舞的"太乐署"各司其职，共掌官乐事宜。二"乐府"一词亦指一种诗歌体裁。有广、狭二义，狭义指汉代乐府所搜集的用来入乐的民歌俗曲和歌辞；广义指两汉特别是魏晋以后历代文人作家仿制乐府古题而又不入乐的诗歌作品，泛称乐府诗。魏晋六朝时人开始称这些歌诗为"乐府"或"乐府诗"，并把它们视为一种独立的诗歌门类。宋元以后的词、散曲和杂剧，因配合音乐，有时也称乐府。汉乐府诗打破了自《诗经》以来，以四言为诗歌正宗的传统，创造了杂言体的诗歌，并首先创制了完整的五言诗。

《饮马长城窟行》编次于《文选》卷二七，属乐府古辞。《文选》李善注："《水经注》曰：'余至长城，其下往住有泉窟，可饮马。古诗《饮马长城窟行》，信不虚也。'然长城蒙恬所筑也。言征戍之客，至于长城而饮其马，妇思之，故为《长城窟行》。"此诗写思妇怀念远客他乡的丈夫。前段写梦思，后段写来函，写得波折层深、委婉有致，深刻地表现了夫妻两地相思之情。

《怨歌行》。本是无名氏乐府《古辞》，载《文选》卷二七《乐府上》。钟嵘《诗品》又题为《团扇》。李善注文选："歌录曰：怨歌行，古辞。然言古者有此曲，而班婕妤拟之。"旧或归于班婕妤所作，虽未必然，然颇合其由大幸到失宠的境遇。南朝梁钟嵘《诗品》："《团扇》短章，词旨清捷，怨深文绮，得匹妇之致。"

这是一首咏物言情之作。通首比体，借秋扇见捐喻女性遭男子玩弄终遭遗弃的不幸命运，颇切于嫔妃的身份。借扇拟人，物我双关，设喻取象，浑然一体。欲抑先扬，更反衬出失宠的悲凉。

《妇病行》。本诗是相和歌古辞，在《乐府诗集》中属《相和歌辞·瑟调曲》。该诗写一个贫户家庭的悲惨遭遇：先是父卒子女成孤儿，继而母卒，临终前托孤于公婆，公婆育孤艰辛，孤儿行将夭折。全诗善用对话、独白，纯作客观的叙述，却产生了震撼人心的艺术效果。清宋长白《柳亭诗话》："情与境会，口语心计之状，活现笔端，每读一过，觉有悲风刺人毛骨。后贤遇此种题，虽竭力描摹，读之正如嚼蜡，泪亦不能为之堕，心亦不能为之哀也。"清范大士《历代诗发》："设身处地，备极形容，能使人触目凄酸，刺心悲悔，此诗所以羽翼夫世教也。"

《东门行》。本篇在《乐府诗集》中属《相和歌辞·瑟调曲》。《宋书·乐志》载其曾为晋乐所奏，曲辞已经文人润色，削减其质朴的原味和思想性。《文选》李善注引"《乐府解题》曰：……言士有贫不安其居者，拔剑将去，妻子牵衣留之，愿共餔糜。不求富贵。"诗以白描手法，写一个城市贫民为生活所迫、铤而走险，反映了当时社会的黑暗现实。夫妇对话，句式参差错落，切合各自身份，表达了贫民的怨愤和贫妇的悲哀。清沈德潜《古诗源》："既出复归，既归复出，功名儿女，缠绵胸次，情事展转如见。"清范大士《历代诗发》："写男子愤郁，女子谆复，情事如生。"

《孤儿行》。这是乐府古辞。余冠英认为这首诗产地是九江之北、齐鲁之西，该是河南境内。

此诗叙述一个孤苦伶仃的孤儿被兄嫂虐待，无有生人之乐。既反映了一个家庭的悲剧，也反映了当时奴婢的生活。全诗可分"行贾"、"行汲"、"瓜车翻倒"三段。句式参差错落，口语平实生动，声调凄苦，层层推进，越转越深地表现了孤儿的苦楚和兄嫂的严酷，予人强烈的心灵震撼。明钟惺《古诗归》卷五："极俚，极碎，写得极奇，极古，极奥。又去，看他转节落语，有崎岖历落不能成声之意。情泪纸上。"清沈德潜《古诗源》："极琐碎，两汉乐府诗极古奥，断续无端，起落无迹，泪痕血点，结掇而成。"清张玉谷《古诗赏析》："通体照应谨严，接落变换，叙次简古，无美不臻。"

清陈祚明《采菽堂古诗选》予以更详细的分析："笔极高古，情极生动，转折变态，备尽形容，"南到，东到"极言远道劬劳；"办饭"犹饭人。"视马"寓不问人之意，"行取殿下"言不敢在人前，"使我"以下，曲折，极写手为错或言其龟，"下从"到"黄泉"为句，下忽起一端，另写时令，从气及草，从草及桑，从桑及瓜，来脉迢迢，几许宛曲。"春气动"三字又微，若跟地下黄泉。此篇之情甚奇，味通篇前后，"将瓜车"似是实事，诗正咏之。前此行贾，行汲，乃追写耳。"

《相逢行》。《相逢行》或称《相逢狭路间行》、《长安有狭斜行》，首见于《玉台新咏》，是乐府古辞。《乐府解题》曰："古词文意与《鸡鸣曲》同。"《鸡鸣》和《相逢行》皆列入郭茂倩《乐府诗集·相和歌辞》中，题旨亦相近。晋陆机《长安狭斜行》、唐李贺《难忘曲》，皆出于此。

此诗极写富贵人家出游、酒宴、家居生活中种种排场和享受，反映了当时其夸官、夸富的现状。

前人评其"用意之妙，绝出千古。"明胡应麟《诗薮》，"此篇所刺尤深，汉诗亦不多得。"（清李因笃《汉诗音注》）

《战城南》。《战城南》系乐府旧题，属《汉鼓吹铙歌十八曲》之一。宋郭茂倩《乐府诗集》列入《鼓吹曲辞》（军乐）。鼓吹曲辞，多用鼓、钲、箫、笳等乐器合奏。源于北方少数民族。汉初边军用之，以壮声威，后渐用于朝廷。汉鼓吹可以分为四种：（一）黄门鼓吹，列于殿廷，皇帝宴乐群臣时用之；（二）鼓吹，皇帝出巡时奏于道路；（三）横吹，军中马上所奏；（四）短箫铙歌，军队凯旋时奏于社庙。当时鼓吹被认为是一种隆重的音乐，万人将军方可备置。魏晋以后，牙门督将五校均可用之，明以后士庶吉凶之礼及迎神赛会亦均用之。历代鼓吹乐多有歌辞配合。现今民间流行的"吹打"、同"鼓吹乐"不无渊源关系。《汉鼓吹铙歌十八曲》多是汉武帝和宣帝时代的作品。

今存《战城南》篇是一首悼念阵亡士卒的哀歌，表达了当时人民反战的愿望，是诅咒战争和劳役的诗。以景寓情，情景互生，其中人、乌对话，构思尤为奇特。清范大士《历代诗发》："思路横佚，体势骞回。"清陈本礼评其"此犹屈子之《国殇》也。"（《汉诗统笺》）

后代陈琳的《饮马长城窟行》、李白的《战城南》、杜甫的《兵车行》等，在选题与寓意上都受到此诗的启迪与影响。

《十五从军征》。《十五从军征》可谓是汉代反战诗中的代表。诗歌依照老兵返乡回家的前后经历，从远而近进行描述，从"得归"到遥望见家园，到走进家门，到进入家屋，而后又步出家门。感情逐步引向高峰，由热望到失望，由失望到绝望，越来越痛苦，越来越悲伤。在这些描述中，渗透着老兵强烈的感情。诗歌最后以泪水沾湿衣襟作结。这泪，包含着六十五年兵役的辛酸苦难，包含着他家破人亡的悲哀惨痛。包含着他残生的孤苦凄惨，又是对战争无情却又无奈的控拆。诗歌选择典型材料，采用多种描写手法，具体描绘人物所经历的情景，形象突出，具有一定典型性。杜甫的《无家别》受此诗影响。

《有所思》。本篇是汉代《铙歌十八曲》之一。这是一首伤心的民间情歌，写一位女主人公遭受爱情波折之后，始决绝，后犹豫的复杂心态。准备双珠子玳瑁簪，体现了她的无限深情；听闻情郎变心，即刻"拉杂摧烧之"，并要"相思与绝君"，可见其刚烈；然感情岂是说断就断，不由得回忆其从前相识幽会之场景，则又犹豫难决，只好等待天亮再作决定。清陈柞明《采菽堂古诗选》："通首章法、句法、字法并古，而妙在情深，三复不厌。"清江邺缓认为"后人闺思、长相思等，皆出于此。"（《乐府类解》）

《上邪》。本篇是汉代《铙歌十八曲》中的一首情诗。诗中的女主人公指天为誓，列举了五件绝不可能发生的事情，强烈地表达了对爱情的生死不渝。想象奇特，感情炽热，撼人心魄。或谓《有所思》与此篇本为一篇，然则前篇因郎君有他心而"相思与君绝"，此篇指天为誓，根于相知，本是不同情事，故不必强合。清顾有孝评其为"奇情奇笔。"（《乐府英华》）清张玉谷《古诗赏析》："叠用五事，两就地维说，两就天时说，直说到天地混合，一气赶落，不见堆垛，局奇笔横。"游国恩《中国文学史》：'上邪'，是女子呼天以为誓。'山无陵'以下连用五件不可能的事情来表明自己生死不渝的爱，深情奇想，确是'短章中神品'。唐代民间词《菩萨蛮》'枕前发尽千般愿'一首，则连用六事，与此极相似。

《上山采蘼芜》。本诗最早见于《玉台新咏》卷一，指为"古诗"，但《太平御览》引此诗作"古乐府"。《乐府诗集》未收。这首弃妇诗通过弃妇和故夫的问答，不仅写出了弃妇的痛苦，也暗示了故夫不得已离弃的苦衷，以及恋旧心理，反映了古代妇女在"七出"文化束缚下无辜被休的悲惨遭遇。《仪礼·丧服》中，有"出妻"之说，贾公彦疏列举了七种出妻的理由，成为封建时代休妻的借口，如不孝敬公婆、无子等。

当"新人从门入"的时候，故人是丈夫憎厌的对象，但新人入门之后，丈夫久而生厌，转又觉得故人比新人好了。这里把男子喜新厌旧的心理写得更深一层。

清方东树《昭昧詹言》："奇情奇想，奇词奇势，文法高妙至此，而陈义忠厚，有裨世教。"清范大士《历代诗发》:"一篇用蝉联脱卸之法,忽起忽止,笔兴翔飞。"

《三解(陌上桑)》。本篇在《乐府诗集》中属《相和歌辞·相和曲》。《宋书·乐志》题为《艳歌罗敷行》,《玉台新咏》题为《日出东南隅行》。这里用《乐府诗集》的题名。原序云:"一曰《艳歌罗敷行》。"《古今乐录》曰:"《陌上桑》歌瑟调。古辞《艳歌罗敷行·日出东南隅篇》。"崔豹《古今注》曰:"《陌上桑》者,出秦氏女子。秦氏,邯郸人有女名罗敷,为邑人千乘王仁妻。王仁后为赵王家令。罗敷出采桑于陌上,赵王登台见而悦之,因置酒欲夺焉。罗敷巧弹筝,乃作《陌上桑》之歌以自明,赵王乃止。"《乐府解题》曰:"古辞言罗敷采桑,为使君所邀,盛夸其夫为侍中郎以拒之。"与前说不同。若陆机"扶桑升朝晖",但歌美人好合,与古词始同而末异。又有《采桑》,亦出于此。

本篇叙述一个太守调戏采桑女子而遭到严辞拒绝的故事,赞美了女主人公的坚贞和智慧,暴露了太守的丑恶和愚蠢,反映了当时上层社会的荒淫和无耻。

明王世贞评其为"两汉五言神境。"(《艺苑卮言》)清李因笃评其"诗之高浑自然,横绝两京矣。"(《汉诗音注》)

清陈祚明《采菽堂古诗选》:"写罗敷全须写容貌,今止言服饰之盛耳,偏无一言及其容貌,特于看罗敷者尽情描写,所谓虚处着笔,诚妙手也。"

《薤露》。《薤露》本是送葬的哀歌。旧说出于楚汉之际的田横的门客。崔豹《古今注》曰:"《薤露》《蒿里》泣丧歌也。本出田横门人,横自杀,门人伤之,为作悲歌。言人命奄忽,如薤上之露,易晞灭也。亦谓人死魂魄归于蒿里。至汉武帝时,李延年分为二曲,《薤露》送王公贵人,《蒿里》送士大夫庶人。使挽柩者歌之,亦谓之挽歌。"然杜预则认为"送死《薤露》歌即丧歌,不自田横始也。"可见此挽歌春秋时已发轫。以薤上露作喻,表达了对死亡无奈感。清张玉谷评其"凄惋欲绝。"(《古诗赏析》)明谭元春"此歌稍温和,如雍门琴,微微入人。"(《古诗归》)曹操继之作有《薤露行》、曹植有《惟汉行》。

《蒿里》。蒿里在泰山下。古人死之后魂魄归于蒿里。此诗既是挽歌,也是对蒿里和鬼伯的颂歌,因为蒿里无分贤愚聚敛其魂魄,鬼伯催命不得少踟蹰,始见平等公正之气象,反衬了汉人对不平等人世的厌倦之情。生前艰难,死后方得放下,送丧者通过吟唱此歌减轻生活的重负感。全诗自问自答,自然高妙。明谭元春《古诗归》:"甚严急,如水火刀剑铁围诸狱,活捉人衣裾。愚人浓睡中,非此唤不醒。"清陈祚明《采菽堂古诗选》:"至到语,无迹可寻。"

《猛虎行》。《猛虎行》是乐府古辞,属《相和歌辞·平调曲》。郭茂倩《乐府诗集》卷三十一不正载其文,其词见于魏文帝曹丕《猛虎行》引文。又见李善注《文选》卷二十八陆机《猛虎行》诗注。

不为食和栖等听从原始欲望的呼唤，而去做非法无礼的事情。"为谁骄"——为谁而不服从的质问，表明游子所思甚深，或已上升到自我实现的层面上去。

清张玉毅《古诗赏析》："章法极其诡变。"清陈祚明《采菽堂古诗选》："语语转上，是择地而蹈，不轻傍人也。"

汉代以前，只有《诗经·豳风·鸱鸮》是严格意义上的寓言诗。汉代乐府诗中却有多首寓言诗。大多数写世路崎岖、明哲保身之意。这些寓言诗想象奇特，寓意深刻，耐人寻味。

《乌生》，又名《乌生八九子》。乐府杂言诗，汉无名氏作，见《宋书·乐志》。以乌、白鹿，黄鹄，鲤鱼等难以逃生的遭遇，说明世路险恶，人们随时随地都有可能遭到杀身之祸。全诗写中弹身死的乌鸦临死前的自我宽解，设想奇特，情思哀婉。清陈柞明评其为"奇杰之调。"（《采菽堂古诗选》）清李因笃《汉诗音注》："章法奇横伸缩，妙不可言。"

《枯鱼过河泣》。用枯鱼被捕后作书与鲂鱮的奇特寓言，表现了世情的险恶。诗末直言"相教慎出入"，告诫人们出处要谨慎，慎毋自取其祸。清张玉毅《古诗赏析》："出入不后悔无及，却现枯鱼身而为说法，大奇大奇。"

《艳歌》。此诗为乐府古辞，属《杂曲歌辞》，一作《古艳诗》。艳，乐府大曲的组成部分，一般在正曲之前，如同引子或过门。但也有独立成篇者。秦汉以来，一般的游仙诗都以渴慕成仙为主题，此诗则大写天上宴乐之时，群仙争相为主人公服务，就其主题来说，无疑是想象奇特、别具一格的游仙诗。

《练时日》。《练时日》是《乐府诗集》中汉郊祀歌中的一首。这是汉代开国皇帝或继业皇帝登基时的祭祀用乐，作于西汉，一直沿用到清代。此诗想象丰富，细致地刻画了天上神灵的莅临，表达了长生的幻想。

《华烨烨》。据史书记载，汉武帝在元鼎四年到汾阴祭祀后土，礼毕，到荥阳，经过洛阳。此诗作于他渡过黄河南行途中。写出了神的出游、来临、受享及赐福等幻想的情节。

《日出入》。《日出入》，这是祭祀日神的诗。诗中由太阳朝升夕降、循环往复，而人寿有限，于是产生了求仙成仙、乘龙上天的强烈愿望。显然表达的即是汉武帝的求仙思想。

此诗语言朴实，奇崛冲荡，情致盘旋往复，写出了人寿有限、亟求乘龙成仙的迫切感。

【思考题】

1.试析汉乐府诗歌的思想内容。

2.试析汉乐府诗歌的艺术特点。

3.可选择几篇乐府诗作品予以深入分析。

4.试析《孔雀东南飞》、《陌上桑》等诗的思想内容及艺术成就。

5.比较《上邪》与《有所思》主人公性格之异同。

6.《乌生》、《枯鱼过河泣》等寓言诗的思想内容和艺术特色。

7.试析汉乐府郊祀歌的思想内容和艺术特色。

8.汉乐府民歌在诗歌发展史上的地位（在中国古代诗歌样式的嬗革过程中所起作用）。

【阅读资料】

逯钦立辑校：《先秦汉魏晋南北朝诗·汉诗》，北京：中华书局，1983年。

郭茂倩编：《乐府诗集》，北京：中华书局，1979年。

清吴兆宜等注：《玉台新咏笺注》，北京：中华书局，1985年。

余冠英选注：《汉魏六朝诗选》，北京：人民文学出版社，1978年。

余冠英选：《乐府诗选》，北京：人民文学出版社，1954年。

萧涤非等主编：《中国文学名篇鉴赏辞典》，山东大学出版社，1992年。

张永鑫、刘桂秋译注：《汉诗选译》，成都：巴蜀书社，1990年。

王运熙、骆玉明等编选：《汉魏六朝诗鉴赏辞典》，上海：上海辞书出版社，1992年。

萧涤非：《汉魏六朝乐府文学史》，北京：人民文学出版社，1984年。

葛晓音：《八代诗史》，西安：陕西人民出版社，1989年。

孙尚勇：《乐府文学文献研究》，北京：人民文学出版社，2007年。

钱志熙：《汉魏乐府艺术研究》，北京：学苑出版社，2011年。

王运熙：《乐府诗述论》，上海：上海古籍出版社，1996年。